La face cachée de la Lune

Du même auteur :

Dans la série 'Les aventures fantastiques de Théo Orgone'

Tome I : Les bijoux magiques de l'archange.[1]
Tome II : L'horloge du temps[1]

---

[1] Disponible sur la plateforme Amazon au format Kindle et papier.

La face cachée de la Lune

Antoine PRIOLO

A vous, mes lecteurs. Sans vos encouragements ce livre n'aurait peut-être pas vu le jour. J'espère que vous prendrez autant de plaisir à le lire que j'en ai eu à l'écrire.

Chapitre I

L'interrogatoire

La pièce était sombre, austère, froide et silencieuse. Les murs gris n'avaient pas dû être repeints depuis très longtemps. Au centre, posé sur un sol vieillot fait de dalles de granito, un bureau métallique bas de gamme, aussi vieux que le reste, faisait face à la chaise sur laquelle Théo était assis, les poignets entravés par de solides menottes. Derrière le bureau, sur le mur du fond, une porte s'ouvrit. Le jeune homme distingua la silhouette d'un homme grand et large d'épaules qui vint s'asseoir face à lui, dans le fauteuil du bureau. Il n'arrivait pas à distinguer son visage à cause du faible éclairage et sans doute aussi du fait qu'il avait dû être drogué. Sa vision n'était pas tout à fait claire et son esprit lui donnait l'impression d'une grande lenteur. Il avait du mal à penser, à réfléchir, à réaliser ce qui lui arrivait. Il se sentait comme dans un rêve où tout lui paraissait lointain et irréel. Pourtant, Théo avait l'intuition qu'il ne rêvait pas, que tout ceci était réel, qu'il était bien dans cette pièce, Dieu sait où.

L'homme alluma une puissante lampe qu'il orienta vers les yeux du jeune homme. Celui-ci porta ses mains devant son visage pour se protéger de cette lumière violente qui lui faisait mal et l'obligeait à fermer les paupières. Lorsque enfin il se fut habitué à l'éclat de la lampe et qu'il baissa les bras, il se rendit compte qu'il ne voyait plus l'homme, qui avait disparu derrière l'éclatante lumière. Il

1

entendit le son d'un briquet qu'on allume, en distingua la flamme vacillante, puis le rougeoiement du tabac incandescent. Il reçut en plein visage une bouffée de fumée qui le fit toussoter. L'homme recommença ce petit manège à plusieurs reprises. Théo ne se laissa pas impressionner par cette mise en scène sans doute destinée à le déstabiliser. Son esprit, bien qu'encore un peu embrumé, percevait clairement la situation et, même s'il ne savait pas encore qui était cet homme caché derrière le bureau, il avait compris qu'il se trouvait là pour un interrogatoire en bonne et due forme. Le jeune Élu était quelque peu inquiet de la situation, car il n'était plus en possession des bijoux de l'archange, qui lui avaient été très certainement subtilisés par ceux qui le détenaient.

Son dernier souvenir, avant cette pièce dans laquelle il se trouvait maintenant, le ramenait à un laboratoire de la banlieue de Londres où il s'était retrouvé, sur les conseils appuyés, voire insistants, de Neal Masterson, un brillant professeur de mathématiques de l'université d'Oxford. Celui-ci, collègue du professeur James Darlington, fut contacté afin de travailler sur les formules mathématiques que Théo avait écrites sur un bloc-notes lors de son séjour à l'hôtel Carlton de Cannes, après les avoir reçues, selon toute vraisemblance, de l'esprit de Dragan Kovac[2]. Masterson, qui fut mis dans la confidence de l'existence des bijoux de l'archange par Darlington, poussa Théo à rencontrer le professeur Ruppert Rutherford, physicien quantique parmi les plus réputés au monde, afin qu'il étudie les bijoux. Théo, bien que réticent, finit par accepter après que Darlington lui eut assuré qu'il ne risquait rien, se portant lui-même garant de son ami Masterson. Arrivé dans le laboratoire de Rutherford, un homme d'une soixantaine d'années, petit, le crâne dégarni, portant des lunettes rondes qui lui donnaient un peu l'air du professeur Tournesol dans

---

[2] Cf. tome II, chapitre XVIII

Tintin, Théo fut prié de retirer ses bijoux et de les remettre à l'assistant du professeur. Il s'installa dans un fauteuil, le temps de procéder aux analyses, à l'aide de machines et de procédés que l'on avait présentés à Théo comme étant d'une complexité telle qu'en expliquer les principes n'aurait servi à rien pour un profane. Il fut proposé au jeune homme une tasse de thé, qu'il sirota en toute décontraction. Ce furent là ses derniers souvenirs. Ensuite, plus rien jusqu'à ce qu'il ouvre les yeux dans cette pièce sinistre. Il avait été piégé par Rutherford ou Masterson, ou les deux, qui sait ? Mais qui était derrière tout ça ? Oswald Graham ? Mila Kovac ? Et pourquoi cette mise en scène, dans cette pièce ? Un interrogatoire de Théo, pour obtenir quelles informations qu'ils ne connaissaient déjà ? Les formules de Kovac étaient si complexes que lorsque Neal Masterson les avait vues, il avait dressé les sourcils avant de regarder Darlington avec un air désemparé et de dire :

— Je n'ai jamais rien vu de pareil ! C'est si complexe que je ne sais pas s'il existe quelqu'un sur terre qui puisse un jour les comprendre !

Alors Théo ne pensait pas qu'on puisse vouloir l'interroger sur ce sujet, sur lequel il ne pourrait rien dire de plus. Graham et Mila Kovac savaient aussi bien que lui que personne n'avait la solution aux secrets qu'avait transmis Dragan Kovac. Personne ne savait même d'où Kovac tenait ces secrets, ni même ce qu'ils représentaient. Ce qui était certain, c'est que si Kovac avait transféré les données dans l'esprit de Théo afin de les cacher, c'est que c'était quelque chose d'important. Cela ne faisait aucun doute.

L'homme caché derrière la lampe continuait de fumer et d'envoyer régulièrement de grandes bouffées toxiques dans le visage du jeune homme. Celui-ci ne sourcillait plus, voulant donner l'impression que ce petit jeu ne l'atteignait pas.

Théo se cala sur sa chaise et demeura immobile, calme et détendu, imperméable à la situation dans laquelle il se trouvait. Combien de temps s'écoula ainsi, dans ce silence pesant ? Il ne sut le dire. Quelques minutes, tout au plus, lui sembla-t-il. Il sentit l'homme s'agiter dans son fauteuil, en sourit intérieurement, songeant qu'il se lassait avant lui. Garder son calme et son sang-froid en toutes circonstances étaient devenus pour Théo une seconde nature, soutenu par les bijoux de l'archange Saint-Michel qui avaient aidé le jeune Élu à façonner l'être exceptionnel qu'il était désormais. Même s'il était provisoirement dépossédé de ces artéfacts, il réagissait maintenant aux évènements, comme lorsqu'ils étaient intimement liés à lui, mêlés à sa chair et à son esprit.

— Quel est votre nom ?

La voix de l'homme était puissante, sèche et cassante, avec un fort accent américain. Il accompagna sa question d'une nouvelle bouffée de fumée qu'il souffla bruyamment. Théo se demandait à quel jeu il pouvait bien vouloir jouer. Pourquoi perdre son temps à poser une question dont l'homme connaissait certainement la réponse ? C'était peut-être une manière de le mettre dans les conditions psychologiques d'un interrogatoire.

— Votre nom ? insista sèchement l'homme.

Théo, bien qu'aveuglé par la lampe, commença à percevoir la silhouette massive qui se cachait derrière le rideau de lumière et de fumée. Il distingua les contours de la tête et plongea les yeux, qui n'étaient plus incommodés par la lumière désormais, dans cette direction, espérant rencontrer ceux de l'homme.

— Vous connaissez mon nom, répondit-il d'un ton calme et neutre.

— Quel est votre nom ? insista l'autre. Théo garda les yeux rivés dans sa direction, sans sourciller, sans montrer la moindre expression sur le visage, sans bouger. Si l'homme voulait jouer à ce petit jeu, Théo jouerait aussi, mais nul doute que l'autre se fatiguerait avant lui.

— Votre nom ?! cria l'homme, qui visiblement s'agaçait. Théo ne broncha pas. Après quelques minutes d'un nouveau silence, l'homme finit par dire, d'un ton calme :

— J'ai tout mon temps. Nous pouvons en passer beaucoup ici si vous refusez de répondre à mes questions.

Théo resta muré dans le silence. L'homme éteignit la lampe, quitta son fauteuil et la pièce.

Il s'écoula bien deux heures avant qu'il ne revienne. Il s'installa à nouveau dans son fauteuil, mais cette fois il n'alluma pas la lampe. Théo distingua mieux ses traits dans la pénombre. L'homme était très grand, la quarantaine, un visage et le regard durs, la peau burinée et marquée de profondes rides. Il n'avait visiblement pas l'air d'un plaisantin.

— Bien, commença-t-il, je crois que nous sommes partis sur de mauvaises bases tous les deux. Puisque vous ne voulez rien dire, je vais parler : vous vous nommez Théo Orgone, vous êtes de fils de Philippe Orgone, décédé alors que vous n'aviez que quatre ans et de Sandra Duval, née Dickinson. Vous êtes né à Genève et avez la double nationalité franco-suisse. Vous avez quinze ans. Vos parents vous ont déscolarisé pour votre dernière année de collège, que vous avez, jusqu'à présent, brillamment réussie grâce à des professeurs privés engagés à grands frais. Avec Jessie Graham, Lee Yu, Lisa Dubois et le professeur James Mortimer Darlington, vous formez une équipe avec laquelle vous avez mis la main sur deux bijoux anciens doués de propriétés particulières. Il semblerait, d'après les informations que nous possédons, que vous soyez le seul à pouvoir

Antoine Priolo

utiliser les capacités de ces artefacts. Dites-moi si j'ai commis des erreurs.

L'homme se tut, regarda fixement le jeune Élu, dans l'attente d'une manifestation de sa part, en vain. Il reprit :

— Récemment, votre ami le professeur Darlington a contacté le professeur Neal Masterson pour lui demander de travailler sur un document, qu'il n'a pu déchiffrer pour le moment, mais dont il a compris l'importance capitale. Il a dit, je cite : *lorsque nous aurons déchiffré ces formules, ce sera comme trouver le Graal de la physique et des mathématiques. Après cela, notre monde ne sera plus jamais le même.*

L'homme fit une nouvelle pause, scruta le visage impassible de Théo, fouilla dans la poche droite de son pantalon, en sortit un paquet de cigarettes, en porta une à ses lèvres et gratta une allumette. Il tira dessus longuement avant de recracher une fumée opaque et bleutée dans la direction opposée au jeune homme. La méthode avait changé : fini la lampe aveuglante, les longues bouffées nauséabondes crachées en plein visage. L'homme s'était sans doute rendu compte qu'il n'obtiendrait rien ainsi. Ou alors cela faisait peut-être partie de la stratégie de l'interrogatoire, qui sait. L'homme tira encore deux ou trois bouffées avant de continuer :

— Alors, j'ai une question très simple : d'où et de qui tenez-vous ces documents et pourquoi vous ?

L'homme tira une nouvelle bouffée, la recracha tout en continuant de fixer Théo. Celui-ci comprenait maintenant ce qu'il faisait là, assis sur cette chaise, entravé par des menottes. Ceux qui l'avaient enlevé désiraient savoir d'où provenaient les formules. Qui étaient-ils ? Pour qui travaillaient-ils ? Graham ? Kovac ? Théo songea que ce n'était pas le genre de méthodes qu'ils employaient. Ils ne se seraient pas embarrassés avec une pareille mise en scène

6

d'interrogatoire. Ils étaient directs et lorsqu'ils voulaient obtenir quelque chose de quelqu'un, ils allaient droit au but et pouvaient utiliser des méthodes plus musclées et, sans doute, plus efficaces. Mais alors qui ? Qui pouvait avoir assez d'influence sur d'éminents savants comme Rutherford et Masterson pour les utiliser et lui avoir tendu un piège ? Théo devait essayer de le savoir rapidement pour comprendre dans quoi il se retrouvait impliqué cette fois. Il décida de parler, pour la première fois depuis qu'il était dans cette pièce :

— Je veux bien consentir à répondre à votre question à condition que vous me disiez d'abord qui vous êtes et surtout, pour qui vous travaillez.

— Vous n'êtes pas en position de dicter la moindre condition, il me semble, dit l'homme d'un ton calme.

— Bien, dans ce cas inutile de prolonger cet interrogatoire plus longtemps, vous n'obtiendrez rien de moi, rétorqua l'Élu.

— Vous croyez ?

L'homme mit un long silence entre eux avant d'ajouter :

— Nous arriverons à vous faire parler, quel que soit le temps que nous y mettrons. Vous finirez par tout nous dire, croyez-moi. Personne n'est jamais sorti d'ici en emportant ses secrets.

— Je vois. Toutefois, sachez qu'avec moi vous n'arriverez à rien avec vos méthodes car même dépossédé de mes bijoux, je demeure physiquement et psychiquement, plus fort que tout ce que vous pourrez tenter sur moi pour me faire parler.

Là, Théo en rajoutait un peu, espérant que cela suffirait à inverser un peu le rapport de forces qu'essayait d'établir l'homme. A vrai dire, Théo pensait ce qu'il disait, mais n'en était pas tout à fait certain. Les bijoux avaient tissé un lien mental très fort avec lui et il espérait que, s'ils n'étaient pas trop éloignés de lui, ils pourraient lui apporter leur soutient comme ils l'avaient toujours fait jusque-là.

L'homme sembla esquisser un sourire. Il écrasa sa cigarette dans un cendrier posé sur le bureau et dit :

— Allons Jeune homme, vous n'avez que quinze ans. Vous pensez vraiment que vous ferez le poids ? Quant à vos bijoux, sachez qu'ils sont loin d'ici. Comment comptez-vous utiliser leur capacité ? Par magie peut-être ? ricana-t-il soudain.

Visiblement, celui-ci ne connaissait pas la vraie nature des bijoux de l'archange pour faire une telle réflexion. Il était désormais certain pour Théo que les gens qui le détenaient n'avaient rien à voir avec Graham, ni même Kovac. Ils avaient accumulé de nombreuses informations sur lui et ses amis, mais ne devaient pas avoir la moindre idée de la réalité de la situation.

— Puisque vous semblez me prendre de haut, répondit l'Élu, puisque je n'ai que quinze ans et que vous semblez si sûr de vous, monsieur, je crois que nous n'avons plus rien à nous dire. Vous pouvez arrêter cet interrogatoire, c'est pour nous tous une perte de temps, car vous n'obtiendrez rien de moi.

Théo se cala sur sa chaise, ferma son visage, ses yeux et sembla se plonger dans un sommeil profond. L'homme n'en revenait pas de l'attitude du jeune homme. C'était un vieux de la vieille, un dur à cuire. Il en avait vu des hommes défiler dans cette pièce et des plus coriaces que ce frêle adolescent au visage d'ange. Soit ce gamin était complètement inconscient, soit il n'avait pas bien compris à qui il avait affaire, soit il était d'un courage dont peu d'hommes faisaient preuve. Il restait calme et serein, ne semblait nullement impressionné par le traitement qu'on lui faisait subir et avait une belle assurance.

L'homme soupira, se gratta la tête et alluma une nouvelle cigarette.

— Vous savez jeune homme, nous risquons de passer de nombreuses heures dans cette pièce. Moi j'irai boire et manger, assouvir mes besoins naturels, me détendre et sortir à la lumière du jour. Après ma journée, d'autres prendront ma place. Ils ne seront peut-être pas aussi gentils que moi.

— Je répondrai à vos questions lorsque je saurai qui vous êtes et pour qui vous travaillez. Ce n'est pourtant pas si compliqué à comprendre, il me semble. Pourquoi faire tant de cachotteries ? C'est juste parce que vous voulez garder la main et avoir le dessus, c'est ça ?

L'homme soupira à nouveau, tira sur sa cigarette et demanda:

— Si je vous dis qui je suis, vous répondrez à mes questions ?

— Je viens de vous le dire.

— D'accord, je vais faire une exception pour vous. C'est bien parce que vous êtes un ado d'à peine quinze ans.

L'homme semblait vouloir sauver la face avec cet argument. Répondre aux questions de celui qu'on interrogeait ne devait pas faire partie des usages.

— Je suis l'agent spécial Jim Morisson, de l'agence centrale de renseignements américaine.

— La C.I.A ? s'étonna Théo.

— Oui.

— Vous avez une preuve ?

Morisson soupira à nouveau, fixa Théo et sortit de la poche intérieure de sa veste un étui de cuir noir qui s'ouvrait en deux parties et dans lequel l'on pouvait voir, d'un côté, l'insigne métallique distinctif des agents de la CIA et de l'autre sa pièce d'identité avec sa photo. Théo observa attentivement le document avant de dire :

— D'accord. Je comprends mieux tout ce cinéma maintenant. Vous n'avez pas changé vos méthodes depuis les années cinquante, finalement.

La pique fit sourire franchement Morisson, pour la première fois. Il fit le tour du bureau et posa ses fesses dessus, face à Théo :

— Vous êtes un bien étrange jeune homme, Théo. Je dois avouer que je ne sais pas quoi penser de vous. Votre calme et votre détermination me laissent perplexe. Vous êtes si jeune et avez pourtant plus d'assurance qu'un homme aguerri. Que dois-je en penser ?

— Vous êtes sans doute plein d'a priori et de préjugés, voilà tout. Pour vous, jeunesse rime avec faiblesse et stupidité, je me trompe ?

— Vous avez peut-être raison, je l'avoue. Mais reconnaissez que c'est le cas la plupart du temps.

— Pourquoi est-ce que les adultes voient toujours les jeunes comme des débiles ? A croire qu'ils ont sauté cette phase de la vie et sont passés de la petite enfance à l'âge adulte directement. C'est curieux, non ?

Morisson sourit à nouveau :

— C'est sans doute parce que les adultes ont oublié leur jeunesse et qu'ils se disent qu'eux n'étaient pas comme ça au même âge.

— Oui, à croire que chaque nouvelle génération est pire que la précédente, à les écouter. Moi, je crois qu'ils étaient aussi stupides que nous pouvons l'être, ou alors que nous ne sommes pas plus stupides qu'ils l'étaient, vous ne croyez pas ?

— Possible.

Morisson se tut. Il regarda le bout incandescent de sa cigarette se consumer lentement, s'étira et ajouta :

— Bien, si nous reprenions le cours du sujet qui nous préoccupe, voulez-vous ?

— Ah oui, bien sûr. Que vouliez-vous savoir déjà ?

— D'où et de qui tenez-vous ces documents et pourquoi vous ? C'était ma question.

— Pour y répondre, il faudrait que je sache ce que vous savez exactement.

— Vous vous fichez de moi ! s'exclama sèchement Morisson qui commençait visiblement à perdre son sang-froid.

— Pas du tout, croyez-moi, mais si je vous déballe mon histoire comme ça, selon ce que vous savez, ou ne savez pas déjà, vous risquez de me prendre pour un fou et de ne pas me croire.

— Dites toujours, je verrai, l'exhorta-t-il.

Théo soupira, prit sa respiration et se lança dans un récit quelque peu simplifié de l'histoire :

— En fait, un jour j'ai eu des flashes.

— Des flashes ? s'étonna Morisson.

— Oui, parfaitement, des flashes. J'ai commencé à voir des figures mathématiques, des équations, des symboles étranges.

— Continuez.

— Ça duré plusieurs jours et plusieurs nuits aussi. Et puis un matin, je me suis réveillé et j'ai été pris d'un soudain besoin d'écrire. J'ai écrit et écrit encore à en remplir tout un bloc de papier. Ensuite, plus rien.

— Plus rien, comment ça ?

— Plus rien. J'avais tout couché sur le papier et les flashes ont totalement disparu.

Morisson resta un long moment comme prostré, muré dans le silence. Théo se doutait qu'il aurait du mal à croire ce qu'il venait de lui servir. C'était pourtant la vérité. Tout au moins une partie de la vérité. Mais qui, à part ceux qui étaient au fait de ce qui se tramait dans l'ombre de forces occultes puissantes et discrètes, pouvait croire pareille chose ? Morisson et la CIA ne devaient pas se douter de tout cela. Et c'était pourtant l'une des plus puissantes agences de renseignements au monde ! Morisson reprit :

— Vous me dites que c'est vous qui avez écrit ces formules, c'est bien ça ?

— Oui, je les ai écrites, mais je ne sais pas ce qu'elles représentent, si c'est ce que vous voulez savoir. C'est venu un matin, un peu comme de l'écriture automatique.

— De l'écriture automatique, répéta-t-il, songeur. Je vois.

— Vous ne me croyez pas, n'est-ce pas ? Notez bien que je m'en doutais un peu. C'est pour ça que je vous ai demandé de me dire ce que vous saviez. Vous ne devez pas être au courant de grand-chose à vrai dire, je me trompe ?

— A quel sujet ?

— C'est bien ce que je dis : vous ne savez rien.

— Éclairez ma lanterne.

Théo se demandait s'il devait mettre au courant les gens de la CIA de tous les faits qui s'étaient déroulés, de Graham, de Kovac, des voyages dans le temps, de Fra Paolo, de Gopal et des autres[3]. D'abord, il n'était pas certain qu'ils puissent le croire et, quand bien même ce serait le cas, que se passerait-il alors ? Que ferait la CIA de ces informations ? Que ferait l'État américain face à la menace de forces occultes ? Est-ce que tout ça n'était pas de nature à compliquer encore un peu plus les choses ? D'un autre côté, que pouvait faire Théo ? Si les gens de la CIA s'intéressaient à lui et ses amis, nul doute qu'ils ne lâcheraient pas l'affaire de sitôt. Le jeune homme songea qu'il valait mieux avoir la CIA avec lui plutôt que contre lui. Il avait déjà assez à faire avec Graham et les autres. Il décida de s'expliquer plus longuement :

— Vous savez quelque chose au sujet des Mikelians ? questionna-t-il.

— Les Mikelians ? Qu'est-ce que c'est ?

— Un Ordre secret très ancien.

— Vraiment ? Jamais entendu parler.

— Les bijoux que vous m'avez subtilisés ont appartenu aux Mikelians. Ils leur ont été donnés par…

Théo s'interrompit. Il se demandait comment il allait pouvoir expliquer l'inexplicable à des gens qui ne devaient pas avoir pour habitude d'entendre et de prêter crédit à ce qu'il allait dire.

— Par qui ? demanda Morisson.

— Oh, laissez tomber. Jamais vous ne pourrez croire ce que j'ai à vous dire, se désola l'Élu.

---

[3] Tous les personnages et les faits cités sont dans les Tomes I et II.

— Essayez toujours, on verra bien, le rassura-t-il calmement.

— L'archange Saint-Michel.

Il y eut un nouveau silence, qui sembla durer une éternité. Morisson finit par se déplacer et retourner s'asseoir dans son fauteuil, après avoir écrasé sa cigarette. Il se rejeta en arrière, croisa les mains derrière la tête et regarda longuement le plafond, paraissant réfléchir. A quoi pensait-il en cet instant ? se demandait Théo. L'information qu'il venait de lâcher pouvait-elle être prise au sérieux par quelqu'un comme lui ? Il en doutait.

— L'archange Saint-Michel, finit par répéter Morisson, dubitatif. Rien que ça.

— Je vous avais bien dit que vous ne pourriez pas croire ce que j'avais à vous dire.

— Admettons que vous disiez vrai, ajouta-t-il contre toute attente, expliquez-moi à quoi servent concrètement ces bijoux.

— Ce sont principalement des armes.

— De quel genre d'arme ?

— Du genre puissant. Très, puissant.

— D'accord. A utiliser contre qui ces armes très puissantes ?

— Contre le mal.

— Le mal ? Quel genre de mal ?

— Le genre très dangereux. Le genre qui, si on le laissait faire, transformerait notre bonne vieille Terre en véritable enfer.

— Je vois. Et c'est vous, Théo Orgone, qui possédez ces armes si puissantes. Pourquoi ? Dans quel but ? Que comptez-vous faire avec ?

— C'est compliqué à expliquer en quelques mots, mais sachez que je suis le dernier descendant des Mikelians et je suis le seul à pouvoir me servir des bijoux.

— Le seul ? Pourquoi ?

— Je n'en sais rien. C'est l'archange Saint-Michel qui en a décidé ainsi.

— Dans quel but ?

— Je dois lutter contre le mal. C'est la mission que l'archange m'a confiée.

— Et les formules ? Quel rapport ont-elles avec tout ça ?

— Quelqu'un les a glissées dans mon esprit.

— Qui ça et pourquoi ? Dans quel but ?

— Dragan Kovac. Vous connaissez ?

— Oui, c'est officiellement un homme d'affaires russe d'origine serbe, mais en réalité c'est un dangereux mafieux qui a des accointances avec le pouvoir en place à Moscou. Vous dites que Dragan Kovac a glissé les formules dans votre esprit. Comment s'y est-il pris ? Quel genre d'instruments a-t-il utilisé ?

— Il n'a utilisé aucun instrument. Dragan Kovac est non seulement un dangereux mafieux mais également un être d'une nature différente des humains.

— Vraiment. Il est quoi ? Un monstre ? Un démon ? Un extraterrestre ?

— Je ne saurai le dire. Je l'ai vu à l'œuvre et j'ai vu aussi sa véritable apparence. Je dirai qu'il est monstrueux, peut-être démoniaque aussi. Extraterrestre ? Il faudrait savoir d'où viennent les démons pour répondre à cette question.

— Vous croyez vraiment que les démons existent ?

— Kovac était ce qui s'en rapproche le plus, en tout cas.

— Etait ?

— Je dis *était*, car je l'ai tué, avec l'aide de Lisa Dubois, mais c'était dans des circonstances assez particulières et il se peut qu'il ne soit plus vraiment mort maintenant.

— Il était mort, mais ne le serait plus ? Etrange.

— C'est un peu compliqué, je dois l'admettre.

— Comment l'avez-vous tué ?

— Grâce aux bijoux. C'est apparemment les seules armes qui soient capables d'en venir à bout.

— Kovac aurait donc placé les formules dans votre esprit, songea Morisson, revenant sur le sujet qui l'intéressait. Mais dans quel but ? Et que représentent-elles exactement ?

— Je vous l'ai déjà dit, je n'en sais rien. Tout ce que je sais, c'est que Kovac les a placées en moi pour s'en débarrasser momentanément, afin de les mettre à l'abri de personnes qui s'y intéressaient très fortement et qui étaient sur le point de les lui prendre.

— Mais elles se présentaient sous quelle forme avant qu'il ne s'en débarrasse en vous ?

— Elles étaient vraisemblablement dans son propre esprit, je pense.

— Vous pensez ? Vous n'en êtes pas certain ?

— Pas à cent pour cent, non, mais presque.

— Ce que je n'arrive pas bien à comprendre, c'est pourquoi il vous les a confiées ?

— Parce que j'étais le seul, grâce aux bijoux, à pouvoir communiquer avec son esprit. Il n'avait pas d'autre choix, dans l'urgence. Ce qu'il n'avait pas prévu, c'est que peu de temps après l'avoir fait, il allait mourir de ma propre main. Il était sans doute le seul à savoir ce que représentaient ces formules et maintenant nous nous efforçons de les faire déchiffrer sans même savoir ce qu'elles recèlent.

— Le professeur Masterson pense que le contenu des pages, que vous lui avez confié par l'intermédiaire du professeur Darlington, est la réponse à la plupart des questions que l'homme se pose depuis la nuit des temps.

— A ce point ? s'étonna Théo.

— Ce sont ses propres mots. C'est la raison qui l'a poussé à entrer en contact avec nous. Il a pris peur.

— Peur ? De qui ?

— De quoi, serait plus approprié. Des implications du déchiffrage sans doute.

— Quoi ? Qu'est-ce qu'il pense découvrir en déchiffrant ces calculs ? La vérité sur l'existence de Dieu ? Ou bien si nous sommes juste le fruit du hasard cosmologique ?

— Ce sont, d'après lui, quelques-unes des questions auxquelles pourraient bien répondre ces pages, en effet. Certaines révélations qui pourraient en découler remettraient sérieusement en cause une grande partie des piliers sur lesquels sont fondées nos sociétés.

— Ce ne sont peut-être que les formules d'une arme sophistiquée après tout, douta Théo. Kovac n'était pas, à ma connaissance, quelqu'un qui semblait pouvoir détenir des secrets aussi importants que ce que Masterson suppose.

— Parce que vous ne vous posez peut-être pas la bonne question, indiqua Morisson en s'allumant une autre cigarette.

— Que voulez-vous dire ? Quelle bonne question ?

— De qui Kovac tenait-il ces formules ?

Théo commençait à se demander si Morisson n'en savait finalement pas plus qu'il ne voulait bien le dire. Il n'avait pas semblé plus surpris que cela lorsque le jeune homme avait commencé à lui raconter son histoire. Il avait, certes, feint l'étonnement à deux ou trois reprises, mais sans plus. La CIA détenait-elle des dossiers sur lui, ses amis, Graham et Kovac, entre autres ? Suivait-elle l'affaire depuis longtemps ? Depuis le début peut-être ? Mais alors pourquoi intervenir seulement maintenant ? Il semblait que le déclencheur ait été les formules de Kovac. Pourquoi la CIA s'intéressait donc autant à celles-ci ? Étaient-elles, comme l'avait supposé le professeur Masterson, de nature à bouleverser les connaissances de l'humanité au point de devenir un enjeu majeur ? Théo avait dès le début, lorsqu'il avait couché celles-ci sur le papier, un matin, dans sa chambre de l'hôtel Carlton de Cannes, pressenti qu'elles devaient avoir une grande importance, mais il ne pensait pas alors que ce serait à ce point. Si la CIA et, par voie de conséquence, le gouvernement américain, s'intéressaient tant à celles-ci, c'est sans doute qu'ils avaient déjà en leur possession certaines informations en rapport avec elles. Autrement, pourquoi cet intérêt soudain de l'agence de renseignements la plus puissante du monde pour ces formules dont personne ne savait en réalité à quoi elles pouvaient bien correspondre ?

Tout cela piquait de plus en plus la curiosité de Théo. Il devait tenter d'établir une collaboration avec Morisson et son agence afin d'accéder aux informations en leur possession. Il ne savait pas précisément où tout cela allait le mener, mais il présentait l'importance de le faire.

— Vous pensez à qui ? questionna-t-il en réponse aux propos de Morisson.

— A qui ? sembla s'étonner l'homme. Je n'en sais strictement rien. C'est à vous qu'il faut poser la question.

— A moi ? s'étonna à son tour le jeune homme. Comment voulez-vous que je le sache ?

— Vous n'en avez pas la moindre idée, vraiment ?

— Non, aucune. En tout cas, pour le moment je ne vois pas. Je vais essayer d'y réfléchir à tête reposée, au cas où quelque chose m'aurait échappé. De votre côté, qu'est-ce qui vous fait dire que Kovac tenait ces formules de quelqu'un d'autre ?

— Vous l'avez dit vous-même : Kovac était tout sauf quelqu'un qui pouvait être à l'origine d'une chose pareille, non ?

— C'est certain. Il n'est pas à l'origine de ce qu'il m'a confié.

— Nous sommes donc d'accord là-dessus, je pense ?

— Oui.

§

Morisson se leva, quitta la pièce, laissant à nouveau Théo seul. Il s'écoula un certain temps avant qu'il ne revienne, chargé d'un plateau-repas, qu'il posa sur le bureau, face au jeune homme. Il vint jusqu'à lui, lui ôta les menottes et le pria de manger. L'atmosphère était bien plus détendue désormais. Lorsqu'il eut dévoré la moitié de son sandwich, il questionna Morisson :

— Qu'attendez-vous de moi exactement ?

— Comment ça ?

— L'interrogatoire n'était qu'un prétexte, n'est-ce pas ? Vous saviez déjà tout ce que vous m'avez fait dire sur les Mikelians et le reste, je me trompe ?

Morisson esquissa un léger sourire, secoua la tête et dit :

— Vous êtes vraiment incroyable Théo, vous savez. Avec vous je vais d'étonnement en étonnement. Votre calme, votre sang-froid, votre capacité d'analyse et l'intelligence dont vous faites preuve, forcent l'admiration. Surtout si l'on considère que vous n'avez que quinze ans.

— Mon âge, encore une fois, n'a rien à voir dans tout ça. Je suis un Mikelian, le dernier d'entre eux et j'ai très certainement hérité de mes ancêtres certains dons qui font de moi un être doté d'une expérience et de capacités intellectuelles plus développées que la plupart des gens, voilà tout. Ça aussi vous devez le savoir, je pense. Autrement pourquoi serais-je ici, n'est-ce pas ?

— D'accord, je vais vous expliquer, finit par dire Morisson. Nous vous surveillons depuis le début. Depuis que vous avez pris contact avec Jessie Graham. Nous la surveillions déjà avant, depuis qu'elle a mis en place le site mikelians.org. C'est lui qui nous a alertés. Nous avons suivi vos exploits et vu de quoi vous étiez capable grâce à vos bijoux. Depuis, nous avons renforcé notre dispositif vous concernant. Si nous avons décidé de… disons prendre contact avec vous, c'est à la suite de la découverte de l'existence des formules.

— Je comprends. Leur importance vous a fait réagir.

— Oui, enfin…

Morisson semblait chercher ses mots.

— Il y a de ça, mais pas que.

— Ah, s'étonna Théo. Et qu'y a-t-il d'autre ?

— Des zones d'ombre.

— C'est-à-dire ?

— Vous nous dites que c'est Dragan Kovac qui vous a transmis les formules, juste avant de mourir de vos propres mains, mais il se trouve que nous vous surveillons étroitement depuis plus d'un an et que tous vos faits et gestes sont consignés par nos agents. Et nulle part dans les rapports que nous avons, il n'est mentionné de tels faits. Comment expliquez-vous ça ?

Théo finit la dernière bouchée de son sandwich, but une gorgée d'eau et dit :

— Je ne sais pas si les explications que je pourrais vous donner vous satisferaient et si vous seriez en mesure de me croire.

— Dites toujours. Dans cette affaire, nous avons depuis longtemps compris qu'il ne fallait pas avoir d'a priori.

— Il s'est produit des évènements en rapport avec le temps. Un homme venu du passé a délibérément modifié le cours du temps afin d'assouvir sa soif de pouvoir[4]. Ce sont produits alors un nombre incalculable de changements dans le cours de l'histoire. Heureusement, grâce aux bijoux, j'ai été l'une des rares personnes à me rendre compte de ces

---

[4] Cf. tome II

changements (l'ensemble de l'humanité ne s'est rendu compte de rien en fait). Je vous passe les détails, mais avec mon équipe, nous avons réussi à remettre de l'ordre dans tout ça. C'est la raison qui fait que vos agents n'ont pas pu consigner les évènements qui se sont produits. Pour eux, ce qui s'est produit n'a pas existé.

Théo se tut, laissant le temps à Morisson de digérer ce qu'il venait de raconter. Il but une nouvelle gorgée d'eau avant de reprendre :

— Dans l'une des nouvelles réalités produites par les diverses modifications du temps, j'ai été confronté à Kovac et c'est là qu'il m'a transmis les données mais aussi qu'il est mort. Vous voyez, ce n'est pas quelque chose de simple à croire.

— Je reconnais, acquiesça Morisson qui sortait une énième cigarette de son paquet.

— Toutefois nous savons que vous êtes quelqu'un de droit et d'honnête. De plus, tout ce que vous nous avez dit jusque-là, nous le savions déjà, ce qui nous conforte dans l'idée que vous n'essayez pas de nous raconter de bobards. Alors, même si ce que vous affirmez est difficile à croire, nous devons vous faire confiance.

Morisson sembla se plonger dans d'intenses réflexions. Il tira plusieurs fois sur sa cigarette avant d'ajouter :

— Donc, si Kovac est mort dans une autre 'réalité', comme vous dites, ça veut peut-être dire qu'il ne l'est plus dans celle-ci, n'est-ce pas ? C'est pour ça que vous m'avez dit tout à l'heure que vous n'étiez pas certain qu'il soit mort.

— C'est une hypothèse que nous avons envisagée, je l'avoue.

— Donc, si nous retrouvons Kovac, il pourrait sans doute faire toute la lumière sur ces formules, qu'en pensez-vous ?

— Que Kovac n'est pas du genre à parler.

— Nous trouverons les moyens de lui faire dire ce qu'il sait, croyez-moi.

Théo ricana :

— Vous ne savez vraiment pas à qui vous avez affaire avec ce type. Il n'est pas humain. Vous n'en tirerez rien.

— On peut essayer en tout cas.

— Oui, mais ne comptez pas trop dessus.

— Le seul problème, avoua Morisson, c'est que nous n'avons aucune idée de l'endroit où Kovac peut se trouver. Il a disparu, comme vous le savez certainement, après votre premier séjour à Rome et depuis, nous avons complètement perdu sa trace. Vous n'auriez pas une petite idée à tout hasard ?

— Si, mais je crains que ce ne soit peine perdue. Il était détenu par Oswald Graham dans une base secrète au Nouveau-Mexique.

— Au Nouveau-Mexique ? Où ça exactement ?

— Je ne connais pas le nom du lieu, mais je saurai le retrouver si besoin.

— Bien. Mais pourquoi dites-vous que c'est peine perdue ?

— Parce que Oswald Graham fait partie des rares personnes qui ont vécu les changements du temps et qui s'en souviennent. Nul doute, à mon avis, qu'il ait, depuis, fait transférer Kovac dans un autre lieu.

— Je vois. Vous pensez que nous n'avons aucune chance de retrouver Kovac là-bas ?

— Vous penseriez quoi à ma place ?

— La même chose. Toutefois, à la CIA, nous avons pour habitude de ne négliger aucune piste. Ce que je nous propose donc c'est d'aller jusqu'à cette base et de vérifier par nous-mêmes s'il s'y trouve encore.

— C'est comme vous voudrez. Mais j'y pense, pourquoi ne pas aller trouver directement Graham et lui faire avouer où il le cache ? Ce serait plus judicieux non ?

Morisson baissa la tête et ne répondit rien. Théo ricana encore :

— Quoi ? Il est intouchable, c'est ça ?

— Graham est l'un des hommes les plus puissants et influents d'Amérique. Il est l'ami intime du président et il l'était aussi des trois derniers avant celui-ci. Il est dans notre collimateur depuis longtemps, mais nous marchons sur des œufs avec lui. Pas question de l'approcher, encore moins de lui faire subir un interrogatoire en règle.

— Je vois. Vous n'avez pas beaucoup de marge de manœuvre en somme.

— Avec cet homme, non.

— Du coup, je suis votre seul espoir de retrouver Kovac, s'il est en vie, affirma le jeune homme.

Il songea qu'il se trouvait de fait en position de force vis-à-vis de Morisson et de la CIA. Il collaborerait mais pas à n'importe quelle condition du coup. C'est ce qu'il fit savoir à Morisson :

— Dans ce cas, puisque vous avez absolument besoin de moi, je mets quelques conditions à notre collaboration.

— Ça ne me surprend pas. Je vous écoute.

— Tout d'abord, je veux récupérer les bijoux. En-suite, je veux que vous me disiez tout ce que la CIA sait, que je ne sais pas.

Morisson fit mine de ne pas comprendre et prit un air étonné :

— Comment ça ? Qu'est-ce que la CIA saurait que vous ne sachiez pas ?

— Monsieur Morisson, ne jouez pas au plus malin avec moi. Vous n'allez pas me faire avaler que vous vous êtes intéressés à Jessie Graham juste à cause de son site Internet.

— Précisez votre pensée.

— Je suis persuadé que si vous l'avez fait, c'est que vous possédiez déjà des informations sur le sujet. Si vous avez épluché le site mikelian.org, c'est que vos logiciels espions ont donné l'alerte en tombant dessus, je me trompe ?

Morisson regarda sa montre. Il s'excusa auprès du jeune homme et quitta la pièce. Théo en profita pour se dégourdir les jambes, maintenant qu'il n'était plus entravé par les menottes. Il s'écoula plus d'une heure avant que Morisson ne réapparaisse, un dossier sous le bras. Lorsqu'il fut assis, il expliqua :

— Pour les bijoux, c'est d'accord.

— Bien. Et pour le reste ?

— J'ai dû batailler avec ma hiérarchie.

— Ça veut dire que c'est non ?

— Ça veut dire que c'est oui, mais ça n'a pas été fa-cile de les convaincre.

Morisson ouvrit le dossier posé sur le bureau et en sortit un document de plusieurs pages qu'il tendit à Théo.

— Qu'est-ce que c'est ? s'enquit le jeune Élu.

— Un document type contenant des closes de confidentialité. Lisez-le et signez-le, après avoir paraphé toutes les pages, si vous êtes d'accord.

Théo prit le temps de lire tout le document, ce qui prit un certain temps. C'était effectivement un document type par lequel le signataire s'engageait à ne divulguer aucun renseignement obtenu de la CIA sous peine de poursuites et d'emprisonnement pour de longues années. Théo demanda un stylo, le signa et le tendit à Morisson, qui s'empressa de le ranger dans le dossier.

— Ok, dit-il. Je vais pouvoir vous expliquer tout. Vous avez raison de penser que nous détenons des informations depuis plus longtemps que la mise en ligne du site de Jessie Graham. En fait, tout cela remonte quasiment à la création de l'agence. Dès les premières missions des agents sur le terrain, aux quatre coins du monde, les rapports ont mentionné des faits étranges. Ceux-ci furent consignés dans des dossiers qui furent baptisés : *Ghost files*. Chaque fois qu'un phénomène étrange se produisait sous les yeux de l'un de nos agents, il avait pour mission de le consigner dans les Ghosts files. C'est ainsi que des dizaines de rapports ont atterri là durant des décennies. Le plus drôle c'est que personne ne s'en était soucié jusqu'à ce qu'un jour, un archiviste ne mette le nez dedans et se prenne de passion pour tous ces récits. Il a commencé petit à petit à faire le lien entre certains rapports et a réalisé un travail formidable durant près de cinq ans. Lorsqu'il a terminé ce travail et qu'il l'a remis entre les mains des grands patrons, ces derniers ont tout de suite compris qu'ils tenaient quelque chose d'énorme entre les mains. Tout portait à croire que des êtres, disons surnaturels, peuplaient notre bonne vieille

Terre et ce, depuis très longtemps et dans pratiquement tous les pays. Ce que je vous raconte s'est produit il y a environ une dizaine d'années. Une section spéciale d'enquête fut alors créée, qui fut baptisée : *section G*. G pour ghost sans doute. Cette section s'est spécialisée dans la recherche d'indices conduisant à répertorier et dresser le portrait de chacun de ces êtres. Le but final était de savoir quelle menace chacun d'eux présentait pour les intérêts des États-Unis et de leurs alliés. C'est dans ce cadre que nous agissons, mes collègues et moi. C'est pour cela que nous sommes sur votre dossier depuis des mois. Nous en avions vu des choses étranges durant toutes ces années, mais avec vous, Théo, nous avons été servis ! Voilà, vous savez tout.

— Bien, je pense que pour le moment ça m'ira comme ça. Quelle est la suite du programme maintenant ?

— Nous partons pour le Nouveau-Mexique tenter de retrouver la trace de Kovac.

§

Chapitre II

Sur la trace de Kovac

La longue route rectiligne qui traversait le désert s'étendait à perte de vue dans un paysage monotone écrasé de soleil. L'énorme 4x4 noir aux vitres teintées qui, de l'extérieur, ne laissait entrevoir ses occupants, roulait à tombeau ouvert, emboîtant le pas véhicule identique qui le précédait. Un troisième suivait de près. Assis à l'arrière, Théo tuait le temps en comptant les cactus qui défilaient sous ses yeux. A vrai dire, à part quelques cierges qui se dressaient ci et là, il n'y avait pas grand-chose d'autre que quelques rochers épars et de l'herbe rase et desséchée. A la gauche du jeune homme, Morisson suivait l'itinéraire sur une carte qui s'affichait sur une tablette tactile. En liaison constante avec les autres membres de son équipe, grâce à un émetteur HF complété par un micro cravate et une oreillette, il donnait ses ordres au véhicule de tête :

— On ralentit. Le chemin est sur la gauche dans moins d'un demi mile. Tâchez de pas le louper.

Le convoi ralentit brusquement et roula lentement durant quelques centaines de mètres, puis les 4x4 empruntèrent une piste en terre qui filait droit vers les montagnes, distantes d'une bonne dizaine de kilomètres. La route était cahoteuse et la progression irrégulière, avec parfois des sections planes qui permettaient de foncer et parfois des passages où il fallait fortement ralentir. Dehors, il faisait déjà très chaud et dans les habitacles, la climatisation tournait à plein régime. Après plusieurs kilomètres, la piste en croisait une autre, orientée nord-sud, que le convoi emprunta, continuant sa course dans ce paysage désertique. La piste devenait plus sinueuse et finissait par se rapprocher de plus en plus du pied de montagnes tout aussi décharnées que la plaine d'où elles émergeaient.

§

Théo avait fini par s'assoupir malgré les soubresauts du véhicule.

Il se vit au milieu de la plaine désertique, marchant dans la lumière crue d'un soleil à son zénith. Ses pas foulaient un sol rocailleux et brûlant. Au loin, il apercevait une lumière intense, vers laquelle il se dirigeait. Après un long moment à arpenter ainsi, il finit par l'atteindre. Dans la lumière vive et aveuglante, il reconnut l'archange Saint-Michel, dans sa magnifique armure étincelante, déployant ses immenses ailes immaculées, son regard d'un bleu profond fixé sur lui. Autour de l'archange, la maigre végétation brûlée se changea en prairie grasse, verdoyante, couverte de fleurs multicolores. L'archange souriait :

— Bonjour Théo, dit-il. Je suis heureux de te revoir.

— Bonjour archange Michel.

— Je suis venu à toi car l'heure est grave, Théo.

— Vraiment ? Que se passe-t-il ?

— Le monde, plutôt devrais-je dire l'univers, court un grave danger. Le mal détient des secrets que les hommes ne doivent pas connaître. Il faut que tu empêches cela, Théo.

— De quels secrets parlez-vous archange ? Les formules de Kovac ?

— Entre autres, oui.

— Pourtant, elles semblent si complexes que personne ne sait à quoi elles correspondent. Je ne crois pas qu'elles puissent être un danger dans l'immédiat.

— Il existe quelqu'un sur cette Terre qui a la capacité de les interpréter. C'est celui que nous nommons *Gardien*. Si la CIA met la main sur lui, le gouvernement américain sera en possession de secrets qui pourront changer le cours de l'histoire de l'humanité, en accélérant son développement.

— Quel est le danger ? C'est plutôt une bonne chose, non ?

— Non ! répondit l'archange avec fermeté. Les hommes ne sont pas prêts pour cela. Tu dois faire en sorte que les secrets soient détruits, Théo.

— Est-ce que je peux savoir ce que cachent les formules ?

— Non. Moins tu en sauras, mieux ce sera.

— Je ne comprends pas, archange. Si vous ne vouliez pas que les secrets de Kovac tombent entre des mains humaines, pourquoi ne pas m'avoir empêché de les écrire ?

Saint-Michel sourit tendrement :

— Parce que tu serais certainement mort à l'heure actuelle.

— Pourquoi ça ?

— Parce que la manière dont Kovac a implanté en toi les secrets n'a pas été très douce. Il n'a pas pris de gants avec toi. Il fallait que tu sortes de ton esprit ces données le plus rapidement possible. Les bijoux ont œuvré en ce sens pour te sauver. En écrivant les formules, tu as fait en sorte de vider ton esprit de ces données qui auraient fini par te rendre fou et te détruire.

— Vous auriez pu me faire détruire les pages, une fois écrites, non ?

— Pas vraiment. Tu es un être exceptionnel, Théo. Je n'ai aucune capacité de prendre le pas sur ton esprit afin de le diriger. Tout ce que je peux faire, c'est te parler, t'expliquer, mais en aucun cas te faire faire quoi que ce soit par la force.

— Alors, pourquoi ne pas l'avoir fait de suite après que je les aie écrites ? C'était si simple.

— Je n'ai pas été alerté du problème à ce moment-là. Je viens seulement d'en avoir connaissance, regretta l'archange, quelque peu dépité.

— Le petit personnel n'est plus ce qu'il était, plaisanta l'Élu. Ce qui n'amusa pas plus que cela Saint-Michel.

— Je ne peux pas être au courant de tout, tout le temps, sembla s'excuser l'archange.

— Je comprends. Que dois-je faire maintenant ?

— Tu dois détruire les formules en ta possession et tu dois t'assurer que personne n'en possède plus la moindre copie.

— D'accord. Mais j'ai confié les formules à un professeur de mathématiques de l'Université d'Oxford et il semblerait que la CIA en possède déjà une copie.

— Il faut la détruire aussi !

— Ok. Ça ne va pas être du gâteau mais je vais essayer.

— Il le faut, Théo.

— Je ferai de mon mieux.

— Je n'ai pas terminé. Lors du transfert des données dans ton esprit, il semblerait que Graham ait réussi à les récupérer aussi.

— Il n'est pas à court de ressources celui-là.

— Graham connaît l'existence du Gardien. Il sait que celui-ci peut déchiffrer les formules. Il ne sait pas qui il est, ni où il se trouve, mais il va le chercher jusqu'à ce qu'il le trouve. Cela aussi, tu dois l'empêcher. Retrouve coûte que coûte le Gardien.

— Où se trouve-t-il ce Gardien ?

— Cela, je ne puis te le dire.

— Pourquoi ? Je ne comprends pas. Vous venez me demander de le retrouver, mais vous ne voulez pas me dire où je peux le trouver. C'est pour ne pas interférer dans les affaires humaines, c'est ça ?

— Non, ce n'est pas cela.

L'archange semblait gêné. C'était la première fois que Théo le voyait hésiter ainsi. Il continua de le questionner :

— archange Michel, je veux bien faire tout ce que vous me demandez sans rechigner, mais il faudrait que vous m'aidiez un peu, vous ne croyez pas ?

— Je sais Théo, je sais. Le problème avec le Gardien, c'est que je ne sais pas plus que toi où il se trouve. Il a disparu.

— Disparu ? répéta le jeune homme, très étonné. Comment ça, disparu ?

— J'ai perdu sa trace depuis un moment.

— Et où était-il avant que vous ne la perdiez ?

— A Jérusalem.

— Quand a-t-il disparu ?

— Il y a trois ans environ. Tu dois le trouver, Théo.

— Je le ferai, archange Michel. Quand je l'aurai retrouvé, que devrais-je faire ?

— Tu devras le tuer, laissa tomber l'archange, sans ménagement.

— Le tuer ! Mais, pourquoi ? N'y a-t-il pas d'autre solution ?

— Je crains que non, mon garçon. Ce qu'il sait est trop important pour risquer de le laisser vivre. Je sais que ce que je te demande n'est pas facile, Théo, mais sache que le combat que tu mènes contre les forces du mal t'entraînera fatalement à devoir tuer. Tu dois t'y habituer dès maintenant.

— Je le sais, mais l'idée d'ôter la vie de quelqu'un, qu'il soit humain ou non, me rebute.

— Je te comprends, mais il n'y a nul combat, nulle guerre qui se gagne sans infliger des pertes à l'adversaire. Tu dois en être conscient.

— Le Gardien est-il du côté du mal au moins ?

— Si tu poses la question, c'est que tu as déjà compris que ce n'est pas le cas, n'est-ce pas ?

— J'avais un doute.

— Il est dans notre camp, celui du bien. Toutefois il s'est produit quelque chose le concernant qui fait qu'il n'est plus fiable.

— Bien, je ferai ce que vous me demandez, finit par dire Théo à contrecoeur.

— Merci Théo. Une dernière chose avant que je ne parte : le Gardien se trouvait dans la vieille ville de Jérusalem, autour du Saint-Sépulcre. Commence par le chercher là. Et surtout, pas un mot de tout cela aux agents de la CIA. Ils sont plus dangereux encore que Graham et ses hommes.

L'archange devint très lumineux, obligeant Théo à détourner le regard. Il disparut, laissant l'Élu seul dans la plaine désertique au milieu d'une végétation qui avait repris son apparence desséchée.

§

— Théo, Théo ! Nous approchons. Le jeune homme sortit de son rêve et reconnut la voix de Morisson. Il regarda à l'extérieur et vit qu'ils atteignaient leur destination. Il s'étira longuement et dit :

— C'est juste là, dans ce canyon étroit, sur la gauche.

Morisson donna ses ordres et le convoi s'engouffra dans le canyon qui s'enfonçait d'à peine plus d'une centaine de mètres dans le flanc de la montagne. Arrivés au bout de ce cul-de-sac, les véhicules stoppèrent et une douzaine d'hommes en costume cravate, lunettes noires sur le visage, en sortirent. Théo regarda la paroi rocheuse qui terminait le canyon et s'en approcha jusqu'à la toucher. Il sembla un moment chercher quelque chose, regarda à droite, puis à gauche, promena une main le long de la roche de couleur brun rouge. Les hommes étaient debout, immobiles, les regards pointés sur lui, stoïques. Le jeune homme se retourna vers Morisson, resté en retrait quelques pas derrière lui et dit :

— C'est curieux, je ne perçois rien.

— Vous êtes certain que c'est ici ?

— Oui, mais je devrais ressentir les vibrations du passage menant au tunnel qui se trouve juste derrière la roche et je ne ressens rien.

— Ça veut dire quoi ? Qu'il n'y a plus de passage ?

— C'est possible. Graham a dû le faire condamner.

— Pour quelles raisons l'aurait-il fait d'après vous ?

— Je connaissais son existence, c'est une excellente raison, il me semble.

— Sans doute. Bon, comment fait-on pour entrer ? Vous avez une idée ?

Théo prit le temps de la réflexion. Après quelques minutes, il expliqua :

— La base possède un système d'aération puissant pour évacuer la chaleur qui provient de sa centrale à énergie. Il doit y avoir plusieurs bouches d'évacuation disséminées dans la montagne. Il faut en trouver une.

Morisson parla avec ses hommes, qui sortirent des valises de matériel et les installèrent en quelques minutes. Il y avait des ordinateurs, des écrans, une antenne parabolique qui, une fois déployée, faisait bien deux mètres de diamètre. Morisson demanda à l'un de ses hommes, installé au pupitre de commande, de pointer un satellite sur la montagne. Après une dizaine de minutes d'attente, les premières images apparurent sur les écrans. La montagne au pied de laquelle ils étaient, était visible, prise depuis plusieurs centaines de kilomètres d'altitude. Théo était bouche bée. Les moyens logistiques de l'agence américaine semblaient impressionnants. Morisson demanda un zoom de l'image sur la zone dans laquelle ils se trouvaient. Lorsqu'il obtint l'image souhaitée, qui couvrait un carré de cinq kilomètres de côté, l'opérateur pianota fébrilement sur le clavier devant lui et diverses vues s'affichèrent sur d'autres écrans, chacune dans un ensemble de couleurs différentes de l'originale, afin de mettre en avant les résultats des recherches, dans des domaines tels que l'infrarouge et l'ultraviolet par exemple. Morisson et l'opérateur examinaient les vues et s'arrêtèrent sur l'une d'elles. Il demanda un zoom avant, dans une zone délimitée par une sorte de trainée jaunâtre assez rectiligne.

— Vous avez quelque chose de concret ? s'informa Théo.

— Vous voyez cette trainée, expliqua Morisson. Elle est provoquée par un déplacement d'air chaud, ce qui en soi n'a rien d'étonnant dans cette région et en cette saison, mais pour qu'elle soit aussi rectiligne, il faut qu'elle soit provoquée par un flux d'air puissant et continu.

— Je vois. Ce serait l'une des sorties du système d'aération.

— C'est probable. Nous sommes en train de la localiser avec précision par rapport à notre position. Ah, tenez, voilà les résultats : 20° sud-est, à environ un demi-mille de nous. Altitude : cinq mille quatre cents pieds.

Morisson donna ses ordres et les hommes changèrent leur costume cravate contre un treillis couleur camouflage, coiffèrent un casque et se chargèrent de lourds et volumineux sacs à dos. Morisson proposa à Théo l'une de ces tenues, que l'ado refusa de revêtir. Il préférait son jean, ses baskets et son tee-shirt.

L'ascension à travers un paysage de roches ocres rouges, ponctué par endroits de buissons et de cactus géants, dura près d'une heure sous une chaleur accablante. Théo, aidé par les bijoux de l'archange, ne ressentait nullement la chaleur, la fatigue et tous les désagréments liés à l'exercice physique et au climat. D'ailleurs, il ne suait pas. Le groupe atteignit enfin son objectif : une bouche d'aération de gros diamètre nichée dans une anfractuosité de la montagne, bien cachée des regards indiscrets par une peinture de camouflage aux couleurs de la roche ambiante.

Deux hommes s'attaquèrent à la solide grille qui en interdisait l'accès. Elle fut déposée en partie, après quelques minutes, découvrant un tube dans lequel un homme de la taille de Morisson pouvait aisément tenir debout. Le problème était l'énorme ventilateur dont les pales tournaient à pleine vitesse, à moins de vingt mètres de l'entrée, propulsant d'énormes quantités d'air chaud vers l'extérieur.

D'autres hommes déployèrent une batterie d'ordinateurs portables et de tablettes qu'ils installèrent sur une table pliante et connectèrent entre eux et avec la fameuse antenne parabolique, laquelle permettait la liaison directe par satellite. C'était un matériel de pointe avec lequel nul doute que les techniciens de la CIA allaient pouvoir prendre le contrôle de l'informatique de la base souterraine. Il leur fallait arrêter le ventilateur, sans quoi tous resteraient là, dans l'incapacité d'aller plus loin.

Il s'écoula un certain temps pendant lequel trois hommes se démenèrent pour trouver le moyen d'accéder au réseau et aux serveurs du complexe, en vain. Morisson restait stoïque, ne doutant pas un seul instant de l'efficacité de ses hommes. Le temps passait et l'énorme ventilateur ne ralentissait pas. Théo s'en amusait. Il repensait à son ami Yu qui, seul, avait réussi à s'introduire dans les serveurs de la base en un temps record et leur avait permis d'entrer et d'atteindre le cœur sans difficulté[5]. Après plus d'une demi-heure Morisson commença à s'impatienter. Les techniciens butaient sur de puissants pare-feu dont les codes d'accès semblaient impossibles à craquer. C'est du moins ce qu'ils expliquèrent à Morisson. Théo finit par sortir son smart-

---

[5] Cf. Tome II, chapitre XVII.

phone pour appeler son ami Yu, mais il n'avait pas de réseau. Il s'approcha de Morisson et dit :

— Vous voulez que je vous donne un coup de main pour entrer ?

— Vous ? s'étonna l'agent. Comment ?

— J'ai besoin de passer un coup de fil, c'est tout.

Morisson demanda qu'on apporte un téléphone satellitaire, qui permit au jeune homme de contacter Yu, le petit génie en informatique. Celui-ci était chez lui, à Hong Kong.

— Salut Yu, c'est Théo. J'ai besoin de toi pour une mission urgente.

— Salut Théo. Qu'est-ce que je peux faire ?

— De là où tu es, est-ce que tu peux prendre le contrôle de la base de Graham, au Nouveau-Mexique ? Il y eut un blanc avant que le jeune Chinois ne réponde :

— Je peux essayer, mais je ne crois pas qu'elle soit connectée sur un réseau extérieur par lequel je pourrais l'atteindre.

Théo réfléchit et lui demanda :

— Et si tu pouvais passer par des ordinateurs sur place qui peuvent se connecter par réseau sans fil, ça irait ?

— Oui, là aucun problème.

— Ok, bouges pas, je te reprends dans un moment.

Théo s'adressa à Morisson :

— J'ai besoin que vos techniciens se mettent en rapport avec Lee Yu afin qu'il puisse prendre le contrôle de votre matériel, c'est possible ?

— Prendre le contrôle de nos ordinateurs ? Il n'en est pas question ! s'exclama-t-il. C'est un réseau gouvernemental que nous ne pouvons pas laisser infiltrer par qui que ce soit.

— Bon, comme vous voudrez. Mais je crains que nous ne soyons pas entrés avant longtemps si l'on compte sur vos hommes, dit-il d'un ton moqueur.

Morisson haussa les épaules, prit le temps de la réflexion avant de donner son accord, en désespoir de cause. Aussitôt que Yu eut l'accès aux ordinateurs, il en prit le contrôle et par leur intermédiaire, prit aussi celui de la base secrète de Graham après avoir cassé les codes d'accès des puissants pare-feu qui en interdisaient l'accès. L'un des techniciens de la CIA, qui regardait les opérations se dérouler devant ses yeux sur les écrans, s'exclama :

— Mais comment fait-il ça !? médusé par la facilité et la rapidité avec laquelle Yu avait pénétré le système. Après quelques minutes, les pales du ventilateur commencèrent à ralentir rapidement jusqu'à s'immobiliser complètement. Les hommes remballèrent tout leur matériel (sauf le matériel de transmission par satellite) et la petite troupe se mit en mouvement à travers le tunnel d'aération. Après avoir franchi le ventilateur, ils firent encore cent cinquante mètres avant de déboucher sur un énorme puits vertical dans lequel l'air chaud remontait des profondeurs de la montagne. La hauteur était impressionnante et difficile à quantifier tant le puits s'enfonçait dans les entrailles de la Terre. Des hommes accrochèrent des cordes d'alpiniste à des crochets, qu'ils avaient fixés sur les parois métalliques à l'aide de puissantes ventouses, et les lancèrent dans le vide. Immédiatement, l'ensemble de la cohorte se lança dans une descente en rappel qui dura un certain temps. Au bout des cordes, quelque trois cents mètres plus bas, ils atterrirent dans un boyau horizontal du diamètre de celui par lequel ils étaient entrés dans la base. Théo, qui avait déjà emprunté le chemin, prit la tête du groupe et avança dans le tube jusqu'à atteindre un nouveau ventilateur qui pulsait un air particulièrement chaud et chargé d'humidité. Il demanda à Yu de stopper celui-ci. Après l'avoir franchi, ils atteignirent une grille qu'ils durent découper pour déboucher sur la centrale à énergie géothermique qui alimentait le complexe. Celle-ci, entièrement automatisée, était vide de monde. Le groupe, Théo en tête, traversa l'immense salle de plusieurs centaines de mètres de long dans laquelle d'immenses turbines, propulsées par la vapeur produite par la chaleur provenant des profondeurs de la Terre, fournissaient l'électricité nécessaire. Au-delà de la centrale thermique, un large tunnel courait, rectiligne, sur une distance appréciable, avant de s'incurver légèrement sur la droite.

Après une traversée qui dura dix bonnes minutes, les hommes arrivèrent dans une grande salle semi-circulaire d'où partaient plusieurs autres tunnels. Sur leur droite, ils virent une large ouverture, qui donnait sur un espace plongé dans l'obscurité. Théo s'y dirigea, muni d'une puissante lampe torche. Il trouvait curieux que l'espace qui se trouvait devant lui soit plongé ainsi dans le noir. Il savait ce qu'il y avait là, pour y être venu quelque temps auparavant, dans une autre réalité, induite par les frasques mégalomaniaques de Fra Paolo, alias Peter Loopsair[6]. A ce moment-là, l'immense cavité naturelle était baignée de lumière et l'on pouvait y voir en son centre, l'énorme sphère noire faite dans une sorte de céramique qui semblait absorber presque toute lumière.

Le faisceau de la lampe éclaira devant le jeune homme à une distance maximale de dix mètres à peu près et Théo dut ralentir sa progression jusqu'à s'immobiliser au bord d'un précipice. Il balança le faisceau de droite à

---

[6] Cf. Tome II.

gauche, cherchant désespérément la passerelle qui conduisait à la sphère, en vain. Théo activa sa vision nocturne afin de voir dans l'obscurité du lieu. Il reconnut la vaste cavité et fronça les sourcils lorsqu'il constata que l'immense sphère ne trônait plus au centre de celle-ci.

Morisson arriva juste après lui et le questionna :

— Quelque chose ne va pas ?

— Il y avait un pont ici qui menait à une immense sphère. C'est là qu'était enfermé Kovac.

— Hum, je vois. Le pont n'est plus là, c'est ça ?

— Non, la sphère non plus du reste. Devant nous s'étend un immense espace vide sur des centaines de mètres.

— Vous pensez qu'elle a été démontée et déplacée ou qu'elle n'existe tout simplement pas et qu'elle n'avait de réalité que dans cet autre temps dans lequel vous l'avez vue ?

Théo ne répondit pas tout de suite, réfléchissant sur le sujet. Il finit par dire :

— Cette base est là pour contenir et faire fonctionner la sphère. Si celle-ci n'existait pas, la base n'aurait pas lieu d'exister non plus.

— Logique, reconnut-t-il. Vous dites que la sphère était immense. Si elle a été démontée et transportée ailleurs, il a dû falloir de très nombreux véhicules pour déplacer ses éléments. Ça ne peut pas passer inaperçu. Quelqu'un a certainement vu quelque chose.

— Vous proposez quoi ?

— Que nous allions enquêter sur le terrain. Il y a des patelins et quelques fermes isolées dans le coin.

Morisson donna des instructions à ses hommes et tous rebroussèrent chemin en direction de la sortie.

§

L'homme était assis dans un rocking-chair, à l'ombre, sur la terrasse de sa maison en bois, couverte d'un appentis. Il était vieux, le visage buriné par l'austère climat du désert. Ses cheveux blancs un peu longs et en bataille, étaient à l'image de sa barbe hirsute. Il fumait la pipe, suivait de ses petits yeux emplis de malice les deux individus qui sortaient d'un gros véhicule noir aux vitres teintées et se dirigeaient droit sur lui. Le premier, un colosse en costume cravate et lunettes noires, s'adressa à lui :

— Bonjour monsieur, je suis l'agent Morisson, du FBI.

Il sortit une fausse plaque du FBI qu'il présenta furtivement devant les yeux du vieil homme, avant de la ranger dans une poche intérieure de sa veste. Morisson avait menti sur l'identité de l'agence pour laquelle il travaillait pour la simple raison que la CIA était une agence de renseignements extérieurs, autrement dit, les espions de l'Amérique. Ils n'avaient pas vocation à intervenir sur le territoire national des États-Unis. C'était la prérogative du FBI. Normalement, Morisson aurait dû passer le relais, pour se rendre au Nouveau-Mexique, au FBI qui se serait chargé d'investir la base de Graham. Mais Morisson avait des ordres stricts de ses supérieurs : pas d'autres personnes ou agences dans la confidence des missions de la section G. Alors, pour ne pas déclencher de vagues entre les différents services, Morisson et ses hommes se faisaient passer pour des agents du FBI. Ils avaient des véhicules identiques, s'habillaient de la même façon et présentaient de fausses cartes de l'agence.

Le vieil homme tira sur sa pipe et continua de regarder tour à tour Morisson et Théo qui l'accompagnait. Il rit dans sa barbe avant de demander, désignant le jeune homme :

— Lui aussi il est du FBI ?

— Non, monsieur, ce jeune homme m'accompagne dans le cadre d'une affaire en cours dans votre coin. J'aimerais vous poser deux ou trois questions, si ça ne vous dérange pas, je peux ?

— Posez toujours, répondit le vieil homme.

— Vous n'auriez pas vu des allez et venues inhabituelles dans le secteur ces derniers temps ?

Le vieil homme tira sur sa pipe avant de répondre laconiquement :

— P'têt bien.

— Vous pouvez m'en dire un peu plus, s'il vous plaît ?

— Vous cherchez quoi au juste ? s'enquit l'autochtone.

— Rien de particulier, des infos, c'est tout.

— Quel genre ?

— Je viens de vous le dire : je veux juste savoir si vous avez vu quelque chose d'anormal ces temps-ci.

— Ouais, dit-il en tirant sur sa pipe.

— Ça veut dire oui ? Vous avez vu quoi exactement ?

— Des choses.

L'homme n'était pas bavard apparemment et Morisson avait toutes les peines du monde à lui faire dire ce qu'il savait. Il décida de l'aider un peu :

— Vous n'auriez pas vu un va-et-vient de poids lourds incessant et inhabituel par hasard ?

— Non, m'sieur, pas vu d'ça.

— Non, pas de camions ?

— J'vous l'dis m'sieur, pas d'camions.

— Des hélicoptères peut-être ?

— Non m'sieur, pas d'hélicos non plus.

— D'accord. Vous voulez pas me dire ce que vous avez vu, ça irait plus vite, vous ne croyez pas ?

— J'sais pas m'sieur.

— Ok. Je vous pose encore quelques questions alors, d'accord ?

— Ouais m'sieur.

— Vous n'avez pas vu de camions, pas d'hélicos, pas d'avions non plus je suppose ?

— Non m'sieur, pas d'avions.

— Mais c'était dans le ciel, n'est-ce pas ? lui demanda Théo qui essayait aussi de comprendre ce que l'homme avait bien pu voir.

Il se demandait pourquoi ce vieil homme était réticent à parler aux autorités. Il en vint à se dire que c'était peut-être parce qu'il avait vu quelque chose de très inhabituel. Quelque chose qu'il n'avait jamais vu de sa vie. Il n'osait sans doute pas en parler ouvertement de peur du ridicule ou qu'on le prenne pour un fou.

— Ouais, mon p'tit gars, y'a d'ça.

— Laissez-moi deviner, poursuivit Théo. Vous avez vu un truc dans le ciel qui n'était pas… disons… normal ?

— C'est ça.

— C'était quoi ? Une sorte de soucoupe volante ?

— P'têt bien qu'ça ressemblait à ça.

— C'était comment : grand, petit, sombre, lumineux ? questionna Morisson.

— Ça d'vait têt grand j'crois. C'était très sombre. On aurait dit qu'la lumière pouvait pas l'éclairer.

Cette dernière phrase fit mouche dans l'esprit du jeune Élu. Il s'approcha de Morisson et lui susurra :

— C'est curieux, la sphère est faite dans une matière étrange qui semble ne refléter qu'une toute petite partie de la lumière qui l'éclaire. Tout à fait ce que cet homme décrit.

— Ça pourrait être la sphère, qu'il aurait vue dans le ciel, vous croyez ? D'après ce que vous m'avez dit, elle est gigantesque. Comment une chose aussi grande aurait pu sortir de l'endroit où elle se trouvait ?

— Je n'en sais rien. Continuons d'interroger cet homme et essayons de lui faire dire ce qu'il a vu.

Le vieil homme tapota sa pipe pour en chasser les restes de tabac et de cendres qu'elle contenait, puis il prit un sachet, qu'il gardait près de lui sur une table basse en osier, l'ouvrit et en sortit du neuf avec lequel il bourra la pipe. Lorsqu'il l'eut allumée, Morisson reprit son interrogatoire :

— Alors, dites-moi, ça avait quelle forme ce truc que vous avez vu dans le ciel ?

— Ben, ça semblait rond, mais y faisait nuit et il était si sombre qu'j'en sais trop rien à vrai dire.

— S'il faisait nuit et qu'il soit aussi sombre que vous le dites, comment avez-vous pu le voir ?

— A cause d'la Lune, pardi ! s'exclama le vieil homme. Elle était presque pleine cette nuit-là. J'étais dehors, ici, d'vant la maison. J'étais sorti parce qu'les chiens aboyaient. J'ai ben cru qu'y avait un rôdeur. J'ai regardé autour de moi mais j'ai rien vu. J'me suis retourné pour rentrer dans la maison lorsque, d'un seul coup, tout s'est assombri et la maison s'est retrouvée dans l'noir complet. J'me suis demandé c'qui arrivait et j'me suis tourné en direction d'la Lune et c'est là qu'j'l'ai vu, dans l'ciel, d'vant la Lune. Ça la cachait tout entière. C'est pour ça qu'j'pense que ça devait têt grand, vous comprenez ?

— Oui, très bien. Et ce truc est resté dans le ciel combien de temps ? Ça se déplaçait vite ou pas ? demanda Théo.

— Ben j'sais pas trop. Il est resté un moment d'vant la Lune. J'avais l'impression qu'y bougeait pas, mais j'avais tort. En fait, y se déplaçait tout droit dans ma direction. J'l'ai compris seulement quand j'l'ai vu passer au-dessus d'la maison. D'un coup, la Lune est réapparue et j'ai pu voir une masse sombre, ronde et silencieuse qui glissait au-dessus d'moi.

— C'était à quelle altitude d'après vous ? demanda Morisson.

— Ça j'saurai pas dire. C'était assez haut mais pas trop j' pense. Ou alors c'est qu'c'était immense.

— Vous avez pu distinguer quelque chose, un signe, des inscriptions par exemple, dessus ?

— Non m'sieur. Y'avait rien qu'du noir.

— Et ensuite que s'est-il passé ?

— Ben, ça a continué sa route vers le nord et ça a disparu dans la nuit aussi vite qu'c'était venu. Voilà, c'est tout c'que j'ai vu.

— Vous dites que ça semblait rond, dit Théo. Est-ce que c'était rond comme un ballon ?

— Oui, exactement, on aurait dit comme un ballon tout noir.

— Bien, nous vous remercions monsieur pour votre coopération, termina Morisson. Nous vous demandons de ne parler de ce que vous avez vu à personne. C'est une question de sécurité nationale.

— Y'a pas d'risque qu'j'en cause, m'sieur. Vous avez pas à vous inquiéter. Par ici les gens qui racontent des trucs dans l'genre sont pas trop bien vus, vous savez. On sait comment ça s'est terminé là-bas, dans l'Est de l'État.

Le vieil homme tendit le bras dans la direction de l'est.

— Dans l'Est ? demanda Théo. Qu'y a-t-il eu dans l'Est ?

— Venez, allons-y, lui intima Morisson en le prenant par le bras. Lorsqu'ils furent dans le 4x4, celui-ci répondit à la question du jeune homme par une autre question :

— Nous sommes au Nouveau-Mexique, ça ne vous dit rien ?

Théo réfléchit un moment avant d'avouer :

— Non, rien du tout. Pourquoi, ça devrait ?

— Roswell, vous avez déjà entendu parler tout de même ?

— Ah oui, Roswell ! Bien sûr, suis-je bête !

— Les gens du coin sont assez susceptibles lorsqu'il s'agit d'histoires de soucoupes volantes. C'est pour ça qu'ils ont du mal à parler lorsqu'ils voient quelque chose dans le ciel.

— Je comprends.

— Nous avons une énigme à résoudre en attendant.

— Pourquoi une énigme ?

— Cette sphère gigantesque n'a pas pu disparaître comme ça et s'évanouir dans la nature. Et puis, comment est-ce qu'elle a pu sortir de sa grotte, plusieurs centaines de mètres sous terre ?

— Il y a certainement une explication. Ce qui m'étonne par contre, c'est comment une sphère de cette taille peut voler d'elle-même ? Il faudrait maîtriser des technologies incroyablement avancées pour ça. Elle doit peser plusieurs milliers de tonnes. Et puis ça voudrait dire que c'est une sorte de véhicule et non une prison pour monstres, comme je l'avais cru jusqu'ici.

— Elle ne vole peut-être pas toute seule.

— Comment ça ?

— Elle était peut-être tractée par une myriade d'hélicos.

— Sauf que le vieil homme nous a bien dit qu'elle glissait dans le silence. Ça ne colle pas avec une myriade d'hélicos, il me semble.

— Vous avez raison, Théo. Nous sommes devant quelque chose qui nous dépasse, pour le moment du moins. Nous allons tout de même essayer de la retrouver.

— Comment ?

— Un objet de cette taille, dans le ciel des États-Unis, ça ne peut pas passer totalement inaperçu, surtout aux yeux des moyens de surveillance de l'armée. Je vais passer quelques coups de fil et nous verrons bien si les militaires ont des informations sur le sujet, ce qui ne m'étonnerait guère.

Les portes de l'ascenseur s'ouvrirent sur le grand salon de la suite de Jessie Graham, à l'hôtel Kampinski de Genève. La jeune et jolie blonde l'accueillit avec un large sourire, les bras écartés en signe de bienvenue. Le jeune homme vint jusqu'à elle et ils s'enlacèrent longuement, heureux de se revoir. Ils s'installèrent ensuite confortablement dans les sofas et s'expliquèrent sur ce qui était arrivé à Théo durant ces quelques jours d'absence.

— Que comptes-tu faire maintenant ? demanda la jeune femme.

— Il faut que nous nous rendions à Jérusalem pour enquêter sur le Gardien. Nous devons le retrouver. Le seul ennui, c'est que j'ai Morisson et toute la CIA sur le dos en permanence.

— Tu leur as bien faussé compagnie pour venir ici. Tu n'es pas obligé de retourner là-bas.

— Ce n'est pas aussi simple, Jess. Morisson m'a avoué que nous étions surveillés depuis le début de cette histoire. Toi, tu l'étais avant même que nous nous rencontrions. Ça veut dire que quoi que nous fassions, ils nous surveillent.

— Qu'est-ce qu'on peut faire alors ?

— Le mieux est que je continue de travailler en collaboration avec Morisson. Je connais chacun des hommes de son équipe et au moins je sais par qui je suis surveillé. Je ne pense pas qu'il ait planqué des hommes supplémentaires pour épier mes faits et gestes.

— Que veux-tu que nous fassions, de notre côté ?

— Allez à Jérusalem. Commencez à fouiner du côté du Saint-Sépulcre, c'est là que vivait le Gardien d'après l'archange.

— Qu'est-ce qu'on cherche au juste ?

— Je n'en sais rien. Interrogez les habitants du quartier, voyez s'il n'y avait pas quelqu'un de différent ou des faits étranges, par exemple.

— C'est vague.

— Que veux-tu que je te dise, se désola Théo qui levait les bras au ciel. Je n'ai aucune idée de par où commencer pour trouver ce fameux Gardien.

— Bon, on va faire ça, dit-elle, sceptique. Et toi, tu vas faire quoi ?

— Pour le moment, Morisson est focalisé sur la recherche de la sphère et de Kovac. Je vais continuer de chercher avec lui.

— Tu penses à autre chose ?

— Oui. Dis à Lisa que je pense fort à elle.

Jessie jeta un œil à sa montre et lui dit :

— Si tu patientes encore cinq minutes, tu devrais pouvoir le lui dire toi-même.

Le visage de Théo s'illumina. Il n'avait pas vu sa bien-aimée depuis près de deux semaines et il n'avait pas pu lui donner de nouvelles et n'en avait pas eu d'elle.

— Je ne savais pas qu'elle était ici, reprit-il.

— Depuis ta disparition, elle était très inquiète et a préféré me rejoindre ici plutôt que de rester seule chez elle.

Après quelques minutes, Lisa arriva. Lorsqu'elle vit Théo, elle se jeta dans ses bras et l'embrassa avec fougue. Ils discutèrent longuement de la situation présente et le jeune homme dut la rassurer. Comme il ne pouvait s'absenter trop longtemps de sa chambre d'hôtel, là-bas, au Nouveau-Mexique, il repartit très vite, laissant les deux jeunes femmes avec ses instructions pour la suite des évènements.

§

Théo était revenu dans la chambre du motel dans lequel il passait la nuit. Il avait pu se déplacer jusqu'à Genève grâce à la dague de l'archange, qui pouvait ouvrir des tunnels temporels permettant de se déplacer d'un point à l'autre de la planète selon ses besoins[7]. Depuis qu'il avait la dague, c'était l'une des premières fois qu'il avait pu s'en servir dans ce but. L'avantage qu'il avait sur Morisson et la CIA était qu'eux ne connaissaient pas l'existence de cette dague. Personne, à part Théo et ses amis, n'en connaissait l'existence. C'était la botte secrète des Mikelians, que les grands maîtres de l'ordre se confiaient de génération en génération, avec pour consigne absolue de n'en divulguer l'existence à quiconque. La dague avait plusieurs fonctions essentielles dont celle d'ouvrir des tunnels temporels, bien entendu, mais elle était aussi et surtout une arme de destruction d'une très grande puissance. Pour qu'elle fonctionne parfaitement, elle devait être accompagnée des deux autres bijoux, la chevalière et le médaillon de l'archange[8] et l'ensemble devait être en étroite relation psychique et physique avec l'Élu. Les bijoux, lorsqu'ils étaient portés par Théo, disparaissaient à la vue de tous, sauf du jeune homme. Celui-ci pouvait utiliser la dague sans que personne ne puisse la voir, ce qui préservait son secret en toutes circonstances.

---

[7] Cf. tome I et Tome II.
[8] Cf. Tome I

Théo regarda l'heure : six heures vingt. Il bailla et s'étira. Il n'avait pas beaucoup dormi. Il décida d'aller prendre son petit déjeuner dans le restaurant du motel.

Lorsqu'il entra dans la salle du restaurant, il vit Morisson et ses hommes attablés, douchés, rasés et habillés. Ils étaient silencieux, prenaient leur petit déjeuner. Théo s'installa à leur table, sans rien dire, respectant leur silence. Il se servit des pancakes qu'il nappa de sirop d'érable, ainsi qu'un muffin. Morisson et ses hommes mangeaient des œufs au bacon. Théo en avait la nausée, lui qui avait du mal à avaler quelque chose le matin. Il s'obligeait à le faire, pour prendre des forces, bien qu'il n'en ait nul besoin en réalité, car s'il avait vraiment besoin de force, les bijoux étaient là pour le seconder, bien mieux que quelques pancakes.

Morisson, assis face à lui, regardait tous ses faits et gestes. Il était curieux de ce jeune homme, se demandait pourquoi il était ce soi-disant Élu des Mikelians. Il était si jeune, si frêle encore, physiquement. Pourtant, il devait bien reconnaître que Théo avait beaucoup de caractère. Il était intelligent, ça ne faisait aucun doute, paraissait avoir une grande maîtrise de lui en toutes circonstances, était intuitif et avait aussi un grand pouvoir de déduction. Toutes ces qualités étaient rarement réunies en une seule personne, qui plus est dans un garçon d'à peine quinze ans. Morisson trouvait que le jeune homme paraissait avoir la maturité d'un adulte d'au moins quarante ans. C'était très perturbant de travailler avec lui. Lorsqu'il le regardait, il avait l'impression de parler à un ado, mais lorsque Théo lui parlait, il avait le sentiment que quelqu'un d'autre parlait à sa place. C'était un peu comme si le corps de Théo était celui d'une marionnette dont un homme de quarante ans au moins tirait les ficelles. Le physique et l'esprit n'allaient pas de pair.

— Je viens d'avoir les gens du Pentagone, expliqua-t-il.

— Alors, du nouveau ? s'informa Théo.

— Ils affirment qu'aucun engin volant suspect n'a été détecté par ici la nuit où le vieux l'aurait vu. Pas plus que d'autres nuits avant et après du reste.

— Ça vous étonne ?

— Oui et non. Reste à savoir si c'est parce que le vieux nous a raconté des bobards ou si c'est parce que la sphère est indétectable.

— Vous n'avez pas évoqué la troisième possibilité.

Morisson sourit. Il prit une bouchée d'œufs avec une tartine de pain de mie.

— Ou bien c'est vous qui nous avez raconté des bobards au sujet de la sphère, dit-il la bouche pleine.

— Vous penchez pour quoi ? demanda Théo, curieux.

— Je ne crois pas que vous ayez raconté des histoires au sujet de la sphère. Et je ne crois pas non plus que le vieux ait menti, car, à moins que vous ne l'ayez obligé, d'une manière ou d'une autre, à nous servir cette histoire d'objet sombre volant dans le ciel, il a décrit exactement la sphère telle que vous me l'aviez décrite.

— Reste l'option indétectable, alors.

— Oui, ou une quatrième option : le Pentagone nous ment.

— Vous comptez faire quoi maintenant que nous avons définitivement perdu la trace de la sphère et donc de Kovac ?

— Je n'ai pas dit mon dernier mot. Le Pentagone nous ment ou n'a rien vu, mais si une personne l'a vue cette sphère, d'autres l'ont peut-être vu aussi.

— Et vous comptez faire comment pour le savoir ?

— Tous les jours des personnes vont trouver les autorités pour leur signaler des faits étranges. Tous les faits, même anodins, sont consignés par les autorités locales. Ensuite, les rapports partent directement au FBI, sur leurs serveurs. Nous allons faire une demande de collaboration avec eux. Peut-être trouverons-nous quelque chose.

— Ça va être long ?

— Ça peut prendre un certain temps avec le FBI. Surtout qu'ils ne nous aiment pas trop. Notez que nous le leur rendons bien.

Théo finit son petit déjeuner puis regagna sa chambre. Le départ du motel eut lieu moins d'une demi-heure plus tard, en direction du nord. Morisson était convaincu que la sphère avait pris une trajectoire rectiligne pour aller se cacher Dieu sait où. Il pensait suivre cette même trajectoire qui coupait exactement la ferme du vieil homme qu'ils avaient interrogé la veille et trouver, qui sait, des témoins qui auraient pu voir quelque chose. C'était un travail de fourmi, mais les hommes de la CIA n'étaient visiblement pas rebutés par les tâches ingrates et fastidieuses pour poursuivre leur but.

§

Antoine Priolo

Chapitre III

Jésus, le mendiant

Il était à peine dix heures trente et la chaleur était déjà accablante. Le professeur James Darlington arpentait les rues du vieux Jérusalem depuis près d'une heure, s'arrêtant çà et là pour discuter avec les commerçants et les habitants du quartier autour de l'église Saint-Sépulcre. Cela faisait deux jours qu'il était arrivé et cherchait des indices pour trouver le Gardien. Lui, Jessie et Lisa s'étaient partagé le quartier de façon à éviter d'interroger deux fois les mêmes personnes. Pour le moment, aucun d'entre eux n'avait trouvé la moindre trace du Gardien, mais il faut bien dire que même s'ils en avaient trouvé une, nul doute qu'ils n'étaient pas certains de la déceler. Comment pouvait-on trouver quelqu'un sans avoir le moindre indice sur lui, juste sur l'indication d'un lieu où il s'était trouvé trois ans auparavant ? On ne connaissait pas son âge ni son sexe (il aurait tout aussi bien pu être une femme), pas plus que sa profession ou sa nationalité. En fait, on ne savait rien, absolument rien !

Lorsqu'ils étaient arrivés ici, ils avaient réfléchi à la manière dont ils allaient aborder leur quête. Ils finirent par conclure que finalement les deux seules choses qu'ils savaient sur le Gardien étaient : premièrement, qu'il vivait dans le quartier autour du Saint-Sépulcre et deuxièmement, qu'il avait disparu voici trois ans environ. Partant de ce constat, ils interrogèrent les habitants du quartier afin d'essayer de trouver quelqu'un qui se souviendrait d'un habitant qui aurait vécu là et serait parti il y a à peu près trois ans. Jusque-là, cela n'avait pas donné grand-chose. Loin de se décourager malgré la difficulté, les trois amis continuaient d'arpenter le quartier dans l'espoir de recueillir enfin un indice qui les mettrait sur la voie.

Darlington emprunta une ruelle commerçante, vivante et colorée dont les étals disposés de chaque côté, les uns face aux autres, ne laissaient libre qu'un étroit passage sous les stores de toile qui les protégeaient du soleil brûlant. Les murs de pierre ocre et blanche des maisons de Jérusalem disparaissaient sous un bric-à-brac fait de vêtements, de paniers d'osier, de bassines plastique, d'étoffes diverses et variées et surtout de souvenirs religieux. Il pénétra dans l'une de ces boutiques dont la porte d'entrée était grande ouverte sur l'extérieur. L'intérieur n'était pas très grand et des étagères croulaient sous le poids des bibelots de toutes sortes. Le commerçant, un homme d'une quarantaine d'années, petit et gras, la peau hâlée et luisante, le cheveu noir très bouclé, presque frisé, suivait des yeux le professeur qui venait à lui. Tout sourire, il salua et dit :

— Qu'est-ce qui vous ferait plaisir, monsieur ? Un crucifix fait dans le même bois que la croix du Christ ? Tenez, regardez comme il est beau !

Il prit l'un de ces crucifix sur une étagère derrière lui et la tendit à Darlington qui le repoussa d'un geste de la main en disant :

— C'est gentil, je vous remercie, mais ce n'est pas ce que je cherche.

— Vous préférez plutôt un souvenir de Jérusalem alors ? Une boule à neige avec le Saint-Sépulcre peut-être ?

Là encore, le commerçant tendit l'objet qu'il proposait.

— Non merci, je ne suis pas là pour vos bibelots.

— Ah non, et vous êtes là pourquoi alors ? demanda le commerçant, l'air renfrogné.

— Je suis à la recherche de quelqu'un. Je fais le tour des commerçants et des habitants du quartier pour tenter de le retrouver.

— Ah oui ? fit le commerçant. Il s'appelle comment ce quelqu'un ? Peut-être que je le connais, ajouta l'homme qui s'était ravisé et avait retrouvé un air aimable.

— Eh bien, à vrai dire, je n'en sais rien.

— Ça ne va pas être simple alors.

— Oui, c'est vrai.

—Et il est comment physiquement ce quelqu'un que vous cherchez ?

— C'est tout le problème, je n'en sais rien, se désola Darlington.

Le commerçant le regarda en secouant la tête et en ricanant :

— C'est une blague !? Vous ne connaissez pas son nom, son visage, vous savez quoi alors ? Rien ?

— Presque. Tout ce que je sais, c'est qu'il habitait le quartier et qu'il en est parti il y a trois ans à peu près.

— Eh bien, je ne sais pas ce que vous lui voulez à ce quelqu'un, mais je crois que vous n'êtes pas près de l'obtenir de lui, si vous voulez mon avis, dit le commerçant d'un ton moqueur.

— Essayez de réfléchir, lui intima soudain le professeur, coupant court au ton sarcastique que prenait l'homme. Un homme, ou une femme, ayant habité le quartier, parti, disparu qui sait, depuis trois ans. Ça ne vous dit rien ?

Le ton du professeur était courtois mais ferme, ne soufrant plus la moquerie et les sarcasmes. Le commerçant réfléchit en tordant la bouche et en secouant la tête :

— Vous savez, des gens qui vont et qui viennent, dans le quartier, il y en a pas mal.

— Je comprends. Prenons le problème autrement alors, voulez-vous ? Essayez de penser à quelqu'un qui aurait été un peu différent, par exemple.

— Différent ? Comment ça ?

— Je n'en sais trop rien. Une personne qui se serait comportée de façon… comment dire ?... étrange ?

Darlington venait d'avoir cette idée subitement. Il s'était dit que le Gardien était sans doute l'un de ces êtres surnaturels, à l'instar de Dragan Kovac ou même de Théo. Peut-être qu'il aurait pu faire appel à la magie et avoir des pouvoirs qui lui auraient permis de se comporter différemment des autres. Les gens du quartier auraient pu être témoins de certains faits, qui sait ? C'était peut-être une façon de retrouver sa trace.

— Maintenant que vous me le dites, il y a en effet quelqu'un qui peut correspondre à ça.

L'homme continuait de réfléchir et de se souvenir tout en secouant la tête.

— Il y avait ce type… comment il s'appelait déjà… Jésus ! Oui, c'est ça, Jésus.

— Jésus ? s'étonna Darlington.

— Oui, Jésus, dit-il en riant. Ce n'est plus un prénom très courant chez nous, vous savez.

— Oui, je veux bien vous croire.

— Jésus... Le commerçant se remémorait cet homme. Il l'avait presque oublié. Soudain les souvenirs remontaient en lui. Il expliqua :

— Ce type, il était pas comme nous.

— Pas comme vous ? Vous voulez dire pas... Juif ?

— Oui. Enfin non. Juif, pas Juif, je n'en sais rien. C'est pas vraiment ça. Il a débarqué un jour de nulle part et s'est mis à déambuler dans les rues du quartier. Il portait une sorte de toge écrue, sale, trouée, était pieds nus et ne s'était visiblement pas lavé depuis un certain temps. Il parlait seul parfois, à voix haute et les habitants du quartier ont commencé à se moquer de lui, à le traiter de mendiant. Pourtant, personne ne l'avait jamais vu mendier. Lorsqu'on lui demandait son nom, il répondait : Jésus, Jésus de Nazareth. Les gens riaient et se moquaient. Il était clair qu'il n'avait pas la lumière à tous les étages, si vous voyez ce que je veux dire ?

Il joignit le geste à la parole en faisant tournoyer l'index de sa main droite sur le côté de sa tête, au niveau de la tempe.

— Il vivait dans la rue, dormait à la belle étoile. Un vrai mendiant mais qui ne mendiait pas. Et surtout, ce qui était le plus étrange et que l'on ne comprenait pas, c'est qu'il avait visiblement de l'argent, n'en semblait jamais à court. Il mangeait à sa faim mais était sale, n'avait que sa toge sur lui et vivait dans la rue. Il avait pourtant de quoi vivre normalement, dans une maison, comme tout le monde.

— Voilà qui est curieux, en effet.

— On a fini par comprendre rapidement pourquoi il avait de l'argent sur lui. Il faisait un trafic avec Moshé Cohen, un commerçant de la rue qui vend du matériel électronique et des téléphones portables.

— Quel genre de trafic ?

— Je sais pas trop. Allez le lui demander vous-même. Il est un peu plus haut, sur la droite. Vous ne pouvez pas le louper, c'est le seul magasin de la rue qui vende de l'électronique.

James Darlington était satisfait et content de lui. L'idée qu'il avait eue semblait porter ses fruits. Il avait un cas étrange sous la main et comptait bien suivre la piste, même s'il ne s'emballait pas et savait qu'il y avait peu de chances qu'il ait trouvé le Gardien en si peu de temps, avec si peu d'indices. Mais si ce Jésus n'était qu'un mendiant un peu déséquilibré, cela valait tout de même le coup d'en savoir un peu plus sur lui.

§

Le professeur entra dans la boutique de Moshé Cohen. Celle-ci était propre, bien rangée et agréable, bien que vieillotte. L'homme qui se trouvait derrière son comptoir avait un certain âge, portait une barbe grise assez longue, des lunettes et une kippa. Il salua l'entrée du professeur d'un :

— Bonjour monsieur, soyez le bienvenu, que puis-je pour votre service ? phrase qu'il devait répéter des dizaines de fois chaque jour.

— Êtes-vous monsieur Cohen ? questionna Darlington.

— C'est bien moi, Moshé Cohen, pour vous servir.

— Je voudrais m'entretenir avec vous au sujet d'un dénommé Jésus. Ça vous dit quelque chose ?

Moshé Cohen rit avant de répondre :

— Je ne suis pas chrétien, comme vous pouvez le voir, mais je connais Jésus. C'était un Juif, comme moi.

— Ce n'est pas de ce Jésus-là dont je voudrais que nous parlions.

monsieur Cohen changea de visage. Son sourire disparut et de l'inquiétude le remplaça.

— Qui êtes-vous ? Que voulez-vous de moi ?

— Ne soyez pas inquiet monsieur Cohen, je ne suis pas de la police. Je veux juste en savoir un peu plus sur Jésus, le mendiant qui trainait dans le quartier. J'ai appris qu'il était... comment dire... en affaire avec vous, c'est exact ?

— C'est un bien grand mot, minimisa-t-il. Il m'aidait parfois, c'est tout.

— Que faisait-il pour vous aider ?

— Des petits boulots, c'est tout.

— Pourtant, il semblerait que Jésus se promenait avec une somme d'argent assez importante pour un mendiant qui faisait de petits boulots. Que faisait-il, le ménage ? Il livrait les clients ?

Moshé Cohen retira ses lunettes et nettoya les verres à l'aide d'un petit chiffon. Il les remit délicatement, regarda Darlington et, penchant la tête sur le côté gauche, lui demanda :

— Vous êtes qui exactement ? Je n'ai pas bien entendu votre nom ?

— C'est parce que je ne l'ai pas prononcé. Je suis le professeur James Mortimer Darlington, de l'université d'Oxford, en Grande Bretagne.

— Un professeur d'université ? s'étonna le commerçant, l'air visiblement soulagé. Mais je ne comprends pas, qu'est-ce que vous me voulez au juste ?

— Je vous l'ai dit, je veux juste parler de Jésus, le mendiant. Je ne suis pas de la police, pas plus que de je ne sais quel autre service de l'État dont vous pourriez avoir à craindre en me parlant de vos affaires avec lui.

— Vous savez qu'il a disparu ?

— Oui, il y a trois ans environ, c'est cela ?

— A peu de choses près, oui.

— Parlez-moi de lui, dit le professeur d'une voix douce et paisible. Je veux tout savoir sur cet homme.

— Je ne sais pas grand-chose moi-même, vous savez.

— Racontez-moi comment vous l'avez rencontré par exemple.

monsieur Cohen se remémora le passé. Il eut un léger sourire et commença son récit :

— C'était un vendredi, veille de shabbat, je m'en souviens très bien. J'étais dehors, sur le pas de la porte. Un client mécontent de son téléphone est arrivé et a commencé à me traiter d'escroc parce que, disait-il, l'appareil n'avait pas toutes les fonctions décrites sur la boîte et la notice d'utilisation. Le ton est monté entre nous. Le client avait son téléphone en main et il le brandissait devant lui en me menaçant. J'ai repoussé son bras menaçant et le téléphone est tombé au sol. Il ne l'a pas ramassé, m'insultant tant et plus, très en colère. J'ai bien cru qu'il allait me taper dessus. Et pendant que nous échangions quelques noms d'oiseaux, Jésus a pris le téléphone sur le sol et l'a ouvert en deux. Il a touché tous les composants à l'intérieur et il s'est mis à rire. Il riait si fort que ça nous a coupés net dans notre dispute. On ne l'avait pas remarqué jusque-là. On l'a regardé, le téléphone en main et on s'est demandé ce qui pouvait bien le faire rire ainsi. Le client lui a crié dessus en disant qu'il devait lâcher l'appareil immédiatement. Jésus s'est arrêté de rire et m'a regardé droit dans les yeux. Je me souviens de ce regard. Il était si profond, si… pur. On aurait dit le regard d'un nouveau-né. Et là, il a dit d'une voix calme : « je peux le réparer. » Il l'a répété au moins dix fois. Je suis allé vers lui pour tenter de reprendre l'appareil, car le client était furieux et je craignais qu'il ne s'en prenne au mendiant. Lorsque je suis arrivé près de lui, il m'a dit quelque chose qui m'a marqué : — C'est très archaïque, d'une conception tellement simple. Je peux le réparer. Sur le moment j'ai pensé que ce mendiant était complètement fou et j'allais lui prendre le téléphone des mains, mais je me suis ravisé. Quelque chose dans son regard et les mots qu'il avait prononcés m'avaient interpellé. Alors, j'ai calmé le client et je lui ai dit de repasser à la fermeture, juste avant le début du shabbat. J'ai fait venir Jésus dans l'arrière-boutique, où j'ai un atelier pour les petites réparations et je lui ai demandé de réparer le portable puisqu'il disait pouvoir le faire.

— Et alors, il l'a réparé ? s'enquit Darlington, captivé par le récit de monsieur Cohen.

— Il l'a réparé, oui. Avec une dextérité et une facilité déconcertante. Cet homme avait de l'or dans les mains et dans la tête aussi. Le soir, le client est revenu et a repris son appareil en me menaçant de revenir s'il ne fonctionnait pas parfaitement.

— Et alors, est-ce qu'il est revenu ?

— Deux jours plus tard.

— Ah bon, le téléphone ne fonctionnait pas ?

— Il fonctionnait. Oh oui ! il fonctionnait même très bien, trop bien !

— Trop bien ?

— Le client est venu me faire des excuses et m'a assuré qu'il m'enverrait beaucoup de clients.

— Vraiment ?

— Oui, vraiment. Sa vitesse de connexion à l'Internet était miraculeusement rapide et il avait découvert des fonctionnalités qui n'étaient même pas répertoriées !

— Incroyable !

— Comme vous dites. Alors du coup, j'ai cherché Jésus dans le quartier et lorsque je l'ai trouvé, je lui ai demandé de me faire la même chose sur tous les téléphones que j'avais en boutique. Je lui ai proposé de l'argent, bien entendu, en paiement de ses services, mais je crois que ça n'a jamais été un critère pour lui. Et c'est comme ça que notre collaboration a débuté et s'est poursuivie jusqu'à ce que Jésus disparaisse, du jour au lendemain.

— Comme cela, sans raison ?

— Je n'ai jamais compris. Pendant près de deux ans, il est venu régulièrement dans l'atelier s'occuper de mes nouveaux arrivages de téléphones et croyez-moi, il en arrivait deux fois par semaine, plusieurs centaines ! Les gens se donnaient le mot dans tout Jérusalem. J'avais des clients qui venaient de partout. Même les Palestiniens se débrouillaient pour en avoir ! C'est vous dire. J'ai gagné énormément d'argent grâce à Jésus et je lui en ai fait gagner beaucoup aussi, car je l'ai toujours rémunéré à sa juste valeur, bien entendu.

— Pourquoi, puisqu'il avait autant d'argent, continuait-il à vivre comme un mendiant, dans la rue ?

— Je ne sais pas. Lorsque j'essayais de lui en parler, il répondait juste qu'il n'avait pas besoin de maison. Mais vous savez, il avait un grain. C'était un génie de l'électronique et de l'informatique mais il était bizarre. Il était capable de réparer n'importe quoi avec pas grand-chose, mais à côté de ça, il savait difficilement se débrouiller pour des choses simples de la vie de tous les jours. Et puis, il s'exprimait de façon désordonnée et on avait du mal à suivre une conversation avec lui. Ça partait dans tous les sens et parfois, il s'énervait parce qu'on ne comprenait pas ce qu'il voulait nous dire, par exemple.

— Vous avez pu savoir d'où il tenait ses connaissances en électronique ?

— Non. Il disait toujours que, pour lui, ces appareils étaient très simples, archaïques. Je lui procurais les derniers-nés des smartphones, directement venus des États-Unis ou de Corée et il les trouvait toujours dépassés, vieillots ! Pour lui ces appareils étaient la préhistoire ! Je pense qu'il avait un cerveau malade, que c'était peut-être une sorte d'autiste, capable de résoudre des problèmes d'une incroyable complexité et en même temps incapable des relations les plus basiques avec son environnement et son entourage. C'est en tout cas la seule explication que j'ai trouvée à son incroyable don.

— Après sa disparition, vous n'avez plus eu de ses nouvelles ?

— Jamais. Il a totalement disparu. J'ai ma petite idée sur le sujet.

— C'est-à-dire ?

— Je pense qu'il avait dû s'échapper d'un établissement spécialisé et qu'il a été retrouvé et ramené là-bas. Je crois que c'est l'explication la plus plausible. Ou alors il est mort, seul dans son coin et les autorités l'ont fait enterrer, tout simplement.

James Darlington prit congé de monsieur Cohen et continua d'arpenter le quartier jusqu'à l'heure du déjeuner, sans trouver grand-chose d'autre à se mettre sous la dent.

§

Le convoi de 4x4 noirs arriva dans la petite bourgade de Bill, dans le Wyoming, après avoir traversé les vastes plaines verdoyantes de cet état du Middle West. En fait de bourgade, hameau était plus approprié pour qualifier Bill. Sur la droite de la route l'on y trouvait un hôtel flambant neuf, l'Oak Tree Inn. Sur la gauche, presque en face, un ensemble de deux ou trois bâtiments en bois, datant sans doute du XIXe siècle, abritaient un bureau de poste et un ou deux commerces. Et c'était tout ! Population : onze âmes. Ici on était presque au bout du monde, perdu dans l'immensité des grandes plaines du centre du pays.

Théo, Morisson et ses hommes suivaient toujours la piste de la sphère, droit vers le nord. Ils avaient traversé tout l'État du Nouveau-Mexique puis le Colorado et enfin le Wyoming. Bill se trouvait au nord-est de l'État. Près de mille quatre cents kilomètres parcourus en deux jours, à la recherche de témoignages. Les renseignements que Morisson avait demandés au FBI n'avaient pas encore été transmis. C'était toujours comme cela entre les deux agences gouvernementales. Il existait un antagonisme qui datait de l'époque même de la création de la CIA en mille neuf cent quarante-sept. Le FBI existait quant à lui depuis mille neuf cent huit. Les gens du FBI ne voyaient pas d'un bon œil l'arrivée de cette nouvelle agence qui, même si elle n'avait pas pour vocation de piétiner ses plates-bandes, n'en demeurait pas moins concurrente dans beaucoup d'affaires qui touchaient à la sécurité nationale.

Théo, seul dans sa chambre d'hôtel, décida de rejoindre Yu à Hong Kong.

Pour pouvoir ouvrir un tunnel temporel, qui permettait non seulement de se déplacer dans le temps, mais également dans l'espace, Théo avait besoin de plusieurs choses : premièrement, de visualiser le lieu d'arrivée. Pour cela, il n'avait pas besoin obligatoirement de le connaître. Une photo ou une vidéo faisaient l'affaire. Deuxièmement, il fallait également que ce soit un lieu discret, loin des regards, car le tunnel temporel ne passait pas inaperçu, avec son tourbillon tout en volutes bleues, traversé d'éclairs intensément lumineux. Troisièmement, le lieu de départ, comme celui d'arrivée, devait être assez dégagé, car le tunnel, qui faisait près de dix mètres de diamètre, aurait emporté, dans la rotation rapide de ses parois d'énergie pure, tout ce qui passait à sa portée.

Le jeune homme quitta sa chambre et le motel discrètement pour s'éloigner dans la campagne, loin des regards. Il ouvrit un tunnel temporel grâce à la dague et franchit en un instant la distance qui séparait Bill de la métropole asiatique. Il débou la dans un jardin en friche, sur les hauteurs de la ville, près du pic Victoria, dans une zone résidentielle où étaient érigées de magnifiques propriétés, dont beaucoup dataient de l'époque Victorienne. Yu lui avait fait visionner une petite vidéo de l'endroit, quelque temps auparavant, pour qu'il puisse le rejoindre rapidement en cas de besoin. C'est là, au milieu de la quiétude de jardins aux arbres centenaires que vivait le jeune Chinois et sa famille. Son père était un diplomate à la carrière déjà longue et bien remplie. Il avait été, entre autres, consul de Chine à New York. C'est là que Yu avait rencontré Jessie Graham, sur les bancs d'un collège huppé de la ville. Théo repéra la riche demeure des Lee. Il sonna à l'interphone du portail d'entrée, attendit un moment avant qu'une voix féminine ne s'exprime en chinois. Il parla en anglais, espérant qu'il serait compris, ce qui fut le cas et demanda à parler à Yu, après avoir décliné son identité. Quelques instants plus tard la voix de son ami résonna dans la rue. Le portail s'ouvrit et Théo s'engouffra à travers le jardin jusqu'à la grande maison bâtie sur trois niveaux, dans le plus pur style Victorien. Une domestique, sans doute celle à qui il avait parlé, lui ouvrit la porte et le pria d'entrer. Une fois dans le vaste et luxueux hall, il vit Yu débouler d'un immense escalier qui descendait en arc de cercle sur le côté gauche de l'entrée. Le jeune Chinois se précipita vers Théo, tout sourire et, après s'être donné l'accolade, lui demanda, sous l'effet de l'étonnement :

— Mais qu'est-ce que tu fais ici ? Je te croyais aux États-Unis ?

— C'est le cas, j'y suis. Tu peux me scanner, s'il te plaît ?

— Oui, bien sûr, viens avec moi, j'ai tout ce qu'il faut au sous-sol de la maison.

Théo craignait que Morisson ne lui ait placé un mouchard. Yu avait un équipement dernier cri pour les détecter. Ils se rendirent dans une grande pièce fermée par une double porte blindée munie d'un sas de sécurité. Le sas était équipé d'un scanner très sophistiqué qui permettait la détection de mouchards en tous genres. Yu passa le premier. Lorsque Théo franchit le sas, une alarme retentit. Yu examina son ami dont la silhouette s'affichait sur un écran et repéra un objet implanté sous sa peau, au niveau du cuir chevelu. Sur un autre écran, des données s'affichaient, détaillant le type d'appareil.

— Ceux qui t'ont implanté le truc que tu as dans la tête, ne se sont pas foutus de toi ! plaisanta-t-il.

— Qu'est-ce que c'est ? s'inquiéta l'Élu.

— Un traceur d'une incroyable miniaturisation ! Il est directement relié par satellite, ce qui fait qu'ils peuvent savoir au centimètre près où tu te trouves à chaque instant.

— Ça veut dire qu'ils savent que je suis ici, dit-il d'un ton contrarié. C'est ennuyeux. J'aurais préféré qu'ils ne sachent pas que je peux me déplacer aussi facilement d'un point à l'autre de la planète.

— Ils penseront peut-être que leur traceur est défectueux, tu ne crois pas ?

— On peut toujours espérer, mais je doute qu'ils pensent ça, surtout lorsqu'ils vont voir que le signal est émis de la maison de tes parents. La dague est la seule arme de l'archange qui ait échappé à la connaissance de tout le monde jusque-là et j'espère bien que ça continuera. Mais ce qu'il y a, c'est que je suis aussi allé à Genève voir Jessie. Si avec ça ils pensent encore que leur traceur déconne…

— C'est sûr que là ils vont se poser des questions.

— Bon, est-ce qu'ils peuvent nous écouter avec ce truc ?

— Non.

— Sûr ?

— Sûr.

— Tu penses qu'on pourrait l'enlever facilement ?

Yu pianota sur le clavier d'un ordinateur. Des données défilèrent sur l'écran et au bout d'un moment le jeune Chinois siffla avant de dire :

— Ça va pas être de la tarte ! Ce truc est directement relié à tes ondes cérébrales.

— Et c'est grave d'après toi ? s'inquiéta Théo.

— Non, mais si on le retire, ils se rendront compte de suite que tu ne l'as plus sur toi.

— Est-ce qu'on pourrait créer une sorte de leurre pour faire croire qu'il est toujours dans ma tête ?

— Je vais plancher dessus mais je te promets rien. Ça a l'air assez compliqué comme truc. Je vais voir avec l'un de mes amis qui est plus spécialisé que moi dans ce genre de problème. Il trouvera peut-être une parade.

— Bon, fais au mieux. Tu dis qu'il n'y a pas de micro, on peut parler alors ?

— Oui, tu peux y aller, ils ne peuvent nous entendre.

— J'avais besoin de te voir d'urgence, car j'ai besoin que tu fasses des recherches pour moi.

— Aucun problème.

— Bien entendu, ta maison est parfaitement sécurisée et imperméable à toutes les écoutes ?

— Bien entendu Théo, tu me connais.

— Ok. Je suis là pour te demander de faire deux choses pour moi. La première est de tenter de pénétrer les serveurs de la CIA. Est-ce que tu penses que c'est faisable ?

Yu fit une drôle de tête. Il était, certes, un petit génie de l'informatique, capable de pénétrer les systèmes les plus sophistiqués, mais là, ce que demandait Théo semblait du domaine de l'impossible, du moins sur le papier. Mais après tout pourquoi pas ? Il avait bien réussi à entrer dans les serveurs de la tour Naberejnaïa à Moscou[9], dans ceux de la société Munchinson, Grobber et Pearlman trading à New York[10] et surtout dans ceux de la base secrète d'Oswald

---

[9] Cf. tome I, chapitre XI.
[10] Cf. tome II, chapitre XV.

Graham dans le Nouveau-Mexique. Alors, serait-il si compliqué d'entrer dans ceux de la CIA ? Il hausa les épaules avant de répondre :

— Tu sais que rien ne me résiste longtemps. Bon, je ne promets pas de faire ça dans l'heure, mais je pense qu'avec un peu de temps, l'aide de mes amis hackers et du matériel que nous possédons désormais grâce à Jessie, je dois pouvoir y arriver. Qu'est-ce que tu veux trouver exactement ?

— Il faudra que tu fasses du nettoyage. Trouve toutes les copies éventuelles des formules que j'ai écrites et détruits-les.

— Ok, si j'entre, ce sera fait.

— Bien, il faut que tu sois certain d'avoir tout détruit. Il ne faut pas qu'ils puissent reconstruire des fichiers à partir de bribes qui pourraient traîner sur les serveurs après ton passage.

— T'inquiète pas, j'ai des outils qui feront le ménage total. Si tu veux, je peux même effacer définitivement toutes leurs données sur tous leurs systèmes informatiques.

— Je ne t'en demande pas tant. Ce sera inutile. Juste les formules, ce sera déjà bien.

— Pourquoi faut-il les effacer ? demanda Yu, curieux.

— Parce qu'il ne faut pas qu'ils puissent les interpréter et connaître les secrets qu'elles contiennent.

— Ils ont peut-être des copies papier ? Dans ce cas je ne pourrai rien faire.

— Concentre-toi sur les informations numériques. Moi je me charge du papier si besoin.

— Tu avais dit qu'il y avait deux choses que je devais faire pour toi. Quelle est la seconde ?

— Dans le même ordre d'idée, il faudrait que tu rentres dans le système du FBI. Théo s'interrompit, laissant à son ami le temps de digérer. Celui-ci haussa à nouveau les épaules avant de dire :

— Au point où on en est, vas-y, dis-moi tout.

— J'ai besoin de récupérer tous les comptes-rendus de la police locale des états situés entre le Nouveau-Mexique et la frontière canadienne concernant des apparitions d'ovnis dans la nuit du treize mai de cette année.

— D'accord, dit Yu qui prenait des notes sur un ordinateur.

— Lorsque tu les auras, isole tous ceux qui parlent d'une soucoupe ou d'une sphère noire très sombre.

— Comme la sphère de Graham ?

— C'est, la sphère de Graham.

— Elle vole !? s'écria le jeune Chinois, l'air ébahi.

— Ça m'a surpris aussi. Tant que tu y es, essaye de savoir du côté canadien où ils recensent les faits similaires et tâche de les récupérer aussi, s'il y en a.

— Je vais avoir un sacré boulot !

— Tes amis pourront t'aider ?

— Oui, je pense qu'ils n'hésiteront pas. Ça n'empêche que tu nous demandes beaucoup ce coup-ci.

— Je sais Yu, mais la situation est compliquée et je dois jongler pour assurer la mission que m'a confiée l'archange tout en restant au contact de la CIA.

— Je comprends.

— Ce n'est pas fini. Lorsque tu auras toutes ces infos, il faudra que tu te débrouilles pour annuler la demande que la CIA a faite au FBI pour l'obtention de ces documents et que tu transmettes de faux témoignages à la C.I.A, que tu vas fabriquer. Il faudra que ça ait l'air de venir des bureaux du FBI et que ce soit parfaitement crédible. Tu me suis ?

— Oui, à peu près. Tu veux faire quoi exactement ?

— Je veux égarer la CIA sur une fausse piste. Il ne faut pas qu'ils retrouvent la sphère et son contenu le plus important : Dragan Kovac. Par contre, nous, nous devons le retrouver.

— Je comprends mieux, maintenant. Tu mets la CIA sur une fausse piste, ce qui nous permettra d'étudier les vrais témoignages et d'avoir des chances de retrouver la sphère avant eux.

— C'est exactement ça. Tu crois que tu pourras faire tout ça ?

— Tu me demandes souvent l'impossible Théo, mais avec toi je suis habitué. Et puis c'est stimulant tous ces challenges ! Compte sur moi pour faire tout pour y arriver.

— Je savais que je pouvais compter sur toi.

§

Oswald Graham fumait un énorme cigare, assis dans son confortable fauteuil, tourné vers les baies vitrées qui offraient une vue plongeante sur les gratte-ciel de New York. Flemming, son homme de confiance, traversa l'immense pièce et vint se camper devant le bureau du milliardaire. Comme Graham ne se retournait pas, il crut qu'il ne l'avait pas entendu entrer et se racla la gorge pour signaler sa présence.

— Je sais que vous êtes là, Flemming. Vous croyez que je ne vous ai pas entendu traverser la pièce ? Vous marchez avec la délicatesse d'un éléphant. Difficile de ne pas vous entendre arriver.

— Désolé, monsieur, s'excusa-t-il.

— Bien, à quoi dois-je m'attendre aujourd'hui, de votre part ? Bonnes ou mauvaises nouvelles ?

— Plutôt bonnes je crois, monsieur. Le jeune Théo Orgone est réapparu...

— Ah ? Le coupa Graham. Où était-il passé celui-là ?

— Il semblerait qu'il ait été kidnappé par la CIA, conduit dans leurs bureaux et sans doute interrogé longuement.

— Hum... La C.I.A... La section G, je suppose ?

— Oui, monsieur, l'agent Morisson en tête.

— Il va falloir suivre tout cela de près. Il y a trop longtemps que la section G fouine. Ils vont finir par tout découvrir s'ils continuent ainsi. Je suppose que vous n'avez pas pu savoir ce qu'ils ont appris du jeune Orgone.

— Non, monsieur, mais il leur a révélé l'emplacement de notre ancienne base du Nouveau-Mexique.

— J'ai eu le nez creux en décidant de l'abandonner.

— Certainement, monsieur. Toutefois, Morisson est sur une piste.

— Une piste !? Quelle piste ?

— Il remonte vers le nord depuis deux jours, suivant pas à pas la progression de notre vaisseau.

— Comment fait-il cela ? s'étonna le magnat.

— Morisson a trouvé des témoins qui ont vu passer le vaisseau.

— Hum, c'est fâcheux. Pensez-vous qu'ils puissent remonter jusqu'à son nouvel emplacement ?

— Je ne pense pas, monsieur. Au-delà d'un certain point ils ne trouveront plus personne pour témoigner.

— Vous avez raison. Toutefois, mettez suffisamment de moyens de surveillance sur eux. Il vaut mieux être prudent.

— Ce sera fait, monsieur.

— Des nouvelles de ma fille ? demanda Graham, changeant de sujet.

— Oui, monsieur, elle est à Jérusalem, en compagnie de Lisa Dubois et du professeur Darlington.

— Que fait-elle là-bas ?

— D'après les renseignements qui nous sont parvenus, tous trois parcourent la vieille ville autour du Saint-Sépulcre et interrogent les commerçants et les habitants. D'après nos sources, ils rechercheraient une personne disparue dans ce quartier depuis trois ans environ.

—— Le Gardien ? questionna Graham qui s'était soudain tourné vers Flemming et le regardait droit dans les yeux.

— Nous n'en sommes pas sûrs mais cela pourrait être le cas, en effet.

— Vous savez l'importance que cela revêt, n'est-ce pas Flemming ?

— Bien entendu monsieur. J'ai déjà donné des instructions pour renforcer considérablement leur surveillance. S'ils suivent sa piste, nous en serions informés immédiatement.

— C'est parfait. Et où en est notre agent sur le sujet ?

— Il avance, monsieur. La piste est difficile à suivre.

— Donnez-lui tout l'appui nécessaire. Mon intuition me dit qu'il n'y a pas de hasard, que si nous cherchons le Gardien, Théo et ma fille le cherchent ou le chercheront de toute façon. Le Gardien est la clé qui nous permettra de vaincre une bonne fois pour toutes. Ne les perdez pas de vue un seul instant surtout.

— N'ayez crainte, monsieur, tout est sous contrôle. Comme toujours dans ce genre de cas, je supervise moi-même les opérations.

— Parfait Flemming. Ne perdez pas de temps avec moi alors et allez vous occuper de cette affaire. Et surtout, faites-moi votre rapport dès qu'il y a du nouveau.

— Ce sera fait, monsieur.

§

Lisa et Jessie franchirent le portail après avoir présenté leurs papiers d'identité au gardien qui se trouvait dans une guérite vitrée. Elles traversèrent un grand parc bien entretenu, par une allée centrale goudronnée. Le bâtiment qui leur faisait face était grand, avec un corps central flanqué de deux ailes. Sa façade blanche était percée de nombreuses fenêtres grillagées. Dans le vaste jardin, de nombreux patients vêtus de blouses blanches déambulaient, adoptants parfois d'étranges postures, exécutant de grands gestes ou débitant de longs monologues, signes de toute la détresse humaine que l'on trouvait dans les hôpitaux psychiatriques.

Elles entrèrent dans un vaste hall d'accueil un peu vieillot mais bien tenu. Une infirmière, vêtue d'un uniforme bleu typique, se tenait derrière le comptoir couleur chêne foncé. Elle regarda les deux jeunes femmes, leur décocha un semblant de sourire et leur parla en Hébreu. Jessie coupa court en disant :

— Je suis désolée mais nous ne parlons pas votre langue. Comprenez-vous ce que je dis ?

— Parfaitement mademoiselle, répondit l'infirmière. Que puis-je faire pour vous ?

— Nous sommes à la recherche d'une personne. Nous savons qu'elle a été internée ici, en Israël, mais nous ne savons pas où exactement.

— Comment se nomme-t-elle ?

— C'est là tout le problème, nous ne le savons pas.

L'infirmière fronça les sourcils avant d'ajouter, d'un air méfiant :

— Pourquoi la recherchez-vous ?

— Nous sommes journalistes au Jérusalem Tribune et nous préparons un article sur un mendiant nommé Jésus qui vivait dans la vieille ville, autour du Saint-Sépulcre.

Pour étayer ses dires, Jessie sortit de son sac à main une carte de journaliste qu'elle présenta à l'infirmière. La jeune femme avait obtenu des cartes de presse pour elle et ses amis auprès du patron du magazine, Aaron Goldman, qu'elle connaissait bien puisqu'il était le grand frère d'un de ses ami et qu'elle l'avait aidé substantiellement à créer son journal en le finançant presque entièrement.

— Nous avons bien eu un patient qui disait s'appeler Jésus, expliqua l'infirmière. Je me souviens très bien de lui. Toutefois je ne pourrai vous parler de lui, ça m'est interdit. Il faudrait que vous ayez un entretien avec le directeur, le docteur Goldberg.

— D'accord, annoncez-nous dans ce cas, proposa Jessie.

— Je ne pense pas que le docteur Goldberg puisse vous recevoir avant longtemps.

Jessie fouilla dans son sac et en sortit un chéquier et un stylo. Elle le remplit sur le comptoir, sous les yeux de l'infirmière avant de le lui tendre. Celle-ci regarda le montant inscrit sur le chèque et roula des yeux ronds comme des billes. Jessie lui dit :

— Tenez, dites au docteur Goldberg que je lui laisse ce don s'il nous reçoit immédiatement.

L'infirmière éclata de rire tout en remuant la tête de gauche à droite :

— Avec votre paye de journaliste, je ne pense pas que vous puissiez faire un don de ce montant, mademoiselle. Désolé, je n'ai plus de temps à perdre avec vous, lança-t-elle sèchement.

Jessie insista en posant le chèque derrière le comptoir :

— Allez trouver le docteur Goldberg et demandez-lui de vérifier l'authenticité du chèque en appelant sa banque, lâcha-t-elle sur un ton impérieux.

—Allons, voyons…

— Faites ce que je vous demande, s'il vous plaît, insista Jessie.

Devant la détermination de la jeune femme, l'infirmière décrocha son téléphone et contacta le directeur de l'établissement. Celui-ci, un homme grand, svelte, la soixantaine grisonnante, prit le chèque et revint après une dizaine de minutes en se confondant en excuses :

— Je vous en prie, mademoiselle Graham, suivez-moi dans mon bureau. Je suis désolé de la manière dont mon personnel vous a reçu.

L'infirmière, outrée par le comportement mielleux de son patron, pesta et se replongea dans ses dossiers.

Le bureau du docteur Goldberg était grand, cossu, meublé d'un vaste bureau en chêne massif, de fauteuils en cuir vert, larges et confortables, d'une immense bibliothèque remplie de livres de médecine et plus particulièrement de psychiatrie et enfin d'un secrétaire assorti. Un tapis persan au sol complétait le décor.

— Vous désirez obtenir des renseignements sur l'un de nos patients, ai-je cru comprendre, commença le docteur Goldberg. Vous n'êtes pas sans savoir que les données sur les patients sont généralement confidentielles.

— Généralement, oui, répliqua Jessie. Mais avec le don que je viens de vous faire, vous ferez bien une petite exception à la règle, docteur, n'est-ce pas ?

— Eh bien, je dois avouer que nous ne recevons pas de dons aussi conséquents tous les jours. C'est pour nous l'opportunité de réaliser quelques travaux devenus nécessaires…

— Tant mieux si ça peut contribuer à améliorer votre établissement, le coupa Jessie qui désirait en venir à l'essentiel. Parlez-nous de Jésus.

— C'est un patient qui est arrivé chez nous il y a un peu plus de trois ans. Il souffrait de divers troubles mentaux : schizophrénie, paranoïa, troubles cognitifs. Bref, il était dans un état critique à son arrivée ici.

— D'où venait-il et comment est-il arrivé jusqu'ici ? questionna Lisa, qui jusque-là était demeurée silencieuse.

— Nous ne savons pas exactement d'où il venait. Il a été conduit chez nous par les services sociaux de la ville. Il a été retrouvé errant sur la voie de chemin de fer qui relie Jérusalem à Tel Aviv. Il n'avait pas de papiers sur lui et se faisait appeler Jésus.

— Juste un prénom, pas de nom de famille ?

— Non. Il était psychiquement mal en point et délirait. Il semblait vivre dans un autre monde, tenait des propos incohérents. De nombreux patients présentent ce genre de trouble lorsqu'ils arrivent ici, précisa-t-il.

— D'après vous, il avait quel âge ? demanda Jessie.

— A son arrivée, nous pensions que c'était un vieil homme, vu son état physique assez dégradé, mais après quelques temps et des examens divers, il est apparu qu'il n'avait sans doute guère plus d'une cinquantaine d'années.

— Dans ses délires, vous souvenez-vous de ce qu'il disait ?

— C'était très confus. Toutefois, si cela vous intéresse, nous enregistrons toutes les séances de thérapie de nos patients et nous les conservons dix ans après qu'ils aient quitté l'établissement.

— Oui, ça nous intéresse beaucoup, bien sûr.

— Peut-on savoir quand il a quitté cet hôpital, s'enquit Lisa. Et s'il était guéri ?

— Guéri ? Certainement pas ! Jésus nous a faussé compagnie après quelques semaines. On ne l'a plus revu après cela.

— Savez-vous s'il avait pu être repris et conduit dans un autre hôpital ?

— En principe, non. Les services sociaux conduisent les gens sous leur responsabilité, chez nous. Notre établissement est public, sous la tutelle de l'état.

§

Jessie et Lisa avaient été conduites dans un petit bureau aux murs gris, au mobilier et à la décoration minimalistes. Elles avaient à leur disposition un ordinateur avec lequel on les avait autorisées à consulter les enregistrements audio des séances de thérapie du mendiant Jésus.

Cela faisait plus d'une heure que les deux jeunes femmes écoutaient les élucubrations de Jésus dans l'espoir de recueillir des indices éventuels sur cet homme, sans savoir si elles étaient sur une bonne ou une fausse piste concernant le Gardien. Pour le moment, elles n'avaient rien entendu de sa part qui pourrait avoir le moindre rapport avec lui. L'homme avait surtout des délires mystiques et se prenait tantôt pour Jésus-Christ, tantôt pour un Dieu de l'Égypte ancienne et parfois même pour un Martien ! Il tenait des propos totalement incohérents d'où il était difficile d'extraire quoi que ce fut de sensé. Les deux jeunes femmes commençaient à penser que Jésus était finalement une fausse piste lorsqu'elles entendirent, dans l'un des derniers délires du mendiant, des mots qui leur firent dresser l'oreille :

— Je dois le retrouver, répétait-il sans cesse.

— Qui devez-vous retrouver ? demandait le médecin.

— Il faut que je l'aide, je dois le retrouver. C'est ma mission.

— D'accord. Vous pouvez m'en dire plus ?

— Ils comptent sur moi pour le retrouver. Je dois l'aider, c'est ma mission, je me souviens…

— Qui compte sur vous ?

— Eux. Ils m'ont confié la mission. Il doit sauver le monde ! je dois l'aider.

— Qui devez-vous aider ?

Il y eut un blanc avant que Jésus ne réponde :

— Jésus ! C'est Jésus que je dois aider ! Je me souviens.

— Jésus ? N'est-ce pas vous Jésus ?

— Moi ?

Un nouveau blanc. Lisa et Jessie se regardèrent, secouèrent la tête, pensant que ce nouveau délire n'apporterait rien de plus, que Jésus était encore dans le mystique. La conversation reprit :

— Je dois l'aider !

— Jésus ?

— Non. Ce n'est pas lui, non ! C'est…

Un nouveau blanc avant qu'il ne lâche :

— C'est notre Élu ! Oui, c'est ça, c'est l'Élu ! C'est l'Élu ! Je dois l'aider ! Je dois l'aider ! s'écriait Jésus, comme s'il venait d'avoir une révélation.

Les jeunes femmes tendirent l'oreille, surprises mais excitées à l'idée qu'enfin elles puissent avoir la preuve d'être sur une piste sérieuse.

— Qui est l'Élu ? questionna le médecin.

— Le sauveur ! C'est le sauveur ! Je dois l'aider, c'est ma mission !

— Le sauveur ? Le sauveur, n'est-ce pas Jésus, le fils de Dieu ?

— Non, non ! L'Élu n'est pas Jésus. C'est le fils des étoiles ! Il est différent.

— Quand vous dites qu'il est le fils des étoiles, vous voulez dire qu'il vient d'ailleurs, que c'est un Martien peut-être ?

— Non, lui, il ne vient pas d'ailleurs. Il est né ici.

— D'accord. Et cette mission que vous devez accomplir, en quoi consiste-t-elle ?

Il y eut un long blanc avant qu'il ne réponde :

— Je ne sais plus. Je ne me souviens pas. Tout est si… confus dans la tête, docteur. Qu'est-ce qui m'arrive ? Qu'est-ce que j'ai, docteur ? Aidez-moi, je vous en prie !

La conversation s'arrêtait là. Sur les deux ou trois conversations qu'il restait à écouter, Jésus répétait à peu près les mêmes choses, à quelques variantes près, n'apportant rien de plus aux jeunes femmes. Celles-ci quittèrent l'hôpital, perplexes, emportant avec elles plus de questions que de réponses.

§

Antoine Priolo

Chapitre IV

Jésus, le Gardien ?

— Je viens de recevoir les rapports que j'ai demandés au FBI, expliqua Morisson qui était en train de feuilleter un dossier d'une vingtaine de pages.

— Ah, et alors ? demanda Théo.

— Notre intuition était bonne. La sphère s'est déplacée vers le nord.

— Jusqu'où à peu près ?

— Attendez… Juste un peu avant la frontière canadienne elle aurait bifurqué vers l'ouest. On a des témoignages à travers le Montana, l'Idaho et l'État de Washington. Les derniers à l'avoir vue sont des randonneurs qui étaient dans le secteur autour de Sheep Mountain. Après, plus aucune trace.

— Elle se serait posée dans ce coin-là, vous croyez ?

— Ça paraît difficile à croire. Je connais un peu le coin, si elle s'y était posée, elle ne serait pas passée inaperçue longtemps. Il y a toujours des randonneurs, des alpinistes et des amoureux de la nature qui campent dans cette zone.

— Elle a peut-être été enterrée, comme au Nouveau-Mexique.

— Vous croyez qu'il est possible de trouver deux fois une cavité assez grande pour y mettre un engin de cette taille ? s'étonna Morisson.

— A moins que la cavité n'ait été créée par la sphère elle-même, qui sait.

Théo essayait de convaincre Morisson que la sphère était dans la région de Sheep Mountain. Lui savait qu'il n'en était rien, que c'était Yu qui avait créé ces rapports avec de faux témoignages, à sa demande. Il fallait égarer Morisson et les hommes de la section G dans cette direction et leur faire perdre leur temps. Théo espérait que Yu trouverait rapidement un moyen de lui ôter la puce électronique qu'il avait sous le cuir chevelu de manière à fausser compagnie à Morisson pour tenter de trouver la sphère et Kovac avant lui.

— Vous ne trouvez pas ça curieux, songea Morisson, que la trajectoire de la sphère ait changé juste avant la frontière avec le Canada ?

— Graham a peut-être une propriété dans le coin où elle a été vue pour la dernière fois. Moi ça ne m'étonne pas plus que ça.

— Oui, mais quand même…

Morisson sentait que quelque chose clochait dans cette histoire. Théo, lui, sentait qu'il serait difficile de convaincre Morisson.

— Regardez, dit-il en prenant un crayon et en dessinant sur la nappe en papier de la table du déjeuner. Ici, c'est la base de Graham au Nouveau-Mexique, d'accord ?

— Ok.

— Là, expliqua-t-il en ajoutant une croix dans un coin de la nappe, c'est Sheep Mountain.

— Ok, se contentait de répéter Théo.

— Et ça, dit Morisson en traçant une ligne droite qui partait du point représentant le Nouveau-Mexique, c'est la trajectoire vers le nord de la sphère, vous suivez ?

— Parfaitement.

— Enfin, cette ligne représente la trajectoire depuis la bifurcation vers l'ouest jusqu'à Sheep Mountain, d'accord ?

— Oui, et alors ?

— Rien ne vous choque ?

— Ça devrait ?

— Il y a plus de deux mille kilomètres à vol d'oiseau entre la base du Nouveau-Mexique et Sheep Mountain. Et en empruntant cette trajectoire, ça rallonge encore de presque… Allez, neuf cents kilomètres au bas mot.

— Vous pensez qu'elle a pu tomber en panne sèche ? plaisanta l'Élu.

— Vous feriez quoi vous, si vous deviez déplacer un engin de plus de deux cents mètres de diamètre à travers une grande partie des États-Unis en toute discrétion ?

— Je ne sais pas. Et vous, vous feriez quoi ?

Théo jouait les idiots mais il savait très bien où Morisson voulait en venir. Celui-ci traça une ligne droite entre le point représentant le Nouveau-Mexique et celui représentant Sheep Mountain en disant :

— Moi, je ferai ça ! Une trajectoire directe, plus courte et qui croise moins de populations que celle qu'elle est censée avoir empruntée.

— Je vois, se contenta d'ajouter Théo.

— Alors pourquoi emprunter une telle trajectoire ? Ça n'a pas de sens.

— Peut-être que la destination d'origine a dû être modifiée au dernier moment pour une raison quelconque, vous ne pensez pas ?

— Non, je ne crois pas. Si Graham a décidé de déplacer cette boule géante, ça n'a pas pu être dans la précipitation. Il a certainement fallu planifier ça des semaines, voire des mois, à l'avance. Il a fallu trouver un endroit pour la cacher et ça n'a pas dû être simple. Alors un changement de programme de dernière minute ? Non, je n'y crois pas un seul instant.

— Mais les témoignages, vous en faites quoi ?

— Oui, c'est vrai, il y a les témoignages., dit-il, très perplexe. Il resta silencieux un long moment, plongé dans ses réflexions les plus profondes avant d'ajouter :

— Il est sept heures trente. Départ à dix heures ce matin.

— Ah, pourquoi si tard ? demanda le jeune homme.

— J'ai des choses à mettre au point avant le départ. Profitez-en pour vous reposer.

Théo sentait que Morisson ne croyait pas que la sphère avait rejoint Sheep Mountain et pensait que lui et ses hommes allaient passer ces deux heures à chercher la faille. Mais que pouvait-il faire contre ça ? Si Morisson découvrait que le rapport qu'il avait en main était un faux, il soupçonnerait certainement Théo d'en être à l'origine, ce qui ruinerait la confiance relative que l'agent avait en lui. Cela placerait le jeune homme dans une position inconfortable vis-à-vis de la CIA. Théo songea qu'il devait mettre à profit les deux heures qu'il avait devant lui pour agir.

§

Le soleil déclinait lentement sur l'horizon, baignant la vieille cité de Jérusalem dans une lumière irréelle. La douceur du soir s'installait doucement, faisant place à la lourde chaleur de l'après-midi. Lisa et Jessie étaient assises autour d'un verre au bar du Waldorf Astoria, hôtel dans lequel elles étaient descendues. Fourbues par la chaleur, découragées par la recherche du Gardien qui avançait lentement, elles étaient lasses, affalées dans leurs fauteuils, silencieuses. L'arrivée du professeur Darlington les tira de leur léthargie. Il était souriant et ne semblait pas trop affecté par la chaleur et la fatigue.

— Alors, dit-il, quelles sont les nouvelles de votre côté ? Jessie le regardait. Il était droit comme un i dans son pantalon et sa chemise de lin blanc et tenait dans la main droite un panama. Son teint, plus rouge que bronzé, lui donnait l'air d'un parfait touriste anglo-saxon.

— Nous n'avons rien trouvé de plus sur le Gardien que ce que nous vous avons expliqué au téléphone, se désola-t-elle.

— C'est déjà bien, les encouragea-t-il. Ce que vous avez découvert nous conforte dans l'idée que ce Jésus pourrait être notre Gardien.

— Et vous, avez-vous quelque chose ? s'enquit Lisa.

— J'ai une piste, dit-il fièrement.

— C'est vrai ?! s'exclama Lisa qui se redressait dans son fauteuil.

— Parfaitement, jeune fille. Est-ce que j'ai l'air de plaisanter ? demanda-t-il de ce ton hautain qui lui était caractéristique en certaines occasions.

— Dites-nous, prof, nous avons hâte de savoir ce que c'est, supplia Jessie.

— Eh bien voilà : ce matin j'ai arpenté le vieux Jérusalem, comme il était convenu pendant que vous enquêtiez dans les hôpitaux psychiatriques et je suis tombé sur une charmante dame, madame Levinski.

— Et alors ?

— Cette dame habite le quartier et elle connaît beaucoup d'histoires sur un peu tout le monde. Elle est intarissable ! Darlington héla un serveur et commanda un whisky.

— Que vous a-t-elle appris qui vous ait mis sur une piste ? s'impatienta Lisa.

— Madame Levinski connaissait bien le mendiant Jésus. Il dormait souvent dans un coin près de sa maison. Elle s'était prise d'affection pour lui et s'en occupait régulièrement (Elle lui apportait une assiette de nourriture, soignait ses bobos etc.).

— Pourquoi faisait-elle ça ? se demanda Jessie, provoquant l'étonnement chez ses amis. C'est vrai quoi, personne ne s'occupe d'un mendiant en le nourrissant et en le soignant, en général. Alors pourquoi ?

— Peut-être parce que madame Levinski a eu pitié de Jésus après qu'il lui eut raconté l'histoire suivante, écoutez plutôt : Jésus lui a expliqué que son plus vieux souvenir, sa naissance, comme il disait, remontait à peu de temps lorsqu'il s'était retrouvé dans le Saint-Sépulcre. Il disait que c'était là qu'il était né. Il avait eu alors une vision dans laquelle il avait revécu, l'espace d'un moment, son passé. Dans cette vision, il voyait des gens le vénérer et l'appeler Jésus. Puis l'instant d'après, il était conspué et crucifié en compagnie de deux autres personnes. Madame Levinski n'a bien entendu pas pensé un seul instant que Jésus ait vraiment été celui qu'il pensait être, mais a trouvé que le pauvre homme devait vivre dans une détresse et un désespoir infini pour en arriver à un tel délire. Elle a voulu s'occuper de lui, le recueillir chez elle (elle vit seule), mais Jésus a toujours refusé. Alors, elle a fait ce qu'elle a pu pour lui. Elle était contente lorsqu'il s'est mis à travailler pour monsieur Cohen, dans sa boutique d'appareils électroniques. Sa santé mentale semblait s'améliorer doucement et il commençait à tenir des conversations moins décousues, plus sensées. Les mois passèrent ainsi, Jésus fit des progrès, se souvint progressivement de son passé, par bribes qu'il avait encore du mal à ordonner. Un jour il est venu trouver madame Levinski et lui a annoncé son départ. Il lui a expliqué qu'il devait retrouver les traces de son passé et qu'il devait accomplir une mission : aider le sauveur de l'humanité. Il devait le trouver mais il ne savait pas qui était ce sauveur, ni pourquoi, ni comment il devait l'aider. Madame Levinski pensa alors que Jésus n'avait pas beaucoup progressé et que ses délires continuaient. Pourtant, Jésus s'exprimait normalement, clairement et de façon parfaitement sensée, ce qui la laissa perplexe. Elle lui demanda où il comptait se rendre, ce a quoi il répondit qu'il ne savait pas, mais que l'Europe était un bon point de départ pour sa quête.

— Comment comptait-il quitter Israël ? se demanda Lisa. Il n'avait pas de papiers.

— C'est exactement ce que madame Levinski demanda à Jésus, qui lui répondit que monsieur Cohen, son ami, l'aidait et qu'il lui ferait quitter le pays le jour même.

— Monsieur Cohen ? fit Jessie avec étonnement. Il vous avait dit ne rien savoir de la disparition de Jésus, pourtant.

— Il a menti, pour le protéger sans doute.

— C'est tout de même curieux, vous ne trouvez pas ? se demanda Lisa. Si Jésus est le Gardien que nous recherchons, pourquoi tout ça ? Pourquoi se faire passer pour un fou et se faire interner dans un hôpital psychiatrique pour ensuite s'en évader et venir faire le mendiant ici, au cœur de Jérusalem ? Ça n'a pas vraiment de sens.

— A moins que ce ne soit pas le Gardien, émit Jessie.

— Ou qu'il y ait une autre explication, ajouta Darlington.

— A quoi pensez-vous ?

— Je me suis posé les mêmes questions que vous, Lisa, au sujet de Jésus. J'ai douté du fait qu'il soit le Gardien jusqu'à ma rencontre avec madame Levinski mais après ce qu'elle m'a raconté, j'ai le sentiment que nous sommes sur la bonne piste. D'après moi, Jésus a été victime d'un problème.

— Un problème ? Quel genre de problème ? questionna Jessie.

— Eh bien, il a pu avoir un accident quelconque qui l'a empêché d'accomplir sa mission de Gardien : aider le sauveur de l'humanité.

— Sur les enregistrements audio de ses séances de psy, il a explicitement fait référence à l'Élu, précisa Lisa. Le sauveur de l'humanité, l'Élu, ne seraient-ils pas une seule et même personne ?

— Théo, affirma Jessie.

— Oui, Théo. Mais en quoi ce Gardien devait-il aider Théo ? Avec les bijoux et l'arche d'alliance, n'a-t-il pas tout ce qu'il lui faut pour lutter contre le mal ?

— C'est un point que nous éluciderons sans doute lorsque nous l'aurons retrouvé, affirma Darlington.

— Quel genre d'accident a-t-il pu avoir pour délirer au point d'être interné dans un hôpital ? se demanda Jessie.

— Il y a beaucoup d'accidents de la vie qui peuvent plonger un esprit dans la folie, ma chère. Le Gardien, s'il est humain, n'échappe sans doute pas à la règle. Il lui est arrivé quelque chose qui lui a fait perdre l'esprit et l'a plongé dans la confusion. Dans ses délires, il a parlé de sauveur, d'Élu et de sa mission mais ne savait certainement pas faire la part entre délire et réalité. Madame Levinski a dit que son état s'était amélioré avec son travail chez monsieur Cohen. Celui-ci nous a dit que Jésus était un surdoué avec les appareils électroniques. Jésus a dû retrouver un certain équilibre mental grâce à ce travail qui l'a sans doute replongé dans ce qu'il avait été avant.

— Vous pensez qu'il a pu guérir, sans se soigner ?

— Guérir peut-être pas, mais retrouver de la cohérence mentale, certainement. En tout cas, il en a retrouvé assez pour décider de partir accomplir sa fameuse mission.

— Oui et si nous voulons le retrouver à notre tour, dit Jessie, nous avons tout intérêt à nous rendre rapidement chez monsieur Cohen, je crois qu'il nous doit bien quelques explications.

§

— J'ai réussi à avoir les rapports côté canadien, expliqua Yu.

— Ah ! Parfait, se réjouit Théo. Ça donne quoi ?

— La sphère a continué sa route, droit vers le nord. On a plusieurs témoignages qui le confirment.

— Jusqu'où est-elle allée ?

— Le dernier témoignage a été fait par une équipe de scientifiques en expédition sur l'île de Bathurst, dans le grand nord canadien.

— C'est une région peu peuplée, je suppose ?

— L'île est inhabitée, confirma Yu.

— C'est le genre d'endroit idéal pour y cacher quelque chose.

— Sans doute. Le problème, c'est qu'elle a pu continuer sa route vers le nord. Il n'y a personne dans ces contrées pour en témoigner.

Théo se plongea dans la réflexion un moment. Pourquoi Graham avait-il conduit la sphère dans cette région ? Le fait qu'elle soit désertique ne pouvait pas être le seul critère. Il y avait des dizaines d'endroits sur terre qui auraient fait l'affaire dans ce cas. Le déplacement d'un engin de cette taille avait dû être planifié à l'avance, c'est certain. Ça voulait dire que le lieu dans lequel elle se trouvait maintenant avait été préparé sans doute depuis des semaines, des mois, voire des années. Un lieu de secours pour le cas où il y aurait un problème, qui sait. Et l'incursion de Théo et ses amis dans la base du Nouveau-Mexique avait été un problème certain.

— Fais une recherche, dit-il, pour savoir si l'une des entreprises de Graham aurait une implantation dans cette région.

— Ouais, c'est pas bête. Je n'y avais pas pensé.

Yu pianota frénétiquement durant une bonne demi-heure sur son clavier et annonça :

— J'ai trouvé ! Une des filiales de sa société de pétrole, la Green Oil Drilling a fait des forages sur l'île de Bathurst pendant plus de trois ans.

Théo afficha un large sourire sur le visage, certain qu'ils venaient de trouver le lieu de destination de la sphère.

— Super ! s'exclama-t-il. Il faut que nous nous y rendions de suite.

— Maintenant ?

— Oui, mais avant ça, il faut me retirer la puce. Il fait quoi ton docteur Ming ?

— Il devrait arriver d'une minute à l'autre.

— Bien.

Dix minutes plus tard, le docteur Ming arriva. Il était chirurgien et ami de la famille de Yu. Le jeune homme lui expliqua où se trouvait la puce implantée dans le cuir chevelu de Théo et comment il fallait procéder pour la lui retirer afin que celle-ci ne soit pas déconnectée du psychisme du jeune homme. Yu avait trouvé une parade en enregistrant les ondes psychiques de Théo afin qu'elles soient émises ensuite par un petit appareil sur lequel la puce, une fois retirée, serait placée. Si tout allait bien, la puce continuerait à fonctionner normalement, évitant d'attirer l'attention de Morisson. Théo, dégagé de ce mouchard, pourrait à nouveau aller librement où bon lui semble.

Après une légère intervention d'une dizaine de minutes et une petite incision du cuir chevelu, la puce fut déplacée délicatement sur le support de l'émetteur d'ondes psychiques. Yu vérifia que le mouchard fonctionnait toujours parfaitement, après quoi Théo retourna le placer dans sa chambre d'hôtel, d'un petit saut temporel qui ne lui prit qu'une vingtaine de minutes, aller-retour.

— Tu vas devoir te charger de préparer l'expédition dans le grand nord canadien, expliqua Théo. Je vais retourner auprès de Morisson et ses hommes, je n'ai pas trop le choix pour le moment. L'avantage, c'est que je peux surveiller ce qu'ils font à tout instant.

— Tu m'en demandes beaucoup Théo, tu sais. Je dois m'occuper de trop de choses en même temps, je ne vais pas pouvoir tout faire, se plaignit le jeune Chinois.

— Tu as raison Yu, je te demande pardon. J'ai tellement confiance en toi que j'ai tendance à tout te faire faire. Je crois qu'il est temps que l'équipe se réunisse pour faire avancer les choses. Tu as des nouvelles des autres ? Est-ce qu'ils ont trouvé la trace du Gardien ?

— Je crois qu'ils sont sur une piste sérieuse mais je n'en sais pas plus pour le moment.

— Hum, d'un autre côté, s'ils sont sur une piste, je ne peux pas leur demander de laisser tomber. Leur quête est aussi importante que de retrouver Kovac.

— Demande juste à Jessie de s'occuper de préparer l'expédition, proposa Yu. Elle peut très bien le faire de là où elle est.

— Tu as raison, c'est ce que je vais faire. Maintenant que je n'ai plus le mouchard, je peux la rejoindre à Jérusalem sans attirer l'attention de la CIA. Bien, je te laisse. Dès que tu auras avancé sur les problèmes à résoudre, appelle-moi. Tu n'auras qu'à laisser sonner mon portable trois fois et raccrocher. Je te rejoindrai dès que j'en aurai l'occasion.

§

Monsieur Cohen était assis derrière son comptoir, plongé dans son travail. Lorsqu'il entendit des pas dans sa boutique, il sourit machinalement et prononça toujours les mêmes paroles, répétées à longueur de journée :

— Bonjour, soyez les bienvenus, que puis-je pour votre service ?

Puis il leva les yeux et vit Darlington, Jessie et Lisa et perdit son sourire. Le regard du professeur en disait long sur son état d'esprit et Moshé Cohen comprit qu'il savait pour Jésus. Les deux jeunes femmes qui accompagnaient le professeur Darlington jetaient sur lui leurs regards réprobateurs. Il ne se démonta pas pour autant et attendit calmement. Le professeur vint se poster face à lui, droit comme un piquet et plongea ses yeux dans les siens.

— Vous m'avez menti, monsieur Cohen, commença-t-il.

— Menti ? Moi ? A quel sujet ? se défendit Moshé Cohen qui feignait l'étonnement.

Darlington lui fit un large sourire avant d'ajouter :

— Allons, ne jouons pas à cela, s'il vous plaît, je sais tout.

— Tout ? Tout quoi ?

— Vous avez aidé Jésus à quitter le pays.

— Mais non…

— Arrêtez votre comédie ! le coupa Jessie qui s'énervait de voir cet homme se moquer d'eux. Le professeur vient de vous dire que nous savons tout. Alors, épargnez-nous votre petit numéro !

— Qui est cette jeune femme ? demanda Cohen à Darlington.

— Je vous présente Jessie Graham. Et cette demoiselle, dit-il en montrant Lisa, se nomme Lisa Dubois. Nous sommes tous trois à la recherche de Jésus. Nous savons qu'il était interné dans un hôpital psychiatrique et qu'il s'en est échappé pour venir traîner dans le quartier. Nous savons que son état était préoccupant lorsqu'il a commencé à travailler pour vous et qu'avec le temps, il s'est amélioré. Nous savons que Jésus a fini par retrouver un certain équilibre et qu'il vous a demandé de l'aider à partir pour l'Europe, ce que vous avez fait. Vous voyez, il est inutile de nous mener en bateau, cher monsieur. Nous ne voulons aucun mal à Jésus, croyez-le bien. Au contraire. Nous avons besoin de le retrouver, c'est impératif.

— Mais pourquoi ? Qu'est-ce qu'il représente à vos yeux ? questionna Cohen, curieux.

James Darlington regarda tour à tour Lisa et Jessie, puis il se pencha par-dessus le comptoir et fit signe à monsieur Cohen d'approcher. Il lui parla à l'oreille :

— Je ne suis pas professeur d'université, mentit-il, comme je vous l'avais dit précédemment, mais agent des services secrets britanniques, ainsi que mes deux collègues ici présentes. Nous sommes sur la piste de Jésus depuis un petit moment déjà. En fait, il ne s'appelle pas Jésus mais John Linch. C'est un éminent chercheur spécialisé dans l'électronique et l'informatique, qui a eu un accident et qui a perdu jusqu'au souvenir de sa propre identité et de sa vie d'avant. Nous devons le retrouver car il détient des informations classées 'secret-défense' de la plus haute importance. Si ces informations tombaient dans de mauvaises mains, ce serait catastrophique, vous comprenez ?

— Oui, je comprends très bien, chuchota monsieur Cohen qui semblait gober l'histoire que venait d'inventer Darlington.

— Alors, s'il vous plaît monsieur Cohen, continua Darlington à haute voix, en s'éloignant du commerçant, dites-nous tout ce que vous savez. Jésus est en grand danger, vous savez. Si les méchants mettent la main sur lui avant nous, Dieu sait ce qu'ils lui feront subir pour lui extirper les informations qu'il détient.

— Mon Dieu ! s'écria Moshé Cohen, c'est terrible ! Pourvu qu'il ne lui soit rien arrivé !

— Parlez, dites-nous tout, maintenant ! dit Darlington d'un ton impérieux. La vie de cet homme en dépend.

— Oui, bien sûr, je vais vous aider. Je vais tout vous raconter. Jésus a effectivement évolué durant les mois où il a travaillé avec moi. Au début, comme je vous l'ai déjà expliqué, il était confus, délirait parfois, tenait des propos souvent incohérents, mais dès qu'il avait un appareil en main, il se calmait, se concentrait sur le problème qu'il devait résoudre et il réussissait à tous les coups. C'était un vrai génie ! Au fil du temps, je l'ai vu changer, devenir plus calme, avoir moins de délires. Nous avions même de vraies conversations les derniers temps.

— Quel genre de conversations ? questionna Lisa.

— Elles étaient de toutes sortes : la pluie et le beau temps, la politique d'Israël dans les territoires occupés, la religion, etc. Nous abordions tous les sujets, souvent en fonction de ce que nous entendions à la radio ou à la télé.

— Est-ce que Jésus vous parlait de lui, de la vie qu'il avait eue avant de devenir mendiant ? demanda Jessie.

— Pas vraiment. Il ne se souvenait pas de grand-chose. Je sentais qu'il y avait quelque chose en lui qui ne tournait pas rond à ce sujet, mais je n'arrivais pas à savoir pourquoi.

— Et à la fin, avant qu'il vous demande de l'aider à partir d'ici, comment était-il ?

— Il était bien mieux. Il avait retrouvé de la cohérence, même s'il avait encore des moments difficiles parfois, surtout lorsqu'il parlait d'une soi-disant mission qu'il devait accomplir, une histoire où il devait aider le sauveur, une sorte de messie qu'il était censé retrouver. Je me souviens de cela car c'est quelque chose qui revenait très régulièrement chez lui. A la fin, c'était même son seul et unique délire et c'en devenait presque une obsession.

— Est-ce qu'il se souvenait de quelque chose ? questionna le professeur.

— Difficile à dire. Il ne se confiait pas beaucoup. Je pense que des souvenirs ont dû ressurgir dans son esprit, c'est certain. Il ne m'en a pas vraiment parlé. Ce que je sais, c'est qu'un jour qu'il devait venir travailler, il est venu me trouver pour me demander de l'aide à quitter Israël pour l'Europe. J'ai été surpris par sa demande et puis je ne comprenais pas pourquoi il voulait partir. Nous avions un business qui tournait bien et s'il l'avait voulu, il n'aurait manqué de rien, pas d'argent en tout cas.

— Pourquoi vous demander ça, à vous ? se demanda Lisa.

— Il savait que j'avais des connaissances qui pouvaient le faire.

— Comment ça ?

— J'ai un cousin qui, dans sa jeunesse, a fait partie du Mossad, les services secrets de ce pays. Il était administratif, pas un agent de terrain. J'en avais parlé à Jésus lors de l'une de nos conversations. C'est pour cela qu'il est venu me trouver. Il savait que j'avais les réseaux nécessaires pour l'aider. Alors, sans poser de questions, je l'ai aidé. J'ai fait intervenir mon cousin, qui a fait intervenir ses relations pour lui obtenir des papiers en règle, afin qu'il puisse voyager hors de nos frontières.

— Il peut faire une chose comme ça ? s'étonna Jessie.

— Oui, il peut. Il a gardé beaucoup d'amis et de très bonnes relations au sein du Mossad, mais aussi parmi certains politiques. Il a fait jouer toutes ses relations pour lui obtenir des papiers. Cela n'a pas été facile, surtout chez nous, avec tous les problèmes que nous avons avec les Palestiniens et les pays arabes. Il a fallu que je me porte garant pour lui. Il a finalement obtenu des papiers en règle et est officiellement devenu citoyen Israélien.

— Vous savez où il est allé lorsqu'il a quitté Israël ?

— Bien sûr, je l'ai accompagné à l'aéroport moi-même le jour de son départ. Il a pris un billet pour Genève, en Suisse.

— Genève !? s'exclama Darlington.

— Oui, Genève.

— Vous a-t-il dit pourquoi cette destination ?

— Je crois qu'il a choisi cette ville en rapport avec son délire obsessionnel du sauveur. Il disait que c'était là qu'il se trouvait.

— Mais sa mission, vous a-t-il dit en quoi elle consistait exactement ? demanda Lisa, qui se posait de plus en plus de questions au sujet du Gardien et du rôle de celui-ci par rapport à Théo, car il était maintenant certain que Jésus était bien le Gardien et qu'il avait un rapport avec l'Élu des Mikelians. Le fait que Jésus ait choisi d'aller à Genève retrouver le sauveur ne pouvait être une coïncidence. Ce qui l'intriguait était le fait que Jésus était parti pour Genève voici près d'un an et qu'il ne s'était jamais manifesté auprès de Théo. Pourquoi, s'il avait pour mission de l'aider, n'avait-il jamais pris contact ? Avait-il eu un nouveau problème qui l'avait empêché de le faire ? Elle songea que le mystère du Gardien, loin de s'éclaircir, devenait plus opaque au fur et à mesure qu'ils en apprenaient plus sur lui.

— Non, répondit Moshé Cohen, je crois qu'il ne le savait pas lui-même. Vous savez, ce n'était qu'un délire parmi tous ceux qu'il avait pu avoir durant cette longue période de désordres mentaux qu'il a traversée.

— Bien, je crois que vous nous avez bien aidés, confirma Darlington. Il ne nous reste plus qu'un petit détail à vous demander avant de vous quitter : le nom qui figure sur ses papiers officiels.

— Mikhael Chomère.

Moshé Cohen ouvrit un tiroir situé derrière son comptoir, fouilla dedans et en sortit une petite pochette qu'il tendit à Darlington en disant :

— Tenez, voici sa photo d'identité. Ça pourra vous être utile pour le retrouver.

§

Chapitre V

Le Grand Nord

Un vent violent soufflait en rafales, soulevant la neige en tourbillons rapides qui s'élevaient jusqu'à une hauteur appréciable et qui fouettaient le moindre centimètre de peau laissée sans protection sur les visages de Jessie, Yu et Théo. Ils venaient de débarquer dans cette contrée sauvage, glacée et inhospitalière à travers un tunnel temporel, créé avec la dague de l'archange (grâce à des documents d'archives d'expéditions dans cette région que Yu avait déniché sur Internet), à bord d'une autoneige aux larges chenilles, dotée d'un puissant moteur et d'une cabine spacieuse qui offrait une vue panoramique à 360°. L'engin possédait un grand coffre à l'arrière dans lequel ils avaient embarqué tout le matériel jugé nécessaire à l'accomplissement de leur mission. Ils avaient quitté le confort de l'autoneige dès leur arrivée afin de mettre en place une balise qui servirait, avec deux autres qu'ils installeraient en d'autres lieux, à produire un balayage d'ondes qui devaient les aider à déterminer la position de la sphère, du moins c'est ce qu'espérait Yu. Les conditions étaient difficiles avec une météo peu favorable, mais en cette période avancée du printemps, le jour ici durait très longtemps avec juste quelques heures de pénombre plus accentuée que l'on pouvait apparenter à la nuit. Ce jour presque permanent faciliterait sans doute leurs déplacements. Yu et Théo transportèrent la balise et la plantèrent dans le sol, après y avoir creusé un trou profond d'une cinquantaine de centimètres avec une foreuse électrique très puissante. Le sol était gelé et sans cela, il aurait été impossible de planter quoi que ce fût. Une fois la balise en place, Yu s'assura qu'elle fonctionnait parfaitement en initialisant la transmission d'ondes. Il vérifia sur l'écran de sa tablette tactile que le logiciel recevait bien les données, via une petite parabole implantée sur l'autoneige. Tout était en ordre. Les trois amis regagnèrent rapidement l'habitacle chaud et douillet, fuyant la morsure du froid. L'autoneige, pilotée par Jessie, se mit en mouvement, traversant lentement les paysages désolés, désertiques et glacés de l'île de Bathurst, qui s'étendaient à perte de vue dans toutes les directions. L'île était située à quelque mille cinq cents kilomètres du pôle Nord et était recouverte, une grande partie de l'année, par la neige et la glace. Ici, aucune végétation apparente. Lorsque la neige fondait en partie, vers le solstice d'été, poussaient quelques plantes à fleurs et une herbe rase, égayant un peu la tristesse du paysage.

L'autoneige avançait tant bien que mal à la vitesse maximale de quinze kilomètres par heure. Le terrain accidenté et les congères formées par le vent violent qui soufflait empêchaient d'aller plus vite. Jessie avançait, guidée par Yu qui suivait la progression sur l'écran d'une tablette posée sur ses genoux. Le jeune Chinois avait déterminé un périmètre autour de la concession d'Oswald Graham qui s'étendait sur plus de cent kilomètres carrés. Il fallait planter chacune des trois balises à environ dix kilomètres l'une de l'autre pour couvrir tout le terrain. Il fallut près de trois heures pour aller planter les deux dernières balises.

Le vent ne faiblissait pas. De lourds nuages s'amoncelaient au-dessus des étendues glacées, n'annonçant rien de bon côté météo. Théo consulta sa montre : vingt-trois heures trente. Il espérait qu'ils pourraient trouver la sphère et récupérer Dragan Kovac avant la fin de la nuit mais ne se faisait guère d'illusions. Il faudrait sans doute revenir la nuit prochaine. Le jeune homme avait planifié la mission pour la nuit afin de s'éclipser en toute discrétion, maintenant qu'il pouvait se séparer du mouchard placé par Morisson et le laisser dans sa chambre d'hôtel.

— Les trois balises sont connectées et opérationnelles, confirma Yu, qui voyait trois petits points rouges clignoter sur une carte de la zone couverte qui se transformait progressivement en carte tridimensionnelle, montrant le moindre relief : rocher, monticule, collines et bâtiments. Il y avait un camp avec des baraquements, des engins de chantier et trois derricks, plantés là sans doute pour donner le change. Pour le moment, c'est tout ce que les balises avaient cartographié. Pas de sphère à l'horizon. Yu pianota sur un ordinateur portable qu'il avait disposé sur ses genoux et qui affichait les mêmes données que la tablette tactile.

— C'est maintenant que nous allons savoir si ce matos vaut quelque chose, dit-il sur le ton de la plaisanterie.

Jessie et Théo regardaient les écrans sur lesquels la carte 3D se dessinait. Sous le relief du sol une série de lignes commença à apparaître. Elles partaient dans plusieurs directions et n'étaient pas rectilignes, épousant souvent le relief au-dessus d'elles. C'était le sous-sol gelé, le permafrost qui se dessinait sous leurs yeux.

— Ça a l'air de fonctionner pas trop mal, se réjouit le jeune Chinois qui utilisait ce matériel pour la première fois, acheté pour l'occasion. Les minutes s'écoulèrent lentement dans le vacarme de la tempête qui soufflait de plus en plus violemment. Le ciel s'était assombri à cause, d'une part, des nuages sombres qui s'étaient accumulés dans le ciel et, d'autre part, du soleil qui était descendu très bas sur l'horizon, provoquant une pénombre proche de la nuit. La carte du sous-sol continuait de se matérialiser doucement.

Théo fut attiré par une petite ligne ténue qui traversait les couches empilées en biais de manière rectiligne. Il pointa du doigt cette petite particularité en disant :

— Regardez cette ligne, c'est curieux, elle semble partir de la surface et traverser tout droit toutes les couches.

— Oui, j'avais déjà remarqué, confirma Yu. Attends, je vais zoomer la zone pour voir de quoi il s'agit.

Le zoom sur la carte montra que la petite ligne était en fait un petit tunnel.

— C'est pas un forage pour chercher du pétrole, ça, affirma-t-il.

— Nous sommes sur la bonne piste concernant la sphère, à mon avis, fit remarquer Théo.

— Ce tunnel est trop petit pour être un accès.

— Une aération peut-être ? suggéra Jessie.

— Sans doute. Mais s'ils ont reconstruit une base comme celle du Nouveau-Mexique, il va en falloir plus d'un pour évacuer la chaleur de la centrale d'énergie qu'ils ont dû y bâtir. Et là je n'en vois qu'un pour le moment, douta soudain Théo.

Un second tunnel apparut, partant dans une autre direction, puis un troisième. Les trois lignes, de différentes longueurs convergeaient toutes vers un point situé hors de portée des balises, dans une zone en dehors du terrain de la concession de la Green Oil Drilling.

— Il faut que nous récupérions au moins deux des balises pour les déplacer vers la zone où convergent les tunnels, affirma Yu.

Théo jeta un œil à sa montre et dit :

— On va devoir laisser tomber pour cette nuit. Il est déjà tard et nous n'arriverons pas à les récupérer et les planter ailleurs avant que le jour se lève sur Plentywood.

Plentywood, dans le Montana, était une ville proche de la frontière avec le Canada, où Morisson avait décidé de faire une étape. Cela avait surpris Théo car elle n'était pas très distante de l'étape de la veille. Il n'avait fallu que six heures de route pour l'atteindre. De plus la ville n'était pas vraiment sur la route pour aller à Sheep Mountain, le lieu que Yu avait choisi pour égarer la CIA, mais plutôt sur celle du Canada. Morisson, qui avait un sérieux doute sur la véracité des informations qu'il avait en main, avait peut-être décidé de suivre son instinct et d'aller droit vers le nord, ce qui lui semblait le plus probable.

Théo, bien emmitouflé dans son parka, sortit de l'autoneige et prit de plein fouet les rafales de vent chargées de neige. Le froid intense le figea sur place l'espace d'un instant, avant qu'il ne se saisisse de la dague et ouvre rapidement un tunnel temporel devant le véhicule. Un tourbillon translucide se format, traversé d'éclairs sporadiques d'un bleu métallique intense. Le jeune homme regagna l'autoneige qui s'engouffra dans le tunnel et disparut pour réapparaître à des milliers de kilomètres de là, dans un hangar près de New York, loué pour la mission.

§

Le convoi de 4x4 noirs avait traversé la frontière canadienne tôt le matin et filait droit vers le nord. Au passage, un capitaine de la police montée s'était joint au cortège, imposé sans doute par les autorités du pays. Il se nommait Robert Dampierre. C'était un solide gaillard d'un mètre quatre-vingt-dix pour cent kilos, d'une soixantaine d'années, avec une moustache grisonnante fournie et des cheveux de même couleur. Il ne parlait pas beaucoup, à l'instar de Morisson et ses hommes. Théo était assis à ses côtés, à l'arrière du véhicule. Morisson était devant, côté passager. Un agent, du nom de Mac Millan, conduisait. La route était monotone, traversait de vastes étendues planes où alternaient friches et cultures. Le ciel était bleu, traversé d'un léger voile de nuages, mais au loin vers le nord, l'on voyait déjà de lourds nuages qui barraient l'horizon. Une heure de route après la frontière, la ville de Regina, capitale de la province de Saskatchewan était en vue, rompant la monotonie du voyage. Elle ressemblait à toutes les villes du Middle West américain, avec ses rues larges et rectilignes bordées de maison de bois, pour la plupart, avec un centre où s'alignaient des immeubles de béton et de verre. Le convoi s'arrêta devant un bâtiment de bois, au toit très pentu (ici l'hiver la neige pouvait recouvrir tout sur plusieurs mètres d'épaisseur), sur le fronton duquel l'on pouvait lire en gros caractères : *commissariat de police 21, district de Régina*. Dampierre sortit le premier et convia Morisson et Théo à les suivre dans le commissariat. Ils furent accueillis par le commissaire Joe Danesi, qui avait été prévenu de leur venue.

Le bureau du commissaire était spacieux, avec une décoration tout bois : meubles et murs. Un petit drapeau canadien était placé sur le plateau de son bureau encombré de dossiers. Danesi, un homme de taille moyenne, brun, aux sourcils épais, les cheveux gominés, s'affala dans son fauteuil, qu'il bascula en arrière, avant de rallumer un cigare à moitié fumé qui traînait sur le bord d'un cendrier.

— Robert m'a expliqué que vous recherchez des renseignements sur des évènements un peu particuliers, c'est ça ? dit-il en s'adressant à Morisson.

— Exact, confirma Morisson. J'aimerais savoir si vous avez eu des témoignages concernant une sphère noire qui aurait été aperçue par ici, dans le ciel.

— Ça se serait passé quand ?

— Le mois dernier, aux alentours du treize.

Danesi bascula en avant, se rapprocha du clavier de son ordinateur et pianota pour trouver les renseignements demandés. Au bout de cinq minutes, il affirma :

— Voilà, j'ai ce que vous recherchez. Un fermier qui vit plus au nord de la province affirme avoir vu une sphère noire énorme dans le ciel au-dessus de ses terres, le quatorze mai très exactement. Mais ce n'est pas tout. Un couple qui campait au bord du Last Mountain Lake, un peu au nord d'Alice Beach, prétend également avoir aperçu un OVNI gigantesque, rond, plus noir que la nuit, en stationnaire au-dessus du lac pendant près de cinq minutes.

— Ça confirme ce que je pensais, expliqua Morisson. Les rapports que nous a fournis le FBI sont des faux ! Reste à savoir pourquoi ils ont essayé de nous mettre sur une fausse piste, songea-t-il, perplexe.

— C'est peut-être à cause de la rivalité entre vos agences, se hasarda à dire Dampierre.

— Probable. Mais ça n'est sans doute pas la seule explication.

— Je peux vous poser une question ? demanda Danesi.

— Faites.

— Pourquoi est-ce que vous vous intéressez à ces histoires d'OVNI ?

— Ce n'est pas un OVNI, commissaire, je vous l'assure. Toutefois je ne peux pas vous en dire plus pour le moment. C'est classé secret défense.

— Il faudra pourtant que vous fassiez un effort agent Morisson, si vous voulez poursuivre votre enquête sur le sol canadien.

— D'accord, mais tout ça doit rester secret surtout.

— Faites-nous confiance.

Morisson se mit à raconter une histoire inventée de toutes pièces indiquant que la sphère noire était en réalité un ballon militaire top secret qui avait été dérobé par des terroristes internationaux. Danesi assura Morisson de son entière coopération et il fut décidé que Dampierre se joindrait à la CIA tant qu'ils seraient sur le sol canadien, afin de les aider.

— Vous pouvez me rendre un service, commissaire ? demanda Morisson.

— Bien sûr, si c'est dans mes cordes.

— Pouvez-vous essayer d'avoir tous les témoignages que vous pourrez sur cette sphère noire, au niveau national j'entends.

— Oui, bien entendu. Je vous cherche ça.

— Quand vous les aurez, transmettez-moi les données sur ce mail, dit-il en tendant sa carte de visite.

Ils prirent congé de Danesi et le convoi reprit la route en direction de l'aéroport de la ville, tout proche. Morisson avait demandé un avion au siège de la CIA. Celui-ci arriverait dans deux bonnes heures. Théo sentait qu'il fallait faire vite pour retrouver la sphère avant que Morisson ne finisse par trouver où elle était, ce qui ne manquerait d'arriver, car l'homme était loin d'être stupide et avait du flair, qui plus est.

§

La dernière balise venait d'être plantée dans le sol gelé de l'île de Bathurst. Le travail des ordinateurs de Yu commençait déjà et dessinait une carte en 3D du sous-sol du terrain couvert par les ondes qu'elles émettaient. Les tunnels découverts la veille se prolongeaient dans cette nouvelle zone, s'enfonçant en pente douce dans les profondeurs de l'île. Soudain, au bout de ces tunnels, une cavité immense commença à apparaître, à une profondeur d'environ huit cents mètres sous la surface. Après quelques minutes, dans cette cavité géante apparut la forme parfaitement sphérique qu'ils recherchaient. Ils avaient vu juste : la sphère noire était là.

La tempête de la veille s'était calmée mais ce soir, il neigeait dru, rendant la visibilité extérieure quasiment nulle. Heureusement, pour leurs déplacements, ils pouvaient compter sur le GPS qui les conduirait là où ils désiraient. Après plus d'une heure à travers une zone de petites collines en pente douce, peu élevées, l'autoneige s'immobilisa au sommet de l'une d'elles. La neige tombait toujours mais beaucoup moins fort et la visibilité était meilleure. De là où ils étaient, Théo et ses camarades voyaient une petite plaine devant eux, quelques dizaines de mètres plus bas, qui s'étendait sur un bon kilomètre jusqu'à d'autres collines. Yu pianotait sur son clavier tandis que Théo finissait de fermer son parka et de rabattre la capuche sur sa tête en prévision de la sortie qu'ils allaient effectuer.

— L'entrée du tunnel d'aération est sur notre droite, à une dizaine de mètres, juste là, près de ces rochers, expliqua le Chinois en montrant la direction d'un groupe de rochers sombres couverts de neige, dont certains atteignaient la hauteur d'un immeuble de trois étages. Théo le regarda et dit :

— Prépare-toi, on y va.

Puis il regarda Jessie droit dans les yeux et, après lui avoir fait un sourire, lui donna ses dernières recommandations :

— Tu ne bouges pas d'ici. Si ça devait mal se passer là-dessous, déclenche ta balise de détresse et dirige-toi vers le campement des scientifiques, comme on avait dit, d'accord ?

— T'inquiète pas Théo, je suis une grande fille. Je saurai me débrouiller. Et puis, je ne suis pas inquiète pour toi non plus. Tu réussiras, comme toujours.

— Entrer et atteindre la sphère n'est pas ce qui me fait le plus peur, avoua-t-il.

— C'est Kovac ?

— J'ai vu de quoi il était capable et le mal que nous avons eu à en venir à bout avec Lisa. Nous étions deux pourtant. Là, je serai seul. Si ça se passe mal avec lui, je ne sais pas si je pourrai en réchapper.

— Fais en sorte que ça se passe bien, dit-elle en posant une main sur son épaule.

— On y va ? s'impatienta Yu qui était prêt.

Le froid était intense, comme la veille, mais plus supportable sans le vent. Les deux amis, chargés de lourds sacs à dos, avancèrent rapidement, raquettes aux pieds, jusqu'à l'entrée de la bouche d'aération qui était dissimulée entre deux gros blocs rocheux. De l'air chaud en sortait et le sol, à cet endroit, était dépourvu de neige. Une herbe verte et grasse y poussait. Devant l'entrée, une grille solide barrait le chemin. Théo posa son sac à dos sur le sol, fouilla dedans, sortit une disqueuse et entama la découpe du métal, juste ce qu'il faut pour permettre le passage. Après cinq bonnes minutes, lui et Yu s'engouffrèrent dans le tunnel. Il y faisait sombre et Yu alluma sa lampe torche. Théo n'en avait aucun besoin. Il lui suffisait de penser à voir dans le noir pour qu'il puisse le faire. Le tunnel courait sur une courte distance avant d'atteindre le premier obstacle : un gros ventilateur qui tournait à plein régime. Pour les deux ados, ce n'était pas une surprise. Ils avaient connu la même chose lorsqu'ils avaient investi la base du Nouveau-Mexique. Yu posa à son tour son sac à dos et sortit son ordinateur portable ainsi qu'un petit boîtier et une antenne parabolique pliante, comme un parapluie, qu'il installa sur le sol. Il relia le tout via la prise USB de l'ordinateur et, comme à son habitude, commença à pianoter frénétiquement sur celui-ci. Théo jetait régulièrement un œil à sa montre, toujours inquiet de ne pas réussir à accomplir la mission avant le lever du jour, là-bas, plus au sud du Canada, sur les bords du lac Athabasca. C'est là que l'avion de Morisson les avait conduits, a près de mille kilomètres au nord de Régina, la ville d'où ils étaient partis.

Le ventilateur ralentit jusqu'à s'arrêter, au bout de plusieurs minutes. Théo et Yu le franchirent. Devant eux, le tunnel descendait en pente douce au début, plus raide ensuite. Les deux amis sortirent de leurs sacs deux mini skate boards pliants et s'élancèrent dans la pente à vive allure, ce qui leur permettrait d'atteindre la sphère plus vite. La pente était raide et les skates prenaient de la vitesse. Yu était à l'aise et s'amusait à monter de chaque côté du tube, comme dans un skate parc. Il réussissait à se mettre à l'horizontale et criait des 'Wahoo' de joie. Théo, qui était devant lui, se mit à faire des vrilles dans le tube, tournant à 360°, tout en dévalant la pente de plus en plus vite. Yu, impressionné, tenta de faire de même mais se résigna vite devant la peur qui l'envahissait dès qu'il montait à plus de la moitié du tube. Ce n'était pas évident de tourner comme une aiguille d'horloge dans son cadran !

Le bout du tunnel fut en vue, barré par un nouveau ventilateur puissant. Les deux amis ralentirent rapidement jusqu'à s'arrêter devant l'obstacle qui soufflait d'énormes quantités d'air chaud. Encore une fois, Yu déballa son matériel et prit le contrôle du réseau informatique de la base afin de stopper la rotation. Après quelques minutes les pales s'immobilisèrent, leur permettant d'aller de l'avant. Au delà, le tube finissait par une solide grille métallique qu'il fallut découper, après s'être assuré qu'il n'y avait personne dans les parages. Ils se retrouvèrent dans un long tunnel, large et haut, dans lequel couraient d'énormes tuyaux en son centre, qui dégageaient une chaleur suffocante. Yu consulta le plan 3D sur son ordinateur, réalisé grâce aux balises, afin de déterminer la direction à suivre pour rejoindre la sphère. Ils longèrent le tunnel qui finissait sa course juste sous l'énorme boule noire, quelques mètres sous la surface de la cavité dans laquelle elle trônait. De là, les tuyaux faisaient un angle droit et filaient verticalement vers elle, venant l'entourer de toutes parts. Yu et Théo empruntèrent un escalier qui conduisait au pied de la sphère, d'où ils purent apprécier l'immensité de la cavité qui la contenait. Il n'y avait personne en vue dans cette zone, ce qui les arrangeait bien. Théo regarda vers le haut de la sphère et repéra la passerelle d'accès qui se trouvait à plus de cent mètres au-dessus d'eux. Yu chercha le chemin pour y accéder et dit :

— Il semble qu'il y ait un ascenseur qui monte directement jusque dans une salle d'où part la passerelle.

Les deux ados traversèrent l'immense espace entre la sphère et la roche où se trouvait l'ascenseur. Théo appuya sur le bouton d'appel et, après quelques secondes, les portes s'ouvrirent sur une vaste cabine aux murs de tôle couleur kaki. Ils entrèrent et appuyèrent sur le bouton qui indiquait la passerelle. L'ascenseur s'ébranla et prit de la vitesse. Il ralentit rapidement et s'immobilisa après seulement une dizaine de secondes. Les portes s'ouvrirent...

§

Le professeur Darlington marchait en direction de la sortie de l'aérogare de l'aéroport de Genève. Il était accompagné de Lisa Dubois qui le rejoignait après avoir acheté une revue dans un kiosque.

— J'ai montré la photo de Jésus à deux ou trois commerçants, mais ça n'a rien donné, dit-elle.

— Nous devons interroger les taxis. Il en a peut-être pris un.

— Ça fait près d'un an ! Les gens ne se souviendront sûrement pas de lui, se désola-t-elle.

— Il faut essayer en tout cas, lança le professeur avec détermination.

Ils sortirent devant l'aérogare, où de nombreux taxis attendaient les passagers. Ils décidèrent de se séparer et d'aller interroger tous ceux qu'ils pourraient. Ils montrèrent la photo de Jésus à une bonne vingtaine d'entre eux, sans résultat. C'est alors qu'elle commençait à se décourager que Lisa fit la connaissance de monsieur Tonio, un petit homme court sur pattes, la cinquantaine, le crâne dégarni et le teint mat des Méditerranéens. Il revenait vers son taxi, un gobelet de café dans une main et des gâteaux dans l'autre. Lorsqu'il vit Lisa près de son véhicule, il la héla en disant, avec un fort accent italien :

— Hé, ma belle demoiselle ! Vous allez où ?

— Moi ? Nulle part. Je cherche quelqu'un.

Elle tendit la photo de Jésus à monsieur Tonio qui la regarda sans grand intérêt, ouvrit son taxi et s'y engouffra.

— Vous ne l'auriez pas vu par hasard ? insista-t-elle en collant la photo contre la vitre.

— C'est qui ce type ? Votre père ou votre ami ?

— Ni l'un, ni l'autre. C'est un homme que j'ai été chargée de retrouver. Je travaille pour une agence de détectives privés, mentit-elle en tendant une carte qu'elle avait faite à la hâte avec son ordinateur, la veille.

— Détective privée ? Vous m'avez l'air bien jeune pour faire ça, lui fit-il remarquer.

— Pourquoi, il y a un âge minimum pour ce job, d'après vous ?

— Non, c'est pas ce que je voulais dire. Qu'est-ce qu'il a fait ce type pour que vous le cherchiez ?

— Rien de grave. Il a hérité d'une grand-tante qui se trouve à Paris. Nous sommes chargés par le notaire de retrouver son légataire.

— Il a de la chance cet homme-là ! Moi j'aurai bien aimé avoir un parent riche qui me laisse des biens. Tout ce que j'ai eu, c'est des parents pauvres qui n'avaient même pas un petit lopin de terre à cultiver, là-bas, dans le sud de l'Italie. Pas de chance, hein ?

— Pas de chance en effet. Alors, cet homme, vous l'avez vu ou pas ?

— Comment vous vous appelez ? demanda-t-il, éludant la question.

— Lisa, et vous ?

— Ma fille s'appelle Élisa. C'est marrant, vous ne trouvez pas ?

— Oui, très, répondit-elle, un peu agacée de perdre son temps.

— Elle a huit ans. Regardez comme elle est belle, dit-il en sortant une photo de son portefeuille. Lisa la regarda et ajouta :

— Très jolie, en effet. Bien, je vais vous laisser maintenant. J'ai été ravie de parler avec vous, monsieur.

— Tonio.

— Pardon ? dit-elle, étonnée.

— C'est mon nom. Je m'appelle Tonio.

— Ah. Ravie, encore une fois monsieur Tonio.

— Votre type, je l'ai vu, finit par avouer l'homme.

— C'est vrai ? Quand ? Et où, ici ? s'enthousiasma-t-elle soudain.

— Oui, ici bien sûr. Il est monté dans mon taxi.

— C'était quand ?

— Ça, je ne me souviens plus. Il y a longtemps, c'est tout ce que je peux vous dire.

— Super ! Est-ce que vous vous souvenez de l'endroit où vous l'avez déposé ?

— Oui, très bien. Il m'a demandé de le déposer devant une église. Je lui ai demandé : — Laquelle ? Il m'a répondu : — Celle que vous voulez. Je l'ai emmené à la basilique Notre-Dame.

— Vous avez une sacrée mémoire monsieur Tonio. Comment pouvez-vous vous souvenir de l'endroit où vous avez déposé chacun de vos clients ?

Lisa avait des doutes sur la véracité des dires de cet homme. Monsieur Tonio rit avant d'expliquer :

— Je n'ai pas une si bonne mémoire. En fait, je ne me souviens que très rarement des clients. Seulement, lorsque quelque chose m'a marqué chez eux ou s'il s'est produit quelque chose d'anormal par exemple.

— Et là c'était le cas ?

— Oui, c'est certain. Ce type était bizarre. Il m'a parlé pendant tout le trajet, m'a expliqué qu'il s'appelait Jésus, qu'il avait une mission à accomplir, qu'il recherchait le sauveur de l'humanité, des trucs dingues ! Et le pire, c'est qu'il était sérieux ! Il croyait vraiment à ce qu'il disait. Et puis il m'a laissé un pourboire qui fait que je ne pourrai jamais l'oublier : il m'a tendu un billet de cinq cents euros et n'a pas voulu de sa monnaie ! J'ai compris que ce type avait un problème, vous voyez ?

Il porta son index contre sa tempe et le vrilla de gauche à droite pour indiquer que Jésus était fou.

— Je vois très bien.

— Et puis, personne, à part un prêtre, ne se fait déposer devant une église. Les gens qui arrivent par avion rejoignent soit un hôtel, soit leur maison. Ce gars-là n'avait pas l'air tout à fait clair, si vous voulez mon avis.

— Bien, si vous êtes certain que c'était bien lui, vous allez nous conduire à cette basilique Notre-Dame, vous voulez bien ?

— Nous ? demanda monsieur Tonio. C'est qui ça, nous ?

— Je suis avec mon patron, monsieur Darlington.

Lisa décrocha son téléphone et appela le professeur qui fut auprès d'elle en moins d'une minute. Ils s'engouffrèrent dans le taxi de monsieur Tonio et firent route pour la basilique Notre-Dame de Genève.

§

Les hommes qui tenaient en joue Yu et Théo n'avaient pas l'air de plaisanter. Ils étaient habillés en treillis militaire, portaient en bandoulière des cartouchières de balles de gros calibre et tenaient en main des fusils-mitrailleurs pour qui ces balles étaient destinées. Ils étaient au nombre de six et Théo ne les reconnut pas tout de suite, surpris de se retrouver piégé ainsi, incapable d'utiliser ses pouvoirs. Puis, la surprise passée, il prit le temps de les regarder attentivement avant de s'écrier :

— Gorki ! C'est vous ?

L'homme le dévisagea, un petit sourire au coin des lèvres :

— Bonjour Théo, content de vous revoir.

— Toujours fidèle à votre employeur, à ce que je vois.

— Toujours. Vous allez nous suivre sans faire d'histoires, d'accord ?

— Je crois que nous n'avons guère le choix, il me semble.

Les deux ados furent escortés par Gorki et ses hommes, que Théo avait côtoyés lorsqu'il se rendit sur l'île d'Okhon, sur le lac Baïkal, à la recherche de sa sœur[11]. Oswald Graham avait alors mis ses hommes à sa disposition. Ironie du sort, ceux qui l'avaient aidé alors, venaient de les faire prisonniers, lui et Yu. Ils prirent l'ascenseur par lequel ils étaient arrivés, qui monta au sommet de la cavité où se trouvait le centre de contrôle de la base et où les attendait Oswald Graham. L'homme était vêtu d'un costume de soie gris, qui brillait comme du métal. Il souriait derrière sa fine moustache, savourait cet instant.

— Théo, Yu, je ne dirais pas que je suis heureux de vous revoir, car ce n'est pas vraiment le cas, vous vous en doutez.

---

[11] Cf. tome I, chapitre XII.

— La réciproque est vraie, lui claqua froidement Théo. Graham rit.

— Vous ne pouvez pas vous empêcher de fouiner partout n'est-ce pas mon garçon ? Vous êtes plus dangereux encore que je pouvais l'imaginer. Comment diable avez-vous fait pour arriver jusqu'ici ?!

— Votre engin, dit-il en pointant la sphère, visible à travers une grande baie vitrée, n'est pas des plus discrets. Il ne nous a pas été difficile de suivre sa trace. Des dizaines de témoins l'ont vu dans le ciel entre le Nouveau-Mexique et ici.

— Hum, c'est vrai qu'il n'était pas prévu qu'il quitte le Nouveau-Mexique avant longtemps. C'est à cause de vous que j'ai dû le déplacer. Et vous voilà ici, encore ! Heureusement pour nous, vous n'êtes pas très discrets. Nous vous avons repéré dès votre arrivée sur l'île.

— Vraiment ? Comment avez-vous fait ? questionna Yu, curieux.

— Le tunnel temporel par lequel vous êtes arrivés émet une quantité non négligeable d'énergie qui ne passe pas inaperçue, si l'on sait ce que l'on cherche à détecter. A ce propos, il faudra que vous m'éclairiez, Théo, sur la manière dont vous vous y prenez pour créer ces tunnels. Je ne savais pas que les bijoux de l'archange vous permettaient de tels exploits ?

— Qu'est-ce que vous comptez faire, maintenant que vous nous tenez ? demanda l'Élu, éludant la question.

— Si vous êtes ici, ce n'est sans doute pas pour la sphère, je me trompe ?

— Continuez.

— Mais plutôt pour ce qu'elle contient. Je devrais dire pour celui qu'elle contient, n'est-ce pas ? Ce que je n'arrive pas à comprendre, c'est pourquoi vous vous intéressez tant à Dragan Kovac ? Ne me dites pas que c'est pour ce soi-disant secret qu'il aurait possédé et que Loopsair convoitait ?

Théo ne répondait rien. Il savait que Graham avait réussi à se procurer une copie des formules de Kovac et qu'il feignait de ne pas s'y intéresser. Le magnat américain rit de nouveau.

— C'est donc pour cela ? Mais quel secret Kovac pourrait-il détenir ? Je le connais bien, il est malin, il est fourbe, il a une certaine forme d'intelligence, certes, mais de là à détenir un secret important... Permettez-moi d'en douter. Bon, de toute façon vous allez bientôt pouvoir le vérifier par vous-même puisque votre souhait de le retrouver va être exhaussé. Je vais vous enfermer dans la sphère avec lui et cette fois vous ne vous en échapperez pas. Je ne commets jamais deux fois les mêmes erreurs. A ce propos, vous avez remarqué qu'ici, vos bijoux n'opèrent plus. Vous avez déjà connu ça. Toute la base a été équipée afin d'annihiler leurs effets. Donc, vous savez ce qu'il vous reste à faire.

Théo retira la chevalière de son doigt et le médaillon de son cou et les confia à Graham qui s'empressa de les prendre.

Satisfait de la tournure que prenaient les évènements, celui-ci donna ses ordres à Gorki qui escorta Théo et Yu jusqu'à l'intérieur de la sphère.

§

monsieur Tonio déposa le professeur Darlington et Lisa devant l'entrée de la basilique Notre-Dame de Genève. Ils franchirent la volée de marches qui conduisait à trois portes, une principale et deux plus petites et se dirigèrent vers celle qui était la plus à droite, d'où des fidèles venaient de sortir. Ils entrèrent et empruntèrent la travée centrale où étaient disposées des rangées de bancs de chaque côté de l'allée principale. L'édifice, de style néo-gothique, datait du XIXe siècle et adoptait un plan classique avec une nef centrale flanquée de deux absidioles. Dans le choeur, juste avant l'abside, se trouvait un autel perché sur un socle massif entouré d'un déambulatoire. Il n'y avait pas grand monde à cette heure, à peine une poignée de fidèles recueillis de ci, de là sur les bancs de la nef. Darlington et Lisa firent le tour de l'autel par la gauche après avoir aperçu une porte située entre l'absidiole gauche et l'abside. La porte était entrouverte et des bruits de pas et d'ustensiles métalliques qui s'entrechoquaient parvinrent à leurs oreilles. Lisa, la première, poussa la porte de la sacristie. Un prêtre, vêtu du traditionnel costume noir sur une chemise à col romain, âgé d'une soixantaine d'années, le crâne dégarni, portant des lunettes, s'occupait de ranger les coupes dorées qui servaient à la messe. La jeune femme se racla la gorge pour signaler leur présence auprès du prêtre qui se retourna calmement et dit :

— Désolé, je ne vous avais pas entendu entrer. Que puis-je faire pour vous ?

— Bonjour mon Père, dit-elle. Excusez-nous de vous déranger, mais nous aurions besoin de nous entretenir avec vous un moment, si c'est possible.

— Oui, bien sûr. Laissez-moi le temps de finir de ranger tout ça et je suis à vous.

Le prêtre rangea consciencieusement tout son matériel dans une armoire puis il convia Lisa et Darlington à les suivre dans son presbytère. Il les fit asseoir autour d'une table en chêne massif, sur des bancs inconfortables, dans une petite pièce sombre, éclairée seulement par la lumière du jour qui entrait par deux petites lucarnes.

— Voilà, dit le prêtre, je suis à vous. De quoi vouliez-vous m'entretenir ?

— Nous recherchons une personne et nous pensons qu'elle a pu venir ici, dans cette église, il y a un an à peu près.

Lisa sortit la photo de Jésus et la tendit au prêtre qui y jeta un œil rapidement.

— Oui, je me souviens de lui, affirma-t-il. Il disait s'appeler Jésus et, ma foi, par certains côtés, il ressemblait à notre seigneur Jésus-Christ. La barbe, les cheveux... enfin, certains côtés seulement. C'était un pauvre homme dont l'esprit était très perturbé.

— Pourquoi est-il venu ici, dans une église ? questionna Darlington.

— Je vous l'ai dit, il était perturbé. Il tenait des propos incohérents, se disait investi d'une mission, devait retrouver le sauveur de l'humanité... enfin, des choses de ce style. Il prétendait que le 'sauveur', comme il l'appelait, était ici, à Genève, mais qu'il ne connaissait pas son identité. Il était persuadé de ce qu'il disait et n'en démordait pas. Je l'ai recueilli ici dans ce presbytère, car cet homme avait quelque chose de touchant malgré son désordre mental. Je l'ai envoyé chez l'un de mes amis psychiatre pour essayer de comprendre les raisons de sa douce folie. Il n'a rien pu faire pour lui. Jésus vivait dans son monde et s'était coupé totalement de la réalité. Comme il n'était pas dangereux, mon ami n'a pas jugé utile de le faire interner, mais lui a ordonné un traitement médical afin de calmer ses angoisses. Il est resté ici, avec moi, durant six mois à peu près. Tous les jours, il partait le matin tôt et rentrait à la nuit tombée, cherchant désespérément la trace de son 'sauveur'.

— Il ne l'a pas trouvé ? demanda Lisa.

Le prêtre rit.

— Non, il ne l'a pas trouvé. Je crois qu'il doit encore le chercher, à mon avis. Jésus était gentil, intelligent même, je dois le reconnaître.

Il réfléchit un moment avant d'ajouter :

— Très intelligent je devrais dire. C'est ce qui m'avait frappé dès le premier regard. Cet homme avait une profondeur dans le regard qui traduisait une grande intelligence. Quel dommage que son esprit soit si altéré. Il aurait sans doute pu faire de grandes choses. Enfin, toujours est-il qu'il n'arrivait pas à sortir de son obsession alors que nous en discutions presque chaque soir et que j'essayais de le persuader de renoncer à ces idées farfelues. Chaque fois il me répondait la même chose : — Je sais ce que je dis, c'est vous qui ne voyez pas la vérité de ce monde.

— Pourquoi est-il parti au bout de six mois ?

— Toujours à cause de son délire obsessionnel. Un jour il m'a dit qu'il avait eu une révélation, qu'il devait partir, que puisqu'il ne trouvait pas le sauveur, il devait l'attirer à lui... J'ai tenté de le dissuader de partir, de retourner voir mon ami psychiatre, de se faire interner pour se soigner mais il n'a rien voulu savoir, m'a remercié pour mon hospitalité, a fait son sac et a disparu de ma vie comme il y était entré, tout aussi brusquement.

— Et c'est tout ? s'étonna Darlington.

— Oui, ça s'est passé comme ça.

— Il disait vouloir attirer le sauveur, est-ce que vous savez comment il comptait s'y prendre ? questionna Lisa.

— Non, pas vraiment. Vous savez, Jésus était assez fantasque et je n'accordais que peu de crédit à tout ce qu'il disait... Toutefois, je ne sais pas si ça pourrait vous aider à le retrouver, mais en partant, il a oublié un petit carnet dans lequel il notait certains de ces délires. Je l'ai conservé pour le cas où il reviendrait. Je vais vous le chercher.

Le prêtre s'éclipsa un court moment et revint avec un petit carnet épais à spirales qu'il tendit au professeur Darlington. Celui-ci l'ouvrit et tourna les pages griffonnées de réflexions souvent incohérentes qui étaient illustrées de dessins. Soudain, au détour d'une page, Lisa et lui restèrent figés sur l'un de ces dessins. Ils se regardèrent, ne dirent mot et continuèrent de tourner les pages.

— Vous voyez, dit le prêtre, c'est un ramassis de propos sans queue ni tête. Je ne sais pas ce que vous pourrez en tirer.

— Vous avez raison, Jésus était très perturbé, reconnut Darlington. Toutefois, nous permettez-vous de vous emprunter ce carnet ? Nous aimerions l'étudier plus à fond pour voir s'il ressort quelque chose qui pourrait nous mettre sur sa piste.

— Eh bien… le prêtre semblait ennuyé. C'est-à-dire que je le conservais pour Jésus.

— Qu'à cela ne tienne, nous allons photographier les pages dans ce cas, qu'en dites-vous ? proposa Lisa.

– Oui, faites plutôt ça, c'est une excellente idée, dit le prêtre, soulagé. Du reste, vous n'êtes pas les premiers à être venus ici pour Jésus.

— Comment cela ? s'étonna le professeur.

— Oui, une jeune journaliste est passée me voir, il y a quelques semaines. Elle le cherchait, elle aussi.

— Et vous lui avez parlé de ce carnet ?

— Oui, bien sûr. Elle l'a photographié, tout comme vous allez le faire.

Dragan Kovac riait aux éclats d'un rire moqueur. Il regardait Théo et Yu avec ses yeux froids et sans pitié si caractéristiques de cet être démoniaque. Théo savait qu'il n'était pas humain. Il avait vu sa véritable apparence et ce n'était pas beau à voir. Qui était-il vraiment ? D'où venait-il ? Ces questions, le jeune homme se les était souvent posées ces derniers temps, sans vraiment trouver de réponses. Il espérait en obtenir enfin sur celles-ci et sur bien d'autres qu'il se posait sur les formules que Kovac avait implantées dans sa tête, sur ce qu'elles représentaient réellement, sur comment et de qui Kovac les tenait. Toutes ces questions qui trottaient en permanence dans un coin de son esprit et que la CIA souhaitait détenir également. Le russe finit par se calmer. Il se rejeta en arrière dans le fauteuil qu'il occupait, dans cette pièce aux murs noirs, faits sans doute dans la même matière que la coque externe et qui, curieusement, était lumineuse, éclairée par on ne sait où. Au centre, se trouvait une immense table ovale recouverte d'un plaquage couleur bois dont la surface lisse brillait comme du formica. Tout autour, étaient disposés des fauteuils ergonomiques avec accoudoirs, larges, hauts et noirs. Théo et Yu s'installèrent dans deux d'entre eux, face à Kovac. L'Élu fixait le regard du russe tandis que Yu, visiblement impressionné par le visage froid de l'homme, avait du mal à le regarder plus de quelques secondes.

— Il a fini par vous avoir, vous aussi, semblait se réjouir Kovac. Et cette fois, vous n'avez plus votre petit génie pour vous ouvrir la porte, de toute évidence.

Il rit aux éclats encore une fois avant d'ajouter :

— Le plus amusant dans tout ça c'est que j'ai rêvé de ce moment où je vous aurai en face de moi et où je me vengerai de vous, Théo. Et maintenant que vous êtes là, à ma portée, à ma merci, je n'ai plus aucune envie de vous tuer, du moins pas tout de suite.

— Nous avons déjà combattu tous les deux et vous savez comment ça c'est terminé, rappela Théo, un petit sourire en coin.

— C'est exact, je m'en souviens très bien. C'est l'une des rares choses que vous et moi ayons en commun : le souvenir des évènements. A part vous et moi et une poignée d'autres, qui se souvient de ce qui est arrivé et a failli leur arriver ? Qui se souvient qu'un homme a changé le cours du temps pour devenir le maître de cette planète[12] ? Qui se souvient que sa vie pouvait changer du jour au lendemain au gré des caprices de ce fou, cet inconscient ? Et qui se souvient que vous m'avez tué dans l'une de ces réalités temporelles biaisées ?... moi ! Moi, je me souviens ! s'emporta Kovac, pointant un doigt inquisiteur sur Théo. Et vous, Théo, devrez payer pour ça, tôt ou tard, je vous en fais la promesse !

— Qu'est-ce qui vous retient de le faire maintenant ? questionna Théo avec calme et sang-froid. Yu regardait son ami et n'en revenait pas de voir avec quelle maîtrise il gérait la situation. Lui avait peur de cet homme, de son visage, de son regard, de sa voix. Théo ne semblait pas avoir la moindre peur en lui face à ce monstre. Pourtant, le jeune Élu n'avait pas les bijoux sur lui pour l'aider à être fort physiquement et mentalement. Son courage, sa maîtrise et sa force, étaient naturels chez lui. Les bijoux n'avaient fait que l'aider à en prendre conscience.

— Ça fait un moment que je suis ici, expliqua Kovac. Je n'ai personne à qui parler. Je trouve le temps long. Mais maintenant que vous êtes ici, ça va me faire un peu de compagnie. Mais ne vous faites aucune illusion : dès que nous aurons trouvé le moyen de sortir d'ici, je m'occuperai de vous, est-ce que c'est clair ? menaça-t-il.

---

[12] Cf. tome II.

— Très clair. Vous ne m'impressionnez pas Kovac. Je vous ai tué une fois, je vous tuerai une seconde fois avec la même détermination.

Kovac rit à nouveau. Il reconnaissait bien là le caractère trempé du jeune homme et, d'une certaine façon, se réjouissait d'avoir un adversaire à la hauteur.

— En attendant de me tuer, plaisanta-t-il, dites-moi plutôt comment vous êtes arrivés ici.

Théo ne répondit pas tout de suite. Que devait-il dire ? Devait-il mentir ou dire la vérité ? Le fait est qu'il était venu jusqu'ici pour Kovac. Il voulait connaître la vérité, mais il savait que l'homme ne parlerait pas comme ça, si facilement.

— On est ici pour vous, finit-il par dire.

— Pour moi ? fit Kovac, feignant l'étonnement.

— Vous savez très bien pourquoi nous sommes ici, ne faites pas l'idiot.

Kovac dévisagea son interlocuteur longuement, le visage grave. Au bout d'un moment, il esquissa un petit sourire :

— Ah oui, je comprends pourquoi vous êtes là. C'est à cause des formules, n'est-ce pas ?

— Précisément.

— Je vois. Vous vous posez des questions à ce sujet, hein ? Vous aimeriez savoir de quoi il s'agit et vous vous êtes dit que la meilleure façon de le savoir, c'était de venir me le demander.

Kovac éclata de rire, comme il savait si bien le faire.

— Et vous croyez vraiment que je vais vous le dire ? lança-t-il tout en continuant à rire. Vous êtes naïf à ce point ?!

— J'ai pensé que vous me deviez bien une petite explication. Après tout je ne vous ai rien demandé, moi. C'est vous qui avez délibérément mis ces formules dans ma tête, au risque de me tuer.

— Je n'avais pas le choix. Si ce Loopsair avait réussi à me les voler, nous ne serions sans doute pas ici pour en parler, croyez-moi.

— Qu'ont-elles de si important pour que vous décidiez de les cacher dans la tête de votre pire ennemi ?

— Ça, jamais je ne vous le dirai.

— Pourquoi ?

— Parce que j'ai eu trop de mal à les obtenir.

— A ce propos, de qui les tenez-vous ?

— Ça aussi vous ne le saurez pas. Tout ce que je peux vous dire, c'est que tout ce en quoi vous croyez n'est peut-être qu'illusion.

— Comment ça ?

— Méditez là-dessus, jeune homme.

— Je vois, vous ne parlerez pas, n'est-ce pas ?

— Je vous en ai dit suffisamment. Puisque vous êtes si fort, à vous de découvrir la vérité.

— Quelle vérité ? De quoi parlez-vous ?

— De cette illusion dans laquelle vous vivez. Maintenant c'est fini, je n'en dirai pas plus. De toute façon, nous ne sommes pas près de sortir d'ici, alors connaître la vérité ne vous avancerait à rien.

Kovac se dressa sur ses deux jambes et quitta la pièce.

Cela faisait sans doute plusieurs jours que Théo et Yu étaient prisonniers de la sphère. Le temps s'écoulait sans repères et il était difficile de l'apprécier correctement. Les deux ados avaient parcouru en long et en large la zone dans laquelle ils étaient confinés, dans l'espoir de trouver quelque chose qui puisse les aider à s'évader, sans succès. Cette prison était hermétique et ils avaient rapidement compris qu'ils n'avaient aucune chance de sortir sans intervention extérieure. Malheureusement, le seul qui aurait pu les sortir de là était Yu et il était enfermé, lui aussi. Kovac s'était amusé devant l'inutile persévérance de ses compagnons d'infortune. Lui savait qu'il était impossible de s'évader de cette prison high-tech. Depuis qu'ils étaient enfermés, Théo avait tenté de faire parler Kovac sans jamais y parvenir. Celui-ci éludait systématiquement les questions ou affirmait qu'il ne répondrait pas quoiqu'il arrive. L'homme était buté et il semblait que rien n'aurait pu le faire parler, ce à quoi Théo s'attendait un peu, il est vrai. Du coup, le jeune homme essayait une nouvelle stratégie. Puisque Kovac était content d'avoir de la compagnie, quelqu'un à qui parler, avec qui partager ses repas, lui et Yu resteraient seuls dans leur coin, l'évitant autant que possible. Peut-être que ça le ferait changer d'avis. Pour le moment, en tout cas, il n'en était rien. Il faudrait sans doute un peu de temps pour espérer un changement d'attitude de sa part.

Théo et Yu faisaient une partie de cartes pour tuer le temps. Ils s'étaient résignés et n'espéraient plus pouvoir sortir par leurs propres moyens. Ils comptaient un peu sur Jessie qui, espéraient-ils, avait dû réussir à quitter l'île. Ils savaient qu'elle était pugnace et qu'elle ne les abandonnerait pas à leur triste sort. Ils se raccrochaient à cet espoir, ne voulant pas croire qu'ils puissent passer le reste de leur vie ici.

Des bruits leur parvinrent. D'abord confus, peu audibles, ils devinrent bientôt cris et hurlements. Des coups de feu retentirent, ceux d'un fusil-mitrailleur vraisemblablement. Théo et Yu se dressèrent, tendirent l'oreille, se regardèrent et sourirent. Jessie avait dû débarquer avec la cavalerie pour les sortir de là. Ils se précipitèrent hors de la chambre dans laquelle ils étaient, traversèrent le long couloir qui les séparait de l'ascenseur qui conduisait vers la sortie et s'arrêtèrent net face à un commando surarmé, en treillis militaire, avec casque, cagoule et lunettes infrarouge sur la tête, qui les tenait en joue en criant :

— A terre ! A terre ! Mains derrière le dos ! Couchez-vous ! vite !

Les soldats avaient l'air de ne pas plaisanter et les deux ados ne se firent pas prier pour obéir aux ordres. Ils furent menottés manu militari et restèrent ainsi, face contre terre durant de nombreuses minutes, jusqu'à ce qu'un homme arrive et dise :

— C'est bon, nous avons la situation en main. Tout est sous contrôle.

Les jeunes gens furent relevés sans ménagement et conduits dans la grande pièce à vivre de leur prison. Le commando était composé d'au moins une quinzaine d'hommes qui les regardaient entrer dans la pièce, derrière leurs lunettes et leurs cagoules. Ils furent placés au centre, devant celui qui semblait être leur chef. Celui-ci, un grand costaud, restait silencieux. Un homme arriva en courant et vint susurrer quelque chose à l'oreille du chef. Celui-ci, visiblement satisfait, répondit à voix haute :

— Parfait.

Il regarda Théo et s'adressa à lui :

— Vous n'avez pas joué le jeu Théo. Heureusement que nous ne sommes pas des débutants, vous auriez moisi ici encore longtemps sans notre intervention.

L'Élu reconnut la voix de Morisson. C'était la section G au complet qui venait d'entrer dans la sphère ! Mais comment avaient-ils réussi pareil exploit ? Le jeune homme n'en revenait pas.

— Morisson ?! Mais comment diable avez-vous fait pour parvenir jusqu'ici ? demanda-t-il.

— Qu'est-ce que vous croyez, que votre ami Yu est le seul génie en informatique sur cette planète ? Nous avons nos experts nous aussi et ils sont tout aussi compétents, sinon plus, faites-moi confiance. Bon, à part ceux que je me trimbale, précisa-t-il, ironique.

Un petit groupe d'homme entra dans la pièce avec Dragan Kovac, menotté lui aussi.

— Voici donc l'homme que nous recherchons, lâcha Morisson en détaillant du regard le russe.

Il se tourna ensuite vers Théo et demanda :

— Vous avez pu obtenir quelque chose de lui ?

— Non, rien. Il n'a pas voulu nous parler.

— Ça ne m'étonne pas. On va s'occuper de lui, il finira par tout nous raconter.

Morisson semblait sûr de lui. Un peu trop, peut-être au goût de Théo qui connaissait l'animal.

— Attention, il est particulièrement dangereux ! s'écria-t-il. Vous ne devez pas le sortir d'ici comme ça.

— Il ne sortira pas d'ici, soyez sans crainte.

— Parfait. Qu'est-ce que vous allez faire de nous maintenant ?

Morisson prit le temps de la réflexion avant de dire :

— Je devrais vous faire arrêter pour trahison et entrave à une enquête dans une affaire de terrorisme.

— Terrorisme ? s'étonna Théo.

— Oui, terrorisme. Mais bon, grâce à vous, nous avons pu remonter jusqu'à Kovac. La mission que nous avions ensemble est terminée de ce fait. Eu égard à votre jeune âge à tous les deux, je vais passer sous silence votre petite escapade solitaire.

— Ça veut dire quoi concrètement ?

— Que vous êtes libres de partir.

Théo et Yu se regardèrent, médusés, heureux d'être libres mais quelque peu méfiants. Ils se retournèrent et se dirigèrent vers la sortie de la sphère lorsque Morisson les interpella :

— Théo ! Attendez !

Les deux jeunes gens se retournèrent.

— Je crois que ceci est à vous, il me semble, dit-il, ouvrant une main immense dans laquelle étaient lovés la chevalière et le médaillon de l'archange.

Théo s'en empara délicatement et les remit à leur place avant de dire :

— Où les avez-vous trouvés ?

— Dans sa fuite, Graham n'a pas eu le temps de les récupérer sans doute. Ils étaient dans un coffre, à l'abri.

— Merci Jim.

— Je vous en prie, ce n'est rien. Ils vous appartiennent après tout.

— Encore merci.

Les deux amis reprirent le chemin de la sortie. Morisson leur cria :

— Libre ne veut pas dire que votre dossier soit clos ! J'aurai certainement besoin de vous dans un futur proche. Alors, restez joignable !

§

Chapitre VI

Sacré-Coeur

Toute l'équipe était à nouveau réunie dans la suite de Jessie, à l'hôtel Kampinski de Genève. Après que Yu et Théo eurent été libérés par Morisson, ils rejoignirent la jeune américaine qui s'était réfugiée dans le campement d'une mission scientifique franco-allemande qui étudiait la fonte rapide des glaces et le dégel du permafrost dans le grand nord.

Le professeur Darlington et Lisa Dubois étaient déjà sur place, ici, à Genève, en possession des photocopies des pages du carnet oublié par le Gardien.

Chacun en avait désormais une copie entre les mains afin d'étudier les indices éventuels qu'elles pouvaient recéler, qui pourraient les mettre sur la piste de Jésus. L'histoire du Gardien soulevait plus de questions que de réponses et de toute évidence déroutait tout le monde. Ce mendiant fou, doué pour l'électronique et les sciences, qui agissait très souvent de manière incohérente pouvait-il réellement être celui qu'ils recherchaient ? C'est la question que posa Théo après avoir entendu le récit que firent ses amis sur lui. Bien que de nombreux indices tendent à prouver qu'il était celui que l'archange leur avait demandé de retrouver, son comportement si étrange ne plaidait pas en sa faveur.

Théo parcourait les pages du carnet, couvertes de petites phrases sans liens apparents entre elles, entrecoupées de dessins et formes géométriques ainsi que, très souvent, de gribouillis informes. Tout ceci semblait refléter les problèmes mentaux que rencontrait Jésus.

— Qu'en pensez-vous professeur ? questionna Théo. Vous qui avez pu examiner ces pages avant nous, croyez-vous qu'il y ait vraiment quelque chose à en tirer ?

— Eh bien, ma foi, répondit-il après un moment de réflexion, je n'en sais trop rien, je l'avoue. J'ai bien essayé de faire le lien entre les phrases, puis entre celles-ci et les dessins mais je n'ai pas réussi. S'il y a quelque chose à comprendre dans ce qu'a écrit Jésus, il va falloir que l'un de nous ait un éclair de génie, à mon avis, pour le trouver. C'est tellement décousu…

— Ce n'est peut-être que le délire d'un fou tout simplement, supposa Jessie. Il n'y a sans doute rien à comprendre.

— Nous devons essayer tout de même, indiqua l'Élu. Il nous faut retrouver le Gardien, c'est important.

— D'autant, rappela Lisa, que le prêtre de Notre-Dame de Genève nous a clairement dit que le Gardien lui avait précisé que, je cite : — Puisqu'il ne trouvait pas le sauveur, il devrait l'attirer à lui.. Jésus n'a sans doute pas oublié ce carnet par hasard. Il voulait qu'on le trouve.

— Si c'est le cas, concentrons-nous sur le sujet et peut-être en sortira-t-il quelque chose. Bon, voyons, qu'avons-nous ?... La première phrase dit : *la tache rouge qui tournoie.*

— Ça peut faire référence à la tache rouge de Jupiter, proposa Yu. C'est un gigantesque ouragan qui tournoie rapidement dans l'atmosphère de la planète depuis des centaines d'années.

— Pourquoi pas, admit Théo. La seconde phrase est : *grande flèche d'acier brisant le ciel.*

— Une flèche, ça peut être n'importe quoi, constata Lisa. Une grue, un pylône, une tour et même la flèche d'un arc qui traverse le ciel qui sait.

— D'accord. D'autres propositions ?

Théo regarda ses amis tour à tour. Aucun ne répondit.

— Quel rapport peut-on trouver entre la tache rouge de Jupiter et une flèche d'arc, un pylône ou une tour ?

— On a déjà réfléchi à la question, affirma Lisa. On a rien trouvé de probant, n'est-ce pas professeur ?

— C'est exact jeune fille. Toutes ces phrases ne conduisent à rien de précis et d'interprétable facilement. S'il y a un message quelconque dans ce carnet, il est bien caché.

— Et les dessins ? lança Jessie. Peut-être que seuls les dessins veulent dire quelque chose, vous ne croyez pas ?

— Un visage d'enfant, un gribouillis, un autre gribouillis, énuméra Théo. Un cercle avec un losange à l'intérieur, un gribouillis, une tasse, un gribouillis…

— Attends ! le coupa Yu. Tu veux bien répéter ce que tu viens de dire, Théo, s'il te plaît.

— Répéter ? oui, bien sûr. J'ai dit : un visage d'enfant, un gribouillis, un gribouillis, un cercle et un losange, un gribouillis, une tasse, un gribouillis…

— Des nombres premiers ! s'écria Yu, coupant à nouveau la parole à son ami.

— Quoi ? Des nombres premiers ? Où ça ? se demanda le professeur.

— Ça ne m'avait pas sauté aux yeux, expliqua Yu, mais lorsque tu as commencé à énumérer les dessins entrecoupés de gribouillis, j'ai surtout entendu à plusieurs reprises le mot 'gribouillis' et là, ça a fait tilt dans mon esprit. Les nombres premiers, vous savez tous ce que c'est, non ?

— Oui, plus ou moins, dit timidement Jessie qui avait souvent séché les cours de maths, matière qu'elle détestait particulièrement. Tu peux nous rappeler le principe quand même.

— Un nombre premier est un entier naturel qui admet exactement deux diviseurs distincts entiers et positifs, 1 et lui-même.

— Et alors où vois-tu des nombres premiers dans tout ça ? se demanda Lisa.

— Les premiers de ces nombres sont : 2 ; 3 ; 5 ; 7 ; 11 ; 13 ; 17 et 19. Maintenant, écoutez bien : visage ; gribouillis ; gribouillis ; cercle ; gribouillis ; tasse ; gribouillis. Est-ce que vous comprenez ?

— Visage : 1 ; gribouillis : 2 ; gribouillis : 3 ; dit Théo.

— C'est ça !

— Ce sont les gribouillis, les nombres premiers ? s'étonna Jessie.

— Exactement. Et je suis sûr que si je continue dans les pages suivantes, ça va le confirmer.

Yu regarda les dessins entrecoupés de gribouillis, mais à partir de la troisième page, les gribouillis n'indiquaient plus les nombres premiers systématiquement.

— Eh bien, non, ce n'est pas le cas, dit le jeune Chinois, déçu. C'était peut-être un hasard alors ?

— Pas forcément, songea Théo. S'il y a un message ou une indication quelconque, elle tient peut-être en quelques phrases sur les deux premières pages.

— Tu crois ?

— Il se peut également, intervint Darlington, que la première page contienne la clé pour déchiffrer le carnet. Il faut lire uniquement les phrases qui correspondent aux nombres premiers dans toutes les pages.

— Pourquoi pas ? admit Théo. Ok, voyons ce qu'on a si l'on prend les phrases en face de chaque gribouillis, dit l'Élu en se plongeant dans la première page.

— Devant le deux, on a : *grande flèche d'acier brisant le ciel*, rappela Lisa. Et le trois est : *cœur luisant dans l'azur*.

— Le cinq est : *l'ange protecteur* ajouta le professeur Darlington.

— Et le sept : *la lance montre le chemin.*

— C'est largement suffisant pour laisser un message à quelqu'un, tout ça, vous ne trouvez pas ?

— *Il accepta la rouge croix,* est la phrase en face du onzième dessin, dit Jessie. Et : *la statue de Pierre* est au treizième.

— Et au dix-sept on a : *là où il devint disciple*, ajouta Yu. Même mises bout à bout, toutes ces phrases ne veulent pas dire grand-chose, avouez-le.

— Nous avons déjà résolu bien des énigmes, tous ensemble. Celle-ci ne devrait pas faire exception à la règle, affirma Théo, confiant.

— Je pense peut-être à quelque chose, confia timidement Lisa, pas très sûre de l'idée qu'elle avait.

— Vas-y, on t'écoute.

— *La grande flèche d'acier brisant le ciel* pourrait être la Tour Eiffel. *Le cœur luisant dans l'azur* serait alors le Sacré-Cœur de Montmartre. Il est blanc et luit sous le soleil en se détachant sur le ciel azur. Ça nous donnerait une indication du lieu où aurait pu se rendre le Gardien, qu'en pensez-vous ?

— C'est pas idiot en tout cas, reconnut Yu. Mais la phrase suivante : *l'ange protecteur ;* voudrait dire quoi ?

— Si on ne peut pas comprendre l'ensemble de ces phrases, c'est peut-être parce qu'elles n'ont de sens que si l'on se trouve en un lieu bien précis, supposa l'Élu.

— Ça aussi c'est pas idiot, reprit Yu qui pianotait frénétiquement sur son clavier d'ordinateur. Pas idiot du tout ! s'exclama-t-il. J'ai recherché des informations sur le Sacré-Cœur et vous savez ce que j'y ai trouvé ?

— Non, mais tu vas nous le dire, le pressa gentiment Jessie.

— Notre cher archange Michel est le saint protecteur de la basilique.

— Ça explique *l'ange protecteur*, comprit Darlington. Théo a raison : certaines de ces phrases ne trouveront d'explications que dans un contexte précis.

— Ce qui veut dire que nous devons bouger et nous rendre à Paris, au Sacré-Cœur précisément, pour chercher la signification des autres phrases, conclut l'Élu.

§

Construite sur le sommet de la bute Montmartre, la basilique du Sacré-Cœur de Paris illumine ce quartier si pittoresque par sa beauté et sa majesté, mais aussi par sa pierre si particulière qui lui confère, contrairement à la plupart des autres monuments, la propriété de rester d'une blancheur immaculée. Bâtie à partir de mille huit cent soixante-quinze, elle ne sera définitivement achevée qu'en mille neuf cent vingt-trois avec la fin de la décoration intérieure. C'est donc, contrairement à ce que l'on pourrait penser, un monument relativement récent. Après avoir franchi plusieurs dizaines de marches depuis le pied de la bute, Théo et ses amis arrivèrent sur le parvis de l'église où se pressait une foule considérable de visiteurs en mal de culture ou de spiritualité, qui sait. Le temps clément qui régnait sur la capitale française faisait sortir les touristes, comme la pluie faisait sortir les escargots. Les principaux monuments de la ville étaient envahis par une armée colorée, disparate et désordonnée qui colonisait le moindre espace offert à elle. Après avoir franchi une dernière volée de marches qui conduisait au péristyle frontal de l'entrée de l'église, la petite équipe entra dans le narthex, espace transversal de l'église situé juste avant la nef. La visite touristique se faisait par les bas-côtés, l'accès aux travées de la nef étant réservé pour les cérémonies religieuses. L'équipe se scinda en deux : Lisa, Darlington et Jessie, remontèrent le bas-côté droit. Théo et Yu empruntèrent le bas-côté gauche. Il fallait observer et être attentif. Chacun avait en tête les phrases du carnet du Gardien. Ils avaient fait une visite virtuelle de la basilique avant de venir sur place et avaient déjà repéré certaines parties intéressantes de l'église, mais rien ne pouvait remplacer une visite in situ.

Après plus d'une demi-heure de cheminement et d'observations minutieuses des diverses parties de l'église, ils arrivèrent, chacun de leur côté, au niveau du chœur de la basilique. Là, sous la voûte du toit, trônait une magnifique fresque de mosaïque représentant le Christ, bras en croix, paumes ouvertes, drapé d'une toge blanche immaculée, avec, à ses pieds, Jeanne d'Arc et l'archange Michel brandissant une lance.

— Regarde, dit Yu à Théo, en pointant du doigt la mosaïque. C'est bien ce que nous avions repéré : la lance de l'archange pointe légèrement vers le nord.

— Oui, ce qui pourrait indiquer une direction comme semble l'indiquer la phrase : *la lance montre le chemin.*

— Elle pointe surtout vers le ciel, fit remarquer Yu.

— Il y a quoi juste au-dessus, sur le toit ?

Yu consulta sa tablette avant de répondre :

— Une statue de l'archange terrassant le dragon.

Théo réfléchit un moment avant d'affirmer :

— Il faut qu'on monte sur le toit pour voir cette statue.

— Tu penses que c'est elle le chemin que montre la lance ?

— L'archange est toujours sur notre route depuis le début de toutes nos aventures. Pourquoi en serait-il autrement cette fois ? La statue est l'étape suivante, j'en mettrai ma main au feu.

— Si tu es si sûr de toi, allons-y. Tu comptes faire comment pour aller sur le toit ?

— Tu penses vraiment que ce sera une difficulté ? plaisanta l'Élu.

§

À la nuit tombée, Théo se rendit derrière la basilique du Sacré-Cœur et, après s'être assuré que personne ne le voyait, s'éleva dans les airs jusqu'à atteindre le toit nord de l'église où se dressait la statue de l'archange, au pied duquel un dragon gisait, transpercé par son épée. La sculpture était couleur vert-de-gris, trahissant un alliage à base de cuivre. Théo voyait presque comme en plein jour grâce à sa vision nocturne prodiguée par les bijoux dont il était doté. Il observa attentivement l'ensemble, cherchant un indice, fit le tour de l'œuvre qui était posée sur un piédestal, juste au centre et au faîte du toit. Son œil fut attiré par la lame de l'épée sur laquelle il distingua des inscriptions faites grossièrement, sans doute avec une pointe fine, une clé ou quelque chose de similaire. Ces inscriptions ne devaient pas beaucoup dater, car elles avaient surtout entamé la couche de vert-de-gris. Théo s'approcha pour lire : *6 de la droite ; 4 du pied de la pucelle*. Il fronça les sourcils, embrassa du regard l'ensemble du toit, comprit que la nouvelle énigme ne trouverait sans doute pas de réponse ici et quitta la quiétude du lieu pour aller rejoindre ses amis qui l'attendaient dans une rue proche. Lorsqu'il se fut posé sur le bitume, il vit les yeux interrogateurs posés sur lui.

— J'ai trouvé quelque chose, gravé grossièrement sur la lame de l'épée : *6 de la droite ; 4 du pied de la pucelle*.

— Ça veut dire quoi d'après toi ? questionna Jessie.

— Un emplacement sans doute, mais où et de quoi ? Ça, j'en ai pas la moindre idée, reconnut Théo.

— Ce ne doit pas être très difficile de retrouver le lieu, affirma le professeur.

— Vous trouvez ? s'étonna Lisa.

— Oui, bien sûr. Réfléchissez : nous avons une bonne indication avec la proposition suivante : *4 du pied de la pucelle*. C'est le mot *pucelle* qui est important ici, expliqua-t-il. Nous sommes à la basilique du Sacré-Cœur, une église, en France. La pucelle est de toute évidence Jeanne d'Arc, que l'on surnomme *la pucelle d'Orléans*. Comme jusqu'ici les indices que nous avons trouvés ont tous un rapport avec la basilique, il y a fort à parier que c'est dans celle-ci que se trouve la solution…

— Et je crois que j'ai trouvé l'emplacement exact où nous devons chercher ! affirma avec satisfaction Yu qui venait de faire une recherche sur sa tablette.

— Vous voyez, je vous l'avais dit : ce ne serait pas difficile à trouver.

— C'est l'une des chapelles de la basilique, continua Yu. Et devinez à quel saint elle est dédiée ?

— Saint-Michel ? risqua Lisa.

— Saint-Michel, encore lui ! confirma le jeune Chinois.

— Qu'est-ce qui te fait dire que c'est là ? douta Jessie.

— Parce que dans cette chapelle, il y a une statue de, devinez qui ?

— Saint-Michel, dit Jessie.

— Aussi, mais de qui d'autre ?

— Jeanne d'Arc ?

— Eh oui ! Et la chapelle est pleine d'ex-voto.

— L'énigme donne l'emplacement d'un ex-voto dans cette chapelle, songea Théo.

— Tu as tout compris, Théo, affirma Yu. Je crois qu'il ne nous reste plus qu'à aller chercher cet ex-voto, en espérant que ce soit le dernier indice.

— Nous verrons ça demain matin. Il est tard et la basilique est fermée, dit Jessie avec lassitude, s'étirant de tout son long.

— Fermée ? Parce que tu crois que c'est de nature à arrêter Théo ? plaisanta Yu.

— Jessie a raison, reconnut Théo. Il est tard. Je pourrais ouvrir les portes de l'église sans problème, vous le savez tous, mais ça peut bien attendre demain matin. Nous avons bien besoin d'un peu de repos.

§

L'ex-voto était un petit cadre d'à peine dix centimètres sur dix, contenant une huile représentant une église sous un ciel d'orage, le tout très sombre et même plutôt terne. Théo observait attentivement le tableau, y cherchant un indice qui pourrait lui sauter aux yeux.

— Une église, songea le professeur. Il est évident que ce doit être le prochain lieu où nous devons nous rendre, mais il n'y a apparemment rien qui puisse nous indiquer de quelle église il s'agit.

— Il faudrait peut-être retourner le cadre, proposa Lisa.

Théo regarda alentour pour s'assurer que personne ne le regardait, puis il se saisit subrepticement de l'ex-voto, le décrocha du mur et le retourna rapidement, cherchant une inscription ou un indice quelconque, en vain. Il fit la moue, remit le tableau à sa place, haussa les épaules et dit :

— S'il n'y a aucun indice pour trouver de quelle église il s'agit, c'est qu'elle doit être suffisamment connue pour qu'il n'y en ait pas besoin, qu'en pensez-vous, professeur ?

— C'est ce que j'étais en train de me dire, confia Darlington. C'est curieux, j'ai l'impression d'avoir déjà vu cette église exactement sous l'angle représenté ici.

— C'est drôle, ça me fait le même effet, avoua Lisa. Ça me dit quelque chose mais je n'arrive pas à la situer.

— Toutes les églises se ressemblent estima Yu. Moi aussi j'ai l'impression de l'avoir vue, ça n'a rien d'étonnant.

— Ok les amis, en attendant de trouver où vous avez vu l'église, si nous cherchions plutôt si le tableau peut avoir un rapport quelconque avec un autre ex-voto ou tout autre objet présent dans cette chapelle. Ça pourrait nous aider, qui sait, suggéra Théo.

Chacun se mit à observer et à chercher dans le moindre recoin de la petite chapelle. Rien de concret n'en transpira. Après plus d'une demi-heure d'efforts inutiles, ils décidèrent de quitter la basilique et d'aller prendre un verre sur la place du Tertre où de nombreux cafés-restaurants disposaient de terrasses ombragées où s'attabler, au milieu des étals d'artistes venus du monde entier pour exercer leurs talents.

En sortant de la basilique, alors qu'ils quittaient le parvis pour emprunter la rue Azais en direction de la place du Tertre, Lisa eut l'œil attiré par le clocher d'une église située à la gauche de la basilique, juste de l'autre côté de la rue qui la longeait.

— Regardez ! s'écria-t-elle, c'est elle !

Tous se tournèrent vers le point qu'indiquait son doigt pointé et admirèrent le clocher de cette église qui avait du mal à exister face à l'imposante basilique.

— Oui, c'est bien elle ! s'exclama le professeur. Elle était là, sous nos yeux. Nous sommes passés plusieurs fois près d'elle sans vraiment la voir, occultée qu'elle était par sa grande sœur voisine.

— C'est l'église Saint-Pierre de Montmartre, expliqua Yu qui avait déjà le résultat de ses recherches sur sa tablette.

— Parfait, on avance, se félicita Théo. Tâchons de voir si nous pouvons entrer dans cette église.

Il fallut faire le tour par des rues commerçantes bondées qui menaient quasiment sur la place du Tertre. L'entrée de l'église se trouvait rue du Mont-Cenis. Un portail de fer forgé noir, entrouvert, donnait sur une cour pavée au bout de laquelle se dressait la façade de pierre de l'édifice religieux. Sur les trois portes d'entrées, seule celle de gauche semblait ouverte.

L'intérieur de l'église était bâti selon un plan classique : nef centrale, bas-côtés, transept, chœur, abside et absidioles. Le tout construit principalement dans le style gothique avec des parties romanes, entre autres. Assis ou agenouillés dans les travées, quelques fidèles priaient dans le silence.

— Qu'est-ce qu'on est censé chercher ici ? murmura Jessie à l'oreille du professeur.

— Je n'en sais rien ma chère, répondit-il à voix basse.

— Je relis les indices, dit Yu sur le même ton, les yeux rivés sur sa tablette.

— Ça dit quoi déjà ? s'enquit Théo.

— Parmi les indices restants, nous avons : *il accepta la rouge croix ; la statue de Pierre ; là où il devint disciple.*

— *Il accepta la rouge croix...* Qu'est-ce que ça peut bien vouloir dire ? se demanda Lisa.

— La croix rouge est, entre autres, l'un des symboles des Templiers, expliqua Darlington. Je ne sais pas si cela peut avoir un rapport.

— Est-ce que cette église appartenait à l'Ordre ? demanda Jessie, s'adressant à Yu.

— Je ne crois pas. Attends, je vérifie… Non.

— Professeur, vous qui êtes un puits de science sur le Moyen Âge, le flatta Théo, vous n'avez pas une petite idée ?

James Darlington se gratta la tête, signe qu'il était dans une intense réflexion. Après une bonne minute, il finit par dire :

— Si mes souvenirs sont bons, le port de la croix rouge par les Templiers fut autorisé par le pape Eugène III. Il faudrait chercher s'il existe un rapport entre cette église et lui.

Sitôt dit, sitôt fait. Yu livra le résultat de ses recherches :

— J'ai trouvé le rapport : le pape Eugène III consacra l'église en mille cent quarante-sept.

— Ah ! Nous avançons, se félicita Darlington.

— Vous trouvez ? douta Lisa. A quoi est-ce que ça nous avance pour le moment ?

— Eh bien… Le professeur s'interrompit, réfléchit et ajouta :

— Je n'en sais rien.

— La phrase suivante nous aidera peut-être, suggéra Théo.

— *La statue de Pierre.* Il faut sans doute trouver une statue d'Eugène III, proposa Yu.

— Je passe par le côté gauche, proposa Lisa. Quelqu'un prend le côté droit ?

— Attendez jeune fille, ne nous emballons pas, tempéra le professeur. Vous n'interprétez pas la phrase correctement, il me semble. Ici, *Pierre* n'est pas un nom commun mais un nom propre. Donc si vous devez chercher une statue, ce n'est pas celle d'Eugène III mais de saint Pierre, je pense.

La statue recherchée se trouvait sur le bas-côté gauche, au niveau de la quatrième travée, juste sous un vitrail. Saint-Pierre était assis sur un trône ou un fauteuil, difficile à dire. Après un examen minutieux de l'œuvre, aucun indice probant ne fut trouvé. Ce n'est que lorsque Lisa regarda derrière le trône, qui était décollé du mur de l'église d'au moins dix centimètres, qu'enfin ils trouvèrent quelque chose. La jeune femme, qui avait les yeux fixés dans l'espace étroit dépourvu de lumière, dit :

— Il me faudrait une lampe, je ne vois rien.

Aussitôt, Théo vint à son secours et lui demanda de lui laisser la place. Il activa sa vision nocturne et balaya le recoin sombre, dévoilant des inscriptions faites de la même main que celles qui se trouvaient sur la lame de l'épée de l'archange, là-haut, sur le toit de la basilique du Sacré-Cœur.

— Quelqu'un peut noter ? demanda l'Élu.

— C'est bon, dit Yu, vas-y.

— Le livre du protecteur ; 77-5-3 ; 104-11-2 ; 92-14-7.

— Ça n'en finira donc jamais ! Se désola Jessie, la voix empreinte de lassitude. On ne sait même pas à quoi tout ça va nous mener. Peut-être à rien du reste.

— Le Gardien a semé des indices, c'est plus qu'évident désormais, expliqua Théo. Je pense qu'il a fait exprès d'oublier ce carnet à Genève pour qu'une personne le trouve et suive la piste.

— La personne, c'est le sauveur, c'est toi, Théo, rappela Lisa. Il a dit au prêtre de Genève qu'il voulait t'attirer à lui. Il a une mission, t'aider. C'est pour ça qu'il veut te retrouver.

— S'il doit aider Théo, pourquoi est-ce qu'il ne s'est pas manifesté directement à lui alors ? douta Jessie.

— Le prêtre nous a expliqué, raconta Lisa, que Jésus ne savait pas qui était le sauveur, qu'il l'avait cherché dans Genève durant six longs mois, sans succès.

— J'ai longuement réfléchi à la question, affirma Théo. Je crois que quelque chose ne s'est pas déroulé selon le plan initial des Mikelians. Le Gardien devait très certainement prendre contact avec moi mais il n'a pas pu le faire. Pourquoi est-ce qu'il est apparu en plein Jérusalem sous les traits d'un mendiant à moitié fou ? Ça n'a pas de sens.

— Tu penses qu'il lui est arrivé quelque chose ? questionna Yu.

— Ça me paraît être la seule explication. S'il a eu un accident, par exemple, ou une maladie, qui sait, alors il a pu perdre la tête et se retrouver incapable d'assurer sa mission. Ensuite, il a commencé à aller mieux et s'est souvenu de qui il était et de ce qu'il devait faire. Mais là, quelque chose d'autre l'a empêché de me contacter car, d'après ce que nous savons, il m'a cherché dans tout Genève, preuve qu'il ne connaissait pas mon identité.

— Il n'a pas retrouvé toute sa mémoire, affirma Darlington.

— C'est le plus probable. Ou alors il n'a jamais su qui était le sauveur, mais ça, j'en doute.

— Admettons, dit Lisa. Le Gardien te cherche. Ne te trouvant pas, il décide de laisser des indices dans un carnet pour que tu puisses le retrouver. Pourquoi pas, après tout. Seulement, quelque chose ne colle pas dans tout ça...

— Tu penses à quoi ? s'enquit Yu.

— Comment le Gardien pouvait-il anticiper le fait que Théo se lancerait à sa recherche ? S'il n'avait pas eu une conversation avec l'archange, jamais il n'aurait connu l'existence de celui-ci.

— A moins que L'archange ne m'ait parlé du Gardien dans un but bien précis, songea Théo.

— Le retrouver. Ça, nous le savons déjà.

— Ce n'est pas ce que je veux dire. L'archange m'a affirmé qu'il ne savait pas où trouver le Gardien. Il a été formel là-dessus.

— Et alors ?

— Je ne sais pas. J'ai la curieuse impression d'être encore une fois manipulé dans cette affaire.

— Par qui, l'archange ?

— Ou quelqu'un d'autre.

— Il y a autre chose qui ne colle pas, à mon avis, continua Lisa. pourquoi a-t-il organisé une véritable chasse aux indices ? Puisque nous avons réussi à trouver l'endroit où il se trouvait à Genève, il lui suffisait d'attendre là que le sauveur vienne.

— Là tu marques un point, reconnut Yu. Tout ça n'a pas de sens.

— Mais souvenez-vous que nous ne sommes pas les seuls à avoir photographié les pages du carnet, rappela le professeur. Cela veut dire que le Gardien est recherché par d'autres que nous. Dans ce cas, s'il avait compris qu'il avait d'autres personnes que l'Élu des Mikelians à ses trousses, il aurait pu décider de compliquer la tâche pour être certain que seul Théo le retrouverait.

— Pour le moment, les indices qu'il a semés n'ont pas été trop difficiles à trouver, reconnaissez-le, indiqua Yu. Même sans être l'Élu des Mikelians, quelqu'un d'un peu perspicace serait arrivé au même point que nous.

— Yu n'a pas tort, dit Lisa.

— Continuons à suivre la piste, proposa Théo. Nous verrons bien où ça nous conduit. Et s'il est vrai que ceux qui ont une copie du carnet ont pu déchiffrer les indices, alors il faut que nous redoublions nos efforts car ils doivent avoir de l'avance sur nous. Il ne faut pas qu'ils trouvent le Gardien avant nous.

§

— *Le livre du protecteur ; 77-5-3 ; 104-11-2 ; 92-14-7.* Un livre et des références à des mots situés dans certaines pages de celui-ci, c'est évident, affirma Darlington.

— Oui, c'est cette fameuse technique d'antan qu'utilisaient ceux qui voulaient faire passer des messages secrets, expliqua Yu. Mais d'habitude il y a une clé de déchiffrage, non ? Là, on dirait qu'il suffit d'aller à la bonne page pour avoir le message.

— Évidemment. Le problème ici n'est pas de déchiffrer un code mais bien de trouver le livre auquel appartiennent les pages en question.

— *Le livre du protecteur*. Le protecteur fait référence à l'archange Saint-Michel, protecteur de la basilique du Sacré-Cœur mais aussi de la France. Vous êtes d'accord là-dessus professeur ? demanda Théo.

— Oui, cela me paraît clair.

— En fait, tout le problème est de trouver de quel livre il s'agit et où celui-ci se cache !

— Un livre qui doit se trouver dans l'église Saint-Pierre ou dans la basilique, qui sait, proposa Lisa.

— Le plus simple est d'aller demander aux responsables de ces églises, suggéra Yu.

— Attendez, avant de nous éparpiller et de perdre notre temps, objecta Théo. Jusqu'ici tous les indices menaient à d'autres, sauf celui de la croix rouge. Il ne nous a servi à rien jusqu'ici. Je crois que nous devons creuser un peu de ce côté-là.

— Il est vrai que le fait d'avoir trouvé le nom du pape Eugène III ne nous a conduits à rien de concret, reconnut Darlington.

— Pourtant, si cet indice est là, au milieu des autres, c'est qu'il a son importance. Professeur, vous qui connaissez bien l'époque médiévale, parlez-nous un peu de cet Eugène III. Qui était-il et qu'a-t-il fait ?

— Eh bien, voyons. Si mes souvenirs sont bons, Eugène était, avant de devenir pape, un moine disciple de Bernard de Clairvaux, Saint-Bernard si vous préférez…

— Attendez, le coupa Théo. Vous dites qu'il était le disciple de Saint-Bernard, c'est ça ?

— Oui, tout à fait.

— Notre dernière phrase de l'énigme dit bien quelque chose dans le genre : *il était disciple*.

— *Il y devint un disciple*, corrigea Yu qui avait le texte sous les yeux.

— C'est ça. Ça ne peut pas être un hasard. Où Eugène et Saint-Bernard s'étaient-ils côtoyés, professeur ?

— A l'abbaye de Clairvaux bien sûr.

— Ça se trouve où exactement ?

— Près de la ville de Troyes, dans l'Aube, précisa Yu qui avait déjà les informations sur l'abbaye, affichées sur l'écran de sa tablette.

— Voilà ! Nous avons le lieu où se trouve le livre que nous recherchons.

— Sauf que nous avons un nouveau problème, affirma Yu. L'abbaye de Clairvaux est devenue une prison depuis très longtemps.

— Et alors ? Ça n'empêche pas d'avoir une bibliothèque, non ?

— Si je puis me permettre, dit le professeur. J'ai eu l'occasion à plusieurs reprises de consulter l'incroyable fonds de la bibliothèque de Clairvaux. Il est constitué de plusieurs centaines d'œuvres de l'époque médiévale qui sont toutes plus magnifiques les unes que les autres. Et je sais où se trouvent tous ces joyaux, bien entendu.

— Formidable professeur ! s'enthousiasma Théo. Encore une fois vous apportez la preuve que vous ne faites pas partie de notre équipe par hasard.

— Vous aviez encore quelques doutes ? plaisanta Darlington.

§

Dans la médiathèque de Troyes, dans l'Aube, était conservé le fonds Clairvaux : un peu plus d'un millier de livres anciens datant de l'époque médiévale, tous écrits à la main et enluminés par les moines de l'abbaye du même nom. Ces trésors n'étaient bien évidemment pas accessibles au grand public. Les précieux livres n'auraient pas supporté longtemps qu'on les manipule de manière intensive. Une partie d'entre eux avait été numérisée et était en accès libre, moyennant une inscription sur le site de la médiathèque. Pour les autres, il fallait, pour pouvoir les consulter, faire une demande expresse auprès des autorités en charge de leur protection. C'est là qu'intervenait le professeur James Mortimer Darlington, titulaire d'une chaire d'histoire à l'université d'Oxford, spécialiste de l'époque médiévale, sommité reconnue dans le monde pour ses publications sur le sujet. Une demande de Darlington ne pouvait qu'être fondée et n'appelait pas de refus. Il débarqua dans les locaux où étaient entreposés les manuscrits, protégés dans des salles aménagées où l'humidité de l'air et la température étaient contrôlées en permanence pour une conservation optimale. Il ne vint pas seul, Lisa et Théo l'accompagnaient. Le directeur, monsieur Delattre, les accueillit en personne, fier de recevoir Darlington.

— Professeur Darlington, dit-il, c'est un honneur de vous accueillir. Je sais que ce n'est pas la première fois que vous venez consulter notre fonds, mais comme je ne suis à ce poste que depuis deux ans, je n'ai jamais eu l'occasion de vous rencontrer.

— Le plaisir est pour moi, répondit le professeur. Merci de nous accueillir dans votre bibliothèque et de nous permettre de consulter le fonds Clairvaux.

— C'est tout à fait normal, cher professeur. Nos manuscrits sont là pour les hommes comme vous.

— Merci. Avez-vous pu trouver ce que je vous ai demandé ? questionna-t-il, expédiant les courtoisies d'usage.

— Ah oui, bien sûr. J'ai trouvé trois manuscrits presque entièrement dédiés à Saint-Michel. Je les ai fait apporter ici, dans mon bureau. J'espère qu'ils satisferont votre curiosité.

— Je l'espère également, monsieur le directeur. Pouvons-nous les consulter, je vous prie ?

— Oui, bien entendu.

Delattre quitta son fauteuil et ouvrit une armoire se trouvant sur le côté droit de la pièce. Le bureau était de taille moyenne, meublé sans prétention d'un bureau contemporain couleur merisier avec deux armoires assorties, l'une haute et l'autre basse. Le bâtiment dans lequel ils se trouvaient était récent et ressemblait plus à un immeuble de bureaux qu'à une bibliothèque. Le directeur sortit les trois manuscrits de l'armoire et les déposa sur le bureau. Posant la main droite sur la pile, il ajouta :

— Voilà professeur, ils sont à vous, pour un moment, s'entend. Faites-en bon usage. Je vous laisse mon bureau le temps qu'il faudra. Vous y serez bien mieux que dans la salle de consultation.

— C'est très généreux de votre part, mais nous ne voudrions pas abuser…

— J'y tiens. Je vais aller m'installer dans le bureau de ma secrétaire, plus loin dans le couloir. Si vous avez besoin de quoi que ce soit, n'hésitez pas à venir me trouver.

Delattre sortit en refermant la porte derrière lui, laissant Darlington, Lisa et Théo seuls. Le professeur prit le premier manuscrit, sur le haut de la pile, l'ouvrit et le parcourut rapidement, admirant la splendeur des enluminures.

Il s'arrêta à la page soixante-dix-sept, descendit à la ligne cinq et repéra le troisième mot :

— Colombe ? Curieux.

Il prit un stylo-bille et un Post-it de couleur rose et nota le mot. Il se rendit ensuite à la page cent quatre, on-zième ligne, mot deux, le nota et termina par la page quatre-vingt-douze, ligne quatorze, mot sept, qu'il nota également. Ensuite, il passa au second ouvrage et fit la même chose, notant scrupuleusement les mots repérés. En-fin, il termina par le troisième et dernier ouvrage.

Lorsqu'il eut noté les trois derniers mots, il fut évi-dent que seuls ces trois-là avaient une signification, bien qu'assez surprenante de prime abord.

— C'est curieux, songea le professeur.

— Oui, plutôt, admit Théo.

— Vous croyez que c'est quelqu'un qui est enfermé dans la prison de Clairvaux ? demanda Lisa.

— La seule façon de le savoir est de s'y rendre et de demander à le rencontrer, proposa Théo. Nous saurons s'il est là et s'il a quelque chose à nous dire.

Théo prit le post-it dans sa main droite et regarda une dernière fois ce qui y était inscrit : *prisonnier Marc Fleuron*. Ensuite, il le déposa dans un cendrier sur le bu-reau et lui mit le feu, attendant qu'il se soit totalement con-sumé avant de quitter les lieux.

§

Il fallut faire une demande de visite motivée afin de pou-voir approcher le prisonnier Marc Fleuron, à la centrale de Clairvaux. Ce fut le professeur Darlington accompagné de Jessie Graham qui s'y rendit. C'était, de toute l'équipe, les deux seuls adultes et donc les deux seuls admis dans l'enceinte de la prison. Seuls les enfants de prisonniers pouvaient rendre visite à leurs parents emprisonnés.

Le parloir était terne, mal entretenu, à l'instar de l'ensemble des bâtiments du centre pénitentiaire. De petites niches étaient aménagées dans une salle toute en longueur, dans laquelle des box avec des murs d'un mètre vingt de haut surmontés d'un grillage séparaient les prisonniers des visiteurs. Jessie et Darlington étaient mal à l'aise dans cet endroit à l'atmosphère si particulière, dans ce lieu si différent de tout ce qu'ils avaient connu dans leurs existences respectives. Une prison n'était pas un endroit agréable. L'on y ressentait tout le poids de la misère humaine qui y régnait. C'était une sensation qui collait à la peau dès que l'on franchissait le mur d'enceinte et qui ne s'effaçait pas aussitôt que l'on en ressortait. Les deux amis étaient assis sur des chaises inconfortables, attendant l'arrivée de Marc Fleuron. Il entra dans le box, derrière le grillage. Il était vêtu d'un ensemble de jogging gris et de chaussures de sport de marque. Il devait avoir une trentaine d'années, était grand, mal rasé, les cheveux courts châtain foncé, le visage dur et le regard froid. Il s'installa face à ses deux interlocuteurs, les dévisagea longuement, puis il finit par dire :

— Vous êtes qui ? Qu'est-ce que vous voulez ?

— Bonjour, monsieur Fleuron, répondit le professeur. Je suis le professeur James Darlington de l'université d'Oxford, en Angleterre et voici ma collègue, mademoiselle Jessie Graham, qui m'accompagne.

— Plutôt canon ! jugea Marc Fleuron en détaillant de bas en haut ce qu'il voyait d'elle de là où il était assis. Jessie eut un petit sourire amusé par la remarque et l'attitude de cet homme qui ne maîtrisait sans doute pas les bonnes manières.

— Canon ? s'étonna le professeur qui, concentré sur son sujet, n'avait pas compris immédiatement de quoi Fleuron parlait.

— Ah, oui, sans doute, continua-t-il. Nous sommes ici parce que nous pensons que vous avez... comment dire... un message... ou un indice... à nous communiquer. Vous voyez de quoi je veux parler, monsieur Fleuron ?

Fleuron fronça les sourcils, plissa les yeux et dit :

— Vous aussi vous venez de la part du dingue ?

— Du dingue ?

— Ouais, le dingue, le bargeot quoi !

— Oui, c'est ça, confirma Jessie. On vient de sa part. Il vous a confié quelque chose pour nous je crois ?

— Je sais pas si c'est pour vous parce qu'il y a déjà quelqu'un qui est passé pour ça.

— Laissez-moi deviner, une journaliste, c'est ça ?

— Oui, c'est ça. Canon elle aussi.

— Vous pouvez nous donner le message, s'il vous plaît ?

— *Une salle de danse célèbre dans la capitale du pape. Il faut trouver Miguel.*

— Quoi ?

— C'est ce que le dingue m'a dit de dire.

— C'est tout ? demanda Darlington.

— Ouais, c'est tout. Vous en vouliez plus ? dit-il sur un ton sarcastique.

— Non, pas spécialement, merci, répondit Jessie. Je peux vous poser une question ?

— On est plus à une question près. Allez-y, c'est le même prix.

— Pourquoi est-ce que le dingue, comme vous l'appelez, est venu vous trouver, vous en particulier ?

— J'en sais rien. Un jour ce type est venu au parloir et m'a dit qu'il fallait que je lui rende un service. J'ai dit que ça dépendait du service. Il m'a dit qu'il faudrait que je dise exactement ce que je vous ai répété, au mot près, à celui qui se pointerait pour ça. J'ai demandé au dingue ce que j'avais à y gagner et il m'a répondu qu'il me verserait une bonne somme d'argent sur un compte. Je lui ai dit que je voulais que du cash et qu'il fallait qu'il le confie à mon frangin. C'est ce qu'il a fait. Alors moi je remplis ma part du contrat en répétant ses mots à tous ceux qui viennent me le demander. Vous êtes les seconds.

— Bien, nous vous remercions de votre coopération, monsieur Fleuron, termina Darlington.

— Y'a pas d' blême.

Jessie et Darlington se dressèrent sur leurs jambes et tournèrent le dos à Marc Fleuron lorsque celui-ci ajouta, s'adressant à Jessie :

— Eh chérie ! J'ai une perm ce week-end. Ça te dirait qu'on fasse connaissance tous les deux ?

— Ce week-end ?... Ah, je suis désolé, j'ai déjà une invitation. Une autre fois peut-être ! lui lança-t-elle sur le ton de la plaisanterie.

§

Chapitre VII

Buenos Aires

— La journaliste, du moins celle qui se fait passer pour une journaliste, a de l'avance sur nous, constata Jessie.

— Ce doit être une personne perspicace pour avoir réussi à suivre la piste laissée par le Gardien, en déduit Darlington.

— La piste n'était pas si difficile à suivre, reconnut Théo.

— Je ne suis pas tout à fait d'accord avec vous, mon jeune ami. Nous avons réussi à comprendre les indices en nous y mettant tous ensemble. Nous avons acquis une certaine habitude des énigmes à force d'en résoudre. C'est ce qui nous laisse l'impression que nous avons eu affaire à quelque chose de simple à trouver. Je ne suis pourtant pas persuadé que beaucoup de personnes auraient pu venir à bout de ce qu'a concocté le Gardien.

— Vous avez sûrement raison prof. Si je vous comprends bien, vous voulez dire que cette journaliste n'est pas sur la piste du Gardien par hasard.

— C'est en effet mon avis.

— Il faut que nous nous dépêchions d'avancer pour avoir une chance de la rattraper avant qu'elle ne le trouve.

— Vous pensez qu'elle travaille pour qui ?

— Graham, la CIA, ou Mila Kovac, qui sait. Ils ont tous un intérêt à retrouver le Gardien.

— Dans quel but exactement ? se demanda Lisa.

— D'après l'archange, le Gardien est en mesure de déchiffrer les formules de Kovac. Les premiers à mettre la main sur le Gardien auront gagné le jack pot !

— Nous ne savons même pas ce qu'elles pourraient révéler. Si ça se trouve, Kovac balade tout le monde avec ces formules, émit-elle.

— En tout cas, d'après Morisson ces formules, c'est du lourd, rappela Théo. En attendant nous avons une nouvelle énigme à résoudre. Elle ne paraît pas très compliquée à première vue, qu'en pensez-vous, prof ?

— C'est vrai qu'elle paraît à la portée de tout le monde. Voyons si l'avenir nous donne raison. Que dit-elle ? *Une salle de danse célèbre dans la capitale du pape. Il faut trouver Miguel.*

— Pour la salle de danse célèbre, tu as trouvé quelque chose Yu ? questionna l'Élu.

— Pas vraiment, reconnut le jeune Chinois qui d'habitude était prolixe.

— Comment ça se fait ? s'étonna Jessie.

— J'ai cherché de célèbres salles de danse à Rome et je n'ai pas eu grand-chose de concret à part une ou deux boîtes de nuit et l'Opéra.

— C'est déjà quelque chose, constata Lisa.

— Oui, mais il n'y a rien de vraiment célèbre dans tout ça, dit-il, peu convaincu par le résultat de ses recherches.

— Pourtant, il faudra bien que nous la trouvions cette salle de danse célèbre.

— Si Yu ne trouve rien, c'est qu'on fait peut-être fausse route, intervint le professeur.

— Je suis de son avis, admit Théo. Yu nous a toujours apporté le maximum d'infos, ce qui nous a, la plupart du temps, permis de résoudre les énigmes qui se posaient à nous. S'il ne trouve rien, c'est bien que nous ne sommes pas sur la bonne voie.

— Pourtant l'énigme est claire, constata Jessie.

— Peut-être, trop claire.

— Est-ce que la salle de danse célèbre serait une métaphore ? Ce qui expliquerait qu'on ne la trouve pas, suggéra Lisa.

— Possible.

— Je crois que nous devons, comme nous l'avons souvent fait, décortiquer la phrase afin d'en isoler chaque terme, proposa le professeur. Nous avons bien sûr *"une salle de danse célèbre"*, comme premier terme de notre énigme. Là, pour le moment nous séchons. Voyons la suite : *dans la capitale du pape*. Il semble évident qu'il s'agisse de Rome.

— Ou du Vatican, rectifia Lisa.

— Oui, c'est une possibilité, bien que l'on ne considère que très rarement le Vatican comme une capitale, même si c'est le cas d'une certaine façon. Ensuite, nous avons : *il faut trouver Miguel*. Qui est donc ce Miguel dont l'énigme nous parle ?

— Miguel, c'est Michel en espagnol. Est-ce que ce ne serait pas une façon détournée de nous parler de l'archange ? se demanda Théo.

— Il faudrait trouver l'archange dans une salle de danse célèbre de Rome ? douta Jessie.

— Ou du Vatican, insista Lisa.

— Yu, cherche si par hasard il y a une salle de bal au Vatican, suggéra Théo.

Comme il fallait s'en douter, la réponse ne tarda pas :

— Non, pas de salle de bal au Vatican.

— Je m'en doutais, dit l'Élu. Ça clôt le débat sur le Vatican comme ça. Et sur Rome, toujours rien de célèbre au niveau des salles de danse ?

— Toujours rien. J'ai fait des recherches croisées en utilisant de nombreux mots-clés, sans rien obtenir de plus. Rome n'est pas particulièrement célèbre pour la danse, visiblement.

— Lisa a sans doute raison : il faut chercher un sens métaphorique. Mais là j'avoue que je ne vois pas le sens de cette métaphore, s'il y en a une. Qu'en dites-vous prof ?

— Je suis en train d'y réfléchir et pour le moment je n'arrive pas à considérer cette partie de l'énigme comme une métaphore.

— Et si c'était la ville qui n'était pas la bonne ? se demanda Lisa.

— La capitale du pape, c'est pourtant bien Rome, il me semble, dit Yu.

— Est-ce qu'il existe un autre pape que celui de Rome ? questionna Jessie.

— Eh bien, il y a bien Avignon, mais elle ne l'est plus depuis longtemps.

— Avignon ? Il y a un festival célèbre dans cette ville, songe l'Élu. Est-ce que la salle de danse pourrait s'y trouver ?

Yu pianota sur son clavier et sa réponse ne se fit pas attendre :

— Non, rien de vraiment concret dans cette ville là.

— Il n'y a rien d'autre auquel vous pensez, prof ? Pas d'autre ville qui ait un rapport direct avec le Pape ?

— Non, pas à ma connaissance, répondit le professeur.

— On parle bien de pape de la mode pour désigner certains couturiers célèbres pourtant, songea Jessie.

— Il faudrait considérer que le mot pape ne désigne pas le premier évêque du catholicisme dans ce cas. Vous croyez que le Gardien aurait été capable de nous compliquer la tâche à ce point ? douta Darlington.

— Je suis bien de votre avis, prof, admit Théo. Si on commence à chercher un pape autre que celui de Rome, on ne s'en sortira pas.

— C'était juste une suggestion, se défendit Jessie.

— Tu as bien fait d'en parler, mais il vaut mieux rester sur l'hypothèse que c'est bien du pape Chrétien dont il s'agit dans notre cas.

— Ça ne nous avance guère tout ça, constata Yu.

— J'y pense : et si ça avait un rapport avec la personne même du pape ? songea Lisa.

— Que veux-tu dire ? demanda Théo.

— Le pape actuel est né en Argentine. Est-ce que l'énigme ferait référence à la capitale de ce pays, plutôt qu'à Rome ?

— Mais oui, bien sûr ! s'exclama le professeur. L'Argentine ! Cela expliquerait toute l'énigme d'un seul coup. La célèbre salle de danse : les salles de tango sont célèbres à Buenos Aires.

— Les Milongas, dit Yu qui avait déjà pianoté pour trouver toutes les infos nécessaires. Ce sont des après-midi ou des soirées consacrées au tango, organisées dans diverses salles de bal de la ville.

— Exactement. Milongas. C'est le mot qui les désigne.

— Parmi les nombreuses salles de tango, quelques-unes sont très célèbres et l'une d'elles revient pratiquement toujours en première position : *la confiteria la ideal.*

— Et en plus on comprend mieux pourquoi il faut trouver Miguel, nom espagnol de Michel.

— Je crois que nous avons résolu notre énigme, se félicita Théo. Il ne nous reste plus qu'à aller à Buenos Aires trouver le Miguel en question, en espérant que nous serons les premiers cette fois.

§

Théo marchait sur un sentier qui traversait la forêt de grands sapins hauts et sombres. Le silence n'était rompu que par le crissement de ses pas sur le sol couvert de feuilles. Un froid intense glaçait les os. L'humidité des sous-bois se soulevait en brumes épaisses qui couraient entre les troncs noueux et les buissons.

L'Élu déboucha sur une clairière couverte d'une herbe grasse et de rosée matinale. Un soleil blafard commençait à poindre au-dessus de la cime des plus hauts sapins. Au milieu de la clairière, assis dans l'herbe, quelqu'un tournait le dos au jeune homme. Celui-ci avait des contours flous. Théo s'en approcha mais la silhouette demeura indistincte. Impossible de voir son visage. Une sorte de ronronnement fit vibrer l'air. La silhouette se dressa sur ses jambes, dépliant un être démesurément grand, sans visage, telle une ombre étirée par la lumière rasante. Théo entendit une petite voix, sans comprendre ce qu'elle disait. Celle-ci semblait lointaine, venant du plus profond de la forêt. La silhouette grandissait et, d'une forme humaine, elle devenait progressivement quelque chose d'autre, une sorte de monstre aux bras immenses qui se terminaient par des mains aux griffes acérées. Théo reconnut cette forme. Il entendit la voix plus distinctement qui disait :

— Théo, la bête est libérée !

Le monstre cessa d'être flou. Il montrait toute sa puissance et la cruauté de son être se lisait dans ses yeux froids. Il se mit à hurler si fort que les poils de Théo se dressèrent. La bête était en furie. Elle s'agitait en tous sens et, lorsque son regard croisa celui du jeune homme, elle redoubla de colère et hurla plus fort. Soudain le monstre se rua sur lui, l'obligeant à prendre ses jambes à son cou pour éviter d'être mis en pièces par ses terrifiantes griffes. Théo courut à en perdre haleine, rejoignant les sous-bois qu'il traversa sans jamais se retourner, sentant le souffle rauque de la bête juste derrière lui. Il sortit de la forêt devant un château fort à moitié en ruine dont le pont-levis était abaissé, enjambant les douves remplies d'une eau saumâtre et nauséabonde. Théo continua à courir, traversa le pont-levis et pénétra dans l'enceinte de la forteresse. Il entendit derrière lui les bruits de chaînes qui coulissaient, les craquements du bois qui bougeait. Il se retourna enfin et vit le pont qui finissait de se relever, laissant la bête hors des murs hurler sa colère.

Une lumière vive emplit la place pavée où se trouvait le jeune homme. Il reconnut la silhouette désormais familière de l'archange, majestueux, les ailes déployées, le regard bleu intense. Celui-ci lui ne souriait pas comme il le faisait d'habitude. Son visage était fermé, grave. Lorsqu'il ne brilla plus de tous ses feux et qu'il eut replié ses ailes, il s'adressa à Théo :

— Sois le bienvenu, Théo. Je t'attendais. L'heure est grave.

— Que se passe-t-il, archange ?

— La bête est à nouveau libre.

— La bête ? Vous voulez parler de Kovac ? Je croyais qu'il était enfermé dans une prison d'où il était impossible de fuir.

— La bête est rusée. Les humains ont été naïfs de croire qu'ils pourraient maîtriser la bête.

— Kovac est libre, d'accord. En quoi est-ce si grave ? Il l'était encore, il y a quelques mois, fit-il remarquer.

— Aujourd'hui c'est différent. Le Gardien est sur le point d'être retrouvé et des secrets qui n'auraient jamais dû quitter l'endroit où ils étaient et qui ont été interceptés par la bête, risquent d'être dévoilés. Il faut absolument l'empêcher. L'avenir en dépend.

— Nous faisons tout ce que nous pouvons pour retrouver le Gardien, mais, même si nous progressons rapidement, nous avons du retard sur une autre personne qui le cherche aussi.

— Tout le monde le cherche, Théo. Le Gardien est la clé, comme je te l'ai déjà dit. S'il tombe entre les mains du mal, le bien sera vaincu et il n'y aura plus d'espoir pour ce monde. Le mal s'en emparera définitivement, réduisant l'humanité en esclavage ou pire : l'éliminant de sa propre planète. Toi et tes amis, devez le retrouver avant les autres, c'est impératif.

— Aidez-nous alors, supplia Théo. Donnez-nous de quoi rattraper notre retard, au moins.

— Je te l'ai déjà dit, Théo : je ne sais pas où se trouve le Gardien et n'ai aucun moyen de t'aider.

— Comment est-ce possible ? Vous qui êtes dans les plus hautes sphères, qui avez accès à Dieu lui-même, ne savez pas retrouver un simple mortel ?

— Les choses sont bien plus complexes que tu ne l'imagines, Théo. Je ne sais pas tout et n'ai pas accès à tout. J'ai une mission à accomplir sur cette Terre et j'ai besoin de toi et de tes amis pour la mener à bien. Je t'en prie, Théo, fais tout ce qui est possible pour retrouver le Gardien et n'oublie pas, lorsque tu l'auras trouvé, tue-le immédiatement ! Ainsi, nous pourrons poursuivre notre but : chasser les démons qui peuplent la Terre et l'en débarrasser pour toujours.

L'archange redevint lumineux et s'éloigna dans le silence. Théo se réveilla dans sa chambre d'hôtel, à Paris. Il regarda sa montre : six heures quinze. Il se leva, regarda au-dehors. Le jour se levait. Une étrange impression s'était emparée de lui depuis la dernière visite de l'archange et celle qui venait d'avoir lieu ne faisait qu'empirer la chose. Le jeune homme avait le sentiment que quelque chose ne tournait plus rond dans toute cette histoire. L'archange, qui depuis des millénaires oeuvrait dans l'ombre, tirant les ficelles de ces pauvres humains qu'il s'évertuait à défendre, semblait paniqué à l'idée que ce Gardien puisse tomber entre les mains des méchants. Qui plus est, il ne savait pas où cet homme se trouvait. C'était sans doute ce qui intriguait le plus Théo. Du coup, insidieusement, le doute s'insinuait en lui depuis quelque temps ; un doute qui ébranlait sa foi et le mettait mal à l'aise dans ses convictions.

§

Théo et ses amis débarquèrent du tunnel dans une vieille usine désaffectée, quelque part dans la banlieue de Buenos Aires. Désormais l'Élu maîtrisait parfaitement l'utilisation de la dague, pouvait franchir n'importe quelle distance et arriver à l'endroit exact qu'il s'était fixé, au mètre près. C'était pratique, faisait gagner un temps considérable et épargnait beaucoup de fatigue à toute l'équipe. Du coup, Jessie n'avait plus à utiliser son jet privé, qui restait tout de même prêt en permanence, pour le cas où cela serait nécessaire.

— On est où ici ? s'enquit Yu qui, des yeux, faisait le tour de l'immense hangar à moitié délabré et crasseux dans lequel ils étaient.

— C'est une usine qui appartient à mon père, expliqua Jessie. Elle est abandonnée depuis très longtemps, mais le terrain sur lequel elle est bâtie va bientôt valoir une petite fortune. C'est pour ça que mon père ne s'en est pas encore débarrassé.

— L'avantage, c'est que ça nous a permis d'arriver ici en toute discrétion, apprécia Théo.

Le déplacement via le tunnel temporel que produisait la dague était un atout fantastique, mais cela avait tout de même un gros inconvénient : ce n'était pas discret. Lorsque le tunnel s'ouvrait, il devenait bien visible, comme un tourbillon bleu opaque traversé en permanence d'éclairs vifs. Pas question de débarquer n'importe où, au milieu d'une ville, au risque d'être vu et de provoquer une panique certaine au sein de la population. Pour que Théo puisse arriver dans un lieu précis, il devait le connaître, le visualiser. Pour arriver dans cette usine, il avait cherché l'information directement dans l'esprit de Jessie, laquelle était déjà venue ici, avec son père, quelques années auparavant.

Dans la rue quasi déserte devant l'usine, un gros 4x4 noir était stationné. Jessie se dirigea droit dessus. Lorsqu'elle n'en fut plus qu'à quelques mètres, un homme en sortit, vêtu d'un costume gris, souriant, tendant les clés à bout de bras. La jeune femme s'en saisit, remercia l'homme qui s'éclipsa dans une voiture plus petite qui l'attendait, garée plus loin, avec un autre homme au volant. Jessie entra le véhicule dans l'enceinte de l'usine. Les valises de matériel que Yu avait emporté furent chargées dans le coffre, puis la voiture prit la direction du centre-ville de Buenos Aires, qui fut atteint après plus d'une heure de route et d'embouteillages. Buenos Aires était une mégapole gigantesque qui comptait, avec son agglomération, près de treize millions d'habitants, ce qui la classait parmi les vingt plus grandes au monde. Son architecture très éclectique mêlait le style art déco avec le contemporain ou le style colonial. La France a particulièrement influencé le style architectural de la ville, si bien que dans certains quartiers l'on a l'impression de se promener dans les rues de Paris !

Jessie conduisait le 4x4 dans les rues du centre, bondées à cette heure de la matinée. Dehors, la température n'excédait pas les douze degrés et le ciel était couvert de lourds nuages qui annonçaient la pluie. Ici, dans l'hémisphère sud, l'on entrait dans l'hiver austral. L'avenue Corrientes, longue artère qui sillonnait le centre-ville d'est en ouest, traversait la place de la République, au centre de laquelle trônait un immense obélisque. Ensuite, elle continuait vers l'est et traversait le quartier des théâtres et des salles de spectacles. C'est là qu'elle croisait la rue Suipacha, étroite et animée, courant sur près de deux kilomètres, traversant tout le centre de la capitale. Jessie stationna le 4x4 sur un emplacement réservé, sans se soucier des conséquences éventuelles. La *Confiteria la Ideal*, café-restaurant et milonga parmi les plus célèbres de la ville, sinon la plus célèbre, se trouvait à quelques mètres de l'angle que formaient les deux voies.

La façade de l'édifice faisait penser à celle d'un café italien, avec une entrée large et haute au centre et deux vitrines, une de chaque côté, dont les vieux stores déroulants verts jardin étaient remontés d'à peine plus que la moitié de leur hauteur.

L'intérieur était une immense salle très en longueur, soutenue par des colonnes qui délimitaient l'emplacement des tables de celui de la piste de danse. Le décor art déco datait des années vingt. De nombreuses tables, toutes habillées de nappes couleur sienne recouvertes de napperons blancs, étaient occupées par des clients qui prenaient leur petit déjeuner. Des bruits lointains de vaisselle parvenaient dans la salle, sans doute de la cuisine. Théo et ses quatre amis s'installèrent à une table. Un serveur, dans son costume reconnaissable, s'approcha d'eux et prit leur commande. Lorsqu'il revint, une fois son plateau déchargé, Théo l'interrogea :

— Nous cherchons Miguel, vous savez s'il est là ?

Le serveur roula de grands yeux étonnés avant de répondre :

— Miguel ? Quel Miguel ? J'en connais au moins sept qui fréquentent cet établissement !

Théo tordit la bouche. La tâche n'allait encore pas être simple.

— Y'en a-t-il un qui travaille ici ? questionna Lisa.

— Oui, il y a Miguel de Avilla, l'un des cuisiniers.

— Est-ce qu'il serait possible de lui parler ?

— Je vais voir en cuisine s'il peut venir vous voir un moment.

Le serveur s'éclipsa. Il s'écoula bien cinq minutes avant qu'un grand gaillard solide n'arrive, dans sa tenue blanche de chef. Il avait environ quarante ans, était brun, le teint clair, les yeux verts. Son sourire montrait une dentition irrégulière où l'on pouvait apercevoir plusieurs couronnes en argent.

— Bonjour, vous vouliez me parler ? dit-il.

— Bonjour monsieur de Avilla, répondit le professeur. Nous pensons que vous avez quelque chose pour nous que quelqu'un vous aurait confié il y a un certain temps, je me trompe ?

— Quelque chose pour vous ? fit le cuisinier avec un grand étonnement.

— Oui, un objet ou une phrase par exemple.

— Je ne vois pas, monsieur. Pourquoi est-ce que j'aurais eu quelque chose pour vous ? Je ne vous connais pas. Darlington soupira, secoua la tête et dit à ses amis :

— Ce n'est pas lui. Si le Gardien lui avait confié quelque chose, il nous l'aurait déjà dit.

Il se tourna vers Miguel et lui dit :

— Merci monsieur de Avilla. Excusez-nous de vous avoir fait perdre votre temps.

Le cuisinier fit demi-tour pour regagner sa cuisine. Il se ravisa et dit :

— C'est curieux, une jeune femme est venue voici quelque temps et a posé exactement les mêmes questions. Vous travaillez ensemble ?

— Non, pas du tout. Cette femme n'était pas journaliste par hasard ?

— Oui, c'est ce qu'elle a dit en tout cas.

— A part vous, a-t-elle interrogé d'autres personnes ici ? demanda Théo.

— Oui, elle s'intéressait à tous les Miguel qui fréquentent cet endroit. Je crois bien qu'elle a parlé avec au moins cinq ou six d'entre eux.

— Vous savez si elle a trouvé ce qu'elle cherchait ?

— Non, je ne crois pas.

— Comment pouvez-vous en être sûr ? s'étonna Jessie.

— Parce que je connais tous les Miguel qu'elle a interrogé. Quand on a parlé de cette femme, après qu'elle soit partie, on s'est dit qu'on ne comprenait pas ce qu'elle était venue chercher ici. En parlant entre nous, on a compris qu'elle avait posé les mêmes questions à chacun et, chacun a affirmé n'avoir rien eu à lui dire. Voilà pourquoi. Donc, si vous cherchez la même chose qu'elle, ce n'est pas ici que vous la trouverez, à mon avis.

— Une dernière question : cette journaliste est passée ici il y a combien de temps à peu près ?

— Je dirai une quinzaine de jours.

— Merci pour votre coopération, monsieur de Avilla, conclut Théo.

Avilla les salua et retourna à sa cuisine.

— La journaliste perd du terrain sur nous, se réjouit Lisa. Mais elle a toujours de l'avance. Il faut que nous trouvions rapidement Miguel. Peut-être qu'elle est encore en train de le chercher. Si nous parvenons à le trouver avant elle, nous avons toutes les chances de retrouver le Gardien avant qu'elle ne le fasse.

— En attendant, nous sommes comme elle : bredouilles, constata Jessie. Si elle n'a pas trouvé le bon Miguel ici, nous ne le trouverons sans doute pas plus qu'elle.

— Sans doute, admit Théo, mais l'avantage que nous avons maintenant, c'est que nous savons qu'il est inutile de perdre notre temps ici. Reste à savoir où nous allons bien pouvoir trouver Miguel ? Quelqu'un a une idée ?

— Si ce n'est pas ici que l'on peut trouver Miguel, alors pourquoi le Gardien nous aurait parlé de cet endroit ? se demanda Yu.

— Vous oubliez jeune homme, rappela Darlington, que ce n'est pas le Gardien qui nous a indiqué ce lieu, mais nous qui l'avons supputé de ses énigmes.

— On se serait trompé de salle de danse, vous croyez ?

— Nous avons déduit que c'était celle-ci, mais il me semble qu'il y en a d'autres, toutes aussi célèbres, dans cette ville.

— La journaliste se serait trompée, elle aussi ? s'étonna Lisa.

— Eh oui, pourquoi pas ?

— Le professeur a peut-être raison, reconnut Théo. Yu, fais des recherches sur les autres salles de danse. Il faut que nous avancions le plus vite possible pour doubler la journaliste.

§

Le *Nuevo salon la Argentina* se trouvait dans la rue Bartolomé Mitre, dans le centre-ville, juste en face d'un parking public couvert, où Jessie stationna son véhicule. Cette salle de danse, contrairement à la *Confiteria la Ideal*, n'était pas un restaurant ; juste une salle de tango où l'on organisait des Milongas et où l'on pouvait se désaltérer, bien entendu. L'endroit, situé dans un immeuble récent, n'avait aucun cachet : ni son entrée, plus que quelconque, ni sa salle de bal qui l'était plus encore. Pourtant, c'était un endroit réputé de la ville pour le tango. Jessie était accompagnée de Yu uniquement. Les autres s'étaient réparti d'autres salles de danse à visiter et étaient partis, qui à pied, qui en taxi.

A cette heure avancée de la matinée, la salle *la Argentina* était ouverte surtout pour le personnel d'entretien et les livraisons. Jessie et Yu se retrouvèrent au centre de la salle, sur le parquet, au beau milieu des femmes de ménage qui s'affairaient. Un homme, la trentaine, le crâne dégarni, le visage dur, bien qu'assez beau, vêtu d'un jeans et d'un blouson de cuir marron, arborant une épaisse chaîne en or autour du cou et une grosse chevalière, les apostropha :

— Eh ! Qu'est-ce que vous foutez ici ?! C'est fermé à cette heure ! On ouvre dans l'après-midi.

Tout cela en espagnol, bien entendu, langue que Jessie maîtrisait bien assez pour tout comprendre. Elle s'approcha de l'homme sans la moindre crainte, lui décocha son sourire le plus ravageur et lui dit, sur le ton d'une petite chatte qui miaule :

— Bonjour monsieur. Excusez-nous, nous avons vu la porte ouverte et pensions que nous pouvions entrer. Ne nous en veuillez pas, s'il vous plaît.

Devant l'attitude féline de la belle américaine, l'homme ne fut pas insensible et, après l'avoir détaillée de la tête aux pieds, il se ravisa et devint mielleux, arborant un grand sourire de mâle conquérant :

— Vous êtes tout excusée, mademoiselle. Vous n'êtes pas du coin, il me semble ?

— A quoi voyez-vous ça ?

— Votre accent. Vous parlez espagnol avec un accent… attendez, laissez-moi deviner… américaine ?

— Oh ! Vous êtes fort, répondit-elle toujours sur ce
même ton félin, tout en se donnant des airs de cruche, qui
plaisaient toujours à ce genre de macho, persuadé de son
charme irrésistible. Yu regardait le petit numéro de son
amie, amusé par le spectacle. Il ne lui connaissait pas ce
talent d'actrice.

— Qu'est-ce que je peux faire pour vous, ma belle ?
demanda l'homme.

Jessie s'approcha jusqu'à presque le frôler et le fixa
droit dans les yeux, de son regard bleu profond :

— Oh, je suis certaine que vous pouvez faire beaucoup pour moi, dit-elle, sûre d'elle. Vous ne seriez pas Miguel, à tout hasard ?

— Miguel ? dit l'homme, déstabilisé par cette question qu'il trouva saugrenue.

— Oui.

— Je m'appelle Ricardo.

— Ah, quel dommage, regretta-t-elle. Je recherche
un dénommé Miguel.

— Y'a pas de Miguel ici, dit Ricardo qui se renfro-
gnait.

— Même dans vos clients ?

— J'en sais rien moi ! Vous croyez que je connais
les prénoms de tous mes clients ?! Mais qu'est-ce que vous
lui voulez, toutes, à ce Miguel, à la fin ?!

— Toutes ?

— Oui, une autre jeune femme, une journaliste, presque aussi belle que vous, est passée ici la semaine dernière… ou la semaine d'avant, je ne sais plus… et m'a demandé si je connaissais un Miguel.

— Vous lui avez dit quoi ?

— Ce que je viens de vous dire. Il n'y a pas de Miguel ici !

— Vous en êtes certain ? Réfléchissez, peut-être que vous en connaissez un qui fréquente cet établissement ? Il y a sûrement des Miguel qui viennent danser ici, non ?

— Bon, allez, fichez-moi le camp d'ici ! s'énerva-t-il soudain, sentant qu'il perdait son temps avec la superbe créature qu'il avait face à lui. Jessie comprit qu'elle n'obtiendrait rien de plus, fit demi-tour et quitta l'établissement, accompagnée de Yu qui suivit sans se retourner.

Pendant ce temps, à quelques centaines de mètres de là, Lisa et le professeur Darlington entraient dans le restaurant *Casa de Galicia*, autre lieu qui organisait des Milongas dans une salle située au premier étage de l'établissement. Ici l'on s'affairait à préparer le service du midi. Ce restaurant espagnol proposait des spécialités ibériques. La salle était toute en longueur, sans aucun luxe, très simple. Les tables étaient disposées sur quatre rangées comme dans un réfectoire ou la cantine d'une école. Des serveurs, pantalons et gilets noirs sur chemises blanches, finissaient de dresser les tables et s'apprêtaient à recevoir les premiers clients qui ne tarderaient pas. Lorsqu'ils entendirent s'ouvrir la porte d'entrée, chacun d'eux jeta un petit regard discret, un peu surpris. Un serveur aux cheveux blancs, le dessus du crâne très dégarni, vint vers les intrus, tout sourire, les détailla, comprit qu'ils n'étaient pas argentins et dit, dans un parfait anglais :

— Bonjour monsieur, mademoiselle. Nous commençons le service dans une demi-heure seulement.

— Oh, mais nous ne sommes pas ici pour manger. Bonjour monsieur, dit poliment Darlington en tendant la main. Je me présente : professeur James Mortimer Darlington, de l'université d'Oxford. Et voici mademoiselle Lisa Dubois. Nous sommes à la recherche de Miguel.

— Miguel Arroyo ? demanda le serveur.

— Oui, Miguel Arroyo, affirma Darlington, un peu surpris.

Le serveur héla Miguel Arroyo à travers la salle. Celui-ci, un jeune homme d'une vingtaine d'années, accourut.

— Miguel, ces messieurs-dames te cherchent. Qu'est-ce que tu as encore fait ? demanda le vieux serveur sur le ton du reproche.

— Moi ? Rien, pourquoi ?

— Non, non, il n'a rien fait, je vous assure, s'empressa de dire Darlington, de peur que Miguel n'ait des problèmes dans son travail. Nous voulons juste lui parler quelques minutes, si vous n'y voyez pas d'inconvénient ?

— Pas trop longtemps, s'il vous plaît, nous commençons le service dans peu de temps.

Le vieux serveur s'éloigna, retournant à son travail. Miguel Arroyo regardait les deux étrangers qui lui faisaient face, essayant de se souvenir d'où il les connaissait, sans résultat. Ce fut Lisa qui parla :

— Bonjour, monsieur Arroyo. Excusez-nous de venir vous importuner durant votre travail. Nous avons juste une ou deux questions à vous poser, si vous êtes d'accord ?

— Oui, bien sûr, je vous écoute.

— Nous pensons qu'un de nos amis vous a confié quelque chose pour nous. Ça vous parle ?

Miguel Arroyo roula de grands yeux, chercha dans ses souvenirs et secoua la tête en disant :

— Je ne vois pas de quoi vous voulez parler ? C'est qui votre ami et qu'est-ce qu'il m'aurait confié ?

— Un message.

— Vous êtes sûrs que je suis la personne que vous cherchez ? Parce que personne ne m'a confié de message pour qui que ce soit.

— Est-ce qu'il y a d'autres Miguel qui travaillent ou fréquentent ce restaurant et la salle de danse ?

Miguel Arroyo réfléchit un moment avant de répondre :

— Il n'y a pas d'autre Miguel parmi le personnel. Pour les clients, ça je n'en sais rien. On ne demande pas leur prénom quand ils entrent ici pour manger ou là-haut pour danser. Je vais quand même demander aux autres employés.

Après avoir fait le tour du personnel, il s'avéra que personne ne connaissait les prénoms des clients qui défilaient au restaurant et pas plus que de ceux qui fréquentaient la salle de danse du premier étage.

Le professeur et Lisa quittèrent, bredouilles, *La casa de Galicia.*

Au même moment, quelque part dans le centre-ville, Théo marchait en direction d'une autre salle de tango, après en avoir visité une où il ne trouva pas plus Miguel que ses camarades. Alors qu'il arpentait la rue Bartolomé Mitre qui, comme beaucoup d'artères de la ville, s'étendait sur plusieurs kilomètres, il tomba nez à nez sur une église à l'angle de la rue Suipacha, celle-là même où se trouvait la première salle de tango qu'ils avaient visitée : la *Confiteria la Ideal*. Son regard fut attiré par le fronton de l'édifice religieux où, juste au-dessus de l'unique porte d'entrée, au centre de la façade, une inscription en noir sur fond doré indiquait : *St Michael* surmontée elle-même d'une statue blanche représentant l'archange Saint-Michel. L'église, de taille modeste, était enchâssée au milieu des immeubles et faisait l'angle de deux rues, si bien qu'elle n'avait même pas de parvis. Théo resta longuement les yeux rivés sur cette façade, réfléchissant à l'énigme que le prisonnier Marc Fleuron leur avait livrée, à lui et ses amis : *une salle de danse célèbre dans la capitale du pape. Il faut trouver Miguel.* Jusque-là, ils avaient pensé que le Miguel en question était un homme qui devait se trouver dans la fameuse salle de danse de l'énigme. Et si ce n'était pas le cas ? C'est la question que se posait Théo en portant son regard dans le prolongement de la rue Suipacha, en direction du nord, où il apercevait à quelque deux ou trois cents mètres de là, l'enseigne de la *Confiteria la Ideal,* la première salle qu'ils avaient visitée en arrivant dans la capitale argentine. Son intuition le décida à entrer dans l'église, persuadé qu'il pouvait exister un lien entre l'énigme et ce lieu de culte.

L'intérieur était constitué d'une nef de petite taille, d'un chœur qui abritait l'autel et d'une abside. L'église était modeste en taille et ne possédait pas de bas-côtés ni de transept. Son style intérieur était plutôt baroque et de nombreuses scènes bibliques étaient peintes sur l'ensemble des murs et des voûtes, plus particulièrement dans l'abside. Les piliers massifs, ainsi que le sol, étaient recouverts d'un beau marbre veiné de marron et de rose. La décoration était très chargée, dans le plus pur style des églises sud-américaines. Théo prit son temps pour en faire le tour, observant attentivement tout ce qui s'offrait à son regard. Il cherchait un indice qui aurait pu le mettre sur la voie. Après un long moment passé dans l'édifice, il sortit sur la rue

Mitre où l'activité humaine avait soudainement baissé, donnant un peu de tranquillité à ce quartier du centre, bruyant et agité. Le jeune homme regarda sa montre. C'était l'heure du repas de midi, ce qui expliquait la baisse d'activité. Il prit son smartphone et appela Yu qui était déjà dans une autre salle de danse, en compagnie de Jessie, en train d'interroger le personnel pour tenter de trouver Miguel.

— Yu, tu as ton ordinateur avec toi ? demanda Théo par pure formalité, sachant pertinemment que le petit génie de l'informatique ne se déplaçait jamais sans un portable, une tablette ou son smartphone, pour être connecté en permanence avec les serveurs à partir desquels il pouvait lancer de puissantes recherches.

— Bien sûr, Théo, tu me connais, répondit Yu. Que veux-tu que je fasse ?

— Reprends les pages du carnet du Gardien et cherche si l'une d'elles aurait un rapport, de près ou de loin, avec l'église *San Miguel arcàngel* qui se trouve à l'angle des rues Suipacha et Mitre.

— Une église San Miguel ! Ça pourrait avoir un rapport avec le Miguel que nous cherchons ?

— J'en sais rien mais il ne faut rien négliger. Et puis pour le moment, on tourne en rond, à moins que vous n'ayez trouvé quelque chose de votre côté ?

— Non, rien. On a encore trouvé deux Miguel que nous avons interrogés, sans succès. Personne ne leur a confié quoi que ce soit.

— Bon, tiens-moi au courant dès que tu as quelque chose

§

L'homme était vêtu d'un pantalon noir, de mocassins de même couleur et d'une chemise grise que couvrait un pull au col en v, gris lui aussi. Il devait avoir la trentaine bien sonnée, était grand, solide et avait l'air d'un Américain. Il faisait mine de s'intéresser à un objet dans la vitrine d'un magasin, sur la rue Mitre, tout près de l'église San Miguel. Théo ne l'avait pas remarqué immédiatement, occupé qu'il était à chercher la corrélation entre l'énigme du Gardien et l'église devant laquelle il se trouvait. Son regard finit par croiser machinalement l'homme, sans vraiment s'en soucier dans un premier temps. Puis, imperceptiblement, un malaise naquit en lui, grandissant rapidement jusqu'à devenir une sorte d'angoisse étrange, entrecoupée de flashes, qui montraient l'image de l'homme à divers endroits de la ville, toujours discret, toujours présent. Théo comprit que les bijoux l'alertaient du danger. Lui n'avait pas fait attention à l'homme, mais eux l'avaient repéré très vite et avaient attendu d'être certains qu'il n'était pas là par hasard avant de se manifester. Le regard de Théo se porta discrètement sur lui. Un parfait inconnu a priori. Pourtant, cette attitude, Théo la connaissait. C'était typiquement celle des hommes de la CIA. L'Élu était suivi depuis un moment, en fait, depuis le moment où il avait débarqué ici, à Buenos Aires. Les bijoux l'attestaient et le confirmaient. Ils l'avaient repéré dès que Théo avait quitté l'usine désaffectée où lui et ses amis avaient débarqué par le tunnel temporel. Ce qui ne manquait pas de le laisser perplexe et de se poser des questions : comment la CIA pouvait-elle savoir où il se trouvait ? Comment l'un de ses hommes pouvait-il se trouver là où il avait débarqué juste quelques minutes après qu'il y fut lui-même arrivé ? La réponse semblait évidente : la CIA avait trouvé le moyen de les espionner, lui et ses amis. Morisson devait sans aucun doute être derrière tout cela. Il avait laissé partir Théo un peu trop facilement. Le jeune homme aurait dû se méfier : l'homme, sous ses airs de bûcheron canadien, était intelligent, rusé et manipulateur. Le problème qui se posait désormais était de savoir comment la CIA savait où trouver Théo et comment y remédier. Il n'était pas question que Morisson et son équipe mettent la main sur le Gardien.

Yu et Jessie arrivèrent. Ils regardèrent l'église de bas en haut. La jeune femme dit :

— Tu penses que c'est elle, le Miguel que nous cherchons ?

— Avoue que c'est troublant, non ? Une église San Miguel, à quelques centaines de mètres à peine de la *Confiteria la Ideal*, qu'on aperçoit d'ici, un peu plus loin dans cette rue.

— C'est vrai que la coïncidence est troublante, reconnut la jeune femme.

— J'ai un peu regardé les phrases du carnet, expliqua Yu. Difficile de les relier directement à l'église. Je pense que si tu as raison, certaines prendraient tout leur sens une fois à l'intérieur.

— Je le pense aussi, acquiesça Théo. Allons-y et voyons si mon intuition est bonne.

A l'intérieur de l'église, les trois compères se lancèrent dans une observation minutieuse et détaillée des lieux, tout en s'imprégnant d'un maximum de phrases du carnet du Gardien, espérant que l'une d'elles leur révèle la prochaine étape à suivre. Après quelques minutes Lisa et Darlington arrivèrent à leur tour et se joignirent à leurs amis dans leur quête. Le professeur avait une copie papier du carnet, qu'il emportait toujours sur lui, pour le cas où il en aurait besoin. Il se sépara de ses jeunes amis, qui étaient tous du côté gauche de l'église et s'attela à l'observation du côté droit de celle-ci, rejoint bientôt par Théo, qu'une intuition soudaine poussa jusque-là.

— Ça va prof ? Vous trouvez quelque chose ? demanda l'Élu en chuchotant.

— Pas vraiment, répondit-il, chuchotant aussi. Ce n'est pas facile. Il y a des dizaines de phrases plus incohérentes les unes que les autres dans le carnet du Gardien. Relier l'une d'elles à quelque chose dans cette église, relève du miracle. Nous devrions peut-être la photographier dans son ensemble et plancher sur le sujet au calme.

— Nous devons persévérer, prof. Le Gardien semble avoir augmenté le niveau de difficulté de ses énigmes, ce qui prouve qu'il se savait suivi, mais il veut que je le trouve.

— Donc ?

— Donc, il y a forcément une solution. Si nous butons dessus, la journaliste n'aura sûrement pas fait mieux. Ce qui fait qu'elle a perdu beaucoup de temps et que, même si elle l'a trouvé, elle ne doit plus être bien en avance sur nous.

— Peut-être même qu'elle ne l'a pas trouvé, suggéra Darlington.

— Possible. Dans ce cas, elle ne doit pas être bien loin d'ici. Ouvrons l'œil.

Théo avait en main les photocopies de la première moitié des pages du carnet du Gardien. Il les observait, lisait les textes, levait les yeux et observait ensuite les peintures, statues et autres représentations religieuses de l'église. Comme ses camarades, il essayait de trouver un lien entre tout cela, jusque-là en vain. C'est alors qu'il observait une scène représentant Jésus-Christ priant au Mont des Oliviers, qu'il eut un flash : le dessin en face de la quatrième phrase du carnet représentait exactement la même scène, schématiquement, certes, mais c'était la même ! Il venait de trouver un lien. Restait à trouver comment l'interpréter. A part Jésus-Christ agenouillé et deux ou trois oliviers, il n'y avait rien dans cette peinture. Quel message contenait-elle ? Théo rameuta tous ses amis, leur fit part de sa découverte et les invita à réfléchir avec lui. Ils passèrent plusieurs dizaines de minutes à se perdre en conjectures avant de décider de faire une pause pour pouvoir se remettre à penser à tête reposée. Ils allèrent déjeuner dans un petit restaurant du quartier où ils goûtèrent l'une des grandes spécialités de la cuisine argentine : la viande de bœuf.

Les cinq compères étaient attablés dans le fond du restaurant et finissaient de boire le café. Repus et reposés, ils étaient prêts à se remettre à l'ouvrage. Théo, perdu un moment dans ses pensées, fut tiré de sa rêverie par Lisa, qui l'interpellait :

— Théo, Théo ! Oh ! Oh ! Tu m'entends ?

— Quoi ?

— Tu as une idée de la signification de la peinture de l'église ?

— Non, pas plus que vous tous.

— Que penses-tu de ce que dit le professeur ?

— Excusez-moi prof, je n'ai pas écouté. Vous disiez quoi ?

— Eh bien, je songeais que cette représentation de Jésus au Mont des Oliviers ne recélait, en apparence, aucun indice probant pour nous guider vers la suite de notre quête du Gardien.

— Oui, et alors ?

— Ce n'est peut-être pas dans cette peinture qu'il nous faut rechercher la solution.

— Vous pensez à quoi ?

— Je vais consulter la bibliothèque d'Oxford pour en apprendre plus sur cet épisode de la vie du Christ. Un indice s'y cache peut-être, qu'en pensez-vous ?

— Oui, c'est une idée, répondit l'Élu sans grande conviction.

— Vous ne semblez pas y croire ? s'offusqua Darlington.

— Si, si, faites ça prof. On doit explorer toutes les possibilités.

— Moi, j'ai pensé à quelque chose, affirma Yu. Les textes de l'énigme étaient ceux des phrases dont l'emplacement correspondait à des nombres premiers. Le dessin qui représente la peinture de l'église correspond, à l'inverse, à un nombre composé.

— Nombre composé ? dit Jessie, qui n'avait guère accroché avec les mathématiques.

— Oui, en gros l'inverse des nombres premiers pour schématiser, s'agaça Yu devant l'ignorance de son amie à qui il avait pourtant donné de nombreuses heures de cours lorsqu'ils étaient dans le même collège, à New York.

— Continue ton raisonnement, le pria Lisa.

— Partant de ce constat, j'ai regardé les autres dessins, pas les petits gribouillis informes correspondants aux nombres premiers, qui correspondent tous à des nombres composés. Le premier dessin ne compte pas, puisque le 1, tout comme le 0, n'est pas un nombre composé. Donc, après le dessin quatre, j'ai regardé le dessin six, autre composé… vous suivez ?...

Il entendit répondre par un — hum hum. et continua son explication :

— Donc, le dessin en position six représente… un… Yu hésitait entre une vache et un buffle. Il faut dire que les dessins étaient de petite taille, bien que tracés proprement.

— Une vache, affirma Lisa.

— Oui, j'hésitais, mais c'est plutôt ça.

— Elle broute dans un pré, on dirait.

— Peut-être... Bref, on a ensuite un autre dessin, en huitième position, encore un composé, qui représente une maison.

— Une sorte de ranch même, dit Jessie qui regardait par-dessus l'épaule de Yu, la copie numérique des pages du carnet. Un peu comme chez nous, dans le grand ouest-américain.

— C'est vrai, ça ressemble un peu à un ranch, reconnut Yu. On a ensuite le dessin numéro neuf. Là, on ne peut pas se tromper sur sa signification : un puits.

— Je l'avais déjà remarqué celui-là, avoua Théo, depuis la première fois que j'ai eu en main ces pages. Un puits, ce n'est jamais anodin quand il s'agit des Mikelians.

— L'entrée d'un passage temporel, tu crois ? questionna Lisa.

— C'est tout à fait possible. On a emprunté pas mal de ces puits aux quatre coins de la planète.

— Ok. Un puits, un ranch et une vache, énuméra Jessie. Tout ça veut dire quoi ?

— C'est là que le bât blesse, constata le professeur. On n'est guère plus avancé. Le dessin représentant la scène de l'église correspondait à quelque chose au moins, mais la vache, le ranch et le puits...

— La vache et le ranch sont deux éléments proches, expliqua Yu. Ici, les ranchs sont immenses et on y élève des millions de têtes de bétail.

— Quant au puits, ajouta Théo, si nous trouvons le ranch, nous le trouverons sûrement.

— Reste à trouver le ranch, se désola Jessie.

— Il y a forcément un rapport avec la peinture de l'église, affirma Théo. Il faut que nous trouvions. Yu, cherches tout ce que tu peux sur cette église : date de construction, architectes, peintres, commanditaires, provenance des matériaux de construction. Bref, il faut qu'on décortique tout ça jusqu'à trouver le lien.

— Et pour mon idée sur l'épisode de Jésus ? demanda Darlington.

— On ne néglige rien, prof. Faites ce que vous avez dans l'idée, même si ça ne doit aboutir à rien.

Le professeur se leva, suivi par les autres. Théo resta assis et ajouta :

— Attendez, rasseyez-vous, il y a encore une chose dont je dois vous parler.

Théo attendit qu'ils se soient tous posés sur leurs chaises :

— J'ai repéré… ou plutôt, les bijoux ont repéré un homme qui me suit depuis que nous sommes arrivés ici. D'après son look, je dirai qu'il fait partie de la CIA.

— Comment la CIA a-t-elle pu te trouver ici ? s'étonna Yu.

— Ce qui est le plus étonnant, c'est que la filature a commencé dès notre sortie de l'usine désaffectée.

— C'est impossible ! s'écria le jeune Chinois. Il aurait fallu qu'il sache que nous arriverions par le tunnel temporel bien avant que nous le fassions !... à moins que…

— Oui, à moins que nous soyons écoutés en permanence par l'agence. C'est la seule explication...

— Impossible ! affirma Yu avec force. J'ai mis en place un système de brouillage dernier cri, qui a coûté une fortune ! Personne ne peut nous écouter, même avec des systèmes de dernière génération.

— Pourtant ils l'ont fait.

— Je ne comprends pas.

— Trouve la faille au plus vite. On doit se débarrasser d'eux avant de continuer à avancer. Ils veulent que nous retrouvions le Gardien pour s'en emparer. L'archange a été clair sur ce point : le Gardien ne doit en aucun cas tomber entre les mains de qui que ce soit d'autres que nous.

§

Chapitre VIII

Piste sinueuse

Jessie Graham avait loué la suite royale de l'hôtel Alvear, un des plus anciens et luxueux palace de Buenos Aires. La suite possédait une grande chambre, un grand salon, une salle à manger, deux salles de bains en marbre de carrare et un petit salon attenant à la chambre. Le tout était décoré dans le plus pur style français du XIXe siècle. C'est sur la table de la salle à manger que Yu avait installé l'ensemble de son matériel informatique, relié directement aux serveurs qui se trouvaient à Hong Kong, installés à grands frais avec l'argent de Jessie. Lesquels serveurs étaient, bien entendu, utilisés et alimentés également par l'ensemble de ses amis hackers. Le jeune Chinois avait lancé des recherches en cascade concernant l'église *San Miguel arcàngel*. Une foule d'informations commençait à s'afficher en vrac sur l'un des quatre écrans qu'il avait devant les yeux. Sur un second écran, un logiciel, qui épluchait lesdites informations, les triait et les rangeait en fonction d'un certain nombre de critères prédéfinis. Sur un troisième écran, un autre logiciel cherchait la corrélation entre les diverses informations triées et classifiées. Il faisait un dernier classement avec des liens et des renvois pour organiser la lecture et la compréhension. Et c'est sur le quatrième et dernier écran que Yu pouvait tranquillement lire le résultat de tout ce travail de compilation de données.

Dans le même temps, depuis sa chambre, muni d'un simple ordinateur portable, le professeur Darlington consultait les archives numériques de l'université d'Oxford dans l'espoir d'y dénicher, lui aussi, quelque information de nature à faire avancer leurs recherches.

Ce n'est que vers vingt et une heures qu'eut lieu une réunion dans la salle à manger de la suite de Jessie, là même où Yu travaillait depuis le milieu d'après-midi. Ce fut lui qui commença son rapport sur l'église San Miguel, déballant tout ce que ses ordinateurs avaient réussi à compiler sur le sujet. Cela allait de son année de construction jusqu'au nom du fournisseur du système d'alarme qui protégeait les œuvres qu'elle contenait, en passant par les noms des prêtres qui y officiaient. Un rapport détaillé, exhaustif, clair et concis. Un beau travail fourni par les ordinateurs, salué par tous, mais qui ne fournissait rien de concret pour trouver le Gardien. Puis ce fut au tour du professeur Darlington de prendre la parole et de faire part du résultat de ses recherches. Là encore, rien ne venait apporter le moindre indice permettant de comprendre ce qu'il fallait découvrir dans l'énigme pour laquelle ils étaient venus jusque dans cette ville. Cette fois, c'était sûr, ils tournaient en rond et ne parvenaient pas à la résoudre. Ce qu'ils espéraient tous, c'était que la journaliste n'ait pas trouvé et qu'elle en soit au même stade qu'eux en ce moment. Ils étaient persuadés qu'ensemble, avec les compétences de chacun, ils réussiraient tôt ou tard à résoudre l'énigme et à aller de l'avant.

Théo était resté silencieux durant tout le temps que dura la réunion, l'air préoccupé. A peine posa-t-il une ou deux questions sans grand intérêt, pour donner le change. Lisa avait remarqué son air taciturne et lorsqu'ils quittèrent la suite de Jessie pour retourner dans leurs chambres respectives, elle vint près de lui, passa son bras autour du sien et lui fit un sourire plein de douceur avant de dire :

— Qu'est-ce qui ne va pas, Théo ? Tu n'as pas l'air dans ton assiette ce soir ?

— Si, si, tout va bien, ne t'inquiète pas. Je suis un peu fatigué, c'est tout.

— Fatigué, toi ? Rassure-moi, tu as toujours les bijoux sur toi ?

Théo sourit. Il comprit ce que Lisa voulait dire. Théo n'était jamais fatigué, car il était soutenu en permanence par la force puissante et inépuisable des bijoux. L'excuse de la fatigue, dans son cas, était une mauvaise excuse.

— Bon d'accord, je ne suis pas fatigué. Je suis juste préoccupé par notre incapacité actuelle à résoudre cette énigme. Et puis j'ai besoin d'un peu de détente. Ça te dit de prendre un verre au bar de l'hôtel, avant d'aller nous coucher ?

Lisa fut surprise par la proposition de Théo, qu'elle accepta bien volontiers, elle-même n'ayant aucune envie d'aller dormir si tôt.

Dans le bar de l'hôtel, à la décoration raffinée et luxueuse, régnait une ambiance feutrée, bercée par de la musique jazz jouée sur un piano à queue. Les clients, nombreux à cette heure, dégustaient des cocktails, écoutaient la musique et conversaient calmement. Lisa et Théo étaient installés à une table, non loin du pianiste. Ils avaient pris des cocktails sans alcool, s'étaient assis côte à côte sur une banquette confortable, adossée au mur. Les deux jeunes amoureux profitaient de ce moment à eux, enlacés tendrement, échangeant de longs et doux baisés.

Théo finit par se dégager de l'étreinte et sortit un stylo et un petit carnet de sa poche de veste, sous le regard curieux de la belle Lisa. Il écrivit dans le carnet et le lui tendit. Elle lut :

J'ai reçu un mot, plus tôt dans l'après-midi, dans ma chambre. Quelqu'un me donne rendez-vous à minuit sur les docks. Il dit avoir des révélations à me faire, qu'il est de la CIA et qu'il faut que je me méfie et n'en parle surtout pas, car il est persuadé que je suis espionné.

Lisa voulut parler, mais Théo l'en empêcha et lui montra le carnet en lui faisant le geste d'écrire. Elle écrivit sur le carnet à son tour :

C'est peut-être un piège ? Pourquoi un agent de la CIA voudrait te faire des révélations ? Ça n'a pas de sens.

Ce à quoi Théo répondit :

C'est ce que j'ai pensé aussi. Puis j'ai réfléchi et me suis dit que la CIA n'avait aucune raison de me piéger, surtout si elle a trouvé le moyen de nous suivre à la trace. Je crois plutôt que celui qui veut me voir ment quand il dit être de la CIA. Pourtant, quelque chose me dit qu'il faut que j'aille à ce rendez-vous. Il sait des choses, c'est sûr, puisqu'il me dit de me méfier et que je suis espionné. Je l'ai appris moi-même en début d'après-midi et lui le sait déjà.

Lisa reprit le carnet et écrivit :

Alors, laisse-nous venir tous avec toi. Ça me rassurera.

Théo regarda le magnifique visage de sa bien-aimée et lui fit un large sourire teinté de douceur et en même temps d'amusement. Il lui écrivit une dernière phrase :

Que veux-tu qu'il m'arrive ? Je suis quasiment invincible lorsque je porte les bijoux et la dague.

— Allez viens, dit-il, allons nous coucher. Demain, nous avons encore une dure journée qui nous attend.

Il prononça cette phrase à l'intention de ceux qui auraient pu l'entendre, qu'ils soient de la C.I.A, de l'organisation de Graham ou de qui que ce soit d'autres.

Théo marchait le long de l'avenue Rafael Costane-ra, le long des quais du port de Buenos Aires. L'endroit, plutôt sinistre, était peu fréquenté à cette heure tardive. Il s'était fait déposer quelques centaines de mètres plus loin par Jessie, qui l'avait conduit jusque-là. Elle attendrait pa-tiemment son retour, en compagnie de Lisa et du professeur Darlington qui avait tenu à venir pour ne pas laisser les jeunes femmes seules dans la nuit. Théo avait rendez-vous devant un vieux navire cimentier à la carcasse rouillée, qui faisait peine à voir. L'intérieur du bateau était éclairé, preuve qu'il y avait de l'activité à l'intérieur. Le froid était mordant à cette heure, ce qui expliquait sans doute que l'endroit fut si désert. Le jeune homme s'arrêta devant l'entrée d'une passerelle à l'air instable, qui basculait de droite à gauche, dans un mouvement régulier dû à la faible houle poussée par un vent glacé qui venait de la mer. Il regardait régulièrement autour de lui, espérant que celui qui l'avait amené jusqu'ici ne tarderait guère.

Des bruits de pas parvinrent depuis un étrange bâ-timent en béton brut, fait de trois, ou peut-être quatre tours rondes hautes d'une douzaine de mètres, sans fenêtres, qui faisaient penser à des sortes de silos à grains. Un homme, une cigarette allumée au coin des lèvres, sortit par une large porte métallique et se dirigea droit vers Théo. Il était grand, solide, portait un manteau trois-quarts de couleur sombre et un chapeau couvrait sa tête. Sa démarche était assurée mais sans précipitation. L'homme jetait de furtifs regards autour de lui, comme pour vérifier que personne ne le suivait ou l'épiait. Lorsqu'il entra dans la lumière orangée du lampa-daire sous lequel attendait Théo, le jeune homme fut un peu surpris, car il ne s'attendait pas à voir celui qui venait d'arriver. Il fixa son regard et lui lança :

— Vous ?!

L'homme le prit par le bras et l'entraîna vers la pas-serelle du bateau en lui disant :

— Venez, ne restons pas là, nous parlerons après.

Le bateau était très vieux et délabré. L'homme en-traîna Théo dans les entrailles de cette carcasse d'acier, qui sentait un mélange de moisi et de fioul, jusqu'à une cabine relativement spacieuse, aux murs recouverts de bois au vernis usé par les ans. Il retira son chapeau et son manteau, qu'il jeta négligemment sur l'étroite couchette qui occupait un pan de mur, puis il jeta un œil par le hublot pour s'assurer que personne ne venait du quai. Il prit une mal-lette noire, en fibres de carbone, sur le sol, la posa sur le lit, par-dessus son manteau, l'ouvrit, découvrant un appareil-lage électronique sophistiqué. Théo, qui le suivait du re-gard, se demandait ce qu'il faisait et où il voulait en venir. L'homme se tourna vers lui, lui fit signe de rester silen-cieux, sortit de la mallette une sorte de tube métallique mu-ni d'un manche fin à une extrémité et d'une sorte de mini antenne parabole à l'autre. Il s'approcha de Théo et passa l'appareil le long de son corps, de bas en haut en partant de la gauche du jeune homme avant de redescendre de l'autre côté après être passé au-dessus de sa tête. C'est lorsqu'il arriva au niveau de son épaule droite qu'un bip répétitif se fit entendre. L'homme s'arrêta, fit quelques cercles dans la zone repérée et circonscrit l'emplacement précis qui faisait sonner l'appareil. Il fit signe à Théo d'ôter ses vêtements. Celui-ci comprit qu'il avait sur lui un mouchard, sans doute celui qui avait permis de le suivre à la trace et ne se fit pas prier pour se déshabiller. L'homme sortit un feutre noir de sa poche et dessina un petit cercle sur l'épaule de l'Élu. Il reposa son détecteur, prit un scalpel, de l'alcool et des compresses qu'il exhiba devant le jeune homme pour lui faire comprendre qu'il allait devoir inciser. Théo acquiesça d'un hochement de tête. L'homme badigeonna la peau d'alcool et, d'un geste rapide et sûr, fit une entaille d'un bon centimètre de long, peut profonde, juste de quoi at-teindre le mouchard. L'homme prit une loupe et une petite pince, trifouilla dans la plaie, cherchant le mouchard qui visiblement était de très petite taille. Il finit par déposer quelque chose sur une compresse qui était sur la petite table ronde qui occupait le centre de la cabine. Ensuite, il fit proprement un pansement et Théo se rhabilla. L'homme prit son briquet, mit le feu à la compresse qui brûla en un rien de temps, détruisant le mouchard qui avait la taille d'une tête d'épingle. Il ouvrit ensuite un petit compartiment fixé à hauteur d'homme duquel il sortit une bouteille de whisky et deux verres, qu'il posa sur la table. Il remplit les deux verres, reboucha la bouteille, tira l'une des deux chaises présentes et s'assit lourdement.

— Asseyez-vous et buvons. Nous avons à parler tous les deux, vous ne croyez pas ?

— J'en ai la nette impression, en effet, Morisson.

— Appelez-moi Jim, s'il vous plaît, Théo. Morisson c'était quand j'étais agent de la CIA.

— Pourquoi ? Vous ne l'êtes plus ? s'étonna le jeune homme.

— Plus vraiment… pour le moment en tout cas.

— Racontez-moi, que s'est-il passé ? Pourquoi tout ce mystère ? Le mot à l'hôtel, ce rendez-vous ici ? Et ce mouchard, vous savez qui me l'a posé ?

Toutes ces questions firent rire doucement Morisson.

— Ne soyez pas impatient, Théo, je vais vous expliquer tout ça. Mais avant tout, je voudrais savoir où vous en êtes de vos recherches concernant le Gardien ?

— Le Gardien ?

Théo fit mine de ne pas comprendre de quoi voulait parler Morisson.

— Allons, ne jouons pas à ça tous les deux. Je sais que vous êtes à la recherche de celui que vous nommez *Gardien*. Je sais beaucoup de choses, Théo et vous n'avez aucune raison de vous méfier de moi. Je vous l'ai dit, je ne fais plus partie de la CIA.

— Pourquoi est-ce que je vous le dirais ?

— Vous ne me faites pas confiance, n'est-ce pas ?... Notez que je ne vous en veux pas, c'est tout à fait normal. J'espère simplement que vous n'êtes pas sur le point de le trouver, c'est tout. Ceux qui ont posé le mouchard veulent aussi retrouver le Gardien et ils sont prêts à tout pour ça. Et il vaut mieux qu'ils ne mettent pas la main dessus, croyez-moi.

— Vous semblez savoir des choses que j'ignore, je me trompe ?

— Non, vous avez raison. Je suis, ou plutôt j'étais, à la tête de la section G depuis plusieurs années. Nous avons traité des centaines de dossiers plus ou moins étranges durant toutes ces années. Petit à petit, quelque chose à commencé à se dessiner, que nous avons gardé secret et qui n'est jamais sorti de la section G. Nous avons relié plusieurs dizaines d'évènements à travers le monde et avons commencé à nous faire une idée de ce qui pouvait se cacher derrière tout ça.

— Et alors, vous avez trouvé quoi ?

— Il y a des forces puissantes qui cherchent à s'emparer de notre planète et de l'ensemble de ses habitants.

— Ça, ce n'est pas un scoop pour moi, Jim. Je lutte contre ces forces depuis près d'un an, depuis que je suis devenu officiellement l'Élu des Mikelians.

— Je le sais très bien, Théo. Mais est-ce que vous avez une idée de la nature réelle de ces forces ?

— Ce sont des forces occultes liées au mal, c'est tout ce que je sais. Certains appellent ça des démons, moi je ne sais pas trop quoi en penser.

Morisson prit la bouteille et se versa un autre verre. Théo n'avait pas bu le sien. L'alcool, il n'y touchait pas.

— Le problème, c'est que ces forces ont infiltré tous les rouages de notre civilisation, que des hommes politiques de premier plan en font partie, que des pans entiers de nos administrations sont touchés. Et même à la CIA ils sont très présents ! Mon équipe et moi nous sommes fait avoir comme des bleus, Théo ! Ils nous ont manipulés et piégés !

— Que s'est-il passé ?

— Une véritable escadre de mercenaires a débarqué dans le complexe souterrain de Graham, sur l'île de Bathurst. Ils ont commencé à tirer dans tous les sens, tuant la plupart de mes équipiers. Ils ont libéré Dragan Kovak et sont repartis aussi vite qu'ils étaient venus. Fatalité, ce jour-là, j'étais sorti de la base pour me rendre au campement des chercheurs qui travaillent sur le réchauffement climatique. Je voulais leur poser quelques questions sur ce qu'ils avaient vu le jour où la sphère était passée au-dessus de leurs têtes. Lorsque je suis revenu, j'ai découvert un carnage ! Tous mes hommes étaient morts ! C'est à ce moment-là que j'ai compris que nous avions été manipulés. On nous avait mis sur votre piste, depuis quelque temps, pour que nous finissions par vous obliger à travailler avec nous, dans le but de nous conduire à Dragan Kovac, uniquement. Une fois que nous avons accompli notre mission, ceux qui voulaient le faire libérer ont éliminé tous les témoins gênants. Manque de chance pour eux, j'ai survécu et ils ne le savent pas. J'ai compris aussi que la CIA était infiltrée à haut niveau, car les opérations de notre unité n'étaient connues que des plus importants membres de notre hiérarchie.

— Comment avez-vous réussi à quitter l'île ?

— J'ai gagné le campement des chercheurs et suis resté avec eux jusqu'à l'arrivée du premier avion ravitailleur. Ensuite, une fois arrivé à Vancouver, je me suis fondu dans le paysage et j'ai pris le temps de réfléchir. J'en suis arrivé à la conclusion que je ne pouvais pas rester sans rien faire, qu'il fallait que je venge la mort de mes hommes et que je lutte contre ces types qui sont en train de mettre la main sur nous. Je me suis demandé vers qui je pourrais me tourner, à qui je pourrais faire confiance et qui serait suffisamment intègre pour que je sois certain de ne plus me faire avoir. Et vous savez à qui j'ai pensé ?

— Je crois que je commence à avoir une petite idée.

— Oui, vous. Vous êtes la seule personne en qui j'ai confiance désormais. Incroyable, non ?!

— Mais, comment m'avez-vous trouvé ? Le mouchard que vous aviez placé en moi n'était plus là. Vous n'aviez aucun moyen de savoir que j'étais ici, à Buenos Aires.

Morisson ricana.

— Ce mouchard que je viens de vous enlever vient de nos services. C'est le tout dernier modèle : ultra miniaturisé, ultra performant, indétectable par la plupart des méthodes classiques, transmettant les informations : position géographique, conversations et même vidéo si besoin, qu'il stocke dans une mémoire de plusieurs gigaoctets qui tient dans un volume insignifiant, seulement deux fois par vingt-quatre heures, de façon totalement aléatoire, ce qui le rend quasiment invisible. Sa mise au point a coûté si cher à la CIA qu'il est réservé à des usages très restreints. Celui que j'ai brûlé valait environ trois cent mille dollars ! La section

G n'en a jamais eu pour ces opérations. Nous savions juste que ça existait, c'est tout. Pour des questions d'économies, cette petite merveille de technologie n'a pas été dotée d'une interface de dernière génération, très coûteuse elle aussi. Ça, je le savais. Je savais aussi que ceux qui nous avaient tendu un piège avaient très certainement dû vous équiper de cette puce. J'ai donc tout simplement utilisé du matériel de notre unité, que j'avais eu la bonne idée de stocker dans un lieu connu de moi seul, pour tenter de vous repérer et ça a marché !

— Ok. Maintenant que vous m'avez trouvé, je peux savoir ce que vous attendez de moi ?

— Je veux vous aider parce que je ne peux pas lutter seul. Ma vengeance, pour la mort de mes camarades, sera de vous aider à vaincre ceux qui nous ont fait ça ! Et puis je suis citoyen américain et patriote avant tout. Je ne veux pas que mon pays tombe entre les mains de ces types ! Il faut qu'on leur botte le train !

Théo se leva de sa chaise et alla regarder à travers le hublot, projetant son regard au loin vers les lumières de la ville. Il se posait de nombreuses questions au sujet de Morisson et de l'histoire qu'il venait de lui servir : était-il sincère ? Était-ce juste une ruse pour tenter d'intégrer l'équipe et atteindre ainsi le Gardien ? Si Morisson disait vrai, qui tirait les ficelles à la CIA ? Et pour qui ? Si le but était de libérer Kovac, ce n'était pas Oswald Graham, qui le détenait jusque-là et n'aurait eu aucun intérêt à le faire sortir de la prison dans laquelle il l'y avait mis lui-même. Mais alors qui avait intérêt à le sortir de sa prison et dans quel but ? Kovac détenait l'une des clés du secret des formules mathématiques qu'il avait transférées à Théo, à savoir : leur provenance. La CIA voulait connaître l'information, car elle était capitale : savoir d'où et de qui Kovac détenait ces secrets, permettrait de retrouver celui ou ceux qui en étaient à l'origine et de mettre la main sur des scientifiques d'une valeur inestimable. Ce qu'ils pouvaient apporter à ceux qui s'en empareraient les premiers était plus important que ce que cela avait apporté aux États-Unis et à l'URSS lors du pillage en règle des cerveaux allemands après la Seconde Guerre mondiale !

Il n'y avait sans doute pas que la CIA qui voulait s'emparer de ces secrets et de ceux qui les avaient engendrés. Graham le voulait aussi. D'autres encore, qui pourraient être au courant de l'affaire, oeuvraient peut-être dans l'ombre.

Tout cela ne disait pas à Théo s'il pouvait avoir confiance en Morisson. Pourtant, à y regarder de plus près, il y avait un élément qui penchait en sa faveur : Morisson affirmait que Kovac avait été libéré. L'archange l'avait annoncé à Théo, ce qui semblait confirmer ses dires.

L'ex-agent de la CIA était un homme de terrain, qui en savait sans doute plus qu'il ne voulait bien le dire. Il pourrait être utile dans le combat que menait l'Élu. Théo était partagé le concernant. Il ne fallait pas refuser son aide, mais il fallait éviter, pour le moment, de lui en dire trop.

— Je vous remercie, Jim, d'avoir retiré cette saleté de mon épaule, dit Théo en pointant du doigt le cendrier dans lequel avait brûlé le mouchard. Je ne sais pas encore comment nous allons pouvoir utiliser vos compétences et si j'ai suffisamment confiance en vous pour le faire. Je dois prendre le temps d'y réfléchir et d'en parler avec mes amis. Après tout, ils ont aussi leur mot à dire.

— Je comprends, dit Morisson, l'air déçu.

— Dites-moi comment nous pouvons vous contacter ? Morisson sortit un stylo de sa poche, prit une feuille de papier dans un tiroir et y inscrivit quelque chose qu'il tendit à Théo en disant :

— Tenez, c'est une adresse mail sécurisée que personne ne connaît, à part moi et vous désormais. Si vous avez besoin de moi, envoyez-moi le code que j'ai inscrit sous l'adresse. Mémorisez-le maintenant et redonnez-le-moi, s'il vous plaît.

— C'est bon, tenez, dit l'Élu en rendant la feuille de papier.

Morisson la brûla dans le cendrier et attendit qu'elle se fût entièrement consumée avant d'ajouter :

— Je suis de votre côté, Théo. Donnez-moi juste une occasion de vous le prouver.

L'Élu le regarda droit dans les yeux, lui décocha un petit sourire en coin et quitta la cabine sans rien ajouter.

§

Un vent glacial soufflait du sud dans la pampa argentine. Les paysages s'étendaient à perte de vue, quasiment plats, couverts d'une végétation maigre et rase, que les millions de têtes de bétail broutaient à longueur d'année, l'empêchant de s'élever au-delà de quelques centimètres du sol. Au loin, l'on distinguait de vagues ondulations, nuages ou collines, qui émergeaient péniblement au-dessus des brumes hivernales. De chaque côté de l'unique route, rectiligne et monotone, les troupeaux paissaient paisiblement, ne semblant pas craindre le rude climat qui sévissait ici durant les mois d'hiver austral. L'on apercevait parfois des gauchos, ces fiers cavaliers argentins, cowboys sud-américains qui chevauchaient à travers la campagne, ramenant dans le troupeau les bêtes égarées. Le 4x4 roulait à vive allure sur cette route large et déserte. Jessie était pressée d'arriver, fatiguée par les kilomètres avalés une partie de la journée. Soudain, au beau milieu de rien, une arche en fer forgé se dressait, appuyée sur deux piliers de pierre, d'où pendait un panneau rectangulaire sur lequel était écrit : e*stancia don Carlos*

Au-delà de ce portique s'étendait un chemin de terre qui filait droit jusqu'au sommet d'une petite colline en pente douce pour y disparaître. Le véhicule s'engagea sur la piste jusqu'au sommet de la colline d'où l'on apercevait au loin, dans une cuvette entourée par un ensemble de butes plus ou moins hautes, l'estancia, ranch traditionnel de la pampa argentine. Toute l'équipe était là, poussée jusqu'ici par l'énigme laissée par le Gardien, qu'ils avaient fini par élucider.

C'était la veille, en fin d'après-midi. Tous étaient réunis dans la suite de Jessie, chacun cherchant comment relier et interpréter les éléments dont ils disposaient. Yu travaillait sur des logiciels de pointe et commençait à obtenir quelques résultats prometteurs, tandis que le professeur Darlington consultait les bases de données de l'université d'Oxford, qui contenaient, pour celui qui savait que chercher, une mine d'informations sur tous les sujets possibles et imaginables. Lisa, Jessie et Théo, quant à eux, faisaient fonctionner leurs cerveaux à plein régime pour tenter de trouver la solution à l'énigme de la peinture de l'église San Miguel.

— Les oliviers ? proposa Jessie.

— Quoi, les oliviers ? demanda Lisa.

— Je sais pas moi : leur nombre peut-être, la disposition de chacun d'eux par rapport à Jésus ou les uns par rapport aux autres.

— Laisse tomber, lança Yu qui écoutait tout en pianotant sur son clavier. J'ai déjà réfléchi sur le sujet. J'ai rentré les données dans l'ordi et ça n'a rien donné du tout.

— Ton ordinateur n'a pas forcément la réponse à toutes les questions, Yu, fit remarquer Jessie.

— Non, je sais, mais je suis sûr que ce n'est pas là que se trouve la solution.

— Et le peintre ? questionna Théo. Tu as fait des recherches sur lui, non ?

— Je suis en train.

— Alors ?

— C'est un Italien, Augusto Ferrari. Il était également architecte et est l'un des auteurs de la rénovation de l'église qui a eu lieu entre mille neuf cent douze et mille neuf cent dix-huit. Il a d'abord travaillé en Europe puis s'est installé un temps en Argentine avant de rentrer dans son pays et, pour finir, de s'installer définitivement ici. Il a été longtemps à Villa Allende où il a construit une église.

— Et c'est tout ?

— On n'a pas grand-chose sur lui d'intéressant pour notre énigme, affirma le petit génie de l'informatique.

— Bon, il faut chercher ailleurs, se désola Théo.

— Attendez un peu, dit le professeur, qui, entendant la conversation, lança une recherche sur ce peintre italien. J'ai aussi des informations sur ce Ferrari. Il était l'ami d'un professeur d'art de notre université, le professeur Oliver Mac Intyre, qui détint une chaire de mille neuf cent trente-sept à mille neuf cent soixante-douze. Du coup, nous avons un peu plus d'informations sur l'intimité du personnage grâce aux écrits laissés par Mac Intyre.

— Y a-t-il quelque chose d'intéressant, prof ? questionna Théo.

— Je n'en sais encore rien. Je vais me pencher sur le sujet, qu'en pensez-vous ?

— Oui, creusez le sujet, prof. Ne négligeons aucune piste.

Chacun se remit au travail et le temps s'écoula rapidement jusqu'à ce que la nuit pointe le bout de son nez. Ce fut à ce moment-là que le professeur Darlington sortit de son silence, après plusieurs heures d'intenses lectures.

— Je crois que j'ai trouvé quelque chose de très intéressant, affirma-t-il, content de sa trouvaille. Le professeur Mac Intyre et le peintre Ferrari avaient un ami commun, Juan José Carlos, un riche propriétaire terrien qui avait fait sa fortune dans la viande et qui était un amateur d'art éclairé. Cet homme, que son entourage et ses employés appelaient don Carlos, possédait une immense estancia au cœur de la pampa, à une cinquantaine de kilomètres de la ville de Santa Rosa. Il y invitait régulièrement Ferrari et Mac Intyre y fut invité également, à plusieurs reprises, lors de ses séjours dans ce pays.

— Une estancia, des vaches... il ne manque plus que le puits, que nous devrions trouver sur place, et l'énigme est en bonne voie d'être résolue, se réjouit Théo.

— Je crois que c'est ce que nous avons de plus concret pour le moment par rapport aux éléments en notre possession, constata Lisa.

— Je ne sais pas ce que vous en pensez mes amis, dit Théo en s'étirant, mais je crois que nous pouvons cesser nos recherches. C'est dans l'estancia de don Carlos qu'il faut nous rendre pour la suite et j'espère la fin de ce jeu de piste que nous a concocté le Gardien.

— Oh oui ! J'espère aussi que nous allons le trouver, maintenant ! lança Jessie, lasse de toujours courir après de mystérieux indices, sans savoir exactement où tout cela conduirait.

Ce qui réjouissait le plus Théo était le fait que les informations sur don Carlos aient été trouvées par Darlington, dans les archives d'Oxford. Cela voulait dire que la journaliste n'avait sans doute pas eu accès à celles-ci et n'avait peut-être pas trouvé la solution à l'énigme. Si tel était le cas, ils prendraient de l'avance sur elle, ce qui était rassurant pour la suite des évènements.

§

L'estancia don Carlos était proche maintenant. C'était une magnifique bâtisse organisée autour d'une cour, avec un corps central sur deux niveaux et des ailes de plain-pied. Autour de la cour, spacieuse et dallée d'une belle pierre couleur paille, les ailes de la demeure prolongeaient leurs toits en pente douce par de larges auvents, soutenus par des colonnes où s'enroulait une végétation florissante. L'ensemble était de couleur blanche avec les toits recouverts de tuiles canal dans les tons ocre bruns. L'estancia avait l'air riche et luxueuse, vue de l'extérieur. Une immense piscine occupait un bel espace, couvert d'une pelouse d'un beau vert tendre, sur le côté droit de la construction. Ce qui attira les regards, de prime abord, fut le puits au centre de la cour. Un beau puits traditionnel en pierre avec une poulie et une corde au bout de laquelle était accroché un seau. Le 4x4 vint s'immobiliser devant la cour où déjà deux jeunes hommes en tenue de gauchos, pantalon noir, chemise épaisse à carreaux et petit foulard noué autour du cou, se pressaient pour s'occuper des arrivants. L'estancia don Carlos était devenue un hôtel luxueux pour voyageurs fortunés, depuis mille neuf cent quatre-vingt-deux. Les activités liées au bétail se poursuivaient toujours sur les milliers d'hectares de terre de la propriété, mais l'estancia où s'effectuait le labeur avait été reconstruite à plusieurs kilomètres de là. Les deux hommes souhaitèrent la bienvenue et s'occupèrent des bagages, tandis qu'une jeune femme en tailleur strict, de couleur gris perle, les accompagna jusqu'à leurs chambres respectives, réservées la veille par Internet.

Arrivé à la porte de sa chambre, Théo s'adressa à la jeune femme :

— J'ai remarqué un très joli puits dehors, dans la cour intérieure. Il est décoratif ou est-ce un vrai puits ?

— C'est un puits d'où l'on tirait l'eau de toute l'estancia, à l'époque où celle-ci servait encore aux gauchos.

— Et il a toujours de l'eau ?

— Bien sûr. Une très bonne eau, du reste. Mais rassurez-vous, nous avons des salles de bains avec l'eau courante dans toutes les chambres, plaisanta-t-elle.

Après s'être installé dans leurs chambres et avoir pris une douche, l'ensemble de l'équipe se réunit dans celle de Jessie qui, comme d'habitude, était la plus grande. Ici il n'y avait pas de suite immense, tout au plus quelques chambres d'une quarantaine de mètres carrés.

— Le puits est en eau, confirma Théo. Cette nuit j'irai l'explorer. Nous devrions tous nous tenir prêts, s'il s'avère qu'il s'agit bien d'un passage temporel.

— Tu comptes y aller seul ? demanda Lisa, un peu étonnée.

— Non, Yu m'accompagnera. Nous n'avons pas besoin de nous attrouper autour du puits, au risque d'attirer l'attention. Si je le traverse, je reviendrai et vous ferai passer les uns après les autres de l'autre côté. Dans le cas contraire, vous pourrez passer une bonne nuit ici et demain il ne nous restera plus qu'à retourner à Buenos Aires.

Le reste de la journée fut consacré au repos. Le soir, ils prirent un copieux repas à base de bœuf, bien entendu, puis ils s'installèrent au piano-bar où, en compagnie d'autres clients, ils écoutèrent de la musique argentine. Il y eut même un couple de danseurs de tango qui fit une très belle démonstration de son talent. Vers vingt-trois heures tous retournèrent dans leurs chambres et attendirent patiemment que l'estancia s'endorme.

Il était près de deux heures du matin lorsque enfin il n'y eut plus personne debout. Théo donna le signal du départ et, avec Yu, se rendit discrètement jusqu'au puits, au centre de la cour qui était éclairée par de nombreux spots encastrés dans les dalles de pierre et par des lampadaires accrochés sur l'auvent qui la ceinturait sur trois côtés. Le froid piquait à cette heure. Les deux amis étaient accroupis au pied du parapet, à l'endroit où ils seraient le moins visibles depuis l'estancia. Comme toujours lorsqu'ils partaient en opération, ils étaient équipés d'oreillettes et de micros discrets, de lunettes infrarouges, sauf pour Théo, qui n'en avait nul besoin, de lampes frontales, d'outillages et d'appareils divers et variés que Yu était chargé de prévoir, de préparer et de gérer. Une tâche dont il s'acquittait toujours à la perfection.

Théo se redressa lentement, se pencha par-dessus le parapet du puits et regarda vers le fond. Il était bien en eau, ce qui était essentiel pour pouvoir traverser ce type de tunnel temporel. Il passa une jambe, puis l'autre, par-delà le muret et se laissa glisser dans le puits. Il se mit à flotter dans les airs, au milieu du boyau étroit et descendit lentement jusqu'au ras de l'eau. Il hésita un instant puis s'enfonça dans l'eau. Il fut rassuré de ne pas sentir le froid glacial d'une eau à quelques degrés seulement, ce qui voulait dire qu'il était bien en train de traverser un puits temporel. Lorsqu'il eut totalement franchi la ligne d'eau, il se sentit aspiré violemment à travers un passage étroit et bleuté avec une sensation de vitesse qui dura à peine une ou deux secondes, mais qui semblait l'avoir propulsé à plusieurs centaines de kilomètres par heure ! Ensuite, ce fut le calme plat : plus rien. Théo était dans un lieu sombre, éclairé d'une lueur blafarde. Il regarda autour de lui après avoir activé sa vision nocturne et reconnut immédiatement l'endroit. Il rit, tant il trouvait cela cocasse. — Tout ça pour se retrouver là ! songea-t-il. Il sut immédiatement où il devait se rendre, c'était une évidence, mais que devait-il faire ? Y aller seul ou retourner chercher ses amis ? Il ne réfléchit pas longtemps pour prendre sa décision.

Théo s'éleva dans les airs et traversa le puits, terminant son ascension lentement. Après avoir vérifié qu'il n'y avait personne en vue, il sortit du puits dans la petite cour baignée de soleil, au cœur des bâtiments blancs aux toits rouges. Après avoir traversé la cour, il entra dans une bâtisse, qu'il traversa rapidement, pour en ressortir sur une corniche qui longeait la montagne, creusée à même la paroi rocheuse. Le passage montait sur une centaine de mètres et débouchait sur un espace plus large, une cavité dans la roche qui s'enfonçait sur une dizaine de mètres, au bout desquels une maisonnette blanche et rouge s'appuyait contre la paroi. Le jeune homme vint se planter devant la petite porte sculptée de motifs religieux bouddhistes et attendit. Il entendit quelques bruits qui claquèrent dans le silence du lieu et vit la porte s'ouvrir sur les yeux pleins de malice de l'ermite qui vivait là.

— Théo, mon garçon, entre, je te prie, dit le vieil homme.

— Merci Gopal. Je suis heureux de vous revoir.

— Moi aussi je suis heureux de te revoir.

Gopal, l'ermite du monastère de Taktshang, au Bhoutan, que Théo avait rencontré un an auparavant[13], le pria de s'asseoir sur la couche de paille à même le sol, seul

---

[13] Cf. tome I, chapitre XIII.

luxe qu'il s'accordait dans ce lieu consacré à la prière et à la méditation.

— Je t'attendais, Théo, reprit le sage.

— Pour tout vous avouer, je m'en doutais un peu, Gopal.

— Tu as fait du chemin depuis la dernière fois que nous nous sommes rencontrés. Je me souviens qu'alors tu fus étonné de m'entendre te dire cela. Aujourd'hui, non seulement tu ne t'étonnes plus, mais tu sais déjà que je vais le dire. Je sens en toi beaucoup plus de sagesse et d'expérience maintenant.

— C'est beaucoup grâce à vous. Les quelques jours que nous avons passés ensemble m'ont tant appris.

— Je ne t'ai rien appris, mon garçon. Tu avais tout en toi. Je t'ai juste montré le chemin. Je suis fier de toi, car je vois que tu es devenu un homme, fort, courageux, déterminé, calme et posé. Tu as déjà sauvé notre monde et tu le sauveras encore, sois-en certain. Je le vois.

— Je ferai tout pour le sauver en tout cas.

— J'en suis sûr, Théo, j'en suis sûr. J'ai fait un rêve, mon garçon, qui te concerne.

— Je vous écoute, Gopal.

— Tu étais au milieu d'un désert de roches rouges, sur la Lune.

— Sur la Lune ? Étrange.

— Oui, c'est ce que j'ai vu en rêve. Il y avait des lions et des éléphants avec de grandes oreilles. J'ai vu un sage, un homme grand, solide, avec une barbe et un curieux chapeau. Les animaux sont ses amis. Il sait où se trouve la Lune.

Gopal se tut, surprenant Théo, qui s'attendait à entendre une suite à son récit.

— C'est tout ? demanda-t-il.

— C'est ce que les esprits des ancêtres m'ont montré pour toi.

— Je peux vous poser une question, Gopal ?

— Bien sûr, mon garçon, je t'écoute.

— Est-ce qu'un homme, du nom de Jésus, qui se fait aussi appeler *Gardien*, est venu vous trouver pour vous remettre un message pour moi ?

— Personne ne vient me trouver, Théo. Je suis un vieil ermite. Tu es le seul.

— Je vois, dit l'Élu, un peu déçu et perplexe en même temps.

— Il faut que ton regard se porte plus loin que ce que tes yeux peuvent te montrer, mon garçon.

— Que voulez-vous dire par là ?

— Que ce que l'on te laisse voir n'est peut-être pas toute la vérité. Tu dois te fier à ton instinct et ne pas croire aveuglément en ceux qui disent être tes amis.

— Vous pensez à qui, lorsque vous parlez de mes amis ?

— Je ne sais rien de plus, Théo. Tout ce que je vois sur toi, je te l'ai dit. Je suis désolé de ne pouvoir t'aider mieux que cela. J'espère que le peu que j'ai pu faire pour toi t'aidera à y voir clair à l'avenir, c'est tout.

— Je sais, Gopal, que vous êtes un homme sage. Et je sais que vous êtes mon ami. Un ami en qui je peux avoir toute confiance. Je vous remercie pour vos paroles et vos conseils et j'espère que nous aurons encore l'occasion de nous parler dans le futur.

— Qui sait. Le passé, le présent et le futur s'entremêlent et ne sont qu'illusions, mais cela, tu le sais déjà, n'est-ce pas ?

Théo adressa un sourire plein de tendresse au vieil ermite. Il le salua en inclinant son buste en avant, les mains jointes devant lui et s'éclipsa, laissant le vieux sage à sa solitude.

§

Antoine Priolo

Chapitre IX

Le rocher de la Lune

Il faisait chaud, le soleil brillait dans un ciel bleu que traversaient rapidement quelques cumulus. Au loin les Alpes se dressaient, majestueuses, dans l'azur, leurs sommets couronnés d'une blancheur immaculée. Théo prenait un rafraîchissement sous le parasol, sur la terrasse, devant la piscine de la maison familiale. Sa sœur Véra, qui avait bien grandi ces derniers temps, nageait comme un poisson, faisant des allers-retours incessants d'un bord à l'autre. Monsieur et madame Duval se prélassaient dans leurs transats, en plein soleil. La journée était douce et Théo était heureux de passer un peu de temps en famille, ce qui ne lui était plus arrivé depuis quelque temps.

Après son entrevue avec le sage Gopal, au monastère de Taktshang, Théo avait retrouvé ses amis à l'estancia don Carlos. Lorsqu'il était ressorti du puits, Yu, qui l'attendait, lui demanda :

— Alors, qu'est-ce que ça dit ? Tunnel temporel ou pas ?

— Viens, rentrons, il faut que nous parlions tous ensemble, se contenta de dire Théo en guise de réponse.

Une fois tous réunis dans la grande chambre de Jessie, le jeune homme prit la parole et expliqua ce qui s'était produit lors de son passage par le puits.

— C'est étrange. Comment le Gardien aurait-il pu faire passer un message en le faisant rêver par Gopal ? se demanda Jessie.

— Nous ne savons rien sur le Gardien, en vérité, releva Lisa. Il a peut-être des pouvoirs, qui sait ?

— Des pouvoirs ? Comme Théo ?

— Théo n'a pas de pouvoirs, fit remarquer le professeur. Sans les bijoux, il est comme vous et moi.

— C'est un fait, reconnut l'Élu. Pourtant, Gopal avait un message pour moi et le Gardien a fait en sorte de m'envoyer vers lui pour qu'il me le délivre.

— Gopal ment peut-être, suggéra Yu.

— Gopal ne ment pas, rétorqua Théo. C'est un être intègre et droit.

— Ce n'est pas le Gardien qui est à l'origine du message dans ce cas, en déduit Lisa. Jusqu'ici, qui a utilisé les rêves pour transmettre des messages ?

— L'archange, répondirent en chœur Jessie et Yu.

— Ça ne tient pas debout, l'archange nous a demandé de retrouver le Gardien puisqu'il ne sait pas où il se trouve, rappela Théo. Comment le Gardien m'aurait-il orienté vers Gopal qui aurait eu un message de l'archange, dans ce cas ?

— Théo a raison, admit Darlington. Tout ceci n'est pas clair, mais si l'archange cherche le Gardien à travers nous, ce n'est pas lui qui a transmis le message en rêve à Gopal. Le Gardien a des dons, c'est certain. Rappelez-vous qu'il avait celui de réparer ou améliorer n'importe quel appareil électronique, lorsqu'il était à Jérusalem. Il en a sans doute d'autres que nous ne soupçonnons pas.

— Bon, admettons que le Gardien ait le pouvoir de transmettre des messages par les rêves, continua Lisa. Pourquoi nous avoir fait courir après toutes ces énigmes pour arriver jusqu'à Gopal ?

— Pour compliquer la tâche de ceux qui, comme nous, veulent le retrouver, expliqua Yu.

— D'accord. Si ceux qui le cherchent aussi avaient réussi à aller jusqu'au monastère de Taktshang, ils n'auraient sans doute jamais reçu le message de la bouche de Gopal, vous ne croyez pas ?

— Je pense, répondit Darlington, que le jeu de piste mis en place par le Gardien est plus destiné à s'assurer que celui qui le trouvera est bien l'Élu des Mikelians, plus qu'à égarer ceux qui sont aussi à sa recherche.

— Comment ça ?

— C'est une façon de tester les capacités de l'Élu, à mon avis. L'Élu est intelligent, d'où les énigmes en cascade. Il est le seul, ou presque, à pouvoir traverser un puits temporel. Le seul aussi pour qui le message est destiné. Multiplier les difficultés lui assure que seul un être supérieur finira par recevoir le message de Gopal : l'Élu.

— On peut voir ça de cette façon, dit Théo. Mais votre théorie n'est pas du tout sûre. Je pense, pour ma part, que le Gardien a agi dans l'urgence, voyant qu'il ne trouvait pas l'Élu. Nous savons qu'il s'est produit un évènement qui a chamboulé son destin. Sans doute paniqué à l'idée de ne pas pouvoir accomplir sa mission et s'étant rendu compte qu'il était recherché, il a dû échafauder un plan très vite pour le retrouver. Comme il ne pouvait pas courir la planète à sa recherche, il a pensé que faire l'inverse serait préférable. L'Élu devrait venir à lui. Là où je vous rejoins, c'est dans le fait qu'il s'est dit qu'en mettant au point un jeu de piste compliqué, il serait certain que celui qui se présenterait serait l'Élu.

— Tout ça c'est bien beau, mais tu oublies un petit détail : comment le Gardien pouvait-il être sûr que tu te lancerais à sa recherche ? objecta Lisa. Tu n'avais aucune raison de le faire.

— J'y ai déjà réfléchi. D'après moi, le Gardien se doutait que l'archange le cherchait. Et à qui d'autre que l'Élu, l'archange aurait-il pu confier la tâche de le retrouver ?

— S'il savait que l'archange le cherchait, pourquoi ne pas se manifester à lui dans ce cas ?

— Il n'a sans doute aucun moyen de le faire. Moi-même je suis dans l'incapacité de le contacter, si besoin. C'est toujours l'archange qui se manifeste à moi, pas l'inverse.

— Cela se tient, admit le professeur. Je pense que nous devrons nous contenter de vos explications, qui sont les plus rationnelles, mon cher Théo.

— Merci prof. En tout cas, maintenant je pense que nous n'aurons plus la journaliste dans la course. Nous sommes sûrs qu'elle n'a pas été à Taktshang et qu'elle n'a pas rencontré Gopal.

— C'est toujours ça de gagné, admit Lisa.

— Bien, si nous nous penchions sur le message délivré par Gopal, maintenant ?

— Tu peux nous répéter ce qu'il t'a dit exactement ? demanda Lisa.

— Il a dit que dans le rêve qu'il a fait, il était sur la Lune. Il y avait des lions et des éléphants avec de grandes oreilles. Il a vu un sage, un homme grand, solide, avec une barbe et un curieux chapeau. Les animaux sont ses amis. Cet homme sait où se trouve la Lune.

— Je pense qu'il s'agit d'un lieu en Afrique, affirma Darlington. Si cela se trouvait en Asie, il n'aurait pas précisé : des éléphants avec de grandes oreilles. Les éléphants d'Asie n'ont pas de grandes oreilles.

— C'est ce que j'ai pensé aussi, dit Yu.

— Pourquoi Gopal a-t-il dit qu'il se trouvait sur la Lune ? se demanda Lisa.

— Les rêves sont souvent imprécis, répondit Darlington.

— Pas ce genre de rêves, objecta Théo. Ils sont très précis au contraire, mais il faut savoir les interpréter. Chaque détail compte, mais ils n'apparaissent pas toujours dans le bon ordre pour comprendre toute leur signification. La Lune est sans doute un détail important du rêve mais ne signifie pas obligatoirement qu'il s'agit réellement de la Lune.

— Et pour le sage, une idée ? lança Jessie. Parce que moi j'en ai une.

— Dis-nous, la pria Yu.

— Un barbu, grand, solide, avec un drôle de chapeau, ami des animaux, ça ne vous dit rien ?

— Je ne vois pas, avoua le professeur.

— C'est normal, professeur, vous ne connaissez pas la personne à laquelle je songe. Théo, ne me dit pas que tu n'y as pas pensé ?

— Bien sûr que si, dès le moment où Gopal m'a délivré le message. Mon grand-père, Mat Orgone. Il est vétérinaire et directeur d'une réserve en Afrique du Sud[14], précisa-t-il au professeur.

— Mais, pourquoi est-ce que le message précise qu'il sait où se trouve la Lune ?

— La Lune doit être quelque chose de particulier dont mon grand-père, si c'est bien de lui qu'il s'agit, a connaissance, je ne vois que ça.

— Nous devons aller le trouver pour en être sûrs, dit Jessie, prête à repartir à l'aventure.

— Nous allons faire une pause d'un ou deux jours, affirma Théo. D'abord pour nous reposer un peu, je crois que nous en avons tous besoin, ensuite pour réfléchir calmement. Je ne veux pas que mon grand-père revive la même mésaventure que la dernière fois que nous sommes allés le trouver.

Théo n'avait pas oublié que son grand-père avait été agressé dans les locaux de sa réserve africaine, que ceux-ci avaient été fouillés de fond en comble et que ses agresseurs étaient repartis avec un tableau qui recelait un important indice qui devait, par la suite, permettre de retrouver les bijoux de l'archange.

§

Flemming se tenait debout, face à l'immense baie vitrée d'où l'on dominait tout Manhattan. Le bureau d'Oswald Graham, vaste loft situé au dernier étage de la plus haute tour de la ville, dominait la mégapole new-yorkaise. Graham était sans doute l'homme le plus riche d'Amérique et peut-être même du monde. L'ensemble de ses entreprises couvrait des secteurs aussi variés que

---

[14] Cf. tome I, chapitre III.

l'informatique, la chimie, le pétrole, l'immobilier, l'aéronautique, les transports maritimes et même l'astronautique ! Son groupe était présent sur les cinq continents ainsi qu'en Arctique et en Antarctique ! Sans compter sa présence sur toutes les mers de la planète. Flemming était son plus proche collaborateur, son bras droit. Il ne s'occupait pas de finance, de gestion d'entreprises, mais de la supervisation de toute la partie cachée de l'iceberg, le véritable but de toute la puissance et l'argent de la Graham corporation : la conquête de la planète ! C'était l'ambition d'Oswald Graham : devenir le maître tout-puissant de ce petit caillou perdu dans l'immensité de la galaxie.

Graham entra dans le loft, un peu surpris de la présence de Flemming :

— Vous êtes déjà là, Flemming ! Vous êtes en avance.

— Je ne crois pas, monsieur. Il me semble que c'est vous qui êtes en retard. Nous avions rendez-vous à onze heures précises.

Graham regarda sa montre, constata qu'il était onze heures dix, ne releva pas la remarque de son subordonné et vint s'installer dans le grand fauteuil de son bureau.

— Où en sommes-nous avec le Gardien ? questionna-t-il.

— Notre agent sur le terrain, la journaliste, a piétiné longtemps à Buenos Aires. Elle a fini par trouver la solution à son problème, aujourd'hui même. Elle demande un appui logistique pour franchir un puits temporel.

— Un puits temporel ? Ah, le Gardien a retrouvé toute sa mémoire on dirait.

— Il semblerait, en effet.

— Et Théo, où est-il ?

— Chez lui, en Suisse. Lui et ses amis ont quitté Buenos Aires voici deux jours et sont rentrés à Genève.

— Ils ont trouvé ce qu'ils cherchaient, songea le magnat.

— C'est probable. Le problème est que nous n'avons plus aucun moyen de les suivre, désormais. Ils voyagent à travers un réseau de tunnels que Théo crée lui-même. Ils peuvent aller où ils veulent en un instant et personne ne peut les suivre, à moins de réussir à leur implanter un nouveau traqueur.

— Dans ce cas, dites à la journaliste de se dépêcher de trouver le Gardien, avant que Théo ne le trouve. Il nous faut le récupérer !

— Elle fait tout ce qu'elle peut, dit Flemming pour défendre son agent. C'est notre meilleure recrue depuis longtemps, vous savez.

— Je sais, Flemming. Elle fait, à elle seule, ce qu'une équipe au complet de soi-disant petits génies n'a jamais pu réaliser ! J'ai confiance en elle. Cette petite ira loin si elle continue comme cela. Et Kovac, des nouvelles ?

— Non, monsieur. Nous surveillons Moscou depuis qu'il s'est évadé, mais il n'est pas encore réapparu là-bas.

— Curieux. J'aurai juré qu'il s'y précipiterait, pourtant. Est-ce que l'on en sait un peu plus sur ceux qui l'ont libéré ?

— Nos informations ne sont pas encore confirmées, toutefois nous soupçonnons fortement la CIA d'être à l'origine de cette opération.

— La CIA ? J'ai du mal à suivre, avoua-t-il.

— Moi aussi, monsieur.

— Finalement, ce n'est pas le plus important. Kovac ne sera plus un obstacle, tout comme Théo, lorsque nous aurons mis la main sur le Gardien. Ce qu'il va nous apporter nous permettra de nous débarrasser de tous les gêneurs de la planète !

§

Les bâtiments en bois de la réserve étaient distribués en U autour d'une vaste cour de terre battue ocre rouge qui lui donnait l'aspect d'un immense court de tennis. Nichées sous de grands arbres ombrageux, ces cabanes spacieuses constituaient pour la plupart l'hôtellerie du parc. A l'extrémité d'une aile se trouvaient les locaux administratifs. C'est là que le grand-père de Théo, Mathieu Orgone, docteur Mat, comme on le surnommait ici, avait son bureau. C'était un gaillard d'un mètre quatre-vingt-sept, la soixantaine passée, cheveux gris courts et barbe parfaitement entretenue. Il avait la peau mate et burinée par le climat de la savane où il avait vécu la plus grande partie de sa vie. Lorsqu'il vit débarquer son petit-fils avec ses amis, à pied, semblant sortir de nulle part, il fut quelque peu surpris.

— Votre véhicule est tombé en panne ? le questionna-t-il. Tu aurais dû me téléphoner, Théo. Ce n'est pas prudent de vous balader sans protection, au milieu de la réserve. C'est plein d'animaux féroces qui pourraient vous tailler en pièces en moins de deux !

— Ne t'inquiète pas, grand-père, nous ne venons pas de très loin. Enfin, si l'on peut dire.

— Je suis heureux de te voir mon garçon. Ça a faisait longtemps que je n'avais pas de nouvelles de toi.

— Moi aussi, grand-père, je suis heureux de te voir.

— Je vois que tu es venu avec tes amis. Vous êtes plus nombreux que la dernière fois, il me semble.

— Je te présente Lisa Dubois, qui fait partie de notre équipe depuis déjà un certain temps, ainsi que le professeur James Mortimer Darlington, de l'université d'Oxford. Mat Orgone prit la main de Lisa et lui fit le baisemain, puis il tendit une main ample, calleuse et bronzée.

— Professeur Darlington, de l'université d'Oxford, souligna-t-il, l'air faussement impressionné. Vous enseignez quelle matière, professeur ?

— L'histoire médiévale. Heureux de faire votre connaissance, docteur Orgone, répondit Darlington en serrant vigoureusement la main de son interlocuteur.

— Bien, j'espère que ta visite ne nous attirera pas d'ennuis, cette fois, plaisanta Mat Orgone, déclenchant les rires de Jessie, Lisa et Yu.

— Je ne pense pas, même si nous devons rester prudents, affirma son petit-fils.

— Bien, ne restons pas là. Suivez-moi, nous allons nous installer dans un endroit plus agréable.

La réserve de Mat se trouvait au nord de l'Afrique du Sud, à la frontière avec le Botswana. De nombreux touristes venaient y faire des safaris-photos durant la haute saison, qui se situait de septembre à février. Le reste de l'année, il n'y avait pas grand monde, ce qui permettait de se consacrer entièrement aux animaux. Nous étions début juillet et ici, tout comme à Buenos Aires, c'était l'hiver austral. La nuit, les températures étaient très fraîches et le jour le thermomètre ne s'emballait pas.

Mat Orgone conduisit ses hôtes dans le bar de la réserve, qui était le lieu privilégié où clients et guides se retrouvaient pour discuter et se détendre, après une journée épuisante à travers la brousse. Il n'y avait pas âme qui vive ici, comme, en apparence, dans le reste de l'hôtel. Théo, qui était déjà venu ici, presque un an auparavant, avait déjà remarqué à l'époque qu'il n'y avait quasiment personne d'autre que son grand-père. Curieux, il lui posa des questions :

— Grand-père, comment se fait-il qu'il n'y ait personne ?

— Si tu veux parler des clients, mon garçon, sache que la saison s'est achevée début février. Nous avons bien quelques touristes de temps à autre, même en ce moment, mais c'est plutôt rare. L'endroit n'est pas désert pour autant. J'ai toute une équipe de gardiens qui protègent la réserve des braconniers. Ils sont sur le terrain toute la journée et ne rentrent que le soir. Il y a aussi mon assistante vétérinaire, Jody, ainsi qu'Allan, notre vétérinaire stagiaire. Ils sont partis à l'aube sur la trace de Zimba, un lion qu'ils doivent soigner. Sans compter Zuma, mon fidèle bras droit, sans qui cette réserve ne tournerait pas si bien. Il est en cuisine à cette heure, pour préparer le repas de midi. Nous sommes une quinzaine en tout, hors saison, près du double le reste du temps.

Mat Orgone fit s'installer toute l'équipe au comptoir, sur des tabourets. Il joua le barman, prépara des cocktails de fruits pour les ados et quelque chose d'un peu plus corsé pour le professeur et lui-même. Lorsqu'il eut servi tout le monde, il dégusta le breuvage qu'il avait préparé, parut satisfait du résultat, regarda le professeur qui venait lui aussi de goûter, guetta sa réaction, sourit lorsque celui-ci lui lança un :

— Hum ! C'est délicieux !

Il reposa son verre, balaya d'un regard les cinq amis alignés au comptoir, posa ses yeux sur son petit-fils et lui dit :

— Je suppose que tu n'es pas venu ici juste pour me rendre visite. Qu'es-tu venu faire dans ce coin paumé d'Afrique ?

— L'histoire est un peu compliquée, grand-père. Je t'expliquerai plus tard. Pour le moment, il faut que je te pose une question.

— Je t'écoute, mon garçon, dit Mat, un peu déconcerté.

— Est-ce que tu sais où se trouve… la Lune ?

— La Lune ! Tu es sérieux ?

— Oui, très sérieux. Réfléchis bien, grand-père. Je ne te parle pas de cette Lune qui brille le soir dans le ciel, mais d'autre chose, quelque chose que tu dois connaître.

Mat Orgone, interloqué et désorienté par cette question, ne sut que répondre.

Voyant son grand-père dans l'embarras, Théo tenta de l'aider :

— C'est peut-être le nom d'un lieu que tu as connu : un restaurant, un cabaret, une montagne, une île, qui sait.

Mat Orgone hochait la tête, en signe de négation. Il ne voyait pas.

— Un objet peut-être ? Un bijou, un livre, un meuble ? Le grand-père de Théo était dans le noir total. Il ne voyait pas du tout de quoi son petit-fils voulait parler.

— Désolé, mon garçon, je n'ai aucune idée de ce que tu me demandes.

— Ce n'est pas grave, grand-père. Prends le temps d'y réfléchir, tranquillement, sans stress. Peut-être que ça te reviendra.

— Où peut-être pas.

— Dans ce cas, ça voudrait dire que tu n'es pas celui à qui nous devons nous adresser.

— Et c'est grave ? s'inquiéta Mat.

— Non, rassure-toi. Nous trouverons la bonne personne, même s'il faut y passer du temps. Nous avons l'habitude, mes amis et moi.

— Bien, en attendant, je vais aller trouver Zuma, qu'il prévoit cinq invités de plus à table. Vous allez voir, Zuma est un cuisinier hors pair. Il vous prépare des sauterelles et des vers grillés… Hum ! C'est exceptionnel !

Les cinq amis se regardèrent, l'air dégoûté, les mines déconfites, ce qui amusa particulièrement Mat qui, farceur dans l'âme, aimait voir la réaction de ses invités lorsqu'il leur annonçait cela.

§

— Je crois, dit le professeur Darlington, que nous avons peut-être la solution à notre problème.

Théo, Lisa et Jessie le regardèrent fixement, avides de savoir ce qu'allait leur révéler leur ami. Cela faisait deux jours qu'ils étaient dans la réserve de Mat Orgone et deux jours qu'ils attendaient que celui-ci se souvienne de ce que pouvait représenter la Lune, en vain. Alors, en désespoir de cause, ils avaient décidé de revoir l'énigme et de chercher un autre sage barbu aimé des animaux. Tout le monde s'était mis sur le coup et particulièrement Yu et Darlington, qui avaient tous deux planché sur les phrases et les dessins du carnet du Gardien. Théo en avait profité pour passer un peu de temps avec son grand-père et était parti faire un petit tour de la réserve avec, une nuit, campement au cœur de la brousse. Avec lui, Lisa et Jessie, avaient partagé ces moments rares d'intimité avec la nature sauvage. Seule ombre au tableau : le froid nocturne. Les deux filles en regrettèrent presque la balade.

— Nous avons remarqué plusieurs choses dans le carnet, qui pourraient nous mettre sur une autre piste que celle de votre grand-père, Théo.

— Nous vous écoutons, prof, l'encouragea le jeune homme.

— Oui, bien. J'ai trouvé, page huit, un dessin qui représente un chapeau pointu et un balai. Page…

Darlington relisait ses notes manuscrites, griffonnées sur des post-it.

— Ah ! Voilà. Page dix, j'ai trouvé un visage d'Africain. Ensuite, page treize, j'ai remarqué un dessin étrange, une sorte de curieuse théière avec un bec très fin, aux contours arrondis à l'arrière et droits, devant. Yu a pensé, à juste titre, que ça ressemblait aux contours d'une carte. Il a fait des recherches et a trouvé qu'il s'agissait de la carte de la Namibie.

— Intéressant, admit Théo. Mais tout ça nous mène à quoi ?

— Attendez, je n'ai pas fini. Après les dessins, les phrases. Page sept, nous trouvons ceci : *l'âme rouge du désert*. Ou bien page neuf : *l'être couvert de poussière y rencontra son Dieu*. Et enfin : *l'arbre sacré au centre des deux rochers rouges*.

— Il va falloir nous expliquer, prof. Moi je n'y comprends rien pour le moment.

— Moi non plus, avoua Jessie.

— J'y viens, soyez patients. Nous avons, je crois, trouvé la corrélation entre tous ces indices potentiels et le message délivré par Gopal. Voici comment : le chapeau et le balai rappellent les sorcières, ou les sorciers. En Afrique les sorciers sont des sages. Le visage africain voudrait dire que l'homme que nous cherchons est un homme noir, pas un blanc. La carte de la Namibie... bon, là je crois qu'il n'y a pas grand-chose à ajouter, c'est le pays où se trouve cet homme. *L'âme rouge du désert* fait sans doute référence à un représentant du peuple Himba, qui vit dans le Nord-Ouest du pays, dans une province nommée... attendez que je retrouve... ah oui, c'est ça : le Kaokoland. Les Himbas se teignent la peau avec un onguent à base de graisse animale et d'hématite, ce qui leur donne une couleur rouge. Le Kaokoland est une région en grande partie désertique. Le dernier indice : *l'être couvert de poussière y rencontra son Dieu* pourrait nous indiquer un lieu précis qu'il faut rallier. L'onguent dont les Himbas se badigeonnent est fait avec de la poudre d'hématite, ce qui expliquerait le terme : *l'être couvert de poussière*. Ou alors c'est parce qu'ils sont dans une région très sèche et poussiéreuse, je ne sais pas trop. Quant à la phrase : *l'arbre sacré au centre des deux rochers rouges*. Nous pensons, avec Yu, que cela pourrait nous donner une indication de l'endroit où trouver le sage.

Le professeur se tut, attendit la réaction de Théo et des deux filles. Il y eut un long silence empli de perplexité. La démonstration de Darlington ne tenait tout de même qu'à un fil. Rapprocher un chapeau et un balai de sorcière avec un sage africain... le Gardien était, certes, un peu tordu pour la conception de ses indices, mais tout de même ça paraissait tiré par les cheveux.

— Vous n'avez pas l'air convaincu ? dit le professeur, un peu déçu.

— J'avoue que j'ai du mal à croire à votre démonstration. Par exemple : vous ne parlez pas de ce que m'a dit Gopal au sujet du Sage : *les animaux sont ses amis*. C'est pourtant un indice qui doit avoir son importance pour découvrir de qui il s'agit. Mon grand-père correspond en tout point avec le message délivré. Là, je ne suis pas convaincu.

— Il est vrai, répondit le professeur, que nous n'avons pas trouvé de correspondance pour cette partie du message. Nous avons supposé que, comme les Himbas sont des bergers, les animaux étaient leurs amis au sens large du terme.

— M'oui, fit Théo, guère plus convaincu.

— Je te ferai remarquer, dit Lisa, que le message ne correspond pas tant que ça à ton grand-père.

— Ah ? Et pourquoi ?

— Ton grand-père n'est pas un sage, que je sache. Et puis, la phrase : *les animaux sont ses amis,* est ambiguë. Un vétérinaire est l'ami des animaux. La réciproque n'est pas obligatoire. Il peut soigner un lion et ce même lion peut le dévorer s'il le croise en peine brousse, tu ne crois pas ?

— Là, vous marquez des points, prof. Vous pouvez remercier Lisa. Je reste sceptique mais pas obtus. Si vous pensez tous que c'est une bonne piste à suivre, nous la suivrons.

— Ton grand-père ne se souvient pas de quoi que ce soit qui ait un rapport avec le mot Lune, rappela Jessie. Je pense que malgré son âge, il ne perd pas la tête. S'il ne voit toujours pas de quoi il retourne, c'est que ce n'est sans doute pas lui. Nous ne pouvons pas perdre notre temps ici à faire des safaris, même si c'est très sympa. Sauf pour le bivouac. Il a fait si froid que j'ai cru mourir !

Jessie déclencha l'hilarité générale.

— Ok, on part pour la Namibie demain matin. Espérons que nous trouvions celui que nous cherchons, parce qu'il y a tout de même un petit hic dans tout ça : nous ne savons pas précisément où trouver notre sage.

— Nous avons tout de même circonscrit la zone de recherche à la partie désertique du Kaokoland. Il nous reste plus qu'à trouver l'arbre sacré entre les deux rochers, objecta Yu.

— Ok, allons-y pour le Kaokoland. Trouve-moi la photo d'un lieu où je pourrais ouvrir un tunnel, c'est tout.

La région était aride et montagneuse. Le vent soulevait une poussière ocre rouge qui venait tout recouvrir, s'infiltrait dans les yeux et obligeait à se cacher le visage pour respirer. Il ne faisait pas froid à cette heure de la matinée, mais il n'y avait rien de trop. Plus bas, dans la vallée, coulait le fleuve Cunene, frontière naturelle entre la Namibie et l'Angola, principale source d'eau potable de cette région quasi désertique. Le peuple Himba vivait principalement le long de la frontière, toujours proche du fleuve, sans pour autant en habiter les rives. Théo et ses amis venaient de débarquer ici, au milieu de rien, au cœur d'une vallée étroite qui s'évasait rapidement pour disparaître, laissant place à un vaste plateau qui s'étendait à perte de vue vers l'ouest. Il n'y avait pas âme qui vive en ce lieu. Yu consultait sa carte. La position GPS était bonne. Ils avaient débarqué exactement là où ils l'avaient décidé.

— Nous devons aller vers le sud-ouest, indiqua-t-il. Le village Himba est à moins de cinq kilomètres.

Jessie démarra le Range Rover, que le grand-père de Théo leur avait prêté, prit la direction indiquée et roula sur quelques centaines de mètres à faible allure, jusqu'à rencontrer une piste où elle put prendre de la vitesse pour rallier le village.

Le village Himba était constitué de huttes circulaires aux toits de forme conique, faites de feuilles de palmier, de terre grasse et d'excréments de vaches. Ces maisons étaient peu nombreuses et distantes de quelques dizaines de mètres les unes des autres, organisées autour d'une aire centrale, sorte de place sur laquelle les villageois se retrouvaient pour leurs activités quotidiennes. Il n'y avait pas d'eau courante, pas d'électricité, pas le moindre confort moderne. Les Himbas vivaient comme leurs ancêtres avaient vécu depuis des centaines d'années. Seul luxe qu'ils se permettaient : leurs semelles de sandales étaient faites dans le caoutchouc de vieux pneus. Ils étaient reconnaissables parmi toutes les ethnies de la région grâce à leur peau couleur ocre rouge. Les femmes avaient les cheveux coiffés de sorte de rastas entièrement enduits de ce même onguent rouge.

Le Range Rover s'arrêta à l'entrée du village, d'où déjà de nombreux curieux approchaient. Théo sortit du véhicule, bientôt suivi par Yu et le reste de l'équipe. Deux hommes s'avancèrent, tandis que femmes et enfants restaient en retrait, leurs regards curieux posés sur les étrangers qui arrivaient. Le plus âgé des deux prit la parole dans sa langue et débita une suite de sons incompréhensibles.

— Vous parlez l'anglais ? demanda Théo.

L'homme prononça encore quelques mots. Visiblement il ne parlait que sa langue.

— On va avoir du mal à se comprendre, constata Yu. Il ne parle pas un mot d'anglais et nous ne parlons pas un mot de son dialecte.

— Théo, essayez de lui parler en allemand, suggéra le professeur.

— En allemand ? Vous êtes sûr ?

— On ne sait jamais. La Namibie fut allemande durant quelques dizaines d'années et de nombreux Namibiens parlent encore cette langue.

Théo essaya, sans grande conviction, de parler en allemand :

— Est-ce que vous comprenez l'allemand ?

L'homme continua de parler dans sa langue. Théo leva les bras au ciel en disant :

— Il va falloir qu'on dégote un interprète quelque part, autrement on ne va pas s'en sortir.

— C'est curieux, dit soudain Lisa. J'ai l'impression de comprendre certains mots qu'il prononce.

— C'est impossible ! lui dit Yu. Comment tu pourrais comprendre un dialecte Himba ?

— Je ne sais pas, mais j'ai l'impression qu'il nous souhaite la bienvenue dans son village.

— C'est très certainement ce qu'il est en train de nous dire, il ne faut pas être devin pour le comprendre.

— Non, je vous assure que j'ai compris ce qu'il dit. Lisa s'approcha des deux hommes, regarda le plus âgé droit dans les yeux et se mit à lui parler dans sa propre langue, à la stupéfaction générale. Théo, une fois passée la surprise, se souvint que Lisa, après avoir été en contact avec les tables de la loi contenues dans l'arche d'alliance[15], avait soudain compris et parlé l'italien, langue qu'elle n'avait pourtant jamais apprise. Il était donc fort possible que Lisa ait acquis un don pour comprendre et parler n'importe quelle langue.

— Je lui ai demandé s'il savait où se trouvait l'arbre sacré entre deux rochers, expliqua-t-elle. Il m'a répondu qu'il n'en savait rien, mais que pour tout ce qui était sacré, il fallait voir avec le sorcier du village. Il nous demande de le suivre.

Après avoir traversé la cour centrale du village, l'homme les conduisit jusqu'à une hutte. Il appela et un homme en sortit. Il portait plusieurs colliers ainsi que de nombreux bracelets, dont certains étaient faits d'os

---

[15] Cf. tome I, chapitre XX.

d'animaux. Ce devait être le sorcier. Il lui parla. Le sorcier regarda les étrangers et répondit quelque chose. Lisa lui parla à son tour, le surprenant. Il n'avait pas l'habitude de voir des blancs parler le dialecte Himba. Une conversation s'ensuivit alors, durant laquelle Théo et ses amis attendirent sagement, bras croisés, que Lisa leur explique ce qui s'était dit, ce qu'elle ne tarda pas à faire :

— Bon, l'arbre que nous recherchons n'est pas ici, mais le sorcier pense qu'il pourrait s'agir d'un arbre qui appartiendrait à des villageois qui sont à deux jours de marche d'ici, en direction du nord-est.

— Est-ce qu'il en est sûr ? questionna Jessie.

— Non, tout ça est au conditionnel. Ça lui dit vaguement quelque chose, c'est tout.

— Deux jours de marche, cela fait combien de kilomètres ? Cinquante ? Soixante ? se demanda Darlington.

— Deux ou trois heures pour nous, selon l'état de la piste, estima Jessie.

Ils prirent congé des villageois et la direction du nord-est, suivant une piste cahoteuse, ce qui leur demanda plusieurs heures pour atteindre le village indiqué, après avoir traversé un paysage de montagnes d'altitude moyenne.

Là, ils furent accueillis par des Himbas sympathiques et chaleureux avec qui ils purent parler et obtenir d'eux une quasi-certitude sur l'endroit où se trouvait le fameux arbre sacré entre deux rochers. C'était un village distant de plusieurs jours de marche en direction du sud-est, à la limite entre une montagne et le plateau qui s'étendait vers le sud. Une piste difficilement praticable les y conduisit. Ils y arrivèrent au milieu de l'après-midi, alors que la température atteignait une douceur bien agréable pour la saison. Le village était enserré au cœur de collines disposées en fer à cheval, aux pentes douces, entrecoupées de blocs rocheux rouges qui formaient par endroits de véritables falaises. Les maisons, presque identiques à celles des villages précédents, étaient bâties au centre d'un bois dont les arbres épars, au feuillage maigre, peinaient à donner de l'ombre.

Un troupeau de chèvres broutait des buissons d'épineux qui s'accrochaient aux pentes nord, là où l'ombre des rochers empêchait le soleil de tout brûler. Les villageois Himbas vaquaient à leurs occupations quotidiennes lorsque le Range Rover déboula depuis la piste, dans un nuage de poussière qui recouvrit une partie des huttes. Jessie, exténuée par les heures passées à conduire sur des pistes difficiles, avait freiné au dernier moment, devant l'entrée du village. Elle sortit en trombe et courut derrière des rochers satisfaire un besoin naturel, ce qui fit éclater de rire ses camarades, fatigués et fourbus, mais heureux d'être enfin arrivés à destination. Ici, ce furent les femmes qui vinrent à leur rencontre. Il n'y avait pas un homme visible dans le village. Lisa les salua et leur parla dans leur dialecte :

— Bonjour, les habitants d'un autre village, plus au nord, nous ont parlé d'un arbre sacré qui se trouve entre deux rochers. Ils nous ont dit que c'était ici. Vous voyez de quel arbre je veux parler ?

— L'arbre sacré du village, répondit la femme la plus âgée. Oui, c'est ici. Mais vous n'avez pas le droit d'y aller. Seuls les hommes accompagnés du sorcier du village ont le droit de s'y rendre.

— Nous ne voulons pas aller à l'arbre sacré. En fait, nous désirons rencontrer le sorcier du village.

— Il n'est pas ici. Il devrait rentrer avant la nuit.

Lisa remercia la femme et retourna au véhicule. L'attente fut longue jusqu'au retour du sorcier au village. Il arriva au coucher du soleil, habillé d'un pagne, de sandales, de colliers et de bracelets faits de cordelettes colorées et d'os d'animaux. Théo et Lisa se rendirent auprès de lui, reconnaissable au fait qu'il portait, outre ses colliers d'os, une longue barbe et un drôle de chapeau qui semblait tressé de lanières de caoutchouc. Il dévisagea Théo et Lisa longuement, le regard empli d'un mélange de curiosité, d'étonnement et de peur aussi.

— Bonjour, je suis Lisa et voici Théo. Nous sommes venus de très loin pour vous rencontrer, grand sorcier.

— Vous deux, vous êtes fils et fille des Dieux ! lança le sorcier en guise de réponse, surprenant Lisa qui ne comprit pas pourquoi il disait cela.

— Nous ne sommes rien d'autre que les enfants de nos parents, répondit-elle. Et ce ne sont pas des Dieux, croyez-moi.

— Celui qui ignore qui il est, est condamné à errer sans but, dit le sorcier d'une voie empreinte de sagesse. Puissent les Dieux apporter les réponses aux questions que vous vous posez.

Lisa se tourna vers Théo et lui glissa, en plaisantant :

— Je crois qu'il délire un peu, notre sorcier. Il a dû fumer un peu trop d'herbes sacrées…

Puis elle se tourna à nouveau vers le sorcier :

— Oui, bien… en attendant, grand sorcier, peut-être pourrez-vous répondre à certaines d'entre elles, qui nous ont amenées jusqu'à vous.

— Je t'écoute, fille des Dieux.

Lisa ne releva pas et poursuivit :

— Nous cherchons quelque chose ici, qui porte le nom de Lune. Est-ce que ça vous dit quelque chose ?

— Le rocher de la Lune, laissa tomber le sorcier. Lisa, surprise, dit à Théo :

— Je crois qu'on a trouvé ! Il me parle d'un rocher de la Lune.

— Parfait. Demande-lui s'il peut nous y conduire.

Lisa se tourna à nouveau vers le sorcier :

— Est-ce que vous pourriez nous montrer ce rocher ?

— Qu'avez-vous tous à vouloir aller au rocher de la Lune ?

— Tous ? Comment ça tous ? Quelqu'un d'autre vous a demandé de s'y rendre ?

— Une jeune femme, un peu plus âgée que toi, je pense. Une journaliste d'après ce qu'elle m'a dit.

— Une journaliste ! Quand est-elle venue ici ?

— Il y a deux jours.

— Et vous l'avez conduite là-bas ?

— Oui, bien sûr. Elle m'a demandé de lui montrer le rocher, alors je le lui ai montré.

Lisa se tourna vers Théo :

— La journaliste ! Elle est à nouveau sur le coup ! Elle est passée ici il y a deux jours !

— Quoi ?! s'écria Théo, incrédule.

— Oui et le sorcier l'a conduite au rocher. Elle doit être loin maintenant !

— Dis au sorcier que nous devons nous y rendre tout de suite !

Ce à quoi le sorcier répondit :

— Oui, mais il faudra attendre demain. La nuit tombe et c'est trop dangereux de s'y rendre dans le noir.

§

Ndongo, le sorcier Himba, était émerveillé par la promenade qu'il effectuait à bord du Range Rover. C'était pour lui une première. Jamais, de toute sa vie, il n'était monté à bord d'un tel engin. D'ordinaire, l'homme se déplaçait à pied ou dans une charrette tirée par des bœufs. Il avait déjà vu des 4x4, certes, avait failli en emprunter un pour se rendre à la ville, une fois, mais au dernier moment il dut renoncer à cause d'une femme malade qu'il fallut soigner d'urgence, l'empêchant de partir pour cet unique voyage qu'il aurait fait loin de son village. La piste, qu'ils avaient quittée depuis un moment, conduisait à un vaste massif rocheux. Ils traversaient maintenant un paysage de roches ocre rouges qui formait un canyon peu profond, dans lequel une végétation relativement abondante poussait. Soudain, Ndongo fit signe d'arrêter le véhicule, au milieu du canyon. Tout le monde descendit et suivit le sorcier qui déjà entamait l'ascension du flanc sud par un étroit sentier à peine dessiné à travers la roche. Ils doublèrent rapidement la cime des arbres et grimpèrent vers le sommet de la montagne. Ils marchèrent ainsi durant près d'une demi-heure avant que Ndongo s'arrête en atteignant le pied d'un impressionnant bloc rocheux aux formes arrondies qui surplombait le vide. Il pointa la roche du doigt et dit :

— Voici le rocher de la Lune.

Lisa souffla, prit sa gourde et but une gorgée, avant de dire à ses amis :

— Ça y est, on y est ! Le rocher de la Lune, enfin !

— C'est ce truc-là ! s'exclama Yu. Et qu'est-ce qu'on est censé trouver ici ?

— C'est ce qu'il nous reste encore à découvrir, fit remarquer Théo. J'espère juste que nous n'avons pas fait tout ce chemin pour rien.

— La meilleure façon de le savoir, dit Jessie, c'est d'aller voir de plus près.

Elle s'approcha du rocher jusqu'à le toucher, l'observa longuement, tout comme le faisaient de leur côté le professeur et Yu, avant d'ajouter :

— Je ne vois rien. C'est un gros rocher, c'est tout.

— Je ne trouve rien non plus, avouait Darlington. Et vous, Yu ?

— Rien. Il faut peut-être grimper dessus, suggéra-t-il.

— Lisa, dit Théo, demande au sorcier s'il y a un chemin pour atteindre le sommet.

Ndongo expliqua qu'il fallait suivre un petit chemin qui partait sur la gauche pour cela. Après quelques minutes d'ascension, ils furent sur le dessus du rocher de la Lune. La surface était légèrement courbe et incroyablement lisse. Le vent avait sculpté cette roche au fil des millénaires, la débarrassant de ses scories pour en faire une œuvre unique, que l'on aurait cru travaillée de la main de l'homme. Le rocher de la Lune se nommait ainsi car il avait une forme arrondie, tel l'astre qui illuminait le ciel nocturne. D'ici, la vue sur le grand plateau, qui s'étendait jusqu'à une chaîne de montagnes, loin vers l'horizon, était à couper le souffle.

Toute l'équipe se mit à chercher un indice, fouillant scrupuleusement des yeux le moindre centimètre carré du rocher.

— Regardez ! s'écria Jessie. J'ai trouvé quelque chose. Tous se précipitèrent. Gravés sommairement dans la roche, certainement à l'aide d'un couteau, une flèche parfaitement rectiligne et des chiffres inscrits dans le prolongement de celle-ci apparaissaient, à peine lisibles. Jessie eut le réflexe de prendre des photos avec son smartphone. Yu s'agenouilla et souffla sur le sol couvert d'une fine poussière, afin de donner un peu plus de lisibilité aux inscriptions.

— Il y a deux groupes de chiffres, séparés par un espace, constata-t-il. Le premier groupe est composé d'un sept, d'un six, d'un huit et d'un quatre. Le second, d'un deux, d'un cinq et d'un sept.

— Sept mille six cent quatre-vingt-quatre et deux cent cinquante-sept. A quoi cela peut-il correspondre ? se demanda le professeur.

— Ce sont peut-être des coordonnées pointées par la flèche, proposa Lisa.

— Non, pas des coordonnées, réfuta Yu. Les coordonnées terrestres sont exprimées en degrés. Le maximum que l'on puisse obtenir est : cent quatre-vingt pour la longitude et quatre-vingt-dix pour la latitude.

Yu caressa l'inscription sur le sol et constata qu'il y avait, entre les deux groupes de chiffres, un petit tracé à peine visible, mis en évidence par le frottement de ses doigts.

— Regardez, je crois que c'est une virgule. Ce serait un nombre unique, avec trois décimales.

— Il faut s'intéresser à la flèche, à mon avis, dit Théo. Elle n'est pas là par hasard.

Chacun regarda dans la direction indiquée par celle-ci, vers le nord, par-delà les montagnes, en direction du fleuve et de l'Angola tout proche.

— Vers quoi est-ce qu'elle pointe ? se demanda Lisa. D'ici on ne voit rien.

— C'est juste une direction, supposa Yu. Elle ne montre rien de visible d'ici, à mon avis... Si la flèche indique une direction, alors les chiffres représentent peut-être la distance entre ici et l'endroit où se trouve ce qu'elle indique.

— Sept mille six cent quatre-vingt-quatre quoi alors ? questionna Jessie. Pas des kilomètres quand même !

— Cela ne doit pas être des mètres, répondit le professeur. Il y a trois chiffres après la virgule.

— Oui et alors ?

— Réfléchissez jeune fille. Si les quatre premiers chiffres étaient des mètres, pourquoi s'embarrasser d'indiquer des millimètres à la suite ? On trouverait ce que l'on cherche avec une indication au mètre près, pas besoin de centimètres et encore moins de millimètres !

— Oui, bon, je ne comprends pas toujours ces histoires de chiffres, mais si ce sont des kilomètres, où ça nous mène ?

— Il faut que je détermine avec exactitude la direction, expliqua Yu. Ensuite, il me suffira de saisir la distance dans un logiciel de cartographie et j'aurai la réponse.

— Alors vas-y, suggéra Théo. Plus vite nous saurons, plus vite nous mettrons la main sur le Gardien. Je commence à en avoir assez de cette balade qu'il nous fait faire à travers le monde.

— Entièrement d'accord avec toi, admit Jessie. Ce type est tordu pour nous faire tourner en rond comme il le fait !

Yu ne mit guère de temps pour calculer la direction exacte que pointait la flèche, grace à l'aide du GPS. A partir de là, il rentra la distance supposée, indiquée sur la roche, afin de déterminer le point exact à atteindre. Un peu surpris, Yu laissa tomber :

— Paris, musée du quai Branly.

Chapitre X

La Lune et le désert

Ouvrir un tunnel temporel au cœur de la capitale Française n'était pas envisageable, sauf à connaître avec précision un lieu dans lequel arriver en toute discrétion. Il fut décidé d'arriver au petit matin, dans la forêt de Fontainebleau, là où ils auraient peu de risques de croiser quelqu'un. De là, ils appelèrent un taxi qui les conduisit dans la ville de Melun, d'où ils prirent un train pour Paris, puis le métro jusqu'au musée du quai Branly, un lieu consacré aux arts primitifs non occidentaux des quatre continents : Asie, Afrique, Amériques et Océanie.

Une fois à l'intérieur du musée, un magnifique ensemble de bâtiments aux lignes épurées et aux formes géométriques constituées de cubes de diverses couleurs : rouge, gris, violet, rose ou encore jaune, Yu, aidé de sa tablette connectée à la fois à ses serveurs et au GPS, chercha à déterminer l'endroit, à quelques mètres près, que les indications du rocher de la Lune pointaient. Le jeune homme emprunta la rampe qui conduisait du hall d'entrée jusqu'à la grande salle d'exposition où se trouvaient l'ensemble des collections. Le musée était conçu sans séparations physiques entre les collections des divers continents. Seul repère visible, la couleur du sol qui différait d'une zone à l'autre. Il n'y avait pas foule à cette heure matinale, au beau milieu de la semaine, ce qui était plutôt une bonne chose, surtout s'il fallait parcourir tout le musée à la recherche d'indices. Yu, suivi de ses camarades, avançait selon les indications de son GPS et se retrouva bientôt dans la zone, dont le sol était de couleur rouge, consacrée aux arts d'Océanie et plus précisément du continent Australien. Là s'arrêtait la précision du système qui ne pouvait localiser à moins de dix mètres l'endroit précis qu'il fallait atteindre. Et Yu, malgré la puissance de son système informatique, n'avait pu faire mieux.

— Voilà, mes amis, expliqua-t-il. C'est quelque part dans un rayon de dix mètres tout au plus.

Chacun regarda autour de lui, cherchant avec un espoir un peu fou, à repérer du premier coup d'œil l'indice qui leur permettrait d'aller de l'avant, encore et toujours. Chacun espérait aussi que cet indice serait le dernier et qu'enfin ils trouveraient le Gardien.

Ils se répartirent en étoile, autour du point central où Yu s'était arrêté, de façon à couvrir parfaitement le rayon de dix mètres défini par ce dernier. Il y avait des vitrines dans lesquelles de magnifiques statues de bois peintes représentaient des hommes, ou des Dieux peut-être, avec des visages souvent effrayants. D'autres renfermaient des objets du quotidien, en bois, en pierre, en os ou en terre cuite. Il y avait de tout et trouver un indice dans cet inventaire riche et coloré relevait de la gageure. Que chercher ? Le seul indice donné par le Gardien était ce lieu, sans autre indication. Bien sûr, la distance qu'il avait inscrite sur le rocher de la Lune et la direction indiquée par la flèche qu'il avait dessinée devait conduire à un point très précis, un objet unique qui était l'indice, mais lui seul avait réussi à déterminer cette précision parfaite sur une telle distance. Comment avait-il pu faire cela ? C'était une question qui intriguait Yu, mais aussi ses amis. Ou alors il n'avait pas fait mieux que Yu et il laissait celui qui suivait les indices se débrouiller pour trouver ce qu'il y avait à trouver ! Mais quelque chose leur disait que la première solution était la bonne. Alors, patiemment, chacun parcourait une zone de quelques dizaines de mètres carrés, observant attentivement chaque objet, chaque statue, chaque outil ou chaque arme présentés à ses yeux. Chacun lisait chaque explication concernant le moindre objet, même le plus insignifiant, dans l'espoir de trouver rapidement ce qu'il cherchait.

§

Théo repéra une jeune femme qui photographiait le panneau descriptif d'un objet, dans une petite vitrine, que le jeune homme ne distinguait pas de là où il se trouvait. Il trouva cela étrange. La femme était plutôt grande, fine, les cheveux châtains très clairs. Il s'approcha d'elle discrètement, faisant mine de s'intéresser aux divers objets qui étaient autour d'elle. Elle ne sembla pas l'avoir remarqué et continua sa besogne. Lorsqu'il fut à sa hauteur, dans son dos, il jeta un œil par-dessus son épaule, en faisant un zoom sur l'écran du smartphone. Il put lire : *ai trouvé indice du musée : Lune de pierre taillée par tribu aborigène Australie. Envoi explications sur lieu où a été trouvé l'objet. Merci de préparer le jet pour départ immédiat et calculer le plus proche lieu d'arrivée pour territoire tribu Arrernte. Je...*

La jeune femme s'interrompit, fixa la vitrine un moment, immobile, le visage figé. Théo regarda la vitrine et y croisa le regard de la belle. Il comprit qu'il avait été repéré. Il fallait agir vite. Il soutint le regard, fit son plus beau sourire et dit :

— Les œuvres de ce musée sont magnifiques, mademoiselle, mais aucune n'égale votre beauté. Je peux vous inviter à prendre un verre ?

La femme parut surprise. Elle se tourna, toisa le jeune homme, fronça les sourcils avant de demander :

— Tu as quel âge ?

— On se tutoie déjà ? plaisanta Théo, qui essayait de jouer au dragueur plein d'assurance.

La femme se dérida, lui décocha un sourire amusé et insista:

— Alors, quel âge ?

— Dix-huit, et toi ?

— Plutôt quatorze, tu ne crois pas ?

— Quinze, reconnut le jeune homme, baissant les yeux.

— J'en ai vingt-six, avoua-t-elle. Tu es plutôt mignon, mais tu devrais t'attaquer à des filles de ton âge, tu ne crois pas ?

— Au moins j'aurai essayé, dit-il avec désinvolture.

— C'est vrai, tu as du courage. Je vois beaucoup d'hommes qui me regardent et qui détournent les yeux dès qu'ils croisent les miens, qui n'osent m'aborder, sans doute de peur d'un refus de ma part, ou d'avoir l'air ridicule, qui sait.

— Moi, je n'ai pas peur. Alors, on le prend ce verre ? insista-t-il.

Elle rit :

— Une autre fois peut-être, disons… dans quatre ou cinq ans.

La femme tourna les talons, fit un petit signe de la main pour dire au revoir et disparut dans la foule qui commençait à être dense au fur et à mesure de l'heure qui avançait. Théo souffla. Il avait évité d'être démasqué par celle dont il était persuadé qu'elle était la fameuse journaliste qui courait après le Gardien. Le SMS qu'elle était sur le point d'envoyer tendait à le prouver. Théo regarda l'objet qu'elle avait repéré comme étant l'indice recherché. C'était une boule de pierre polie, d'une quinzaine de centimètres de diamètre, dont le descriptif expliquait qu'il s'agissait d'une représentation sacrée de la Lune par une tribu aborigène du centre de l'Australie, les Arrernte. Théo ne mit pas longtemps pour comprendre la relation que la journaliste avait trouvée entre cette Lune sacrée et le rocher de la Lune : le rocher de la Lune conduisait à la Lune sacrée des Arrernte, qui conduisait au désert australien, prochaine étape du jeu de piste du Gardien.

Théo sourit à l'idée qu'il allait reprendre une courte avance sur la journaliste en arrivant bien avant elle sur place. Ensuite, soit il trouverait le Gardien et la compétition s'arrêterait là, soit il découvrirait un nouvel indice et, dans ce cas, il faudrait le détruire pour qu'elle ne puisse plus aller de l'avant.

§

L'endroit était planté en plein milieu du désert australien, pratiquement sur le tropique du capricorne, tout au nord du territoire de l'Australie-Méridionale, à quelques kilomètres de la frontière avec le territoire du Nord. Il répondait au nom de *Mount Dare hôtel*. C'était un trou perdu dans lequel on ne venait sans doute que très rarement par hasard. Le ciel y était d'un bleu intense, dépourvu de la moindre nébulosité. La température, en cette saison hivernale pour la région, était, au plus fort de la journée, d'une vingtaine de degrés et pouvait descendre sous le zéro la nuit.

Le *Mount Dare hôtel* était composé d'un ensemble de baraquements en bois et en tôles, bâtis dans une zone boisée dont les arbres, au feuillage chétif, peinaient à donner de l'ombre. Le 4x4 dans lequel se trouvait l'équipe arriva devant l'entrée de la réception. Pour qu'il ait l'air d'avoir parcouru des centaines de kilomètres à travers le désert, alors qu'il sortait tout droit d'un concessionnaire de la région parisienne et n'avait que quelques kilomètres au compteur, Jessie avait dû tourner en rond pour le couvrir de poussière. Il y avait plusieurs véhicules stationnés devant les divers baraquements. C'était, pour la plupart, des touristes qui traversaient le désert, à la recherche de sensations fortes dans les grands espaces australiens. Il était à peine six heures du matin ici. Théo et ses amis avaient emprunté un tunnel temporel au départ de la région parisienne aux alentours de vingt heures trente pour se retrouver en plein désert, à quelques kilomètres d'ici, vers cinq heures du matin. Le temps de vérifier la position, de salir le véhicule et les voilà là, au plus près du lieu où la Lune sacrée des Arrernte avait été découverte, enfouie dans le sol aride. Yu, avec ses ordinateurs, n'avait pas mis plus de deux minutes pour trouver l'information. Ensuite, il fallut préparer le voyage, acheter en urgence un véhicule adapté au désert, car ils n'en trouvèrent pas de disponibles à la location, été oblige dans l'hémisphère nord et attendre que le jour se lève dans cette région pour y débarquer. Arriver de nuit n'aurait servi à rien et n'aurait pas fait gagner de temps.

Le professeur Darlington et Théo se rendirent à la réception de l'hôtel, située dans l'un des baraquements en tôles rouges, sur lesquelles le nom de l'hôtel avait été peint en grandes lettres blanches. L'intérieur était simple mais propre. Les murs étaient couverts d'affiches à la gloire du désert de Simpson, dans lequel ils étaient, couverts de dunes rouges qui pouvaient atteindre une longueur de plus de cent vingt kilomètres ! C'était le fonds de commerce de l'hôtel : les raids au cœur du désert en 4x4 ou encore le trekking dans les dunes rouges. Un grand gaillard à la barbe presque rousse, habillé d'un jean, d'une chemise à carreaux et coiffé d'un chapeau en cuir marron, tenait l'hôtel. Il dévisagea les deux individus qui entraient, les détailla de la tête aux pieds, surpris de leur tenue de ville, qui paraissait anachronique dans cette région reculée.

— Bonjour messieurs, dit-il, que puis-je pour votre service ?

— Bonjour, cher monsieur, répondit le professeur, toujours très urbain. Nous sommes à la recherche d'un ami qui nous a indiqué qu'il serait ici. Peut-être pourrez-vous nous indiquer où il se trouve ?

— Un ami ? Comment il s'appelle cet ami ?

— Mikhael Chomère. Il est grand, mince, avec des cheveux longs et une barbe. Nous le surnommons Jésus, tant son visage rappelle celui du Christ. Cela vous dit quelque chose ?

— Désolé, connais pas, répondit l'hôtelier, qui visiblement ne recherchait pas la conversation avec les clients de passage.

— Jamais vu dans le coin ? insista le professeur.

— Non, désolé.

— Bien, ce n'est pas grave, merci pour votre coopération.

— Y'a pas de quoi.

Le professeur tourna les talons et se dirigea vers la sortie. Théo ne bougea pas et demanda à l'hôtelier :

— A part votre hôtel, est-ce qu'il y a d'autres maisons dans le coin ?

— Pas grand-chose. Y'a bien une ou deux cabanes dans les bois plus à l'est, après l'ancienne piste d'atterrissage. Y'en a aussi vers le nord, du côté de la frontière, mais c'est tout.

— Dites-moi, j'ai entendu dire que c'était dans le coin que l'on avait trouvé la Lune sacrée, une pierre ronde polie, vieille de plusieurs millénaires. Vous savez où est l'endroit précis où elle fut découverte ?

— La Lune sacrée ? s'étonna l'hôtelier. Eh ben ! Vous êtes bien les premiers à me parler de ça depuis longtemps ! Oui, c'est dans le coin. Prenez la piste qui part vers le sud-est, passez l'ancienne piste d'atterrissage et continuez sur deux kilomètres environ. Quand vous entrerez dans les bois, vous trouverez un ruisseau (il est en eau en ce moment), quittez la piste sur la gauche et suivez le cours d'eau sur deux cents mètres. Le ruisseau fait un S à cet endroit. C'est là. Tiens, du reste, vous verrez une cabane, tout près au bord du ruisseau.

§

Une fois la piste quittée, le 4x4 ne fut pas facile à conduire le long du ruisseau dont les eaux charriaient des boues rouges comme la terre qui constituait le désert. Les pluies qui tombaient, souvent abondantes en cette saison, redonnaient vie à ces cours d'eau qui étaient à sec la plus grande partie de l'année. Le sol était détrempé à certains endroits, rendant le cheminement difficile, surtout pour Jessie qui n'était pas habituée à conduire ce genre de véhicule en dehors des routes asphaltées, comme la plupart des conducteurs qui en possédaient. Après avoir connu quelques galères et avoir failli rester planté au beau milieu du bois, le 4x4 s'immobilisa enfin à l'endroit indiqué par l'hôtelier, là où le ruisseau faisait un S. Théo sortit le premier, suivi par ses amis. Devant eux, à quelques dizaines de mètres, se dressait une cabane faite de bois et de tôles, comme l'étaient la plupart des constructions de cette partie de l'Australie. Elle était modeste, vieille, mal entretenue et paraissait abandonnée, à première vue. Il régnait ici un silence absolu que seul le son de l'eau qui s'écoulait venait perturber.

— On y est, affirma Théo, pointant du doigt la cabane.

— Encore un indice, tu crois ? se demandait Lisa.

— Aucune idée.

— Il est peut-être là, enfin !

— J'espère qu'il s'y trouve, lâcha Jessie. J'en ai plus qu'assez de courir le monde après ce type ! Pas vous ?

— C'est sûr, confirma Yu. Je ne sais pas qui est ce gars et quelle est son importance, mais il nous aura fait courir en tout cas !

— Allons voir ça de plus près, dit l'Élu qui déjà marchait vers la cabane.

Lorsqu'ils furent à moins de dix mètres de celle-ci, la seule porte d'accès s'ouvrit, les figeant tous sur leurs deux jambes, les yeux rivés sur l'ouverture sombre. Une silhouette apparut, grande, mince. Ils reconnurent la description qui avait été faite du Gardien. L'homme portait les cheveux longs et une barbe. Ses grands yeux bleus les fixaient, de l'inquiétude dans le regard. Ils restèrent ainsi, un moment, immobiles, le cœur battant, heureux d'avoir trouvé celui qu'ils s'acharnaient à chercher depuis un certain temps. Théo reprit sa marche vers la cabane. Ses amis lui emboîtèrent le pas et vinrent se placer derrière lui lorsqu'il s'arrêta devant le Gardien. Celui-ci semblait apeuré. Il s'agitait sur ses jambes, faisait des gestes brusques et marmonnait. Théo sentait qu'il n'était pas à l'aise. Il lui parla le premier :

— Bonjour, je m'appelle Théo Orgone, et voici mes amis, Lisa Dubois, Jessie Graham, Lee Yu et le professeur James Darlington. Nous sommes heureux de vous rencontrer.

— Qui êtes-vous ? Que me voulez-vous ? demanda le Gardien, complètement en panique.

— Je suis celui que vous attendez depuis longtemps. Je suis le sauveur, l'Élu des Mikelians. C'est vous qui m'avez amené ici, jusqu'à vous.

Le Gardien cessa ses gesticulations, se calma progressivement, dévisagea Théo longuement, se mit à en faire le tour plusieurs fois, en marmonnant, sous les regards amusés de ses visiteurs. Il cessa de tourner autour de Théo, vint se planter devant lui, à moins d'un mètre et lui dit :

— C'est vous ? Vous êtes le sauveur ? Vous êtes celui pour qui je suis au monde ? Celui que toute ma vie j'ai attendu ?

— Oui, je suis celui-là même, lui confirma l'Élu. Qui d'autre aurait pu arriver jusqu'ici, à part moi ?

Théo tentait de rassurer le Gardien en prononçant ces paroles un peu présomptueuses.

— C'est vrai, dit-il en riant. Je n'ai pas dû être facile à trouver, n'est-ce pas ?

— Plutôt, oui ! Vous m'avez laissé des indices un peu partout et ça n'a pas été simple d'arriver ici. Mais je suis le sauveur et c'est pour que je sois le seul à vous trouver que vous avez fait tout ça, je me trompe ?

— Non, c'est bien ça. Je vous cherche depuis longtemps, Théo et je ne savais pas où vous trouver. J'étais désespéré, je ne voyais pas comment vous retrouver. Vous pouviez être n'importe où sur cette planète ! Alors, j'ai eu une idée : vous attirer à moi.

— Vous saviez que l'archange finirait par me parler de vous, c'est ça ?

— Oui, exactement. Je n'avais aucune possibilité de contacter l'archange, je ne comprenais pas pourquoi il ne me contactait pas lui-même. Je... Il s'interrompit, se prit la tête entre les mains et continua :

— Je ne comprends pas ce qui m'arrive, Théo ! Vous devez m'aider ! Aidez-moi, je vous en supplie ! s'écria-t-il.

Il semblait évident que le Gardien avait des problèmes psychologiques. Même si ceux-ci s'étaient améliorés, aux dires des personnes qui l'avaient côtoyé à Jérusalem, il n'était pas complètement guéri. Que lui était-il arrivé pour être dans cet état ? C'est ce que Théo devrait découvrir pour comprendre le fin mot de l'histoire du Gardien.

— Je vais vous aider, affirma Théo, afin d'apaiser le pauvre homme. Vous allez tout me raconter depuis le début, tout ce dont vous vous souvenez et je vous aiderai à guérir vos souffrances, d'accord ?

— Oui, aidez-moi, s'il vous plaît. Je ne comprends pas ce qui m'arrive, je ne sais plus qui je suis vraiment, pourquoi je suis là, pourquoi je devais vous chercher, pourquoi je dois vous aider. Vous êtes le seul à pouvoir répondre à toutes ces questions. Vous allez m'aider, n'est-ce pas ? Vous me le promettez ? supplia-t-il.

— Je vous aiderai, vous avez ma parole. Vous et moi sommes liés par quelque chose que nous allons devoir découvrir et comprendre, ensemble.

Le Gardien regarda autour de lui, comme pour s'assurer que personne ne l'épiait. Il s'approcha de l'oreille de Théo et lui susurra ces mots :

— Vous êtes venu pour me tuer, je le sais.

Il recula, regarda le jeune homme avec un sourire étrange. Théo, un peu désorienté par les propos du Gardien, répondit :

— Pourquoi dites-vous ça ? Je suis l'Élu des Mikelians, celui que vous attendez depuis longtemps.

Le gardien rit, d'un rire plus étrange encore que son sourire, le rire de quelqu'un qui n'a pas toute sa tête sans doute.

— Je le sais, parce que j'ai réfléchi, dit-il. J'ai passé beaucoup de temps à réfléchir, ici et ailleurs.

Il s'approcha à nouveau de Théo et lui dit à l'oreille :

— L'archange, il n'est pas celui que vous croyez.

Cette fois ce fut Théo qui recula et fixa le Gardien. Que voulait dire cet homme ? Que savait-il sur l'archange ? Qui était-il lui-même ? Comment savait-il que l'archange avait décidé de l'éliminer purement et simplement ? Toutes ces questions, le jeune homme se les posait à ce moment précis. Mais quelles réponses allait-il obtenir de ce pauvre homme, qui semblait plus perdu qu'il ne l'était lui-même ?

— Vous pouvez préciser ce que vous voulez dire par là ? finit-il par demander.

—Je n'en sais rien ! s'écria soudain le Gardien, pris de tremblements subits des membres et des mains. Son visage commença à se déformer en un rictus de souffrance et il se prit la tête dans les mains, se recroquevilla sur sa chaise et se dodelina d'avant en arrière en marmonnant des phrases incompréhensibles. Théo regarda ses camarades, interrogateur. Que pouvait-on faire pour cet homme ? Comment soulager sa souffrance ? Ce fut Lisa qui, la première, vint s'occuper de lui. Elle demanda qu'on le porte dans la cabane et que l'on recherche s'il avait des médicaments. Ce fut le cas. Et parmi ceux-ci, il y avait des calmants et des antidépresseurs. Dans le doute, on lui administra les deux à la fois, espérant qu'ils soulageraient ses maux. Après une bonne demi-heure, il fut enfin calme et retrouva sa tête.

— Je suis désolé, s'excusa-t-il, mais j'ai des moments difficiles parfois. Ça ne m'arrive plus très souvent, comme avant, mais quand c'est le cas, je ne suis plus capable de rien. Je disparais littéralement de la réalité et je pars dans des mondes étranges, dans lesquels tout n'est que confusion. Ces médicaments m'aident à raccourcir la durée de la crise, expliqua-t-il, montrant les tubes de gélules posées sur la table, devant lui.

— Ne vous excusez pas, ce n'est pas de votre faute, le rassura Lisa. Nous aimerions comprendre ce qui vous est arrivé ? En avez-vous la moindre idée ?

— Je vais vous raconter mon histoire, en tout cas ce dont je me souviens, car c'est parfois confus dans ma tête.

— Détendez-vous, le rassura Théo. Nous ne sommes pas là pour vous juger. Vous avez fait ce que vous pouviez jusqu'ici et vous en avez fait plus que n'importe qui d'autre dans votre situation, j'en suis sûr.

— Merci Théo. Maintenant que vous êtes là, je reprends espoir. Je sens qu'avec vous je trouverai toutes les réponses à mes questions et vous trouverez certainement toutes les réponses aux vôtres, à la condition que vous n'accomplissiez pas les desseins de l'archange, me concernant bien sûr.

— Je n'ai jamais eu l'intention de me débarrasser de vous. L'archange, qui me connaît suffisamment, le sait très bien. J'aurai une conversation avec lui et je réglerai le problème le moment venu.

L'intérieur de la cabane était chiche. Il n'y avait rien d'autre dans l'unique pièce, qu'un vieux matelas usé, à même le sol, une table plus vieille encore, à moitié vermoulue et quelques chaises branlantes sur lesquelles il fallait s'asseoir avec précaution. Deux petites fenêtres apportaient un peu de lumière dans ce lieu sombre, poussiéreux et malodorant. Depuis quand le Gardien vivait-il ici ? Sans doute, des mois à attendre que vienne son sauveur, celui qui, pensait-il, lui apporterait des réponses. Théo était venu ici pour en trouver auprès du Gardien. Il ne s'attendait pas à devoir lui en apporter. Il espérait que l'histoire de celui-ci lui permettrait d'avoir au moins un début d'explication sur qui était cet homme et quel rôle il avait à jouer dans le plan de l'archange et des Mikelians.

Lorsqu'ils se furent tous attablés et qu'ils lui prêtèrent toute leur attention, le Gardien commença son récit :

— La première chose dont je me souviens, expliqua-t-il, c'est d'avoir traversé un long couloir sombre au bout duquel je voyais une lumière blanche, vive. Après ça, je me suis retrouvé dans la rue, au milieu de gens que je ne connaissais pas, dans une ville dont je n'avais aucun souvenir. Les gens me regardaient étrangement. Je lisais de la peur, du dégoût, dans leurs yeux. Je compris vite pourquoi ils avaient ce sentiment envers moi : j'étais nu comme un ver ! J'étais dehors, dans la rue, nu ! Je ne comprenais pas ce qui m'arrivait, pourquoi j'étais là, pourquoi j'étais nu, pourquoi je ne comprenais pas. Une brave femme me prit par le bras et me conduisit chez elle. Elle prit soin de moi, me donna des vêtements, qui avaient appartenu à son défunt époux, me nourrit, me permit de me laver, de me reposer. Lorsqu'elle me demanda mon nom, celui qui me vint à l'esprit fut celui de Jésus. Ce nom, je l'avais vu quelque part, je ne sais où. J'ai pensé que c'était le mien. Je suis parti de chez cette femme et j'ai cherché à savoir qui j'étais. Je crois qu'à ce moment-là de mon existence, je n'avais pas toute ma tête, bien qu'aujourd'hui encore j'aie souvent l'impression que c'est toujours le cas et j'avais des périodes de délires plus ou moins prononcées. Je n'avais pas d'argent, pas de revenus et j'ai vite compris que je n'avais aucun moyen de subsistance. Comme je ne me souvenais pas qui j'étais, je ne me souvenais pas non plus de ce que je savais faire. Au début, j'ai dû mendier pour survivre. J'étais dans un tel état qu'il me semble que j'ai fini dans un hôpital psychiatrique. Tout est confus dans mon esprit concernant cette période.

— Je vous confirme que vous avez bien été interné dans un hôpital, lui avoua Lisa.

— Ah, merci. Je n'étais pas trop sûr. J'ai dû en sortir, d'une façon ou d'une autre et me suis retrouvé à nouveau dans la rue, à mendier. La femme qui m'avait recueilli me retrouva et m'aida encore. Mais je ne voulais pas rester chez elle car je me rendais compte que je lui causais des soucis. Et puis je n'allais pas très bien dans ma tête. J'étais assailli de visions complètement folles ! Dans mes moments de délire, je confondais les rêves et les cauchemars que je faisais, avec la réalité. C'était terrifiant ! Je n'étais pas normal, je m'en rendais compte dans mes moments de lucidité, qui ne duraient guère, malheureusement.

Un jour, j'ai rencontré un homme pour qui j'ai commencé à travailler…

— Monsieur Cohen, dit Jessie.

— Oui, monsieur Cohen. Un brave homme. Je faisais des petits travaux pour lui.

— Nous savons, expliqua Théo. Vous modifiiez les smartphones et vous les rendiez bien plus performants qu'ils ne l'étaient à l'origine. Monsieur Cohen nous a dit que vous étiez un véritable génie en électronique. Vous souvenez-vous si c'est votre métier ?

— Mon métier ? répéta le Gardien, un peu déconcerté. Non, je ne crois pas. Je me souviens qu'un client de monsieur Cohen était en train de crier après lui, disant que l'appareil qu'il lui avait vendu ne fonctionnait pas correctement. Il l'a jeté au sol, à mes pieds. Je ne sais pas pourquoi, machinalement je l'ai saisi et j'ai tout de suite su comment le réparer et l'améliorer. C'était tellement simple !

— Simple ? dit Yu, ébahi par ce qu'il entendait. Vous savez que la plupart des gens ne savent pas comment fonctionne la quasi-totalité des appareils électroniques qu'ils utilisent ?

— C'est vrai, mais moi, je comprends presque instantanément le fonctionnement de n'importe lequel de ces appareils. Ne me demandez pas pourquoi ni comment, je n'en sais rien.

— Une forme d'autisme peut-être ? proposa Darlington. J'ai lu que certains autistes, dits Asperger, pouvaient développer des talents insoupçonnés.

— Je ne suis pas autiste ! réfuta le Gardien. J'ai eu des troubles psychologiques qui m'ont beaucoup handicapé au début, mais qui, Dieu merci, régressent chaque jour un peu plus. Aujourd'hui, je pense avoir récupéré près de quatre-vingt-dix pour cent de mes facultés mentales. J'ai encore quelques troubles du comportement et surtout j'ai d'énormes blancs dans ma mémoire. Je n'ai aucun souvenir avant celui de ce couloir dont je vous ai déjà parlé. Je ne sais pas qui je suis, ni d'où je viens, ni quelle a été ma vie d'avant. Durant le temps où j'ai travaillé pour monsieur Cohen, j'ai commencé à aller mieux. C'est à ce moment-là que j'ai retrouvé quelques bribes de mémoire. Je crois que la stimulation de mon cerveau par le travail que je fournissais m'aidait à me restructurer mentalement. C'est là que j'ai commencé à me souvenir de ma mission : retrouver le sauveur et l'aider dans l'accomplissement de la sienne. C'est très vite devenu chez moi une véritable obsession, quelque chose d'irrépressible, qu'il fallait absolument que j'accomplisse. Je n'arrivais pas à comprendre pourquoi, mais il le fallait. J'ai quitté monsieur Cohen et Jérusalem pour me rendre en Suisse, à Genève.

— A ce propos, pourquoi Genève ? questionna Darlington.

— Ça faisait partie de mes obsessions : me rendre à Genève. Au début, je ne comprenais pas non plus pourquoi il fallait que j'aille là-bas. Et puis j'ai compris que le sauveur que je recherchais y vivait. C'est devenu comme une évidence pour moi.

— Qu'avez-vous fait, une fois à Genève ? demanda Lisa.

— J'ai cherché le sauveur. J'étais persuadé que si j'étais obsédé par cette ville, c'est qu'il devait s'y trouver. Seulement, je ne l'ai pas trouvé. J'étais désemparé. Le monde était vaste et comment allais-je le trouver si je n'avais pas été capable de le faire dans une ville comme Genève ? Ce qui m'a servi, c'est le fait que mes capacités mentales et intellectuelles s'amélioraient chaque jour un peu plus et rapidement, qui plus est. J'ai ainsi pu imaginer un plan visant à attirer à moi le sauveur plutôt que de perdre mon temps à le chercher partout. Parmi les choses qui me sont revenues en mémoire, il y avait l'archange Michel. Je me souvenais que c'était lui qui m'avait confié la mission d'aider le sauveur. Je me rappelais parfaitement certaines conversations que nous avions eues concernant cette mission. L'archange me contactait régulièrement avant. Et puis, plus rien. J'ai compris qu'il s'était produit quelque chose de grave, que s'était sans doute la raison qui m'avait plongée dans l'état où j'avais été un temps, la raison aussi qui faisait que je n'avais plus de contact avec l'archange. J'ai supposé que ce qui m'était arrivé avait involontairement coupé le contact entre lui et moi.

— Vous m'avez dit, juste avant votre crise, que l'archange n'était pas celui que je croyais. Que vouliez-vous dire par là ? questionna Théo.

— J'ai dit ça ? dit le Gardien, l'air étonné. Je n'en ai aucun souvenir.

— Peu importe, continuez.

— Je suis parti du postulat qu'il parlerait de moi au sauveur, qu'il lui demanderait de me retrouver. J'étais persuadé d'avoir une certaine importance pour l'archange et pour le sauveur. J'ai tout misé là-dessus. Mais alors que je m'apprêtais à mettre mon plan à exécution, je me suis trouvé nez à nez avec des personnes qui tentèrent de me kidnapper. Par chance, j'ai réussi à leur échapper, je ne sais comment et, à partir de ce jour-là, j'ai compris que l'importance que je m'attribuais était fondée et que j'allais devoir agir méthodiquement pour que ces personnes ne puissent me retrouver. Ce sont des gens qui ont de grands moyens à leur disposition, à n'en pas douter, car ils ont encore failli m'attraper deux autres fois, malgré ma prudence ! J'ai dû adapter mes plans et durcir les conditions pour que vous me retrouviez. J'ai imaginé le parcours que vous avez fait, le semant d'indices qui, je l'espérais, compliquerait la vie de ceux qui tentaient de me capturer tout en permettant au sauveur de me trouver. J'ai bien fait, puisque vous êtes là, Théo.

— Vous nous avez aussi compliqué la vie, il faut l'avouer.

— J'en suis bien désolé. Je savais, j'espérais, que seul le sauveur réussirait à résoudre toutes les énigmes.

— Vous étiez bien sûr de vous.

— Vous êtes le sauveur, l'Élu qui doit sauver le monde. Si vous pouvez le sauver, comment pourriez-vous ne pas résoudre de malheureuses énigmes ?

— C'est une façon de voir les choses. Je dois vous dire que malgré la complexité de votre parcours, ceux qui vous veulent ont failli arriver avant nous.

— Vraiment ? dit le Gardien, abasourdi. Ils sont très forts, eux aussi. Vous êtes là, avant eux, c'est l'essentiel.

— Il y a une chose que je ne comprends pas, dit Théo. Si vous saviez que l'archange m'avait demandé de vous retrouver pour vous éliminer, pourquoi avoir fait tout ça pour que je vous retrouve ?

— Ma mission était de vous retrouver et de vous ai-der, Théo. Rien d'autre ne comptait pour moi. C'était deve-nu mon obsession et je ne pouvais me résoudre à cesser ma quête. Je dois vous avouer aussi que je n'ai pas su dès le début quel sort me réservait l'archange. Ce n'est qu'assez récemment que j'ai fini par comprendre que mon cas était le grain de sable dans les rouages de la machine.

— Que voulez-vous dire ?

— J'ai un problème, inutile de le nier. Ce qui m'est arrivé n'aurait jamais dû se produire. Je devais vous aider, sans doute grâce à des compétences dont je n'ai pas la moindre idée aujourd'hui. J'ai vite compris que ces gens qui étaient après moi, cherchaient quelque chose, qu'ils voulaient obtenir ce quelque chose de moi. Comme je ne possédais rien, que j'étais arrivé nu dans ce monde, les seules choses qu'ils auraient pu obtenir de moi étaient mes compétences, mes capacités et mes souvenirs. Je me suis alors demandé ce que je devais faire. L'archange ne me contactait plus. Je ne comprenais pas pourquoi, mais je me doutais que ça devait avoir un rapport avec... disons... mon accident. Si l'archange ne pouvait plus me contacter, si j'avais quelque chose d'important en moi, si des individus me couraient après, ça signifiait que je devenais dangereux pour l'archange, pour vous, Théo, pour votre mission. J'ai compris que la seule issue pour moi était la mort.

— Vous ne mourrez pas, croyez en ma parole. J'ai déjà trouvé une autre solution, qui satisfera l'archange et qui vous préservera.

— Merci Théo. J'ai toujours eu espoir que vous seriez bon envers moi. Le sauveur ne peut pas être quelqu'un de mauvais, je le savais.

— Une question me travaille, dit Yu. Comment avez-vous fait pour mettre au point ce parcours à travers le monde ? Ça n'a pas dû être simple et vous prendre beaucoup de temps, non ?

— En fait, j'ai fait le parcours à l'envers. J'ai d'abord trouvé cet endroit, loin de tout, pour me cacher et ensuite je suis remonté, étape par étape, jusqu'à Genève, point de départ où j'ai oublié sciemment le carnet avec toutes les indications nécessaires. Ça ne m'a pas pris plus de quinze jours, tous déplacements compris !

— Bien joué, reconnut Yu.

— C'est fort, en effet, ajouta Théo. Maintenant que je suis ici, près de vous, dites-moi exactement ce que vous savez de moi, de mon rôle, de mon destin de sauveur ?

— De vous, en tant que Théo Orgone, je ne sais absolument rien, vous devez vous en douter. Du sauveur, je sais qu'il doit sauver notre monde. C'est sa destinée.

— D'accord, mais que suis-je censé faire ? Et vous, comment devez-vous m'aider ?

— Je n'en sais rien, répondit-il, désorienté par ces questions. Je croyais que vous me le diriez.

— Moi ?

— Oui, vous. Je n'ai aucune autre information dans ma mémoire sur la manière de vous venir en aide. Je pensais que vous me donneriez vos directives.

— J'ai l'impression que le fait de nous être trouvés ne répond à aucune des questions que nous nous posons mutuellement, se désola Théo. En attendant, nous allons devoir quitter cet endroit. D'autres personnes, moins bien intentionnées que nous, vous recherchent et ne tarderont pas à arriver.

— Je sais. Ils sont après moi depuis longtemps. J'ai réussi à les semer, mais ils sont toujours derrière moi, quelque part, à m'épier.

— Nous allons aller dans un endroit où ils ne pourront rien contre vous.

§

Un bruit puissant se rapprocha rapidement, jusqu'à devenir un grondement violent qui fit vibrer la cabane. Dehors, un vent soudain fit se soulever un nuage de poussière qui réduisit la visibilité à quelques mètres. Yu se précipita vers l'une des deux petites fenêtres, observa l'extérieur et s'écria :

— Un hélicoptère ! Il est au-dessus de nous !

— On doit partir immédiatement ! s'écria Théo, bondissant de sa chaise.

Prenant le Gardien par le bras, il lui dit :

— Ils sont là, nous devons leur échapper. Ça va aller ?

— Oui, oui, je vais bien. Je ne risque pas de faire une autre crise aussi rapprochée.

Théo s'adressa à ses amis :

— Je ne pensais pas que la journaliste arriverait aussi vite. Elle est censée être dans l'avion qui la conduit en Australie, depuis Paris.

— On n'a pas le temps de réfléchir à ça ! s'écria Jessie. Il faut qu'on sorte tout de suite et qu'on atteigne le 4x4.

— Il y a deux hélicos maintenant ! cria Yu, qui observait toujours.

— C'est une embuscade ! Il faut qu'on file ! préconisa Théo qui se précipitait vers la porte, tirant le Gardien dans son sillage.

Une fois à l'extérieur, il vit l'un des hélicoptères qui faisait du vol stationnaire à moins de vingt mètres du sol, devant la cabane, presque au-dessus de leur véhicule.

— Ils nous empêchent d'atteindre le 4x4, constata Lisa, qui arrivait derrière eux.

— On doit essayer de l'atteindre quand même, dit Théo. Ils ne peuvent pas atterrir ici, il y a trop d'arbres et pas d'espace suffisant.

— Alors allons-y ! cria Jessie qui s'élançait déjà.

Tous lui emboîtèrent le pas, courant aussi vite que possible. Soudain un claquement sourd fendit l'air et un sifflement strident suivit. C'était un coup de feu. La balle venait de frôler Lisa et vint se perdre dans le sol, tout près du professeur, qui se figea sur place en s'écriant :

— Oh, mon Dieu ! Ils nous tirent dessus !

— Demi-tour ! Tous dans la cabane ! cria Théo qui rebroussait chemin, alors que les coups de feu retentissaient, nombreux.

Une fois dans la cabane, la porte refermée, les tirs cessèrent.

— Ils veulent nous garder ici, le temps sans doute que la cavalerie arrive, dit Jessie.

— Comment est-ce qu'ils ont pu être là aussi rapidement ? se demanda le professeur.

— C'est ce que je me demandais à propos de la journaliste, rappela Théo.

— Elle voyage peut-être comme nous, à travers un tunnel, proposa Lisa.

— Non, j'ai lu son SMS, dans le musée, à Paris. Elle précisait de faire préparer le jet pour rejoindre le point le plus proche d'ici.

— Cela ne veut pas dire que c'était pour elle que le jet était prévu, objecta Darlington.

— Possible. Possible aussi que Lisa ait raison. Si elle se déplace à travers les tunnels temporels, elle a pu être ici presque en même temps que nous. Si elle est arrivée après nous, c'est parce qu'elle ne pouvait pas, comme moi, ouvrir un tunnel n'importe où. Elle a dû utiliser le réseau existant et est certainement arrivée quelque part, assez loin d'ici pour avoir pris un jet pour se rendre dans le coin.

— Voilà une explication plausible au moins, admit Yu. Tout ça ne nous dit pas comment on va leur échapper.

— Tu pourrais ouvrir un tunnel à partir d'ici, Théo, suggéra Jessie.

— Non, trop risqué. Le tunnel est trop grand pour la taille de la cabane. Le tourbillon qu'il génère risquerait de la disloquer et d'emporter tous les morceaux dans son sillage. On risquerait de se faire tuer en le traversant.

— Tu peux essayer de créer un tunnel plus petit que d'habitude, proposa Lisa. Les gens de Kovac y sont bien arrivés lorsqu'ils ont enlevé Jessie dans la maison de l'île Saint-Hubert, à Raquette Lake[16].

— Peut-être, mais moi je ne sais pas comment faire. Lorsque j'utilise la dague, elle crée un tunnel toujours de la même taille. Je n'ai aucune possibilité d'influer sur sa dimension.

— Il faut pourtant tenter le coup, insista Lisa. On ne va pas laisser les types dehors prendre le Gardien ! On a pas le droit de les laisser faire ça !

— C'est trop dangereux, Lisa. On ne passerait pas le tunnel vivant, crois-moi.

— Excusez-moi, Théo, dit le Gardien d'une petite voix timide. Vous avez parlé d'une dague que vous utilisez pour créer un tunnel, c'est bien ça ?

— Parfaitement, pourquoi ?

— Me serait-il possible de l'examiner ?

— Dans quel but ? demanda Théo, méfiant depuis sa mésaventure à Londres avec le professeur Rutherford.

— Une intuition sans doute, répondit le Gardien, sans plus de précisions.

---

[16] Cf. tome II, chapitre XII.

— Désolé, mais je ne me sépare plus des bijoux et de la dague.

— J'insiste, Théo.

— Inutile, dit-il, intransigeant.

— Vous m'avez demandé tout à l'heure si je savais comment je devais vous aider. Je crois que le moment est venu de savoir si je peux vous apporter des réponses. Je pense que je peux peut-être vous aider à maîtriser cet outil.

— C'est une dague magique. Il n'y a pas d'électronique à l'intérieur. Je ne pense pas que vous puissiez faire quelque chose.

— Confie-la lui, intercéda Lisa. Je suis convaincue que le Gardien ne s'envolera pas avec la dague.

Théo hésita un moment avant de confier la dague au Gardien. Celui-ci la prit délicatement entre ses mains, la retourna en tous sens, la caressa, l'observa sous toutes les coutures, se pencha dessus jusqu'à ce que ses yeux soient presque en contact avec le métal, tout cela en marmonnant des propos incompréhensibles. Cela dura plusieurs minutes, durant lesquelles, Yu, Théo et Jessie le quittèrent des yeux, s'occupant de ce qui se passait à l'extérieur. L'un des deux hélicoptères était toujours en vol stationnaire devant la cabane, tandis que le second faisait des cercles au-dessus d'elle. Couverts par le son puissant des moteurs des hélicoptères, ils n'entendirent pas celui des véhicules qui arrivaient par le même chemin qu'ils avaient emprunté eux-mêmes pour venir jusque-là. Ils étaient au nombre de trois. De gros 4x4 noirs d'où sortirent une dizaine d'hommes en treillis, puissamment armés, qui se déployèrent sur le terrain, encerclant la cabane, empêchant définitivement toute possibilité de fuite.

— C'est foutu ! s'écria Yu.

— J'en ai bien peur, admit Théo.

— Peut-être pas, regardez ! s'exclama Lisa qui pointait du doigt le Gardien.

Celui-ci tenait la dague droit devant lui. Des éclairs bleutés en sortaient, qui s'enroulaient péniblement pour former un début de tourbillon d'un diamètre équivalent à la hauteur d'un homme.

— Comment fait-il ça ? se demanda Théo. Je suis le seul à pouvoir manipuler la dague.

Le tourbillon n'arrivait pas à se former complètement et semblait même diminuer rapidement. Théo se précipita, posa sa main sur celle du Gardien et lui dit :

— Laissez-moi faire maintenant. Je crois que vous ne pourriez pas ouvrir le tunnel vous-même.

— Oui, c'est aussi mon sentiment. Allez-y, je crois qu'il devrait avoir une taille suffisante pour que nous puissions passer mais pas trop pour ne pas entraîner la cabane dans son sillage.

Théo se saisit de la dague, se concentra et ouvrit un tunnel entouré d'un puissant tourbillon translucide qui s'enroulait rapidement sur lui-même, traversé d'éclairs sporadiques d'un bleu intense. Ils se regardèrent tous et retrouvèrent le sourire. Yu regarda par la fenêtre et dit :

— On doit partir de suite, ils arrivent !

§

Chapitre XI

Hypnose

— Où sommes-nous ? questionna le Gardien.

— Sur une île, quelque part, répondit Théo.

— Quand sommes-nous ?

Le jeune homme regarda Jésus, un peu déconcerté par sa question. Comment savait-il ? Le tunnel temporel, lorsqu'on le traversait, ne trahissait pas un changement d'époque.

— Comment avez-vous deviné ? demanda l'Élu.

— Je ne sais pas. C'est une simple sensation, comme un éloignement indescriptible, que je ressens.

— Nous avons fait un bond de plusieurs années dans le temps.

— Passé ? Futur ?

— Dans le temps, c'est tout ce que je vous dirai.

— Pourquoi ?

— Question de sécurité, tout simplement. Ce lieu et l'époque dans laquelle nous nous trouvons doivent rester secrets.

— C'est votre refuge, n'est-ce pas ?

— En quelque sorte. Ici vous ne craignez rien. Personne ne viendra vous y chercher.

— C'était votre idée depuis le début : m'emmener ici ?

— Oui. Jamais je n'aurais pu exécuter les consignes de l'archange. Nous avions tout prévu, mes amis et moi, pour vous conduire ici, à l'abri.

— L'archange ne sera pas content.

— Je m'expliquerai avec lui. Il comprendra.

— Vous en êtes sûr ?

— Il faudra bien. Le but était d'empêcher que les autres vous retrouvent avant nous, c'est fait.

— Mais je suis toujours en vie.

— Vous ne deviez pas tomber entre leurs mains pour ne pas risquer de dévoiler des secrets qui sont sans doute enfouis en vous. Ici, vous ne pourrez rien révéler à personne.

— A part à vous.

— A part à moi, c'est vrai. Vous et moi sommes liés, vous me l'avez dit, ce qui ne devrait donc pas poser de problèmes, qu'en pensez-vous ?

—Ma mission est de vous aider. Si les secrets que je suis censé détenir vont dans le sens de ma mission alors…

— Je pense, dit Théo en s'asseyant dans un fauteuil d'osier avec des coussins aux motifs colorés, qu'il est dans notre intérêt commun de découvrir au plus vite ce qui motive tant tous vos poursuivants. Tant que nous ne saurons pas pourquoi, il nous sera impossible d'agir en conséquence.

— Là, je suis d'accord avec Théo, reconnut le professeur, qui remontait par le petit sentier dallé qui menait à la plage, en contrebas de la terrasse sur laquelle ils se trouvaient.

— Prof, l'eau était bonne ?

— Excellente, mon cher ami. Vous devriez en profiter pour aller vous y plonger et vous relaxer ensuite sur la plage.

— Merci prof, c'est gentil, mais nous devons parler, Jésus et moi.

— Oh ! Excusez-moi, je vais vous laisser.

— Vous pouvez vous asseoir et rester avec nous. Nous n'avons aucun secret les uns pour les autres, ici.

— Vous savez, expliqua Darlington, j'ai bien réfléchi au cas de notre ami ici présent. Si son cerveau n'a pas subi de traumatisme grave, l'on pourrait peut-être l'aider à retrouver sa mémoire grâce à l'hypnose. C'est un très bon moyen de faire remonter les souvenirs à la surface.

— C'est une bonne idée, prof, mais où va-t-on trouver une personne capable de l'hypnotiser, ici ?

— Je pensais que l'on devrait aller trouver un spécialiste pour cela.

— Quitter l'île est beaucoup trop dangereux.

— Dommage, regretta le professeur. Je connais pourtant quelqu'un qui aurait très certainement pu l'aider.

— Vous connaissez la situation aussi bien que moi, prof.

— Il faudra bien que nous quittions cet endroit tôt ou tard, de toute façon, non ?

— Nous, oui, mais lui non. Tant qu'il restera ici, il ne risquera rien.

— Oui, j'entends bien. Pourtant, quel intérêt aurions-nous à quitter l'île tant que nous ne saurons pas quels secrets il détient ?

— Je sais, répondit le jeune homme en levant les bras au ciel en signe d'impuissance.

— Mais au fait, où sont passées les filles ?

— Elles papotent dans le jacuzzi !

— Et Yu ?

— Devinez ?

— A la pêche ?

— On ne peut rien vous cacher.

— Je ne l'ai pas croisé pourtant.

— Il est parti de l'autre côté de l'île. Il a dit qu'avec les rochers, il devrait y avoir du poisson.

— Il nous ramènera peut-être de quoi nous régaler.

— Espérons-le.

L'île sur laquelle ils étaient avait été achetée, en toute discrétion, par Jessie et aménagée pour servir dans le futur. Elle avait déjà servi à cacher les parents et la sœur de Théo, alors qu'ils étaient menacés par Dragan Kovac[17]. Elle était toujours prête à recevoir du monde. Autonome en énergie, équipée de chambres froides remplies régulièrement d'aliments frais, grâce à des employés qui ne savaient pas pour qui ils travaillaient, l'île avait été pensée pour disparaître aux yeux de ceux qui auraient eu intérêt à la trouver. Le plus important était qu'ainsi, l'on pouvait s'y rendre

---

[17] Cf. tome I, chapitre XV.

dans le futur, dans une fourchette comprise entre 1 jour et cent ans environ. Jessie avait laissé des instructions précises en ce sens aux responsables chargés de la maintenir en état, en permanence. Grâce à cela, l'on pouvait venir s'y mettre à l'abri, avec un risque extrêmement faible d'être débusqué. Quand bien même aurait-on connaissance de l'endroit, encore fallait-il savoir à quelle époque se rendre pour avoir une chance d'y trouver la personne recherchée. Théo avait eu l'idée de mettre à l'abri le Gardien au moment même où il avait eu sa dernière conversation avec l'archange. Jamais, comme il le lui avait confirmé, il n'avait eu l'intention de l'éliminer physiquement. Cette demande, il ne l'avait qu'à peine prise au sérieux, pensant dans le fond de lui que l'archange Michel ne l'avait prononcée que pour le cas extrême où il n'y aurait rien d'autre à envisager. Pour l'instant, le Gardien était en sécurité, inaccessible à quiconque, dans l'impossibilité de divulguer des secrets que, pour le moment, il semblait ignorer complètement.

Théo eut soudain une idée, qu'il partagea avec Jésus et Darlington :

— Je pourrais essayer de sonder son esprit, dit-il en s'adressant au professeur. Un peu comme je l'ai déjà fait avec ce directeur de musée à Stockholm, vous vous souvenez [18]?

— Oui, très bien. Il est vrai que vous aviez fait du bon travail sur lui. Vous croyez que vous pourriez trouver quelque chose en lui ? demanda Darlington qui montrait le Gardien du regard.

— Je peux tenter le coup, en tout cas… Si vous êtes d'accord bien sûr, dit-il à Jésus.

---

[18] Cf. tome I, chapitre XVIII.

— Ça consiste en quoi exactement ? questionna le Gardien, une pointe d'inquiétude dans le regard.

— N'ayez crainte, ce n'est pas dangereux et encore moins douloureux. Je vais juste tenter de pénétrer mentalement votre esprit. Je l'ai déjà fait une fois et ça m'a permis de trouver ce que j'y cherchais. Si je réussis avec vous, vos souvenirs pourraient peut-être vous être restitués. Qu'en pensez-vous ?

— Si ce n'est ni dangereux ni douloureux, je n'y vois aucun inconvénient. Surtout si ça peut me rendre ma mémoire. Que dois-je faire ?

— Vous, rien. Détendez-vous et tout ira bien. Je vais me concentrer et, avec l'aide des bijoux de l'archange, je vais tenter une incursion dans votre esprit. Vous ne devriez vous rendre compte de rien.

— Allez-y alors, c'est parfait.

Théo se concentra, formula dans son esprit ce qu'il désirait faire et ressentit immédiatement une force intense l'envahir. Les bijoux, en parfaite symbiose avec lui, l'aidaient en lui apportant toute la puissance de leur magie. Il ressentit comme un grand vide, dans lequel il se perdit un moment, son esprit se trouva totalement désorienté, projeté dans une immensité sans fin. Puis, progressivement, il entrevit des formes qui se mouvaient, des ballons, des cubes, des lignes, des triangles et des ellipses. Le tout flottait dans le vide, s'entrechoquait, se disloquait, s'assemblait pour former d'autres formes géométriques de base. Elles s'estompèrent rapidement, laissant place à un tunnel rectiligne d'un bleu intense, qui semblait s'étendre à l'infini. Il fut aspiré et le traversa à une vitesse vertigineuse. Les parois étaient translucides et il apercevait le vide glacé de l'espace où brillaient des millions d'étoiles, des galaxies entières et des nébuleuses colorées. Il atteignit le bout du tunnel et se trouva face à une porte immense, grise, faite dans une matière indéfinissable. Elle semblait à la fois solide comme de l'acier, à la fois molle comme du chewing gum. Il n'y avait plus rien autour de lui que le noir et la porte. Il comprit qu'il n'y avait rien d'autre ici, qu'il fallait la franchir s'il voulait avoir une chance d'atteindre les secrets et les souvenirs du Gardien. Comment l'ouvrir ? Il n'y avait pas de serrure, pas de poignée, rien qui permette de la franchir. Il se concentra pour la visualiser ouverte, pensant qu'ici, dans cet espace qui n'était qu'esprit, son imaginaire pourrait débloquer les verrous et ferait jaillir à nouveau la lumière dans ce noir.

Théo batailla durant un temps qu'il ne put mesurer. Il se trouvait hors du temps, plongé dans la conscience d'un autre, cherchant son chemin et par là même celui de cette conscience. Mais au bout d'un certain temps il dut se rendre à l'évidence : il ne pénétrerait pas l'esprit du Gardien. Quelque chose était plus fort que son propre esprit, plus fort que les bijoux, comme s'il y avait de puissants pare-feu interdisant tout accès. Théo rebroussa chemin et sortit de l'esprit du Gardien.

— Alors, avez-vous trouvé quelque chose d'intéressant ? questionna le professeur, lorsque le jeune homme retrouva ses esprits.

— Je n'ai pas pu pénétrer son esprit.

— Vraiment ? Pas du tout ?

— Pas du tout, non.

— J'en suis désolé, s'excusa Jésus. C'est peut-être à cause de mes troubles, vous ne pensez pas ?

— Je ne crois pas, affirma Théo. J'ai eu l'impression que votre esprit était verrouillé de l'intérieur, comme s'il était conçu ainsi.

— Conçu ainsi ? Comment ça ?

— Votre esprit est conçu pour empêcher qu'on puisse y entrer.

— Qu'est-ce que cela peut bien vouloir dire ? se demanda le professeur.

— Que mon esprit est ainsi parce qu'il est habitué à des incursions mentales fortes, expliqua le Gardien, dont l'intelligence était intacte, contrairement à sa mémoire.

— Je n'y comprends rien, avoua Darlington.

— En gros, expliqua Théo, l'esprit de Jésus est habitué à la communication télépathique. Il possède vraisemblablement des mécanismes de défense qui lui permettent de bloquer toute intrusion non désirée, mais surtout, limitée à des zones précises, celles de la communication et rien d'autre.

— Jésus serait télépathe ? dit le professeur, qui tombait des nues. Comment cela est-il possible ?

— Ça fait très certainement partie des secrets qu'il détient.

— Si je suis télépathe, songea Jésus, ça veut dire que j'ai un don que n'ont pas les autres humains. J'ai déjà le don de comprendre aisément le fonctionnement des appareils les plus compliqués. Est-ce que ça fait de moi un… non humain ?

Il dit cela avec de l'angoisse dans la voix et le regard. Soudain, le Gardien prit conscience qu'il était différent, qu'il était supérieur aux humains, qu'il possédait des qualités qui faisaient de lui un être au-dessus de ses congénères. Pourquoi ? Qui était-il ? Quelles expériences avait-on faites sur lui pour qu'il soit ainsi ? C'est ce qu'il se demandait en ce moment, alors que son angoisse était à son comble.

— N'ayez pas peur de ce que vous pourriez être amené à découvrir sur vous-même, le rassura Théo. Vous faites partie du plan de l'archange et des Mikelians, tout comme moi. J'ai compris, il y a un peu plus d'un an, que j'étais différent des autres, que j'avais des dons, moi aussi. J'ai découvert que j'étais l'instrument du plan des Mikelians, que j'étais l'Élu, le sauveur, celui qui devrait débarrasser la Terre de ses fléaux. J'ai eu du mal à m'y faire. Comme vous, je me suis posé la question de savoir qui j'étais vraiment. Mais je m'y suis fait, même si je n'ai pas encore toutes les réponses. Je suis un humain et vous êtes un humain également, Jésus. Vous ne devez jamais en douter.

— Merci, Théo. Vos paroles me font du bien. Je suis perdu, vous savez.

— Je sais, Jésus. Ce que vous vivez ne doit pas être facile. Je ne voudrais pas être à votre place. Je suis là, nous sommes tous là pour vous aider. Nous allons vous aider à retrouver la mémoire, car le professeur a raison : tant que nous ne saurons pas qui vous êtes et ce que vous cachez en vous, nous ne pourrons pas aller de l'avant.

§

Le cabinet du docteur Thornhill était situé sur Victoria Street, au cœur du quartier de Westminster, à deux pas des bâtiments de New Scotland Yard et non loin de Buckingham Palace. L'immeuble était bourgeois, avec des façades de brique rouge. Un porche monumental permettait d'accéder à une cour intérieure joliment pavée, au centre de laquelle trônait une magnifique fontaine qui déversait son eau dans une grande vasque. L'entrée de l'immeuble se trouvait dans la cour, sur la droite. Le cabinet, qui était au second étage, était grand, avec une entrée large qui servait d'accueil. Une secrétaire y avait son bureau. C'était une femme d'une cinquantaine d'années, les cheveux tirés en arrière en chignon, habillée d'un tailleur strict, gris, sans fantaisie. Elle avait un air sévère derrière ses lunettes à verres épais.

— Le docteur Thornhill vous attend. Vous avez un peu de retard, précisa-t-elle, d'une voix sèche.

Le professeur Darlington entra dans le cabinet proprement dit, suivi du Gardien et de Théo. Lui et Thornhill semblaient heureux de se voir. Ils se donnèrent l'accolade en se tapotant les épaules et le dos. Thornhill était sensiblement du même âge que Darlington, la soixantaine fringante. L'homme était grand, bien qu'un peu plus petit que le professeur, la peau hâlée par le soleil estival, les cheveux raides, gris, plaqués sur le crâne, qui se terminaient par un petit catogan. Il portait des lunettes à monture d'écaille et était vêtu d'un costume bleu-gris.

— Je te présente Mikael Chomère, que nous surnommons Jésus. Et ce jeune homme est Théo, l'un de mes étudiants, précisa Darlington, qui, bien entendu, ne pouvait dévoiler l'identité du jeune homme.

— Monsieur Chomère, continua le professeur, a besoin de toi pour retrouver ses souvenirs, qu'il a perdus vraisemblablement dans un accident, mais en fait nous n'en savons rien car cela aussi il l'a oublié.

Thornhill s'approcha du Gardien, posa ses mains sur son visage, écarta ses paupières, examina le fond de sa rétine, palpa son crâne, sentit quelque chose, s'attarda longuement, reprit son auscultation, fit le tour par la gauche et palpa son dos, descendant le long de la colonne vertébrale.

— Cet homme a subi plusieurs traumatismes, c'est un fait. Il semblerait qu'ils aient été mal soignés, ou pas soignés du tout.

— C'est le plus vraisemblable, en effet, confirma Darlington.

— Quels sont vos derniers souvenirs ? demanda Thornhill à Jésus.

— Je me souviens d'un long couloir sombre. Je titubais et avançais tant bien que mal. Ensuite, je me suis retrouvé dans la rue, nu, au cœur de Jérusalem. Ce sont les souvenirs les plus lointains qui me restent. Pensez-vous pouvoir faire quelque chose, docteur ?

— Je ne peux faire de miracles, cher monsieur, mais l'hypnose est le moyen le plus efficace de faire ressurgir vos souvenirs, s'ils sont encore récupérables, bien entendu. Vous allez vous allonger sur ce divan, dit-il en montrant du doigt un canapé ancien, de cuir rouge, usé par les ans.

Il fit signe à Darlington et Théo de s'installer dans deux fauteuils qui étaient face à son bureau. Une fois le Gardien installé, il lui parla d'une voix douce et grave :

— Vous allez fermer les yeux et respirer à fond. Détendez-vous, ne pensez plus à rien, n'écoutez plus rien que le son de ma voix. Ma voix sera votre guide. Inspirez, expirez, détendez-vous, écoutez le son de ma voix. Vous allez penser à un lieu familier, le premier qui vous vient à l'esprit. Que voyez-vous ?

Jésus eut un temps d'hésitation, avant de répondre :

— Une vieille cabane en bois, au milieu du désert. Dehors le soleil brille, le ciel est bleu, une légère brise chaude parcourt mon visage.

— Très bien. Concentrez-vous toujours sur ma voix. Ma voix est votre guide. Sortez de la cabane maintenant. Il fait beau, le soleil brille, le ciel est bleu, sans nuages. Vous êtes dans le désert, vous voyez au loin cette porte entrouverte ?

— Non.

— Regardez bien. Devant vous, plantée au beau milieu du désert, vous la voyez maintenant ?

— Ça y est, je la vois. Une porte entrebâillée, au milieu du bush. Je m'y dirige lentement.

— C'est très bien. Allez jusqu'à elle et poussez le battant.

— J'y suis, je regarde par l'entrebâillement... Je...

— Qu'y a-t-il ? Un problème ?

— Je ne vois rien. Seulement le noir. Un noir profond, intense, froid, dit Jésus d'une voix inquiète.

— Il faut que vous l'ouvriez et que vous la franchissiez, c'est important.

— Je ne veux pas, j'ai peur.

— Peur ? De quoi ?

— Je ne sais pas. C'est ce noir, ce froid.

— Vous ne devez pas avoir peur, ce sont vos souvenirs qui sont là, derrière cette porte. Si vous n'osez la franchir, jamais vous ne saurez qui vous êtes. Et vous voulez savoir qui vous êtes, n'est-ce pas ?

— Oui.

— Poussez la porte alors.

— Je la pousse, tout doucement. Il fait noir. Il n'y a aucune lumière. Il y fait froid, glacial !

— Vous devez entrer maintenant. Allez-y, entrez, n'ayez pas peur, il ne peut rien vous arriver.

— J'entre. Je suis dans le noir. Attendez, je vois quelque chose.

— Très bien. Que voyez-vous ?

— Une petite lueur blanche qui semble grandir. Oui, elle grandit de plus en plus vite maintenant. On dirait… une sorte de… tunnel, oui c'est ça, un tunnel.

— Parfait. Un tunnel. Vous allez l'emprunter et voir où il vous mène.

— Il grandit de plus en plus. J'ai froid, si froid ! Le tunnel ! Il m'aspire ! paniqua Jésus.

— N'ayez pas peur, il ne peut rien vous arriver, le rassura le docteur de sa voix suave. Ce sont vos souvenirs que vous voyez. Continuez.

— Je tombe dans le tunnel. Je suis aspiré vers une lumière vive, intense, blanche. C'est la mort ! Je suis mort !

— Non, vous n'êtes pas mort. Ce tunnel, ce ne sont que vos souvenirs, pas la mort. Vous devez continuer, ne vous déconcentrez pas.

— Je tombe dans le tunnel de plus en plus vite. Je ressens une grande douleur, comme un arrachement de mon corps et de mon âme !…

Il y eut un blanc :

— Le tunnel a disparu, dit-il calmement.

—Très bien. Vous l'avez franchi. Où êtes-vous maintenant ? Que voyez-vous ?

— Il y a des flashes lumineux violents, comme des éclairs. Il fait noir, non, pas vraiment. Il y a de la lumière… rouge. Elle est rouge. Elle clignote, lentement.

— Vous voyez sa source ?

— Non. Je ne sais pas d'où elle vient. J'entends des bruits, forts, violents, comme des explosions.

— C'est bien. Votre accident peut-être. Continuez, vous êtes sur la bonne voie. Que voyez-vous maintenant ? Est-ce qu'il y a des véhicules par exemple ?

— Des véhicules ? Non, je n'en vois pas. Je crois que je suis dans une grande pièce. Je vois des murs, assez loin. Il y a un bruit strident maintenant, comme des cris.

— Vous voyez d'autres personnes ?

— Non. Je suis seul. J'ai froid. Je suis gelé. Attendez...

— Vous voyez quelque chose ?

— Je crois que je suis mouillé.

— Mouillé. De l'eau ? Vous êtes dans l'eau ?

— Non, non, ce n'est pas ça. Je suis mouillé, je suis trempé même. C'est ce qui me donne froid. Je tremble, j'ai mal, j'ai froid, j'entends des cris stridents et je suis dans le noir, entrecoupé de flashes de lumière rouge.

— Bien. Vous écoutez toujours le son de ma voix. Vous restez concentré sur elle. Je vais compter jusqu'à trois et vous vous réveillerez. Attention : un... deux... trois... réveillez-vous.

Le Gardien émergea de son sommeil hypnotique. Il regarda Théo et Darlington, leur fit un sourire et leur dit :

— Je crois que j'ai de nouveaux souvenirs maintenant.

§

Le rendez-vous avait lieu dans un bistrot Parisien typique, quelque part dans un quartier où les touristes ne mettent que très rarement les pieds. L'établissement, vieux d'un bon siècle, voire plus, n'avait pas dû beaucoup changer depuis son ouverture, avec son zinc d'origine, usé par les innombrables clients qui s'y étaient accoudés. Ces clients, justement, étaient là, assis sur des tabourets hauts ou bien debout, buvant des ballons de blanc, de rouge ou le traditionnel pastis, discutant sans retenue des derniers potins politiques, se disputant pour des idées bien arrêtées, jamais méchamment, entre habitués. Un vieux monsieur, assis à une table, lisait un journal de turf, une pile de tickets de PMU posés en évidence, un stylo en main pour noter la combinaison gagnante, ou supposée telle. Un café ordinaire avec des gens ordinaires.

C'est dans cette ambiance quotidienne que débarqua Théo qui, à peine entré repéra la personne avec qui il avait rendez-vous. Celle-ci était attablée dans le fond, contre le mur, dans un angle, au plus loin des regards indiscrets. Le jeune homme vint s'asseoir face à Morisson qui trempait un croissant dans une grande tasse de café au lait.

— Vous voulez un croissant ? demanda l'ex-agent de la CIA.

— Non, merci, je vais plutôt prendre une eau gazeuse.

— Vous avez tort, ils sont excellents.

— Sans façon.

— J'ai appris pour le Gardien. Mes félicitations. Le trouver n'a pas dû être facile. La CIA était sur le coup depuis un moment et n'a jamais rien trouvé le concernant. Comment avez-vous fait ?

— Nous avons eu beaucoup de chance, minimisa Théo.

— De chance ? ricana l'américain. Vous savez aussi bien que moi que la chance n'a rien à voir dans cette affaire.

— Alors, disons que nous avons bénéficié d'une information fiable venant de quelqu'un au-dessus de tout soupçon.

— C'est plus vraisemblable.

— Pourquoi m'avez-vous fait venir jusqu'ici, Morisson ?

— Pour plusieurs raisons. La première, c'est pour vous mettre en garde. La CIA sait que vous avez trouvé le Gardien. A Langley, au siège, tout le monde est sur les dents avec ça. Ils vont mettre du monde sur le coup pour vous retrouver et le récupérer.

— Comment sont-ils déjà au courant ? Vous avez des infos là-dessus ?

— Non, mais vous savez, l'agence a des moyens humains et logistiques dans toutes les parties du monde. Les informations circulent et arrivent très vite aux oreilles des agents de terrain.

— Quelles sont vos autres raisons ?

— Vous m'aviez demandé de faire des recherches sur la supposée journaliste.

— Alors, qu'avez-vous trouvé ?

— Elle a en effet une carte de presse. Elle se nomme Maria Magdalena Brindisi, c'est une Italienne née à Florence. Son père est un député de droite, proche du Vatican. Elle a fait ses études de journalisme à Rome, puis aux États-Unis, à New York. Après ses études, elle est entrée au service de presse du Vatican.

— Intéressant. Elle y travaille toujours ?

— Aux dernières nouvelles, oui.

— Vous savez qui supervise le service de presse ?

— Oui, attendez, j'ai noté ça quelque part.

Morisson sortit son smartphone, consulta son bloc-note et répondit :

— Le Cardinal Patrick Macdonnell.

— Macdonnell, répéta Théo, songeur. Pourquoi est-ce que ça ne m'étonne pas ?

— Vous le connaissez ?

— Il est lié à Oswald Graham[19].

— Je vois. Votre journaliste travaille indirectement pour Graham dans ce cas.

— J'en ai bien peur.

— Pourquoi vous intéressez-vous à elle ?

— Parce qu'elle a fait un travail d'investigation formidable où elle a failli trouver le Gardien avant nous. Il s'en est fallu de peu.

— Je vois. J'ai toutes ses coordonnées, si ça vous intéresse.

— Oui, merci. Et au fait, vous en êtes où de votre enquête sur les agents doubles de la CIA ?

— J'avance doucement. Je marche sur des œufs dans cette affaire. Je dois être extrêmement prudent pour éviter d'attirer leur attention. Tant qu'ils me croient mort, j'ai mon assurance-vie.

— Rien de concret alors ?

— Quelques pistes. Je pourrai vous en dire plus sans doute à notre prochaine entrevue.

— Soyez prudent.

---

[19] Cf. tome I, chapitre XX.

— Vous aussi. Et surtout, faites-vous le plus discret possible. Vous allez avoir la meute au train et croyez-moi, ce ne sont pas des enfants de chœur.

— Ne vous en faites pas pour moi, j'ai des ressources qu'ils ne peuvent soupçonner.

— Oui, je sais, vos bijoux. Mais ça, ils le savent comme moi.

— Ils ne savent pas tout. Je leur réserve quelques petites surprises, s'ils deviennent trop pressants.

— Méfiez-vous quand même, ça vaut mieux.

§

— Vous allez fermer les yeux et respirer à fond. Détendez-vous, ne pensez plus à rien, n'écoutez plus rien que le son de ma voix. Ma voix sera votre guide. Inspirez, expirez, détendez-vous, écoutez le son de ma voix.

C'est ainsi que le docteur Thornhill commençait toujours ses séances d'hypnose. C'était pour lui un rituel immuable, qui avait fait ses preuves au fil des ans durant lesquels il avait traité des milliers de patients en les plongeant dans les tréfonds de leur inconscient.

Le Gardien était allongé dans son vieux canapé, les yeux fermés, prêt à entreprendre le voyage vers ses souvenirs disparus.

— Vous êtes dans une pièce sombre. Il y a une lumière rouge qui clignote. Vous entendez des cris stridents. Vous êtes trempé, vous avez froid et mal. Vous vous souvenez ?

— Oui. J'entends toujours ces cris. Attendez... Ce ne sont pas des cris, c'est une sorte de sirène... une alarme. Elle retentit dans la pièce de façon assourdissante.

— Cherchez la source de lumière rouge. Vous la voyez ?

— Non. Je me déplace, je cherche tout autour de moi… Ah, ça y est, je la vois… Un panneau lumineux sur un mur. Il y a quelque chose d'écrit dessus.

— Très bien. Vous pouvez lire ce qui est écrit ?

— Je ne sais pas, c'est flou.

— Rapprochez-vous.

— Je n'arrive pas à lire. C'est… incompréhensible… Des signes curieux.

— Quelle langue ? Vous savez ?

— Non. Je n'ai jamais vu ces signes avant. C'est peut-être de l'Hébreu.

— Bien. Vous lisez l'hébreu ?

— Non, je ne crois pas.

— Qu'est-ce qui vous fait dire que c'est de l'hébreu ?

— Mes souvenirs remontent à Jérusalem.

— Très bien. Continuez. Vous voyez le panneau lumineux avec des phrases en hébreu. Ensuite, que voyez-vous ?

— Il y a de la fumée dans la pièce et une odeur âcre de brûlé.

— Vous voyez des flammes ?

— Non, pas de flammes. Juste de la fumée. La fumée se dissipe progressivement. Je distingue quelque chose au centre de la pièce.

— Très bien, que voyez-vous ?

— Je ne sais pas, on dirait une sorte de table, je ne vois pas bien dans le noir.

— Cherchez un interrupteur, cela pourra vous aider.

— Je cherche, j'avance dans la pièce, je ne vois rien sur les murs. Il n'y a plus de fumée maintenant. Je vois mieux. C'est une sorte de bloc monolithique noir, rectangulaire, de la taille d'un homme, à peine plus long. Il est haut d'un bon mètre, peut-être plus.

— Parfait. Vous savez ce que c'est ?

— Non. Je ne l'ai jamais vu avant.

— Rapprochez-vous et dites-moi ce que vous voyez.

— Il est noir et il est froid. Lisse comme du marbre, mais ce n'est pas de la pierre. Plutôt une sorte de… céramique, je dirai.

— C'est bien. Continuez. Vous êtes sur la bonne voie.

— Je le touche. Je ressens une vibration qui en émane. C'est curieux… Il…

— Quoi ? Que voyez-vous ?

— Il s'illumine d'une lueur bleutée. Il devient translucide. Je vois… Il y a quelqu'un à l'intérieur !

— D'accord. Vous pouvez me décrire cette personne ?

— Non, c'est flou. Je distingue juste une silhouette. C'est un homme d'après sa morphologie.

— Fait-il quelque chose ?

— Non, il semble endormi. Attendez… oh ! ce n'est pas possible !

— Quoi ? Que voyez-vous ? Qu'est-ce qui n'est pas possible ?

— Cet homme, c'est moi... je suis dans une sorte de sarcophage bleu translucide.

— Très bien. Vous avancez sur la bonne voie, continuez, que voyez-vous maintenant ?

— Le sarcophage... il est brisé. Je suis debout maintenant. Je... je suis couvert d'une sorte de gel bleu qui coule le long de mon corps. Il recouvre toute ma peau, de la pointe de mes cheveux à celle de mes orteils.

— Ce gel, il vient du sarcophage ?

— Je ne sais pas, je suppose.

— Continuez, que voyez-vous d'autre ?

— Rien. Je suis debout, au centre de la pièce, dans le noir, le corps couvert de gel. J'ai froid, très froid. Je crois que c'est ce gel qui est glacé. C'est lui qui me donne cette impression de froid intense.

— Bien. Vous écoutez toujours le son de ma voix. Vous restez concentré sur elle. Je vais compter jusqu'à trois et vous vous réveillerez. Attention : un... deux... trois... réveillez-vous.

Le Gardien sortit de son sommeil, se redressa et soupira avant de dire :

— Est-ce que vous croyez que ce sont vraiment des souvenirs que j'ai vus ? Ça paraît tellement irréel.

— Ce sont peut-être des visions liées à des peurs sous-jacentes, à des images inconscientes qui peuvent venir de n'importe où et se mélanger à votre réalité pour en faire la vérité pour votre inconscient. Il faudra démêler le vrai du faux. Ce sera difficile au début, mais plus vous avancerez, plus votre discernement permettra de savoir ce qui est vrai et ne l'est pas. Vous avez fait un grand pas en seulement deux séances. Nous savons maintenant que l'accident qui vous est arrivé n'est pas dû à une collision de véhicules, qu'il s'est sans doute produit dans un bâtiment, un lieu de travail vraisemblablement. Méditez là-dessus. Essayez de vous souvenir à l'état conscient. La prochaine séance devrait vous faire avancer plus loin encore si vous préparez votre esprit.

— C'est curieux, j'ai déjà l'impression d'avoir vécu plus longtemps grâce à ces nouveaux souvenirs.

— Quand votre mémoire sera entièrement rétablie, ce dont je ne doute plus, vous vous sentirez bien assez vieux, croyez-moi.

§

Un franc soleil brillait encore, mais de lourds nuages noirs obscurcissaient l'horizon, où l'on voyait des dizaines d'éclairs qui annonçaient une tempête tropicale qui se dirigeait tout droit vers l'île. Théo, Jésus et le professeur Darlington venaient de rentrer de Londres. Le Gardien, fatigué de sa séance, décida d'aller s'allonger, tandis que Théo réunissait tout le monde sur la terrasse couverte, avant que n'arrive le mauvais temps.

— L'hypnose donne quoi ? s'enquit Lisa.

— Ça avance doucement, reconnut Théo. Mais ça semble efficace. Le Gardien retrouve des souvenirs, bien que ce soit un peu confus pour le moment.

— C'est quoi la suite des évènements maintenant que nous avons le Gardien ? se demanda Jessie.

— Nous devons encore récupérer toutes les copies des formules qui trainent. C'est en priorité le travail de Yu. A ce propos, tu en es où Yu ?

— J'ai fait appel à mes amis de Hong Kong. Nous avons mis en place une stratégie d'infiltration des serveurs de la CIA pour y débusquer toutes les traces de ces formules. Je pense que nous allons pouvoir les éliminer dans les prochaines heures.

— Et pour ce qui est des versions papier ? Tu as une solution ?

— Nous avons cherché des traces d'impression de ces formules. Dès que nous en trouvons, un rapport est créé, dans lequel il y a l'adresse du terminal qui a lancé l'impression et celle de l'imprimante sur laquelle elle l'a été. Ainsi, je pense pouvoir déterminer de qui et où une copie papier a été sortie. Nous avons préparé une missive à l'intention de chacun des services qui en a une copie afin qu'elle soit détruite. Si tout va bien, nous n'aurons même pas à nous déplacer pour faire le job !

— C'est un moindre mal. Si déjà, toi et tes amis, pouvez faire tout ça, chapeau !

— Bon, après, si des copies ont circulé en dehors des bureaux de la CIA, je ne peux rien faire, tu en es conscient Théo ?

— Oui, bien sûr, mais en dehors de la CIA, je ne vois pas qui aurait pu avoir ces formules en main.

— Le professeur Rutherford, rappela Lisa.

— Yu, tu aurais un moyen de savoir si Rutherford a copié les formules ?

Le jeune génie de l'informatique réfléchit un moment avant de répondre :

— Je peux accéder à son ordinateur. S'il a un appareil multifonction en wi-fi ou en réseau filaire, je crois qu'il est possible de savoir s'il a scanné ou photocopié les formules.

— Comment est-ce qu'il peut faire tout ça ? se demanda Lisa, encore admirative devant la facilité avec laquelle Yu était capable de trouver des solutions à tous les problèmes qu'on lui posait.

— C'est un petit génie, c'est tout, répondit Théo, que l'intelligence informatique de son ami n'étonnait plus, tant il lui avait apporté de preuves de sa capacité à résoudre les problèmes les plus compliqués depuis qu'il le connaissait. Sans Yu, jamais Théo n'aurait pu réussir tout ce qu'il avait accompli jusque-là.

— Bien, tiens-nous au courant de l'avancée de tes recherches.

— Bien sûr, Théo, comme d'habitude.

— Oui, comme d'habitude... en attendant, j'ai des choses à vous dire. J'ai rencontré Morisson pendant la séance d'hypnose du Gardien. Il m'a contacté au moment où nous arrivions à Londres. Morisson m'a mis en garde. La CIA est au courant que nous avons retrouvé le Gardien. Ils mobilisent toutes leurs forces pour nous traquer et le récupérer. C'est pour eux un enjeu majeur, preuve, s'il en fallait, que Jésus a une importance capitale. Nous allons devoir être très prudents et méfiants dès lors que nous quitterons l'île. D'autre part, j'avais demandé à Morisson d'enquêter sur la journaliste.

— La journaliste, pourquoi ça ? s'étonna Lisa.

— Parce que je voulais savoir pour qui elle travaillait. Ça ne vous a pas étonné, vous, le fait qu'elle ait pu faire le parcours mis en place par le Gardien jusqu'au bout et qu'elle ait presque réussi à nous devancer ?

— Il est vrai, avoua Darlington, qu'elle fut très forte dans cette chasse aux énigmes.

— Nous nous doutions bien qu'elle n'agissait pas seule et du reste nous en avons eu la confirmation au musée des arts primitifs de Paris.

— Il a trouvé quelque chose ? questionna Jessie.

— Oui. Morisson a du bon pour ça. Il m'a donné son pedigree complet. C'est bien un journaliste qui travaille, devinez pour qui ?

— Le New York Times ? Se hasarda Jessie.

— Non, le service de presse du Vatican.

— Intéressant, dit Lisa.

— C'est exactement ce que j'ai dit quand il me l'a annoncé. Et vous savez qui est le responsable du service de presse ?

— Macdonnell, proposa Yu.

— Parfaitement.

— Donc, la journaliste travaille pour mon père, en conclut Jessie.

— C'est probable, bien qu'indirectement peut-être.

— Cela dit, ça ne m'étonne guère. Mon père est toujours là quand il s'agit de secrets et d'argent. S'il veut le Gardien, c'est qu'il pense que les secrets qu'il détient pourront l'aider dans sa folie mégalomaniaque. Il semble qu'il ne renoncera jamais à son projet de domination de la Terre, dit-elle, désabusée.

— J'ai aussi demandé des renseignements sur elle, ajouta Théo, car j'ai dans l'idée d'aller la voir et de parler avec elle pour essayer de savoir si elle sait des choses que nous pourrions ignorer.

— Comme quoi, par exemple ?

— Qui est vraiment le Gardien ? D'où vient-il ? Quelle est l'origine de l'accident qui l'a rendu ainsi ?

— Et tu penses qu'elle détient les réponses à ces questions ? douta Lisa.

— Je n'en sais rien. Je me dis que c'est une journaliste, que même si elle a travaillé pour Graham sans le savoir, elle a fait son travail d'investigation parfaitement et qu'elle est intelligente. Elle n'a sans doute pas fait tout ça bêtement, sans se poser de questions, sans chercher plus loin que le bout de son nez, vous ne croyez pas ?

— C'est fort possible, reconnut Darlington. Et dans ce cas, vous pensez qu'elle a pu glaner des informations que personne ne lui a demandé de rechercher, c'est cela ?

— C'est ce que chacun de nous aurait fait, je crois. Si elle est assez intelligente pour avoir suivi la piste du Gardien, elle n'aura pas manqué de s'intéresser de plus près à tout ça. Il se peut qu'elle ait des choses intéressantes à nous apprendre, ou pas. Nous verrons bien.

— Je viens avec toi, j'en ai marre d'être ici, se proposa Lisa qui avait aperçu la jeune journaliste et qui l'avait trouvée un peu trop belle à son goût…

§

— Vous allez fermer les yeux et respirer à fond. Détendez-vous, ne pensez plus à rien, n'écoutez plus rien que le son de ma voix. Ma voix sera votre guide. Inspirez, expirez, détendez-vous, écoutez le son de ma voix. Vous êtes dans une pièce sombre, près d'un sarcophage bleu translucide, debout, couvert d'un gel bleu lui aussi, froid, très froid. Vous vous souvenez ?

— Oui, je le vois. J'ai très froid en effet. C'est ce fluide qui coule sur moi. Je ne sais pas ce que c'est, ni pourquoi j'en suis couvert. Peut-être que le sarcophage en était rempli ?

— Vous croyez ?

— Je ne sais pas.

— Concentrez-vous, que voyez-vous d'autre ?

— Je ne vois rien.

— Faites le tour de la pièce avec vos yeux, restez concentré.

— Je ne... ah ! Attendez ! Je distingue des silhouettes. Elles sont grandes, fines, élancées. Elles se meuvent lentement. Tous leurs gestes sont lents.

— Qui sont-elles ?

— Je ne sais pas. Je n'arrive pas à distinguer leurs visages. Elles semblent différentes...

— Différentes ? De qui ?

— De nous. Elles sont plus minces, plus grandes, quoique je n'en sois pas si sûr. C'est leur minceur qui les fait paraître plus grandes, je crois.

— Continuez.

— Elles portent sur la tête des chapeaux, plutôt des bonnets, même. Ils sont étranges, très hauts, un peu comme des toques de cuisinier. Ils sont vêtus de combinaisons grises qui ont des reflets irisés. On dirait du métal. Je ne suis pas sûr.

— Que font-elles ?

— Je n'arrive pas à distinguer clairement. Il y a une sphère de lumière au centre de la pièce.

— Au-dessus du sarcophage ?

— Non. Je suis ailleurs, dans une autre pièce. Elle est très grande. Il y a plus de lumière mais ça reste la pénombre.

— Où est cette pièce, vous le savez ?

— Non, je n'en sais rien. Elle semble circulaire. Non… attendez, plutôt octogonale. Oui, c'est ça, je peux compter huit cloisons qui forment un octogone.

— D'accord, continuez, restez concentré.

— Au centre, la sphère de lumière, bleutée comme le sarcophage et le fluide sur mon corps, émet des filaments, bleutés eux aussi, qui en jaillissent et percutent les têtes des créatures. D'autres partent de celles-ci et semblent retourner dans la sphère de lumière.

— Vous parlez de créatures. Pourquoi ?

— Je ne sais pas, j'ai l'impression qu'elles ne sont pas… humaines… je crois… je n'en sais rien.

— Qu'est-ce qui vous fait dire ça ?

— Leur apparence. Elles sont fines, avec de longs bras et des mains qui se terminent par de longs doigts très fins.

— C'est ce que vous voyez ?

— Oui, je les vois.

— Et leurs visages, les distinguez-vous ?

— Non, je ne les vois pas, ils sont flous.

— D'accord. Maintenant concentrez-vous à nouveau et cherchez où vous êtes dans cette pièce.

— Je n'y suis pas. Je ne crois pas.

— Vous en êtes sûr ? Cherchez bien. Si vous voyez cette pièce, c'est que vous y avez été à un moment ou à un autre. Concentrez-vous et dites-moi ce que vous voyez.

— Oui, ça y est, je me vois. Je suis allongé sur une table qui semble faite de la même matière que le sarcophage. Elle est noire, ne brille pas. Je suis nu, je crois.

— Continuez, que voyez-vous ?

— C'est flou. Je ne vois rien de plus.

— Concentrez-vous. Vous devez essayer de voir. Pourquoi êtes-vous allongé là ? Souvenez-vous.

— C'est flou, je ne vois rien.

— Pourtant, vous avez dit que c'était vous qui étiez sur cette table.

— Je me suis trompé, ça devait être un autre.

— D'accord. Je comprends. Bien. Vous écoutez toujours le son de ma voix. Vous restez concentré sur elle. Je vais compter jusqu'à trois et vous vous réveillerez. Attention : un… deux… trois… réveillez-vous.

Le Gardien mit plusieurs minutes avant d'émerger totalement de son sommeil. Il semblait très las au sortir de cette séance qui sembla être éprouvante pour lui. Théo était là, avec le professeur Darlington. Ils restèrent discrets, immobiles dans leurs fauteuils, attendant patiemment que Jésus soit en état de parler. Il s'adressa au docteur Thornhill :

— Pourquoi est-ce que je n'arrive pas à me voir sur cette table ?

— Ce n'est rien, n'ayez crainte. Vous faites un blocage sur ce souvenir précis.

— Pourquoi ?

— Un évènement douloureux pour vous, sans doute. Nous essayerons de percer le mystère lors de la prochaine séance. En attendant, détendez-vous et n'y pensez pas.

— Docteur, dit Théo. Dans tout ce qu'il voit et décrit, quelle est la part de vérité par rapport à l'imaginaire ?

— C'est très variable d'un individu à l'autre. Il est possible que tout ce qu'il décrit soit vrai autant qu'il est possible que tout soit faux.

— Comment faire la part des choses dans ce cas ?

— Vous et moi ne pouvons rien faire. C'est lui qui détient toutes les clés de son esprit. Son conscient et son inconscient se livrent une lutte acharnée en ce moment et nous ne saurons pas lequel des deux gagnera la partie tant que nous n'aurons pas exploré toutes les possibilités de faire ressurgir sa mémoire profonde qui est volontairement occultée par son inconscient.

— Qu'est-ce qui a déclenché ça ? L'accident dont il a été victime ?

— Oui, le traumatisme cérébral qu'il a subi y est sans doute pour beaucoup, mais ce n'est pas la cause unique de son état. Il semble avoir enfoui des pans entiers de sa mémoire aux seules fins d'empêcher qu'on y accède. C'est un cas très particulier, je dirai même unique. Pour un spécialiste de l'esprit comme moi, c'est un peu le Graal. Nous rêvons tous de pouvoir rencontrer un tel cas dans une carrière. Très peu malheureusement ont la chance d'en rencontrer un. Je dois vous remercier d'être venu à moi et de me permettre d'aider et d'étudier cet homme. Si je réussis à l'aider et à comprendre ce qui se passe dans son cerveau, ce serait une avancée dans la connaissance de l'esprit humain, à n'en pas douter.

§

Chapitre XII

La journaliste

Lisa et Théo marchaient main dans la main, au cœur des ruelles étroites du vieux Rome. C'était pour eux une balade romantique qui leur rappelait la dernière fois qu'ils avaient arpenté ces rues voici près d'un an, se prenant la main pour la première fois, déclaration implicite de leur amour[20]. Aujourd'hui, bien qu'ils ne soient pas là pour la romance, ils traversaient la vieille ville de la même façon, mus par l'agréable souvenir de cette soirée d'été, dans la chaleur du climat romain.

Après avoir traversé la célèbre place Navona, qu'ils quittèrent par le cours Agonale, ils franchirent la petite place Madama, prirent la rue del Salvatore, puis à gauche la rue Della Dogana Vecchia pour enfin s'engager dans la rue Pozzo Delle Cornacchie et finir sur la place Rondanini, leur destination. Là, sur cette petite place nichée au cœur de la vieille cité, se trouvait l'immeuble qu'habitait Maria Magdalena Brindisi, la journaliste. Arrivé devant la porte d'entrée de l'immeuble, une vieille bâtisse typique du centre historique de la capitale italienne, Théo repéra le nom sur le parlophone et appuya sur le bouton de la sonne-

---

[20] Cf. tome I, chapitre XX.

rie. Il s'écoula une vingtaine de secondes avant qu'une voix féminine ne se fasse entendre. Théo reconnut immédiatement la voix de la journaliste qu'il avait croisée à Paris. Elle parlait en italien, ce qui ne fut pas un souci pour le jeune homme qui maîtrisait suffisamment cette langue pour la comprendre et la parler sans difficulté majeure.

— Oui, qui est-ce ? demanda la jeune femme.

— Bonjour, mademoiselle Brindisi, je suis coursier et j'ai un colis pour vous, mentit l'adolescent.

— Un colis ? dit-elle, un peu surprise.

— Vous êtes bien Maria Magdalena Brindisi ? insista Théo.

— C'est bien moi, oui.

— Alors, le colis est pour vous. Vous m'ouvrez, s'il vous plaît ?

— D'accord. Dernier étage.

Si l'extérieur de l'immeuble ne payait pas de mine, l'intérieur était plus cossu, avec une entrée large, dallée d'un marbre ocre jaune bien entretenu, qui brillait tel un miroir, une cage d'escalier spacieuse avec un escalier tournant à gauche autour d'une cage d'ascenseur installée longtemps après la construction de la bâtisse. Les murs étaient peints en deux tons : vert bouteille jusqu'à un mètre de haut et orange jusqu'au plafond, qui lui, était blanc. Le tout était propre et entretenu.

Arrivés au cinquième et dernier étage, Lisa et Théo tombèrent nez à nez avec Maria Magdalena, qui attendait dans l'entrebâillement de sa porte d'entrée, sans doute intriguée par ce coursier qu'elle n'attendait pas. Lorsqu'elle vit les deux jeunes gens, elle eut le réflexe de refermer brusquement la porte derrière elle. Lisa appuya sur le bouton de la sonnette dont le son de carillon retentit dans la cage d'escalier. Il ne se passa rien durant près d'une minute. Lisa rappuya sur la sonnerie et insista longuement. La journaliste devait être derrière sa porte, immobile, car Théo, qui avait collé son oreille contre le battant, n'entendit pas le moindre bruit.

— Mademoiselle Brindisi, dit le jeune homme, nous savons que vous êtes là, nous vous avons vue refermer la porte. Nous sommes ici pour vous parler. Vous n'avez rien à craindre, nous ne vous voulons aucun mal.

Rien ne se produisit. La journaliste avait décidé de faire le mort. Théo interrogea Lisa du regard, se demandant ce qu'il pourrait bien faire pour la faire réagir. La jeune femme haussa les épaules, comme pour dire : — Je n'en sais rien. Théo tordit la bouche, se gratta la tête et ajouta :

— Mademoiselle Brindisi, je me présente : Théo Orgone. Nous nous sommes rencontrés au musée des Arts naïfs du quai Branly à Paris. Je suis le jeune homme qui vous a draguée, vous devez vous en souvenir, je pense ?

Toujours aucune réaction. Lisa ouvrit de grands yeux, pencha la tête sur le côté droit en regardant son compagnon et dit, un petit sourire au coin des lèvres :

— Ah, alors comme ça, tu l'as draguée ? Première nouvelle.

— Non, mais… c'est pas ce que tu crois.

— Vraiment ?

— C'était parce qu'elle m'avait repéré dans son dos en train de reluquer son…

— Son quoi ? le coupa-t-elle, amusée de la réaction du jeune homme qui rougissait et perdait le contrôle de la situation, chose qui ne lui arrivait jamais.

— Son smartphone.

— Son smartphone ? Ben voyons ! Tu es sûr que c'était ce que tu reluquais, comme tu dis ?

— Bien sûr, quoi d'autre ?

— Bon, vous avez terminé votre petite scène de ménage ? demanda la journaliste, surprenant les deux tourtereaux.

— Mademoiselle Brindisi, reprit Théo. S'il vous plaît, ouvrez-nous. Nous n'avons aucune mauvaise intention envers vous, croyez-moi. Nous voulons juste vous parler.

— Parler de quoi ?

— Vous le savez bien, non ?

— Non, je ne sais pas. Dites-moi ?

— Le Gardien.

Le bruit de la serrure résonna et la porte s'entrebâilla, retenue par une chaîne de sécurité. Maria Magdalena apparut, les cheveux tirés en chignon qui dégageaient l'ovale de son beau visage, ce qui anima un sentiment de jalousie chez Lisa, même si elle savait que la journaliste, qui avait au moins vingt-cinq ans, n'était certainement pas intéressée par un ado d'à peine quinze ans. C'était plus fort qu'elle, elle ne pouvait s'empêcher de la voir comme une rivale.

— Je vous écoute, dit Maria Magdalena.

— Vous ne préférez pas que nous entrions ? demanda Théo, gêné de devoir discuter ainsi, sur le palier.

— Non, je préfère que nous parlions ici.

— Comme vous voudrez. Vous vous êtes lancée dans la recherche du Gardien, tout comme nous l'avons fait aussi. Vous avez failli le trouver avant nous, mais c'est nous qui avons été les plus rapides. Le Gardien est avec nous.

— Vraiment ? Vous m'en voyez ravie, dit-elle sur un ton désinvolte.

— C'est tout ce que ça vous fait ? demanda Lisa, un peu désorientée.

— Je devais le retrouver, pas m'occuper de lui. J'ai indiqué l'endroit où il se trouvait à mes supérieurs et mon travail s'est achevé, c'est tout.

— Mademoiselle Brindisi, j'aurais aimé pouvoir discuter plus en détail de cette affaire avec vous, mais ici, dans ces conditions... si nous ne pouvons entrer, peut-être accepterez-vous que nous en discutions dans l'un des restaurants qui se trouve sur la place, juste en bas de chez vous, qu'en pensez-vous ?

Maria Magdalena réfléchit un instant avant de donner son accord. Ça tombait bien, car il était l'heure du repas et Théo avait faim.

§

Sur la place Rondanini, il y avait trois restaurants, chacun avec une terrasse couverte par de grands parasols carrés. Théo était assis au côté de Lisa, face à Maria Magdalena. La terrasse était bondée à cette heure. Ils obtinrent une table Grâce à la journaliste, amie du propriétaire du restaurant, qui leur en donna une réservée pour d'autres clients. En attendant que leurs plats soient servis, ils prirent un apéritif, Coca et menthe à l'eau pour Théo et Lisa, San Pellegrino pour la journaliste. Lisa entama la conversation :

— Comment vous êtes-vous retrouvée à rechercher le Gardien ?

— C'est mon rédacteur en chef qui m'a mise sur cette affaire, répondit Maria Magdalena.

— Vous saviez dans quoi vous vous embarquiez ? demanda Théo.

— Pas vraiment. Il m'a dit que je devais me charger de retrouver cette personne pour le compte d'un membre très influent de l'Église, que c'était un service qu'on lui demandait et qu'il avait pensé à moi car j'étais, selon ses propres paroles : — la personne la plus apte à mener à bien cette mission..

— Pourquoi vous ? se demanda Lisa, curieuse.

— Je travaille dans ce service de presse depuis plusieurs années et j'ai fait mes preuves dans l'investigation. Et puis j'ai fait une licence d'histoire avant de m'orienter vers le journalisme, ce qui a dû jouer dans le choix de mon rédacteur en chef. Il savait que mes connaissances me serviraient.

— Ce fut le cas ?

— Plutôt, oui. Vous connaissez aussi bien que moi le parcours tortueux que j'ai dû suivre pour débusquer ce fameux Gardien.

— Ça n'a pas été simple, je le reconnais, dit Théo. Est-ce que vous savez qui est ce membre influent de l'Église qui a demandé ce service ?

— Oui, c'est le Cardinal Macdonnell.

— Est-ce que vous savez que Macdonnell est lié avec l'un des hommes les plus riches et les plus influents de la planète : Oswald Graham ?

— Oui, mais je ne le savais pas, alors...

Maria Magdalena s'interrompit, but une gorgée, regarda tour à tour Lisa et Théo avant d'ajouter :

— Écoutez, tout ce que j'ai fait, c'est suivre la piste de cet homme, sur demande de ma hiérarchie. J'ai passé du temps sur cette affaire et j'ai fini par débusquer le Gardien. J'ai prévenu mon rédacteur en chef, qui a prévenu Macdonnell, qui a sans doute prévenu d'autres personnes afin qu'elles se rendent dans le désert de Simpson, en Australie, là où j'avais déterminé qu'ils le trouveraient. Vous êtes arrivés avant elles et avez gagné la partie. Fin de l'histoire.

Elle se tut, finit son verre et ajouta :

— C'est tout ce que je sais. Et je pense que vous en savez au moins autant que moi et certainement plus. Autrement, pourquoi seriez-vous là, je me trompe ?

Lisa et Théo restèrent un long moment silencieux, en arrière dans leurs fauteuils d'osier, sirotant leur verre. Quelque chose ne collait pas dans le récit de la journaliste, ils le sentaient bien, en avaient l'intuition. Le jeune homme finit son verre et le reposa sur la table, puis il plongea ses yeux dans ceux de la belle italienne et dit :

— J'aimerais comprendre comment vous avez fait, seule, pour résoudre toutes les énigmes laissées par le Gardien, en particulier celle qui vous a conduite au rocher de la Lune, en Namibie. Pouvez-vous nous donner des explications ?

Maria Magdalena se mordit les lèvres, demeura muette, cherchant sans doute une explication plausible à fournir à ses deux interlocuteurs. Elle finit par dire :

— J'ai suivi la piste jusqu'au puits de l'estancia don Carlos, ensuite je me suis rendue au monastère de Taktshang où j'ai eu l'énigme pour le rocher de la Lune, de la bouche même de l'ermite de la tanière du tigre. Cela vous satisfait ?

Théo regarda Lisa, fit un grand sourire en secouant la tête et, regardant à nouveau la journaliste, dit :

— Je crois que vous nous mentez sur toute la ligne depuis le début de cette conversation.

— C'est votre opinion. Moi, je vous affirme que je ne mens pas, s'insurgea-t-elle. Et puis, qu'est-ce qui vous fait dire ça ?

— Comment vous êtes-vous rendue de l'estancia don Carlos au monastère de Taktshang, à plusieurs milliers de kilomètres de là, sur un autre continent ? Je suis curieux d'entendre vos explications.

Maria Magdalena semblait gênée cette fois. Théo savait qu'elle aurait du mal à répondre à cette question. La seule façon de poursuivre la quête du Gardien passait par le puits temporel qui conduisait directement au monastère. Seul Théo ou quelqu'un qui avait l'appui de technologies maîtrisées par Oswald Graham, pouvait le traverser. Donc, soit elle ne l'avait pas fait, soit elle l'avait fait avec l'appui du staff de Graham.

La journaliste, acculée, finit par dire, de l'angoisse dans le ton :

— Écoutez, vous devriez partir pendant qu'il en est encore temps. Les gens pour qui je travaille sont dangereux et me surveillent. Si je vous parle, nous serons tous morts avant demain.

— Nous connaissons les gens pour qui vous travaillez, avoua Théo. Ils ne nous font pas peur. Parlez-nous, nous vous protégerons.

— Vous ? dit-elle sur un ton moqueur. Vous n'êtes qu'un ado. Comment pourriez-vous me protéger de ces gens-là ? Soyez sérieux.

— Théo peut vous protéger, vous pouvez lui faire confiance, assura Lisa. Il n'est pas un ado ordinaire. Il est plus fort que n'importe qui sur cette Terre. Il est invincible et immortel. Alors, oui, il pourra vous protéger, comme il nous protège tous.

Maria Magdalena regarda l'Élu longuement avant de dire :

— C'est vous ?

— Moi ? Moi qui ? demanda le jeune homme en fronçant les sourcils, soudain intrigué.

— Vous êtes l'Élu des Mikelians ? Vous, un jeune homme tout frêle ? C'est impossible !

— C'est pourtant bien moi, confirma-t-il. Et puis, je ne suis pas si frêle que ça, fit-il remarquer.

— Prouvez-le-moi.

— Le prouver ? Ici, maintenant ? Avec tous ces gens autour de nous ? Ça ne va pas être facile.

— Si vous êtes l'Élu, vous devez avoir des pouvoirs extraordinaires. Je veux que vous m'en fassiez la démonstration. Après, je vous parlerai.

Théo se gratta la tête. Que pouvait-il faire sans trop attirer l'attention sur eux ? Il finit par avoir une idée :

— D'accord, vous allez penser à quelque chose, n'importe quoi. Je vais tenter de deviner ce que c'est. Je vous demande juste de vous concentrer sur cette pensée, autrement j'aurai du mal à la cerner. D'accord ?

— Pourquoi pas ?

— Bon, vous y êtes ?

— Oui, c'est bon. Je me concentre, allez-y.

Théo établit le contact avec l'esprit de la journaliste. Il y pénétra, parcourut des chemins sinueux qui plongeaient au cœur de ses pensées. Il naviqua un moment, parcourant les milliers d'images, diverses et variées, qui constituaient une partie de ses souvenirs. Il arriva enfin dans une zone où une image unique, lumineuse, plus grande que les autres trônait, solitaire. Il était arrivé devant cette pensée immédiate. Il vit l'image s'animer, comme un film qui défile, entendit les sons, les paroles des personnes qui parlaient. Il ressortit de son esprit et lui dit :

— Vous pensez au chien que vous aviez étant petite. Il se nommait Lola, c'était une petite femelle, une bâtarde, au pelage noir, avec de grands yeux pleins d'amour. Elle vous a été offerte par vos parents pour vos cinq ans. C'était un bébé qu'ils ont ramené d'un refuge.

Maria Magdalena regardait Théo avec de grands yeux ébahis, la bouche grande ouverte. Elle en était décontenancée.

— Comment faites-vous ça ? finit-elle par dire.

— Vous vouliez une preuve, c'est tout ce que j'ai trouvé pour ne pas affoler tous ces braves gens qui dînent ici ce soir. J'aurais pu soulever toutes les tables du restaurant, avec les chaises et les parasols, les faire tournoyer dans les airs et les remettre exactement à leur place, mais je crois que ça n'aurait pas été raisonnable, vous ne croyez pas ?

— C'est vraiment vous alors ? demanda-t-elle encore, comme pour bien s'en persuader.

— C'est moi, n'ayez pas de doute là-dessus. Je suis Théo Orgone, l'Élu des Mikelians, celui qui a été choisi pour débarrasser notre monde de gens comme Oswald Graham et tant d'autres. Vous me croyez maintenant ?

— Oui. Comment auriez-vous pu savoir au sujet de ma Lola, autrement ?

— Personne n'aurait pu, autrement. Bien, ne perdons plus de temps, racontez-nous votre histoire, j'ai hâte de la connaître. Mais au fait, comment savez-vous pour l'Élu des Mikelians ? C'est Oswald Graham qui vous en a parlé ? Vous travaillez donc bien pour lui, n'est-ce pas ?

— Non, non, se défendit-elle.

Elle fit une pause alors que le serveur apportait les plats. Lorsqu'il fut parti, elle reprit :

— Enfin, c'est plus compliqué que ça.

— Nous vous écoutons, l'encouragea Lisa.

— Ce que je vais vous raconter va vous paraître, sans doute, complètement fou, tant cette histoire est in-croyable ! Ou peut-être pas tant que ça, étant donné qui vous êtes. Tout a commencé pour moi alors que je faisais mes études d'histoire à l'université de Bologne. J'étais une élève brillante, très brillante même. Je fus remarquée par un professeur qui me convia à intégrer un groupe d'historiens, où j'allais faire une rencontre qui allait changer ma vie. Cette rencontre fut celle d'une société secrète qui oeuvrait dans l'ombre dans le seul but d'apporter son aide à une personne unique. L'on m'expliqua que j'étais la descen-dante d'une famille qui compta dans ses rangs un homme particulièrement brillant, qui fonda cette société secrète, que depuis ma naissance, ses membres veillaient sur moi, de loin, que tout avait été fait pour me donner le goût de l'histoire pour que je me lance dans ces études. Au début, je n'y ai pas cru, bien entendu, mais ils m'expliquèrent avec force détails tout ce qu'ils avaient fait pour que j'en arrive là où j'étais. Ils me dirent ensuite pourquoi ils avaient fait tout ça, le but ultime que je devais atteindre, la mission que je devais accomplir : intégrer le service de presse du Vatican et me distinguer auprès de ma hiérarchie. Ils me parlèrent de cet aïeul qui fonda leur Ordre, me ra-contèrent l'incroyable histoire des Mikelians et de la venue prochaine de leur Élu, celui pour lequel eux, membres de la Manu Dei, existaient.

La journaliste s'interrompit à nouveau, regarda Théo et Lisa, dont l'étonnement était perceptible.

— La Manu Dei[21] ? Vous en êtes sûre ? demanda Lisa, perplexe.

— Oui, certaine. J'en suis devenue membre à part entière, il y a longtemps.

— Nous savons, dit Théo, que la Manu Dei a été créée par Fra Paolo suite à des circonstances très particulières. Ses membres ont déjà œuvré en d'autres circonstances pour nous aider.

— Par, circonstances particulières, vous voulez parler des réalités parallèles qui apparurent lorsque le jeune Fra Paolo, le Paolo malfaisant, a changé le cours du temps pour servir ses intérêts personnels, je me trompe ?

— Non, vous semblez être au courant de toute l'histoire à ce que nous voyons, constata Lisa.

— Tous les membres de la Manu Dei sont au courant, puisque notre Ordre est né du chaos engendré par le jeune Paolo.

— Expliquez-nous, dit Théo, que nous comprenions ce qui s'est passé.

— Lorsque tout fut rentré dans l'ordre, après que vous, l'Élu, ayez réussi à utiliser l'horloge du temps créée par Fra Paolo et mise en œuvre par la Manu Dei, mon aïeul, Paolo, se souvenait parfaitement de ce qui s'était produit par sa faute. Il s'en voulait terriblement d'avoir plongé le monde dans le chaos, même s'il n'en était pas directement responsable. Il décida alors que ce qu'il avait mis en œuvre pour sauver le monde, à partir de la nouvelle réalité engendrée par son double malfaisant devait être reproduit dans la réalité originelle, dans laquelle nous nous trouvons. Paolo

---

[21] Cf. tome II, chapitre VII.

avait compris qu'il pouvait, depuis son époque, vous venir en aide, puisqu'il l'avait déjà fait. Il recréa donc la Manu Dei et lui assigna une mission unique : travailler à apporter de l'aide, de la manière la plus discrète possible, à l'Élu des Mikelians, en l'occurrence, vous, Théo. Fra Paolo, ayant retenu les leçons du passé, s'est toujours refusé à mettre entre les mains de qui que ce soit les secrets de la machine à voyager dans le temps qu'il avait conçu et il ne dévoila l'identité de l'Élu qu'au supérieur de notre Ordre. Il passa les dernières années de sa vie à voyager dans notre époque, toujours dans vos pas, tel un ange gardien, de manière à anticiper tous les problèmes que vous pourriez rencontrer et tenter d'y apporter des solutions, vous aidant sans même que vous vous en rendiez compte. C'est pourquoi la Manu Dei est importante. Elle est garante de l'exécution des instructions laissées par Fra Paolo il y a près de cinq siècles.

— Sacré Paolo ! lança Théo, un grand sourire sur le visage. C'est sans conteste l'homme le plus intelligent que j'aie rencontré dans ma courte vie. Et je pense qu'il doit faire partie des plus intelligents que la Terre ait portés.

— Mais vous, dans tout ça, qu'elle était votre mission ? l'interrogea Lisa.

— Fra Paolo, qui je vous le rappelle était, ou devrais-je dire, est toujours dans vos pas, vous a précédés dans votre futur immédiat pour savoir comment les évènements allaient se dérouler. Voyant le futur avant qu'il ne se produise, il a toujours réfléchi, devant une situation qui était compliquée et ne vous était pas favorable, à l'aide qu'il pourrait vous apporter, sans pour autant modifier de manière inconsidérée le cours du temps. La plupart du temps, il a réussi à le faire en appliquant de petites retouches, à doses homéopathiques. Il y a pourtant un cas où il ne trouva pas de solution satisfaisante sans bousculer les choses de façon plus approfondie. Ce fut le cas du Gardien. Vous échouiez à le retrouver avant Oswald Graham, celui-

ci ayant pris une sérieuse avance sur vous dans ses recherches, aidé par un journaliste du service de presse du
Vatican. L'homme, un fin limier, d'une intelligence très
supérieure, lancé à la poursuite du Gardien plusieurs mois
avant que vous n'en entendiez parler, le trouverait avec
plusieurs jours d'avance sur vous. Paolo se trouva devant
un dilemme : vous permettre de trouver le Gardien avant le
journaliste et modifier le cours des évènements de façon
plus importante, au risque de chambouler plus durablement
le futur, ou laisser le Gardien entre les mains de Graham,
avec un risque encore plus important de permettre à cet
homme de parvenir à ses fins. Il décida que la première
solution serait sans doute un moindre mal. C'est là que
j'interviens. Paolo organisa un plan qui visait à empêcher le
journaliste de se retrouver à travailler au service de presse
du Vatican. Pour cela, il lui fallait un autre journaliste, tout
aussi capable que celui qu'il devait remplacer, quelqu'un
qui se fasse remarquer pour ses capacités d'investigation et
pour sa connaissance de l'Histoire et de la religion. Après
avoir longuement réfléchi, Paolo estima que s'il fallait
changer la destinée d'une personne, autant que ce fut celle
d'un membre de la descendance de sa famille. C'est finalement sur moi que se porta son choix. Tout fut mis en
œuvre pour me donner le goût de l'Histoire, de la religion
et du journalisme. Ce fut un pari risqué, mais ça a fonctionné. J'ai donc réussi à entrer au service de presse du Vatican
en lieu et place d'un journaliste, qui du coup trouva du travail chez un autre employeur. Comme l'avait prévu Fra
Paolo, c'est à moi que l'on demanda de rechercher le Gardien, exactement dans les mêmes conditions qu'avec l'autre
journaliste avant que son destin ne soit modifié. Mon rôle
était de faire les recherches en donnant les informations à
mes supérieurs de manière à ce qu'ils pensent que j'avais
une confortable avance sur vous. Ainsi, confiant, Oswald
Graham me laissait faire sans mettre à mes basques une
partie de ses hommes. J'avais le timing précis, mis en place

par Paolo et il me suffisait de le suivre à la lettre. Je n'ai jamais eu besoin de résoudre les énigmes du carnet du Gardien, Paolo avait planifié mon emploi du temps pour laisser croire que je le recherchais. Paolo, en fin stratège, avait prévu que vous me rattrapiez et me dépassiez à Buenos Aires, comme ce fut le cas. Ainsi, je demeurais crédible pour Graham : jamais supérieure à l'Élu des Mikelians et son équipe de fins limiers. Pour me rendre au monastère de Taktshang, voir l'ermite, j'ai dû faire un rapport expliquant que j'étais dans une impasse devant un puits, au milieu de la Pampa. Là, le Cardinal Macdonnell me contacta en personne, m'expliquant que j'allais avoir l'appui de gens qui travaillaient avec lui et que j'allais vivre un évènement exceptionnel dont je ne devrais jamais parler à personne : le franchissement du puits temporel. Ensuite, une fois à Taktshang, j'ai tenté de rentrer en contact avec l'ermite, sans succès. Je n'avais pas besoin d'entendre ce qu'il avait à me dire puisque je connaissais déjà tout le déroulement du parcours, mais je me disais que si l'on me surveillait, mieux valait faire les choses bien. Je devais ensuite vous dépasser au rocher de la Lune, après votre petit cafouillage avec votre grand-père. Là aussi ça restait crédible. Si j'avais été trop en avance sur vous, ça n'aurait pas manqué d'attirer l'attention et le doute sur moi. Ensuite, je me suis débrouillée pour que vous me retrouviez à Paris, au musée. Là, vous avez lu mon SMS, ce qui était l'une des façons que nous avions imaginée pour que vous repreniez l'avantage et finissiez par retrouver le Gardien. Quand j'ai vu cet ado à l'allure volontairement désinvolte qui se penchait sur mon smartphone, je n'ai pas imaginé une seule seconde que j'avais directement affaire à l'Élu des Mikelians. Lorsque vous avez commencé à me draguer, j'ai vraiment cru sur le moment que vous n'aviez rien à voir làdedans. Ensuite, ne voyant personne d'autre s'intéresser à moi, j'ai compris que vous travailliez pour l'Élu, pas que vous l'étiez. Voilà, vous savez tout.

— Pourquoi est-ce que Fra Paolo n'a pas tout simplement fait parvenir un message à Théo pour qu'il se rende directement en Australie, puisqu'il savait où était le Gardien ? questionna Lisa, perplexe.

— Les changements que ça aurait occasionnés sur le cours des évènements auraient été trop importants s'il avait agi ainsi. En procédant comme nous l'avons fait, les modifications ont été minimes et le risque de s'écarter de notre avenir originel, très faible. Paolo, ayant tiré les enseignements du passé, a toujours œuvré dans ce sens : prendre les risques minimums de modifier le cours du temps.

— Vous nous avez dit que nous courions un danger de parler avec vous, pourquoi ? s'inquiéta Théo.

— Parce que depuis plusieurs jours je me sens épiée et suivie. J'ai peur qu'Oswald Graham n'ait des soupçons me concernant, maintenant qu'il s'est fait souffler le Gardien sous le nez.

— Vous êtes en danger. Vous ne pouvez pas rester ici, chez vous.

— Où que j'aille, les hommes de Graham me retrouveront. Je n'ai pas le choix.

— Si, vous l'avez. Venez avec nous. Nous vous mettrons à l'abri dans un lieu où personne ne vous trouvera.

— J'ai ma vie ici, objecta la jeune femme. Mon métier, mes amis, ma famille. Je ne veux pas laisser tout ça.

— C'est provisoire. Le temps pour nous de régler cette affaire. Ensuite, vous pourrez rentrer chez vous et reprendre le cours de votre vie.

Maria Magdalena réfléchit longuement. La décision qu'elle devait prendre n'était pas sans conséquence sur sa vie. Elle finit par dire :

— Combien de temps ?

— Difficile à dire, avoua Théo. Quelques semaines sans doute, le temps que nous découvrions les secrets que convoite Graham et que nous mettions un terme à ses agissements.

La journaliste prit le temps du repas pour réfléchir, au terme duquel elle accepta la proposition de Théo.

Elle fut conduite sur l'île, où elle serait en sécurité le temps nécessaire.

§

— Vous allez fermer les yeux et respirer à fond. Détendez-vous, ne pensez plus à rien, n'écoutez plus rien que le son de ma voix. Ma voix sera votre guide. Inspirez, expirez, détendez-vous, écoutez le son de ma voix. Vous êtes dans une pièce octogonale, allongé sur une table, entouré de silhouettes étranges. Concentrez-vous, que voyez-vous ?

— Je vois… je vois l'une de ces silhouettes, allongée sur la table.

— Cette silhouette sur la table, en distinguez-vous le visage ?

— Non. Elle est floue, comme les autres, celles qui sont autour de la sphère lumineuse.

— La sphère lumineuse est dans cette pièce ?

— Oui. Des filaments de lumière courent entre elle et les silhouettes.

— Et vous, où vous trouvez-vous dans cette pièce ?

— Je ne sais pas.

— Vous étiez allongé sur la table, vous vous souvenez ?

— Oui. Sur la table il y a quelqu'un d'autre. C'est une sorte de créature étrange... mais... je...

— Qu'y a-t-il ? Vous semblez troublé ?

— Je ne comprends pas... cette chose sur la table...

— Oui ?

— On dirait que... que c'est moi !

— Vous ? Comment ça ?

— Je n'en sais rien. Je vois un corps qui n'est pas le mien, mais je sais que c'est moi. Je me vois, allongé, les yeux rivés sur cette sphère. Je sais qu'il va se produire un évènement.

— Quel évènement ?

— Je ne sais pas. Je n'arrive pas à me souvenir.

— Cet évènement, c'est l'accident ?

— Non, je ne crois pas... peut-être.

— D'accord. Concentrez-vous sur cet évènement. Vous devez vous souvenir, vous ne devez pas avoir peur de ce qui va se produire, c'est votre passé, il ne peut plus rien vous arriver.

— Je regarde la sphère, elle devient de plus en plus lumineuse. Son éclat est si éblouissant que je dois détourner le regard. La lumière décroît, je regarde à nouveau... c'est... c'est l'archange.

— L'archange ? Quel archange ?

— L'archange Michel. Il est là, devant moi, dans la lumière. Il me regarde, plein de compassion.

— Que vient faire l'archange Michel ? demanda le docteur Thornhill, un peu décontenancé par l'intrusion de ce personnage biblique dans les souvenirs du Gardien.

Bien entendu, il n'avait pas été mis au courant au sujet de toutes les histoires qui entouraient le Gardien.

— Les silhouettes… ce sont des anges !

— Des anges ? Des anges avec des ailes ?

— Non, ils n'ont pas d'ailes, mais ce sont des anges. Ils veillent sur moi. L'archange est là aussi pour moi.

— Pourquoi est-il là pour vous ?

— Je ne sais pas.

— Concentrez-vous. Que vous veulent tous ces anges ?

— Je crois que…

— Oui ?

— Je dois accomplir ma mission.

— Votre mission ? Quelle mission ?

— Je dois aider le sauveur.

— Qui est le sauveur ? demanda Thornhill, de plus en plus perplexe sur la capacité de son patient à retrouver ses souvenirs. Il considérait que le cerveau de celui-ci avait dû être trop abîmé par son accident et qu'il ne pourrait sans doute pas recouvrer toute sa mémoire. Pour lui, les souvenirs que lui décrivait le Gardien étaient trop confus, à la limite du mysticisme. Son patient mélangeait tout et ce n'était pas de bon augure. Il ne savait pas encore que les souvenirs qui remontaient à la surface étaient pourtant bien réels. Il décida d'écourter la séance, de peur que son patient ne continue à délirer.

— Bien, dit-il, selon son rituel. Vous écoutez toujours le son de ma voix. Vous restez concentré sur elle. Je vais compter jusqu'à trois et vous vous réveillerez. Attention : un... deux... trois... réveillez-vous.

Thornhill fit signe à Théo et au professeur Darlington de le suivre dans la pièce d'à côté, pendant que Jésus reprenait ses esprits.

— Je ne suis plus très optimiste, leur avoua-t-il. Cet homme mélange la réalité et le fantasme mystique. Je crains que nous ne puissions rien pour lui.

Darlington, un peu gêné, se racla la gorge avant de dire :

— Mon cher Léo, il faut continuer de vous occuper de cet homme. Nous devons absolument connaître son histoire. Il faut qu'il retrouve sa mémoire, c'est capital.

— Je comprends bien, mais vous avez entendu ce qu'il raconte, tout comme moi. Il délire !

Darlington regarda Théo, se demandant s'il pouvait mettre Thornhill dans la confidence et lui expliquer une partie du problème. Le jeune homme hocha la tête en signe d'acquiescement.

— Léo, il faut que vous sachiez certaines choses à propos de Jésus, qui vous permettront de mieux le comprendre et sans doute de mieux l'aider également.

— Je vous écoute ?

— Lorsque Jésus vous parle d'archange et d'anges, ce ne sont pas des délires mystiques, mais de véritables souvenirs.

Thornhill se mit à rire. Il ne pouvait pas croire une telle chose, c'était impossible. Pourtant, il connaissait bien Darlington et savait que c'était quelqu'un d'équilibré et de sérieux. Jamais il n'aurait dit de telles fadaises s'il n'y avait pas un fond de vérité. Thornhill était très intrigué. Pourquoi, tout à coup, Darlington racontait-il des âneries ?

— Que me contez-vous là, cher ami ? finit-il par dire. Vous n'êtes pas sérieux bien sûr ?

— Je crains que oui, mon cher. Aussi fou et invraisemblable que cela puisse paraître, Jésus a été en contact avec l'archange Michel et les anges dont il parle.

— Comment pouvez-vous, vous, un éminent professeur, croire de telles sornettes !? s'insurgea Thornhill.

— Parce que Jésus n'est pas le seul à avoir eu contact avec l'archange. Théo, ici présent, l'a déjà rencontré à plusieurs reprises.

— James, vous n'êtes pas sérieux ? Si je ne vous connaissais pas, je vous jetterais à la porte de ce cabinet sur-le-champ !

— Et je ne pourrais vous en tenir rigueur, Léo. Vous devez me faire confiance, même si vous ne pouvez croire à cette histoire. Tout ce que je vous demande, c'est d'accorder du crédit à tout ce que Jésus dira et de l'aider à aller jusqu'au bout de ses visions. Elles ont forcément un fond de vérité, même si parfois il se peut qu'il mélange les souvenirs entre eux.

Thornhill demeura silencieux, comme prostré. Il soupira et dit :

— Bien, je vous fais confiance, James, mais je suis très sceptique sur ces histoires, je ne vous le cache pas.

— Merci, Léo. Je savais que je pouvais compter sur vous.

§

La diffusion de l'enregistrement se termina. Le silence planait sur les membres de l'équipe qui étaient réunis dans le salon de la propriété de l'île. Chacun était perplexe, après avoir écouté l'ensemble des séances d'hypnose du Gardien au cabinet de Thornhill. Théo les avait réunis autour de Jésus pour réfléchir ensemble aux visions que celui-ci avait eues durant ces séances. Ce fut Yu qui intervint le premier :

— Ce sarcophage bleu translucide dans lequel Jésus était plongé dans un liquide glacial, ça me fait penser à un système de conservation, de cryogénisation peut-être, ou quelque chose dans le genre.

— C'est ce à quoi cela fait penser, en effet, confirma Darlington. Théo et moi avons aussi fait le rapprochement.

— J'avoue, dit le Gardien, que j'ai pensé la même chose. J'ai réfléchi longuement sur le sujet ces derniers jours et je n'arrive pas à mettre du sens à cette idée. Pourquoi aurais-je été conservé ? Depuis quand ? Dans quel but ? Et surtout par qui ? L'archange ? Ça n'est pas logique, vous ne croyez pas ?

— Sauf si ce n'est pas du fait de l'archange, proposa Lisa. Dans ce cas, ça peut s'expliquer plus facilement.

— Ce serait qui ? se demanda Yu. Graham ? Kovac ? un autre encore que nous ne connaissons pas ? Ce qui est sûr, c'est que ce que Jésus décrit est du domaine de la technologie, pas de la magie. C'est plutôt dans leurs cordes que dans celles de l'archange.

— C'est pourtant l'archange qu'il a vu lorsque la sphère est devenue très lumineuse, rappela Théo. Je le vois aussi arriver à moi dans une lumière intense. Ce n'est pas une coïncidence. Ce qu'il faut se demander, c'est effectivement pourquoi Jésus aurait été conservé ? En général, on cryogénise une personne pour la préserver du temps sur une plus ou moins longue période, pour des raisons médicales par exemple, je ne me trompe pas Yu, n'est-ce pas ?

— C'est en tout cas l'une des principales raisons. Sauf qu'aujourd'hui, la science de la cryogénisation n'est pas opérationnelle pour conserver une personne. On peut conserver des cellules, du matériel génétique de base, mais un être vivant entier, ce n'est pas possible. On est incapable d'inverser le processus pour le ramener à la vie car une fois cryogénisé à une température ultra basse, on est bel et bien mort.

— Donc, à moins que des scientifiques aient trouvé le moyen d'inverser le processus, tu confirmes que c'est de la science-fiction ?

— Absolument.

— Après ce que nous avons vu dans la base secrète de Graham, au Nouveau-Mexique, où il est évident que la sphère noire est quelque chose d'une technologie inconnue jusqu'ici. Surtout que nous savons maintenant qu'elle est capable de voler, nous pouvons supposer que Graham possède cette technologie et bien d'autres.

— Si Jésus a bien été cryogénisé, le plus vraisemblable est qu'il l'a été par les scientifiques qui travaillent pour mon père, supposa Jessie. Je pense qu'il est le seul sur terre aujourd'hui à posséder de telles capacités techniques, vous ne croyez pas ?

— Mais alors qui est Jésus ? Pourquoi Graham l'aurait-il fait conserver ? se demanda Lisa. Et puis quelque chose ne colle pas : nous savons que Graham a lancé Maria Magdalena à la recherche du Gardien pour s'emparer de ses secrets. Admettons qu'il l'ait déjà capturé une fois : ce n'est pas en le congelant qu'il aurait pu les obtenir…

— Lisa a raison, convint Yu. Ça ne peut pas être Graham, ça n'a aucune logique.

— Kovac ? proposa Jessie.

— Non, Kovac cherchait lui aussi le Gardien pour qu'il lui déchiffre les formules, expliqua Théo. Il est évident que Kovac n'est pas à l'origine de ces calculs si complexes.

— Alors qui ? On en revient à l'archange au final.

— L'archange utilise la magie, les forces occultes, les forces spirituelles, appelons-les comme on veut. Je ne pense pas qu'il ait besoin de s'embarrasser de technologies aussi terre à terre que la cryogénisation. Il maîtrise le temps, c'est certain, nous le savons bien. S'il avait besoin de projeter Jésus dans le futur, quelles qu'en soient les raisons, il lui suffisait de lui faire traverser un tunnel temporel.

— Il y a aussi la possibilité que nous fassions fausse route concernant la vision du sarcophage, émit Lisa. Et si ce n'était pas du tout un appareil de conservation ? Après tout, nous sommes conditionnés par les films de science-fiction qui nous montrent des gens congelés dans des fluides improbables, qui en sortent couverts de ces fluides et qui se les gèlent après avoir passé x années dans leur caisson.

— Ce n'est pas totalement faux, reconnut Darlington. A part dans la science-fiction, qui a déjà vu un caisson de cryogénisation ?

— Ce serait quoi alors ? se demanda Jessie.

— Aucune idée, ma chère, mais je pense, après cette conversation, qu'il est un peu tôt pour tirer des conclusions sur les visions du passé de Jésus. Nous devons être patients et attendre que son esprit nous dévoile un peu plus de ses mystères.

— On en est toujours au même point du coup, constata Lisa. On ne sait toujours pas qui est Jésus, pourquoi est-ce qu'on l'appelle Gardien et quels secrets il détient pour attiser tant de convoitise.

— Je ne sais pas encore qui je suis, dit Jésus, mais j'ai déjà progressé dans le temps, je parle de ma mémoire et je suis sûr que nous allons trouver les réponses que nous cherchons tous. Je vous promets de tout faire pour ça.

— Nous n'en doutons pas, Jésus, dit Théo.

§

Théo était étendu sur un transat, seul sur la petite plage de sable de l'île, en contrebas de la maison. Il profitait du calme et de la sérénité de l'endroit pour se détendre sous le chaud soleil tropical. Dans quelques heures il devrait repartir pour Londres, accompagner Jésus pour sa séance avec le docteur Thornhill. Le jeune homme savait qu'il faudrait être patient pour espérer voir ressurgir tous les souvenirs du Gardien. Il avait espéré recevoir l'aide de l'archange après l'avoir retrouvé, mais celui-ci ne daignait pas se manifester. Était-il fâché de sa désobéissance concernant le sort à réserver à ce pauvre Jésus ? L'archange aurait pourtant pu répondre à toutes les questions qui se posaient le concernant.

— Vous n'avez pas trop chaud ? questionna Maria Magdalena, qui arrivait, vêtue d'un short à fleurs sur lequel retombait un ample chemisier blanc. Ses cheveux étaient tirés en arrière, terminés par un chignon. Son beau visage s'empourprait sous le soleil cuisant de l'île. Théo lui fit un grand sourire et l'invita à s'installer dans le transat voisin du sien.

— Nous pourrions nous tutoyer, qu'en penses-tu ? dit-il.

— Oui, c'est une excellente idée. Je n'osais te le proposer.

— Bon, ça c'est fait.

— Je suis venue te trouver pour te parler, Théo, dit-elle, un peu gênée.

— D'accord, je t'écoute.

— L'autre jour, au restaurant, je ne vous ai pas tout dit. J'avais peur que des oreilles indiscrètes n'entendent ce que je m'apprête à te dire.

Théo se redressa, piqué par la curiosité. Il fixa la jeune femme, le regard interrogateur.

— Ici, personne ne peut nous entendre, tu peux parler sans crainte, l'encouragea-t-il.

— Je sais, c'est pour ça que je viens à toi et aussi parce que j'ai entendu votre conversation lors de votre réunion de ce matin, avoua-t-elle.

— Tu nous espionnais ? dit-il, surpris.

— Non, non, je n'écoutais pas aux portes. Je suis sortie de ma chambre pour me rendre à la cuisine et je vous ai entendus parler du Gardien. J'ai tendu l'oreille, c'est tout. Je sais que ça ne se fait pas, mais c'est ma curiosité naturelle de journaliste qui m'y a poussée.

— Je vois, continue.

— Tout d'abord, je dois te faire des excuses.

— Des excuses ? Pourquoi ?

— Parce que, je vous ai menti à Lisa et toi. J'ai dit que j'avais été contactée par la Manu Dei alors que je faisais mes études à Bologne. C'est faux. Je vous ai dit que la Manu Dei avait œuvré en secret pour que je devienne ce que je suis aujourd'hui. Là encore, ce n'est pas tout à fait vrai. Je suis bien une descendante de la famille de Fra Paolo, du côté de l'un de ses frères. C'est mon aïeul lui-même qui m'a recrutée, alors que je n'étais encore qu'une enfant.

— Tu as connu Fra Paolo ? s'étonna le jeune homme.

— Oui. Il est venu me trouver et m'a raconté son histoire. J'avais à peine treize ans. Il m'a convaincue de la véracité de celle-ci et m'a même fait faire un petit tour à son époque pour finir de me convaincre. Paolo me destinait à diriger la Manu Dei. C'est le cas aujourd'hui.

Elle s'interrompit pour que Théo ait le temps de bien comprendre ce qu'elle disait. Il la regarda dans le fond des yeux et dit :

— Toi ?... Je comprends pourquoi tu as menti. Tu ne pouvais pas risquer de dévoiler ton identité en public. Mais alors, tu savais parfaitement qui j'étais dès notre première rencontre ?

— Oui. Je suis la seule à le savoir. C'était une précaution de la part de Paolo vis-à-vis de toi. Il fallait qu'il y ait le moins de gens possible dans la confidence.

— Tu t'es bien moquée de moi alors, au restaurant, à Rome en me faisant croire que tu découvrais qui j'étais. Mais pourquoi m'avoir obligé à te prouver que j'étais l'Élu, puisque tu le savais déjà ?

— Simple curiosité de ma part. J'avais envie de voir de quoi tu étais vraiment capable.

— Je vois. Et cette révélation que tu dois me faire ?

— J'y viens. Paolo m'a formée durant des années pour que je sois à même de diriger l'Ordre et que je puisse te venir en aide de façon efficace. J'ai appris avec lui des techniques incroyables, qu'il avait mises au point à une époque où l'on ne connaissait même pas l'électricité ! Paolo est un véritable génie ! Je suis la seule en qui il eut suffisamment confiance pour m'apprendre à me servir de sa machine à voyager dans le temps. Il m'a légué également quelques petites inventions très utiles qui m'ont servies dans mes recherches.

— Paolo a toujours eu une vision juste des choses.

— Sauf lorsqu'il a voulu confier tous ses secrets à son double jeune[22], rappela-t-elle.

— Ses intentions étaient nobles. Il n'aurait jamais pu prédire ce qui s'est produit. Il était vieux et avait sans doute oublié les ambitions qu'il avait pu nourrir étant jeune. Son double jeune était ambitieux, ce qui, en soi, n'est pas un défaut, mais il avait sous-estimé la force des outils qu'il s'apprêtait à mettre entre ses mains.

— Sans doute. J'ai ensuite fait mes études d'histoire et de journalisme, comme nous l'avions prévu, lui et moi.

— Vous avez établi ce plan ensemble ?

— Oui. Paolo et moi, nous sommes toujours très bien entendus et notre collaboration est des plus fructueuses. Nous avons passé beaucoup de temps ensemble et nous avons beaucoup discuté tous les deux. Paolo se posait énormément de questions à ton propos.

— Vraiment ? Pourquoi ça ?

— Parce qu'il était perplexe quant au rôle que tu jouais dans toute cette histoire.

— Comment ça ?

— Paolo n'a jamais douté de toi, je te rassure.

— Si ce n'est pas de moi, de qui alors ?

— De l'archange Michel.

— L'archange ? dit le jeune homme, surpris.

---

[22] Cf. tome II, chapitre XX.

— Oui, l'archange. Paolo, bien qu'homme de foi, est un scientifique qui a été capable de comprendre la technologie des puits temporels et de la reproduire en créant sa propre machine à voyager dans le temps. Et c'est justement parce qu'il a compris cette technologie incroyable qu'il s'est mis à douter. Pour lui, les techniques mises en œuvre pour créer ces puits temporels ne sont pas compatibles avec l'idée que l'on se fait de la puissance divine, comme tu l'appelles. Ce sont de véritables technologies qui mettent en œuvre des principes scientifiques complexes, sans doute issus de dizaines de milliers d'années d'évolution.

— Il pensait à quoi ?

— Au début, il pensait à une civilisation qui aurait existé il y a très longtemps et dont presque toute trace aurait été effacée par le temps.

— Mais qui aurait laissé des puits temporels un peu partout sur la planète ? douta le jeune homme.

— Tu as raison, ce n'est pas très logique. C'est aussi ce que nous avons pensé quand il a émis cette hypothèse. Nous avons aussi songé à la possibilité d'une civilisation extraterrestre, bien que, dans ce cas, nous n'ayons pas réussi à comprendre les mobiles qui les auraient poussés à faire tout ça.

— Des extraterrestres ? C'est vrai qu'une technologie aussi évoluée, si ce n'est pas de la magie bien entendu, pourrait s'expliquer par cette théorie. Mais il est vrai que je ne vois pas quels buts ces extraterrestres poursuivraient depuis tant de siècles. S'ils étaient ici pour nous envahir, je crois qu'avec la puissance de leurs armes, nous n'aurions pas fait un pli, surtout à l'époque où ils seraient arrivés sur terre, où l'on ne connaissait même pas la poudre !

— Je sais. Nous nous sommes posé toutes ces questions avec Paolo. Nous n'avons pas trouvé de réponses satisfaisantes. C'est pourquoi nous devons continuer à chercher.

— Nous ? Que veux-tu dire par — nous ?

— Toi, tes amis et moi. Vous formez une équipe particulièrement forte pour résoudre les énigmes et je suis persuadé qu'ensemble, nous pourrons connaître la vérité.

— Nous devons découvrir les secrets du Gardien, je pense que lui seul détient toutes les clés pour connaître la vérité.

— C'est très bien, dit-elle, satisfaite. Je suis persuadée que ce que le Gardien nous apprendra ira dans le sens de ce que Paolo et moi soupçonnons.

Théo demeura silencieux et pensif un bon moment. Tout ce que venait de lui dire Maria Magdalena le troublait et provoquait en lui des doutes sur les théories qu'elle défendait. Il voulait continuer d'avoir foi en Dieu, en l'archange Michel, dans la lutte du bien contre le mal. Pourquoi en serait-il autrement ? Le fait que l'archange ait donné aux Mikelians des outils technologiques avancés ne prouvait qu'une chose pour lui : Dieu et ses anges maîtrisaient parfaitement les principes physiques de l'Univers. Comment aurait-il pu en être autrement ? Et pourquoi les bijoux devraient-ils fonctionner par enchantement après tout ? S'il y avait une forme de technologie avancée en eux, cela ne prouvait pas que ce ne sont pas les anges qui les ont façonnés. Théo pria pour que Dieu et Saint-Michel l'entendent et qu'ils se manifestent pour éclairer son chemin.

§

Chapitre XIII

L'archange en danger

Le docteur Thornhill regardait Jésus, Théo et le professeur Darlington d'une drôle de façon, comme s'il était sur ses gardes, comme s'il avait un manque de confiance dans les trois personnes qui étaient face à lui. C'était une impression curieuse, un malaise que tous ressentirent. Darlington, qui connaissait bien Thornhill, se permit de l'entretenir sur le sujet :

— Qu'y a-t-il, cher ami ? Vous ne semblez pas dans votre assiette ce matin ?

— Je ne sais pas si nous avons raison de continuer dans cette voie, objecta-t-il. Encourager cet homme à se souvenir de telles inepties me semble préjudiciable pour son état mental.

— Nous en avons déjà parlé, Léo. Vous pouvez nous faire confiance lorsque nous vous disons qu'il ne délire pas.

— En tant que médecin, j'ai le plus grand mal à cautionner ces pratiques.

— S'il vous plaît, Léo, conduisez cet homme au bout de son chemin, le supplia-t-il, sentant toute la réticence de son ami.

Thornhill dodelina de la tête, écartelé entre sa déontologie de médecin et son amitié pour le professeur Darlington. Il soupira et dit :

— Bon d'accord. Je vais aller au bout, mais vous en prenez toute la responsabilité.

— Très bien, je l'assume complètement. Je n'ai aucun doute sur l'issue pour Jésus. Il n'aura aucune séquelle, car il ne délire pas, je puis vous l'assurer.

— Dans ce cas...

Thornhill fit s'installer Jésus dans le canapé, s'assit près de lui dans un fauteuil et commença sa séance comme à son habitude :

— Vous allez fermer les yeux et respirer à fond. Détendez-vous, ne pensez plus à rien, n'écoutez plus rien que le son de ma voix. Ma voix sera votre guide. Inspirez, expirez, détendez-vous, écoutez le son de ma voix. Où vous trouvez-vous ? Que voyez-vous ?

Darlington et Théo remarquèrent que Thornhill n'avait pas remis le Gardien dans le contexte précédent de ses visions, comme il l'avait fait à chacune des séances. Pourquoi changeait-il de méthode ? Était-ce lié au fait qu'il n'approuvait pas la tournure que prenaient les événements ? Thornhill était cartésien et n'admettait pas l'irrationnel. Les histoires d'anges et d'archange ne pouvaient être que du fantasme à ses yeux. Jésus, allongé, calme, les yeux fermés, répondit :

— Je vois l'archange, lumineux, ses grandes ailes déployées, avec autour de lui, les anges.

— Ont-ils des ailes ?

— Non, ils sont graciles, ont de grands yeux en amande, profonds et bons.

— Que font-ils ?

— Ils nous regardent.

Thornhill se tourna vers Darlington, une moue dubitative sur le visage. Celui-ci lui fit un signe de tête pour lui signifier de poursuivre, ce qu'il fit, non sans montrer sur son visage sa désapprobation :

— Ils nous regardent ? Que voulez-vous dire par là ?

— Ils regardent les humains. Ils les observent, veulent les comprendre.

— Où se trouvent-ils ?

— Je ne sais pas. On dirait une sorte de cathédrale de lumière. Je vois des cristaux qui brillent. Ils forment d'immenses colonnes qui s'élèvent jusqu'à une sphère, elle-même formée de ces cristaux.

— Est-ce votre vision du paradis ?

— Paradis ? Non... je ne crois pas.

— Alors, si ce n'est pas le paradis, quel est cet endroit ?

— Je n'en sais rien. Là où vit l'archange certainement.

— Il ne vit pas auprès de Dieu, avec les autres anges ?

– Je... je... hésita le Gardien.

— Oui ?

— Je ne sais pas.

— Ce lieu n'est-il pas plutôt sur notre Terre ? Un endroit bien réel, où vous vous êtes déjà trouvé ?

Thornhill essayait d'orienter les réponses du Gardien. Il ne croyait pas du tout à la possibilité que ce que voyait celui-ci puisse être vrai. Il tentait de lui faire comprendre que ces visions étaient un mélange entre des faits réels et d'autres tous droits sortis de son imagination fertile.

— Ce n'est pas sur terre, affirma Jésus.

— Comment pouvez-vous en être certain ?

— Je le sais.

— D'accord. Continuez. Que voyez-vous d'autre ?

— Je vois… le mal !

— Le mal ? Quel genre de mal ?

— Le mal, c'est tout. Il est descendu sur terre. L'archange, entouré de ses anges, discute de la stratégie à adopter pour l'éradiquer.

— Vraiment ? dit Thornhill qui doutait de plus en plus de la santé mentale de son patient.

— Oui, je le vois et je l'entends. Ils décident de violer les lois. Oui, c'est ça, ils vont violer les lois.

— Ces lois, quelles sont-elles ? Les lois humaines ? Les lois divines ?

— Ce sont… leurs lois, hésita-t-il.

— Les lois des anges ?

— Oui.

— Donc, les lois divines, vous ne croyez pas ?

— Peut-être. Je ne sais pas.

— Ensuite, que font ces anges ?

— Ils décident d'armer les humains contre le mal. Ils décident d'envoyer sur terre l'un des leurs pour aider les humains pour ce faire.

— Qui est celui qu'ils envoient sur terre ? Vous le savez ? Vous le connaissez ?

— Je n'en sais rien... attendez, je vois... je... Il...

Jésus devenait confus. Il n'arrivait plus à parler, semblait ne plus voir grand-chose. Thornhill décida de terminer la séance par son rituel de réveil :

— Bien. Vous écoutez toujours le son de ma voix. Vous restez concentré sur elle. Je vais compter jusqu'à trois et vous vous réveillerez. Attention : un... deux... trois... réveillez-vous.

§

— L'archange est en danger ! affirma haut et fort Jésus, le Gardien, qui retrouvait une partie de sa mémoire et de ses souvenirs.

Darlington et Théo se regardèrent, interpellés, comprenant que le Gardien se souvenait de quelque chose. Ils étaient en plein cœur de la capitale Britannique, marchaient sur Victoria Street en direction de la Gare Victoria, dans les sous-sols de laquelle Théo avait trouvé un coin tranquille pour ouvrir un tunnel temporel qui les ramènerait sur l'île.

— Vous avez des souvenirs qui remontent ? questionna Théo.

— L'archange est en danger, Théo. Il faut que nous le sauvions.

— Comment ça ? L'archange n'a pas besoin d'être sauvé. Il est immortel, non ?

— Le mal veut l'atteindre, j'en suis certain, dit Jésus qui se prenait la tête entre les mains et qui s'exprimait de manière saccadée.

Théo comprit qu'il faisait une crise. Il le prit par le bras et l'entraîna à travers une porte cochère ouverte, qui donnait dans une petite cour tranquille.

— Il faut sauver l'archange ! répétait inlassablement le Gardien, qui était pris d'une crise aiguë. Il se balançait d'avant en arrière, la tête entre les mains, le visage déformé par la douleur mentale qui l'assaillait. Le professeur regardait Théo, l'air interrogateur, impuissant devant ce qui arrivait. Le jeune homme, calme et serein, sortit les médicaments et les administra à Jésus. Il le rassura en lui disant qu'il fallait patienter, que la crise finirait par passer, qu'il n'y avait pas à s'inquiéter. L'Élu ne paniquait jamais, soutenu par la force des bijoux.

Après quelques minutes, la crise s'estompa jusqu'à disparaître totalement. Jésus retrouva ses esprits et son calme. Il sourit en regardant ses deux amis et leur dit :

— J'ai des souvenirs plus précis maintenant, même si je n'arrive pas encore à reconstituer le puzzle de ma propre histoire.

— De quoi vous souvenez-vous ? demanda Darlington.

— C'est encore confus. Je pense que je faisais partie des proches de l'archange, bien que ça reste à confirmer. Je crois que de ce fait j'étais un... un ange...

— Un ange ? fit Darlington, étonné.

— Oui, je crois que j'en étais un.

— En était ? répéta Théo, perplexe. Vous n'en seriez plus un ?

— Je ne sais pas. J'ai une apparence très humaine, vous ne trouvez pas ? Sans doute suis-je un ange déchu.

— Si vous étiez un ange déchu, vous n'auriez pas été chargé de la mission de m'aider, fit remarquer l'Élu.

— Vous avez raison. Je ne suis pas déchu dans ce cas. Je dois avoir cette apparence humaine pour ma mission. C'est l'archange qui m'a chargé de vous aider.

— Tout ça, ce sont des faits que nous connaissons déjà. Avez-vous d'autres souvenirs ? Vous avez dit, durant votre crise, que l'archange était en danger. Que voulez-vous dire par là ?

— C'est encore un peu nébuleux dans mon esprit, mais j'ai vu l'archange et j'ai vu le mal qui s'en prenait à lui. L'archange est notre seul rempart contre le mal. Le mal le sait bien. S'il réussit à l'atteindre, il le détruira ! Il faut empêcher ça ! s'écria-t-il, à la limite de faire une nouvelle crise.

— Calmez-vous, Jésus. Le mal ne s'en prendra pas à l'archange, je vous l'assure. L'archange n'est pas humain, il est plus puissant que le mal, vous ne croyez pas ?

— L'archange est…

Jésus s'interrompit. Il cherchait ses mots, tentait de mettre de l'ordre dans son esprit, de comprendre ce qui remontait à la surface dans sa mémoire.

— Il est… caché… Il ne faut pas qu'on le trouve !

Théo et Darlington se regardèrent, interloqués. Qu'essayait de leur dire le Gardien ? Le savait-il lui-même ? Ses propos paraissaient quelque peu incohérents. Toutefois, les deux hommes savaient que de cet esprit perturbé devrait sortir la vérité. Alors, loin de rejeter ce qu'il disait, ils devaient tenter de comprendre et de faire la part des choses.

— Pourquoi est-ce que l'archange se cache ? demanda Théo.

— Je ne sais pas, répondit Jésus qui se désolait de ne pas pouvoir expliquer ses propos.

— Vous savez où il se cache ? questionna Darlington.

— Non, je suis désolé. Je crois que plus mes souvenirs reviennent, plus ça apporte de questions auxquelles je n'ai pas de réponse.

— Ne soyez pas désolé Jésus, dit Théo. Vous faites ce que vous pouvez. C'est déjà très bien. Et puis vous allez vous souvenir, j'en suis sûr. Ce n'est qu'une question de temps.

— Je sais. Ma situation est très inconfortable, vous savez.

— Nous nous en doutons.

Théo prit le temps de la réflexion avant de demander :

— Vous souvenez-vous de la nature de l'archange ?

— Que voulez-vous dire ?

— Je me demande quelle est sa nature : véritable archange, autrement dit ange supérieur, ou autre chose ?

— Autre chose ?

La question semblait dérouter le Gardien.

— Oui, autre chose. Un être qui n'aurait pas grandchose à voir avec les créatures décrites dans la Bible, par exemple.

— Pourquoi cette question ?

— Parce que si l'archange se cache, c'est qu'il a peur de quelque chose. Et je ne pense pas que les archanges puissent avoir peur d'autre chose que de Dieu lui-même.

— Théo a raison, appuya le professeur. Ce que vous nous dites n'a pas beaucoup de sens dès lors qu'il s'agit d'un archange, mais prend tout son sens s'il s'agit d'un vulgaire imposteur.

Jésus semblait complètement désorienté par les propos de ses deux amis. Il avait beau chercher dans ses souvenirs, il n'avait pas de réponse à apporter. Il ne comprenait même pas pourquoi il avait dit que l'archange était en danger, ni même pourquoi il se cachait. Il le sentait au fond de lui, comme une évidence, sans pouvoir l'expliquer. Soudain, dans le flot d'informations que son esprit tendait à remettre en ordre, tant bien que mal, il y en eut une qui devint une évidence et qu'il sortit, comme un magicien sort un lapin de son chapeau :

— Il faut aller trouver le sage, lui seul peut nous apporter des réponses.

— Le sage ? Quel sage ?

— Le sage du monastère de Taktshang.

— Gopal ?

Là, Théo ne comprenait plus rien. Si Gopal détenait des informations sur l'archange, il les aurait sans doute transmises à Théo depuis longtemps. Ou alors, celui-ci en savait bien plus qu'il ne voulait le dire et distillait son savoir uniquement lorsque les circonstances le demandaient.

— Qu'est-ce que Gopal a à voir dans tout ça ? reprit-il

— Je n'en sais rien. Il peut nous aider, c'est tout ce que je peux dire.

— Comment le savez-vous ?

— C'est quelque chose qui a surgi en moi, sans doute un souvenir, une connaissance oubliée, comme tant d'autres. Je vous jure que je n'en sais pas plus, vous devez me croire, les supplia-t-il.

— Calmez-vous, nous vous croyons, dit le professeur. Nous essayons juste de démêler le vrai du faux dans vos propos, qui sont souvent peu cohérents, vous l'admettrez.

— J'en suis bien désolé, vous savez.

— Nous le savons Jésus. Ne vous en faites pas, nous sommes de votre côté. Nous essayons de vous aider tout en cherchant la vérité, puisqu'il semble évident que vous êtes celui qui détient la vérité, ou tout au moins une partie de la vérité.

— Bien, rentrons sur l'île, les pressa Théo. Je me rendrai au monastère, rencontrer le sage.

§

Une pleine Lune brillait dans un ciel constellé d'étoiles. L'air était frais, transparent. Les arbres de la forêt se détachaient sur le fond noir. La vaste clairière qui s'étendait devant Théo était baignée de la lumière blanche et froide de l'astre qui accompagnait les hommes depuis la nuit des temps. L'odeur de l'herbe humide se mêlait à celle des pins qui l'entouraient. Le silence de la nuit était perturbé par moments, par les branchages qui s'agitaient, dans le vent qui soufflait en rafales et par les pas du jeune homme qui foulaient l'herbe rase. Soudain, la clarté de la Lune fut brisée par l'éclat incandescent d'une boule de lumière qui traversa le ciel, venant de nulle part et qui vint léviter juste au-dessus de l'herbe, au centre de la clairière. Théo dut détourner les yeux pour ne pas être aveuglé. La lumière décrut rapidement et, lorsque le jeune homme put enfin regarder dans sa direction, il vit l'archange, magnifique dans son armure étincelante, ses longs cheveux blonds bouclés qui tombaient sur ses épaules, ses grands yeux d'un bleu profond fixés sur lui. Son visage était grave, son sourire habituel avait disparu.

— Bonjour Théo, dit-il de sa voix douce et profonde.

— Bonjour archange Michel. Je suis content de vous revoir. J'ai une multitude de questions à vous poser.

— Je sais, Théo. Ces derniers temps tu as été confronté à des doutes, provoqués par des personnes qui cherchent à te détourner de ta mission première. Ces personnes sont manipulées par le mal et n'en savent rien. Elles sont persuadées que ce qu'elles voient et entendent est la vérité concernant les Mikelians, te concernant, toi, l'Élu qui porte sur les épaules tous les espoirs des gens de bien, de moi, l'archange Michel, qui œuvre dans l'ombre depuis des milliers d'années, avec la bénédiction de Dieu. Ils essayent de te persuader que je ne suis pas celui que je prétends être, que les Mikelians ne sont pas l'armée de Dieu sur terre, des hommes qui se sont sacrifiés pour lui et pour le bien de l'humanité tout entière, que tu n'es pas l'Élu du bien contre le mal. Tu doutes Théo et c'est bien normal. Je ne peux pas t'en faire reproche.

— Alors, rassurez-moi, dites-moi que tout ce que j'ai entendu n'est que mensonge, que vous êtes bien l'archange Michel, celui qui en son temps terrassa le dragon, celui qui combattit partout au nom de Dieu, pour le bien. Dites-moi que j'ai raison de croire en vous, que j'ai raison de croire en notre combat.

L'archange ne répondit pas de suite, mettant un long silence entre eux, comme s'il méditait. Théo ne le quittait pas des yeux, fasciné par cette créature magnifique, dont l'image était le stéréotype de sa représentation faite par les artistes qui l'ont peint et sculpté partout dans le monde depuis des centaines d'années.

— Tu dois trouver la foi au plus profond de ton âme, Théo, finit-il par dire. Nous avons besoin que tu croies en nous, mon garçon. Si ta foi t'abandonne, alors tout sera perdu et le mal ne rencontrera plus aucun obstacle sur sa route.

— Tout ça c'est un beau discours, archange, le bouscula le jeune homme sur un ton empreint d'agacement, qui était là pour entendre des réponses claires à des questions on ne peut plus claires, elles aussi. L'archange ne répondait pas, il était dans la rhétorique, ce qui n'était pas de nature à dissiper ses doutes. Il continua :

— Pourquoi ne répondez-vous pas à mes attentes par des réponses claires ? Après tout, je ne vous demande pas la Lune.

— Si je te disais ce que tu veux entendre, crois-tu que cela ferait disparaître tes doutes ? répondit l'archange d'un ton calme et ferme, son regard vissé dans celui de Théo.

— Oui, sans aucun doute.

— Non, Théo, cela ne ferait qu'apporter d'autres questions, affirma-t-il.

— Comment ça ?

— Tu te demanderais si je n'ai pas abondé dans ton sens uniquement pour obtenir ta confiance et te permettre de continuer le combat, tu ne crois pas ?

— Je ne sais pas trop, répondit l'Élu, désorienté.

L'archange en profita pour lui faire remarquer qu'il n'était pas sûr de lui :

— Tu vois, là encore tu ne serais pas certain de ma parole. Tu l'as dit toi-même : tu ne sais pas trop. Je te le répète, Théo, cherche la vérité au fond de ton cœur. C'est le seul endroit où tu trouveras des certitudes.

— Vous ne m'aidez guère, regretta le jeune homme.

— Au contraire. Je te laisse ton libre arbitre. Toi seul es capable de faire les bons choix, j'en suis persuadé. C'est en toi que tu trouveras les réponses. Je n'ai pas de doute sur toi, Théo.

— Bien, dit-il, déçu, j'attendais plus de transparence de votre part, archange Michel et un soutien plus franc.

— Mon soutien t'est entièrement acquis, sois en sûr. Tu es notre dernier espoir.

— Alors, parlez-moi du Gardien. Racontez-moi son histoire, aidez-moi à comprendre son importance. Dites-moi quels sont les secrets qu'il détient pour que tout le monde veuille s'emparer de lui ?

— Le Gardien devait mourir. Il me semble que j'avais été assez clair là-dessus, dit l'archange d'une voix soudain plus dure.

— Vous m'avez dit qu'il ne fallait pas que d'autres que nous s'emparent de lui. Nous l'avons mis en lieu sûr. Il n'était pas utile de le tuer.

— Tu désobéis à mes ordres, Théo, fit-il remarquer. Tu nous fais courir un grand danger en gardant le Gardien en vie. J'ai bien compris pourquoi tu ne l'avais pas tué : tu cherches, toi aussi, à connaître les secrets qu'il détient. Je ne peux que te dissuader de persévérer dans cette voie. C'est trop dangereux.

— Dangereux ? Dangereux pour qui ? Moi ? Ou bien vous ?

— Dangereux pour l'ensemble de l'humanité.

— Je ne comprends pas pourquoi vous ne voulez pas me dire qui est le Gardien et ce que ces secrets représentent.

— Moins tu en sauras, mieux ce sera, crois-moi. Élimine le Gardien, ordonna-t-il, ou nous nous en mordrons tous les doigts. Ne cherche plus à savoir qui il est et ce qu'il cache. C'est une perte de temps inutile alors que nous avons un combat à mener, qui ne se gagnera pas en perdant de vue nos objectifs !

— Vous m'avez toujours affirmé que j'avais mon libre arbitre, n'est-ce pas ?

— C'est le cas.

— Alors je ferai selon ma conscience et mon cœur, comme vous m'y avez engagé.

— Tu es malin, Théo. Après cela, je ne peux plus rien ajouter, à part ceci : prends garde de ne pas faire avorter le plan que nous avons conçu. Il n'y aura pas de chance supplémentaire, termina l'archange, visiblement mécontent de la tournure que prenaient les évènements et de l'attitude frondeuse de Théo.

Il disparut dans une lueur insoutenable, laissant le jeune homme seul dans la lueur de la Lune.

§

Théo entra dans le monastère de Taktshang par le puits temporel qui y conduisait directement. Il arriva de nuit, pour être certain de ne pas croiser de moines dans les couloirs de l'édifice religieux. Il faisait nuit mais la pleine Lune éclairait les lieux presque comme en plein jour. Heureusement à cette heure, les moines dormaient depuis longtemps. Le jeune homme traversa les deux bâtiments par de longs passages qui conduisaient jusqu'au sentier qui longeait la falaise jusqu'à la tanière du Tigre, lieu où le sage Gopal vivait reclus dans sa modeste cabane adossée au rocher.

Lorsque l'Élu arriva devant la porte de la petite maisonnette aux murs blancs et à la toiture rouge, il attendit patiemment que celle-ci s'ouvre. Il savait que Gopal ressentait sa présence, qu'il avait certainement rêvé sa venue depuis plusieurs jours. Ce fut encore une fois le cas et la porte s'ouvrit sur le vieux sage aux yeux pleins de malice. Celui-ci souriait à la vue du jeune homme. Sans dire mot, il lui fit signe d'entrer et referma derrière lui. Ils s'assirent en tailleur sur la paille, à même le sol. Tous les deux semblaient ravis de se revoir.

— J'ai rêvé ta venue, Théo, commença le sage. C'était un drôle de rêve : tu étais là, face à moi, mais ce n'était pas toi.

— Comment ça ?

— Tu étais différent.

Gopal plongea ses yeux dans ceux de l'Élu et émit un petit rire avant de continuer :

— Mon rêve était vrai. Tu es différent.

— Je suis toujours le même, objecta Théo.

— Oui, mais ton esprit est différent désormais. Tu n'es plus dans le combat pour le bien et tu recherches la vérité.

— Ce n'est pas tout à fait vrai, Gopal. Je recherche la vérité, c'est exact, mais je continue d'œuvrer pour le bien. Je veux juste savoir pourquoi je fais tout ça, pourquoi j'ai l'impression qu'on me cache des choses.

— Le chemin vers la vérité est semé d'embûches, mon jeune ami. Connaître la vérité est parfois plus douloureux que l'ignorer. Te sens-tu prêt à affronter la vérité, quelle qu'elle soit ?

— Oui, je suis prêt. J'ai besoin de savoir où je vais et, en ce moment, j'ai l'impression de ne plus voir où se trouve le cap à suivre.

— Que s'est-il passé pour que tu en sois là ?

— Tout est parti de formules mathématiques que l'on m'a introduites dans l'esprit. Ça a obligé l'archange à me parler du Gardien. A partir de ce moment-là, j'ai compris qu'il y avait des choses qui m'échappaient dans toute cette histoire. Petit à petit des éléments sont venus s'ajouter les uns aux autres, provoquant en moi le doute. J'ai besoin de dissiper ce doute, d'avoir une vision claire pour aller de l'avant, vous comprenez ?

— Oui, je comprends parfaitement. Qu'es-tu venu me demander ?

— Le Gardien a eu un accident dont on ne connaît pas encore la nature, qui l'a rendu amnésique. Petit à petit il se souvient de certaines choses et il m'a envoyé vers vous pour que vous nous aidiez. Vous voyez de quoi je veux parler ?

— Je vois, dit le vieux sage, résigné.

— Expliquez-moi, Gopal, s'il vous plaît, l'implora Théo qui y perdait son latin.

— Il y a longtemps, j'étais alors plus jeune qu'aujourd'hui, les esprits sacrés sont venus me visiter en rêve. Ils m'ont expliqué que dans un futur proche un Élu viendrait, qui aurait pour mission de sauver le monde. Ils m'ont dit que j'avais été choisi par eux pour aider cet Élu. Je devais lui apporter la maîtrise de l'esprit pour qu'il puisse à son tour maîtriser les armes puissantes que les esprits sacrés avaient mises entre ses mains. Ils me confièrent que je ne serai pas seul pour cette mission, qu'une autre personne se trouverait aux côtés de l'Élu, pour lui prodiguer un enseignement qui ferait de lui l'être le plus puissant que notre monde ait connu. Cette personne se nommait : *Gardien*. Elle s'appelait ainsi car elle connaissait tous les secrets des esprits sacrés. Elle était le Gardien de leurs connaissances.

— Pour quelles raisons le Gardien devait-il détenir tous les secrets des esprits sacrés ? C'est curieux, vous ne trouvez pas ?

— Ils ne me donnèrent pas les raisons pour lesquelles ils avaient confié tant de pouvoirs à une seule personne, mais c'est ainsi.

— Qui est le Gardien exactement, le savez-vous ?

— Le Gardien est lui-même un esprit sacré. Il a pris l'apparence d'un humain, mais il n'est pas humain.

— Voilà qui est intéressant, reconnut le jeune homme. Le Gardien s'est vu allongé sur une table, entouré de ce qu'il a appelé : les anges. Il s'est vu avec une apparence différente. Sans doute son apparence réelle d'esprit sacré.

— C'est fort possible, Théo. Les esprits sacrés sont des êtres différents de nous. Ils vivent dans le ciel, sont bien plus intelligents que nous le sommes et veillent sur nous depuis des milliers d'années.

— Le Gardien a été envoyé pour m'aider, mais il s'est produit quelque chose qui fait qu'il n'a pas pu le faire. Maintenant, il ne sait plus qui il est réellement. S'il est vrai qu'il détient les secrets des esprits sacrés, je comprends qu'il soit autant convoité par tout le monde. Mais pourquoi avoir mis en lui tous les secrets ? se demanda à nouveau l'Élu, perplexe.

Cette question le tracassait. Il ne trouvait pas cela logique. Si ce que Gopal appelait *les esprits sacrés*, en fait, l'archange et ses anges avaient décidé d'envoyer l'un des leurs sur terre pour aider l'Élu des Mikelians, pourquoi avoir pris le risque de lui confier tous leurs secrets ? Dans quel but ? Le Gardien aurait-il eu besoin de toutes leurs connaissances pour accomplir sa mission ? C'était peu probable. Ce qui intriguait également Théo était le fait que le Gardien soit apparu plus de deux ans avant qu'il ne découvre qu'il était l'Élu. Comment l'archange aurait-il pu commettre une telle erreur et envoyer l'un des siens si longtemps à l'avance ? Cela aussi n'était pas très logique. Décidément, il restait encore beaucoup trop de zones d'ombre. Une idée lui vint à l'esprit :

— Quel sort était prévu pour le Gardien, une fois sa mission terminée ? Ne devait-il pas retourner auprès des autres esprits sacrés ?

Gopal ne répondit rien. Il regardait Théo avec ses petits yeux malicieux, un léger sourire au coin des lèvres.

— Qu'y a-t-il Gopal ? Pourquoi ne répondez-vous rien ?

— Parce que je ne peux en parler à qui que ce soit, sauf au Gardien.

Théo fut surpris et intrigué. Il fronça les sourcils. C'était la première fois que Gopal refusait de lui livrer une information. Pour quelles raisons ? Nul doute dans ce cas que ce devait être important.

— Allons, Gopal, parlez-moi, s'il vous plaît.

— Je ne peux pas. Les esprits sacrés me l'ont interdit.

— Pour quelles raisons ?

— Parce que c'est l'une de mes missions.

— L'une de vos missions ?

Théo était de plus en plus intrigué. Que voulait dire le vieux sage ? Il se devait d'insister pour obtenir des réponses, c'était impératif.

— Oui, répondit Gopal, j'ai reçu pour mission de guider le Gardien pour qu'il puisse rentrer chez lui, dans le ciel. C'est tout ce que je peux te dire, Théo.

— Le Gardien n'a pas pu accomplir sa mission. Il a eu un accident qui l'a privé de sa mémoire depuis près de trois ans. Il est incapable de se souvenir de qui il est vraiment, même si certains souvenirs sont remontés à la surface. Alors votre mission est plus que compromise. De plus, les secrets qu'il détient sont convoités aussi bien par le camp du mal que par la CIA et très certainement par d'autres encore. Si nous ne trouvons pas les réponses à nos questions, j'ai peur que le plan des esprits sacrés pour sauver le monde ne tombe à l'eau car le Gardien finira par tomber entre les mains de gens qui se serviront de ce qu'il porte en lui pour faire le mal. Alors, s'il vous plaît, Gopal, réfléchissez bien : devez-vous encore honorer votre parole auprès des esprits sacrés ou me dire tout ce que vous savez pour que nous puissions sauver ce monde ?

Gopal ferma les yeux. Son visage devint inexpressif, son corps se relâcha et sa respiration sembla cesser. Il venait d'entrer dans une intense méditation qui dura près d'un quart d'heure, durant lequel Théo resta près du vieux sage, parfaitement immobile, plongé dans ses pensées, à tenter d'ordonner toutes les informations qui s'étaient accumulées depuis des semaines. Les pièces du puzzle se mettaient progressivement en place, mais il en manquait encore beaucoup pour y voir clair.

Gopal sortit enfin de sa méditation. Il retrouva son sourire et ses yeux pétillants.

— Pour que le Gardien puisse retourner dans le ciel, expliqua-t-il, là où vivent les esprits sacrés, une fois sa mission terminée, il lui faut réunir les quatre globes de la connaissance en un lieu précis où se trouve la porte vers son monde. C'est de ce lieu qu'il pourra quitter son enveloppe charnelle et retrouver les autres esprits sacrés.

— J'aimerais comprendre une chose : pourquoi le Gardien aurait-il eu besoin de vous pour ça ?

— J'avais pour mission de lui indiquer où trouver le premier globe. Je suppose qu'à partir de cette information, il aurait trouvé les suivants ainsi que le lieu où il devait les conduire.

— Si je comprends bien, le Gardien n'avait aucune idée de la façon de retourner chez les siens ? Pourquoi ?

— Les esprits sacrés ont dû ouvrir une porte entre leur monde et le nôtre pour conduire le Gardien sur terre. Ils ont pris un risque en le faisant mais ce n'est rien en comparaison de celui qu'ils prendront pour le retour de celui-ci. Si le Gardien avait su comment retourner chez lui et que cette information était tombée entre de mauvaises mains, je te laisse imaginer ce qui aurait pu se produire.

— Je comprends mieux. Les esprits sacrés ont délibérément caché au Gardien le moyen de retourner chez lui. Ils vous ont confié une partie de la solution. Mais alors, à qui ont-ils confié l'autre partie ?

— Je ne puis te répondre, car je n'en sais pas plus. Les esprits sacrés ne m'ont confié que ce que je devais savoir, rien de plus. De moi, tu connais tout ce que je sais désormais.

— Pas tout à fait encore. Il me manque l'information la plus importante : où se trouve le premier globe ?

— Ce que je vais te confier est destiné au Gardien. Je ne suis pas certain, vu l'état de son esprit, qu'il pourra en faire grand-chose.

— Nous devons essayer quand même.

— Voici ce que je devais lui confier : *longtemps consacrée au fils du tonnerre, elle devint de celle des causes désespérées. Les deux anges devront s'y faire face pour que dans ses entrailles l'on puisse accéder. Elle est là d'où il vient.*

Théo se repassa plusieurs fois cette nouvelle énigme sans en trouver le moindre sens. Bien sûr, il se dit que c'était normal, que le propre d'une telle énigme était d'être parfaitement incompréhensible, que seul celui à qui elle était destinée pouvait en appréhender le contenu. Il se dit aussi que dans l'état où se trouvait la mémoire du Gardien, elle risquait fort de demeurer une énigme.

— Ce n'est pas très clair, en effet, finit-il par dire. C'est tout ce que vous deviez lui dire ?

— Oui… oh ! J'allais oublier une chose importante.

— Quoi ?

Gopal se dressa sur ses jambes et se dirigea dans un coin de la pièce. Théo le suivit des yeux, le vit chercher quelque chose et revenir.

— Les esprits sacrés m'ont confié ceci pour le Gardien, dit-il en tendant sa main ouverte, dans laquelle se trouvait un vulgaire petit galet gris avec deux petites stries presque droites, blanches.

Théo fut surpris par cet objet incongru.

— Vous êtes sûr que les esprits sacrés vous ont donné ça pour le Gardien ?

— Oui. J'ai rêvé de ce caillou et lorsque je me suis réveillé, il était là, devant moi. Prends-le, Théo. Donne-le au Gardien. C'est à lui qu'il revient.

Théo se saisit du galet, le mit dans l'une de ses poches et ajouta :

— Vous n'avez rien d'autre à me dire, je suppose, Gopal ?

— Tout ce que je sais, je te l'ai dit, mon garçon. Fais bien attention à toi, Théo. Le mal rode toujours autour de toi, je le sais, je le rêve parfois. Veille aussi sur le Gardien. Peut-être finira-t-il par retrouver sa mémoire et se souviendra-t-il des secrets qu'il a emportés avec lui. Si tel est le cas, il faudrait que tu les protèges et les empêches de tomber dans de mauvaises mains.

— Je vous remercie, Gopal, pour votre aide précieuse. Peut-être ne nous reverrons-nous plus. Sachez que je ne vous oublierai jamais.

Théo tendit une main au vieux sage. Celui-ci la regarda curieusement et la saisit, bien que ce ne fût pas dans les coutumes de son peuple de serrer des mains.

— Va en paix, Théo. Les esprits sacrés veilleront sur toi.

§

Chapitre XIV

L'île désertée

Théo était venu se ressourcer auprès des siens, à Genève. Il avait besoin de se détendre, de réfléchir, de faire le point dans son esprit. L'énigme que constituait l'histoire du Gardien, même si elle s'éclaircissait un peu grâce aux révélations de Gopal, n'en demeurait pas moins étrange par bien des aspects. Il y avait certains points qui intriguaient fortement le jeune homme. Il ne comprenait pas, par exemple, que le Gardien ait été envoyé sur terre en possession d'une grande partie des secrets de l'archange. Il ne comprenait pas non plus comment celui-ci avait pu perdre la mémoire, bien qu'il soit probable que ce fût un accident. Il ne comprenait pas plus le fait qu'il soit arrivé sur terre presque trois ans avant que Théo ne se soit découvert Élu des Mikelians. Et il y avait aussi de nombreux petits détails qui le chiffonnaient. Par exemple, si le Gardien a perdu sa mémoire, comment se fait-il qu'il ait fait appel à Gopal en lui confiant une énigme pour aider à le retrouver ? Et pourquoi dernièrement ce fut encore à Gopal qu'il songea pour avoir des réponses après avoir affirmé que l'archange courait un danger ? Toutes ces questions, toutes ces zones d'ombre, étaient trop nombreuses à son goût. Cela, plus l'attitude étrange de l'archange dans cette affaire, contribuait à créer en lui un malaise dont le jeune homme ne parvenait pas à se défaire.

— A quoi tu penses ? demanda Lisa qui avait tenu à accompagner Théo pour pouvoir profiter d'un peu d'intimité avec lui.

Ils étaient assis au bord de la piscine de la maison familiale du jeune homme. Véra, sa sœur, jouait dans l'eau avec Marc Duval, son beau-père et sa mère. Aujourd'hui c'était dimanche et tout le monde était réuni là par cette belle journée d'été chaude et ensoleillée.

— Je repense à Jésus et les mystères qui l'entourent, répondit Théo.

— Essaye de te détendre un peu, au moins pour aujourd'hui. Nous avons bien avancé sur le sujet, tu ne crois pas ?

— Oui, mais il y a trop de choses bizarres que je n'arrive pas à comprendre.

Lisa, un large sourire sur le visage, passa une main sur celui du jeune homme et dit :

— Je me demande si tu arrives à trouver le temps de penser un peu à moi de temps en temps ?

Thé sourit à son tour, conscient qu'il négligeait sa compagne avec tout ce qui l'accaparait depuis si longtemps.

— Je ne suis pas marrant, hein ?

— Pas trop en ce moment, mais c'est normal : tu prends à cœur ce que tu fais et je ne peux rien te reprocher. Moi aussi je ne te témoigne pas beaucoup d'intérêt depuis quelque temps. Nous avons eu tant de choses à faire.

Théo prit la main de Lisa et la serra dans la sienne. Ils demeurèrent ainsi, main dans la main, yeux dans les yeux, un long moment, heureux d'être ensemble…

Le visage de Lisa disparut pour laisser place à une région désertique, dont le sol caillouteux et poussiéreux brûlait sous un soleil de plomb. La plaine aride courait jusqu'à une chaîne de montagnes, au loin, qui était aussi désolée et aride. Quelques rares cactus constituaient pratiquement les seuls éléments de décor de ce lieu. Au loin une masse sombre se dressait, qui disparaissait par moments dans la poussière qui s'élevait, poussée par des rafales d'un vent d'une chaleur suffocante. Théo s'avança vers la silhouette qui semblait l'attendre. Au fur et à mesure qu'il approchait, le soleil déclinait sur l'horizon, le ciel s'assombrissait et devenait rouge. De lourds nuages commençaient à barrer l'horizon au-dessus des montagnes. Le vent se mit à redoubler de violence, projetant de grandes quantités de poussière dans les airs, rendant la visibilité quasi nulle et la respiration presque impossible. Théo releva son tee-shirt sur son visage pour éviter d'avaler la poussière et pour respirer. Il devait faire des efforts surhumains pour rester debout et avancer. Il ne voyait plus la silhouette qui était perdue dans le nuage de poussière. Il avança tant bien que mal, sans savoir s'il progressait ou faisait du surplace. Plus il avançait et plus il avait l'impression de s'être perdu. Soudain il s'arrêta, crut entendre une voix portée par le vent. Il cessa de respirer pour mieux écouter. Le souffle du vent criait dans ses oreilles et il avait du mal à percevoir autre chose. Le son d'une voix lui parvint enfin, presque inaudible, égaré au milieu du vacarme ambiant, mais il l'entendit. Il reprit sa marche forcée, redoubla d'efforts pour contrer la puissance du vent, fit quelques pas, s'arrêta à nouveau et cria :

— Oh oh ! Y'a quelqu'un ?!

Il attendit, répéta sa phrase en criant plus fort et entendit à nouveau la voix, à peine plus audible. C'était une voix d'homme, celle de la silhouette, qui criait sans doute plus fort après avoir entendu les cris de Théo.

Le jeune homme avança encore de quelques dizaines de mètres après des efforts désespérés et cria à nouveau. La voix lui parvint plus distinctement. Elle était plus proche et il distingua certains mots :

— …Suis là ! … droit !

Après encore quelques dizaines de pas dans cette tempête de poussière brûlante, il distingua enfin l'homme qu'il tentait de rejoindre. Il n'était plus qu'à quelques mètres de lui. Sa voix devint plus claire :

— Théo, je suis là, droit devant !

Il reconnut cette voix et cette silhouette longiligne qui s'effaçait derrière sa toge monacale.

— Fra Paolo ?! demanda-t-il, comme pour bien s'assurer qu'il ne se trompait pas.

— C'est moi, mon jeune ami ! cria le vieil homme, pour se faire entendre dans ce vacarme.

— Que faites-vous ici ?!

— Je suis venu te prévenir d'un grand danger, Théo !

Un éclair illumina le nuage de poussière, suivit du fracas du tonnerre. Fra Paolo regarda vers le ciel. La peur se lisait sur son visage.

— Quel danger, Paolo ?!

Le ciel devint totalement rouge, le nuage de poussière se changea en gouttelettes de sang qui venaient s'écraser sur les deux hommes, coulant le long de leurs vêtements, sur leurs visages et leurs mains.

— L'apocalypse n'est plus très loin ! cria Paolo, visiblement effrayé.

— Allons, ne dites pas de sottises ! Ce n'est que de l'eau de pluie boueuse ! le rassura-t-il après avoir goûté le liquide.

— Il se passe quelque chose de très grave, Théo ! Tu dois intervenir au plus vite !

— Mais quoi ? Que se passe-t-il ?

— Le Gardien ! Le Gardien !

La silhouette s'estompa, la pluie et le vent cessèrent, le visage de Lisa réapparut dans la lumière crue du chaud soleil estival.

Théo cessa brusquement de sourire. Voyant l'inquiétude remplacer soudainement l'amour, Lisa perdit aussi le sourire.

— Qu'y a-t-il ? s'inquiéta-t-elle.

— Les bijoux m'ont prévenu d'un danger imminent.

— Quel danger ?

— Aucune idée, mais lorsque les bijoux s'adressent à moi ainsi, il vaut mieux en tenir compte.

— Qu'allons-nous faire ?

— Rentrer sur l'île immédiatement. Quel que soit ce danger, il vaut mieux que nous soyons tous réunis.

§

Lisa et Théo franchirent le tunnel temporel qui les conduisait sur l'île, dans un futur dont seul Théo connaissait la date précise. C'était la garantie pour que l'île demeure un refuge sûr. Pourtant, à peine eurent-ils posé un pied sur le sol qu'ils se trouvèrent confrontés à une horde de mercenaires lourdement armés qui encerclaient la villa et lui donnaient l'assaut. Le tunnel s'ouvrait toujours dans une zone du jardin, qui avait été délimitée par une aire couverte d'un gravier blanc cernée de petits blocs de pierre. Personne ne s'en approchait lorsque Théo était hors de l'île afin d'éviter tout accident. L'ouverture du tunnel générait un vortex puissant qui aurait déchiqueté instantanément toute personne qui se serait trouvée là lors de sa formation. Le vortex n'était pas particulièrement discret : tourbillon d'un bleu intense et lumineux, il était traversé d'éclairs violents qui déchiraient l'air. Ce qui ne manqua pas d'attirer les militaires qui pointaient leurs puissants fusils-mitrailleurs sur les deux arrivants. Lisa et Théo se regardèrent, surpris de cet accueil qu'ils n'avaient pas imaginé. Heureusement, l'Élu maîtrisait les bijoux de l'archange et fut en pleine possession de leur puissance en moins de temps qu'il n'en faut pour le dire. Son corps fut remodelé, rendu plus fort, plus musclé, plus impressionnant. Son esprit : plus vif. Son regard : plus perçant. Et surtout, ses pouvoirs mentaux, décuplés, lui procuraient un avantage indéniable face à un nombre d'adversaires conséquent.

Théo souriait face aux six hommes qui les tenaient en joue.

— A plat ventre, face contre terre ! cria l'un d'eux.

Sans dire mot, l'Élu se concentra et balaya de la main l'ensemble des six hommes, mais au même instant, il sentit l'ensemble de ses pouvoirs disparaître !

— Vos tours de magie n'opéreront pas sur nous ! lança l'homme qui leur avait crié des ordres.

Visiblement le commando avait tout prévu et était venu, équipé d'un appareil qui annihilait l'effet des bijoux, ce que Théo avait déjà expérimenté à plusieurs reprises. Cette technologie était maîtrisée par les hommes d'Oswald

Graham. Le magnat américain était sans doute derrière tout cela.

Lisa jeta un regard plein d'impuissance à Théo. Qu'allaient-ils pouvoir faire sans les pouvoirs des bijoux ? Ils étaient cernés et à la merci du commando, dans l'incapacité d'agir. Un éclair traversa l'esprit du jeune homme qui se saisit de la dague, seul instrument de l'archange inconnu de l'ensemble de ses ennemis, et tenta d'ouvrir un vortex pour prendre la fuite. Il ne fut qu'à moitié surpris lorsque le tourbillon se forma face à lui, emportant les corps de trois des six membres du commando. Les trois restants, pris de panique, reculèrent pour ne pas être happés à leur tour, ce qui permit à Théo de saisir le bras de Lisa et de l'entraîner dans le tunnel pour disparaître de l'île.

§

— Pourquoi est-ce que la dague a fonctionné ? demanda Lisa.

— Parce que personne ne connaît son fonctionnement et n'a pu le contrer, expliqua Théo.

— Comment le savais-tu ?

— Je ne le savais pas. Je crois que j'en ai eu l'intuition.

— Qu'est-ce qu'on va faire maintenant ?

— On repart sur l'île immédiatement.

— Quoi !?

— On va ouvrir un tunnel directement dans la villa et avec une peu de chance, on va repartir de là tous ensemble.

— C'est dangereux d'ouvrir un tunnel dans la villa. Tu pourrais tuer quelqu'un.

— Je vais l'ouvrir dans le cellier, ça m'étonnerait qu'il y ait grand monde dedans avec ce qui se passe en ce moment.

Théo pointa la dague et créa un tunnel dans lequel ils s'engouffrèrent pour sortir dans le cellier, comme le jeune homme l'avait prévu.

Des coups sourds résonnaient dans toute la villa, réguliers et puissants, tandis que des voix d'hommes criaient des ordres et que d'autres couraient en tous sens. Depuis le cellier, au sous-sol, un escalier montait jusqu'à la cuisine. Lorsque Lisa poussa la porte en haut de celui-ci, elle balaya la pièce du regard, vit qu'il n'y avait personne et que les fenêtres étaient fermées par de lourdes plaques d'acier. C'était l'une des nombreuses protections qui avaient été conçues pour parer aux situations les plus difficiles. Les hommes du commando n'étaient sans doute pas encore entrés dans la villa et les bruits sourds entendus devaient être ceux de leur tentative d'effraction. Théo entra dans la cuisine à son tour, bifurqua vers la porte qui donnait sur le salon, l'ouvrit et aperçut ses amis qui se tenaient debout, armes à la main, prêts à en découdre.

— Théo ! s'écria Jessie en le voyant entrer.

L'Élu compta ses amis et remarqua qu'il manquait le professeur Darlington.

— Venez, vite ! leur cria-t-il. Il faut partir d'ici immédiatement ! Où est Darlington ?

— Entre leurs mains très certainement, répondit Jessie. Il était sur la plage au moment où ils ont débarqué.

Théo fit la moue. Il n'avait aucune possibilité de secourir ce pauvre professeur et il ne pouvait pas s'éterniser sur l'île.

— Allez, descendez tous au cellier, nous partons ! dit-il.

— Qu'est-ce qu'on fait pour le prof ? questionna Lisa, bien qu'elle ne se fasse aucune illusion sur la réponse de Théo.

— On ne peut rien faire pour lui, confirma-t-il. Tout ce qu'on peut faire, c'est partir avec ceux qui sont dans la villa. J'espère qu'ils ne lui feront rien. Après tout il n'est pas très important aux yeux de Graham, ajouta-t-il en haussant les épaules.

— Pauvre prof, se désola Lisa. On ne peut pas l'abandonner, Théo, ce n'est pas bien !

— On le retrouvera plus tard, ne t'en fais pas.

— Théo ! s'écria-t-elle, insistante.

L'Élu soupira, lui sourit et dit :

— D'accord, allez-y, je vais chercher le professeur et je vous rejoins.

Jessie regarda Théo et Lisa :

— Heureuse que vous soyez venus. Nous nous demandions combien de temps nous allions encore tenir et nous commencions à trouver le temps long.

— Je t'avais dit que Théo viendrait nous sauver, rappela Yu à Jessie en passant devant eux pour descendre l'escalier du sous-sol.

— Tu avais des doutes, Jessie ? plaisanta Théo.

— J'espérais votre venue, mais j'avoue que je ne voyais pas pourquoi vous l'auriez fait. Vous étiez censés passer tout le week-end chez tes parents... Mais au fait, comment vous avez su que nous étions attaqués ?

— Plus tard, coupa Théo, dépêchez-vous de filer d'ici avant qu'ils n'entrent. Je m'occupe de prof.

Théo se concentra. Il cherchait à savoir où était le professeur. Pour cela, il ressentait les ondes mentales de toutes les personnes qui étaient présentes sur l'île et trouva rapidement celles qu'il cherchait. Darlington était retenu sur la plage, là où les hommes du commando l'avaient surpris, sans doute. Théo réfléchit un moment. Il songea que, selon toute vraisemblance, Darlington avait dû être ligoté et laissé sur place, ne présentant aucun intérêt pour eux. Il décida de quitter l'île par le tunnel, avec ses camarades, puis, une fois que ce fut fait, il ouvrit un nouveau tunnel sur la plage, le plus près de l'eau possible, pour éviter d'emporter le professeur dans le tourbillon mortel.

A peine débarqué, Théo repéra Darlington, couché à même le sable, les mains liées derrière le dos, les pieds entravés par des liens plastiques. Personne ne le surveillait, ce que le jeune homme avait supposé à juste titre. Il se précipita vers son ami, sortit un couteau et coupa ses liens.

— Heureux de vous revoir, Théo ! lança le professeur, visiblement soulagé de l'intervention de son ami.

— Allez prof, venez, quittons cette île, je crois que nous n'avons plus rien à y faire.

§

La demeure était magnifique, vaste, entourée d'un parc superbement entretenu qui descendait jusqu'au rivage du lac. Là, un yacht d'une vingtaine de mètres était amarré à un appontement privatif. C'était l'une de ces riches propriétés que l'on trouvait autour du lac Majeur, construite au début du XXe siècle par un capitaine d'industrie Italien. Depuis l'immense salon orienté sud-est, l'on avait une vue splendide sur le jardin, la piscine, le lac et les montagnes, au-delà des eaux bleues, limpides et calmes.

C'était la dernière folie de Jessie Graham. Elle venait d'acquérir ce petit bijou dans ce petit coin d'Italie dont elle était tombée amoureuse voici quelques années déjà. C'est finalement là qu'elle avait décidé de poser ses valises et de s'installer définitivement en Europe. L'intérieur, décoré de boiseries d'acajou, de merisier et de chêne, sentait bon l'encaustique.

Lisa lisait un roman, assise dans l'un des sofas du salon, tandis que Jessie écoutait de la musique aux écouteurs sur son smartphone, calée dans un bon fauteuil. Yu était concentré sur sa tablette et le professeur Darlington lisait le Times. Théo regardait tout ce petit monde et en particulier Jésus, qui somnolait, assis dans un coin de l'un des canapés. Il songeait à tout ce qui était arrivé ces derniers temps et se demandait où et à quoi allaient les mener tous les mystères qui entouraient le Gardien. Il se posait de nombreuses questions depuis les révélations qu'il avait eues de Gopal à son sujet. Il avait du mal à admettre que Jésus était un ange descendu du ciel, comme le prétendait le vieux sage (lui, parlait d'esprits sacrés, mais c'était la même chose). Et si cette porte, qui permettait d'entrer dans le monde des anges, existait réellement, cela expliquait pourquoi l'archange Michel voulait absolument que Théo se débarrasse du Gardien. Le plus grand secret qu'il portait en lui était sans aucun doute la clé qui l'ouvrait. Entre les mains du mal, cette clé lui ouvrait le chemin pour envahir l'autre monde. Mais cet autre monde, où se trouvait-il ? De quoi était-il fait ? Était-ce un monde identique au nôtre ? Ou bien était-il différent, régi par d'autres lois ? Était-ce le monde de Dieu lui-même ? Ou était-il d'une autre nature encore ? Les questions se bousculaient dans la tête du jeune homme. Questions auxquelles il ne pouvait apporter aucune réponse, tout juste formuler des hypothèses, mais à ce stade de ses connaissances, tout restait envisageable.

Théo frappa dans ses mains pour capter l'attention de ses amis qui tournèrent leurs regards interrogateurs sur lui.

— Bien, mes amis, commença-t-il, je crois qu'il est grand temps que nous nous mettions au travail. Nous avons une nouvelle énigme à résoudre et je compte sur vous pour qu'elle n'en demeure pas une plus longtemps. Je vous la rappelle : *longtemps consacrée au fils du tonnerre, elle devint de celle des causes désespérées. Les deux anges devront s'y faire face pour que dans ses entrailles l'on puisse accéder. Elle est là d'où il vient.* Et n'oubliez pas qu'avec l'énigme, Gopal m'a confié ce petit galet.

Théo exhiba le caillou dans la paume de sa main, à la vue de tous. Il s'approcha de Jésus, fixa son regard et dit :

— Vous êtes le premier concerné par cette énigme, Jésus. Est-ce qu'elle vous parle ?

Jésus hocha la tête en signe de négation :

— Malheureusement pas, répondit-il.

— Concentrez-vous sur elle et tâchez de voir si ça évoque quelque chose dans le peu de souvenirs que vous avez retrouvés, d'accord ?

— Oui, je vais faire de mon mieux.

— Quelqu'un a une idée ? lança-t-il aux autres.

— J'ai fait des recherches sur le fils du tonnerre, expliqua Yu, qui relevait la tête de son écran. Ce qui revient le plus souvent quand on entre ce terme sur le Net, ce sont des articles sur les apôtres Jean et Jacques de Zébédée.

— Oui, bien sûr ! s'écria Darlington qui se frappait le front de la main droite. Je cherchais depuis un moment à quoi ce *fils du tonnerre* me faisait penser. C'est évident ! Nous devons rechercher une église ou un monument religieux quelconque, affirma-t-il.

— Qu'est-ce qui vous fait dire ça ? s'enquit Théo.

— Le début de l'énigme dit : *longtemps consacrée*. Les édifices religieux sont presque toujours consacrés à un saint.

— Je comprends. Donc, nous devons rechercher une église qui fut consacrée à Jean et Jacques, mais qui ne l'est plus, si l'on en croit la suite de l'énigme : *elle devint de celle des causes désespérées.*

— C'est probable.

— Je comprends mieux cette phrase qui me paraissait curieusement tournée.

— Si c'est à une sainte que l'énigme fait référence, je pense qu'il s'agit de Sainte Rita, patronne des causes désespérées, proposa Lisa.

— On avance bien, se félicita Yu.

— T'emballe pas, tempéra Jessie. Tu sais combien il y a d'églises dans le monde ?

— Beaucoup.

— Alors, tu sais qu'on est pas encore dans celle que nous recherchons.

— Et que penser de la phrase suivante : *les deux anges devront s'y faire face pour que dans ses entrailles l'on puisse accéder* ? songea l'Élu. Les deux anges peuvent aussi bien être des statues, des tableaux, que de véritables anges. Selon Gopal, Jésus serait l'un d'entre eux, descendu sur terre.

— Le problème dans ce cas, c'est que nous n'aurions qu'un seul ange et il nous en faudrait deux, fit remarquer Lisa.

— Ce doit être deux statues, affirma Darlington. Il y a des statues d'anges dans presque toutes les églises du monde.

— Reste que tout ça ne nous dit pas de quelle église il s'agit, constata Théo. Yu, tu trouves quelque chose de ton côté ?

— Rien de probant pour le moment, Théo.

— Il nous reste la fin de l'énigme, fit remarquer Darlington. Que dit-elle déjà ?

— Elle est là d'où il vient.

— Là d'où il vient. Mais d'où vient qui ? se demanda le professeur.

— Le fils du tonnerre peut-être ? proposa Jessie.

— Si c'est le cas, cela voudrait dire que l'église en question se trouve en Palestine. Possible.

— Ça ne me paraît pas très cohérent, douta Théo.

— Pourquoi cela ? s'étonna le professeur.

— Parce que l'énigme est structurée pour nous délivrer un message de la sorte : la première phrase indique qu'il s'agit d'une église ou un édifice religieux et nous donne des indices pour le trouver. La seconde nous indique comment, une fois à l'intérieur, trouver ce que nous cherchons. La troisième nous indique l'endroit précis où la trouver. Je doute que la troisième phrase se réfère à la première dans ce cas.

— Votre raisonnement n'est pas mauvais, mais cette troisième phrase ne veut rien dire si elle ne se réfère pas à quelqu'un.

— Ou à quelque chose, fit remarquer Lisa.

Théo ouvrit sa main droite, dans laquelle le petit galet était niché. Il le regarda fixement un moment avant de dire :

— Bien sûr ! Nous ne comprenions pas la signification de ce galet jusqu'ici. C'est à lui que se réfère la phrase ! Il nous faut trouver d'où vient ce galet et nous trouverons l'église.

Jésus se dressa sur ses jambes et s'approcha de Théo. Il tendit la main pour se saisir du galet :

— Je peux ? demanda-t-il.

— Bien sûr, faites, répondit Théo en déposant le petit caillou dans la main du Gardien.

Jésus le manipula dans tous les sens, le faisant rouler entre ses doigts, observant chaque détail de la pierre usée par la mer. Comme la plupart des galets, il était de forme circulaire, aplatie, avec les bords arrondis. De couleur gris clair, il était veiné de deux stries blanches rectilignes qui le traversaient sur le premier tiers de la partie aplatie. Le gardien semblait chercher dans ses souvenirs un lien avec ce simple caillou. Son visage était concentré et l'effort se lisait dans ses traits. Il reposa le galet dans la main de Théo et dit :

— Ça ne me dit rien, je suis désolé.

— Ce n'est pas grave, Jésus. Vous faites ce que vous pouvez. Votre mémoire finira bien par revenir, tôt ou tard. En attendant, nous allons essayer de trouver d'où vient ce caillou par d'autres méthodes.

— Comment comptes-tu faire ? questionna Yu.

— Il nous faut trouver un spécialiste qui pourra nous dire d'où il provient.

— Il nous faut un géologue, suggéra le professeur.

— Et je suppose que vous en connaissez un, n'est-ce pas ?

— Heu… non, pas du tout.

— Bon, Yu, cherche-nous le meilleur géologue dans tes bases de données.

Lisa s'approcha de Théo et lui glissa à l'oreille :

— Tu ne penses pas qu'une séance d'hypnose pourrait aider Jésus à se souvenir, plutôt que de chercher un spécialiste des pierres ? Surtout qu'à mon avis, il ne pourra jamais nous donner un lieu précis. On doit trouver ce genre de galet un peu partout sur les côtes des cinq continents.

— Tu crois ?

— J'en suis sûre.

— L'hypnose a donné des résultats, c'est certain, mais j'ai peur que nos allées et venues fréquentes chez le docteur Thornhill soient un peu rendues dangereuses maintenant. Si Graham a réussi à trouver l'île et l'époque où nous étions, je pense qu'il doit être capable de nous trouver tôt ou tard si nous nous y rendons trop fréquemment.

— Nous n'avons pas trop le choix, Théo. Nous devons débloquer la mémoire du Gardien. C'est la clé pour poursuivre notre quête.

Lisa avait beaucoup mûri, elle aussi, depuis leur rencontre. Elle était, certes, plus mature que le jeune homme, plus âgée aussi, mais son évolution était visible. Elle raisonnait comme une adulte désormais. Ses analyses des diverses situations rencontrées au fil de leurs aventures étaient toujours justes et ses propositions, des plus judicieuses. Théo n'oubliait pas qu'elle était l'autre Élu, son double, son semblable[23]. Et, même si elle ne bénéficiait pas des bijoux de l'archange, comme lui, elle suivait un processus d'évolution parallèle au sien. Comment cela était-il possible ? Il n'en savait rien mais remarquait qu'elle grandissait mentalement, au même rythme que lui.

— D'accord, je vais suivre tes conseils, lui dit-il. Nous devrons être très prudents pour nous rendre à Londres.

— Je vous accompagnerai cette fois. Mieux vaut que nous soyons en force, pour le cas où...

Une alarme retentit dans toute la demeure, coupant leur conversation. Tous se regardèrent, inquiets. Yu se précipita sur sa tablette, fit quelques manipulations et cria :

— Une dizaine d'hommes a pénétré dans la propriété ! Ils sont armés ! Ce sont les mêmes que sur l'île !

— Comment est-ce possible ? se demanda Jessie. Personne ne peut connaître l'existence de cette propriété. Je l'ai acquise en faisant de tels montages qu'il est impossible de remonter jusqu'à moi.

— Ce n'est pas le moment de se poser des questions, lui envoya Lisa. On réglera ça plus tard. Théo, on fait quoi ?

— On quitte la villa immédiatement. Pas d'autres choix. Je suppose qu'ils ont installé leur système qui annihile mes pouvoirs de toute façon.

Le jeune homme sortit la dague pour ouvrir un tunnel temporel au beau milieu du salon.

— Non, Théo ! cria Jessie. Il y a trop d'objets de valeur dans cette maison ! Je refuse que tu ouvres un tunnel ici !

---

[23] Cf. tome I, chapitre XX.

— On fait quoi alors ? demanda l'Élu, interloqué.

— On va utiliser les bonnes vieilles méthodes, indiqua Jessie. Suivez-moi !

— Tu nous emmènes où ? se renseigna Lisa.

— La villa possède un souterrain qui conduit directement à l'embarcadère. Une précaution du premier propriétaire qui avait, semble-t-il, pas mal d'ennemis.

Jessie se dirigea vers le grand hall et ouvrit une porte discrète qui se trouvait sous le grand escalier qui conduisait à l'étage. Elle la franchit, descendit un escalier étroit qui débouchait dans un sous-sol sombre et poussiéreux, qui sentait l'humidité. Au bout de la pièce dans laquelle elle se trouvait, à moitié encombrée d'un bric-à-brac de vieux objets couverts d'une épaisse couche de poussière, elle ouvrit une nouvelle porte qui donnait sur un long tunnel étroit, éclairé de loin en loin par de petits plafonniers qui dispensaient une faible lumière.

— L'embarcadère est au bout de ce tunnel, expliqua-t-elle.

Elle pressa le pas, suivi par ses amis, lorsqu'elle entendit le fracas d'une explosion qui fit vibrer l'air ambiant et les murs. Des bruits de bottes qui accouraient résonnèrent ensuite, accompagnés de cris. Théo, qui fermait la marche, s'arrêta, se retourna, attendit un court moment et reprit sa progression. Les membres du commando seraient bientôt sur eux. Il fallait courir. C'est ce qu'il cria :

— Courez ! Vite, ils arrivent !

Le tunnel paraissait plus long qu'il ne l'était en réalité, sans doute à cause de son étroitesse. Jessie fut au bout, devant la porte de sortie, en quelques secondes seulement, alors que les premiers hommes du commando pénétraient à l'autre extrémité. Des coups de feu retentirent, des projectiles fusèrent, manquant de peu de toucher Théo et Lisa qui étaient les derniers dans le tunnel. Ils sortirent en trombe et Théo referma la solide porte métallique à double tour. Ils coururent sur l'embarcadère jusqu'au yacht, devant lequel ils passèrent sans s'arrêter et sautèrent dans une magnifique vedette en bois d'acajou amarrée de l'autre côté du ponton. Les sept amis s'y entassèrent tant bien que mal, le bateau n'étant pas conçu pour plus de cinq passagers. Jessie alluma le puissant moteur qui ronronna comme un grand félin, tandis que Darlington et Yu détachaient les amarres. Une explosion pulvérisa la porte en métal du tunnel qui s'envola au-dessus de la vedette pour finir sa course dans les eaux du lac. Jessie poussa la manette des gaz et la vedette recula pour quitter l'appontement. Tous les yeux étaient fixés sur l'entrée du tunnel d'où ne tarderaient pas à sortir les hommes du commando. Le bateau reculait aussi vite qu'il était possible. Un homme débeula, fusil-mitrailleur pointé devant lui, dans leur direction. Il leur cria :

— Arrêtez-vous ou je tire !

Jessie regarda autour d'elle, estima qu'elle devait avoir suffisamment d'espace devant elle pour amorcer son virage sur la droite pour s'éloigner du ponton et gagner le large, sans venir s'échouer sur les rochers qui affleuraient au bord du lac. Elle poussa les gaz à moitié et la puissante vedette se souleva de l'avant, projetant ses occupants en arrière. Les tirs de fusils-mitrailleurs fendirent l'air et les balles sifflaient tout autour d'eux. Quelques-unes vinrent se loger dans la coque vernie et deux traversèrent le pare-brise, manquant de peu de tuer Jessie. La vedette termina son virage, passant tout près des rochers, provoquant une gerbe d'eau qui vint s'écraser sur le rivage. Elle filait droit vers le milieu du lac, s'éloignant rapidement du bord et des fusils qui continuaient de cracher leurs balles mortelles. Celles-ci fusaient encore et certaines firent des dégâts dans la coque de bois précieux mais leur dangerosité allait s'amenuisant au fur et à mesure qu'ils s'éloignaient. Ils furent bientôt assez loin pour ne plus craindre les balles. La vedette traversa le lac en direction du nord et de la Suisse où ils débarquèrent à Locarno. Après avoir trouvé un endroit tranquille, loin des regards indiscrets, Théo ouvrit un tunnel qui les conduisit directement dans le jardin de la propriété de ses parents, à Genève.

§

— Vous allez fermer les yeux et respirer à fond. Détendez-vous, ne pensez plus à rien, n'écoutez plus rien que le son de ma voix. Ma voix sera votre guide. Inspirez, expirez, détendez-vous, écoutez le son de ma voix. Vous tenez dans la main un galet. Est-ce que vous le voyez ?

— Oui, je le vois.

— Où vous trouvez-vous en ce moment précis ?

— Je suis…, hésita le Gardien.

— Où ?

— Je…

— Que se passe-t-il ? Pourquoi hésitez-vous ? Que voyez-vous ? insista Thornhill.

— Je suis allongé dans la pièce, sur une sorte de table bleue translucide. Autour de moi je vois des anges.

— C'est ce que vous inspire ce galet ? s'étonna le docteur.

— Oui.

— Pourquoi cette pièce ? Pourquoi ce galet ? Quel lien y a-t-il entre eux ?

— Je ne sais pas.

— Regardez autour de vous, cherchez le galet du regard. Le voyez-vous ?

Jésus demeura silencieux un moment, le temps de balayer la pièce à la recherche du caillou. Théo était debout, devant la fenêtre, jetant régulièrement des regards discrets sur la cour intérieure, craignant que ne débarquent les membres du commando.

— Je ne le vois pas, affirma Jésus.

— Il n'est pas dans la pièce ?

— Non.

— Alors, pourquoi ce galet vous fait-il revenir dans cette pièce ? Réfléchissez, concentrez-vous. Il doit y avoir une explication logique. Vous vous souvenez ?

— Non, je ne vois pas… attendez… il y a un ange qui me tend quelque chose.

— Qu'est-ce que c'est ?

— Je n'en sais rien, je n'arrive pas à voir. C'est dans sa main. Il s'approche et me parle. Il prend cette chose entre son pouce et son index et l'approche de mon regard. Je distingue ce que c'est maintenant : le galet !

— Nous y voilà. Le galet. Pourquoi l'ange vous montre-t-il ce galet ?

— Il me parle, m'explique quelque chose.

— Qu'est-ce qu'il vous dit ?

— Je ne comprends rien. Il parle dans une langue qui m'est inconnue.

— Une langue inconnue ? En êtes-vous sûr ?

— Oui, certain.

— Inconnue ou bien oubliée par vous ? Réfléchissez. Concentrez-vous sur cette langue, essayez de vous souvenir. C'est votre langue, celle que vous parliez avant votre accident. Vous vous souvenez maintenant ?

— Non. Je ne comprends toujours pas ce qu'il me dit.

— Concentrez-vous. Je suis sûr que vous connaissez cette langue, que vous la comprenez, que vous la parlez.

— Non, je ne la comprends pas, je ne la parle pas ! s'agaça Jésus qui avait du mal à retrouver ses souvenirs.

— Peut-être que ce qu'il vous dit est en rapport avec le galet, vous ne pensez pas ? Essayez de vous souvenir.

Jésus resta silencieux longtemps. Thornhill attendit patiemment, dans le silence lui aussi. Théo, toujours près de la fenêtre, suivait la séance tout en surveillant les allées venues dans la cour. Lisa, assise dans un fauteuil, près de la fenêtre, se posait beaucoup de questions sur le Gardien. Elle aussi trouvait qu'il y avait des incohérences le concernant. S'il était réellement un ange envoyé sur terre pour aider Théo, pourquoi l'archange Michel avait-il décidé de le faire tuer ? Est-ce qu'un ange pouvait mourir ? C'était en contradiction avec sa nature même, puisque les anges étaient censés être des créatures de l'autre monde, celui dans lequel les humains se retrouvaient après leur mort. Si le Gardien était mortel, c'est qu'il n'était pas un ange. A moins que le fait de prendre forme humaine le rendait mortel lui aussi ? Dans ce cas, le tuer ne ferait que le ramener à son état originel d'ange. C'était peut-être une façon pour l'archange de le récupérer. Si tel était le cas, pourquoi ne pas l'avoir clairement expliqué à Théo ?

— L'ange me parle du galet, en effet, reprit Jésus, rompant le silence qui régnait dans le cabinet.

Thornhill, qui s'était assoupi, eu un léger sursaut. Il se racla la gorge et enchaîna :

— Vous comprenez ce qu'il vous dit maintenant ?

— Oui, je crois.

— Et que dit-il au sujet du galet ?

— Il me dit que lorsque je reverrai ce galet, je devrai me souvenir.

— Ah, c'est très bien. Et vous vous souvenez ?

— Je n'en sais rien. Tout est confus en moi. J'ai l'impression de savoir des choses mais je ne sais pas les exprimer. Un peu comme quand on a un nom sur le bout de la langue et qu'on est incapable de le prononcer.

— D'accord, je comprends. Quels sont les mots exacts prononcés par l'ange ?

— Ce galet est la clé qui t'ouvrira les portes du retour parmi nous. Il te permettra de te souvenir du lieu où se trouve le premier des quatre globes de la connaissance. Le problème est que je ne me souviens pas de ce lieu, avoua Jésus.

Lisa se tourna vers Théo et lui murmura :

— Nous y voilà enfin. Il parle des globes de la connaissance, dont Gopal t'avait parlé. Tout ce que le vieux sage t'a dit était bien réel.

— Oui, mais Jésus ne se souvient de rien à ce sujet, se désola-t-il. Sans ses souvenirs, nous n'avons aucune chance de découvrir où sont ces quatre globes.

— Patientons encore un peu, il s'est souvenu de cet ange, de ses paroles et de la langue dans laquelle il lui parlait. C'est un progrès important, non ?

— Tu as raison. J'aimerais que nous avancions plus rapidement. J'aimerais comprendre toute cette histoire. J'aimerais connaître les secrets de Jésus, savoir pourquoi la moitié du monde est à ses trousses pour les détenir.

— Nous aimerions tous savoir tout ça. Nous y arriverons, tu le sais très bien. Chaque chose en son temps.

Le docteur Thornhill fit signe à Théo de le rejoindre. Il lui parla à l'oreille :

— Je sens un verrou dans son esprit. Pourtant, il suffirait d'un rien pour le faire sauter. Avez-vous une idée de ce qui pourrait m'aider à le faire ?

Théo prit le temps de la réflexion avant de dire :

— Si ce galet doit lui rappeler l'endroit où se trouve le premier globe, c'est qu'auparavant, on a dû lui transmettre l'information d'une façon ou d'une autre. Essayez de voir s'il a un souvenir de ça.

Thornhill reprit sa conversation avec Jésus :

— Ce galet est une clé qui ouvre des portes, c'est bien ce que vous m'avez dit, n'est-ce pas ?

— Oui, c'est ce que l'ange m'a dit.

— Très bien. Il doit vous aider à vous souvenir d'un lieu bien précis, un lieu qui est dans votre esprit, que vous connaissez, qui vous a été transmis en tant qu'information. Cette information est en vous, quelque part. Essayez de vous souvenir du moment où elle vous a été transmise. Faites le vide en vous, laissez tomber les barrières qui bloquent votre esprit. Concentrez-vous sur cette information. Parcourez vos souvenirs, elle s'y trouve forcément.

Un nouveau long silence, très long silence même, au bout duquel Jésus laissa tomber :

— Je me souviens.

Après quoi il se tut à nouveau, laissant le docteur Thornhill, Lisa et Théo dans l'expectative. De quoi Jésus se souvenait-il ?

— C'est très bien, dit Thornhill. Dites-moi de quoi vous vous souvenez ?

— Je me souviens de ce que les anges m'ont confié au sujet du galet.

— Parfait. Dites-m'en plus, s'il vous plaît.

— Le galet est une clé qui devait déverrouiller en moi le secret qui me permettrait d'accéder au premier des quatre globes.

— D'accord. Ça, nous le savons déjà, c'est ce que vous a confié l'ange. C'est le secret qui m'intéresse. Vous vous en souvenez ?

— Oui. Le galet est associé à un mot-clé.

Jésus se tut. Thornhill devait lui tirer les vers du nez pour avoir l'information :

— Je comprends. Et ce mot-clé, quel est-il ?

Jésus ne répondit pas immédiatement. L'on avait l'impression qu'il hésitait à divulguer l'information, qu'il ne faisait plus confiance au docteur, peut-être même à Théo. C'est en tout cas ce que l'Élu ressentit, comme une intuition. Se pouvait-il que les souvenirs du Gardien soient remontés à la surface ? Était-il possible qu'il ait retrouvé l'ensemble de sa mémoire ? Si tel était le cas, une rapide analyse de la situation de sa part pouvait l'amener à ne pas vouloir divulguer le secret du lieu où se trouvait le globe. Après tout, c'était le chemin pour retourner dans son monde, retrouver l'archange et il ne devait pas vouloir mettre des humains dans la confidence.

Finalement, au bout d'un certain temps, Jésus finit par lâcher : — Nice.

Chapitre XV

Les globes de la connaissance

Nice, capitale de la Côte d'Azur, la Riviera Française. Une grande ville baignée de lumière, au bord de la Méditerranée, célèbre pour sa promenade des Anglais, ses palaces luxueux et son cadre de vie. C'est une ville balnéaire qui a la particularité de posséder une longue plage sur son front de mer, constituée exclusivement de galets. Oui, à Nice, l'on ne se fait pas bronzer sur de belles plages de sable fin et doré.

Théo, Lisa, Darlington et Jésus, marchaient dans les rues étroites de la vieille ville, en direction de la rue de la poissonnerie où était érigée l'église de l'Annonciation, que les Niçois connaissaient surtout sous le nom de Sainte Rita. Une fois que Jésus eut donné le nom de la ville dans laquelle l'église recherchée se trouvait, il fut aisé à Yu de trouver, en moins de quinze secondes, où ils devaient se rendre. Les ruelles du vieux Nice étaient ombragées et fraîches, ce qui était bien agréable en cette saison estivale, chaude et humide dans cette région. De nombreux commerces étaient établis dans ces rues, drainant une foule considérable presque toute l'année et particulièrement en été, avec les touristes du monde entier qui venaient en villégiature sur la Côte d'Azur.

La rue de la poissonnerie partait du célèbre cours Saleya, où se tenait le marché aux fleurs de la ville, pour se terminer au croisement avec la rue de la préfecture. L'église faisait l'angle des deux rues. Elle était de style baroque, richement décorée de lustres de cristal, de tableaux divers, de scènes peintes sur sa voûte, de corniches dorées et de murs couverts de marbre rose et gris. De dimensions relativement modestes, l'on y entrait directement dans la nef. Le sol était recouvert de dalles blanches et grises qui formaient un motif à damier. De part et d'autre de la nef centrale l'on pouvait admirer des chapelles, trois de chaque côté, dont la première, en entrant à gauche, était dédiée à sainte Rita de Cascia, patronne des causes désespérées. Au bout de la nef, deux marches de marbre blanc ouvraient l'accès au chœur où se trouvait le maître-autel, lui-même réhaussé de deux marches supplémentaires. Au fond de l'abside, derrière le maître-autel, un immense tableau représentant l'Annonciation à la vierge par l'ange Gabriel était adossé à un mur de marbre blanc veiné de rose, encadré de quatre colonnes de même couleur qui soutenaient un chapiteau tout en dorures, surmonté d'un énorme médaillon.

L'église était déserte à cette heure chaude de l'après-midi. Seule une vieille dame priait, agenouillée dans la travée de droite, au milieu de la nef. Théo avança dans l'allée centrale, suivi de près par Jésus. Darlington suivait de peu, les yeux levés vers la voûte, admiratif du travail des artisans qui avaient œuvré à la gloire de Dieu et surtout de ses riches fidèles. Lisa resterait à l'entrée, pour surveiller. Depuis que le commando avait débarqué dans l'île puis dans la villa de Jessie, sur les bords du lac Majeur, l'équipe était constamment sur ses gardes.

Arrivé devant le chœur, Théo hésita, se retourna pour jeter un œil alentour et gravit les deux marches avant de contourner le maître-autel, suivi bientôt par ses acolytes.

Derrière l'autel, adossé à l'abside, se trouvait un tabernacle tout en marbre blanc et rose, fermé par une porte de bois sculptée et dorée. Encadrant celui-ci, de chaque côté, posés sur leur piédestal, deux anges, dorés, eux aussi, portaient chacun une branche d'arbre, ou un cep de vigne peut-être, surmonté d'une veilleuse rouge. Ils faisaient face au chœur et à la nef. Darlington les observa attentivement avant de dire :

— Voici nos deux anges qui doivent se faire face, il me semble.

— Oui, ce sont bien eux, confirma Théo. Mais comment faire pour qu'ils se tournent ?

— Essayez d'en tourner un, Théo. Avec votre force surhumaine c'est dans vos cordes, non ?

Théo haussa les épaules, regarda l'ange de droite et l'enserra de ses bras, avant de tenter de lui imprimer une rotation vers la droite, en vain. L'ange était bien scellé.

— Hum, fit Darlington, il doit y avoir un mécanisme secret. Il nous faut le trouver.

Théo se tourna vers Jésus :

— Vous n'avez pas une petite idée de ce qu'il faut faire pour tourner les anges ?

— Non, je ne crois pas. J'ai beau chercher dans mon esprit, cette information n'y est pas.

— Tant pis, j'aurais essayé.

Darlington palpa l'ange de gauche devant lequel il se trouvait, tira les ailes, les poussa, les souleva, les abaissa, empoigna la branche qu'il portait, la poussa, la souleva, etc. Il tenta de pousser l'ange en arrière, sur le côté gauche, puis sur le droit, le tira en avant, rien n'y fit. L'ange restait désespérément immobile.

Théo, de son côté, avait fait à peu de choses près les mêmes manipulations que le professeur. Il souleva le photophore rouge de la veilleuse. Celui-ci se déplaça d'un bon centimètre avant de se bloquer. Théo, un peu surpris, regarda de plus près et vit qu'il était monté sur un axe métallique. Il le tourna vers la droite, en direction de l'autre ange. Le photophore bougea d'un quart de tour, mais Il ne se produisit rien, pas le moindre mouvement.

— Curieux, se dit le jeune homme, persuadé qu'il venait de trouver le mécanisme.

Il prit le temps de la réflexion et s'adressa à Darlington :

— Prof, soulevez le photophore rouge et tournez le d'un quart de tour sur la gauche, vers moi, s'il vous plaît.

Darlington s'exécuta. Lorsqu'il eut tourné le photophore, un bruit sourd résonna dans toute l'église, des clac-clacs d'engrenages qui se mettaient en mouvement retentirent, provenant de derrière les murs de l'abside. Les trois hommes se regardèrent, sourirent, comprenant qu'ils venaient de déclencher quelque chose. Après quelques instants, une lourde plaque de marbre, sise sous le tabernacle, sur laquelle était sculpté un gros médaillon, recula de plusieurs centimètres, provoquant un petit nuage de poussière qui fut expulsé vers l'autel, avec une forte odeur de moisi. Elle disparut complètement dans le mur après avoir coulissé latéralement, vers la droite, laissant un trou béant, sombre, dans lequel on ne pouvait s'aventurer qu'accroupi.

La vieille dame, alertée par les bruits, cessa ses prières et se dirigea vers l'autel d'un pas assuré. Elle jeta un regard réprobateur à ces intrus, qui dérangeaient la quiétude de l'église, disant :

— Qu'est-ce que vous faites, vous trois ? C'est une église ici, un lieu de prière, un lieu sacré ! Allez-vous en faire vos saletés ailleurs qu'ici, bande de voyous, avant que je n'appelle la police !

La vieille dame était très remontée. Il semble qu'il valût mieux ne pas la déranger durant sa prière.

Théo regarda ses camarades, leur intima de ne pas répondre et se concentra sur la dame. Après quelques instants, celle-ci se tourna, traversa l'allée centrale et quitta l'église, sans dire mot.

— Fraise ou citron ? demanda Yu sur le ton de la plaisanterie.

— Fraise, répondit Théo sur le même ton, faisant référence au parfum de la glace dont il avait suggéré une irrépressible envie à la vieille dame, en plus d'avoir effacé de sa mémoire le souvenir de leur incursion dans l'église.

L'Élu s'engagea le premier dans l'ouverture sous le tabernacle, après avoir activé sa vision nocturne. Après deux bons mètres d'un boyau étroit, le passage s'élargissait rapidement, permettant de se dresser sur ses jambes. Sur le côté gauche, un escalier s'enfonçait dans les entrailles de l'église, comme le laissait supposer l'énigme. Jésus et Darlington suivirent bientôt, équipés d'une lampe torche. Théo était déjà au bas de l'escalier, dans une crypte abandonnée, humide, couverte de mousse verdâtre, dont les murs suintaient. Ici, il faisait presque froid.

Le jeune homme s'avança devant ce qui semblait être un autel. A y regarder de plus près, il s'agissait d'un tombeau, sur lequel était gravé dans la pierre, la croix de malte, symbole des Templiers. Après en avoir fait le tour, il décida de déplacer la lourde pierre qui scellait le tombeau. Usant de la force que les bijoux de l'archange lui prodiguaient, il poussa le lourd couvercle, juste assez pour permettre de voir ce que contenait la tombe. Elle était vide… ou plutôt non, elle contenait juste une petite boule de verre opaque, presque blanc, d'à peine la taille d'une balle de golf. Théo tendit la main pour la saisir, lorsqu'il se ravisa, un pressentiment lui dictant de ne rien faire. Cette boule était hostile.

Darlington se pencha sur la tombe, balaya l'intérieur avec le faisceau de la lampe, remarqua la boule, tendit la main pour la saisir, fut prestement retenu par le bras de Théo qui lui dit :

— A votre place, prof, je n'y toucherai pas.

— Vraiment ? Vous en êtes sûr ?

— Absolument.

— Qu'est-ce que c'est ? se demanda le professeur, curieux.

— J'ai l'impression que nous venons de trouver notre premier globe de la connaissance.

— Cette petite chose ? Ce n'est pas un globe, tout au plus une boule, voire même une bille.

— Si ce n'est pas ce que nous sommes venus chercher ici, pourquoi cette boule est-elle enfermée ici, dans cette crypte ?

— Vous marquez un point, mon cher ami, je l'avoue. Mais reconnaissez tout de même qu'on ne peut pas appeler cela un globe. Mais au fait, pourquoi pensez-vous que nous ne devons pas y toucher ?

— Une intuition fortement appuyée par les bijoux.

— Comment allons-nous faire pour l'emporter d'ici dans ce cas ?

Théo regarda Jésus et lui dit :

— Cet objet vous est destiné, Jésus. Je crois que vous êtes le seul à pouvoir le saisir sans risque.

— Vous croyez ? Ce n'est pas très rassurant.

— Fiez-vous à mon intuition, cette boule ne vous fera rien. Par contre, pour nous c'est différent.

Jésus se pencha à son tour sur le sarcophage. Il regarda longuement la boule, plongea le bras vers elle et s'arrêta juste avant de la saisir, hésitant, inquiet. Il regarda Théo, qui le rassura d'un hochement de tête. Il s'en saisit délicatement, serrant à peine ses doigts autour d l'objet. Il ne ressentit rien, fut rassuré, sortit sa main du cercueil, la tendit devant lui pour observer la boule à la lumière de la lampe torche, un sourire confiant.

— Vous aviez raison, Théo, dit-il, soulagé. Il ne s'est rien passé.

Il n'avait pas fini sa phrase, qu'un violent éclair d'un bleu intense fusa depuis la boule, dans sa direction, le frappant au front. Il perdit son sourire et son visage grimaça, se tordit dans des convulsions terrifiantes. Tout son corps fut enveloppé dans une sorte de cocon d'éclairs qui couraient le long de sa peau, dont les extrémités semblaient s'implanter progressivement à des points stratégiques. Darlington, surpris, cria :

— Mon Dieu, mais que se passe-t-il ?! Vous aviez dit qu'il ne lui arriverait rien, dit-il à Théo sur un ton de reproche. Le jeune homme, d'abord surpris lui aussi, comprit que Jésus n'était pas victime de la boule, mais qu'elle procédait sans doute de la sorte afin d'établir une communication avec lui. Il connaissait ce mode de fonctionnement qu'il avait connu avec les bijoux de l'archange. C'était violent, douloureux, mais c'était le prix à payer pour obtenir d'énormes quantités d'informations en très peu de temps. Thé ne s'inquiéta pas pour le Gardien. Il survivrait, du moins l'espérait-il.

Jésus se mit à trembler de tous ses membres, alors que les éclairs viraient du bleu au rouge, qu'une étrange vibration emplit l'air de la crypte et qu'un sifflement strident ne finit par les plonger tous les trois dans d'horribles souffrances. Théo, aidé par les bijoux, ne fut pas longtemps impacté par ces ondes néfastes. Il retrouva vite toutes ses facultés et se précipita sur Jésus pour lui prendre la boule des mains et la lancer dans un coin de la crypte.

les éclairs disparurent, laissant Jésus groggy, chancelant sur ses appuis. Darlington se secoua la tête, encore endolorie par les vibrations et le sifflement strident. Il fit signe à Théo qu'il allait bien. Les deux hommes se précipitèrent au chevet de Jésus, qui titubait debout, prêt à s'écrouler sur le sol. Ils l'aidèrent à s'asseoir sur un rebord de pierre où il demeura un long moment immobile, le temps de reprendre ses esprits.

— Que s'est-il passé ? questionna le professeur. Pourquoi la boule a-t-elle agi de la sorte ? Vous pensiez que ça n'arriverait pas avec Jésus.

— C'est curieux, reconnut Théo. Je n'avais pas de pressentiment de danger concernant Jésus. Seulement pour nous. Il ne devait rien lui arriver.

— Pourtant, elle l'a attaqué.

— Oui, bien que je reste persuadé que ça n'aurait pas dû arriver. Il doit y avoir une anomalie.

— Une anomalie ? De quel genre, d'après vous ?

— Et bien… dit l'Élu, réfléchissant en même temps qu'il parlait. Nous savons que les globes de la connaissance sont destinés au Gardien et uniquement à lui. C'est pour ça que j'ai ressenti un danger en approchant de celui-ci. Supposons que le globe soit… disons… programmé pour reconnaître le Gardien par son psychisme. A cause de son accident, celui-ci a été fortement modifié. Il se peut que le globe n'ait reconnu qu'en partie celui pour qui il est destiné, ce qui explique qu'il ait commencé à interagir normalement avec lui, lorsque les éclairs étaient bleus, puis, ne trouvant pas exactement ce qu'il cherchait dans l'esprit de Jésus, il s'est soudain mis à réagir violemment.

— C'est une explication plausible, je dois le reconnaître. En tout cas, cela explique ce qui s'est produit. Mais si tel est le cas, cela veut dire que Jésus n'aura pas eu toutes les informations qui lui étaient destinées pour retrouver les trois autres globes.

— C'est à craindre. On le saura dès qu'il aura repris ses esprits.

Jésus finit par émerger de sa léthargie. Il regarda tour à tour Darlington et Théo, esquissa un semblant de sourire avant de leur dire :

— Que s'est-il passé ?

— Vous êtes entré en communication avec le globe, expliqua Théo. Nous pensons que ça ne s'est pas passé comme ça aurait dû. Que ressentez-vous ? Vous souvenez-vous de quelque chose ?

— Non, de rien justement. C'est le trou noir.

— Le globe a commencé à vous transmettre des informations avant qu'il n'y ait un problème. Avez-vous la sensation d'avoir reçu quelque chose ? Y a-t-il de nouveaux souvenirs qui vous viennent ?

— Aucun. C'est comme avant, à part ce trou.

— Bon, tant pis, se résigna l'Élu, déçu. Nous devrions sortir d'ici avant que quelqu'un aperçoive le passage secret.

— Et pour le globe, que fait-on ? s'enquit le professeur.

— Jésus va le prendre. Je crois qu'il ne risque plus rien. Le globe ne tentera pas d'entrer une nouvelle fois en communication avec lui.

§

Le rendez-vous avait lieu sur la promenade, au niveau du parc Robert Wagner, tout près du célèbre Battery Parc, à la pointe sud de l'île de Manhattan. La journée était ensoleillée et chaude. D'ici l'on avait un panorama sur la baie de l'Hudson avec en point de mire la non moins célèbre statue de la liberté dressée sur son île, dominant l'entrée du port de New York. Théo était assis sur l'un des nombreux bancs publics qui faisaient face au fleuve et à la mer. L'homme avec qui il avait rendez-vous vint s'asseoir près de lui.

— Bonjour Théo, dit-il.

— Bonjour Jim. Quelles sont les nouvelles de votre côté ? s'enquit-il.

— Plutôt bonnes. J'ai enfin réussi à démasquer le traître.

— C'est bien. C'était qui ?

— Haliwell, le directeur-adjoint. Du coup, j'ai été réintégré avec une promotion. Je suis sous-directeur du nouveau service des opérations spéciales d'enquêtes paranormales extérieures.

— Je suis content pour vous, félicitations.

— Merci.

— Concrètement ça veut dire quoi pour vous ?

— Ça ne change pas grand-chose à mon boulot, à part la paye.

— Vraiment ?

— J'exagère un peu. J'ai hérité d'un service entièrement refondu auquel on a adjoint une vingtaine d'hommes supplémentaires et des moyens financiers conséquents. La hiérarchie a enfin pris conscience qu'il y a autour de nous des phénomènes qui nous dépassent et qui peuvent porter atteinte à notre sécurité.

— Je vois. Concrètement, pour nous ça veut dire quoi ? Que vous allez mettre les moyens pour nous pourchasser et récupérer le Gardien, c'est ça ?

— Je n'ai pas vraiment le choix, Théo. Notre gouvernement veut déchiffrer les formules à tout prix. Nos experts sont persuadés de l'importance de celles-ci. Le pays qui détiendra les secrets de ces formules dominera le monde durablement.

— Et les États-Unis d'Amérique veulent dominer le monde ?

— Nous ne voulons pas être dominés en tout cas. A choisir, il vaut mieux que ce soit nous qui détenions ces secrets, plutôt que les Iraniens, les Pakistanais, les Nord-Coréens ou les Russes, non ?

— C'est votre point de vue.

— Quel est le vôtre ?

— Que si ces formules sont si importantes, il vaut peut-être mieux que personne n'en connaisse les secrets, ne croyez-vous pas ?

Morisson ne répondit rien. Il regardait au loin les navires qui entraient et sortaient de la baie. Après un long moment il demanda :

— Qu'attendez-vous de moi ?

— Premièrement que vous récupériez toutes les copies papier des formules de Kovac en circulation et que vous les détruisiez.

— D'accord, mais vous savez, elles sont dans les ordinateurs de l'agence.

— Nous avons déjà fait le ménage de ce côté-là, ne vous en préoccupez pas. Ensuite, je veux que vous enquêtiez pour savoir qui nous a mis sur le dos un commando de mercenaires et comment ils ont su où nous trouver à deux reprises.

— D'accord, je verrai ce que je peux faire.

— C'est une priorité, insista l'Élu. Nous devons savoir pourquoi et comment ils arrivent à nous pister ainsi. Nous ne sommes plus en sécurité et, de ce fait, le Gardien non plus.

— Bien, je mets tout mon staff sur le coup.

— Tenez, dit Théo en lui tendant une chemise cartonnée. Tous les détails des faits sont dedans. J'y ai mis quelques pistes de réflexion pour vous aider dans vos recherches.

— Vous pensez que ça vient de Graham, je suppose ?

— C'est une possibilité, mais d'où que ça vienne, le plus important est de savoir comment ils nous suivent à la trace pour que nous puissions nous en défaire.

— Autre chose ?

— Oui. Tenez vos chiens loin de nous.

— Bien sûr, Théo. Je suis de votre côté, vous le savez. Je vous le répète : vous êtes le seul en qui j'ai confiance désormais et je sais que vous seul pourrez nous débarrasser des rapaces qui veulent s'emparer de notre monde.

§

La modeste maison était sous les hauts pins rectilignes qui ressemblaient à de longues flèches dressées vers le ciel. La température, chaude, était tempérée par les alizés qui soufflaient de façon quasi permanente. Le jardin n'était pas immense et se terminait sur la longue plage de sable blanc qui ceinturait la baie Saint-Joseph, sur l'île des Pins, à la pointe sud de la Nouvelle-Calédonie. Depuis la terrasse couverte, devant la maison, le spectacle était paradisiaque : la plage, les eaux turquoise de la baie entourée de forêts de pins, le ciel bleu strié de quelques nébulosités poussées par les vents.

Lisa, Jessie, Maria Magdalena et le professeur Darlington étaient assis autour d'une table, sirotant des boissons fraîches, chacun tuant le temps comme il le pouvait, dans l'attente d'un miracle qui frapperait Jésus et ferait remonter une partie des informations qu'il avait reçues du premier globe de la connaissance. Il était le seul à pouvoir leur permettre d'avancer et de le conduire à son retour dans son monde céleste, privant ainsi tous ses poursuivants de ses secrets et connaissances sur les formules.

Jésus se reposait dans sa chambre, tandis que Théo et Yu discutaient de leur côté dans une pièce aménagée pour le jeune génie de l'informatique, dans laquelle, comme toujours, il avait installé une batterie de matériels achetés à grands frais par Jessie.

— J'ai remarqué quelques petites anomalies dans notre système de brouillage, expliqua Yu.

— Des anomalies ?

— Ce n'est pas la première fois. Je n'y avais pas prêté attention jusqu'ici, pensant que c'était des parasites, mais en reprenant toutes les données enregistrées sur nos serveurs de Hong Kong, j'ai remarqué qu'elles coïncidaient avec les attaques des commandos.

— Intéressant. Dis-m'en plus.

Yu pianota sur son clavier et un graphique apparut.

— Tu vois, dit-il, ce graphique linéaire montre l'activité électromagnétique autour de la villa de l'île. Toutes les ondes émises ou reçues, quels que soient leur fréquence et leur type, sont des ondes électromagnétiques.

— Ça je sais. Épargne-moi un cours sur le sujet et viens-en au fait, s'impatienta Théo.

— D'accord. Sur l'île nous n'émettions rien et ne recevions rien non plus. Le graphique est quasiment plat, comme tu peux le constater.

Yu montra du doigt la ligne qui ondulait à peine autour de l'axe symbolisant le zéro. Il la fit défiler avec sa souris et s'arrêta au bout d'un moment.

— Là, nous sommes la veille de l'incursion du commando dans l'île. Tu vois, il y a un petit pic d'une durée d'à peine un dixième de seconde. J'ai pensé à un simple parasite.

— Mais dis-moi, en dehors des ondes émises par l'homme, est-ce qu'il n'y a pas d'autres sources électromagnétiques, des sources naturelles ?

— Si, bien sûr. Le système que nous avons permet de filtrer tout ce qui est de l'ordre du phénomène naturel. Il n'affiche que ce qui est émission ou réception d'ondes spécifiquement émises par des appareils de transmission. Ce pic d'un dixième de seconde m'a paru insignifiant sur le moment pour que je l'écarte. Et puis j'ai remarqué que le même pic s'était produit la veille de l'arrivée du commando dans la villa du Lac Majeur. Toujours un dixième de seconde. Je me suis alors demandé si c'était une coïncidence ou s'il y avait un rapport.

— Et alors ?

— J'ai hésité longuement jusqu'à ce qu'il y a moins d'un quart d'heure, j'ai eu encore le même pic d'un dixième de seconde. Je me suis dit que deux fois, ça pouvait encore être de la coïncidence, mais trois...

— Tu veux dire que nous risquons une nouvelle attaque dans quelques heures seulement ?

— Si ce n'est pas une coïncidence, oui.

— Et d'après toi, qu'est-ce qui peut provoquer ce pic si court ?

— Quelqu'un transmet un signal qui donne certainement notre position, ce qui explique l'arrivée du commando dans les heures qui suivent.

— Quelqu'un ? songea Théo. Mais qui ?

— Aucun des membres de notre équipe, c'est sûr.

— Il reste Jésus et Maria, songea l'Élu. Je ne pense pas que ce soit Jésus. Il n'aurait aucun intérêt à se signaler auprès de ceux qui sont à sa poursuite.

— Et pour Maria, tu penses quoi ?

— Difficile à dire. Mais j'y pense : et si ce n'était aucun de nous ?

— Comment ça ?

— Si c'était une sorte de balise qui émettait automatiquement ? Morisson m'en a extrait une du corps et m'a expliqué qu'elle était si perfectionnée qu'elle était quasiment indétectable, qu'elle émettait ses données de façon autonome et de manière aléatoire.

— Qui serait implanté, dans ce cas ? Pas toi, puisqu'il te l'a ôtée.

— Ça peut être n'importe lequel d'entre nous, sauf Jésus.

— Oui, évidemment.

— Par contre, la balise que j'avais, était implantée sous la peau, ce qui veut dire qu'il a fallu me l'injecter avec une seringue et une aiguille. Ça ne peut se faire sans qu'on s'en aperçoive, à moins d'être endormi, ce qui fut mon cas.

— Il faut qu'on sache si l'un d'entre nous a reçu une injection dans les semaines ou les mois précédents.

— Ce n'est pas nécessaire. Je vais contacter Morisson. Il avait un scanner qui permettait de détecter cette puce. Il me suffit de faire un saut temporel et de le récupérer. Nous saurons vite si tu avais raison ou pas.

— Si j'ai raison, nous ne sommes plus en sécurité ici.

— Nous allons quitter cet endroit dans l'heure, le temps de rassembler nos affaires et pour moi de contacter Morisson.

— C'est dommage, regretta Yu. J'aimais bien cet endroit, c'est si beau !

— On reviendra faire du tourisme quand on aura terminé toute cette histoire, je te le promets.

§

Yu finit de scanner le dernier membre de l'équipe, sans résultat. Ni lui ni les autres n'avaient de balise implantée.

— Aucune balise, affirma-t-il.

Tous étaient à la fois soulagés et inquiets. Théo se posait des questions : si ce n'était pas une balise, alors qui émettait ce signal ? Est-ce que Yu aurait pu se tromper ? Se pouvait-il que ce qu'il avait d'abord pris pour un signal parasite en soit un ? Est-ce que le scanner de Morisson était capable de détecter cette balise si s'en était bien une ? Et est-ce qu'il fonctionnait seulement ? Après tout l'on était pas à l'abri d'une panne.

— Yu, tu pourrais jeter un œil à ce scanner ?

— A quoi penses-tu ?

— Il est peut-être en panne.

— Je vais l'ouvrir et voir si je peux comprendre son fonctionnement. Dans le cas contraire, je contacterai mes amis de Hong Kong, il y en a de plus doués que moi pour l'électronique.

Il s'écoula plusieurs heures avant que Yu ne sorte de sa tanière avec les résultats de son travail.

— Tu avais vu juste, Théo, le scanner n'était pas opérationnel.

— Une panne ? se demanda Lisa.

— Pas vraiment. Je dirai plutôt un sabotage.

— Un sabotage ? s'étonna Darlington.

— Cet appareil a été délibérément mis hors d'usage, expliqua le jeune Chinois, en lui ôtant tout simplement un composant essentiel à son fonctionnement.

— Tu as pu faire quelque chose ? questionna Théo.

— Oui, j'ai démonté un composant similaire dans un scanner de fréquences radio. Ça devrait fonctionner.

— Pourquoi est-ce que Morisson t'a confié un scanner hors d'usage ? se demanda Jessie.

— Parce qu'il ne veut sans doute pas que nous trouvions la balise que l'un de nous a.

— Ce qui veut dire que c'est lui qui l'a placé, en conclut Darlington.

— La CIA en tout cas.

— Ça veut dire que le commando n'était pas envoyé par mon père, mais par Morisson, songea Jessie.

— Oui, à moins que Morisson ne roule pour ton père, fit remarquer Lisa.

Yu passa le scanner sur le professeur, sans résultat. Il scanna ensuite Lisa, Jessie, Maria Magdalena et Jésus, toujours sans la moindre réaction de l'appareil. Ce fut le tour de Théo. A peine Yu eut-il approché le scanner de l'Élu qu'un bip rapide résonna, à la grande surprise de tous et de l'intéressé lui-même. Yu localisa la balise dans l'épaule droite de Théo. Le jeune homme comprit alors qu'il s'était fait avoir par l'agent de la CIA.

— Morisson m'a retiré un mouchard de la CIA dans l'épaule droite, expliqua-t-il, pour m'implanter le sien. Il m'a fait croire qu'il se cachait, qu'il ne faisait plus partie de la CIA, qu'il ne se fiait plus qu'à moi, qu'il croyait en notre combat, dit-il avec de l'amertume dans la voix. Heureusement que j'ai eu un peu de méfiance à son sujet et que je ne l'ai pas intégré à notre équipe.

— Tout ça n'est pas de ta faute, dit Lisa pour le réconforter. Morisson est malin. C'est un agent qui a du métier. Il sait manipuler les gens. N'importe qui se serait fait avoir… Mais j'y pense, si Morisson a retiré un mouchard de la CIA pour en mettre un autre, pour qui travaille-t-il ?

— C'était peut-être une simple ruse de la CIA, songea l'Élu. Il m'en retire un pour m'en implanter un autre encore plus performant, qui sait. Et toujours pour l'agence.

— Ou pour quelqu'un d'autre, supposa Lisa.

— C'est possible. Difficile de savoir. Bien, la bonne nouvelle dans tout ça c'est que nous savons à qui nous avons affaire maintenant. Nos plus grands ennemis du moment semblent bien être Morisson et la CIA. Il va falloir m'enlever ce mouchard, mais nous n'allons pas le détruire. Il faut les laisser penser que nous ne l'avons pas trouvé et attirer ses hommes loin de nous et du Gardien.

Théo se tourna vers Jésus et dit :

— A ce propos, vous n'avez toujours rien qui vous revienne ?

— Si, justement j'allais vous en parler. J'ai eu des visions. Elles sont fragmentaires et je ne sais pas les interpréter pour le moment, mais je pense que c'est un bon début.

— Racontez-nous ce que vous avez vu.

— J'ai vu un lion dressé sur ses pattes arrière. J'ai vu un château. J'ai vu trois voiliers qui voguaient sur une mer déchaînée. J'ai vu aussi un taureau noir au sommet d'une colline, qui se détachait sur un ciel d'un bleu limpide.

§

Oswald Graham se tenait assis sur le rebord de son vaste bureau, les yeux rivés sur Flemming, son fidèle bras droit. Il sirotait un Bushmills Millennium de mille neuf cent soixante-quinze, un whisky très rare et très cher, dont il était propriétaire de la distillerie. Flemming, à qui son patron avait exceptionnellement offert un verre, avala une gorgée du précieux breuvage avant de dire :

— Tout se déroule selon nos plans, mais nous avons un problème avec l'agent de la CIA. Lui et son commando cherchent toujours à s'emparer du Gardien.

Graham réfléchit avant de dire :

— Il ne faut pas que la CIA s'empare du Gardien, ni personne d'autre d'ailleurs. Nous avons une chance de découvrir enfin ce que nous cherchons depuis si longtemps. Mettez des hommes pour protéger le Gardien.

— Ce sera fait, monsieur.

— Et tâchez de ne pas perdre Théo et le Gardien de vue. Nous sommes trop près du but cette fois pour passer à côté.

— Notre agent sur place surveille tous leurs faits et gestes. Nous ne risquons pas de les perdre.

— C'est parfait, se réjouit Graham. Alors, trinquons à notre victoire, qui je l'espère sera totale cette fois.

Les deux hommes levèrent leur verre et burent d'un trait.

Graham prit la bouteille de Whisky, remplit à nouveau les deux verres et ajouta :

— Après nous être enfin débarrassés de nos ennemis, nous dominerons ce monde. Nous ferons des humains nos esclaves soumis et nous établirons notre grande nation pour la gloire de notre peuple !

— Qu'il en soit ainsi ! ajouta Flemming en trinquant.

§

— Le taureau noir qui se détache sur le ciel bleu me fait penser à l'Espagne, expliqua Lisa. Il y a, le long des routes espagnoles, de nombreux taureaux noirs, immenses. C'était à l'origine des panneaux publicitaires pour une marque de boissons, si mes souvenirs sont exacts. La publicité a disparu, mais les panneaux sont restés. Les Espagnols y sont très attachés.

— Donc, ça situerait notre prochain globe en Espagne, songea Théo.

— L'Espagne ?...

Darlington réfléchit un moment et ajouta :

— Les trois voiliers pourraient être ceux de Christophe Colomb dans ce cas. Ils sont partis d'Andalousie, dans le sud de l'Espagne.

— Yu, trouves-nous tout ce que tu peux sur Christophe Colomb, suggéra l'Élu.

— Je m'y mets de suite.

— Et pour le lion dressé et le château, quelqu'un a une idée ? questionna-t-il.

— Le lion est un symbole très utilisé, expliqua le professeur, surtout à partir du Moyen Âge, en héraldique. Il est symbole de force et de bravoure. Le lion dressé sur ses pattes arrière qu'a vu Jésus est sans doute un lion dit : rampant. C'est la représentation la plus connue du lion sur les armoiries.

Darlington alla jusqu'à la bibliothèque qui ornait deux grands pans de murs du bureau de sa maison d'Oxford, dans laquelle ils étaient venus s'installer provisoirement. Il en tira un ouvrage grand format, épais, relié de cuir, le posa sur le bureau, l'ouvrit et le feuilleta jusqu'à trouver ce qu'il cherchait. Il pria Jésus de s'approcher et lui montra le blason d'un lion rampant, qu'il pointait du doigt.

— Est-ce cela que vous avez vu dans votre vision ?

— Parfaitement.

— Venez voir ! les interpella Yu, qui avait affiché une photo sur son écran.

— Qu'est-ce que c'est ? demanda Jessie.

— Le tombeau de Christophe Colomb dans la cathédrale de Séville.

La photo montrait un large socle rectangulaire en pierre blanche, sculpté, surmonté de quatre statues de personnages richement décorés, coiffés de couronnes, portant sur leurs épaules ce qui devait être un cercueil. Ils étaient tous vêtus de longues toges bleues qui tombaient sur leurs pieds et portaient chacun une chasuble. Sur celle du personnage de gauche sur la photo, l'on y voyait un château et sur celle de celui de droite, un lion rampant.

— C'est le lion et le château de ma vision ! s'exclama Jésus, surpris.

— Je crois que nous venons de trouver l'emplacement du second globe, dit Théo.

— J'ai de nouveaux souvenirs qui surgissent, affirma Jésus. Cela concerne l'emplacement du globe.

— Votre mémoire semble se rétablir plus rapidement, on dirait, constata Lisa.

— Oui, j'ai l'impression que depuis que j'ai été foudroyé par le premier globe, il se produit quelque chose dans mon esprit. Je pense que ça a déclenché quelque chose en moi.

— Que vous disent vos souvenirs à propos du globe ?

— C'est une sorte de clé pour le trouver. Voilà ce que ça dit : *celui de Navarre le regarde. Les lions auront la tête à l'envers lorsque tu le trouveras.* Je suppose que pour moi ce n'aurait pas dû être une énigme, mais je n'ai pas toute ma mémoire pour en comprendre le sens.

— Ne vous inquiétez pas, nous avons résolu des énigmes avec moins d'éléments que ça, le rassura Théo.

La cathédrale de Séville est un magnifique et vaste édifice bâti sur l'emplacement d'une ancienne mosquée, dont ne fut conservé que le minaret, qui fut transformé en clocher. Cette tour, haute de plus de cent mètres, nommée *Giralda*, est devenue le symbole de la ville.

La grande cité andalouse était plongée dans une chaleur lourde en ce milieu de mois de juillet. Ici les températures pouvaient allègrement dépasser les quarante degrés au cœur de l'été ! Le soleil y brillait de tous ses feux, dans un ciel d'un bleu intense. La chaleur semblait avoir figé la cité et rares étaient ceux qui osaient s'aventurer au-dehors en ce milieu d'après-midi torride.

C'est pourtant l'heure que choisirent Théo et ses amis, pour rejoindre la cathédrale et le tombeau du plus célèbre des navigateurs : Christophe Colomb. Sur la place, devant l'entrée de l'édifice religieux, d'habitude bondée, ne flânaient que de rares touristes en mal de vieilles pierres. Les Sévillans, eux, en profitaient pour faire la sieste, au frais, dans leurs maisons aux volets clos qui gardaient la fraîcheur. Ils sortiraient en fin d'après-midi pour se rendre à leur travail pour certains, jusqu'à neuf ou dix heures le soir, après quoi ils flâneraient en famille pour profiter de la relative fraîcheur de la soirée et déambuleraient dans les divers quartiers de la ville qui s'animaient jusqu'à tard dans la nuit.

A l'intérieur de la cathédrale, il y avait de nombreux touristes, contrairement à ce que l'on aurait pu penser en voyant l'activité extérieure. Il faut dire qu'il y faisait relativement bon par rapport au-dehors.

Théo était accompagné de Jésus, de Darlington, de Yu et de Jessie. Ils se dirigèrent directement vers le tombeau de Colomb, qui se trouvait sur la droite de l'église, juste derrière l'une des portes latérales de l'édifice. Autour de la tombe gravitaient en nombre les touristes qui filmaient et photographiaient la dernière demeure du grand homme.

— On ne va rien pouvoir faire, regretta Théo, voyant l'attroupement.

— Comment va-t-on faire ? se demanda Jessie.

— Il va falloir revenir cette nuit. C'est la seule solution.

— Tu pourrais refaire le coup de la glace à la fraise, suggéra Yu.

— Il y avait trois personnes à Nicosie[24], la première fois que je l'ai fait et une vieille dame, l'autre jour à Nice. Ici il y en a, au bas mot, cent cinquante. Je ne sais pas si je pourrai le refaire avec autant de gens.

— Essaye toujours, on verra bien si elles sortent en courant, plaisanta le jeune Chinois.

Théo haussa les épaules. Il se dit qu'après tout Yu n'avait pas tort. Il ne risquait pas grand-chose d'essayer. Il se concentra, fit appel à la puissance des bijoux, ressentit la connexion qui s'opérait entre lui, eux et les personnes qui se trouvaient dans la cathédrale. Au bout de quelques secondes seulement, il était connecté à l'esprit de l'ensemble de ces personnes, excepté ses propres amis et formula dans leur inconscient l'idée qu'il désirait leur implanter. Lorsque ce fut fait, il se déconnecta et regarda autour de lui. Progressivement les gens se dirigeaient vers les sorties, dans le

---

[24] Cf. tome I, chapitre XVII.

calme. L'on aurait dit qu'une évacuation avait été ordonnée.

— Tu vois, ça marche aussi bien pour cent cinquante que pour trois, fit remarquer Yu, fier de sa suggestion.

Après quelques minutes il ne resta plus personne dans l'édifice.

— Ils vont se régaler de glaces à la fraise. Quelle chance ! s'exclama Yu en riant.

— Glace à la fraise ? dit Théo. Je ne leur ai pas suggéré de glace à la fraise.

— Ah, quoi alors ? fit Yu, étonné.

— Au citron cette fois, répondit Théo, lui faisant un clin d'œil.

L'immense cathédrale était silencieuse désormais. Le tombeau de Colomb était accessible en toute quiétude. Ils en firent le tour, l'observant sous toutes les coutures, cherchant à comprendre la signification de la courte énigme que Jésus leur avait livrée. Le professeur Darlington était immobile sur le côté droit du tombeau. Il observait le visage de l'une des deux statues arrière. Après un certain temps, il appela ses amis et leur fit part de ses observations :

— Regardez cette statue, elle semble regarder vers le sol, au niveau de cette autre statue, à l'avant. On dirait qu'elle regarde sa robe.

Il joignit le geste à la parole en traçant de la main droite la ligne du regard de la statue. Elle semblait en effet regarder la robe de celle qui se trouvait devant elle.

Jessie s'accroupit près du socle du tombeau et pencha la tête pour mieux voir les yeux de la statue et capter son regard.

— Elle ne regarde pas la robe, affirma-t-elle, mais la pointe de la lance.

Yu vint regarder à son tour confirmer l'observation de son amie. La statue avant droite tenait dans sa main droite une longue lance, surmontée d'un crucifix, dont la pointe était plantée dans ce qui semblait être une pomme, ou un fruit approchant, qui était posé sur le socle.

— Celui de Navarre pourrait être cette statue, songea Lisa.

— Yu, tu ne devais pas avoir fait des recherches sur le tombeau ? lui rappela Théo.

— C'est vrai. Entre-temps nous avons trouvé que c'était l'emplacement du second globe et je n'ai pas continué mes recherches. Ça me semblait inutile.

— Tu devrais t'y remettre, ça pourrait nous aider, tu ne crois pas ?

— Oui, je m'y colle de suite.

En attendant l'arrivée d'informations sur le tombeau, chacun se remit en quête d'indices que devait receler la monumentale tombe. Ce fut Jessie qui remarqua la première les deux petites têtes de lion qui ornaient l'extrémité des deux bras avant qui servaient à porter le cercueil sur les épaules des statues. Elle grimpa sur le socle pour les atteindre, les observa, puis en toucha une de ses longs doigts fins. Elle eut l'idée de lui imprimer un mouvement de rotation. Elle ne bougea pas. Elle tenta de la pousser en arrière, en vain. Elle essaya de la tirer en avant et là, elle sentit qu'elle bougeait, mais qu'elle avait du mal à coulisser. Comme elle n'avait pas la force nécessaire, elle fit appel à Théo qui la rejoint sur le socle. Il tira et la tête coulissa d'un bon centimètre. Il la tourna dans le sens des aiguilles d'une montre jusqu'à ce qu'elle fût complètement retournée. Il fit la même chose avec la seconde tête qui se retrouva bientôt dans la même position que sa jumelle. Les deux jeunes gens regardèrent autour d'eux, cherchant si quelque chose s'était produit, mais ne virent rien. Ils redescendirent sur le sol de l'église. Yu avait terminé ses recherches et fit son compte-rendu :

— Alors... les statues sont des chevaliers représentant chacun une région d'Espagne. A l'avant on a celui avec le château qui représente la Castille, celui avec le lion qui représente León, Celui à l'arrière avec...

— Lequel est Navarre ? le coupa Théo.

— Celui-ci, à l'arrière droit.

— Celui qui regarde au sol. C'est donc bien son regard qu'il faut suivre. Nous avons trouvé les lions et leur avons mis la tête à l'envers. Pourtant, on est pas plus avancé. Est-ce qu'il nous manque quelque chose ? Jésus, est-ce que vous n'avez pas de nouveaux souvenirs qui pourraient nous aider ?

— Pas pour le moment, Théo, répondit le Gardien. Puis-je suggérer quelque chose ?

— Bien entendu, faites.

— Le regard de cette statue semble se porter sur le fruit dans lequel est plantée la pointe de la lance. Il me semble qu'il faudrait essayer de la retirer du fruit.

— Vous pensez que le globe est dans le fruit ?

— Pourquoi pas ?

— J'y ai bien pensé aussi, mais je doute qu'on puisse sortir la lance nous-mêmes.

— Pourquoi ?

— Parce que l'énigme disait qu'il fallait que les lions aient la tête à l'envers, ce qui doit déclencher un mécanisme d'ouverture qui devrait très certainement libérer le globe.

— Vous avez tourné les têtes de lion, il me semble. Le globe devrait être accessible maintenant.

Le Gardien s'approcha de la lance et du fruit qu'elle piquait. Il se saisit de la pomme d'une main et la tira vers lui. Elle glissa sur le socle, découvrant la pointe de la lance coupée à la moitié dans le sens de la largeur. Il sourit, tendit l'objet en l'air au bout de son bras et dit :

— Vous voyez, vous aviez bien déverrouillé le mécanisme.

Le Gardien tourna et retourna la lourde pomme dorée, cherchant le moyen de l'ouvrir. Perplexe, il dit :

— S'il y a un mécanisme d'ouverture, je ne l'ai pas trouvé.

Il n'avait pas fini de prononcer ces mots que la pomme se mit à luire d'un éclat qui devint vite insoutenable. Elle disparut des mains de Jésus pour laisser à la place le second globe, qui se mit à faire comme le premier, lançant des éclairs bleutés en direction du Gardien. Celui-ci se tordit de douleur durant quelques secondes, après quoi les éclairs cessèrent et le globe redevint une boule inerte. Le Gardien demeura un long moment immobile, les yeux dans le vague, sonné par le flot d'informations qu'il venait d'absorber.

Yu s'approcha de Théo et lui susurra :

— Je crois que les globes ont pour fonction de rendre au Gardien l'ensemble de ses souvenirs.

— C'est ce que je crois aussi. Pourtant ce n'est pas très logique.

— Pourquoi ?

— Parce que les souvenirs de Jésus ont été altérés par un accident… A moins que…

— Tu as une idée ?

— La seule explication logique serait que l'archange ait retiré de l'esprit du Gardien l'ensemble de ses connaissances, de ses secrets les plus sensibles, pour qu'aucun humain ne puisse s'en emparer. Les globes auraient alors pour fonction de lui rendre ses connaissances, juste avant qu'il ne retourne dans les cieux.

— C'est plausible, reconnut Yu. Ce qui voudrait dire que ceux qui courent après le Gardien n'auraient rien pu en tirer avant qu'il n'ait retrouvé les quatre globes. Tu crois qu'ils n'étaient pas au courant ?

— Connaissant Graham, ça m'étonnerait.

— On se fait manipuler depuis le début ! constata Yu, de la colère et de l'amertume dans la voix.

— Comme toujours. C'est parce que nous n'avons pas toutes les cartes en main pour comprendre les enjeux. Graham, lui, sait exactement de quoi il retourne. Et il n'est pas le seul. Je pense que Morisson en sait aussi bien plus qu'il ne veut le dire.

Le jeune homme regarda Jésus et ajouta :

— J'espère que le Gardien retrouvera enfin sa mémoire et qu'il nous éclairera enfin sur toute cette histoire.

Jésus émergea doucement de sa léthargie. Il secoua la tête et retrouva le sourire.

— Ces séances d'acquisition d'informations ne sont pas de tout repos, dit-il. J'ai un bon mal de crâne.

— Savez-vous où se trouve le troisième globe ? demanda Lisa.

— Pas vraiment. J'ai une nouvelle énigme à vous proposer pour le découvrir.

— Décidément, rien ne nous aura été épargné ! lança Jessie, que les énigmes à répétition lassaient.

— Ce ne serait pas passionnant si c'était trop simple, plaisanta Darlington, que ces jeux de piste amusaient beaucoup. L'incursion de Théo et ses amis dans sa vie lui avait donné un coup de jeune. Lui qui avait une vie bien réglée, à Oxford, dans cette ville universitaire célèbre, avait été embarqué dans des aventures que jamais il n'aurait osé imaginer. Dès le début il avait été fasciné par cette vie d'aventurier et, après la fin de sa première mission avec eux, il avait repris son quotidien morne et ennuyeux, qui le conduisit à déprimer durant des semaines. Lorsque Théo débarqua à nouveau dans sa vie pour l'entraîner dans l'aventure, il s'était senti revivre. Le professeur aimait cela et en redemandait.

— Nous vous écoutons, dit Théo à Jésus.

— Voici ce que dit l'énigme : *longtemps, la plus grande elle demeura avant que l'andalouse ne la détrône. Là où repose le doge.*

— C'est tout ?

— Oui, je n'ai rien d'autre. Vous y comprenez quelque chose ?

— Non, mais nous allons trouver, ne vous inquiétez pas.

§

A Istamboul, la chaleur était voisine de celle rencontrée à Séville. Ici, les rues grouillaient d'une foule colorée. La circulation automobile chaotique n'avait pas été altérée par les températures caniculaires. Les quatorze millions de Stambouliotes semblaient ne pas craindre la chaleur et vaquaient à leurs occupations malgré la météo brûlante. Cette ville, l'une des plus grandes du monde avec son agglomération, se développait sans véritable plan d'urbanisme, ce qui posait d'énormes problèmes de circulation et la faisait plus ressembler à une cité indienne qu'Européenne, alors qu'elle en était bien une, son cœur historique étant bâti sur la rive occidentale du Bosphore.

Si Théo, le Gardien, le professeur et Lisa, avaient débarqué dans cette ville, c'était à cause de l'énigme, qu'ils n'eurent aucun mal à déchiffrer. La première phrase : *longtemps, la plus grande elle demeura avant que l'Andalouse ne la détrône,* faisait référence à la mosquée Sainte-Sophie, qui fut jadis la plus grande cathédrale chrétienne, avant que celle de Séville ne la détrône. Il ne fut pas difficile de comprendre la seconde phrase : *là où repose le doge,* qui elle, se référait à Enrico Dandolo, doge de Venise, qui prit la tête de la quatrième croisade et mourut dans cette ville où il fut enseveli dans la cathédrale.

Cette énigme, trop simple, éveilla des soupçons chez Théo et, curieusement, également chez Lisa. La veille, alors qu'ils étaient dans une chambre d'hôtel, quelque part près d'Innsbruck, en Autriche (depuis que le commando était à leurs trousses et malgré le fait qu'ils aient trouvé la balise que Théo avait dans son épaule, ils avaient décidé de se déplacer chaque jour dans un lieu différent), ils avaient parlé de leur ressenti concernant le Gardien et l'avancée de leur quête.

— J'ai réfléchi, commença Lisa, à toute cette histoire avec Jésus et je trouve qu'il y a quelques incohérences.

— Je t'écoute, de quelles incohérences parles-tu ?

— Par exemple : si les globes de la connaissance sont censés lui rendre l'ensemble de ses souvenirs, comme vous semblez le penser Yu et toi, pourquoi est-ce que Jésus reçoit de leur part des énigmes concernant l'emplacement du globe suivant, alors qu'il suffit de lui donner l'information en clair, tu ne crois pas ?

— C'est curieux, je me suis posé exactement la même question.

— Et tu en as déduit quoi ?

— Que Jésus a retrouvé la plupart de ses souvenirs et qu'il nous ment en disant qu'il ne les a pas encore récupérés totalement. Je pense qu'il invente les énigmes au fur et à mesure pour nous le faire croire.

— Dans quel but, d'après toi ?

— Il s'apprête sans doute à nous fausser compagnie avant la découverte du dernier globe.

— C'est ce que je pense aussi, avoua-t-elle. Mais pourquoi ? Nous ne sommes pas ses ennemis.

— Il ne veut pas que des humains, même amis, puissent franchir la porte qui conduit dans son monde. Ce serait certainement dangereux pour la sécurité des siens.

— Que comptes-tu faire ?

— Nous avons besoin de réponses à nos questions et j'ai l'intention d'obtenir ces réponses. Jésus ne nous faussera pas compagnie aussi facilement.

— Comment est-ce qu'on va s'y prendre pour ça ?

— J'en ai déjà parlé à Yu. Il a trouvé une nouvelle technologie de balises miniaturisées qui ont une portée telle que l'on peut les suivre quasiment n'importe où sur la planète, grâce à des satellites. Nous allons en faire avaler une à Jésus.

— On s'y prend comment ?

— Comme pour celle que nous avons fait avaler à Graham[25]. On lui fait d'abord boire une substance qui lui donnera un bon mal de crâne et ensuite on lui donne la balise, qui se présente sous forme de gélule, en guise de médicament. Elle restera dans son corps une dizaine de jours environ, ce qui devrait nous permettre de le suivre jusqu'à la porte vers son monde.

L'intérieur de Sainte-Sophie, Aya Sofia en Turc, est immense, mais désespérément vide. Après avoir été transformée en mosquée, elle fut vidée entièrement de tout le mobilier d'église que l'on trouve habituellement dans les édifices chrétiens.

Une foule considérable de touristes foulait le sol dont les dalles étaient usées par le temps.

Théo se dirigea vers l'aile Ouest où se trouvait la tombe d'Enrico Dandolo, le doge de Venise. Celle-ci, au pied du mur ouest, n'était repérable que par la stèle enchâssée à même le sol, sur laquelle l'on pouvait lire : *Henricus Dandolo.*

— Nous y sommes, se félicita Darlington. Comment allez-vous faire pour l'ouvrir en toute discrétion ?

— Je vais devoir user de mes pouvoirs, bien sûr, répondit Théo.

— Je parlais surtout vis-à-vis de tous ces gens qui sont autour de nous.

— Je vais trouver une astuce, comme pour Séville.

— Une suggestion de glace au citron, sans doute ?

— Non, je vais innover pour une fois.

---

[25] Cf. tome II, chapitre XVI.

Théo se concentra, ressentit toute la puissance des bijoux qui s'activait et se connecta à l'ensemble des personnes présentes dans la mosquée, qui soit dit en passant, n'en était plus une, mais un musée. Après un moment, il dit :

— Ça y est, on devrait être tranquilles.

Darlington regarda autour de lui et dit :

— Ils sont toujours là.

— Je sais.

— Il a raison, Théo, renchérit Lisa. Ils ne quittent pas les lieux.

— Pas besoin, dit l'Élu, laconique.

— Tu nous expliques ?

— Je leur ai implanté dans l'esprit l'idée que l'endroit où nous sommes n'existe pas. Ils ne le voient plus et ne nous voient plus également. Ainsi, ils ne s'en approchent pas et nous pouvons faire ce que nous sommes venus faire, sans que personne n'y trouve à redire.

— Très bien joué ! le félicita Jésus. Vous maîtrisez vos pouvoirs à la perfection, Théo. Je suis impressionné.

— Je vous remercie, Jésus. Depuis plus d'un an j'ai eu souvent l'occasion de les utiliser et de me perfectionner dans leur manipulation... bon, reculez-vous un peu, je vais tenter d'ouvrir la tombe.

Théo se concentra à nouveau, tendit ses deux bras en avant, mains ouvertes en direction de la stèle. Après une dizaine de secondes, des bruits de frottement, suivi d'un grondement et d'une forte vibration de l'air se firent entendre. Un nuage de poussière s'éleva de la stèle, tandis que des craquements résonnèrent et qu'elle s'élevait doucement du sol. Elle vint finir sa course plus loin sur les dalles, posée délicatement par l'Élu.

Sous la stèle, il y avait encore une dalle de pierre que Théo dut soulever, découvrant une niche en pierre de taille modeste, dans le fond de laquelle demeuraient quelques ossements et le troisième globe. Jésus s'en saisit et le rituel des éclairs bleutés recommença, comme pour les deux premiers. Théo jeta un œil à Lisa, qui comprit ce à quoi songeait son compagnon en cet instant : le Gardien n'allait sans doute pas tarder à leur fausser compagnie, maintenant qu'il avait sans le moindre doute, connaissance de l'emplacement du dernier globe.

Jésus reprit ses esprits. Il regarda ses amis et leur dit :

— J'ai hâte que tout ça se termine, c'est particulièrement douloureux.

— Avez-vous l'emplacement du dernier globe ? s'enquit Lisa.

Jésus sembla chercher dans son esprit, secoua négativement la tête et affirma :

— Non, rien du tout pour le moment. Je pense que ça me viendra dans les prochaines heures.

— Nous ne sommes pas à quelques heures près, dit Théo. Quittons cet endroit et rejoignons Jessie, Maria et Yu.

Une fois à l'extérieur de Sainte-Sophie, sur l'esplanade, devant le parc Sultan Ahmet où se pressaient une foule de touristes ainsi que des vendeurs ambulants, des chauffeurs de taxi et de nombreux policiers, Jésus, qui s'était volontairement placé derrière ses amis, profita de leur inattention pour disparaître, comme Lisa et Théo l'avaient prévu.

Théo composa le numéro de Yu.

— C'est parti, Yu. Que dit le signal de la balise ?

— Tout est ok. Il est sur la rue Atmeydan et se déplace rapidement.

— Il a dû prendre un taxi. Bon, c'est parfait, ne le quitte pas des yeux, nous arrivons dès que possible.

§

Chapitre XVI

Suivez le Gardien

Toute l'équipe avait emménagé dans la suite Penthouse de l'hôtel Bristol de Paris. Celle-ci, d'une superficie de plus de trois cents mètres carrés, possédait quatre chambres, un grand salon, une salle à manger et un bureau, plus une terrasse. Dans le bureau, Yu avait installé tout son matériel informatique, à partir duquel il pouvait suivre en temps réel tous les déplacements du Gardien.

Celui-ci, après avoir quitté Istamboul, était directement venu à Paris par avion. Yu avait déterminé le vol qu'il avait pris en consultant les horaires de départ et les destinations. Ainsi, toute l'équipe était arrivée à Paris des heures avant le Gardien et avait pris possession de ses quartiers au Bristol.

Jésus venait à peine de débarquer à l'aéroport de Roissy Charles-de-Gaulle et se dirigeait actuellement vers la capitale, sans doute à bord d'un taxi.

— On est prêts ? s'informa Théo.

— Pour moi, tout est ok, répondit Yu qui venait de vérifier le fonctionnement de tout son matériel.

— Le véhicule est là, confirma Jessie.

— Yu, dit Théo, tous les trajets vers les principales églises de la ville sont mémorisés ?

— Oui, quasiment. Je termine dans moins de cinq minutes.

— Où est Lisa ?

— Elle termine de se préparer, expliqua Jessie.

Lisa sortit de sa chambre, vêtue d'un ensemble short et chemisier dans les tons sable et blancs, chaussée de sandales à talons hauts, la tête coiffée d'une perruque blonde à la coupe au carré. Elle avait maquillé ses yeux de façon accentuée, mis du rose brillant sur les lèvres et du fard à joues, ce qu'elle ne faisait jamais. Elle était transfigurée, paraissait dix ans de plus, était plus belle que jamais. Le cœur de Théo s'emballa. Il découvrait une Lisa plus femme, plus mûre, plus magnifique encore qu'à l'accoutumée.

— Ça va comme ça ? demanda-t-elle auprès de Jessie et des autres.

Tous la regardaient, chacun ébahi par la beauté transcendée de la jeune femme.

— Tu es magnifique ! s'exclama Jessie. Méconnaissable !

— C'est le but, non ? Et toi, Théo, tu en penses quoi ?

— Je… c'est… je ne sais pas quoi dire… tu es…

— Trop belle ! lança Yu.

— C'est ça, trop belle, confirma l'Élu, si ému qu'il n'arrivait pas à s'exprimer.

— C'est pas un peu trop ? J'ai l'impression que je vais avoir du mal à passer inaperçue comme ça.

— Ça, pour passer inaperçue, tu vas avoir du mal, confirma Jessie. Mais Jésus ne te reconnaîtra pas, c'est sûr. Et toi, Théo, tu vas faire quoi pour passer inaperçu ?

Le jeune homme sourit, se concentra et tous le virent se transformer en un adulte d'une cinquantaine d'années, les cheveux grisonnants, la peau ridée, le ventre bedonnant. Il n'avait plus rien à voir avec le jeune homme qu'il était d'ordinaire.

— Tu peux faire ça aussi ! dit Jessie qui n'en revenait pas.

— Je crois que je peux tout faire en fait, répondit l'Élu. Il suffit que je fasse marcher mon imagination et le pouvoir de l'archange se charge du reste.

— Quel effet cela vous fait-il d'être vieux ? demanda le professeur, qui avait dépassé la cinquantaine depuis longtemps.

— Ce n'est qu'une apparence, prof. Je me sens toujours aussi jeune au fond de moi.

— Comme je vous envie, dit-il avec des regrets. Moi, tous les matins lorsque je me lève, je ressens un peu plus le poids des ans.

— Ça y est, Jésus arrive dans Paris ! les informa Yu.

— Ok, si tout le monde est prêt, on y va ! ordonna Théo.

Le but pour l'équipe était de surveiller le Gardien pour s'assurer qu'il s'emparerait bien du dernier globe de la connaissance. Il n'était pas question de le cueillir ici, mais de le laisser rejoindre le lieu où il était censé ouvrir la porte qui le conduirait dans son monde. Théo avait l'intention de partir avec lui pour obtenir toutes les réponses aux nombreuses questions qu'il se posait, ou, à défaut, de les obtenir de la bouche même de Jésus.

Jessie grimpa dans le 4x4 qui les attendait devant le Bristol, démarra et s'engagea dans la rue du Faubourg Saint Honoré, passa devant le palais de l'Élysée, tourna rue de Marigny jusqu'aux champs Élysées. Ils attendirent là, stationnés sur le côté, que Yu leur transmette la direction à suivre. Celui-ci ne tarda pas à se faire entendre.

— Il se dirige visiblement vers Notre-Dame, dit-il. Il faut descendre les champs Élysées jusqu'à la place de la Concorde, prendre ensuite le quai des Tuileries sur la gauche et suivre la Seine jusqu'au quai de Gesvres et tourner au pont Notre-Dame.

— Tu me rediras tout ça au fur et à mesure, dit Jessie qui n'avait rien retenu des explications de son ami.

La jeune femme se mit en route, traversa la ville jusqu'à l'Île de la Cité, pour stationner tout près de la cathédrale.

— Jésus est arrivé et entre à l'instant dans l'église, les informa Yu.

Seul Lisa et Théo quittèrent le 4x4 et se dirigèrent d'un pas rapide vers Notre-Dame. Équipés d'oreillettes et de micros, ils communiquaient directement avec Yu, qui, derrière ses ordinateurs, suivait le cheminement du Gardien, seconde par seconde.

Inutile de préciser qu'il y avait du monde sur le parvis, devant la cathédrale ainsi qu'à l'intérieur de l'édifice.

Une fois entrés dans l'église, Lisa et Théo suivirent le chemin qu'empruntaient les visiteurs, à savoir traverser l'immense édifice par le bas-côté droit. Ils eurent du mal à avancer tant la foule de touristes était compacte. Ils entendirent résonner la voix de Yu :

— Il se dirige vers le fond de la cathédrale.

Théo en eut assez de devoir se frayer un passage au milieu de cette foule. Lisa le vit lever l'avant-bras droit et tendre sa main, paume devant lui et faire un léger mouvement de gauche à droite. Elle regarda devant eux : les gens s'écartèrent, libérant un couloir rectiligne qui leur permit de gagner l'abside en moins d'une minute.

— Il vient de s'arrêter, les informa Yu.

— Où ça ? questionna Théo.

— Un instant, je regarde les explications de mon plan... C'est la chapelle du saint-sacrement. Elle se trouve exactement au centre de l'abside, le long du déambulatoire.

— Ok, on y est presque, précisa Théo.

Il tendit à nouveau sa main et lui imprima un léger mouvement pour fermer le passage dans la foule, afin d'éviter que Jésus ne les repère. Ils n'étaient plus qu'à une dizaine de mètres de la chapelle et du Gardien. Théo fit un zoom avec ses yeux et distingua Jésus devant l'oratoire, qu'une barrière de corde protégeait des visiteurs. Jésus l'avait franchie et s'affairait à actionner le mécanisme qui lui ouvrirait l'accès au dernier globe. Lisa et Théo se frayèrent un chemin au milieu de la foule et s'arrêtèrent devant la chapelle, cachés derrière les badauds qui circulaient devant eux. De là, ils avaient une vue sur Jésus et ne manqueraient pas de le voir se saisir du quatrième globe. Lorsque ce serait fait, le Gardien gagnerait au plus vite le lieu de son départ. Il ne se doutait pas que Théo serait là.

Une porte coulissa dans l'oratoire. Jésus glissa la main à l'intérieur et en sortit une boule, que Lisa et Théo n'eurent aucun mal à identifier. Le Gardien glissa la boule dans une boîte qu'il avait emportée avec lui, empêchant le globe de lui délivrer ses informations au milieu de la foule, ce qui n'aurait pas manqué d'attirer l'attention sur lui. Il franchit la barrière de corde et se glissa dans le flot humain qui déambulait autour du chœur de l'église, pour en sortir discrètement.

Jessie avait approché son véhicule au plus près de la sortie de Notre-Dame pour récupérer ses amis et prendre Jésus en filature. Il fallait s'assurer qu'il intégrerait bien les dernières informations délivrées par le globe. Sans celles-ci, Jésus ne serait sans doute pas en mesure de trouver la porte vers son monde.

Le Gardien traversa le parvis de Notre-Dame, s'engagea dans la rue de la Cité qu'il longea en direction du nord jusqu'à une bouche de métro dans laquelle il s'engouffra.

Guidés par Yu, Lisa et Théo suivirent le même chemin, laissant Jessie seule dans son 4x4. Ils se retrouvèrent dans les couloirs de la station de métro, à moins de dix mètres derrière Jésus, qui déboula sur le quai, cherchant visiblement un endroit tranquille pour absorber les connaissances du globe. Il longea le quai, noir de monde et, une fois au bout, descendit sur la voie et disparut dans le tunnel. Théo accéléra le pas, sauta sur la voie, prit la main de Lisa et l'aida à descendre, puis entra dans le tunnel sombre dans lequel il apercevait la silhouette longiligne de Jésus qui pressait le pas devant lui.

Un bruit puisant emplit le tunnel. Une rame arrivait, visible au loin. Jésus ne s'en préoccupait pas et continuait dans sa direction. Lisa et Théo pressèrent le pas, les yeux rivés sur le train qui approchait rapidement. Ils en perdirent de vue Jésus et durent se plaquer contre le mur du tunnel lorsque la rame passa devant eux dans un fracas assourdissant. Une fois le dernier wagon passé, ils reprirent leur marche et constatèrent que le Gardien avait disparu. Théo s'adressa à Yu :

— On ne voit plus le Gardien, dit-il, tu peux nous le situer, Yu, s'il te plaît.

Il n'obtint aucune réponse. Il réitéra sa demande, sans succès. Il dut se rendre à l'évidence, ici, sous terre, les ondes ne passaient pas. Ils devraient se débrouiller sans l'aide précieuse de leur ami. Après quelques dizaines de mètres, ils virent un étroit couloir sur leur droite qui s'enfonçait dans le noir. Théo s'y engagea le premier, sa vision nocturne activée. Le couloir ne faisait que quelques mètres de long et aboutissait à une porte métallique entrouverte. Le jeune homme la poussa délicatement et regarda autour de lui. Elle donnait dans un sas au milieu duquel une échelle de métal conduisait vers la surface. Une autre porte, située juste en face, semblait fermée. Les deux jeunes gens traversèrent le sas jusqu'à celle-ci, que Théo ouvrit en tournant la poignée. Derrière, un escalier descendait jusqu'à une nouvelle porte, qui donnait sur le tunnel d'un collecteur d'égout. La puanteur, ici, prenait aux narines. Lisa fit la grimace et se protégea le nez avec son chemisier. Théo aperçut enfin Jésus qui s'était arrêté dans le tunnel et avait sorti le globe. Soudain, des éclairs bleus fusèrent, illuminant les lieux d'une lumière irréelle.

— Je crois que c'est bon, dit Lisa, nous pouvons quitter cet endroit.

— Attendons encore un peu. Je veux être certain que tout s'est bien déroulé et que Jésus va bien.

Jésus resta longtemps immobile, dans la pénombre du tunnel, éclairé seulement par de petites lampes balises. Lorsqu'il retrouva ses esprits, il rebroussa chemin en direction de Lisa et Théo, qui se hâtèrent de remonter l'escalier, traverser le sas et disparaître derrière la porte métallique du couloir qui donnait sur le métro.

Jésus entra dans le sas, grimpa à l'échelle de métal jusqu'à atteindre une plaque de rue en fonte, qu'il souleva pour sortir à l'air libre sur les quais de Seine. Il marcha vers une station de taxis, s'engouffra dans l'un d'eux et s'éloigna rapidement.

Lisa et Théo le regardèrent partir, puis se tournèrent l'un vers l'autre, souriants. Ils s'enlacèrent et s'embrassèrent longuement.

— C'est vrai que Paris est une ville romantique, reconnut le jeune homme. Chaque fois que nous nous y sommes retrouvés, je n'ai eu qu'une envie, t'enlacer et te couvrir de baisers.

— J'ai une sacrée chance alors, dit-elle, tout sourire. Dommage que tu ne le fasses pas plus.

— Il faut dire qu'on a pas vraiment pris de temps pour nous.

— On ne prend presque jamais de temps pour nous.

— Et ce n'est pas maintenant que nous en prendrons. Allez viens, nous devons suivre le Gardien jusqu'au bout.

§

Le Gardien s'était rendu à l'aéroport de Roissy d'où il avait pris un vol direct pour Santiago du Chili. Pour ouvrir un tunnel temporel jusqu'à Santiago, Théo devait avoir la connaissance d'un lieu précis et discret, faute de quoi il risquait d'arriver n'importe où et de déclencher une panique générale. Yu proposa d'ouvrir le tunnel au sommet du plus haut gratte-ciel de la ville, le *Gran Torre Santiago*. Pour que Théo visualise parfaitement le lieu, le jeune chinois dut trouver des photos. Lorsque ce fut fait, Théo put créer le passage qui les déposa au sommet de la tour, à trois cents mètres du sol.

Un vent glacial soufflait. La température à cette altitude ne devait pas dépasser cinq degrés. Heureusement, l'équipe, désormais aguerrie, avait tout prévu : chacun était vêtu pour le climat qu'ils allaient rencontrer. Ils trouvèrent une porte de service qui leur permit d'entrer dans la tour et d'atteindre les derniers étages, d'où ils purent prendre un ascenseur et quitter l'immeuble. Ils prirent un taxi pour se rendre à l'Hôtel Ritz-Carlton, situé à un kilomètre de là, où Jessie avait réservé la suite présidentielle.

A peine arrivés dans l'hôtel, Yu déballa tout son matériel, cinq valises qu'ils avaient emporté avec eux, pour suivre le trajet du Gardien. Celui-ci, dans l'avion Paris Santiago, survolait encore le Brésil à cette heure. Il ne serait pas là avant plusieurs heures.

Lisa et Théo profitèrent de ces quelques heures de calme pour partir à la découverte de la ville, main dans la main, histoire de passer un peu de temps seuls. Jessie entraîna Maria Magdalena dans une séance de shopping, tandis que le professeur en profita pour prendre du repos dans sa chambre. Yu, quant à lui, se connecta avec ses amis de Hong Kong pour une séance de jeu en réseau, tout en surveillant la progression du Gardien.

Finalement, celui-ci arriva vers vingt heures quinze. Il se déplaça durant près d'une heure dans l'enceinte de l'aéroport avant de s'immobiliser complètement. Yu, qui trouvait cela étrange, fit des recherches avant de comprendre que le Gardien se trouvait à l'Hôtel Holiday Inn, sur le site même de l'aéroport.

— Mais pourquoi le Gardien a-t-il pris une chambre dans cet hôtel ? se demanda le professeur, qui avait rejoint Yu.

— Ça n'a rien d'étonnant, professeur. Il vient de faire plus de quatorze heures de vol entre Paris et Santiago. Il doit être crevé.

— Ce que je veux dire, précisa Darlington, c'est que si près du but, il prend le temps de se reposer, alors qu'il pourrait se rendre dans le lieu d'où il doit repartir. Curieux, non ?

— Quoi qu'il fasse, de toute façon nous saurons où il est. Moi, qu'il passe une nuit dans cet hôtel ne me dérange pas.

Le Gardien passa effectivement la nuit dans l'hôtel et toute la journée suivante. Yu put suivre ses rares déplacements, aux heures des repas pour se rendre au restaurant sans doute. Il dormit une seconde nuit sur place. Le lendemain matin, il ne bougea pas avant onze heures, heure à laquelle il quitta enfin sa chambre, au grand soulagement de tous. Il se déplaça, toujours dans l'enceinte de l'aéroport jusqu'à ce qu'enfin il le quitte, par la voie des airs.

— Il a pris un autre avion ! s'exclama Yu, qui venait de comprendre.

— Où va-t-il ? se demanda Théo, songeur.

— Il a attendu son avion deux jours, constata Jessie, ce qui veut dire qu'il a dû prendre un vol qui assure une liaison peu fréquentée.

— Je crois que j'ai trouvé ! lança Yu. Port Stanley !

— Port Stanley ? C'est où ? s'informa Lisa.

— Dans les îles Falklands, lui répondit le professeur, que vous Français appelez Malouines, il me semble.

— La porte vers son monde se trouverait aux Malouines ? fit la jeune femme, étonnée.

— Pourquoi pas, dit Théo. S'il s'y rend, ce n'est sans doute pas pour rien. Bien, faisons nos bagages et en route pour les Malouines. Yu, trouve-nous un lieu où débarquer sans attirer l'attention.

Port Stanley est un bourg perdu au milieu de l'Océan Atlantique, sur un archipel désolé, battu par les tempêtes des cinquantièmes rugissants. A cette époque de l'année, la petite cité, constituée principalement de maisons en bois colorées, aux toits pentus, qui s'accrochaient aux pentes douces d'une colline qui surplombait la baie, était sous la neige. Un froid intense, renforcé par un vent soutenu, glaçait les os.

Le taxi, qui était venu chercher Théo et ses amis en pleine campagne, loin de tout, les déposa devant l'hôtel Malvina House. Ici, pas de palace cinq étoiles luxe avec suite à plusieurs dizaines de milliers d'euros la nuit ! De simples chambres sans grand confort, relativement exiguës, mais bien chauffées.

Le Gardien arriva à l'aéroport mont Plaisant aux alentours de dix-huit heures. Il prit un taxi qui le conduisit à Port Stanley, à plus de quarante kilomètres de là, où il arriva à son hôtel vers vingt et une heures, compte tenu des conditions de circulation difficile avec la neige et les températures très basses. Il y passa la nuit.

Le lendemain matin, il quitta l'hôtel vers neuf heures et prit un taxi qui le conduisit jusqu'à l'aérodrome de la ville, situé à quelques kilomètres du centre, sur une presqu'île.

Jessie, Lisa et Théo le suivirent à bord d'un véhicule que Yu avait loué la veille par Internet.

Jésus se fit déposer devant le bâtiment d'une compagnie aérienne locale. Il y passa un petit quart d'heure avant d'en ressortir, reprendre le taxi et quitter l'aéroport.

— On le suit ? demanda Jessie.

— Non, inutile. Il n'ira pas bien loin.

— Je ne comprends pas ce qu'il fait, avoua Lisa.

— Moi non plus, reconnut Théo, mais je vais aller interroger les gens de cette compagnie pour tenter d'en savoir plus.

— Je viens avec toi, dit Lisa.

— Dans ce cas, moi aussi, ajouta Jessie.

Le bureau de la Falklands Antarctica Planes : F.A.P. était simple, exigu, avec un bureau métallique gris, deux armoires de métal, assortie et quelques posters de l'archipel et de l'Antarctique. Une femme d'une trentaine d'années, rousse, avec des lunettes, habillée d'un gros pull marron et crème, accueillit les visiteurs avec un grand sourire :

— Bienvenus à la F.A.P. dit-elle. Où désireriez-vous vous rendre ?

— Au même endroit que la personne qui vient de sortir d'ici, répondit Jessie.

La jeune femme perdit son sourire avant de dire :

— Je suis désolée, ce n'est pas possible.

— Qu'est-ce qui n'est pas possible ?

— Vous ne pouvez pas vous rendre là où cette personne voulait aller.

— Et où désirait-elle aller ? questionna Théo.

— Je croyais que vous le saviez, dit-elle, surprise.

— Non, nous n'en savons rien et nous aimerions bien savoir.

— Il voulait se rendre dans la chaîne des monts Ellsworth.

— D'accord. Et on peut savoir où se trouvent ces monts ?

La jeune femme poussa un soupir, tendit le bras gauche et pointa un poster au mur qui représentait une montagne entièrement couverte de neige, qui s'élevait au-dessus des nuages et se terminait en une pointe acérée. Au-dessous l'on pouvait y lire : mount Vinson, Antarctica.

— Il voulait se rendre en Antarctique ? dit Lisa, médusée.

— Oui.

— Pourquoi dites-vous que nous ne pouvons pas y aller ? demanda Jessie.

— Parce que nous avons passé la mi-juillet. Entre juin et septembre, C'est la pire saison pour s'y rendre ! Nous assurons des vols entre novembre et mars uniquement.

— A part l'avion, quels moyens pourrait-on utiliser pour nous rendre dans cette région ? s'informa Théo.

— Aucun, affirma-t-elle avec fermeté. A cette époque de l'année se rendre dans ces régions serait du suicide. La température peut descendre jusqu'à moins quatre-vingt-dix degrés ! Des tempêtes d'une violence extrême peuvent souffler et vous transformer en bloc de glace en quelques minutes ! Aucune expédition n'a jamais tenté ce genre de traversée, en dehors de la belle saison.

— A part votre compagnie, y a-t-il d'autres vols au départ de port Stanley ?

— Vous pouvez essayer chez Malvina Fly, mais vous pouvez être sûrs qu'ils vous diront la même chose que moi.

— Très bien, nous vous remercions pour ces renseignements, mademoiselle, termina Théo.

Il sortit, suivi de ses amies, dans le froid glacial qu'un vent de plus en plus violent rendait insupportable.

Avant de rentrer à l'hôtel, ils passèrent chez Malvina Fly où on leur dit grosso modo la même chose et où le Gardien était également passé avant eux.

De retour à l'hôtel, Yu leur expliqua que Jésus s'était déplacé en divers endroits de Port Stanley qu'il avait pu identifier comme étant dans l'ordre : un magasin de vêtements, un garage de mécanique et le pub Victory, un bar sur le front de mer.

— Qu'est-ce qu'il manigance ? se demandait Jessie.

— C'est évident, constata Théo, il cherche à s'équiper pour se rendre en Antarctique.

— Il est fou ! lança Yu. Personne n'oserait se hasarder seul dans cette région glaciale et inhospitalière. Il n'aura pratiquement aucune chance de survivre plus de quelques heures !

— Vous croyez que la porte qu'il doit rejoindre se trouve vraiment là-bas ? s'étonna le professeur.

— Qu'est-ce qui vous fait douter ? se demanda Jessie.

— Pourquoi se compliquer la vie à ce point ? N'était-il pas plus simple de placer cette porte dans un endroit plus accessible ?

— Si cette porte est bien l'entrée vers un autre monde, intervint Maria Magdalena, qui plus est vers celui des anges et donc sans doute de Dieu lui-même, il n'est pas étonnant qu'elle ait été placée dans un lieu totalement inaccessible, vous ne croyez pas ?

— Pas inaccessible pour tout le monde, ajouta Théo.

— Que voulez-vous dire ? s'enquit Darlington.

— Si Jésus cherche à rejoindre l'Antarctique en cette saison, sachant pertinemment que c'est mission impossible, c'est qu'il doit avoir un moyen de le faire sans risquer d'y laisser sa peau, à mon avis.

— Qu'est-ce que tu proposes de faire dans ce cas ? se demanda Jessie.

— Nous devons nous préparer, nous aussi, à rejoindre de continent blanc.

— C'est de la folie ! s'exclama le professeur.

— Oui, mais nous n'avons pas d'autre choix. Si le Gardien s'y rend, je m'y rends aussi.

— Je ? Que veux-tu dire par : je ? l'interrogea Lisa.

— C'est trop dangereux pour que nous y allions tous. Le plus rationnel est que j'y aille seul. J'aurai plus de chances de m'en sortir que vous.

— Il n'est pas question que je te laisse y aller seul, affirma Lisa avec conviction.

— Théo n'a pas tort, reconnut le professeur. Le risque est trop grand. Lui possède les bijoux de l'archange, pas nous.

— Restez, si vous voulez. Moi, je n'abandonne pas Théo !

— C'est super dangereux, Lisa ! dit Yu pour tenter de la convaincre.

— Nous vivons dangereusement, depuis pas mal de temps, rétorqua-t-elle. Qu'est-ce qui change aujourd'hui ?

— Que là, nous jouons réellement notre vie, répondit Théo. Dans cet environnement hostile, s'il arrive quelque chose, nous n'aurons pas la moindre chance d'être secourus, pas la moindre qu'un miracle se produise pour nous tirer de là. Je suis le seul, comme l'a dit le prof, qui ait une chance de survivre assez longtemps pour suivre le Gardien jusqu'à la porte. Crois-moi Lisa, le mieux que vous puissiez faire c'est de rester ici à m'attendre. Inutile de risquer la mort.

— De toute façon, comment comptes-tu t'y rendre ? demanda-t-elle en haussant les épaules de dépit.

— C'est vrai, Théo, l'appuya Yu. Tu ne pourras pas ouvrir un tunnel pour t'y rendre, sauf à connaître l'endroit exact qu'il veut atteindre et à condition qu'on puisse trouver des photos ou des vidéos de ce lieu, ce qui n'est pas gagné.

— Je sais. J'ai déjà réfléchi à la question. Le mieux est que je prenne l'avion aussi.

— Mais, aucune compagnie ne voudra t'emmener, pas plus qu'elle n'emmènera le Gardien, rappela Jessie.

— Il faut suivre Jésus, pas à pas. Je suis certain qu'il va trouver un plan pour quitter Port Stanley. Il ne se serait pas rendu dans divers lieux de la ville pour s'équiper, autrement. Dès que nous saurons exactement ce qu'il mijote, je trouverai un moyen d'embarquer dans l'avion avec lui.

— Et puis ? Une fois sur place, tu feras quoi ? Tu n'auras aucun équipement pour te déplacer.

— Oui, mais j'aurais la dague et je pourrais ouvrir un tunnel jusqu'ici. Charge-toi de me trouver tout le matériel nécessaire, moi je me charge du reste.

§

Théo était assis à une table du pub Victory, un établissement typiquement britannique, décoré de boiseries sombres, de miroirs publicitaires pour les marques de bière et de Whisky. Il était fréquenté par les marins-pêcheurs et les militaires de la R.A.F., l'armée de l'air du Royaume Uni, dont la base était située sur le site de l'aéroport mont Plaisant, qui était avant tout un aéroport militaire et servait également pour le trafic civil, peu développé. Afin de passer inaperçu, le jeune homme avait changé d'apparence. Il ressemblait à l'un des pêcheurs présents dans l'établissement, un bonnet de laine sur la tête, un gros pull épais et chaud, un pantalon de travail, solide et chaud lui aussi et des bottes en caoutchouc vertes.

Deux tables plus loin, Jésus, les cheveux et la barbe taillés courts, discutait avec deux militaires de la R.A.F. L'Élu tendit l'oreille, amplifiant le son afin d'entendre clairement leur conversation.

— La météo n'est pas très bonne en ce moment, expliqua l'un des deux soldats. Il faut attendre que ça se calme.

— Je ne peux pas attendre ! rétorqua Jésus sèchement.

— Il va pourtant falloir, cher monsieur, dit calmement le second militaire. Tenter une approche de la piste dans les conditions actuelles serait un suicide. Nous ne prendrons pas le risque.

— Je double la somme ! proposa Jésus.

— Vous pourriez la décupler que ça ne changerait rien à l'affaire. Que ferons-nous de tout votre argent, une fois morts ?

Voyant qu'il n'arriverait pas à ses fins, le Gardien demanda :

— Quand la météo sera-t-elle meilleure ?

— D'après nos spécialistes météo, d'ici trois à quatre jours au mieux.

— D'accord. Comment procède-t-on ?

— Dès que nous serons fixés sur les conditions météo favorables, nous vous contacterons. Est-ce que vous avez le véhicule ?

— Oui, il est disponible et prêt à partir.

— Ok, donnez-nous l'adresse de chargement. Un camion porte engins passera le chercher quelques heures avant le départ. Assurez-vous de n'avoir rien oublié. Une fois largué seul sur place, il ne sera plus temps d'y penser.

— Soyez sans crainte, j'ai tout préparé minutieusement.

— Je peux vous poser une question ?

— Faites.

— Pour le retour, vous avez prévu quoi ?

— Ne vous en faites pas pour ça. Contentez-vous de me conduire là-bas.

Jésus se dressa sur ses jambes, serra la main des deux hommes, qui visiblement étaient des pilotes et quitta le pub.

§

Quatre jours s'étaient écoulés à se morfondre dans ce trou perdu du bout du monde où les seules distractions étaient les pubs et les balades vivifiantes dans la lande. Yu surveillait la météo heure par heure. Une violente tempête sévissait depuis des jours sur une grande partie de l'Antarctique Ouest, qui rendait tout déplacement impossible dans cette région. Les températures y étaient proches de moins soixante degrés !

Jessie, Lisa et Maria Magdalena s'étaient affairées pour tout préparer pour le voyage de Théo. Il fallut trouver une autoneige, des vêtements spécialisés, adaptés aux conditions particulièrement rudes de l'Antarctique et un hangar, dans lequel Théo pourrait ouvrir un tunnel temporel pour venir chercher le matériel nécessaire, une fois arrivé sur place. Le plus difficile à trouver fut sans conteste le hangar.

Théo, quant à lui, avec l'aide de Yu et de Darlington, avait découvert l'appareil qui serait utilisé pour conduire le Gardien à destination. Il s'agissait d'un avion gros-porteur de la R.A.F., un McDonnell Douglas C-17, quadriréacteur. L'appareil était stationné sur le tarmac de la base de mont Plaisant, prêt à décoller. L'appareil avait un rayon d'action de quatre mille cinq cents kilomètres, ce qui lui permettait de couvrir la distance jusqu'aux monts Ellsworth et de couvrir près de la moitié de la distance au retour. Il lui faudrait être ravitaillé en vol pour pouvoir rejoindre sa base de départ. Théo se demandait comment les pilotes avaient pu monter une opération d'une telle envergure, pour de l'argent, sans que leur hiérarchie soit au courant.

Le jeune homme pénétrerait dans la base un peu avant le départ et se faufilerait dans l'avion où il resterait caché dans la soute tout le trajet.

Le cinquième jour, enfin, la météo devint favorable. La tempête cessa et les températures remontèrent un peu. Tout le monde était prêt pour le départ de Théo. Yu lui avait demandé d'avaler une balise identique à celle qui permettait de suivre le Gardien.

— C'est, dit-il, pour nous rassurer et surtout rassurer Lisa.

Théo enfila une combinaison grise, légère et très chaude, qu'il passa sur diverses couches d'autres vêtements particulièrement étudiés pour les missions polaires. Par-dessus la combinaison, il porterait également un parka avec une capuche fourrée qui viendrait par-dessus un passe-montagne de laine des Falklands. Pour se protéger les yeux, il porterait également un masque, qui ressemblait à un masque de ski, mais étudié, là aussi, pour les pôles. Bien entendu, il devrait mettre des gants, dans la même veine que les autres équipements et, pour couronner le tout, il disposerait d'une petite bouteille d'oxygène et d'un masque qu'il utiliserait si la température descendait trop, pour ne pas risquer de geler ses poumons.

Bien entendu, l'Élu comptait aussi sur le soutient actif des bijoux de l'archange, qui avaient le pouvoir de réguler ses fonctions vitales et d'agir en cas de défaillance de tout ou partie de son corps.

Le départ se fit à quinze heures trente précises. Partirent avec Théo : Jessie, qui conduisait le 4x4, Lisa, qui tenait à être là pour son compagnon et le professeur. Yu et Maria Magdalena resteraient à l'hôtel. Le jeune Chinois serait en liaison permanente avec Théo grâce à un système de communication qui utilisait un satellite, ce qui devait leur permettre de se parler même lorsque l'Élu serait au cœur du continent Antarctique.

Le véhicule arriva à l'aéroport de mont Plaisant vers dix-sept heures quinze. Il faisait nuit depuis longtemps. Dans cette région du monde, proche du cercle polaire antarctique, le jour durait à peine quelques heures en cette saison. De puissants projecteurs illuminaient le tarmac, où s'affairait le personnel au sol. L'activité était limitée à partir d'une certaine heure à cause du froid intense et du fait que très peu d'appareils décollaient ou atterrissaient.

Jessie gara le 4x4 sur un parking, juste après l'aérogare civil, derrière des hangars. Un haut grillage surmonté de barbelés empêchait l'accès à la zone militaire. Le C-17 était visible au loin. L'on pouvait distinguer de la lumière dans le cockpit et à l'arrière de l'appareil où la porte d'embarquement était grande ouverte. Un camion arriva, chargé de l'autoneige de Jésus.

Théo, assis à l'arrière avec Lisa, jeta un œil à sa montre et lui dit :

— Il faut que j'y aille. Ils vont charger l'autoneige, puis, dès que Jésus sera à bord, ils décolleront.

— Serre-moi fort contre toi, le supplia-t-elle de sa voix la plus féline. Ils restèrent ainsi un long moment avant que Théo ne dise :

— Allez, il faut vraiment que j'y aille cette fois. Je vais finir par rater l'avion.

Il caressa son doux visage, déposa un dernier baiser sur ses lèvres et se dégagea de l'étreinte pour sortir dans le froid. Jessie abaissa la vitre et lui fit un sourire teinté d'inquiétude :

— Sois prudent, Théo.

— N'ayez aucune inquiétude pour moi, leur lança-t-il. Je serai avec vous dans le hangar de port Stanley dans quelques heures. Et puis, je suis en communication avec Yu. Vous saurez tout ce qui se passe en temps réel. A tout à l'heure., termina-t-il pour les rassurer.

Il se rendit au pied du grillage, fit quelques gestes avec les mains et celui-ci s'écarta devant lui, juste ce qu'il faut pour qu'il passe. Une fois de l'autre côté, il referma le passage pour ne pas attirer l'attention. Sur sa gauche il y avait des hangars, sur sa droite il n'y avait que le noir et face à lui, de l'autre côté de la piste d'envol, se trouvait le C-17. Il y avait trop de lumière pour traverser à cet endroit. Il décida de longer le grillage sur la droite jusqu'à se re-trouver entièrement dans le noir. grâce à ses vêtements po-laires, il ressentait à peine le froid vif, toujours accentué par le vent qui soufflait en permanence. Lorsqu'il fut dans le noir complet, il traversa la piste et remonta vers le C-17 où le chargement de l'autoneige se terminait.

Il n'y avait que trois militaires autour de l'appareil. L'un d'eux était l'un des pilotes qu'il avait vus au pub Victory. Les deux autres étaient sans doute des complices. L'un des deux monta dans le camion qui avait transporté l'autoneige et disparut aussitôt. Le pilote monta à bord de l'avion. Il ne restait plus qu'un homme sur le tarmac.

Théo pressa le pas. Il devait absolument entrer dans l'avion avant que la porte arrière ne se referme. Le problème était qu'il se présentait par l'avant de l'appareil et risquait d'être vu depuis le cockpit. De plus, il devrait encore longer le fuselage, neutraliser l'homme au sol et vite s'engouffrer dans l'avion. Pour détourner l'attention des pilotes dans le cockpit, Théo provoqua une série d'éclairs près des hangars, dans la direction opposée à la sienne. Il courut et se retrouva sous l'appareil, hors de leur vue. Il ne s'arrêta de courir que lorsqu'il atteignit la rampe d'accès de l'avion, où le militaire, qui l'avait entendu arriver, dégainait son arme de service. Théo se concentra sur son esprit pour se rendre invisible à ses yeux et lui faire oublier le souvenir de l'avoir vu. Ainsi, l'homme rengaina son arme et ne s'occupa plus de lui. Il pénétra dans l'avion le plus discrètement possible et se cacha en soulevant une plaque de métal au sol, percée d'une multitude de trous, sous laquelle un vide courait sous la longueur de la soute. Il n'avait pas énormément de place pour se mouvoir, mais cela suffirait pour le voyage. Après quelques minutes il entendit des voix à l'extérieur de l'appareil et reconnut celle de Jésus. Celui-ci traversa la soute et passa juste au-dessus de Théo. La porte arrière se releva, fermant hermétiquement la soute. Les réacteurs du C-17 vrombirent et l'appareil s'ébranla. Il roula un certain temps, jusqu'à s'immobiliser en bout de piste, après quoi il s'élança dans un vacarme infernal, décolla et s'enfonça dans la nuit, droit vers le sud.

Lorsqu'il eut atteint son altitude de croisière, Théo ressentit un froid glacial qui, malgré ses vêtements, pénétrait son corps jusqu'aux os. La soute n'était pas chauffée, Il le savait. Alors, pour tenir le coup le temps du vol, qui devait durer environ quatre heures, il fit appel aux bijoux. Il n'eut qu'à penser à avoir chaud pour qu'aussitôt il ressente la douceur l'envahir, chassant le froid mordant. Maintenant qu'il était bien, calé de façon relativement confortable, il en profita pour dormir un peu.

§

Antoine Priolo

Chapitre XVII

Le continent blanc

Un vacarme assourdissant suivi de vibrations insupportables réveilla Théo. L'appareil sautillait et le jeune homme était soulevé du sol. Il comprit que l'avion venait d'atterrir et roulait sur la piste. Il demeura calme et concentré, se tenant prêt à bondir hors de l'appareil le moment venu. Après quelques minutes, celui-ci s'immobilisa complètement et les réacteurs ralentirent. Une porte claqua, suivie de bruits de pas qui faisaient vibrer les plaques de métal. Deux hommes marchaient, d'après les sons. L'un d'eux parla :

— J'espère que vous savez ce que vous faites.

— Ne vous préoccupez pas de moi, répondit Jésus, dont Théo reconnut la voix.

— Attendez que j'aie ouvert la porte de la soute pour mettre en route l'autoneige.

— D'accord.

— Vous devriez vérifier une dernière fois tout votre matériel. Une fois hors de la soute, nous repartirons aussitôt. S'il vous manque quelque chose, il ne sera plus temps d'y penser.

— J'ai déjà tout checké avant le départ, je vous remercie.

— Bon, dans ce cas, il ne me reste plus qu'à vous souhaiter bonne chance.

— Merci capitaine. Faites un bon voyage de retour.

Jésus entra dans l'autoneige et attendit que la porte s'ouvre. Après quoi il démarra son véhicule et avança doucement jusqu'à la rampe d'accès, qu'il dévala avec précaution. Dehors c'était la nuit bleue, c'est-à-dire qu'il faisait nuit mais que l'on pouvait distinguer le paysage alentour jusqu'à plusieurs dizaines de mètres pour les objets de taille moyenne et à plusieurs kilomètres pour les reliefs importants. Ce phénomène était une particularité des pôles.

L'autoneige, une fois sur la piste de glace, s'éloigna rapidement du C-17. C'est le moment que Théo choisit pour sortir de sa cachette et bondir hors de l'avion. La porte se refermait déjà et il dut faire un saut de plusieurs mètres pour atteindre le sol gelé, sur lequel il tomba et glissa comme sur une patinoire.

La piste d'atterrissage avait été créée sur un plateau constitué d'une épaisseur de glace de plusieurs kilomètres. Elle servait uniquement l'été, à des expéditions privées qui emmenaient principalement des alpinistes chevronnés à l'assaut des pentes du massif des Ellsworth et plus particulièrement de son plus haut sommet, le mont Vinson, qui culminait à plus de cinq mille mètres et était le point culminant du continent Antarctique.

Théo se releva et s'éloigna de la piste. Le C-17 venait de terminer son demi-tour et le son de ses quatre réacteurs résonnait à des kilomètres de distance. L'avion prit de la vitesse, décolla et s'éloigna rapidement, laissant les lieux dans un silence cotonneux qui s'installait autour de Théo.

Le froid était mordant. Heureusement que Théo était aidé par les bijoux et n'en ressentait pas trop les effets, car la température devait avoisiner les moins quarante-cinq degrés. Il se tourna dans la direction de l'autoneige dont il perçut les feux arrière dans le lointain. Un léger vent soufflait, qui accentuait plus encore le froid. Le jeune homme sortit la dague et la pointa devant lui, sur la piste d'atterrissage, pour ouvrir un tunnel jusqu'au hangar de Port Stanley, où l'attendaient avec impatience ses amis.

— Le gardien suit une direction nord-ouest. Il est dans cette vallée, expliqua Yu en montrant du doigt l'image satellite de la région du massif des Ellsworth.

— Il a parcouru huit kilomètres en un peu plus d'une heure, ajouta-t-il.

— Il semble se diriger droit vers le mont Vinson, constata Théo.

— J'ai fait le calcul, le mont se trouve à plus de cent vingt kilomètres à vol d'oiseau de la piste d'Union Glacier, où vous avez atterri. Ce qui veut dire qu'il faut bien rajouter cinquante kilomètres pour l'autoneige. Au rythme où il se déplace, ça fait presque vingt-quatre heures pour l'atteindre ! Et encore s'il ne rencontre pas de difficultés en chemin.

— Il ne faut pas que je perde de temps si je veux pouvoir le suivre. Il a déjà pas mal d'avance. Je vais y aller.

Théo se dirigea vers l'autoneige qui l'attendait au centre du hangar, où Jessie, Maria Magdalena et Darlington, vérifiaient une dernière fois la liste du matériel que Théo emporterait avec lui.

— Tout est ok, lui dit la jeune américaine. Tu peux repartir.

— Merci les amis, vous avez fait un travail formidable jusqu'ici. J'espère que nous touchons au but cette fois.

— Allez, vas vite, tu te mets en retard sur Jésus, ajouta Jessie, qui se faisait un sang d'encre pour son ami, mais ne voulait pas le montrer.

— Où est Lisa ? s'inquiéta Théo.

— Je suis là, dit la jeune femme, qui arrivait dans son dos.

Théo se retourna et la vit, habillée de pied en cap de vêtements polaires.

— Tu fais quoi ? lui demanda-t-il.

— Je viens avec toi.

— Non, il n'en est pas question, c'est beaucoup trop dangereux !

— Ça ne me fait pas peur ! lui retorqua-t-elle.

— Peut-être, mais si tu viens avec moi, c'est moi qui aurai peur pour toi.

— Justement, j'ai peur pour toi moi aussi. Je serai plus rassurée en étant à tes côtés.

— Désolé Lisa, mais je vais partir seul cette fois.

La jeune femme fit le tour de l'autoneige, ouvrit la portière côté passager et s'installa dans le fauteuil. Théo soupira, ouvrit la portière côté conducteur et se pencha pour lui dire :

— Sois raisonnable, Lisa. S'il te plaît.

— Montes vite, tu perds un temps précieux en bavardages inutiles.

Lisa avait du caractère et quand elle avait quelque chose dans la tête, il était impossible de lui faire changer d'avis. Théo s'adressa à Jessie :

— Est-ce qu'on a de quoi tenir à deux ?

— Ne t'inquiète pas, nous avons prévu les vivres pour deux.

Théo comprit que Lisa avait manigancé son départ et qu'elle avait rallié à sa cause leurs amis. Il haussa les épaules et ajouta :

— Avec Lisa, je crois que je n'aurai jamais le dernier mot.

§

L'autoneige traversait des paysages grandioses, au cœur d'une vallée entourée de montagnes escarpées. Ici, tout était d'un blanc immaculé, que seule venait souiller la roche qui affleurait par endroits. Le pâle soleil d'hiver, bas sur l'horizon, peinait à dispenser sa lumière et encore moins sa chaleur. Dehors, il faisait moins quarante-cinq degrés ! Ce n'était pas, loin s'en faut, une température exceptionnelle en cette saison. Le thermomètre pouvait descendre jusqu'à moins quatre-vingt-dix degrés par endroits, selon la météo ! Inutile de dire qu'avec de telles conditions, sortir de l'habitacle du véhicule conduirait à une mort certaine à très court terme.

Théo suivait les traces encore visibles laissées par Jésus. Le vent, qui forcissait progressivement, tendait à les effacer rapidement. Elles ne seraient bientôt plus qu'un lointain souvenir. Lisa, emmitouflée dans son épaisse couche de vêtements polaires, avait froid, malgré le chauffage de la cabine. Il faisait si froid dehors que l'air provenant du moteur avait du mal à se réchauffer !

Théo, quant à lui, aidé par les bijoux, ne ressentait pas le froid. Concentré sur la conduite, difficile dans cet univers hostile, il n'avait pas vu que sa compagne grelottait. Cela faisait près de sept heures qu'ils avançaient péniblement à travers la vallée et ils avaient parcouru moins de cinquante kilomètres ! La couche de neige fraîche atteignait plusieurs mètres par endroits, ce qui ralentissait considérablement la progression de l'autoneige. Lorsqu'ils rencontraient des zones où la glace, balayée par le vent, était recouverte de quelques centimètres de neige, ils avançaient beaucoup plus vite, compensant un peu leur faible allure.

Théo devait être vigilant, car le sol sur lequel ils évoluaient était un immense bloc de glace de plusieurs kilomètres d'épaisseur, qui pouvait être fendu par endroits de crevasses profondes, que les chutes de neige successives recouvraient totalement, formant des ponts fragiles, qui pouvaient céder sous le poids du véhicule.

Le soleil déclinait rapidement. Déjà, la nuit bleue recouvrait les montagnes et n'allait pas tarder à tout englober. Le froid serait plus intense encore.

— Yu, tu m'entends ? demanda Théo.

La voix du jeune Chinois retentit dans son casque.

— Oui, Théo, cinq sur cinq. Tout va bien ?

— Oui, nous progressons lentement, mais ça va. Jésus est loin devant nous ?

— Environ quinze kilomètres. Il progresse toujours vers le nord, à travers la vallée. Il devrait arriver dans une zone plus large, d'où part une vallée transversale d'ici une demi- heure.

— Il y a quoi après ?

— D'autres montagnes au nord, dans le prolongement de cette vallée, un immense plateau en sortie de la
vallée transversale, vers le nord-est.

— Quinze kilomètres, ça fait beaucoup, songea
l'Élu. Il faut que nous réduisions l'écart rapidement. Je ne
pense pas qu'il aille encore très loin. Même avec des réserves de carburant supplémentaire, son véhicule ne pourra
pas faire des centaines de kilomètres dans les conditions
que nous avons ici. Mon réservoir est déjà à moins de la
moitié. Le sien doit en être au même point.

— S'il s'est fait déposer là, c'est que le lieu où il se
rend est dans les parages. Toutefois, il n'y a pas d'autre
piste d'atterrissage à moins de huit ou neuf cents kilomètres. Il pourrait avoir plusieurs centaines de kilomètres à
faire malgré tout.

— J'espère que non. Se déplacer ici est un vrai parcours du combattant. Si les conditions météo se dégra-
daient, je ne sais pas s'il pourrait continuer d'avancer. Et
s'il se retrouvait coincé par une tempête, je ne donnerai pas
cher de sa peau.

— La météo est stable pour le moment, affirma Yu,
qui suivait en temps réel les évolutions du climat de
l'Antarctique. Une dégradation est prévue par l'ouest d'ici
une vingtaine d'heures, peut-être moins. Il vaut mieux qu'il
arrive à destination avant.

— Ok, on se tient au courant s'il y a du nouveau.

Théo se tourna vers Lisa, la vit grelottante, posa la
main droite sur son épaule et se concentra. Aussitôt, la
jeune femme ressentit une douce chaleur l'envahir, courant
le long de son corps jusqu'à l'extrémité de ses membres, de
son nez et de ses oreilles. Elle cessa de grelotter quasi instantanément, respira à fond et dit :

— Ça va mieux. J'ai cru mourir congelée !

— Pourquoi tu ne m'as rien dit, se désola-t-il avec le sentiment coupable de n'avoir rien vu jusque-là.

— Tu étais si concentré sur la conduite que je ne voulais pas te déranger. Et puis je ne voulais pas te donner raison de ne pas vouloir que je vienne avec toi, avoua-t-elle.

Il sourit, caressa son visage et ajouta :

— Je suis content que tu sois là avec moi, même si je ne suis pas rassuré pour toi.

— Je n'ai pas peur quand je suis avec toi, Théo.

La nuit bleue avait tout envahi et la visibilité était réduite désormais. Les projecteurs, disposés en rampe sur le toit de l'autoneige, éclairaient à l'avant du véhicule comme en plein jour jusqu'à une centaine de mètres. Le vent soufflait en violentes rafales qui soulevaient des tourbillons de neige, rendant la visibilité encore plus réduite. Théo restait plus que jamais concentré sur la conduite. Il ne ressentait aucune fatigue malgré les nombreuses heures passées à épier le moindre obstacle qui aurait pu se présenter devant eux.

Lisa s'était endormie depuis un bon moment, lorsqu'elle fut réveillée par le brusque arrêt de l'autoneige. Elle ressentit la morsure du froid sur ses joues, ouvrit les yeux et constata que Théo n'était plus dans l'habitacle. Paniquée, elle balaya du regard autour d'elle, mais ne vit que la neige qui virevoltait dans la lumière des projecteurs, tombant en un rideau épais sur le sol. Il faisait presque noir. La portière s'ouvrit et Théo s'engouffra dans l'habitacle. Il se frotta les mains et dit :

— Il fait un froid de canard ! Je suis gelé, malgré les bijoux !

— Qu'est-ce qui se passe ?

— Nous sommes bloqués par une énorme crevasse devant nous. J'ai failli ne pas la voir et tomber dedans avec cette neige. Il va falloir la contourner, en espérant qu'elle ne soit pas trop longue et qu'elle ne nous fasse pas faire un trop grand détour.

— Si le Gardien est arrivé jusqu'ici, comme nous, il a dû la contourner aussi, supposa-t-elle.

— Je l'espère. S'il est tombé dedans, tout est fini.

Il contacta Yu pour savoir s'il voyait Jésus se déplacer.

— Il continue sa route vers le nord, après avoir bifurqué plein ouest durant une bonne heure, confirma son ami.

— Il a contourné la crevasse.

— Quelle crevasse ?

— Celle dans laquelle nous avons failli tomber, si je ne l'avais pas vue au dernier moment. La situation se dégrade ici. J'espère que Jésus ne finira pas dans l'un de ces trous glacés.

— Vous devriez peut-être renoncer, tu ne crois pas ? dit Jessie qui venait d'arriver auprès de Yu.

— Renoncer ? Si près du but. Tu plaisantes !

— N'allez pas vous tuer pour ça, ça n'en vaut pas la peine.

— Nous n'allons pas abandonner maintenant. Si Jésus est toujours en vie, c'est que nous pouvons aller de l'avant sans crainte. A ce propos, Yu, il a toujours autant d'avance sur nous ?

— Un peu moins. Il a dû perdre du temps à chercher un passage pour contourner la crevasse. Vous êtes à moins de dix kilomètres de lui maintenant.

— Bon, alors il n'y a pas de temps à perdre. On se contacte s'il y a du nouveau.

Théo coupa la communication, recula l'autoneige, qui s'était arrêtée au bord de la crevasse, ce qu'il avait caché à Lisa pour ne pas l'effrayer. Il tourna sur la gauche, direction plein ouest pour suivre la route empruntée par le Gardien. Il accéléra autant que possible, certain maintenant que devant lui il n'y avait pas d'obstacle. Il fallait se rapprocher de Jésus pour ne pas le perdre lorsqu'il arriverait à destination.

La tempête de neige, arrivée beaucoup plus tôt que ne l'avait prévue les météorologues, avait plongé la région dans le noir total et les projecteurs avaient du mal à percer le rideau blanc qui se dressait devant eux. Théo fonçait à l'aveugle à près de trente kilomètres à l'heure, ce qui pouvait paraître une vitesse bien ridicule, mais qui ici était rapide et dangereux. Lisa, bien que peu rassurée, faisait confiance à Théo. Elle fut chargée d'observer la crevasse située sur le côté droit et sur lequel un projecteur fut braqué. Le sillon était presque rectiligne, mesurait en moyenne une dizaine de mètres de large et, sans doute, plusieurs dizaines, voire centaines, de mètres de profondeur. La jeune femme ne voyait pas grand-chose, tant la neige tombait dru. L'autoneige traversait un terrain beaucoup plus chaotique depuis quelques minutes, fait de larges stries de plusieurs dizaines de centimètres de profondeur dans le plateau glacé, qu'elle traversait perpendiculairement, provoquant des soubresauts violents et désagréables qui mettaient à mal les corps et la mécanique. Théo ne ralentit pas pour autant, son objectif étant de se rapprocher le plus possible du Gardien. Soudain, Lisa se rendit compte que le projecteur de côté n'éclairait plus que le manteau neigeux.

— C'est bon, tu peux reprendre la route au nord, affirma-t-elle.

L'autoneige fonçait désormais parallèlement aux sillons creusés dans la glace du plateau. Le vent, qui soufflait du Nord, projetait toute la neige sur le pare-brise, que les essuie-glaces n'arrivaient pas à chasser. La visibilité devint nulle. Théo hésita à ralentir. S'il le faisait, il laisserait encore de l'avance à Jésus. S'il ne le faisait pas, il prenait le risque de heurter un obstacle, d'autant que Yu venait de leur dire qu'ils s'approchaient d'une chaîne de montagnes droit devant eux. La raison l'emporta, il réduisit sa vitesse.

Près d'une heure après avoir repris la route au Nord, il fut à nouveau contacté par Yu :

— Le Gardien s'est arrêté ! leur lança-t-il.

— A combien de nous exactement ? s'informa Lisa.

— Deux kilomètres ! Il est au fond d'une petite vallée dans laquelle vous venez d'entrer.

— Est-ce qu'il bouge ? s'enquit Théo.

— Pas pour le moment.

Théo stoppa l'autoneige, coupa les projecteurs, les plongeant dans le noir total. Dehors, le vent qui soufflait en de violentes rafales qui secouaient l'autoneige et sifflait en se frottant contre sa carrosserie.

— Tu fais quoi ? s'inquiéta Lisa.

— Il est à moins de deux kilomètres devant nous. Je ne veux pas risquer qu'il aperçoive la lumière des projecteurs, s'il ne l'a pas déjà vue.

— Comment compte-tu avancer dans le noir total et avec cette neige ?

— Si Jésus est arrivé là où il est, c'est qu'il ne doit pas y avoir grand-chose devant nous pour nous barrer la route. Nous avancerons à l'aveugle. J'utiliserai ma vision de nuit, bien que je ne pense pas qu'elle nous serve à grand-chose ici.

— C'est dangereux, tu ne penses pas ?

— On a pas le choix. Il faut rejoindre l'endroit où il est. S'il s'est arrêté, c'est qu'il est arrivé à destination. La porte n'est pas loin de nous.

Théo avança à vitesse moyenne, droit devant lui. Lisa regardait, anxieuse, à travers le pare-brise, le noir glacial d'où arrivaient les flocons qui venaient s'écraser sur la surface vitrée.

— Prends légèrement sur ta droite Théo, lui indiqua Yu qui avait sur les écrans de ses ordinateurs la position des deux balises, celle de Jésus et celle de Théo.

— Moins d'un kilomètre ! continue droit devant, sans t'écarter de ta route., dit-il après quelques minutes.

— On y est presque, se réjouit Théo.

— Tu vois, ce n'était pas si dangereux dans le fond, lui fit remarquer Lisa.

Un bruit de ferraille résonna dans l'habitacle, suivi de cliquetis et de fortes vibrations. L'autoneige ralentit et se mit à glisser doucement sur le côté droit. Théo freina et arrêta le véhicule. Il regarda Lisa et dit :

— Elle ne va pas nous lâcher maintenant, si près du but, quand même ?!

— J'ai bien peu que si. Tous ces bruits et ces vibrations ne me disent rien de bon.

— Ok ne bouge pas, je sors voir ce qui se passe.

Théo ouvrit la portière. Le vent glacial s'engouffra dans l'habitable, faisant frissonner Lisa.

Le jeune homme constata que la chenille arrière gauche avait rendu l'âme. Sans doute à cause du passage sur les stries à pleine vitesse. Impossible d'aller plus avant avec l'autoneige. Il tordit la bouche, s'en voulait de n'avoir pas ralenti dans ce passage délicat et retourna dans l'habitacle.

— On va devoir continuer à pied, annonça-t-il à Lisa.

— A pied ? Avec cette tempête et ce froid ?!

— Je sais, c'est pas la joie, mais on a pas le choix. Jésus est quelque part devant nous, à quelques centaines de mètres seulement. On peut y arriver.

— J'espère que tu dis vrai.

— Les bijoux nous y aideront. Yu, on est à combien exactement de Jésus ?

— Quatre cents mètres, mais il s'est mis en mouvement.

— Il repart ?! s'affola Lisa.

— Oui, mais à pied je pense. Sa vitesse est très faible. Il semble se diriger droit sur la montagne.

— Il en est éloigné de combien ? demanda Théo.

— Il est au pied de celle-ci. D'après les données que j'ai, il semblerait que devant vous se dresse une haute falaise, mais ça reste à vérifier sur place.

Théo ouvrit la petite porte intérieure qui donnait sur la soute à matériel de l'autoneige. Il en sortit deux paires de raquettes à neige, un sac à dos, qui contenait tout ce qu'il fallait pour se déplacer et survivre ici quelques jours. Lisa vérifia que ses vêtements étaient bien hermétiquement fermés, fixa les raquettes aux pieds et soupira avant de dire :

J'espère que tu sais ce que tu fais.

— Courage, je suis là pour te soutenir si besoin. Avec la force des bijoux, je suis immortel, tu le sais. Je ne risque donc pas grand-chose et toi non plus du même coup.

Avant de quitter définitivement l'autoneige, ils vérifièrent que leurs équipements de communication étaient opérationnels et que la liaison avec Yu fonctionnait parfaitement.

§

Cela faisait près d'un quart d'heure que Lisa et Théo avançaient dans le noir, la neige et le froid. Le vent tournoyait autour d'eux, comme pour les narguer, avant de les caresser régulièrement de son souffle gelé. Théo supportait mieux le froid que sa compagne, toujours aidé par les bijoux de l'archange. Il lui transmettait régulièrement un fluide réconfortant en lui prenant la main, mais cela ne suffisait pas à la réchauffer. Lisa s'engourdissait progressivement.

Après quelques minutes encore, elle ne réussit plus à mettre un pied devant l'autre et s'arrêta net.

— Je ne peux plus, Théo, avoua-t-elle d'une voix éteinte.

Le jeune homme sentait que s'il ne faisait pas quelque chose, il la perdrait. Les bijoux, malgré leur puissance, n'arrivaient pas à contrer la force des éléments qui s'abattaient sur eux. La température était encore descendue et devait avoisiner les moins cinquante degrés ! C'était plus qu'un être humain ne pouvait supporter, surtout avec le vent et la neige qui continuait de tomber.

— Yu, On est encore loin ? questionna-t-il.

— Trois cents mètres environ, dit-il d'une voix morne. Autour de lui, Jessie, le professeur et Maria Magdalena, retenaient leur souffle. Ils savaient que l'heure était grave. Théo s'en sortirait toujours, mais c'est pour Lisa qu'ils étaient inquiets.

Trois cents mètres était une distance si faible et si grande à la fois dans cet environnement hostile, d'une rudesse telle qu'aucun être vivant ne s'y était jamais installé. Ici c'était le désert le plus total. Les seuls animaux qui vivaient en Antarctique, se trouvaient le long des côtes, où les conditions, bien que très difficiles, étaient loin d'équivaloir celles à l'intérieur des terres et particulièrement de ce plateau d'altitude qui était la partie la plus élevée du continent blanc.

Théo prit la décision d'abandonner et de ramener Lisa à Port Stanley, seule façon de la sauver. Ce fut la mort dans l'âme qu'il sortit la dague pour ouvrir un tunnel pour évacuer. L'Élu la pointa devant lui dans un geste qu'il pratiquait couramment désormais. Une spirale bleutée commença à se former timidement. Elle avait du mal à grossir et à former le passage. Le jeune homme se concentra, visualisa le hangar dans lequel il souhaitait que le tunnel débouche, mais il dut se rendre à l'évidence : le tunnel ne se formait pas. Que se passait-il ? La dague semblait ne plus avoir assez de puissance. Théo réessaya plusieurs fois, sans succès. Il comprit qu'il ne pourrait pas quitter ce lieu inhospitalier et sauver sa bien-aimée. Il faudrait à tout prix atteindre la montagne et espérer qu'il puisse y avoir un lieu à l'abri du froid, faute de quoi ce serait la mort pour Lisa.

Théo sentait l'air qui commençait à brûler ses poumons. Il se dépêcha de placer le masque à oxygène sur le visage de Lisa, avant de mettre le sien. La jeune femme, appuyée lourdement sur son épaule, était à bout de forces. Théo ne savait que faire pour la réconforter et lui donner plus d'énergie pour la tirer de ce mauvais pas. Il communiquait avec les bijoux, les enjoignait de faire toujours plus pour aider la jeune femme, apposait ses mains sur elle pour lui transmettre le maximum de fluide vital, mais il sentait que cela suffisait à peine à la maintenir à flot. La vie s'échappait doucement mais sûrement de son corps. Sa température interne avait chuté dangereusement et son visage était devenu livide.

Théo décida de la porter. Il la prit dans ses bras et la souleva à bout de bras. d'habitude, l'effort n'aurait pas été pas très important pour lui, mais comme les bijoux mettaient tout leur potentiel au service de Lisa, Théo s'en trouva affaibli et, lorsqu'il eut le poids de la jeune femme sur ses bras, il comprit que jamais il n'arriverait à franchir la distance qui les séparait de la montagne. Et, quand bien même y arriverait-il, qu'adviendrait-il s'il devait la gravir ?

Chaque pas devenait un véritable calvaire pour Théo. Ses bras, ses jambes, son dos étaient endoloris. Ses muscles étaient à la limite de l'asphyxie. Il s'arrêta, posa Lisa sur le manteau de neige fraîche, s'agenouilla à ses côtés et tâta son pouls. Il était très faible, mais elle respirait encore.

Théo savait que si rien n'était fait, elle mourrait sous peu. Mais pourquoi est-ce que lui aussi s'affaiblissait autant ? Ce n'était pas logique. La force des bijoux était très certainement suffisante pour les maintenir en vie tous les deux, même dans de telles conditions. Quelque chose ne tournait pas rond. Théo soupçonna le fait que la puissance des bijoux diminuait au fur et à mesure qu'ils avançaient vers la montagne. Quelque chose était en train d'annihiler leur pouvoir. Mais que pouvait-il faire ? Rebrousser chemin ? Il ne sauverait pas Lisa pour autant. Il n'arriverait sans doute pas jusqu'à l'autoneige.

Il contacta Yu :

— Yu, on est à combien encore ?

— Deux cent quatre-vingts mètres, Théo. Je suis désolé, ajouta le jeune Chinois, la voix tremblante, des larmes dans les yeux.

Vingt mètres, c'est tout ce que Théo avait réussi à faire en près de dix minutes ! Le froid l'engourdissait doucement, lui aussi. Il sentait que les bijoux n'avaient plus la force de l'aider, qu'ils s'éteignaient rapidement, déconnectant progressivement toutes les connexions qui créaient la symbiose entre eux et lui. Il comprit que cette fois ce serait la fin pour Lisa et lui. Il regarda une dernière fois le visage de sa compagne, qui déjà se figeait dans l'expression de la mort et posa un baiser sur son front. Il s'allongea auprès d'elle dans la neige, se colla contre son corps et l'enlaça de ses bras.

— Pardonne-moi mon amour, lui dit-il avant de sombrer.

§

Antoine Priolo

Chapitre XVIII

La porte

Un doux ronronnement, entrecoupé de cliquetis réguliers, résonnait aux oreilles de Théo. Il ouvrit les yeux, les promena autour de lui. Un plafond lisse et gris courait au-dessus de lui. De la lumière provenait d'une source qu'il ne pouvait situer. Il était allongé confortablement, sur le dos, ne ressentait plus le froid et la douleur de ses muscles épuisés. Il était bien. Après avoir doucement émergé, il se redressa, parcouru des yeux l'endroit où il se trouvait : une pièce assez grande qui semblait taillée dans la roche, mais dont les murs étaient incroyablement lisses. Il avait été couché sur une table faite dans une matière grise qui ressemblait à la céramique de la sphère dans laquelle Graham avait enfermé Dragan Kovac. Cinq autres de ces tables étaient alignés sur son côté gauche, d'où provenait la lumière. Son regard se porta sur sa droite où la pièce était plongée dans la pénombre. Il eut un haut-le-cœur en découvrant le corps de Lisa, allongé sur une autre table près de lui. Il descendit de la table, ressentit ses muscles partiellement endoloris, se précipita jusqu'à sa compagne qui était inerte, mais dont le visage avait retrouvé des couleurs. Elle était vivante. Il ne chercha pas à la réveiller. Elle avait besoin de récupérer.

Le jeune homme traversa la pièce jusqu'à une solide porte grise, lisse, faite dans le même genre de matière que les tables. Elle ne possédait pas de poignée et aucun système d'ouverture ne semblait présent autour d'elle. Théo tenta de faire appel aux bijoux, mais il ne ressentit pas leur présence en lui. Ici, ils ne fonctionnaient plus.

Mais quel était cet endroit ? Qui avait sauvé Lisa et Théo d'une mort certaine ? Et pourquoi ? Qui que ce soit, il les avait enfermés là, dans cette pièce, avec apparemment aucune possibilité de fuite. C'est ce que constata Théo après en avoir fait le tour. Il revint auprès de Lisa qui dormait d'un sommeil paisible. Le jeune homme s'assit sur la table, près d'elle et la regarda longuement. Il soupira. L'épreuve qu'ils venaient de vivre lui avait fait prendre conscience de l'importance de la jeune femme dans sa vie. Il en était éperdument amoureux et l'idée de la perdre à tout jamais avait été une douleur incommensurable. Seule la certitude de sa propre mort avait atténué cette douleur.

Alors qu'il était perdu dans ses pensées, Théo ne vit pas immédiatement la porte s'ouvrir et la silhouette qui se tenait dans l'encadrement de celle-ci. Lorsqu'il la distingua enfin, du coin de l'œil, il se tourna vers elle et reconnut Jésus qui lui souriait.

— Comment vous sentez-vous ? s'enquit celui-ci.

— Pas trop mal compte tenu des circonstances.

— Tant mieux, se réjouit-il. Et Lisa ? Elle dort toujours ?

— Oui.

— Normal, elle était mal en point.

— Comment avez-vous su que nous étions là ? questionna Théo, intrigué.

Jésus eut un petit rire satisfait.

— J'avais remarqué la lumière de vos projecteurs depuis un petit moment. Vous n'avez pas été discrets.

— Difficile d'avancer sans eux dans cette tempête, se justifia l'Élu.

— Je vous l'accorde.

— Mais comment avez-vous su que nous étions en difficulté ?

— Une fois entré ici, j'ai eu accès aux informations vous concernant. Lorsque j'ai compris que vous étiez en train de mourir, je suis venu vous récupérer tous les deux.

— On est où exactement ? c'est quoi cet endroit ?

Jésus fit un sourire en guise de réponse. Pourquoi ne répondait-il pas ? Que voulait-il cacher ? Théo insista :

— J'ai besoin de comprendre, Jésus. Maintenant que vous avez retrouvé votre mémoire et vos souvenirs, j'espère que vous allez m'expliquer.

Jésus ne répondit rien, s'avança vers Lisa, passa ses mains au-dessus d'elle, parcourant son corps de haut en bas. Théo, de plus en plus intrigué, demanda :

— Que lui faites-vous ?

— Rien. Je vérifie juste ses fonctions vitales.

— Alors ?

— Elle va bien. Laissons-la dormir, elle récupère vite.

— Qui êtes-vous vraiment, Jésus ?

— Vous le savez déjà, je suis le Gardien. J'avais pour mission de vous aider à combattre nos ennemis.

— Ce n'est pas de ça que je parle, vous le savez bien. Je voudrais connaître votre vraie nature. Etes-vous un ange, comme semble le penser le sage Gopal, descendu du ciel, envoyé par l'archange ? Ou bien êtes-vous tout autre chose ?

— Quelle que soit ma vraie nature, je ne peux vous la révéler, expliqua Jésus.

— Pourquoi ?

— Vous devez me faire confiance, Théo et faire confiance à l'archange également. Ne perdez pas de vue votre combat. Vous êtes fort, intelligent et puissant. Tous les atouts sont entre vos mains pour réussir à nous débarrasser de nos ennemis.

— C'est curieux, constata Théo, l'archange citait toujours le mal en parlant de ceux que je devais combattre. Vous, vous parlez d'ennemis.

— Quelle différence ça fait ?

— Pour moi ça en fait une. Combattre le mal me met dans le camp du bien. Combattre des ennemis me met dans quel camp ?

— Les ennemis que vous combattez sont le mal, soyez-en sûr. Nous sommes le bien. Vous êtes le bien. L'archange vous a choisi pour sauver ce monde, c'est l'essentiel de ce que vous devez garder à l'esprit, Théo. Vous êtes le dernier espoir pour l'humanité tout entière. Si vous échouiez, vos semblables seraient, au mieux, réduits en esclavage, au pire, éradiqués purement et simplement de la surface de votre planète.

— Si je ne peux connaître votre nature, peut-être puis-je connaître celle de mes ennemis dans ce cas ?

— Je suis désolé, Théo, mais je ne peux vous en parler. Tout ce que vous devez savoir, vous le savez déjà, de la bouche de l'archange. S'il s'avérait que vous deviez en apprendre plus, ça ne pourrait venir que de lui. Je ne suis qu'un exécutant, un soldat du ciel, envoyé ici-bas pour vous aider, c'est tout.

— A ce propos, que s'est-il passé pour que vous ayez échoué dans cette tâche ?

— Je n'en sais pas grand-chose à vrai dire. J'ai été victime d'un accident dont la nature m'échappe. Mon esprit s'en est trouvé affecté et j'ai perdu une grande partie de ma mémoire. Heureusement pour moi certains souvenirs tenaces m'ont permis de me reconstruire doucement. Je vous ai retrouvé et grâce à vous j'ai pu retrouver presque toute ma mémoire. Les globes ont terminé de me rendre la totalité de mes connaissances. Malheureusement, de ce fait, je ne peux rester ici pour vous aider.

— Pourquoi ?

— Parce que si nos ennemis me capturaient, ils auraient accès à des informations qui sonneraient le glas de votre monde. Je dois partir, Théo, pour le bien de l'humanité. J'ai confiance en vous, comme l'archange a également confiance. Nous savons que vous avez la capacité de vaincre, même sans mon aide directe ici-bas. Toutefois, je pourrai vous apporter mon soutien depuis mon monde. Nous en avons discuté avec l'archange et nous avons décidé que je vous épaulerai quand même. Ce sera sans doute moins pratique et moins efficace que si j'avais pu rester auprès de vous, mais, étant donné que vous avez démontré des aptitudes bien supérieures à ce que nous avions tablé, nous pensons, l'archange et moi, que ça sera suffisant pour vous permettre de vaincre.

— Et si je décidais de ne pas continuer sans connaître toute la vérité ? songea le jeune homme, le regard plongé dans celui de Jésus.

Celui-ci prit le temps de la réflexion avant de répondre :

— Nous ne pourrions vous en empêcher, mais dans ce cas, vous condamneriez tous vos semblables. Croyez-moi, Théo, vous devez nous faire confiance et continuer le combat sans vous poser de questions.

— Je ne sais pas ce que vous cachez, vous et l'archange, mais je finirai bien par trouver.

— Je ne peux pas vous empêcher de chercher la vérité, Théo. Faites attention toutefois de ne pas donner l'occasion au mal de nous détruire. Je dois y aller maintenant. Lorsque je serai parti, les pouvoirs des bijoux vous seront restitués et vous pourrez quitter cet endroit. Afin que vous ne perdiez pas votre temps et votre énergie, sachez qu'une fois que j'aurai quitté ce monde, vous ne pourrez pas me suivre. La porte sera définitivement refermée.

— Après tout ce que j'ai fait pour vous, Jésus, vous auriez pu au moins me donner un petit indice pour comprendre, dit l'Élu dans une dernière tentative.

— Ce que vous avez fait, vous ne l'avez pas fait pour moi, mais pour rechercher la vérité. J'étais l'instrument qui aurait pu vous y conduire, vous le savez très bien. Toutefois, je vous dois des remerciements pour tout ce que vous avez fait. Sans vous, je n'aurai pas pu arriver jusqu'ici.

Jésus tourna les talons et marcha jusqu'à la porte. Il se retourna et dit :

— Au fait, je ne me nomme pas Jésus, mais Gabriel.

— Gabriel, répéta Théo, songeur. Un rapport avec l'ange du même nom ?

— Aucun.

Gabriel franchit l'encadrement de la porte. Aussitôt après, la porte grise se matérialisa, les enfermant lui et Lisa.

Théo était déçu de n'avoir pas obtenu de réponses de la part du Gardien. S'il disait vrai au sujet de la porte, il n'aurait plus aucun espoir de la franchir et de connaître la vérité. Il fallait trouver un moyen de sortir de cette pièce et de rejoindre la porte pour espérer la franchir dans le sillage de Gabriel.

Lisa ouvrit les yeux. Elle était encore vaseuse, mais lorsqu'elle vit Théo, son visage s'illumina d'un large sourire.

— Nous sommes morts ? demanda-t-elle, persuadée de ne pas avoir survécue.

Théo eut un petit rire amusé.

— Non, nous ne sommes pas morts. Le Gardien nous a secourus et sauvés. Comment te sens-tu ?

— Ça va à peu près. Je me sens très fatiguée, mais c'est tout. Et toi ?

— Je vais bien.

— On est où ? s'informa-t-elle, après s'être redressée et avoir fait le tour de la pièce, du regard.

— Je n'en sais trop rien, avoua Théo. Sans doute, sous terre, au cœur de la montagne.

— Où est Jésus maintenant ?

— Il s'apprête à quitter notre monde. J'ai eu une discussion avec lui. Il n'a rien voulu me dire.

— Quelle ingratitude ! Après tout ce que nous avons fait pour lui.

— C'est ce que je lui ai rappelé, mais ça n'a eu aucun effet.

— Qu'est-ce que ça cache, tout ça ? se demanda-t-elle.

— Nous trouverons, je te le promets.

— Tu peux nous faire sortir d'ici ?

— Je n'ai aucun pouvoir ici. Le Gardien a mis en sommeil les bijoux. Il m'a affirmé que dès qu'il serait parti, je les retrouverai.

— Impossible de sortir alors ?

— Je n'en sais rien. Nous allons essayer.

Dans la pièce, hormis les huit tables alignées, il n'y avait rien. Les murs étaient lisses, le plafond, à trois bons mètres de hauteur, également. La porte qui permettait d'en sortir avait un type d'ouverture très particulier qui ne laissait aucune chance de quitter les lieux. A priori Lisa et Théo ne sortiraient d'ici que lorsque le Gardien serait parti et que les pouvoirs de l'Élu seraient rétablis. C'était sans compter sur le fait que les deux jeunes gens n'étaient pas du genre à s'avouer vaincus facilement. Ils se mirent à arpenter la pièce de long en large, tapotant sur les quatre murs à la recherche d'une hypothétique issue cachée. Lisa était contre le mur du fond de la pièce. Elle tapait avec les deux mains contre la pierre, à s'en faire mal. Le son était plein, le mur était solide, sans failles. Lorsqu'elle fut presque dans l'angle, elle cessa soudain de taper, resta un moment immobile, la tête penchée en arrière, les yeux fermés. Elle finit par se retourner vers Théo et lui dit :

— Tu peux venir, j'ai peut-être trouvé quelque chose.

L'Élu la rejoignit. Elle lui demanda de se placer là où elle se trouvait et de fermer les yeux.

— Tu sens ? le questionna-t-elle.

Théo sentait en effet.

— C'est de l'air frais, constata-t-il.

Il regarda le mur, le plafond, puis le mur perpendiculaire à celui-ci, mais ne vit rien, pas la moindre bouche d'aération, pas le plus petit trou qui aurait pu laisser passer cet air frais.

— C'est curieux, d'où peut-il bien provenir ? se demanda-t-il.

— On dirait que c'est juste au-dessus de toi, remarqua Lisa.

— C'est ce que je pensais aussi, mais il n'y a rien qui laisse passer de l'air à ce niveau-là... à moins que...

— A moins que quoi ?

— Je vais te faire la courte échelle, tu vas monter voir.

Lisa grimpa sur les mains du jeune homme. Elle ressentait le flux d'air qui semblait provenir d'à peine plus haut, presque au niveau du plafond.

— Il faudrait que tu me fasses monter encore un peu, dit-elle.

Théo la souleva comme il pouvait, avec difficulté. Elle fut au niveau de la sortie d'air qui lui arrivait droit sur le visage maintenant.

— C'est là, affirma-t-elle.

Elle tapota le mur. Le son était différent, plus caverneux. Ça sonnait creux ! Elle regarda le mur. Il était lisse et il n'y avait aucune marque de jointure, aucune vis, rien que l'on puisse attraper, dévisser, tirer ou pousser.

— Cette sortie d'aération est très curieusement faite, dit-elle.

— Ok, descends. On va essayer de déplacer une de ces tables contre le mur. Ça sera plus facile pour tenter de l'ouvrir.

Les tables étaient lourdes, mais pas fixées au sol, comme on aurait pu le penser. Après de durs efforts, ils parvinrent à en pousser une contre le mur, juste sous la bouche d'air. Théo grimpa dessus et fut à la bonne hauteur pour chercher le moyen de l'ouvrir. D'abord, il tapota pour déterminer la taille de la bouche. Il estima qu'elle était suffisante pour laisser passer leurs corps.

— Il me faudrait quelque chose de solide et de pointu, expliqua-t-il, pour essayer de creuser au niveau des bords.

Lisa réfléchit, regarda dans la pièce qui n'avait strictement rien d'autre que les tables et eux-mêmes. Elle finit par penser à la boucle métallique de son ceinturon.

— Ça devrait le faire, dit Théo.

Lisa ôta son ceinturon et le donna au jeune homme, qui se mit à gratter le mur avec la pointe que formait l'un des angles de la solide boucle rectangulaire.

Au bout de quelques minutes, Théo avait dégagé la fine couche qui recouvrait le joint de la grille d'aération sur un côté de celle-ci. Il se hâta de dégager les autres côtés et, au bout d'une demi-heure d'un travail acharné, les contours de la bouche d'air étaient clairement visibles. Restait encore à trouver le moyen de la retirer.

— Il m'aurait fallu quelque chose de solide, de fin et d'assez long pour faire levier, expliqua-t-il.

— Je crains que nous n'ayons pas ce qu'il faut, se désola Lisa.

— J'ai dégagé tout le tour de la bouche, mais je n'ai aucune prise pour la tirer vers moi. En glissant une barre fine et en faisant levier, j'ai une chance d'y arriver.

— Et si tu donnais des coups de pied dedans ?

— Pour quoi faire ?

— Avec le choc, ça pourrait faire bouger la grille et la faire reculer, ne serait-ce qu'un petit peu. Ça te permettrait de l'agripper et de la tirer, tu ne crois pas ?

— Pas bête. Je vais essayer.

Le jeune homme se recula au maximum sur la table pour avoir assez de place pour donner des coups de pied avec suffisamment de force. Il asséna une dizaine de coups dans la grille, s'arrêta pour reprendre son souffle et juger de l'efficacité de la manœuvre. La grille avait légèrement bougé. Il redonna une série de coups, constata que la grille reculait du mur doucement, fut encouragé et recommença en y mettant toute sa hargne. Il ne fallut pas moins d'une demi-heure supplémentaire pour qu'enfin la grille soit suffisamment décollée du mur pour pouvoir l'agripper et la tirer en arrière. Un passage, taillé dans la roche avec la même découpe lissée que les murs de la pièce, s'offrait à leurs yeux. De l'air frais y circulait. C'était leur porte de sortie, du moins l'espéraient-ils.

Le conduit d'aération filait droit sur une bonne longueur sans jamais rencontrer la moindre autre bouche de sortie. Au bout, il bifurquait en angle droit vers la gauche et atteignait une colonne montante d'une largeur légèrement supérieure, qui plongeait d'une hauteur appréciable. Il n'y avait rien à quoi s'agripper pour descendre ou monter.

— Il va falloir mettre toutes nos forces pour plaquer nos jambes et nos bras contre les parois, expliqua Théo. On va se laisser descendre doucement. Je passerai devant. comme ça, si tu venais à lâcher prise, j'amortirais ta chute.

— Oui, mais tu n'as pas les bijoux pour te protéger. Si nous tombons tous les deux au fond de ce trou, tu risques d'y laisser ta peau.

— J'ai confiance en nous. Nous ne chuterons pas.

Théo se contorsionna pour passer dans la colonne montante, écarta les jambes pour plaquer ses pieds en opposition contre les parois, rentra les mains dans les manches de sa combinaison et colla ses avant-bras avec force pour aider au freinage lors de la descente. Il se laissa glisser lentement pour laisser la place à Lisa, qui fit exactement comme Théo. Ils entamèrent avec précaution leur descente qui dura un certain temps pour atteindre le fond de la colonne montante.

Ils débouchèrent dans un tunnel assez large et haut pour leur permettre de se déplacer debout. Comme ils étaient plongés dans le noir total depuis le début de leur périple, Lisa s'accrochait à son compagnon qui la guidait dans leur progression. Le tunnel était rectiligne et courait sur une centaine de mètres seulement. Au bout, en suspension dans le vide, au beau milieu du boyau, se tenait un pain de cristal aux faces de largeurs irrégulières, long d'un mètre cinquante, large de soixante centimètres. Il luisait d'une lumière bleutée, la même lumière qu'ils avaient déjà eu l'occasion de voir à maintes reprises, celle-là même qui émanait quelquefois des bijoux de l'archange. Juste après le cristal, il y avait une grille au maillage fin, sans doute la prise d'air extérieure. Théo approcha du cristal. Il ressentit un souffle puissant qui en provenait.

— On dirait que c'est le cristal qui sert de ventilateur, c'est bizarre, constata-t-il. J'ai peur que derrière cette grille, nous ne nous retrouvions dehors, dans le froid et la neige.

— L'air qui est ici n'est pas froid pourtant, fit remarquer Lisa.

Théo contourna le cristal. L'air qui arrivait de l'arrière de celui-ci était glacé et, curieusement, une fois qu'il avait franchi l'espace entre le cristal et les parois du tunnel, il était tiède. Comment ce simple pain de cristal pouvait-il en une fraction de seconde réchauffer un air glacial à ce point ?

— Nous devons rebrousser chemin et aller vers l'autre bout du tunnel, affirma l'Élu.

Ce qu'ils firent.

A l'autre bout, plusieurs grilles s'espaçaient de quelques mètres. Ils rencontrèrent aussi d'autres colonnes montantes.

Théo fit sauter une grille à grand coups de pied. Elle débouchait sur un passage large, long et bien éclairé, bien qu'aucun point lumineux ne soit visible. Ici aussi, tout était taillé dans la roche, du sol au plafond, avec la même finesse qui faisait ressembler celle-ci à du marbre taillé et lustré. Ceux qui avaient bâti cet endroit s'étaient donné beaucoup de mal ou avaient utilisé de puissants outils inconnus sur terre.

Des sons parvinrent depuis le bout du passage, qui se terminait par une porte du même style que celle qui fermait la pièce dans laquelle ils avaient été enfermés. Les deux jeunes gens avancèrent prestement, dans l'espoir de retrouver le Gardien avant qu'il ne quitte définitivement la Terre.

§

Une violente explosion retentit dans tout le complexe souterrain. Lisa et Théo, surpris, ne comprenaient pas ce qui arrivait. Des voix qui criaient, des bruits de pas qui accouraient, emplirent les lieux.

— Le commando ? pensa Lisa.

— On dirait bien, confirma le jeune homme.

— Mais comment ont-ils su ?

— Aucune idée, mais il n'est pas temps de s'en préoccuper. On doit trouver le Gardien avant qu'il ne soit trop tard !

Ils coururent vers la porte, au fond du passage. Arrivé devant celle-ci, elle disparut comme par enchantement, à leur grand étonnement, découvrant une immense salle circulaire, dont le plafond était à une certaine hauteur, au centre de laquelle trônait un étrange appareillage. Celui-ci était constitué d'une sorte de dôme métallique, d'un diamètre conséquent, qui descendait du plafond jusqu'à mi-hauteur de la salle et chapeautait une ensemble de quatre colonne de pierre. Chacune d'elles était surmontée d'un globe blanc translucide fait dans la même matière que les quatre globes de la connaissance, mais d'une taille plus importante. Depuis les quatre globes, des éclairs bleutés venaient frapper un tube translucide, placé à la verticale entre les quatre colonnes, sur un socle de pierre, dans lequel ils s'enroulaient en spirale dans un mouvement ascendant tourbillonnant.

Lisa et Théo aperçurent le Gardien, nu, au centre du tube. Il leur décocha un sourire satisfait et leur fit signe d'entrer rapidement dans la pièce. Lorsqu'ils furent à l'intérieur, la porte se rematérialisa instantanément.

— Nous arrivons trop tard, constata avec regret Théo.

— On ne peut pas arrêter le processus, tu crois ?

— Tu penses bien que si c'était faisable, il ne nous sourirait pas ainsi. Et puis nous risquerions de le tuer en faisant une mauvaise manœuvre et ça, je ne le voudrais pas.

— On a fait tout ça pour rien alors ? se désola la jeune femme en s'asseyant sur un escalier circulaire de quelques marches, qui faisait le tour de la salle.

— Nous avons fait tout ce que nous pouvions. Je regrette autant que toi que ça se termine ainsi, mais nous ne pouvons plus rien maintenant.

Théo pointa le tube du doigt. Le Gardien était en train de se dématérialiser devant leurs yeux, son corps se transformant en énergie lumineuse d'un blanc éclatant, si intense qu'ils durent détourner le regard l'espace d'un instant. L'instant d'après il n'y avait plus rien : plus de lumière, plus d'éclairs, plus de Gardien. Juste le tube, vide.

Comme Gabriel l'avait promis, après son départ les pouvoirs de Théo revinrent dans l'instant. Il ressentit la connexion avec les bijoux, comme s'il retrouvait une partie de lui-même.

Des coups sourds retentirent. Le commando tentait d'ouvrir la porte.

— Nous allons pouvoir quitter cet endroit, dit-il un peu à regret.

Il sortit la dague et ouvrit un tunnel. Celui-ci commença à se matérialiser doucement.

— Qu'est-ce qu'on va faire maintenant ? demanda Lisa.

— On continue le combat et on continue à chercher la vérité, quoi qu'il arrive.

Théo ne s'avouait pas vaincu. Il venait de perdre une manche contre le Gardien, mais il ne renoncerait pas à connaître la vérité qu'on lui cachait depuis trop longtemps. Le jeune homme voulait bien être le sauveur de l'humanité, mais il voulait savoir de quoi il devait la sauver et qui étaient ceux qui avaient décrété qu'il était ce sauveur.

L'histoire ne se terminait pas là, dans ce lieu perdu du bout du monde.

Le tunnel fut opérationnel au moment même où une explosion d'une grande violence pulvérisa la porte, provoquant un souffle qui les aurait tués s'ils ne l'avaient pas franchi dans la foulée.

§

Chapitre XIX

Objectif Lune

Lisa et Théo sortirent du tunnel temporel dans le hangar de Port Stanley, où les attendaient leurs amis, heureux et soulagés de leur retour.

— Nous avons cru un moment que vous ne vous en étiez pas sortis, avoua Jessie.

— Surtout que, pendant un long moment, ta balise n'a pas bougé, ajouta Yu. Là, on a vraiment flippé !

— Heureux de vous revoir en vie, dit le professeur en serrant la main de Théo, après avoir embrassé Lisa.

— Ça n'a pas été trop dur ? s'enquit Jessie auprès de Lisa.

— Si, mais je ne peux pas me plaindre, j'ai voulu y aller avec Théo.

— Que s'est-il passé là-bas ? Est-ce que vous avez réussi à obtenir des réponses ?

Lisa baissa la tête. Théo soupira et dit, un sourire forcé sur le visage :

— Nous avons échoué. Le Gardien n'a pas parlé et nous sommes arrivés trop tard pour franchir la porte avec lui.

— C'est dommage, reconnut Jessie, mais l'essentiel est que vous soyez en vie.

— C'est certain, mais maintenant nous avons définitivement perdu le Gardien et toute chance de connaître la vérité, du moins tant que nous n'aurons pas trouvé un autre moyen.

— Ce n'est pas si sûr, dit Yu qui regardait sur ses écrans un petit point clignoter quelque part en dehors de la sphère terrestre.

— Que veux-tu dire ? le questionna Théo, intrigué.

— Venez voir, les convia-t-il. Le signal de la balise du Gardien, après avoir disparu durant quelques minutes, vient de réapparaître soudain et, ce qui est très étonnant...

Le jeune Chinois s'interrompit, vérifia les paramètres de ses logiciels, laissant son auditoire dans l'attente.

— Que se passe-t-il ? s'informa Jessie.

— Un instant, je vérifie quelque chose...

Yu passa d'un écran à l'autre, pianotant sur divers claviers, se concentrant sur les données qui s'affichaient dans diverses fenêtres.

— C'est très étrange, dit-il. La balise du Gardien émet depuis... la Lune !...

Cette affirmation plongea tout le monde dans l'expectative. Comment était-ce possible ? Le Gardien était censé être retourné dans son monde. Se pouvait-il que ce monde se trouve sur la Lune ? Cela paraissait insensé. Le monde des anges ne pouvait se situer sur la Lune, cet astre mort, froid et poussiéreux. Que pouvait-il y avoir là-bas qui justifie la présence du Gardien ?

— Tu en es bien sûr, Yu ? demanda Théo, abasourdi.

— J'ai vérifié tous les canaux de communication qui permettent d'obtenir le signal de la balise : ils sont tous ok. Il n'y a pas d'erreur, le signal provient bien de la Lune et, qui plus est, de sa face cachée !

— C'est incroyable ! s'exclama le professeur. Que peut-il y avoir là-bas, à part des cratères ? Aucune vie n'est possible sur la Lune.

— La balise est sur la Lune, mais est-ce que le Gardien y est lui aussi ? se demanda Lisa.

— Le signal semble se déplacer par moments, affirma Yu.

— Il est donc bien sur la Lune, songea Jessie. C'est le dernier endroit auquel j'aurai pensé pour situer le monde des anges.

— Qu'il soit sur la Lune ou ailleurs, ça ne change pas grand-chose, regretta Théo. Nous ne pouvons plus l'atteindre.

— Tu ne pourrais pas ouvrir un tunnel jusqu'à la Lune ? se demanda Yu.

— Tu sais bien qu'il me faudrait avoir une vue précise de l'endroit où le Gardien se trouve pour ça. Et je ne suis pas certain que la dague soit assez puissante pour créer un tunnel aussi long.

— Pour les photos ou les vidéos de la face cachée de la Lune, je vais voir ce que je peux trouver, au cas où, mais je ne crois pas que l'on puisse avoir des données suffisamment précises pour que tu puisses visionner avec exactitude l'endroit où ouvrir le tunnel. De toute façon, même si tu pouvais l'ouvrir, il nous faudrait un matériel très sophistiqué : scaphandres d'astronautes, véhicule lunaire, entre autres.

— Autant dire que c'est mission impossible, fit remarquer le professeur. Je ne pense pas que la NASA, ou une quelconque autre agence spatiale ne soit disposée à nous céder ce type de matériel.

— Je crois, dit Théo, que nous n'avons plus rien à faire dans ce trou paumé. Rentrons à Genève nous reposer. Nous devons prendre le temps de réfléchir à tout ça.

§

— Il y a un traître parmi nous, affirma Théo devant Lisa, Jessie, Yu et le professeur.

Chacun regarda les autres, incrédule.

— Ne vous regardez pas comme s'il se trouvait ici, les rassura Théo. Nous savons très bien que tous les cinq somme irréprochables.

— Tu penses à Maria ? demanda Jessie.

— Qui d'autre ? constata Lisa.

— Oui, je pense à Maria. Depuis qu'elle est avec nous, le commando nous a suivis comme un chien suit son maître. Nous avons cru que c'était à cause de la balise que Morisson m'avait subtilement placée, mais il n'en est rien, puisque malgré ça, ils ont débarqué dans le complexe de l'Antarctique.

— Elle joue un double jeu, c'est évident ! dit Jessie, de la colère dans la voix.

— Nous aurions dû nous méfier d'elle et ne pas la laisser avoir accès à toutes nos informations, regretta Yu. Maintenant, elle sait même où se trouve le Gardien.

— Oui, et ceux qui sont derrière elle ont sans doute les moyens d'affréter une navette spatiale pour se rendre sur la Lune, constata le professeur.

— Ce n'est pas une question de moyens, le reprit Jessie. Si ce n'est que ça, j'ai les moyens financiers de nous faire aller sur Mars, s'il le faut !

— J'entends bien, Jessie, mais nous savons bien que votre père, l'homme sans doute le plus riche du monde aujourd'hui, a des intérêts dans l'industrie spatiale.

— C'est exact, reconnut Jessie. Toutefois, nous n'avons pas confirmation que Maria, Morisson et le commando travaillent pour mon père. Et, sois dit en passant, moi aussi j'ai des entreprises qui travaillent dans l'aérospatiale.

— Quoi qu'il en soit, nous devons écarter Maria, proposa Lisa.

— Oui, mais avant je veux avoir une conversation avec elle pour savoir pour qui elle travaille réellement, dit l'Élu.

— Qu'est-ce qu'on va en faire ? se demanda Jessie. On ne peut pas la laisser partir comme ça, avec tout ce qu'elle sait.

— Pour ça, j'ai mon idée, affirma Théo. J'aimerais savoir, Yu, si elle a pu voir la position exacte du Gardien sur tes écrans ?

Le jeune Chinois réfléchit avant de répondre :

— Pas dans le hangar en tout cas. La balise du Gardien indiquait un point dans l'espace. Ce sont uniquement les calculs affichés qui m'ont donné l'emplacement précis.

Je suis certain qu'elle aie pu les lire et même si elle l'avait fait, je ne crois pas qu'elle aurait compris de quoi il s'agissait.

— Bon, elle n'a pas encore pu transmettre la position précise. Il faut la neutraliser avant qu'elle trouve le moyen de le faire. Je vais aller la chercher.

— Je viens avec vous, proposa Darlington.

Théo et le professeur quittèrent la suite de Jessie, empruntèrent l'ascenseur et descendirent deux étages plus bas, où se trouvait la chambre de Maria Magdalena. Après avoir sonné à plusieurs reprises, sans réponse, Théo décida d'ouvrir la porte. Un petit geste de la main droite et la serrure céda.

La chambre était vide. Le lit était fait, les penderies et tiroirs, vidés de leur contenu. Maria Magdalena était partie.

— Il semblerait qu'elle nous ait faussé compagnie, regretta le professeur.

— Oui. Ce qui m'étonne un peu, j'avoue, surtout si elle n'a pas obtenu l'emplacement du Gardien.

— Qui nous dit qu'elle ne l'a pas obtenu, dans le fond ?

— Nous devons nous en assurer. Venez prof, allons voir la chambre de Yu.

La suite de Yu avait été retournée de fond en comble. Les ordinateurs étaient jetés à terre, les disques durs retirés de leurs logements. Le jeune génie de l'informatique, abattu, ne put que constater les dégâts.

— Elle a emporté tous les disques durs ! se désola-t-il.

— Elle n'a pas pu faire ça toute seule, songea Lisa, en si peu de temps.

— Sans doute, dit Théo. Est-ce qu'ils ont emporté toutes les informations nécessaires pour localiser le Gardien, Yu ?

— Oui, malheureusement.

— Est-ce que tu as une copie de tout ça ?

— Bien sûr. Tout est sur nos serveurs de Hong Kong.

— Bon, ce n'est pas dramatique pour nous dans ce cas. Par contre, il va nous falloir agir vite. Jessie, tu peux contacter tes conseillers et savoir s'il est concevable d'organiser une mission spatiale privée vers la Lune ?

— Une mission vers la Lune ?

Jessie en perdit la voix. Elle se demandait si Théo n'était pas devenu fou tout à coup. Qui, à part une agence spatiale comme la NASA ou la RKA russe, aurait pu organiser un voyage vers la Lune ? Les entreprises privées qui s'étaient lancées dans l'aventure spatiale ne proposaient que des vols suborbitaux qui conduisaient de riches passagers dans l'espace situé juste au-dessus de la terre, à une centaine de kilomètres d'altitude, tout au plus.

— Jessie, il faudrait faire ça maintenant, insista Théo.

— D'accord, dit-elle, je m'en occupe.

— Yu, tu crois que tu vas pouvoir réparer ton matériel ?

— Il n'est pas abîmé, je pense. Ils ont juste retiré les disques durs. Je vais courir en acheter dans la boutique la plus proche. Heureusement, j'ai l'image de chacun des disques, stockée sur les serveurs, par précaution. Dans quelques heures je devrai être à nouveau opérationnel.

— Parfait.

§

La grande salle de réunion, située au soixante-quinzième étage d'un gratte-ciel du centre de Chicago, pouvait accueillir une trentaine de personnes. Le sol était recouvert d'un marbre noir veiné de blanc, les murs de bois vernis. En plus de Théo et ses amis, il y avait les deux principaux pdg qui dirigeaient les très nombreuses affaires dont avait hérité Jessie, ainsi qu'un homme d'une trentaine d'années qui leur avait été présenté comme un collaborateur.

Robert Samuelson, le pdg de la branche banque, prit la parole le premier :

— Tout d'abord, permettez-moi en notre nom à tous, de souhaiter la bienvenue à vous, mademoiselle Graham, ainsi qu'à vos amis. Ensuite, permettez-moi de vous dire que, bien que nous ayons accédé à votre demande, nous avons le devoir de vous informer que la réalisation d'un tel projet plongerait l'ensemble de vos comptes et la plupart de vos entreprises dans le rouge. Nous vous en conjurons : laissez tomber ce projet insensé !

— Je vous remercie pour votre mise en garde, mon cher Robert, dit la jeune milliardaire. Toutefois, je ne peux renoncer à ce projet, s'il est réalisable. Je ne peux vous en donner les raisons, que vous ne pourriez comprendre, mais sachez que si nous ne le réalisons pas, ce sera l'ensemble de nos entreprises qui risquent de disparaître purement et simplement.

— Comme vous voudrez, regretta Samuelson, c'est vous la patronne. Vous ne verrez aucun inconvénient à ce que tout ce qui sera dit ici, soit consigné, pour les action-naires ?

— Si, justement. Tout ce dont nous allons parler ici devra rester strictement confidentiel. Personne ne devra savoir ce que nous allons faire. Et ne vous inquiétez pas pour les actionnaires, je signerai une décharge à chacun de vous et endosserai la responsabilité de tout ça.

— Dans ce cas…

— Bonjour à tous, dit le second pdg, je suis David Mac Allister, président de la branche entreprise du groupe. Avec mon collaborateur, monsieur Jordan Davis, nous avons préparé le projet. Je vais lui laisser la parole pour vous en expliquer les détails.

Davis se leva de son fauteuil, se saisit d'une télé-commande et déroula un grand écran, qu'un vidéoprojec-teur vint illuminer de sa lumière crue. Il se râcla la gorge avant de commencer son exposé :

— Bonjour à tous, je suis Jordan Davis, chef de pro-jet pour cette aventure hors du commun. Je voudrais vous dire, mademoiselle Graham, que nous avons pu bâtir ce projet en un temps record grâce à la collaboration d'une centaine de personnes qui se sont démenées durant les der-nières soixante-douze heures, travaillant sans relâche pour le mettre sur pied.

— Je vous en remercie, monsieur Davis, et croyez bien que tous seront récompensés à la hauteur du travail fourni. Mais poursuivez, je vous prie.

— Merci pour eux mademoiselle Graham. Alors, voilà comment vont se dérouler les opérations : vous em-barquerez à bord d'une fusée Soyouz, sur le cosmodrome de Baïkonour, au Kazakhstan. Les autorités russes ont tout d'abord refusé, arguant que les vols lunaires étaient une question de sécurité nationale, mais les arguments financiers que nous avons avancés les ont fait réfléchir. De plus, certaines de nos entreprises ont des liens étroits avec les Russes, dans divers domaines stratégiques, ce que nous n'avons pas manqué de leur rappeler. Bref, au bout du compte, ils ont accepté d'accomplir cette mission secrète. La mission se déroulera en deux temps : une première fusée Soyouz décollera avec un véhicule automatique Progress qui sera chargé de carburant et du matériel nécessaire. Celui-ci sera mis en orbite et attendra le module habité Soyouz dans lequel l'un de vous se trouvera, en compagnie du pilote et du copilote du vaisseau. Après l'arrimage, le vaisseau Soyouz effectuera une poussée pour quitter l'orbite terrestre et filer droit vers la Lune. Le voyage devrait durer près de soixante-douze heures. Une fois en orbite autour de la Lune, il faudra tenter une manœuvre inédite dans l'histoire spatiale : effectuer la descente vers le sol lunaire à l'aide d'un dispositif individuel spatial autonome, un DISA dans le jargon astronautique. Les Russes n'ont malheureusement pas de module d'alunissage LEM comme en avait la NASA. De toute façon, depuis l'arrêt des missions lunaires, plus personne n'est équipé pour ce genre de mission.

— Quelles sont les chances de réussite avec un tel équipement ? s'informa Théo.

— D'après les techniciens Russes, c'est tout à fait réalisable, bien qu'assez dangereux, je ne vous le cache pas. Je crois que c'est vous, jeune homme, qui serez le passager du vol, d'après ce que j'ai compris, n'est-ce pas ?

— C'est exact, monsieur Davis.

— Vous devrez passer plusieurs jours au cosmodrome pour vous familiariser avec le maniement de cet engin.

— Plusieurs jours ! Vous plaisantez, j'espère ? dit Théo, haussant le ton afin de bien faire comprendre à tous les hommes face à lui qu'il n'était pas un simple jeune homme, mais bien celui à qui il faudrait rendre des comptes tout au long de cette mission.

Le regard de l'Élu transperça tour à tour les trois hommes, qui en furent déstabilisés.

— Il faut le temps d'apprendre à manipuler le matériel, sembla s'excuser Davis.

— Pas de temps pour ça ! affirma Théo. Nous nous passerons de l'apprentissage, je me débrouillerai sur place.

— Mais nous avons programmé, avec les Russes, le départ seulement dans une semaine.

— Pas question ! Vous allez rappeler les Russes et leur dire de tout faire pour un départ immédiat ! ordonna-t-il.

Davis, pris de court, ne savait que répondre.

Jessie intervint :

— Voyez ça avec les Russes. Nous n'avons pas de temps à perdre. Plus tôt le départ aura lieu, mieux ce sera.

— Bien mademoiselle Graham, dit Mac Allister, nous ferons tout notre possible. Toutefois, la maîtrise reste entre les mains des Russes. Nous ne pourrions pas les forcer à décoller, s'ils estiment qu'ils ne sont pas prêts.

— Alors, tâchez de les convaincre d'une façon ou d'une autre, je vous fais confiance.

§

Le cosmodrome de Baïkonour était situé au cœur des steppes kazakhes. Il s'étendait sur plusieurs dizaines de kilomètres en un gigantesque complexe industriel où l'on trouvait des usines d'assemblage de fusées, d'autres qui produisaient les divers carburants pour les faire décoller, des ateliers de toutes sortes, un réseau ferré dense qui transportait les marchandises et les fusées vers les différents pas de tir, nombreux. La température au sol était de trente-six degrés en ce milieu de matinée, lorsque Théo et ses amis atterrirent sur la piste de l'aéroport, par un vol en provenance de Moscou, où ils avaient dû d'abord rencontrer les hauts responsables russes, curieux de connaître ceux qui leur avaient acheté à prix d'or ce vol vers la Lune pour une mission insensée.

Seul Théo s'envolerait pour la Lune. Le Soyouz ne pouvait emporter que trois cosmonautes et il y avait déjà un commandant de bord et son second, personnel minimum nécessaire pour faire voler une mission aussi risquée. Une fois arrivé sur la surface lunaire, l'Élu tenterait d'ouvrir un tunnel temporel vers la terre pour que toute l'équipe puisse participer à la mission sur la Lune. Bien entendu, pour cela, ils durent acheter aux Russes des scaphandres de cosmonautes. Ils ne manquèrent pas de trouver cela curieux, mais ne posèrent guère de questions au vu de l'argent mis sur la table par le groupe financier appartenant à la jeune Américaine.

Ce qui avait encore plus intrigué les Russes était le fait qu'une fois leur passager largué au-dessus de la surface lunaire, ils devaient rebrousser chemin, l'abandonnant là, sans possibilité de retour. A Moscou, ils furent longuement interrogés à ce sujet et la mission faillit être annulée par les autorités qui n'obtinrent pas de réponse satisfaisante. Jessie dut faire une rallonge de quelques dizaines de millions de dollars pour convaincre les Russes du bien-fondé de la mission.

Le décollage était prévu dans la soirée, vers vingt et une heures trente. Les Russes avaient mis en garde contre les risques inhérents à une telle précipitation et à la non préparation du passager au vol spatial. Certains techniciens protestèrent même, arguant que c'était de l'inconscience et que le passager, non entraîné et préparé, risquait d'être malade tout le long du vol, ce qui pouvait induire des problèmes de sécurité pour la mission. En Russie, l'on ne protestait que pour le principe. Les autorités imposaient et le personnel exécutait, c'était ainsi. Le vol aurait lieu à l'heure indiquée et rien ne pourrait changer cela.

En attendant, les cinq amis furent conduits dans le cœur du cosmodrome où se trouvaient les installations de contrôle des vols, ainsi que les chambres réservées aux cosmonautes. Il était à peine midi et l'attente serait longue jusqu'au décollage.

Lisa était dans la chambre de Théo, seule avec lui. Il était allongé sur le lit, elle, était assis sur le bord, près de lui.

— J'ai peur pour toi, lui avoua-t-elle.

— Peur ? Pourquoi ?

— Cette mission est très risquée, surtout ton vol solitaire vers la Lune. Tu seras seul dans l'espace. Si un problème survient, que pourras-tu faire ?

— Je n'ai pas peur, répondit Théo, d'une voix calme et sereine.

— Parfois je me demande si tu as conscience des risques insensés que tu prends ?

— Sans les bijoux, j'aurai certainement peur aussi, mais avec eux, je me sens fort, presque invincible. Je sais que quoi que je fasse, avec eux je ne suis pas seul. Ils sont comme une équipe en qui j'ai toute confiance.

— Est-ce que tu as conscience de ce que tu vas devoir accomplir dans quelques heures ? dit-elle, exaspérée par le calme et l'optimisme de son compagnon.

Théo sourit.

— J'ai conscience de la difficulté et du danger, contrairement à ce que tu penses, mais ça ne m'empêche pas de croire que ce que je vais accomplir est essentiel. Si le Gardien est sur la Lune, c'est que les réponses à nos interrogations s'y trouvent certainement. Nous n'allons pas abandonner si près du but, surtout maintenant que Jessie a mis des sommes astronomiques pour ça.

— Et s'il n'y a rien là-bas ? Tu y a songé ?

— C'est une possibilité. Nous devons l'accepter.

Théo prit la main de Lisa dans la sienne et la caressa avec douceur.

— Aie confiance, lui dit-il. Je m'en sortirai et nous serons vite réunis.

§

Théo était installé dans son siège, à gauche du copilote Andreï Karpatchev. Le commandant de bord Boris Oulianov se trouvait à droite. L'habitacle du Soyouz était relativement exigu. Les trois hommes étaient comme des sardines dans une boîte de conserve. Le compte à rebours était lancé depuis un moment. La fusée Soyouz était régulièrement secouée par des tremblements, auxquels les deux cosmonautes russes ne faisaient pas attention, ce qui rassurait Théo. Ils échangeaient en permanence avec le contrôle au sol, en russe, langue que le jeune homme ne maîtrisait pas. Entre eux ils utilisaient l'anglais.

Andreï expliqua que le décollage était imminent et qu'il fallait se préparer à l'accélération brutale de la fusée. L'Élu n'était pas inquiet : les bijoux se chargeraient d'équilibrer en lui les forces provoquées par la vitesse considérable du départ. Le son d'un décompte résonna dans le haut-parleur de la radio, en russe, mais Théo comprit que le moment était venu.

— Accrochez-vous ! lui lança Andreï.

L'habitacle du Soyouz se mit à vibrer de plus en plus fort, dans un vacarme impressionnant. Théo rabattit la visière de son casque, sur les conseils de son voisin. Les vibrations étaient à leur comble lorsque la fusée fut libérée de ses entraves, que les tours de métal qui la maintenaient tombèrent en arrière et que le contrôle au sol cria quelque chose en russe qui devait être le signal du départ. Une violente accélération plaqua les cosmonautes dans leurs fauteuils, écrasant leurs corps comme dans une presse, les empêchant quasiment de respirer durant de longues minutes, le temps pour la fusée de franchir les quelques cents kilomètres qui les propulseraient dans l'espace. Ensuite, l'attraction terrestre diminuant, ils commenceraient à moins ressentir les effets de l'accélération, seraient de moins en moins oppressés jusqu'à ne plus rien ressentir que le plaisir de l'impesanteur qui rendrait leurs corps si légers, qu'ils n'en ressentiraient plus le poids.

Théo, quant à lui, ne ressentit rien de tout cela. Les bijoux compensaient en permanence les effets indésirables de l'accélération, le maintenant à un état proche de la normale. Il n'eut aucun mal à respirer, aucun mal à s'adapter à l'espace, au vide, à l'impesanteur. Il ne serait pas malade du mal de l'espace, n'aurait aucune difficulté à s'accoutumer à cet environnement si particulier.

La fusée atteignit l'orbite basse où le vaisseau Soyouz devait venir s'arrimer au vaisseau Progress, envoyé quelques heures plus tôt, qui contenait, entre autres, le DISA et les réservoirs supplémentaires nécessaires pour faire l'aller-retour Terre Lune.

Le dernier étage de la fusée fut largué, ce qui provoqua un énorme vacarme et des vibrations. Théo jeta un œil à ses compagnons de route : ils ne semblaient pas s'en préoccuper, signe que tout était normal. Ils étaient en train de checker tous les systèmes du vaisseau avec le contrôle au sol.

— Tout est ok, le rassura Andreï. Nous sommes en orbite autour de la terre. Dans moins d'une heure, nous nous arrimerons au Progress. Ensuite, nous lancerons l'accélération finale pour nous mettre sur la trajectoire d'éjection de l'orbite terrestre et nous diriger droit vers la Lune, que nous devrions atteindre dans moins de soixante-douze heures.

Théo profita de la vue magnifique de la planète bleue à travers l'étroit hublot du Soyouz. Le spectacle était à couper le souffle ! Jamais le jeune homme n'aurait pu imaginer qu'un jour il serait là, dans l'espace, en orbite autour de notre chère planète. Il avait beau avoir vu beaucoup de pays et de choses splendides, depuis qu'il était devenu l'Élu des Mikelians, rien n'égalait le spectacle qu'il avait actuellement sous les yeux. La Terre, vue de l'espace, était incroyablement belle ! L'espace, quant à lui, scintillait de mille feux, tant le nombre d'étoiles visible était important. La voie lactée emplissait une bonne partie du ciel visible et scintillait telle une rivière de diamants ! C'était sublime ! La Lune, bien que toujours aussi lointaine, paraissait plus grande et brillait beaucoup plus que sur terre.

Le vaisseau de service Progress fut bientôt en vue. Le commandant Oulianov était à la manœuvre pour l'arrimage. Théo profitait du spectacle de ce vaisseau qui approchait lentement, suspendu au-dessus de la Terre, dans le noir de l'espace tapissé de clous d'or. Les deux vaisseaux se trouvèrent rapidement dans l'ombre de la Terre et le Progress disparut de la vue presque entièrement. Seules de petites diodes qui entouraient le sas d'arrimage restaient visibles. Les deux Russes s'échangeaient quelques phrases : indication de position, vitesse, inclinaison, etc. Théo regardait la Terre, plongée dans le noir. Le Soyouz survolait une région peu éclairée par l'activité humaine. Au loin, par contre, l'on pouvait distinguer de longs rubans de lumière qui dessinaient les côtes de l'Italie, de la France et des pays européens en général.

Un petit choc et quelques bruits caverneux indiquèrent que l'arrimage venait de s'effectuer, ce que confirma le commandant Oulianov. Les deux pilotes firent les vérifications d'usage, toujours en liaison avec le contrôle au sol. Les échanges furent nombreux et durèrent longtemps.

A la suite de ces échanges, Oulianov s'adressa à Théo :

— Tout est nominal. Nous allons accélérer et prendre la trajectoire d'éjection. Cela prendra plusieurs heures. Nous filerons ensuite vers la Lune à plus de dix mille kilomètres par heure !

La manœuvre d'éjection prit presque dix heures. Le train de vaisseaux, bolide lancé à travers l'espace à une vitesse folle, fut sur la trajectoire pour rallier la Lune et s'éloigna rapidement de la Terre. Le diamètre de celle-ci diminuait tandis que celui de la Lune grandissait au fur et à mesure de la progression. Le voyage fut assez ennuyeux pour Théo, hormis les moments où les pilotes prenaient le temps de discuter avec lui. De plus, vu l'étroitesse de l'habitacle du Soyouz, un vaisseau qui n'avait pas été prévu pour un aussi long voyage et qui reliait généralement les stations spatiales en quelques heures, les trois occupants devaient demeurer dans leur fauteuil en permanence, ce qui était particulièrement pénible. Ils auraient pu aller se dégourdir les jambes en traversant le sas vers le vaisseau Progress, dont la soute était assez grande pour tenir debout, mais, pour des raisons de sécurité, il n'était pas question d'ouvrir et de refermer les portes étanches à tout bout de champ. De plus, la soute était remplie de cuves de carburant et le peu d'espace restant était occupé par le DISA.

Après plus de vingt heures de trajet à plus de dix mille kilomètres à l'heure, le vaisseau commença à ralentir pour entamer sa mise en orbite autour de la Lune. L'astre, encore lointain, emplit progressivement une partie de l'espace, l'éclairant de sa vive lumière blanche. Après quelques heures de plus, les mers et les cratères lunaires furent bien visibles. Plus tard encore, l'on pouvait distinguer clairement les reliefs qui projetaient leurs ombres sur les vastes plaines. La Terre n'était plus qu'un demi-cercle lointain, à peine plus grand, vu d'ici, que ne l'était celui de la Lune, vu de là-bas. La seule grande différence était dans les couleurs : la Terre, d'un bleu intense, strié de blanc, ressemblait à une de ces superbes billes de verre avec lesquelles les enfants jouaient dans les cours de récréation, colorée et brillante.

Les pilotes furent intensément occupés durant les nombreuses heures que dura la mise en orbite.

Le Soyouz devait atteindre une altitude très basse pour que Le DISA, qui n'avait pas une autonomie importante, puisse atteindre la surface. Une trajectoire orbitale fut calculée pour qu'à son périgée, elle soit à moins de dix kilomètres de la surface lunaire et à un peu plus de cent kilomètres à son apogée.

La manœuvre imaginée à la hâte par les techniciens russes était particulièrement risquée pour l'équipage et plus encore pour Théo. A cette altitude, l'équipage du Soyouz devrait en permanence compenser l'effet de l'attraction lunaire pour ne pas décrocher de l'orbite et venir s'écraser sur la surface.

La difficulté majeure était de faire coïncider le périgée de l'orbite avec la zone précise d'atterrissage, le lieu d'où la balise du Gardien émettait. Il fallut pas moins d'une vingtaine de rotations autour de l'astre pour réussir à caler l'orbite parfaitement. Après maintes vérifications, le feu vert fut donné pour le largage du DISA.

§

Le DISA était un gros scaphandre rigide réalisé en matériaux composites, dont seuls les bras étaient articulés, pour permettre au cosmonaute d'utiliser les commandes de vol installées au bout de deux bras dirigés vers l'avant de l'engin. A l'arrière, un réservoir volumineux alimentait les divers moteurs qui servaient au déplacement et à la stabilisation. Théo s'installa dans le DISA, vêtu d'un autre scaphandre, qui lui serait nécessaire pour se déplacer sur la surface lunaire. Celui-ci s'inséra avec peine dans le DISA, qui n'était pas prévu pour recevoir un tel équipement. C'était un engin conçu pour les sorties extravéhiculaires servant à travailler dans l'espace pour installer ou réparer les matériels des stations spatiales en particulier. Heureusement, Théo était longiligne et son corps d'adolescent, moins volumineux que celui d'un adulte, permit cette manoeuvre, qui n'aurait pas pu être réalisée autrement.

Le jeune homme, installé dans la coque rigide du DISA, voyait à travers la visière de son casque, Andreï Karpatchev qui, souriant, lui donnait les dernières recommandations avant la sortie extravéhiculaire.

— N'oubliez pas : manette de gauche, propulseur dorsal. Manette de droite : propulseurs latéraux de stabilisation. Verifiez votre jauge de carburant et celle d'oxygène du DISA. Si vous deviez perdre trop de temps et que l'oxygène venait à manquer, basculez sur la réserve de votre propre scaphandre. Mais vous savez que, dans ce cas, votre autonomie, une fois sur la surface, en serait réduite d'autant. Le canal de communication avec le Soyouz restera ouvert en permanence. Si vous avez la moindre difficulté, faites-nous en part immédiatement, que nous puissions en référer aux techniciens, pour qu'ils puissent vous apporter leur aide, d'accord ?

— D'accord.

— Vous avez bien intégré tout ce que vous devez savoir pour piloter cet engin ?

— Oui, je pense.

— je peux vous donner mon sentiment, avant que vous partiez ?

— Je vous en prie.

— Je trouve que votre mission est du suicide ! Partir ainsi, sans le moindre entraînement aux vols spatiaux, sans avoir jamais piloté un DISA, sans aucune connaissance de l'espace et des dangers inhérents à un sortie extra véhiculaire, c'est une pure folie ! Je ne sais pas pourquoi un jeune homme comme vous a été entraîné là-dedans et je ne veux pas le savoir, mais ceux qui vous ont conduit jusqu'ici devraient être jugés et condamnés !

— Ne vous en faites pas pour moi, Andreï, je m'en sortirai. Et puis, personne n'est derrière moi pour m'entraîner dans cette aventure. Je suis seul maître de mon destin, du moins j'ose le croire. Je ne peux pas vous donner les raisons de cette mission très spéciale. Sachez seulement que j'ai été ravi de partager cette aventure avec vous et le commandant Oulianov. Je vous suis reconnaissant d'avoir, par votre professionnalisme, fait en sorte que nous soyons ici. Plus tard je vous raconterai tout, je vous en fais la promesse.

— Plus tard ? s'étonna le Russe. Je serai curieux de savoir par quels moyens vous comptez rentrer sur terre, privé de notre vaisseau ?

— Je vous expliquerai tout un jour, faites-moi confiance, Andreï. Encore, merci pour tout.

Karpatchev poussa le DISA, qui glissa sur deux rails suspendus, jusqu'à la porte de la soute. Il regagna ensuite le Soyouz et ferma le sas hermétique qui reliait les deux modules spatiaux.

La porte de la soute bascula, découvrant un spectacle magique : la Lune et ses vastes plaines grises déroulaient sous les yeux de Théo avec, en toile de fond, le noir de l'espace et la lumineuse traînée de la voie lactée fourmillant de millions d'étoiles.

— Largage dans dix secondes ! l'informa Oulianov.

Le décompte résonna dans le casque de l'Élu :

— Neuf, huit, sept, six, cinq, quatre, trois, deux, un, largage !

Le DISA reçut une poussée qui le propulsa hors de la soute, l'éloignant de quelques dizaines de mètres du Progress.

Théo se concentra sur les manettes. Il devait effectuer une manœuvre de retournement qui lui permettrait d'allumer le propulseur principal pour fournir une poussée qui le rapprocherait rapidement de la surface lunaire. Il avait été largué à plus de cent cinquante kilomètres du lieu d'alunissage et devait suivre une trajectoire de descente précise, aidé en cela par un afficheur tête haute qui montrait la trajectoire optimale et une croix représentant la position réelle qu'il occupait par rapport à celle-ci. Il devrait rester le plus possible dans l'axe de cette trajectoire optimale pour être certain d'alunir au bon endroit. S'il s'en éloignait trop, il risquait d'arriver à plusieurs kilomètres de là et de n'avoir pas assez de carburant pour s'en rapprocher suffisamment. Inutile de préciser qu'avec une autonomie réduite en oxygène, un tel scénario équivaudrait à aller vers une mort certaine.

Théo n'avait pas droit à l'erreur.

Il actionna la manette de droite, qui commandait les propulseurs stabilisateurs, donnant de petits coups légers pour se retourner. Il fallait être parcimonieux avec les manettes de gaz. Une trop forte poussée pouvait avoir des conséquences dramatiques. Ici, dans cet environnement quasiment vide, une force insignifiante suffisait à vous propulser sur des centaines de mètres.

Théo vit la Lune tourner lentement autour de lui pour se positionner au-dessus de son horizon. L'effet visuel était saisissant. L'astre semblait comme suspendu au-dessus de sa tête, prêt à tomber. Lorsque sa position fut parfaite, confirmée par Andreï qui suivait son évolution depuis le Soyouz, il poussa la manette du propulseur principal qui lui donna une impulsion pour amorcer sa descente, qui pour lui aurait plutôt l'air visuellement d'une montée, puisqu'il avançait la tête en bas. Le spectacle était saisissant à mesure que le sol lunaire se rapprochait, montrant les détails de la surface criblée de milliers de cratères d'impact, allant de quelques mètres à plusieurs centaines de kilomètres !

La zone d'alunissage se situait un peu sous l'équateur lunaire, entre le cratère Dédale et le cratère Icare. Entre ces deux cratères de taille respectable, l'on trouvait un ensemble de cratères de tailles plus modestes, qui ne portaient pas de nom. C'est depuis l'un de ceux-là que la balise du Gardien émettait.

Théo n'était plus qu'à deux kilomètres de la surface. Les détails du terrain montraient une Lune tourmentée, blessée par les impacts, dont les bords étaient par endroits des montagnes saillantes aux arêtes tranchantes. Théo regarda au loin vers la limite jour/nuit où, malgré le manque de lumière, il distinguait une bonne partie de la surface, plongée dans une pénombre grisâtre. La zone d'alunissage resterait dans la lumière solaire encore une cinquantaine d'heures avant de se retrouver dans la nuit.

Sur l'afficheur tête haute, le jeune homme voyait sa trajectoire qui déviait légèrement de la ligne nominale. Il tenta de la corriger par de légères pressions sur les manettes des gaz, mais sa position avait tendance à s'écarter de la ligne.

— Théo, c'est Andreï. Vous vous éloignez de la trajectoire. Corrigez votre assiette en poussant la manette de droite. L'attraction lunaire vous attire plus vite, maintenant que vous êtes si proche de la surface. Reçu ?

— Bien reçu, Andreï. Je corrige.

Le pilote russe attendit de voir les effets de la correction de trajectoire avant d'ajouter :

— N'oubliez pas de corriger régulièrement, toutes les trente secondes environ à partir de maintenant. Vous êtes bien pour le moment. Continuez comme cela et vous alunirez à l'endroit précis que vous avez défini. Reçu ?

— Ok, bien reçu.

— Votre altitude est de très exactement mille sept cents mètres. Le calculateur indique qu'il vous reste moins de dix minutes de vol avant l'alunissage. Lorsque je vous le dirai, vous commencerez votre rotation. Reçu ?

— Bien reçu. j'attends votre feu vert pour rotation.

La descente continua, donnant l'impression d'être de plus en plus rapide à l'approche du sol. En réalité, la vitesse était stable, à quelque deux cents kilomètres à l'heure. Le fait de descendre tête première accentuait cette impression de vitesse.

— Attention ! A mon signal, commencez la rotation, doucement, sans gestes brusques sur les manettes de gaz, indiqua Andreï. Reçu ?

— Bien reçu. J'attends vos instructions.

— Attention ! Cinq, quatre, trois, deux, un, rotation !

Théo poussa la manette avec précaution, tourna sur lui-même lentement jusqu'à avoir les pieds au-dessus de la surface et la tête dans les étoiles.

— Rotation effectuée, indiqua-t-il. Reçu ?

— Bien reçu. Maintenant, vous allez devoir réduire considérablement votre vitesse d'approche, sans quoi vous vous écraserez. Vous allez actionner simultanément le propulseur principal et tirer sur la manette des propulseurs de stabilisation, ce qui freinera votre descente. Vous comptez cinq secondes et relâcherez les manettes. Reçu ?

— Bien reçu, Andreï. J'actionne les manettes simultanément… voilà, c'est fait. Je vois la vitesse diminuer, c'est bon.

— Parfait. Relâchez maintenant. Votre vitesse est de cent soixante kilomètres par heure désormais. C'est déjà mieux, mais il va falloir la réduire encore fortement. Votre trajectoire est légèrement déviée, corrigez là avant de donner une nouvelle rétro poussée. Reçu ?

Théo corrigea la trajectoire. Il restait calme, malgré le danger auquel il était confronté, dans cet univers hostile où la moindre erreur pouvait lui être fatale. Les bijoux de l'archange l'aidaient à contrôler la précision de ses moindres gestes et à garder son sang-froid.

Après une nouvelle rétro poussée, sa vitesse descendit sous les cent kilomètres par heure et la surface se rapprochait moins rapidement.

— C'est parfait ! indiqua Andreï. Corrigez votre trajectoire de descente et donnez une nouvelle poussée. Vous devrez atteindre la vitesse de vingt kilomètres par heure lorsque vous serez à cent mètres de la surface. Ensuite, vous freinerez délicatement par de petites poussées jusqu'à toucher le sol. A ce moment-là, votre vitesse horizontale devra être proche de zéro et la verticale de trois kilomètres heures maximum pour éviter un trop fort rebond. Reçu ?

— Bien reçu.

Après avoir freiné une fois encore et fait une nouvelle correction de trajectoire, Théo fut à moins de cent cinquante mètres du sol, entre deux cratères. Son lieu d'alunissage se trouvait devant lui, à moins d'un kilomètre, dans le fond d'un cratère d'à peine trois kilomètres de diamètre, profond de deux ou trois cents mètres, dont les bords formaient une crête circulaire haute d'une centaine de mètres au-dessus de la surface.

— Votre vitesse n'est plus que de trente kilomètres par heure, indiqua Andreï. Trajectoire parfaite. Freinez doucement pour descendre sous les vingt kilomètres par heure et surveillez votre altitude. Vous ne devez pas descendre trop vite si vous ne voulez pas vous écraser sur les bords du cratère. Une fois les bords franchis, amorcez la descente finale en faisant une légère contre-poussée avec les moteurs auxiliaires de stabilisation. Reçu ?

— Bien reçu. Je freine doucement, je corrige ma trajectoire. Je suis à moins de trois cents mètres du bord du cratère, je ne vais pas tarder à franchir la crête.

— Parfait. Maintenez l'altitude et la vitesse.

Théo voyait le cratère approcher. Sous lui, le sol lunaire, d'une couleur gris souris, défilait lentement, maintenant. Le spectacle était incroyable ! Le jeune homme n'aurait pu imaginer voir cela un jour. Il était au-dessus de la Lune et poserait sous peu le pied sur sa surface.

La crête fut franchie et le fond du cratère, plongé dans l'ombre, n'était pas très visible.

Théo actionna les moteurs auxiliaires, donnant une poussée verticale de haut en bas pour la descente finale. Il descendit lentement vers le fond du cratère dont il ne voyait toujours pas grand-chose.

— Réduisez votre vitesse verticale, indiqua Andreï, ainsi que la vitesse horizontale.

Théo manoeuvra en ce sens et se vit ralentir encore. D'un coup il fut plongé dans le noir. Il venait d'entrer dans l'ombre du cratère. Lorsque ses yeux se furent habitués à l'obscurité, il distingua enfin le fond, lisse et plat, couvert sans doute d'une couche de poussière très fine, comme l'était quasiment toute la surface de la planète.

— Vitesse horizontale : huit kilomètres par heure. Vitesse verticale : quatre kilomètres par heure. Distance au sol : cent vingt mètres. Réduisez légèrement et votre alunissage se passera parfaitement. Reçu ?

— Bien reçu. Je distingue le fond du cratère. Pas d'obstacle majeur. Je réduis la vitesse horizontale... puis la verticale... je suis presque en stationnaire maintenant... Je descends doucement.

— Ne touchez plus à rien, c'est parfait. Distance au sol : soixante mètres. Vitesse verticale : trois kilomètres par heure. Vitesse horizontale : trois kilomètres par heure. Lorsque je vous donnerai le top, vous donnerez une dernière contre-poussée pour ramener la vitesse horizontale à zéro, juste quelques secondes avant l'alunissage. Reçu ?

— Bien reçu.

— Distance au sol : cinquante mètres. Lorsque vous toucherez le sol, vous aurez tendance à partir vers l'avant. Pour éviter la chute, vous cabrerez légèrement le DISA, juste après la dernière contre-poussée. Reçu ?

— Bien reçu. J'attends le top pour les dernières manoeuvres.

La descente dura encore quelques secondes avant qu'Andreï ne donne le signal pour les dernières manoeuvres que Théo effectua à la perfection. Le DISA se cabra, sa vitesse horizontale devint quasi nulle et sa vitesse verticale assez faible pour un alunissage tout en douceur. Un léger choc, le DISA bascula vers l'avant, à l'horizontale, puis ce fut le silence absolu et l'immobilité. Théo n'entendait plus que sa respiration et le sang qui battait dans ses veines. Il resta figé quelques secondes, le temps de réaliser qu'il était sur le sol lunaire, au fond de ce cratère avant de dire :

— Alunissage réussi.

— Bravo, Théo, le félicita Andreï. Vous venez de réaliser un exploit qu'aucun être humain n'avait fait avant vous : alunir avec un DISA !

— Formidable exploit ! ajouta le commandant Oulianov. Quand je pense qu'il aura fallu une mission secrète payée par les Américains pour que des Russes fassent alunir un homme ! Quelle ironie du sort !

— Je suis suisse, précisa Théo, donc neutre. Ça devrait vous consoler.

— On s'en contentera, plaisanta Oulianov.

— Avant de sortir du DISA, Théo, nous allons vérifier vos réserves d'oxygène., expliqua Andreï.

Théo regarda la jauge sur l'écran tête haute. Le réservoir était plein. Logique, dans la mesure où il n'avait utilisé que l'oxygène du DISA jusqu'ici. Dans l'espace, les vérifications étaient une seconde nature pour les cosmonautes et ils avaient raison : une erreur de manipulation, une fuite, un matériel défectueux et, sans vérifications, c'était la mort.

Théo ouvrit le DISA et en sortit par l'arrière. Il était désormais seul dans son scaphandre blanc aux coutures bleues, typique de la tenue des cosmonautes. Il tourna sur lui-même à trois cent soixante degrés pour apprécier le paysage alentour. Le fond du cratère était tapissé de pierres recouvertes en partie par la fine poussière lunaire. L'alunissage s'était fait à moins de cinq cents mètres du bord du cratère, dont les pentes raides se terminaient par de hautes falaises.

Où Théo devait-il aller maintenant ? La balise du Gardien avait été localisée dans ce cratère, mais il n'y avait rien ici. D'un bord à l'autre, il ne voyait que des pierres et de la poussière

§

Chapitre XX

La vérité, rien que la vérité…

Le noir de l'espace, le gris du sol et les bords verticaux du cratère, seul horizon de cet univers sombre et glacial, auraient donné des angoisses à n'importe quel cosmonaute, planté là, seul et sans ressources, mais Théo ne ressentait aucune angoisse et s'émerveillait, ouvrant de grands yeux, tel un enfant au pied du sapin de Noël. Il était sur la Lune !

Il se mit à courir, comme il put, engoncé dans son scaphandre, prit son élan et sauta. Il s'envola à près de dix mètres du sol et retomba sur ses jambes, au bout d'un certain temps, à plus de cinquante mètres de là ! C'était une chose qu'il rêvait de faire depuis qu'il avait su qu'il irait sur la surface de notre satellite. Il recommença ce jeu si amusant, tout en ne perdant pas de vue qu'à chacun de ses pas, il consommait le précieux oxygène contenu dans ses réserves. Il se promit que ce serait la dernière fois.

— Théo, vous me recevez ? s'enquit Andreï.

— Cinq sur cinq, Andreï.

— Vous avez une communication depuis le centre de Baïkonour. Je vous mets en relation.

— Ok, bien reçu.

Il y eut de petits crachotements dans les écouteurs, puis la voix de Yu résonna dans le casque :

— Salut, Théo ! Est-ce que tout va comme tu veux ?

— C'est super, Yu ! Je marche, je cours sur le sol lunaire ! Tu te rends compte ?! Je fais partie des quelques privilégiés qui ont eu la chance de vivre ça ! Je n'en reviens toujours pas.

— La descente vers la Lune s'est passée comment ?

— C'était génial ! Jamais je ne pourrais oublier ce que je viens de vivre et ce que je vis actuellement. Je suis au fond de ce cratère, plongé dans l'ombre, entouré de hautes falaises aux crêtes acérées, avec au-dessus de moi l'espace noir et la voie lactée, dix mille fois plus étoilée que sur Terre ! C'est stupéfiant !

— Tu n'as pas la trouille, tout seul ?

— Tu sais que je ne suis pas seul, j'ai les bijoux avec moi et la dague. Je peux ouvrir un tunnel vers vous à tout moment et rentrer en un éclair. C'est assez rassurant.

— Bon, tu as la bise de tout le monde.

— Ok, bise à tous.

— La balise du Gardien a cessé d'émettre, il y a deux heures environ. C'est tout à fait normal, elle ne devait pas fonctionner plus de dix à quinze jours, le temps d'être détruite par les sucs gastriques de son estomac.

— Tu peux me donner sa dernière position ?

— la balise a émis presque tout le temps dans un périmètre situé au centre du cratère, sur un rayon de trois à quatre cents mètres environ.

— Ok, je vais me diriger vers le centre du cratère, en espérant que j'y découvrirai quelque chose, car d'ici, tout ce que je vois, c'est des cailloux et de la poussière. On se recontacte plus tard..

Théo prit son élan et fit des bonds successifs de plusieurs dizaines de mètres pour se déplacer plus rapidement, en utilisant le moins d'oxygène possible. Le niveau de ses réserves atteignait les soixante-dix pour cent. C'était encore très suffisant, mais il devait l'économiser pour avoir une chance de trouver ce qu'il était venu chercher ici.

Après une série de bonds, il atteignit le centre du cratère. Il s'immobilisa, observa autour de lui le sol : des cailloux, de la poussière et pas la moindre trace du passage d'un être humain. Le cratère était tel qu'il devait l'être depuis l'impact de la météorite qui l'avait créé en heurtant la surface de la Lune. Rien ni personne depuis lors n'avait dû y mettre les pieds. Alors, où se trouvait le Gardien ? Sous la surface ? C'était la seule possibilité logique. Théo se dit qu'il y aurait peut-être un problème pour le retrouver, dans ce cas, car il était entré dans le lieu où il se trouvait, très certainement par une sorte de tunnel temporel et, depuis la surface de la Lune, il n'y avait sans doute aucun accès. Inutile d'espérer creuser le sol jusqu'à tomber sur ce lieu souterrain : la logistique pour mettre en place un forage sur la Lune ne devait même pas avoir été envisagée par les différentes agences spatiales.

Le jeune homme, déçu, soupira. Que pouvait-il faire ? Lequel, parmi tous les pouvoirs des bijoux, pourrait lui permettre d'accéder à un lieu situé sous la surface de la Lune, à Dieu sait combien de dizaines, voire centaines de mètres ? Aucun, sans doute.

Alors, est-ce que tout se terminait là, au centre de ce cratère ? Tous ces capitaux et cette énergie déployés, ces centaines de personnes mises à contribution, ces valeureux pilotes Russes qui avaient risqué leur vie pour cette mission insensée, sans compter que lui aussi risquait la sienne, tout ceci avait-il été fait en vain ? N'aurait-il pas mieux valu, au final, ne pas croire le Gardien lorsqu'il disait qu'après son départ, la porte serait définitivement fermée et tenter de l'ouvrir ?

Une lueur soudaine envahit l'espace alentour, éclairant faiblement les lieux. Théo, surpris, se tourna pour faire face à la direction d'où semblait provenir la lumière.

Devant lui, à quelques dizaines de mètres, un point lumineux, d'un blanc bleuté, grandissait rapidement, créant un tunnel de lumière tourbillonnant, traversé d'éclairs sporadiques d'un bleu intense. Le jeune homme, un peu surpris, reconnut la signature caractéristique d'un tunnel temporel qui venait de s'ouvrir. Qui l'avait ouvert et pourquoi ? Étais-ce le Gardien ? Pouvait-il savoir que Théo était là ? Pourquoi ferait-il cela puisqu'il était évident qu'il avait tout fait pour que personne ne puisse le suivre ? Sauver Théo ? Le jeune homme n'était pas en danger cette fois. Le Gardien savait très bien qu'il disposait d'un moyen de rentrer sur terre, qu'en cas de danger, il lui suffirait d'utiliser sa dague. Ce n'était peut-être pas le Gardien dans ce cas. Mais qui ? Qui était derrière Gabriel, alias Jésus ? L'archange ? Possible, après tout.

Théo hésita un moment. Que devait-il faire ? Franchir ou pas le tunnel ? D'un autre côté, c'était peut-être son unique chance d'entrer et de trouver des réponses à ses questions.

Il se décida, fit un bond qui le déposa devant le tourbillon coloré et s'y engagea avec une pointe d'appréhension et le cœur battant la chamade.

§

L'endroit était comme une sorte d'immense cathédrale ou des colonnes composées de millions de cristaux de toutes tailles, de toutes couleurs et de toutes formes, brillaient tour à tour, traversés par des courants de lumière bleue qui provoquait des éclairs entre certaines extrémités cristallines. A y regarder de plus près, ce lieu était sphérique. Théo était au centre de cette sphère, sur une plateforme faite de ce matériau curieux ressemblant à de la céramique, qui semblait flotter dans le vide. Il était difficile d'estimer la taille de cette sphère, mais nul doute qu'elle devait être immense.

Théo hésita à ôter son casque, ne sachant pas s'il y avait de l'air ici. Une réponse lui parvint depuis le fond de son être, rassurante. Les bijoux venaient de lui dire qu'il ne risquait rien, qu'ici il était en territoire ami. Le jeune homme commença à ressentir l'intense activité de communication entre les bijoux et quelque chose qui se trouvait ici. Il ne comprenait pas encore de quoi il s'agissait, mais les bijoux semblaient satisfaits d'être là. Il comprit qu'il était arrivé là où il désirait se rendre depuis le début de cette aventure. Les bijoux étaient chez eux, auprès de leur créateur. Il le sentait… il le savait.

Après avoir ôté son casque, l'Élu quitta son scaphandre qui, ici, était bien plus lourd que sur la surface lunaire. La gravité était quasiment identique à celle de la surface terrestre. Il faisait bon, l'air était doux. Théo regardait tout autour de lui cette magnifique cathédrale scintillante et se demandait ce qu'elle était exactement ? Toute cette lumière et ces éclairs qui la traversait lui laissaient penser que l'endroit n'était pas anodin, qu'il devait s'agir d'une sorte de cœur énergétique dont il ressentait la puissance autour de lui et en lui. La puissance des bijoux, sa propre force semblaient décuplées dans ce lieu.

Semblant sortir de nulle part, marchant dans le vide, traversant une passerelle invisible, une grande silhouette longiligne s'avança lentement.

Théo resta bouche bée lorsqu'il distingua l'être qui approchait. Il comprit soudain à qui il avait eu affaire depuis tout ce temps, en rit doucement, se dit qu'il aurait dû y penser plus tôt, qu'il aurait dû comprendre, qu'il aurait pu s'en douter, que s'il avait compris, les choses auraient été plus claires. Il comprit pourquoi le Gardien ne voulait pas lui parler, lui expliquer, le mettre dans la confidence : tout ce en quoi il avait cru aurait été balayé d'un revers de la main : son combat, la lutte du bien contre le mal, tout cela n'aurait sans doute plus eu de sens. Mais alors, pourquoi toute cette mascarade depuis le début ? Pourquoi ne pas avoir été honnête et expliqué les tenants et les aboutissants de toute cette histoire ? Le jeune homme, perplexe, savait qu'il était là pour recevoir enfin la vérité. Encore un peu de patiente, dans un moment il saurait.

§

L'être était grand, environ deux mètres et mince. Sa peau était grise, ses bras étaient fins et se terminaient par des mains aux doigts graciles. Sa tête avait un crâne démesurément volumineux et dans son visage émacié, deux grands yeux noirs en amande reflétaient une intelligence supérieure. Une bouche étroite, aux lèvres fines d'un gris plus sombre, souriait sur un menton fuyant.

— Bonjour Théo, dit l'être d'une voix douce et posée.

Théo ne vit pas ses lèvres bouger lorsqu'il parla. Il lui sembla connaître la voix, mais, dans le doute, demanda :

— Puis-je savoir qui vous êtes et où je suis ?

— Vous ne me reconnais donc pas ? demanda l'être avec un sourire amusé.

Théo eut la confirmation que l'être n'articulait pas pour parler. Soit il était ventriloque, soit il n'utilisait pas la bouche pour s'exprimer, ce qui semblait le plus probable.

— Vous reconnaître ? fit le jeune homme avec étonnement. Comment pourrais-je vous reconnaître ? J'ai plutôt l'impression de vous rencontrer pour la première fois, même si j'ai déjà vu des représentations d'êtres dans votre genre.

L'être rit doucement. Il posa une main sur l'épaule de Théo et plongea son regard étrange dans celui du jeune homme :

— Nous avons pourtant passé beaucoup de temps ensemble durant les dernières semaines, expliqua-t-il.

Théo fronça les sourcils. Que voulait dire l'être devant lui ? Qui était-il pour lancer une telle affirmation ? Se pouvait-il qu'il soit... ?

— Jésus ? demanda-t-il, surpris.

L'être rit à nouveau.

— Gabriel, je vous rappelle, pas Jésus. Mon nom est Gabriel.

Théo tombait des nues. Le Gardien était là, devant lui, sous sa véritable apparence, celle qu'il avait dû abandonner pour venir sur Terre accomplir sa mission.

— Vous êtes un...

L'Élu cherchait ses mots.

— Oui, je suis ce que vous, humains, nommez Extra-Terrestre.

Il rit de voir la tête que faisait Théo.

— Fut un temps où les noms que vous nous donniez était : Dieux, Déesses, Divinités. C'était il y a fort longtemps, sembla regretter Gabriel.

— Dois-je comprendre que vous êtes ici depuis des siècles ?

— Des millénaires. Nous étions là avant même que la première civilisation humaine naisse, entre parenthèses, sous notre impulsion, précisa-t-il. Mais ne soyez pas impatient, vous comprendrez tout, car nous allons tout vous expliquer. Après tout, vous le méritez bien, vu toute l'énergie et la persévérance que vous avez mis à vouloir connaître la vérité. A ce propos, bravo pour la balise. Très ingénieux. Yu est un garçon plein de ressources, comme les autres membres de votre équipe d'ailleurs.

— Merci pour ce compliment. Je le prends pour eux. Vos lèvres ne bougent pas et votre bouche reste fermée quand vous parlez. Vous utilisez la télépathie ?

— Nous n'avons plus de cordes vocales depuis des centaines de milliers d'années. La télépathie est notre mode de communication, en effet.

— C'est pour ça que je n'ai pas pu pénétrer votre esprit, n'est-ce pas ?

— Oui.

— Cet endroit, qu'est-ce que c'est ? demanda l'Élu en balayant la sphère d'un geste ample du bras droit.

— L'archange va tout expliquer dans un instant. Patiente.

— L'archange ? Je ne comprends pas : si vous êtes des Extra-Terrestres, l'archange est un mythe, non ?

Une série d'éclairs fusèrent depuis les cristaux et vinrent frapper un point au centre de la sphère, non loin de Théo et Gabriel, devant eux, provoquant une lumière vive qui faisait mal aux yeux. Une silhouette se détacha peu à peu dans la lumière et Théo reconnut les ailes blanches de l'archange. Celui-ci approcha, ailes déployées, son regard bleu fixé sur le jeune homme, un large sourire aux lèvres.

— Bonjour Théo, dit-il de sa voix suave. Nous nous rencontrons enfin, autrement que dans tes rêves. J'en suis ravi. Gabriel m'a rapporté tes exploits. J'ai été très impressionné. Tu as réussi à venir jusqu'ici pour nous rencontrer, avec une énergie incroyable, qui te fait honneur. J'ai toujours cru en toi, Théo, depuis le début. J'ai su que tu serais le sauveur de l'humanité, que les choix que nous avions fait, Gabriel et moi, n'étaient pas vains.

Théo ne savait plus que penser. Il était en présence d'un Extra-Terrestre et d'un archange. Cela n'avait aucun sens. Pourtant l'archange était bien là, devant ses yeux et il avait l'air bien réel. Ceci dit, Théo se souvint qu'il avait l'air tout aussi réel lorsqu'il lui apparaissait en rêve. Était-ce encore l'un de ces rêves dans lequel il était plongé ? Il eut soudain un doute. Et si tout ce qu'il voyait n'était qu'un rêve ? Comment faire la part des choses ? Essayait-on encore de le manipuler ? Il décida de couper court à ce qu'il considérait désormais comme une mascarade :

— Vous n'êtes pas un archange ! lança-t-il. Ce n'est pas réaliste, avouez-le. Alors, s'il vous plaît, qui que vous soyez, arrêtez de jouer ce petit jeu avec moi. Je suis ici pour avoir des réponses claires, pas des apparitions théâtrales !

L'archange se tut. Son sourire disparut et son regard se fit plus dur. L'image s'estompa rapidement, remplacée par celle d'un Extra-Terrestre ayant sensiblement la même apparence que Gabriel.

— Cette image est-elle plus conforme à ce que tu attendais ? demanda l'être, qui de toute évidence était une sorte d'hologramme tri-dimensionnel, d'une perfection telle qu'il paraissait vrai.

— C'est mieux, reconnut Théo. Je préfère que vous laissiez tomber toutes ces histoires d'archange, d'anges et de démons. Jouez franc jeu avec moi, s'il vous plaît. J'en ai assez d'être manipulé par tout le monde.

— Très bien, Théo, nous n'aurons plus recours à tous ces subterfuges avec toi. Tu es venu jusqu'ici pour trouver des réponses : nous te donnerons toutes les réponses. Tout ce que nous espérons après cela, c'est que tu ne renonces pas, que tu n'abandonnes pas le combat, que tu ailles jusqu'au bout pour le bien de l'humanité.

— Pour le bien de l'humanité ou pour le vôtre ? questionna-t-il sur un ton incisif.

— Laisse-nous, Gabriel et moi, te compter notre histoire avant de porter des jugements hâtifs. Après cela, tu feras ce que bon te sembleras. Tu es libre, Théo, comme tu l'as toujours été et le seras toujours. Nous n'avons aucune envie et aucun moyen de te contraindre à faire quoi que ce soit que tu ne désire faire.

— D'accord, accepta-t-il, je vous écoute. J'attends ce moment depuis trop longtemps.

— Assois-toi, Théo, je te prie, cela risque d'être un peu long.

Un fauteuil confortable apparut comme par enchantement près du jeune homme. Gabriel le convia à s'asseoir d'un geste de la main. Théo s'installa, bien calé. L'Extra-Terrestre resta debout, deux pas devant lui, sur le côté droit. L'hologramme commença son histoire :

— Tout débuta avec l'arrivée de notre vaisseau spatial dans le voisinage du système solaire. Notre civilisation, les Allanges, vieille de près de trois cent cinquante mille ans, traverse la galaxie depuis presque autant de temps (Des images holographiques tridimensionnelles apparurent devant Théo et venaient appuyer l'histoire). Pour nos déplacements lointains, nous utilisons ce que vous appelez communément : *trou de ver*. Il en existe des milliers rien que dans notre galaxie, qui permettent de franchir des distances gigantesques impossibles à parcourir autrement. Notre vaisseau avait pour mission l'exploration de nouvelles routes galactiques vers des régions encore inexplorées. Nous découvrîmes plusieurs de ces nouvelles routes et l'une d'entre elles nous conduisit jusqu'ici. Malheureusement, le trou de ver débouchait dans le nuage d'Oort, cette zone située en périphérie du système solaire, formée de milliards de cailloux gelés, dont sont issues la plupart des comètes qui traversent votre ciel. Dès la sortie du trou de ver, notre vaisseau fut heurté par des centaines d'astéroïdes de toutes tailles, provoquant de graves avaries qui nous ont contraints, après avoir réussi à franchir ce piège mortel, à faire route vers l'intérieur de votre système planétaire afin d'y rechercher un endroit où réparer le vaisseau. Tout cela arriva à cause d'un malheureux concours de circonstances qui nous priva de notre bouclier de protection dès l'entrée dans le passage. Nous avons immédiatement détecté la Terre et son satellite, la Lune. Nous n'avions aucune intention de venir jusque-là et cherchions des planètes contenant les matériaux qui nous seraient nécessaires à la réparation. Quelques-unes des planètes et certains satellites de Jupiter et Saturne faisaient l'affaire, mais l'un des matériaux les plus importants pour nous, manquait à ces astres, ou n'était présent qu'en infimes quantités : l'or.

La Terre, elle, regorgeait d'or. Mais cette planète regorgeait aussi de vie et parmi les millions d'espèces végétales et animales, l'une d'elles était dotée d'une intelligence, certes, modeste, mais qui nous commandait de prendre des précautions pour ne pas provoquer un traumatisme destructeur. C'est la raison qui nous poussa à cacher notre vaisseau dans le cratère dans lequel nous sommes depuis lors.

L'or, le cuivre, le manganèse et bien d'autres minerais utiles pour la réparation du vaisseau étaient présents en quantité plus que suffisantes sur terre. Seul un élément, essentiel pour que nous puissions quitter la Lune en toute discrétion et gagner d'autres contrées, manquait dans tout le système solaire. Celui-ci, un cristal de quartz très particulier, ne se trouvait que dans certains systèmes stellaires triples avec des étoiles de trois types très précis. Nous étions condamnés à demeurer dans ce cratère le reste de nos existences.

Nous avions un autre problème de taille : la présence dans notre vaisseau de créatures intelligentes et extrêmement belliqueuses, capturées sur une lointaine planète, où nous avions fait escale, qui nous agressèrent et faillirent nous défaire. Ces créatures, qui se faisaient appeler, Démodons, devaient être étudiées en détail à notre retour dans notre monde, car elles présentaient la curieuse faculté d'être polymorphes, c'est-à-dire de pouvoir prendre des formes variées.

Après bien des débats étiques et une très longue période d'observation des humains, nous décidâmes de prendre contact, car le besoin de certaines matières devenait vital pour nous. Nous avons débarqué une équipe de scientifiques sur la Terre qui furent pris pour des Dieux, ce sur quoi nous comptions. Nous nous sommes fait passer pour les divinités qu'ils vénéraient depuis longtemps déjà et avons obtenu d'eux une aide précieuse pour l'extraction des minerais. En échange de leur aide, nous avons décidé de leur faire quelques cadeaux pour leur permettre d'évoluer plus rapidement. C'est ainsi que naquit la première civilisation de votre planète, celle des Sumériens. La collaboration entre les Dieux que nous étions devenus et les humains était fructueuse pour nos deux peuples et, sachant que nous ne pourrions pas quitter cet endroit, nous avons décidé de nous installer sur votre planète pour y vivre et vous aider.

Nous bâtîmes une forteresse sur terre pour emprisonner les Démodons, que nous pensions sûre, mais certains évènements que nous n'avions pas prévus vinrent mettre à mal cette sécurité.

Un évènement allait casser le fragile équilibre que nous avions établi avec les Humains : un vaisseau Korom, une espèce humanoïde qui maîtrisait les voyages galactiques depuis quelques siècles à peine et qui était en pleine expansion dans la périphérie de notre voie lactée, sortit du trou de ver et se dirigea tout droit vers la Terre, avec pour ferme intention de s'en emparer. Nous entrâmes en guère contre les Koroms et, après une lutte acharnée, nous leur infligeâmes une sévère défaite, détruisant en partie leur vaisseau de guère. Les Koroms durent le poser en catastrophe. Privés de leur force de frappe, dans l'incapacité de vaincre et de retourner chez eux, ils s'établirent sur terre, se fondant dans la population humaine, dont ils partageaient à peu de chose près les mêmes caractéristiques physiques. Ils devinrent rapidement la monarchie de divers peuples et prospérèrent, asservissant les humains, les convertissant à leur religion de l'argent et de la luxure.

Notre vaisseau d'exploration était composé d'un équipage réduit de quelques centaines d'individus seulement. Au fil du temps, notre population décrut, car nous avions très peu de naissances. Nous n'étions plus assez nombreux pour combattre les Koroms sur la Terre, où ils se multiplièrent très vite, copulant avec les humains, au mépris de toutes les règles galactiques.

De plus, les Koroms prirent d'assaut la forteresse dans laquelle étaient internés les Démodons et pactisèrent avec eux, les libérant de leurs geôles. Les Démodons, véritables monstres sanguinaires, firent régner la terreur sur terre, se présentant aux humains sous des formes terrifiantes, les tuant de façon effroyable ! C'est de là que naquirent la plupart des mythes terriens sur les démons.

Nous décidâmes d'aider les humains afin qu'ils puissent combattre les envahisseurs et défendre leur planète eux-mêmes. Pour ce faire, nous créâmes une armée secrète, que nous plaçâmes sous la férule de l'archange Michel, un personnage commun aux principales religions de l'époque. Nous cherchâmes à recruter des êtres d'espèce humaine, purs, non pervertis par les Koroms. Pour cela, nos scientifiques créèrent les deux bijoux, dits : de l'archange, qui furent confiés à un homme pur et sage, le premier des Mikelians. La tâche lui incomba de trouver d'autres humains aussi purs que lui, ce qu'il fit. Nous confiâmes, en plus des deux bijoux, une dague et l'arche d'alliance, qui était en réalité, non pas un réceptacle pour les tables de la loi, mais un émetteur-récepteur d'énergie, nécessaire au fonctionnement des armes que nous confiâmes aux humains. L'énergie colossale produite ici, dans le vaisseau, par notre centrale à fission de quarks, était en partie utilisée pour ces armes. Notre stratégie fut payante et les Mikelians, après une lutte acharnée qui dura des décennies, finirent par venir presque à bout des Koroms. Il fallut l'intervention malheureuse des Templiers, qui privèrent les Mikelians de l'arche d'alliance, pour que les Koroms ne soient pas totalement vaincus et réussissent à leur tour à infliger de sévères défaites aux Mikelians. Le combat cessa lorsque le dernier des Mikelians mourut sur le champ de bataille. Les Koroms, terriblement affaiblis, réduits à une poignée d'individus, se firent oublier un temps, mais n'abandonnèrent jamais l'idée de s'emparer de la Terre.

De notre côté, les derniers d'entre nous disparurent progressivement, après presque huit mille ans passés auprès des humains. Il ne resta plus que quelques individus qui eurent une dernière idée pour sauver les humains : enfreindre les règles, ce que jamais jusque-là ils n'avaient envisagé de faire.

L'un de nous ensemencerait une humaine pour essayer de créer une race hybride qui aurait les caractéristiques génétiques des humains et des Allanges. Pour ce faire, une humaine fut soigneusement sélectionnée et devint la mère de cet être hybride. Comme nous n'étions pas certains de la réussite du projet, nous sélectionnâmes en fait deux femmes humaines et deux Allanges, pour leur semence. Les résultats obtenus allèrent au-delà de nos espérances et deux enfants naquirent, physiquement humains, mais porteurs d'une évolution génétique vieille de plus de cinq millions d'années terrestres. Nous suivîmes de près l'évolution physiologique et génétique de ces hybrides et nous rendîmes compte que le patrimoine génétique Allange se développait lentement dans le corps des hybrides. Les premiers d'entre eux étaient à quatre-vingt-quinze pour cent humains, et seulement Allanges à cinq pour cent ! Curieusement, la seconde génération, issue d'humains, développa la part Allange qui grimpa à presque huit pour cent. Nos observations nous amenèrent à calculer que l'avènement d'un hybride équilibré génétiquement, qui serait capable d'utiliser pleinement toutes les technologies Allanges et pourrait avoir en lui le meilleur des deux races, aurait lieu à la vingt-cinquième génération. Cet Hybride parfait, nous l'appelâmes : Élu.

Théo eut un choc en entendant cela. Il était donc un être hybride, issu d'humains et d'Extra-Terrestres. Était-ce possible ? Mais alors, Lisa, l'autre Élu, était dans le même cas que lui. Passé le choc et la stupeur, il posa une question qui lui vint immédiatement à l'esprit :

— Qu'adviendra-t-il des prochaines générations d'hybrides ? Le patrimoine génétique des Allanges va-t-il peu à peu prendre le pas sur celui des humains, jusqu'à ce que seul celui-ci demeure ?

— Nous ne pouvons le dire avec certitude, Théo. Vos descendants, à toi et à Lisa, évolueront peut-être. Toutefois, nous pensons que le point d'équilibre génétique atteint par vous deux, devrait marquer la stabilisation de la nouvelle race. Vos enfants devraient être comme vous et leurs enfants également. Cette réponse te satisfait-elle ? s'enquit l'hologramme.

— Pour le moment, oui.

— Bien, dans ce cas, je poursuis : c'est Gabriel qui a eu l'idée de créer cette race hybride pour tenter de sauver les humains. Gabriel est le dernier d'entre nous. Lorsqu'il y a longtemps, nous prîmes cette décision, nous n'étions plus très nombreux. Gabriel fut choisi pour être le père de l'une des deux tentatives d'hybridation.

— Gabriel serait mon ancêtre alors ? s'étonna Théo, qui allait de surprise en surprise.

Il entendit le petit rire amusé de Gabriel et il put voir un sourire sur son visage.

— Non, je ne suis pas votre ancêtre, Théo, dit-il. Je suis l'ancêtre de Lisa.

— D'accord. Elle sera contente de l'apprendre, je pense, plaisanta l'Élu.

— Étant donné qu'il ne resterait aucun des Allanges vivant pour vérifier que notre plan fonctionnerait, reprit l'hologramme, Gabriel fut choisi pour demeurer le dernier d'entre nous encore en vie lors de l'avènement de l'Élu afin de l'aider et d'aider notre plan à se dérouler tel que nous l'avions prévu. Pour cela, il subit un transfert mémoriel vers un réceptacle humain.

— Soyez plus clair, s'il vous plaît, le coupa Théo. Je ne suis pas certain de bien comprendre ce que ça veut dire.

— Bien sûr, Théo, je vais être plus clair. Nous dûmes sacrifier l'esprit d'un humain pour prendre son corps et y transférer une partie de l'esprit de Gabriel.

— Vous l'avez tué ?! s'insurgea le jeune homme, horrifié.

— Non, mais nous avons soustrait cet homme à sa famille, à sa vie, pour récupérer son enveloppe charnelle. Son esprit a été stocké et lui sera rendu sous peu.

— Depuis combien de temps est-il — stocké, comme vous dites ?

— Cinq cents ans environ.

— Vous croyez que c'est mieux que de l'avoir tué définitivement ?

— Une fois son esprit dans son corps, nous le renverrons à son époque et à sa vie d'alors. Il n'aura aucun souvenir de ce qui lui est arrivé, vous pouvez être rassuré, Théo. Nous faisons tout pour vous sauver, pas pour vous tuer.

— C'est bien, ajouta le jeune homme, touché par l'argument. Je vous en prie, continuez.

— Une fois son esprit partiellement transféré, les deux corps, l'Allange et l'humain, furent cryogénisés durant le temps nécessaire. Comme il n'y aurait plus personne pour envoyer le corps humain de Gabriel sur terre et que nous avons volontairement omis de mettre dans son esprit la moindre information susceptible de permettre de retrouver le vaisseau, nous dûmes le placer dans un lieu sur terre. Celui-ci, entièrement automatisé, devait permettre de réveiller Gabriel, le moment venu directement depuis le vaisseau où je continuais à recevoir les informations provenant depuis divers intervenants que je contrôlais.

— Excusez-moi de vous couper à nouveau, intervint Théo, mais depuis que je suis ici, jamais vous ne m'avez expliqué qui vous étiez réellement et où vous vous trouvez. J'ai bien compris que vous n'êtes qu'une représentation tridimensionnelle, un hologramme, où quelque chose dans le genre. Pouvez-vous m'expliquer, s'il vous plaît.

— Bien sûr, Théo. Je suis l'Arkan, un système universel autonome d'information et de calcul prédictifs. Pour faire simple, disons que je suis une sorte d'ordinateur, mais avec quelques fonctions plus poussées et surtout d'une puissance et d'une intelligence supérieure à l'ensemble de tous les systèmes informatiques de votre planète. Je suis un être à part entière, doué du libre arbitre, de sentiments et même de compassion. Je suis juridiquement l'égal des Allanges, bien que ma nature soit très différente. Cette réponse te satisfait-elle ?

— Oui, pour le moment. Poursuivez.

— Merci. Gabriel, que nous avions décidé de nommer Gardien, puisqu'il était le gardien des secrets Allanges, le seul qui pourrait aider l'Élu grâce à ses connaissances et son intelligence supérieure, fut réveillé à cause d'un problème technique qui faillit détruire complètement le lieu où il était maintenu en hibernation. Une violente explosion détruisit les installations et causa des dommages tels, que lors de son brusque réveil, Gabriel eut de graves lésions au cerveau, ce qui le rendit totalement inapte à sa mission, d'autant qu'il arrivait presque trois ans trop tôt. Comme il ne savait plus qui il était et la raison de sa présence sur terre, il n'y eut aucune communication avec moi de sa part et je perdis définitivement sa trace.

— Le lieu où il se trouvait en hibernation était en Israël, c'est ça ? songea Théo.

— A Jérusalem, sous la vieille ville, tout près des lieux saints.

— Ce que j'ai du mal à comprendre, avoua le jeune homme, c'est la raison qui vous a poussé à me demander de le tuer ? S'il n'avait pas d'informations capitales pour vos ennemis, pourquoi vouloir vous en débarrasser ?

— Parce que, même s'il ne savait plus lui-même où notre vaisseau se trouvait, il était capable de déchiffrer les formules mathématiques qui nous furent volées par un Démodon, il y a fort longtemps, sans que nous en sachions rien. Ce n'est que lorsque Dragan Kovac les a placées dans ton esprit que nous avons découvert qu'elles nous avaient été dérobées. Comme les Démodons ont été transférés sur terre il y a près de sept mille cinq cents ans, nous en avons déduit qu'un Démodon de cette époque avait réussi à s'en emparer. Nous n'avons aucune explication sur la manière dont il s'y est pris, par contre.

— Elles représentent quoi exactement ces formules tant convoitées ? Je suis curieux de le savoir.

— Elles sont tout notre savoir avancé en mathématiques. Trois cent cinquante mille ans d'une civilisation brillante nous ont amené à un niveau tel que nous touchions du doigt à l'existence de Dieu. Nous avons résolu presque tous les mystères de l'univers, de la matière, de l'espace et du temps. De l'infiniment petit à l'infiniment grand, plus rien n'a de secret pour les Allanges, hormis ceux de notre créateur.

— Je suis surpris, avoua l'Élu. Avec le niveau d'intelligence et de science que vous avez atteint, vous croyez toujours à l'existence d'un Dieu ?

— Plus notre science évoluait, plus nous nous en approchions. Et plus nous nous en approchions, plus nous étions dans l'obligation de croire en son existence. Dieu existe, Théo. Toutes les civilisations de la galaxie, tous les peuples, du plus simple au plus évolué, croient en l'existence d'un créateur. Les Allanges sont très certainement le peuple le plus évolué de la galaxie et notre croyance en Dieu n'a jamais faibli, bien au contraire. Mais nous ne faisons pas de prosélytisme. Chacun est libre de croire où ne pas croire. Dieu lui-même n'oblige personne à croire en son existence. C'est le libre arbitre.

— Pour en revenir aux formules, je comprends mieux maintenant pourquoi vous m'avez demandé de m'assurer de les détruire toutes. Je comprends mieux également pourquoi tout le monde courait après le Gardien.

— Malheureusement, le fait de t'être entêté à vouloir connaître la vérité à tout prix a permis à nos ennemis de découvrir l'endroit où nous nous trouvons. Le vaisseau des Koroms fait route depuis la Terre. Il semblerait que les Koroms aient réussi à le réparer après tout ce temps. Nous allons devoir livrer un combat pour tenter de sauver le vaisseau. Sans lui, tu ne pourrais plus bénéficier de la puissance des bijoux.

— Que puis-je faire pour vous aider ?

— Tu pourras certainement beaucoup. Gabriel et toi êtes seuls ici. Vous devrez combattre contre tous nos ennemis. C'est maintenant que nous allons savoir si l'Élu que nous avons tant espéré sera à la hauteur de ces espérances. Aujourd'hui tu es le seul à pouvoir nous sauver tous : humains et Allanges. Ce sera peut-être le dernier combat.

§

Chapitre XXI

Le dernier combat

Lisa sortit du tunnel la première, suivie bientôt de Yu, Jessie, et le professeur Darlington. L'endroit était immense, long, large et haut, fait dans cette étrange céramique qui constituait également la sphère de Graham, mais de couleur plus claire. C'était une sorte de tunnel, un peu plus qu'hémisphérique, dans lequel flottaient une vingtaine de... soucoupes volantes !

Les quatre amis en étaient bouche bée. Quel était donc cet étrange lieu ? Où venaient-ils d'arriver ? Ils interrogeaient du regard Théo qui les attendait à la sortie du tunnel temporel, souriant.

— On est où ? demanda Jessie, qui tournait sur elle-même, pour apprécier pleinement les dimensions du lieu.

Passé la curiosité et l'étonnement, Lisa se précipita dans les bras de Théo et l'embrassa amoureusement. Yu approcha d'une soucoupe, passa dessous, l'observa sous toutes les coutures et dit à Théo:

— C'est bien ce que je crois ?

L'Élu acquiesça d'un hochement de tête.

— Mais alors, on est chez des...

Il s'interrompit. Arrivant d'une ouverture dans le fond de cet immense hangar à soucoupes, Gabriel approcha avec une démarche lente et chaloupée, figeant les regards sur lui.

— C'est un…, réussit à peine à dire Jessie.

Gabriel s'arrêta à la hauteur de Théo et, silencieux, regarda fixement les arrivants de ses grands yeux sombres.

— Je vous présente Gabriel, dit l'Élu. C'est un Allange, un Extra-Terrestre, comme vous l'avez sûrement déjà deviné. Gabriel est descendu sur terre pour m'aider à combattre…

— C'est Jésus !? s'exclama Yu.

— Lui-même, confirma Théo.

— Soyez les bienvenus dans notre vaisseau, dit Gabriel pour les accueillir.

— Il est télépathe, remarqua Yu.

— Tu peux nous expliquer ? dit Lisa à Théo.

— Nous allons le faire, ne vous inquiétez pas, mais nous avons une urgence : le vaisseau spatial de Graham est en approche. C'est la sphère noire. Une véritable armée va déferler sur nous, ici. Nous allons devoir les combattre. Nous vous avons fait venir ici, Gabriel et moi, pour accomplir une mission essentielle. Lisa, j'aimerais que tu sois à mes côtés pour combattre, si tu le veux bien. Yu, Jessie et le professeur, vous allez devoir faire quelque chose en urgence et vous quitterez le vaisseau avant que nos ennemis n'arrivent.

Théo regarda tour à tour chacun de ses amis.

— Gabriel va tout vous expliquer. Moi, je vais vous laisser, j'ai quelque chose à faire sur terre.

— Tu vas où ? s'inquiéta Lisa.

— Je vais aller trouver notre ami Morisson.

— Morisson ? Pour quoi faire ?

— Viens avec moi, tu le sauras.

§

Le rendez-vous avait lieu dans un parking du centre de Chicago, au vingtième étage très exactement. Lisa et Théo attendaient, sagement assis dans une Buick de location, l'arrivée de Morisson.

Un gros 4x4 noir aux vitres fumées vint stationner près d'eux. Morisson en sortit et vint s'installer sur la banquette arrière de la Buick.

— Bonjour Jim, dit Théo, heureux de vous revoir.

Théo avait mis toute son ironie dans la voix. Morisson eut un sourire entendu et dit, d'un ton froid :

— Au téléphone, vous m'avez parlé de Kovac, que vous aviez un moyen de lui permettre de rentrer chez lui. Qu'est-ce que ça veut dire et qu'est-ce que ça à voir avec moi ?

— Détendez-vous, Jim, je sais tout, précisa l'Élu.

— Tout ? C'est-à-dire ?

— Tout. Je sais que vous travaillez pour Kovac par exemple. Je sais que vous avez placé une balise dans mon épaule, après m'avoir ôté celle implantée par la CIA.

— Je...

— Ne dites rien, c'est le passé. Aujourd'hui, je vous ai demandé de venir, car les intérêts de Kovac vont peut-être converger avec les nôtres.

— Comment ça ? demanda l'agent de la CIA, soudain piqué au vif par les propos du jeune homme.

— Je sais pour les Allanges, pour les Démodons et pour les Koroms. Je sais pourquoi les Démodons et les Koroms livrent une bataille sans fin aux Allanges : pour la domination de la Terre, parce que chaque camp est persuadé qu'il ne pourra jamais retrouver son monde. Pour les Koroms, je ne pense pas que ce soit un problème, puisque leur but était, dès le départ, de coloniser cette partie de la galaxie, mais pour les Démodons, je crois que c'est différent, je me trompe ?

Morisson ne répondit rien. Il regardait Théo droit dans les yeux et semblait y chercher la vérité. Après un moment, il demanda :

— Vous proposez quoi exactement ?

— Vous ne croyez pas qu'il est temps d'en discuter directement avec Kovac ? Je sais qu'il est là, dans votre véhicule. Je sens sa présence.

Morisson tordit la bouche, abaissa la vitre de la portière et cria :

— Vous pouvez venir, tout est clean !

La portière côté passager du 4x4 de Morisson s'ouvrit et Kovac en descendit. Il vint s'installer aux côtés de l'américain, à l'arrière, avant de dire :

— Théo ! Je suis content de vous revoir, malgré nos différents manifestes. Je dois avouer que vous avez toujours été un adversaire à la hauteur et je pense que ce n'est pas seulement dû aux bijoux de l'archange. Vous êtes quelqu'un d'exceptionnel, vous savez.

— Je le sais, Kovac.

— Il sait tout, lui précisa Morisson.

— Ah. Bien, au moins nous n'avons plus à nous cacher derrière des fables pour ados attardés !

— C'est nous les ados attardés ? protesta Lisa.

Dragan Kovac rit doucement.

— La belle Lisa, songea-t-il. Une vraie tigresse ! Vous ne devez pas vous ennuyer avec elle, Théo ?

— Nous ne sommes pas ici pour parler de Lisa ou de moi, rétorqua le jeune homme, agacé par ces propos.

— Dans ce cas, je vous écoute.

— Je vous propose une alliance.

— Une alliance, songea Kovac. Quelle ironie ! L'Élu des Mikelians veut faire alliance avec son plus grand ennemi ! Pourquoi ce revirement et que proposez-vous exactement ?

— Un ticket pour rentrer chez vous, ça vous dit ?

Kovac eut un léger mouvement de recul. Son visage changea, devint grave. Théo avait espéré que cette proposition ne le laisserait pas indifférent et il semblait que ce soit le cas.

— Expliquez-vous ? l'enjoint Kovac.

— Si vous nous aidez à combattre et à chasser les Koroms de cette planète, je vous promets un billet de retour pour vous et les vôtres, en première classe, pour votre monde.

— C'est impossible ! s'écria le Russe. Il n'y a pas de quartz tri-stellaire dans tout le système solaire ! Et nous savons que le vaisseau Allange est bloqué ici à cause de cela. Alors, comment allez-vous nous faire rentrer chez nous ? ironisa-t-il.

— Laissez-moi vous conter une petite histoire qu'un Allange m'a confiée récemment : un vaisseau Allange était caché dans un lieu tenu secret depuis plus de huit mille ans. Il avait subi d'importantes avaries et dut être réparé. Pour cela, les Allanges débarquèrent sur terre et firent extraire les minerais nécessaires à la réparation et au fonctionnement du vaisseau, par les humains, peuple primitif qui occupait cette belle planète. Les Allanges ne trouvèrent pas un élément essentiel pour leur permettre de franchir les énormes distances de notre galaxie : le quartz tri-stellaire. Condamnés à rester sur place, ils aidèrent les humains et combattirent les méchants Koroms et les vilains Démodons qui, comprenant eux aussi qu'ils ne pourraient jamais quitter cette planète, décidèrent de se l'accaparer. Un jour, contre toute attente, un vaisseau Allange sortit du trou de ver, qui donnait accès à notre système solaire. Immédiatement les oreilles du vaisseau Allange, coincé là depuis si longtemps, se mirent à entendre l'appel de l'autre vaisseau. Celui-ci, un petit cargo qui s'était égaré et cherchait son chemin, transportait quoi, d'après vous ? Je vous le donne en mille : une pleine cargaison de quartz tri-stellaire !

Dragan Kovac ouvrit de grands yeux ronds qui se mirent à pétiller. Tout à coup, l'expression, d'ordinaire dure et froide de son visage, se changeait en celle d'un enfant qui voit le père Noël pour la première fois ! Cela ne dura pas et il reprit très vite son masque dur et froid.

— Je ne vous crois pas ! lança-t-il. C'est une de vos ruses ! Huit mille ans sans que personne ne franchît ce satané trou de ver et voilà que tout à coup, un vaisseau transportant une cargaison de quartz débarque, comme par enchantement ! C'est tout ce que vous avez trouvé pour me convaincre ?

— Si vous ne me croyez pas, peut-être que ceci vous convaincra ? dit Théo, sortant de la poche de sa veste un morceau de quartz, que Gabriel lui avait confié.

Kovac se saisit prestement du quartz, l'observa sous toutes les coutures et dit :

— C'est peut-être du quartz tri-stellaire, mais comme je n'en ai jamais vu, je vais avoir du mal à vous croire !

— Très bien. Vous savez quelle utilisation l'on fait de ce quartz ?

— Je crois, oui. Il sert à créer un champs antigravitationnel qui permet de franchir les trous de ver sans subir les effets destructeurs de leur gravitation.

— C'est exact. Grâce à ce quartz, l'on peut créer une force d'une puissance telle, qu'elle rivalise avec celle des trous et qui empêche les vaisseaux spatiaux de se disloquer et leurs occupants d'être pulvérisés lors de leur traversée. Savez-vous qu'un simple aimant que l'on approche d'un morceau de quartz suffit à provoquer une réaction antigravitationnelle suffisante pour soulever un gros 4x4 comme celui dans lequel vous êtes venus? par exemple. Ne bougez pas de là, je vais vous en faire la démonstration.

Théo sortit de la Buick avec dans une main le quartz et dans l'autre un petit aimant. Il posa le quartz sur le siège passager du 4x4, tout près de l'aimant, avant de se dégager très vite.

Le 4x4, qui devait peser plus de deux tonnes, se souleva doucement de plus de trente centimètres et flotta dans le parking, juste à côté d'eux.

— Vous voyez, dit Théo, un simple aimant contre le quartz provoque une réaction. Imaginez ce qu'une tonne de ces quartz placée dans le cœur d'un moteur antigravité peut faire. Vous me croyez maintenant ?

— Pas tout à fait encore, avoua Kovac en sortant de la Buick pour se rendre jusqu'au 4x4. Il ouvrit la portière et s'empara de l'aimant. Le lourd véhicule retomba presque immédiatement sur le sol, provoquant des vibrations dans tout l'étage. Il se saisit ensuite du quartz, se tourna vers Théo, un large sourire sur le visage :

— Maintenant, je vous crois.

§

La sphère noire flottait au-dessus de la surface lunaire, à quelques dizaines de kilomètres seulement du cratère dans lequel était caché le vaisseau Allange depuis près de huit mille ans.

Dans le poste de commandement, Oswald Graham, assis dans le fauteuil du pacha, criait ses ordres à son armée de Koroms, pour la plupart hybrides de Terriens. Une quarantaine de chasseurs étaient prêts à entrer en action, des milliers de combattants, armés jusqu'aux dents, se tenaient prêts à embarquer dans des navettes de transports de troupes.

Le vaisseau Korom était une unité militaire conçue pour l'exploration et la conquête de nouvelles planètes. Ses dimensions lui permettaient d'embarquer une centaine de chasseurs, des dizaines de transports de troupes et pas moins de dix mille soldats ! Après les violents combats qui les opposèrent aux Allanges, qui eux avaient un vaisseau d'exploration scientifique, moins armé qu'un vaisseau militaire, mais qui possédaient un armement techniquement supérieur, les Koroms perdirent une grande partie de leurs chasseurs et de leurs effectifs. Le vaisseau, durement touché, faillit s'écraser sur le sol terrestre et ne dut son salut qu'à la dextérité de son équipage d'alors qui le fit plonger dans les eaux de la Mer Rouge. Une partie du vaisseau, perforé par les impacts de tirs Allanges, se trouva submergée, mais il résista et demeura ainsi caché durant très longtemps. Les Koroms le quittèrent et vinrent s'établir dans ce qui devait devenir, sous leur impulsion, l'Égypte, dont ils devinrent les monarques.

Les Allanges, qui eux durent quitter Sumer pour combattre les Koroms, longtemps avant cet épisode, affaiblis, réduits à quelques individus, abandonnèrent la Terre durant très longtemps, dans l'incapacité de livrer de nouvelles batailles. Les Koroms prospérèrent et devinrent à leur tour des Dieux pour les humains, impressionnés par les prodiges qu'ils accomplissaient grâce à leur technologie.

Oswald Graham, lointain descendant des premiers Koroms, issu d'une lignée pure, non hybride, était depuis de nombreuses années le maître de cette colonie terrestre...

Les Koroms attendaient le signal de l'attaque qui devait venir d'un petit commando parti quelques heures plus tôt pour le cratère lunaire afin d'y repérer le vaisseau Allange et d'y ouvrir plusieurs brèches dans la coque, ce qui n'était pas une mince affaire. Celle-ci était composée d'un matériau fait de cristaux microscopiques d'une résistance extraordinaire, que seules des armes à fragmentation quantique pouvaient percer.

§

Pendant ce temps, dans le vaisseau Allange, les préparatifs allaient également bon train. Les Démodons, au nombre de deux cents environ, avaient été acheminés via un tunnel temporel et se tenaient prêts à combattre leurs alliés d'hier.

Par prudence, les secteurs sensibles du vaisseau avaient été bouclés pour éviter que Dragan Kovac, être rusé et violent, ne s'en empare et quitte la Lune avant même d'avoir combattu.

Lisa et Théo étaient avec Gabriel dans son laboratoire. L'Allange terminait les dernières vérifications d'une copie des bijoux qu'il avait fait spécialement pour la jeune femme afin qu'elle puisse combattre, elle aussi.

— Je vais ressentir les mêmes horreurs que lorsque j'ai été en contact avec l'arche d'alliance ? s'inquiéta-t-elle.

— Non, ne vous faites pas de soucis, vous avez reçu plus d'informations qu'il n'en faut à ce moment-là. Ces armes ne feront que tisser les connexions symbiotiques nécessaires. Vous ressentirez sans doute quelques picotements, de légers troubles de la vision, mais rien de méchant.

— Il y a une chose que je n'arrive pas à comprendre, expliqua Théo à Gabriel. Comment se fait-il qu'avec de telles armes, vous n'ayez pas réussi à vous débarrasser des Koroms ?

— Pour la simple raison que nous ne possédions pas ces armes. Nous avions un armement de défense classique à bord de ce vaisseau, qui je vous le rappelle, n'est pas un vaisseau militaire, mais civil. De toute façon, ce type d'arme n'existait pas dans notre civilisation. Nous les avons mises au point ici. C'est un travail qui nous a pris beaucoup de temps et s'est étalé sur plusieurs générations. Je suis de la dernière génération, celle qui a achevé le projet et rendu ces armes totalement opérationnelles. Elles ont été conçues pour fonctionner uniquement avec vous deux. Elles sont capables de déterminer votre ascendance génétique ainsi que son équilibre. Ainsi, personne d'autre que les deux Élus ne peuvent et ne pourront jamais utiliser les bijoux. Les Koroms et les Démodons, qui vous les ont subtilisés auraient eu beau chercher un moyen de le faire, qu'ils se seraient cassé les dents jusqu'à la fin des temps.

— C'est curieux, remarqua Lisa. Comment les premiers Mikelians avaient-ils pu les utiliser dans ce cas ?

— Les premiers Mikelians étaient à cent pour cent humains. Les bijoux d'alors étaient conçus pour eux, mais étaient contrôlés directement par l'Arkan, ce qui évitait tout risque qu'ils soient utilisés par d'autres que ceux à qui ils étaient destinés.

— Vous voulez dire que les bijoux que je possède ne sont pas ceux de l'époque ? s'étonna Théo.

— C'est exact. Ceux de l'époque furent récupérés et remplacés par de nouveaux modèles adaptés à votre profil. Les Mikelians d'alors n'auraient pu en faire autre chose que de simples bijoux décoratifs. De plus, la grande différence avec les anciens bijoux est le fait que ceux que vous portez sont entièrement autonomes et non contrôlables par l'Arkan. La seule chose qui peut être faite, c'est leur désactivation, faille que les Koroms ont bien compris et mis à profit.

Lisa passa la chevalière à son doigt avec une pointe d'appréhension. Elle constata quelques picotements, comme l'avait prédit Gabriel. Elle passa ensuite le médaillon autour de son cou et ressentit exactement la même chose, sans plus.

— Voilà, dit Gabriel, satisfait. Vous voici aussi puissante que Théo désormais.

— Je sens la force des bijoux, reconnut-elle. C'est très grisant. J'ai déjà ressenti ça avec les bijoux de Paolo, mais pas aussi fort !

— Tu t'y habitueras, dit Théo. Bon, je crois que nous sommes prêts pour livrer ce qui sera, j'espère, notre dernier combat contre tous nos ennemis.

— Dieu fasse que votre plan fonctionne, Théo, espéra Gabriel. Si c'est le cas, ce sera effectivement le dernier combat.

Jessie, Yu et le professeur Darlington, venaient d'achever la mission que Théo leur avait assignée. Lisa et lui étaient là, près d'eux, dans le grand hangar du vaisseau Allange.

— Merci mes amis, commença l'Élu, un peu péremptoire. Lisa et moi sommes fiers de tout ce que nous avons accompli ensemble, tous les cinq. Il y a à peine plus d'un an, nous ne nous connaissions pas et je crois que je peux dire aujourd'hui que j'ai l'impression que nous sommes amis depuis toujours tant ce que nous avons vécu a été fort et intense. Notre persévérance nous a conduit à connaître enfin la vérité sur la menace que nous combattions. Bien que surprenante, cette histoire a pris tout son sens, nous dévoilant une réalité que nous ne soupçonnions pas, masquée par un rideau de fumée savamment entretenu depuis la nuit des temps par nos protecteurs, mais aussi par nos ennemis.

Nous voici à un tournant décisif de notre lutte. Une opportunité nous est offerte de nous débarrasser une fois pour toutes de ces aliens dont nous connaissons l'objectif : nous asservir et nous déposséder de notre bien le plus précieux : notre planète. Le combat qui va s'engager sera violent, fera de nombreuses victimes et décidera du sort de notre petit monde perdu dans l'immensité de notre galaxie. Il est temps pour vous de quitter le vaisseau et de poursuivre la tâche que vous avez entreprise. Nous ne pouvons pas vous promettre, Lisa et moi, de revenir sains et saufs, mais sachez que nous ferons tout pour ça. Ma mère me tuerait autrement, plaisanta-t-il, provoquant l'hilarité générale.

La tension et l'émotion étaient palpables à ce moment précis. Jessie avait des larmes qui coulaient le long de ses joues roses. Les yeux du professeur et de Yu étaient humides, même s'ils gardaient un sourire de façade. Ils ne voulaient pas se l'avouer, mais tous comprenaient que le discours de Théo était un discours d'adieu.

Lisa vint les embrasser chacun leur tour. Jessie et elle restèrent longuement enlacées, tête contre épaule, silencieuses. Lorsqu'elles se détachèrent, Lisa fit un large sourire et essuya les larmes des joues de son amie.

— Nous reviendrons, la rassura-t-elle, pleine de conviction dans la voix.

Jessie acquiesça d'un hochement de tête et serra fort une dernière fois les mains de Lisa.

Théo donna l'accolade à ses amis et, à son tour, serra fort Jessie dans ses bras.

— N'oublie pas, lui rappela-t-il, que si nous ne devions pas revenir, vous trois serez désormais les gardiens. Si nous ne gagnons pas ce combat, vous devrez vous assurer de perpétuer la lutte jusqu'à ce que l'humanité soit victorieuse.

— D'accord, Théo, réussit-elle à dire, la gorge serrée.

Théo se tourna vers Yu :

— Tu devras tout faire pour le protéger.

— Tu peux compter sur moi, dit le jeune Chinois pour le rassurer.

— J'ai toute confiance en toi.

Théo s'éloigna de Yu et leur dit :

— Il est temps pour vous de partir. Les Koroms ont fini de percer la coque du vaisseau à l'instant, le combat va commencer.

§

Le vaisseau tout entier vibra. Les bruits de plusieurs explosions simultanées le parcoururent, tandis que tous les éclairages se coupaient dans la foulée. Les Koroms venaient d'ouvrir plusieurs brèches dans la coque, obligeant les forces qui le protégeaient à se déployer en divers points du vaisseau. Les démodons s'étaient placés en tête des défenseurs. Ces êtres polymorphes prenaient l'apparence de monstres effrayants et sanguinaires, déployant de longs membres munis de griffes acérées. Leurs gueules hideuses s'ouvraient sur des crocs terrifiants avec lesquels ils déchiquetaient leurs victimes, provoquant des scènes d'horreur destinées à marquer l'esprit de leurs ennemis. Ler nature polymorphe les rendait quasiment indestructibles. Les plaies qui pouvaient leur être occasionnées se refermaient immédiatement et leurs chairs, leurs organes, leurs os se reformaient en un clin d'œil ! Il était très difficile de les tuer, mais Théo savait que ce n'était pas impossible. Il avait déjà tué Dragan Kovac dans une autre réalité temporelle. Pour le moment, les propriétés incroyables de ces êtres étaient un atout majeur qui devait aider à vaincre les Koroms.

En deuxième ligne, retranchés derrière des barricades installées à la hâte, un peu partout dans le vaisseau, les commandos humains qui travaillaient pour Kovac, dirigés par Morisson, seraient un dernier rempart.

Lisa et Théo prirent à eux seuls l'une des brèches ouvertes par les Koroms. Aidés des fabuleuses armes imaginées par les scientifiques Allanges, leurs fameux bijoux de l'archange, ils devraient contenir et repousser les assauts d'une véritable armée, bien équipée et entraînée.

Les deux jeunes gens étaient dans une vaste salle remplie d'appareils étranges, sortes de colonnes hautes et fines, translucides, dans lesquelles circulaient des fluides dont la couleur dominante était toujours le bleu. Cette couleur semblait être celle de la totalité de l'énergie produite par les Allanges. Toutes les armes, les bijoux en tête, produisaient des éclairs bleutés, tous les appareils fonction-naient avec ces fluides bleus.

Des bruits sourds résonnaient dans la salle, prove-nant de la coque externe. il existait deux coques dans les vaisseaux spatiaux. La première, l'externe, épaisse d'un bon mètre, constituée de cette matière céramique faite de cristaux microscopiques d'une dureté exceptionnelle, ren-fermait une seconde, faite dans le même matériau, mais séparé de la première par un vide d'une quinzaine de mètres. Entre les deux, des gaz circulaient. Lorsque le vais-seau traversait un trou de ver, qu'il subissait les énormes pressions dues à l'accélération fabuleuse de l'énorme gravi-té qui les composait, le moteur antigravité fonctionnant avec les quartz tri-stellaire produisait une force telle que tout ce que contenait la coque interne du vaisseau se dila-tait, comprimant les gaz qui se transformaient en plasma sous la pression. L'espace entre les deux coques diminuait jusqu'à ce qu'il atteigne quelques micromètres d'épaisseur, produisant une énergie titanesque qui était injectée dans les moteurs principaux pour sortir du trou. De l'autre côté de la coque interne, dans l'espace de circulation des gaz, les Ko-roms avaient déployé un tunnel qui venait s'appuyer contre cette coque et ils s'affairaient à la transpercer à l'aide d'un canon à fragmentation quantique. Dans un moment ils fini-raient de la percer et des hordes de Koroms pénétreraient dans la salle. S'engagerait alors un combat dans lequel Lisa et Théo allaient devoir tuer et tuer encore. Bien que ce fût une idée qui les rebutait tous deux, ils savaient qu'aucun autre choix n'était possible. L'avenir de l'humanité en dé-pendait.

Un trou béant apparut soudain dans le fond de la salle, à près de deux mètres au-dessus du sol. Lisa et Théo se regardèrent, les visages graves, concentrés. Ils n'avaient pas peur, n'avaient pas d'angoisses, pas d'appréhensions. S'ils en avaient eu, les bijoux se seraient chargés de les inhiber. L'heure était venue. Dans quelques secondes les premiers Koroms déboucheraient de ce trou, le temps pour eux de traverser le tunnel, pont entre les deux coques du vaisseau.

Leurs regards étaient maintenant fixés sur ce passage ouvert.

Une première vague d'hommes, tout de noir vêtus, casqués, des visières argentées devant les visages, armés de fusils, d'armes de poing et de lance roquettes, sautèrent les deux mètres qui les séparaient du sol. Ils foncèrent sur les deux ados qui les attendaient de pied ferme.

Théo s'adressa à Lisa, sans parler, par télépathie :

— C'est le moment, Lisa. N'oublie pas : pas d'état d'âme, nous devons les vaincre !

— Je sais, Théo, je ne flancherai pas, tu peux en être sûr !

La jeune femme répondit par le même biais à son compagnon. Le fait qu'ils aient tous deux des bijoux leur conférait cette faculté de communication particulière.

Les Koroms fonçaient sur eux. Lorsqu'ils furent à moins de dix mètres, Lisa et Théo tendirent les bras devant eux, mains tendues en avant et actionnèrent la force destructrice de leurs armes. Des jets lumineux d'un bleu intense, virant au blanc, fusèrent vers les colonnes de soldats ennemis qui, surpris, stoppèrent net leur progression. Des hommes tombèrent au sol, frappés par les rayons mortels. Les autres pointèrent leurs armes pour tirer sur les deux obstacles qui leur barraient le passage, mais leurs fusils leur furent arrachés des mains et s'envolèrent pour finir leur course sur le sol, derrière les deux Élus. Privés de leurs armes, ils reculèrent, cédant la place à des hommes armés de lances roquettes qui furent désarmés in extremis, alors qu'ils étaient prêts à tirer. La vague de ceux qui arrivèrent derrière, les armes pointées et la visée ajustée, réussit à tirer. En fait de lances roquettes, il s'agissait d'armes sophistiquées, desquelles fusait des rayons de lumière d'un jaune vif, dont l'un d'eux frappa de plein fouet Théo, qui fut projeté en arrière, sur le sol. Heureusement, les bijoux veillaient et absorbaient l'énergie mortelle avant qu'elle n'atteigne leur symbiote.

Théo se releva, reprit sa place auprès de Lisa, qui continuait inlassablement à tirer des salves mortelles sur les assaillants qui arrivaient toujours plus nombreux. Les deux jeunes gens avaient maintenant du mal à faire face, tant le nombre de soldats qui arrivait était important. Ils durent reculer et quitter cette grande salle, dans l'incapacité de contenir tous ces combattants qui tiraient en tous sens. Ils se réfugièrent au fond d'un long corridor relativement étroit, ce qui leur permettrait de mieux contenir leurs assaillants. Le combat reprit. Lisa et Théo utilisaient leurs pouvoirs pour tuer ou simplement désarmer les Koroms, qui ne pouvaient s'engager nombreux dans le passage. Après de longues minutes de combat acharné, des dizaines de corps s'entassaient, que les Koroms devaient dégager pour pouvoir avancer coûte que coûte. Lisa et Théo, bien qu'horrifiés par ce qu'ils étaient obligés de faire, continuèrent sans le moindre état d'âme à tuer les vagues de Koroms qui avançaient vers eux. Le carnage dura des heures ! Après un certain temps, il y eut tant de cadavres dans ce couloir que les Koroms ne les déplacèrent plus, s'en servant de barricades pour se dissimuler et tirer sur les deux Élus. Les rayons de lumière fusaient de part et d'autre, dans une lutte inégale. Lisa et Théo, protégés par les bijoux, n'étaient presque jamais atteints par les tirs des Koroms et lorsque c'était le cas, la protection qu'assuraient les bijoux, les mettaient à l'abri, tandis que leurs actions faisaient mouche presque à coup sûr.

Ils ne purent dire combien d'heures exactement durèrent les combats, mais cela leur parut une éternité.

Le silence s'installa enfin.

Les vagues d'assaillants prient fin, faute de combattants sans doute. Ils ne surent le dire à ce moment-là, mais furent soulagés que cela se termine. Tuer, même pour une cause juste, ne les réjouissait pas.

— Tu crois que c'est terminé ? dit la jeune femme.

— Je ne sais pas, mais je l'espère. Je ne voudrais pas avoir à recommencer ce carnage !

— Moi non plus, avoua-t-elle, du dégoût dans la voix.

Dans le vaisseau le son des combats résonnait toujours. Les deux Élus se précipitèrent vers la seconde brèche, où les Démodons luttaient pour tenir la position. Là aussi c'était le carnage ! Des centaines de Koroms gisaient sur le sol, dans un véritable fleuve de sang. De nombreux Démodons étaient morts eux aussi. Les puissantes armes des Koroms, en surnombre, finissaient par venir à bout de ces êtres quasi indestructibles. Derrière, les lignes de combattants humains finissaient le travail, lorsque des Koroms réussissaient à franchir la ligne des Démodons. Là aussi, de nombreux hommes gisaient sur le sol et les combats faisaient rage. Les Koroms n'en finissaient pas de sortir du trou de la coque, comme un fleuve qui se déverse en permanence. Le vaisseau Korom servait de tête de pont et un tunnel temporel avait été ouvert vers la Terre, acheminant des dizaines de milliers de combattants lourdement armés.

Lisa et Théo vinrent prêter main-forte aux Démodons et, après une lutte tout aussi acharnée, ils vinrent à bout des envahisseurs. Toujours en forme, malgré les nombreuses heures passées à combattre, ils rejoignirent la troisième et dernière brèche où Morisson luttait avec ses hommes. Là aussi, il y avait des centaines de morts de chaque côté, mais les combats se terminaient, faute de combattants Koroms.

Quelques tirs sporadiques se firent encore entendre à travers les couloirs du vaisseau, bientôt suivis d'un silence de mort. Les combats étaient terminés cette fois.

Les deux jeunes gens firent le tour des autres zones de combat, tenues par les Démodons pour s'assurer que les combats ne reprenaient pas. Maintenant qu'ils n'étaient plus concentrés sur la lutte, Ils voyaient l'horreur ! Les monstres Démodons avaient mis en charpie les corps des malheureux Koroms qui étaient venus se frotter à eux. C'était des visions apocalyptiques, de véritables bains de sang ! Les Démodons avaient également subi de nombreuses pertes. Eux qui étaient presque immortels, cela donnait une idée de la violence des combats qui avaient eu lieu.

Les commandos de Morisson aussi avaient subi de lourdes pertes. Ils n'étaient plus que quelques dizaines d'hommes encore valides. Les autres étaient soit morts, soit trop gravement blessés pour continuer à se battre.

Dragan Kovac, leur chef, avait déjà repris forme humaine, alors que ses troupes conservaient encore leur aspect hideux et terrifiant, à l'affût du danger.

— Je crois que nous avons décimé définitivement les hommes d'Oswald Graham ! se réjouit-il.

— Ne criez pas victoire trop vite, tempéra Théo, nous n'avons pas encore investi leur vaisseau. Ils doivent être encore nombreux à l'intérieur.

— Ne vous faites pas de soucis pour ça, l'assura le Démodon, mes hommes sont en route pour terminer le travail. Ils ne doivent plus être très nombreux et j'attends avec impatience qu'ils me rapportent la tête de Graham sur un plateau !

— Je veux Graham vivant ! dit Théo, haussant le ton. C'était l'une des conditions que j'avais posées à votre retour sur votre planète, souvenez-vous !

— Ne vous inquiétez pas, ils ne le tueront pas. Nous vous le remettrons vivant. Je ne sais pas pourquoi vous y tenez tant.

— C'est mon affaire. Contentez-vous de me le ramener, dit sèchement l'Élu.

— Comme vous voudrez, mais n'oubliez pas : dès que ce sera terminé, si vous ne tenez pas votre parole de nous renvoyer chez nous, nous vous tuerons et nous en prendrons à vos proches ensuite !

— Gardez vos menaces pour d'autres, Kovac, vous savez que ça ne m'impressionne pas. Je vous ai promis le retour chez vous et je tiendrai parole. Ce vaisseau, une fois les coques réparées, s'envolera et traversera le trou de ver par lequel il est arrivé jusqu'ici. Ensuite, Gabriel, le dernier Allange du vaisseau, vous conduira jusqu'à votre monde.

— Je sais que vous êtes quelqu'un de parole, mais vous savez ce que c'est : je me méfie toujours.

— Pour une fois, nos intérêts se sont rejoints, Kovac. Vous nous avez aidés à nous débarrasser des Koroms et nous vous aidons à rejoindre votre patrie, nous débarrassant par la même occasion des deux races aliens qui voulaient nous dominer.

— Vous oubliez les Allanges, rappela Kovac. Eux aussi sont des aliens. Eux aussi ont dominé les peuples de votre monde en se faisant passer pour des Dieux. Ils ne sont guère meilleurs que nous.

— Ils nous ont tout de même protégés de vous durant près de huit mille ans. Je crois que ça fait une différence.

Kovac ne répondit rien. Il savourait le moment présent. Les Koroms étaient défaits. Graham serait bientôt son prisonnier et il retournerait enfin sur sa planète.

Après des heures de combat acharné dans le vaisseau Korom, les Démodons parvinrent à déloger les derniers combattants qui tenaient les positions stratégiques, protégeant leur chef, Oswald Graham. La lutte fut terrible. Les Koroms acheminaient encore, depuis la Terre, à travers le tunnel temporel, des milliers de soldats qui venaient remplacer ceux qui mouraient au combat. Théo et Lisa durent venir prêter main-forte. Même Dragan Kovac monta en première ligne.

Il finit par y avoir tellement de cadavres dans le vaisseau, qu'il devint presque impossible de se mouvoir sans leur passer sur le corps ! Les Démodons firent là encore une boucherie effroyable ! Sans la moindre pitié, sans le moindre état d'âme, ils s'emparèrent de leurs ennemis, les lacérant de leurs griffes acérées, les dépeçant, leur arrachant les membres et la tête avec leurs gueules, avec une force et une sauvagerie inimaginable. L'intérieur du vaisseau Korom devint rouge écarlate. Des fleuves de sang coulaient le long des murs, sur le sol, s'infiltrant partout, dégageant une odeur âcre, difficilement supportable.

Lisa et Théo tuèrent beaucoup de soldats eux aussi. La différence était qu'ils leur infligeaient un mort instantanée, sans douleur atroce, sans l'humiliation de mutiler leurs pauvres corps. Les deux jeunes gens étaient remplis de dégoût devant le triste spectacle de cette tuerie. Soutenus par la force psychique des bijoux, ils ne craquaient pas, ne flanchaient pas, mais dans leur for intérieur, ils savaient que cette journée resterait à jamais gravée dans leurs mémoires comme le jour le plus triste de leur existence, celui où eux avaient dû ôter tant de vies pour la survie de leur monde.

§

Cette fois les combats étaient définitivement terminés. Oswald Graham, capturé un peu plus tôt, était dans la salle de commandement du vaisseau Allange, face à Dragan Kovac, Gabriel, Lisa et Théo, entouré de Morisson et ce qui restait de ses hommes.

Graham avait la mine des mauvais jours. Il était vaincu, voyait ses rêves de grandeur s'envoler, le déshonneur s'abattre sur lui de ne pas avoir conquis cette petite planète perdue au fin fond de la périphérie de la galaxie. La fatigue et la lassitude se lisaient sur son visage défait. Son regard, d'ordinaire arrogant et pétillant, n'était plus que honte et tristesse.

Dragan Kovac, qui fut longtemps son allié de circonstance, savourait cette victoire sur son plus grand ennemi, celui qui l'avait trahi et fait enfermer dans les geôles de son vaisseau. Il tenait enfin sa revanche. Il vint face à lui et le dévisagea longuement, un large sourire sur le visage, avant de dire :

— Vous, les Koroms, nous avez toujours considérés comme inférieurs à vous. Vous nous avez proposé une alliance pour vous débarrasser des Allanges et mettre la main sur la Terre, que nous avons acceptée. Malgré cela, vous n'avez pas été fichus de faire le job et nous avons dû nous terrer comme des rats durant des siècles, à cause de vous ! Et qu'auriez-vous fait de nous si vous aviez vaincu alors ? Sans doute, nous auriez-vous pourchassés jusqu'à ce qu'il ne reste aucun de nous sur terre. Aujourd'hui, regardez-vous, vous n'êtes plus rien ! Les Koroms sont morts ! Vous êtes morts !

Graham, tête basse, abasourdi par la défaite, ne semblait même pas écouter le discours de Kovac.

— Vous ne pouvez pas savoir à quel point je savoure ce moment, Oswald, reprit Kovac. Si cela ne tenait qu'à moi, je vous ferais subir le même sort qu'à vos troupes, mais j'ai fait une promesse à l'Élu des Mikelians de vous livrer à lui. Je ne sais pas ce qu'il compte faire de vous. A vrai dire, je m'en moque. Vous laisser vivre avec la douleur de la honte et du déshonneur que vous devez ressentir aujourd'hui est finalement une punition plus grande que la mort !

Kovac se tourna vers Théo :

— Il est à vous, faites-en ce que bon vous semble !

Il quitta la pièce, laissant seul Graham face à Théo.

Le jeune homme avait exigé de Kovac qu'il épargne cet homme à cause de Jessie. Il n'avait pas voulu, même s'il était un alien dont le seul but était de conquérir la Terre, qu'il meure, par amitié pour la jeune femme, car il restait son père et elle l'aimait profondément.

Théo posa une main bienveillante sur l'épaule de Graham. Celui-ci releva doucement la tête, le regard perdu.

— Venez, Oswald, nous devons quitter cet endroit.

— Laissez-moi ici, mourir avec mes hommes, le supplia-t-il d'une voix atone.

— Votre fille a besoin de vous, ne la laissez pas tomber, Elle vous aime.

— Ma fille, songea Graham, esquissant presque un sourire. J'ai toujours voulu la préserver, la tenir en dehors de tout ça et ironie du sort, elle s'est alliée avec mes pires ennemis. Pourquoi m'aimerait-elle encore ? Je n'ai jamais été un bon père. Je ne me suis pas occupé d'elle, pas plus que de sa mère du reste. Toute mon existence a été consacrée à notre combat.

— Vous n'avez plus besoin de combattre maintenant.

— Vous nous avez exterminés ! réalisa-t-il soudain.

— Non, nous vous avons vaincus, c'est différent, rectifia Théo. Vos hommes ont combattu avec bravoure jusqu'au dernier. Vous ne nous avez pas laissé le choix. Venez maintenant, il est temps de partir.

Théo se tourna vers Morisson :

— Rappelez tous vos hommes et venez avec nous.

— Non, nous restons, objecta l'Américain.

— Ne soyez pas stupide, Jim, vous êtes des humains, vous n'avez rien à faire avec ces monstres. Ils vous tueront dès que nous aurons quitté le vaisseau !

— Ils nous ont promis un grand destin sur leur planète !

Théo secoua la tête, en signe de désespoir :

— Vous êtes donc naïf à ce point ?! Votre seul destin sera de leur servir de repas durant le voyage de retour ! Vous les avez vus à l'œuvre, non ?

Théo tentait de raisonner et de convaincre Morisson de partir avec eux, car il savait ce qu'il adviendrait d'eux sous peu, s'ils restaient là, avec les Démodons.

— Venez avec nous, insista-t-il, lui tendant la main. Vous n'avez aucun avenir si vous restez ici, croyez-moi sur parole.

Morisson réfléchit longuement et s'entretint avec le reste de ses hommes.

Pendant ce temps, Théo sortit de la pièce avec Gabriel et Lisa. L'Élu regarda l'Allange, qui esquissait un sourire et le fixait de ses grands yeux profonds.

— Le temps est venu de nous dire adieu, Gabriel.

— Il est temps, en effet, mes amis. L'Arkan et moi sommes fiers de vous deux, de ce que vous avez accompli, de ce que vous êtes. Votre courage, votre intelligence et votre détermination, sont venus à bout de nos ennemis. Nous pouvons partir serein maintenant.

— Vous êtes sûr de ne pas vouloir rester sur terre, avec nous ?

— Certain, affirma Gabriel, d'une voix ferme. Vous savez bien que les Démodons sont incapables de piloter le vaisseau.

— L'Arkan n'est-il pas capable de le faire seul ? fit remarquer Lisa.

Gabriel eut un petit rire amusé.

— Que ferais-je sur terre, seul, privé de mes semblables ?

— Vous ne seriez pas seul, Gabriel. Nous sommes là, nous sommes vos amis, le supplia Théo.

— Je le sais bien, mes amis. Je suis vieux et las de cette vie. Tous mes semblables, mes parents, mes frères et sœurs sont morts depuis si longtemps... J'ai consacré mon existence à préparer votre avènement, à lutter pour que vous, Terriens, soyez un jour débarrassés d'ennemis dont vous ne soupçonniez même pas l'existence. Aujourd'hui, ma tâche est enfin accomplie. Vous allez pouvoir continuer à vivre libres et qui sait, un jour peut-être, serez-vous assez sages et intelligents pour comprendre ce que nous vous laissons en héritage. Ce jour-là, vous prendrez votre place dans la galaxie, comme nous l'avons prise, nous aussi, il y a fort longtemps. En attendant, vous deux qui êtes nos enfants, devrez préparer le terrain pour que cette nouvelle humanité, issue du croisement de nos deux peuples, prenne la voie de la sagesse, dont les humains ont tant besoin. Je compte sur vous.

— Vous allez nous manquer, Gabriel, affirma Lisa en s'approchant de lui pour l'embrasser.

Il eut un léger mouvement de recul qui la fit hésiter et s'arrêter net. Comprenant ce qu'elle désirait, il écarta ses longs bras fins, l'invitant à l'étreinte. Elle se cala dans ses bras et l'enlaça longuement, versant une petite larme d'émotion et de tristesse. Ils relâchèrent leur étreinte et Lisa se recula, laissant la place à Théo, qui tendit une main fraternelle. Gabriel la serra dans la sienne, fit un sourire et ajouta :

— Ce fut un honneur de vous connaître, Théo.

§

Sans dire mot, Lisa et Théo quittèrent Gabriel, qui s'éloigna de son côté pour s'affairer aux préparatifs du départ.

Dans la salle de commandement du vaisseau, Morisson et ses hommes venaient de prendre leur décision : ils retourneraient sur terre avec Théo, au grand soulagement du jeune homme, qui n'avait pu leur dévoiler la vérité sur le sort qui les attendrait s'ils avaient persisté dans leur idée de suivre les Démodons.

Dans le grand hangar du vaisseau, le tunnel temporel qui les ramènerait sur terre était ouvert. Dragan Kovac arriva avec Mila, sa compagne, que Théo et Lisa connaissaient déjà, pour avoir eu affaire à elle quelques mois plus tôt[26].

— Nous sommes venus nous assurer que vous quittiez le vaisseau avant que nous donnions le signal du départ, indiqua Kovac.

— Vous aviez peur que nous ne voulions vous suivre ? ironisa Lisa.

— Nous n'avons peur de rien, précisa Kovac. C'est notre plus grande force. Non, Mila et moi sommes venus vous saluer, tout simplement. Vous avez été tous deux d'un courage exemplaire et, je dois l'avouer, d'une intelligence peu commune, pour des Terriens. Le métissage avec les Allanges me semble avoir donné des résultats prometteurs pour l'avenir de votre planète. Nous espérons que vous saurez en faire bon usage.

Dragan Kovac utilisait pour la première fois un ton courtois, dénué de haine, ce qui surprit les deux jeunes gens.

— Je vous souhaite bonne chance, dit Mila, un grand sourire sur le visage. Nous sommes si heureux Dragan et moi de pouvoir enfin connaître la planète de nos origines et de rencontrer nos semblables.

Lisa et Théo se regardèrent, honteux à cet instant du sort qu'ils avaient réservé aux Démodons. Que devaient-ils faire ? Laisser le plan imaginé par Théo se dérouler comme prévu ou tout arrêter, tant que c'était possible ? L'Élu était partagé. Il décida que la survie de l'espèce humaine était plus importante que ses propres sentiments et se tut définitivement. Il leur dit, sur le même ton poli qu'eux :

---

[26] Cf. tome II, chapitre XI.

— Nous vous remercions pour votre aide, dit Théo. Sans vous nous n'aurions pas réussi à nous débarrasser des Koroms.

— Et de nous, par la même occasion, plaisanta Kovac. L'homme tendit une main à Théo, qui s'en saisit et la serra avec une pointe de remords.

— Adieu ! dirent en chœur les deux Démodons en regardant Lisa et Théo s'éloigner dans le tunnel temporel et disparaître à tout jamais.

§

L'Arkan indiqua à Gabriel que tous les systèmes étaient optimaux. L'Allange, assis dans le fauteuil du pilote, s'adressa à Dragan Kovac :

— Nous sommes prêts, monsieur. Voulez-vous donner l'ordre d'appareiller ?

Gabriel demandait cela par pure courtoisie envers les hôtes de son vaisseau. Il n'avait nul besoin de leur assentiment pour quitter le sol lunaire.

— Je vous en prie, Gabriel, faites, lui répondit Kovac, avec la sensation certaine de commander l'astronef.

Gabriel donna ses ordres à l'Arkan.

Dans le fond du cratère les roches et la poussière se mirent à monter droit vers l'espace, d'abord lentement, puis de plus en plus vite. Un étrange nuage se dispersa au-dessus de la lune, en colonnes rectilignes.

La coque du vaisseau Allange, grise, lisse et mate, couvrait une partie du fond du cratère, ce qui situait les dimensions du vaisseau autour de six ou sept cents mètres de diamètre. Circulaire, il était presque hémisphérique, légèrement aplati sur le dessus, avec une partie plus large à la base et, dessous, une excroissance qui faisait penser à une cloche renversée, d'un diamètre très inférieur au reste. Il s'éleva lentement pour s'extraire de la cachette dans laquelle il avait séjourné près de huit mille ans !

Après quelques minutes il fut dans l'espace, au-dessus de la Lune, enfin libre. Il atteignit rapidement une altitude de cent kilomètres, puis accéléra progressivement pour s'éloigner de l'astre jusqu'à atteindre une distance d'un million de kilomètres, en moins d'une heure ! Gabriel avait effectué cette manœuvre, restant en permanence derrière la Lune par rapport à la Terre, afin que les moyens de détections humains ne puissent le repérer. Il était suffisamment loin maintenant pour prendre une trajectoire elliptique autour du Soleil afin de gagner progressivement les confins du système solaire et l'entrée du trou de ver, dans le nuage d'Oort.

Le périple dura l'équivalent de trois jours terrestres, durant lesquels Gabriel et l'Arkan, tels deux amis de très longue date, en profitèrent pour se remémorer les souvenirs les plus marquants de leurs existences respectives.

Gabriel n'eut, durant ces longues heures que de brefs contacts avec Dragan Kovac, qui venait régulièrement s'informer de la progression du vaisseau.

Les boucliers déployés, le vaisseau pénétra dans le nuage d'Oort, espace gigantesque dans lequel gravitaient des centaines de millions d'objets de toutes tailles, du plus petit caillou à la plus grande des comètes.

Le moment vint où l'entrée du trou de ver fut en vue des instruments de bord. Gabriel adressa une dernière prière à son Dieu, le Dieu des Allanges, dont il était persuadé qu'il était le même que celui des religions monothéistes de la Terre, avant de plonger le vaisseau dans l'antre béant du trou de ver.

Celui-ci prit de la vitesse, entraîné par la formidable force gravitationnelle et, lorsqu'il entra dans le maelstrom, il se mit à vibrer de plus en plus fort, se disloquant progressivement, tuant rapidement toute vie. Gabriel adressa un dernier adieu à l'Arkan avant de fermer les yeux pour enfin trouver la paix de l'âme, après une longue vie de dur labeur et de combats incessants.

Dragan Kovac comprit trop tard le piège dans lequel lui et les siens étaient tombés, orchestré par l'Élu des Mikelians en personne : aucun cargo Allange chargé de quartz tri stellaire n'avait jamais franchi les limites du système solaire. Le vaisseau Allange ne résisterait pas.

Sa dernière pensée fut pour lui. Une pensée de haine et de mépris.

Le vaisseau implosa puis explosa en une boule d'énergie pure qui fut absorbée en un instant par le trou et qui disparut à tout jamais.

Tous les ennemis de la Terre étaient enfin vaincus...

§

Épilogue

La porte s'ouvrit, laissant Théo et ses amis sans voix. La silhouette longiligne, vêtue d'une toge, se tenait dans l'encadrement. Le vieil homme était souriant.

— Fra Paolo ! s'exclama le jeune Élu.

— C'est bien moi, mon jeune ami, affirma-t-il en riant de bon cœur, voyant la surprise sur le visage de son ami.

— Mais, que faites-vous ici ?

— Comme vous l'a dit Maria Magdalena, je surveille votre présent, depuis mon passé, où je fais de fréquentes incursions pour vérifier que tout se déroule bien pour vous, Théo.

Le jeune homme perdit son sourire lorsque Paolo prononça le nom de Maria Magdalena.

— Maria Magdalena nous a trahis, Paolo, lui rappela-t-il. Ne me parlez plus jamais d'elle !

— Allons, Allons, mon garçon, ne soyez pas en colère après Maria. Elle n'a fait que suivre le plan que nous avons tous deux imaginé.

Théo pencha la tête sur le côté, le regard dubitatif, intrigué par les propos du vieil homme.

— Comment ça ? Je ne comprends pas. Vous voulez dire que sa trahison envers nous était voulue par elle et par vous ?

— D'une certaine façon, oui.

— Fra Paolo, il va falloir que vous nous donniez des explications car je ne suis pas certain de vous suivre.

— Moi aussi j'ai du mal à comprendre, avoua Lisa.

— C'est tout à fait normal, mes enfants, reconnut le moine savant. Nous avons, Maria et moi, œuvré dans l'ombre pour vous aider au mieux et vous permettre d'aller vers la victoire contre les forces du mal.

Chacun regarda ses camarades, incrédule. Fra Paolo était-il vraiment à l'origine de ce qui venait de se produire ? C'était difficile à croire, mais en même temps l'homme était d'une intelligence supérieure et il était tout à fait capable de mettre sur pied un plan pour les aider.

— Venez donc vous asseoir, lui proposa le professeur qui lui désignait l'un des confortables fauteuils de la maison des parents de Théo, à Genève, dans laquelle ils s'étaient rendus après avoir quitté le vaisseau Allange.

Fra Paolo hésita, se racla la gorge avant de dire, un peu gêné :

— C'est que je ne suis pas venu seul.

— Eh bien, qu'à cela ne tienne, faites entrer la personne avec qui vous êtes venu, le convia Darlington.

Fra Paolo fit un signe de la main à la personne qui attendait devant l'entrée de la maison. Celle-ci apparut dans l'encadrement de la porte, provoquant un mouvement de recul de la part de Lisa et Jessie.

— Maria Magdalena est avec moi, dit fièrement Paolo. Accueillez-la comme une amie et une alliée, s'il vous plaît, car c'est ce qu'elle est.

Personne ne dit mot. Il était difficile pour chacun d'oublier le rôle ambigu que la jeune italienne avait tenu auprès d'eux. Dans leur esprit, elle était la traîtresse, celle qui avait donné des informations à Oswald Graham et aux Koroms, qui faillirent leur coûter la victoire.

Maria et Paolo s'avancèrent dans le grand salon et prirent place dans deux fauteuils, face à leurs amis, qui attendirent, silencieux, les yeux rivés sur eux, d'avoir leurs explications. Ce fut Paolo qui prit la parole :

— Tout ce que Maria vous a dit, nous concernant est vrai. Elle est bien une descendante de ma famille, du côté de l'un de mes frères. Je suis entré en contact avec elle alors qu'elle n'était qu'une enfant et je l'ai acquise à notre cause, celle de la Manu Dei, qui n'avait qu'un but : servir l'Élu des Mikelians. Maria est devenue journaliste et historienne dans le seul but d'être choisie par le cardinal Macdonnell pour retrouver le Gardien et devenir l'alliée des Koroms. Pour cela, elle devait prouver à Macdonnell et surtout à Oswald Graham, qu'elle était plus douée que la plupart de ceux qui travaillaient pour Graham et sa cause. Elle fit croire qu'elle avait fait des recherches personnelles et qu'elle avait trouvé pour qui Macdonnell travaillait, qu'elle savait que derrière lui se trouvait Graham, qu'elle avait découvert les raisons pour lesquelles on lui avait demandé de trouver le Gardien, mais aussi la vrai nature de celui-ci et d'Oswald Graham. Elle rencontra le magnat américain, joua cartes sur table avec lui, lui racontant tout ce qu'elle savait de lui et des Koroms, lui promit de retrouver le Gardien en échange d'une grosse somme d'argent et d'une vie agréable dans le nouveau monde que les Koroms projetaient pour la Terre. Graham, réticent au début, fut séduit par le côté vénal que Maria lui montra et fut convaincu qu'elle serait un bon agent acquis à sa cause. Elle suivit notre plan à la lettre, distillant les informations au fur et à mesure des besoins, selon le timing prévu. Tout cela, elle vous l'a dit, en partie. La suite, je laisse le soin à Maria de vous la raconter.

Fra Paolo fit un signe de la main à la jeune femme, qui le remercia avant de commencer son récit :

— Bonjour mes amis, dit-elle timidement. Je sais que vous m'en voulez encore, que vous pensez que je suis votre ennemie et que je vous ai trahis. Ne m'en veuillez pas, car ce n'est pas la vérité. La vérité, c'est que notre plan, à Paolo et moi-même, consistait à faire en sorte que les Koroms découvrent l'emplacement du vaisseau Allange, qu'ils cherchaient depuis toujours, qu'ils s'y rendent et qu'ils y périssent tous. Pour cela, Paolo, qui faisait régulièrement des sauts dans le temps et qui, une fois de retour dans sa maison de Venise, procédait à une analyse poussée des situations et des avenirs possibles, avait calculé qu'un nombre de faits très important convergeaient vers une issue possible, à condition que certains paramètres soient ajustés en conséquence…

— En clair, ça veut dire ? la coupa Jessie, qui aimait qu'on ne tourne pas autour du pot.

— Que nous devions influer sur certains évènements pour qu'ils amènent au but que nous voulions atteindre.

— Tout ça, nous le savons déjà, intervint Lisa. Est-ce que ta trahison faisait partie de ces ajustements ?

— Parfaitement. J'ai toujours donné des informations à Graham, toujours en fonction de notre plan, au rythme que celui-ci imposait. Cela aussi, je vous l'avais déjà dit, fit-elle remarquer. Lorsque vous m'avez demandé de vous suivre sur l'île après m'avoir retrouvée, ce que nous avons aussi encouragé, j'ai continué de donner des informations à Graham. J'ai donné la position géographique et dans le temps de l'île, sachant que Théo s'interposerait à temps pour nous sauver. J'ai donné l'adresse de la demeure du lac Majeur, sachant qu'il y avait un souterrain qui nous permettrait de fuir. J'ai donné toutes ces informations selon notre plan au moment opportun pour qu'à chaque fois nous puissions échapper à Graham. Tout cela pour le mettre dans une confiance absolue pour qu'il n'ait aucun doute sur tout ce qui provenait de moi. Et c'est ce qui s'est produit. Lorsque Lisa et Théo ont été secourus par le Gardien, j'ai envoyé un message avec la position exacte de la porte, juste assez tôt pour que les hommes de Graham investissent les lieux alors qu'ils s'y trouvaient encore, mais juste assez tard pour qu'ils puissent encore une fois leur échapper.

— Dans quel but ? se demanda Darlington.

— Pour que Graham ait en permanence l'impression de toucher au but et de tenir la victoire à portée de main. Il fallait qu'il soit persuadé qu'il gagnerait à la fin. Rater le Gardien et Théo d'un cheveu à chaque fois l'encourageait à prendre des décisions rapides, sans trop réfléchir, juste pour continuer dans cette course à la victoire. Il fallait l'empêcher d'analyser la situation et de temporiser pour ce qui allait suivre.

— Le combat final, songea l'Élu.

— Oui, le combat final. Nous devions l'amener à penser qu'il devait agir vite pour s'assurer la victoire, en lançant son vaisseau et toutes ses forces dans la bataille, sans réfléchir aux conséquences. Nous avions, Paolo et moi, vu que la défaite des Koroms et des Démodons était possible, à condition d'aider un peu les choses. Nous savions que toi, Théo, tu étais capable de prendre les bonnes décisions, d'avoir une vision claire et de proposer la stratégie qui mènerait à la défaite de nos ennemis. Pour cela, il fallait que je donne une dernière information à Graham : la position du vaisseau Allange. Pour que les évènements se déroulent bien pour vous, il fallait que je vous laisse le temps de rejoindre la Lune. J'ai donc pris les disques durs des ordinateurs de Yu et j'ai filé me cacher dans un lieu sûr. De là, j'ai contacté Graham, deux jours plus tard et lui ai demandé une somme colossale en échange des informations qu'ils contenaient. Je savais que réunir la somme que je demandais prendrait plusieurs jours. Je faisais traîner, le temps pour vous de rallier le vaisseau Allange. Graham, trop impatient de savoir où se trouvait le vaisseau, ne se fit pas prier pour réunir l'argent et, au bout de deux jours, il me contacta pour l'échange. Je prenais encore vingt-quatre heures pour me rendre à l'endroit que j'avais moi-même fixé et je lui remis les disques durs contre quatre énormes sacs de voyage remplis d'argent liquide. Graham, une fois ces informations en sa possession, sonna le branle-bas de combat de ses troupes et mit encore plusieurs jours avant de pouvoir lancer son vieux vaisseau en direction de la Lune. Tout ce temps passé vous a permis de vous retrouver avant les Koroms dans le vaisseau Allange et de mettre au point la stratégie qui a permis de vaincre. Voilà, vous savez tout.

Maria se tut, regarda tour à tour chacun des cinq amis, espérant qu'ils la croient et cessent de lui en vouloir.

Théo quitta le sofa dans lequel il était assis et vint prendre Maria Magdalena dans ses bras.

— Excuse-nous d'avoir douté de toi, dit-il.

— Vous ne pouviez pas savoir. A votre place, j'aurai pensé la même chose.

— Mais pourquoi ne pas nous avoir mis dans la confidence ? Nous aurions très bien compris, si tu nous avais tout dit.

— Parce que si je l'avais fait, vous auriez peut-être agi différemment et l'issue aurait pu être tout autre. Paolo et moi avons toujours fait en sorte de modifier le cours des évènements par petites touches, presque insignifiantes, sauf lorsque ce n'était pas possible. Mon Aïeul a tiré les leçons de ses erreurs passées et ne voulait pas refaire ces mêmes erreurs.

Théo se dirigea vers Fra Paolo, un large sourire sur le visage. Le vieil homme avait toujours ses yeux pétillants d'une intelligence hors du commun.

— Le véritable sauveur de l'humanité, c'est vous, Fra Paolo. Je me rends compte que sans votre aide, nous n'aurions sans doute pas réussi à vaincre.

— Oh non ! Détrompez-vous, Théo. Je n'ai fait que dégager le chemin devant vous. Sans notre intervention les choses seraient allées autrement, c'est certain, mais rien ne dit qu'au final l'issue aurait été différente. Vous êtes celui qui a pris les bonnes décisions, celui qui a imaginé toute la stratégie, celui qui a toujours su tirer parti de toutes les situations depuis que vous êtes devenu l'Élu des Mikelians. Maria et moi avons œuvré pour vous, dans l'espoir que vous rencontriez le moins d'obstacle possible, ceci afin de vous faciliter les choses, mais si nous n'avions pas été là pour vous, je suis persuadé que vous auriez trouvé quand même les moyens de sortir victorieux de toute cette histoire.

— Merci, Fra Paolo. Vos paroles me vont droit au cœur. Maintenant que tout est terminé, qu'allez-vous faire de votre temps ?

— Je suis vieux et fatigué, Théo. J'ai eu une vie, que dis-je : des, vies passionnantes. J'ai vécu ce qu'aucun humain avant moi et sans doute aucun après moi n'a vécu et ne vivra. J'ai franchi les barrières du temps, j'ai voyagé dans le passé, dans le futur, j'ai vu ce qu'aucun de mes contemporains n'oserait imaginer, j'ai participé à une lutte juste, pour sauver notre monde. Et même si j'ai été à l'origine d'une catastrophe qui aurait pu plonger notre humanité dans le chaos, je ne regrette rien de cette vie. Je vais me retirer dans l'abbaye de San Gregorio, à Venise, auprès de mon fidèle ami Fra Anselmo, où je vais méditer et prier notre seigneur, ce que l'ecclésiastique que je suis est censé faire. J'attendrai le cœur léger que le seigneur me rappelle à lui, puisque je sais que désormais notre monde est sur la bonne voie. Je vous dis, adieu, mes enfants, leur lança-t-il avec solennité, des trémolos dans la voix. Que Dieu vous garde.

Fra Paolo fit ses adieux à Maria Magdalena, puis il s'éloigna vers la sortie, sans se retourner. C'était la dernière fois que les six amis le voyaient, ils le savaient tous.

— Et toi, Maria, que vas-tu faire maintenant ? lui demanda Théo.

— Je suis journaliste, j'ai toujours mon poste au Vatican. Je vais reprendre ma vie en main et la consacrer à autre chose qu'à la Manu Dei, désormais. Je vous embrasse tous très fort. Quand vous passerez par Rome, faites-moi signe, que l'on se retrouve devant une bonne bouteille de Chianti pour se remémorer toute cette aventure.

— C'est promis, lui lancèrent-ils à la cantonade.

Maria Magdalena quitta la demeure, les laissant seuls, heureux d'avoir eu des explications et retrouvé leur amie, après avoir cru l'avoir perdue pour toujours.

Théo marcha jusqu'à la grande baie vitrée qui donnait sur le jardin, d'où l'on avait une vue magnifique sur le lac Léman et les Alpes. Un franc soleil brillait en cette dernière journée de juin.

— Venez, allons nous installer au bord de la piscine, profiter un peu du beau temps. Nous l'avons bien mérité.

Le soleil brillait dans un ciel sans nuages. La température était très agréable, mais déjà l'on sentait la chaleur qui arrivait. Allongés dans des transats, autour de la piscine de la maison familiale de Théo, Lisa, Jessie, Yu et le professeur Darlington, profitaient de ces derniers moments de douceur.

Jessie se redressa, se tourna vers Théo et lui fit remarquer :

— Tu ne nous as toujours pas dit, comment tu as convaincu Kovac pour l'histoire du quartz.

— C'est très simple, expliqua le jeune homme. Gabriel m'a confié un bloc de quartz qui appartenait au cerveau de l'Arkan. J'ai fait croire à Kovac qu'il s'agissait de quartz tri-stellaire. Il n'en avait jamais vu avant, c'était facile. Je lui ai fait croire qu'en approchant un simple aimant, on pouvait provoquer une réaction antigravitationnelle. Pour le convaincre, j'ai dû utiliser mes pouvoirs et soulever un gros 4x4 dans lequel j'avais placé le quartz, lui laissant croire que c'était l'action de l'aimant sur celui-ci qui agissait. Il m'a cru.

— Très rusé, reconnut Darlington. Bravo !

— Ce n'était pas trop difficile, relativisa Théo, Kovac n'était pas quelqu'un de particulièrement intelligent. Je savais que je pourrai le piéger facilement.

— Ainsi, grâce à cette ruse, vous nous avez fait d'une pierre, deux coups, nous débarrassant des Koroms et des Démodons. Le monde vous doit une fière chandelle, mon ami.

— Le monde n'en saura rien et c'est bien comme ça.

Le portable de Yu sonna. Le jeune Chinois répondit, échangea quelques mots avec son interlocuteur et raccrocha. Il se saisit de son ordinateur portable et pianota sur le clavier. Il interpella ses amis :

— Ça y est, le réseau de serveurs est entièrement opérationnel et connecté, regardez !

Tous se redressèrent et fixèrent l'écran noir du portable. Après quelques secondes, le visage de Gabriel apparut, souriant, avec ses grands yeux pétillants.

— Bonjour Arkan, dit Yu.

— Bonjour Yu, résonna la voix de Gabriel.

— Voulez-vous bien faire un check complet de vos systèmes mémoriels, s'il vous plaît.

— Bien sûr, Yu. C'est en cours depuis que toutes les composantes de mon esprit sont connectées entre elles. Pour le moment, tout est correct.

Jessie s'adressa à Théo :

— C'est incroyable, il a réussi à sauver la mémoire de l'Arkan ! Je ne pensais pas ça possible.

— Personne ne le pensait. Sa mémoire est si vaste que tous les ordinateurs de la Terre n'y auraient suffi.

L'Arkan avait révélé quelques secrets de la matière qui permirent à Yu, aidé de ses amis de Hong Kong d'ameuter un réseau de hackers qui étaient proches de la grotte de Naïca, au Mexique, afin qu'ils s'y rendent sur-le-champ. Cette grotte avait la particularité de posséder des milliers de cristaux géants. Ces cristaux étaient les meilleurs conteneurs pour la mémoire sans limites de l'Arkan.

Des appareils sophistiqués permettant la connexion entre la mémoire de l'Arkan et les cristaux de la grotte furent acheminés depuis le vaisseau Allange, par Jessie et le professeur Darlington jusqu'au Mexique. Là les hackers, excellents techniciens, réussirent à les interfacer avec les blocs de cristaux, mais aussi les blocs entre eux. Tout cela en un temps record de quelques heures à peine ! Ce qui constitua un véritable exploit technique et humain, car pour travailler dans la grotte, à quelque trois cents mètres sous la surface du sol, dans des conditions d'humidité et de chaleur extrême, ils durent s'équiper de combinaisons spécialement conçues pour ce lieu insolite, que les scientifiques utilisaient pour l'étudier.

L'Arkan était vivant. Sa mémoire, dupliquée dans les blocs de cristaux, demeurerait là le temps qu'il faudrait, jusqu'à ce que l'humanité soit assez sage pour profiter des connaissances des Allanges.

— Bonjour Théo, dit l'Arkan, qui entendait la voix du jeune homme. Théo s'approcha de la webcam du portable et répondit :

— Bonjour Arkan. Heureux de vous retrouver.

— Je suis également heureux de te revoir, Théo. Je suppose que, si je suis ici, autour de la piscine de la maison de tes parents, c'est que notre plan a fonctionné ?

Toute la mémoire de l'Arkan avait été sauvegardée, hormis les dernières heures du combat qui se déroula dans le vaisseau, celles-ci ayant été postérieures au transfert.

— Oui, Arkan, il a fonctionné, le rassura Théo. Les Koroms sont décimés, les Démodons engloutis dans le trou de ver, comme prévu.

— J'ai une pensée émue pour mon ami Gabriel, dit l'Arkan d'une voix grave.

— Nous sommes tous tristes de sa disparition, mais c'est ce qu'il souhaitait et nous devons respecter ça.

— Ce fut le meilleur des amis, je le regretterai... Que va faire chacun de vous, maintenant que tout est terminé ?

— Moi, je vais rentrer à Hong Kong poursuivre mes études d'ingénieur en informatique, expliqua Yu.

— Moi, je vais rester l'été avec Théo, puis je retournerai à Chitenay, en France, auprès de mon père, précisa Lisa. Je vais devoir retourner en cours, ajouta-t-elle sans grand enthousiasme.

— Dans quelques semaines je reprendrai ma place auprès de mes étudiants de l'université d'Oxford, indiqua le professeur Darlington, peu enthousiasmé, lui aussi, par cette idée.

— Et moi, je vais partir faire un tour du monde à la voile avec mon père, avoua Jessie, provoquant la joie de ses amis, heureux pour elle. Il a décidé de céder son poste de président du consortium pour se consacrer à nous deux.

— C'est formidable, je suis heureux pour toi, Jessie, dit l'Arkan. Et toi, Théo, que vas-tu faire, après que Lisa soit retournée chez elle ?

—Je vais retourner en cours, comme mes camarades et reprendre le cours de ma vie. Nous avons décidé, avec Lisa, de nous revoir à chaque vacance scolaire, jusqu'à notre majorité. Ensuite, si nous le désirons toujours d'ici là, nous projetons de nous marier, vivre ensemble et fonder une famille, quelque part dans le sud de la France.

Fin des aventures de

Théo Orgone

Sommaire

www.ingramcontent.com/pod-product-compliance
Lightning Source LLC
Chambersburg PA
CBHW020243030726
47499CB00001B/42